Mumu

LES TERRES PROMISES

JEAN-MICHEL GUENASSIA

LES TERRES PROMISES

roman

ALBIN MICHEL

IL A ÉTÉ TIRÉ DE CET OUVRAGE

Vingt exemplaires
sur vélin bouffant des papeteries Salzer
dont dix exemplaires numérotés de 1 *à* 10
et dix exemplaires, hors commerce, numérotés de I *à* X

à Hélène Axler

Le plus important dans la Terre promise,
ce n'est pas la terre, c'est la promesse

C'est l'histoire d'un monde – cruel –
où les filles ressemblent à leurs mères et les fils à leurs pères

Paris, juillet 1964

Je hais ma mère. Je ne devrais pas le dire mais la violence de mon ressentiment me submerge. Je traînais dans l'appartement désert, me demandant ce que j'allais faire de cette interminable journée qui s'annonçait quand j'ai commis l'erreur de pousser la porte de la chambre de Franck. Cela faisait deux ans que je n'y avais pas mis les pieds. Il a disparu en mars 1962, et depuis, aucune nouvelle, personne ne sait s'il est mort ou vivant. Les volets sont tirés, des cartons, des archives de l'entreprise maternelle encombrent le sol, quatre chaises de jardin attendent on ne sait quoi, une pile d'assiettes en équilibre précaire, une soupière et deux services à café prennent la poussière sur le bureau, des monceaux de draps, de linge et de serviettes de bain occupent le lit, ainsi qu'une montagne de vêtements, des manteaux, des corsages, des pulls. Ma mère se sert de la chambre de Franck comme d'un débarras, juste bon pour entasser, elle ne jette rien, elle ne donne rien, elle garde, on ne sait jamais. Elle aurait pu se dire que ce n'était pas le lieu approprié, vouloir garder intacte la chambre de son fils, en espérant son retour rapide, mais apparemment ce n'était pas sa préoccupation. Tous les parents du monde sont confrontés aux idées contestataires de leurs enfants, à leur envie de jeter à bas le vieux monde pour en construire un où il ferait bon vivre, en général ils font le gros dos, laissent passer l'orage et une fois les années rebelles envolées, la vie reprend son cours, c'est ce que font tous les parents, non ? Ou alors, il n'y aurait plus beaucoup de familles unies. Mais ma mère s'est braquée, elle ne supportait pas les convictions communistes de son fils.

Un crime de lèse-majesté.

Elle l'a affronté en ennemi de classe comme si elle se sentait personnellement visée par les discours idéalistes de son aîné. Quand Franck est revenu d'Algérie après avoir déserté, obligé de se cacher comme un proscrit, elle n'a pas eu un geste de compassion, elle voulait même qu'il se livre à la police, alors que mon père, lui, l'a aidé sans se soucier des risques. Ma mère n'a pas supporté, à son tour mon père a dû payer, elle l'a expulsé de la maison. Elle a détruit notre famille, sciemment. Et je lui en veux de nous avoir à jamais éloignés les uns des autres.

J'ai l'impression d'être dans la chambre d'un mort. À cause du silence, de la pénombre et de tous ces objets immobiles et inutiles. Des filaments de poussière se sont accumulés sur la bibliothèque ; sur une étagère, des livres d'économie, certains en anglais. Sur l'étagère du dessus, des livres en caractères cyrilliques, c'est pour embêter ma mère que Franck avait appris le russe, et finalement il s'était pris de passion pour cette langue. Posé à plat, à l'écart : *Les Voyageurs de l'impériale*. En édition vélin non massicotée et numérotée. J'ai soufflé sur le livre, la poussière s'est envolée, j'ai attendu qu'elle retombe, je l'ai ouvert. Sous le titre, il y avait une dédicace, j'ai immédiatement reconnu cette écriture penchée à l'encre violette : *Joyeux anniversaire, mon amour, Tu as la chance de pouvoir lire un des plus beaux livres qui soient, Tu n'as pas le droit de ne pas l'aimer, Cécile.*

Seul le premier cahier avait été découpé. Probablement que Franck n'avait pas eu le temps. Ou pas envie. Moi, ce livre, je le prends et je vais le lire. Parce que c'est Cécile. Et que mon frère est l'être le plus stupide qui existe sur cette terre, et à coup sûr, il est impossible que j'en rencontre jamais un qui soit plus idiot. Comment a-t-il pu laisser tomber Cécile ? Comment une chose pareille est-elle possible ou imaginable ? Ce fou n'a pas réalisé la chance qu'il avait d'être aimé par une femme pareille, solaire, d'une intelligence et d'une sensibilité rares, qui adorait la vie, la littérature, le rock, le cinéma, qui se serait fait damner pour lui, il s'est embarqué dans une autre histoire, incompréhensible, et il a lâchement largué Cécile. Deux années ont passé et je n'en reviens toujours pas. À cause de ma mère, j'ai perdu mon frère, et à cause de lui, j'ai perdu Cécile. Où est-elle aujourd'hui ? Pourquoi me fait-elle payer la faute de Franck ? Elle a coupé les ponts, comme si moi aussi j'étais coupable. Pourquoi ce silence alors que nous étions si proches ? Elle m'appelait p'tit frère.

J'ouvre la penderie. Les vêtements de Franck sont à leur place, comme il les avait rangés. N'importe comment. Il n'était pas attentif à ce qu'il portait, satisfait de trois pulls et quelques chemises. S'habiller était pour lui une corvée. Sous la pile, je l'ai tout de suite remarquée. Une chemise écossaise à gros carreaux rouges. Je la déplie avec précaution. Elle lui avait été offerte par Pierre, le frère de Cécile et son meilleur ami, qui la lui avait rapportée d'un voyage en Écosse, peu de temps avant son incorporation. Franck sait-il que Pierre a été tué en Algérie quelques jours avant l'indépendance, lors d'une embuscade à la frontière tunisienne ? J'en doute. Sa mort brutale et la trahison de Franck, c'était trop pour Cécile.

En fait, je vais garder la chemise aussi, elle doit m'aller aujourd'hui. Ce sera comme un cadeau de Pierre. Et de Franck.

Dans mon portefeuille, j'ai trouvé un Bonaparte plié en quatre. J'ai mis quelques secondes à me rappeler que Sacha me l'avait confié en dépôt juste avant de se faire opérer de sa fracture du nez à Cochin. C'était une superstition de chez lui, une vieille tradition russe. Cela lui donnait une bonne raison pour revenir d'entre les brumes récupérer son billet. Malheureusement, cette protection n'a pas suffi. Après l'opération, Sacha s'est sauvé de l'hôpital, pour aller se pendre dans l'arrière-salle du Balto, là où se retrouvaient les membres du Club des incorrigibles optimistes. Je suis autant sous le choc de sa mort que sidéré de n'avoir rien vu venir. Je m'en veux de ne pas avoir été présent, j'aurais pu le dissuader de mettre fin à ses jours. Sacha était un homme usé, les derniers temps il avait la peau sur les os et ressemblait à un vagabond. Longtemps, il s'était accroché à l'espoir que son frère allait lui tendre la main mais Igor est resté intraitable, incapable de lui pardonner d'avoir été un communiste virulent en URSS, d'avoir truqué des milliers de photos et fait disparaître ainsi des milliers de personnes de la surface de la terre. Quand je pense que j'ai vécu auprès d'eux pendant des années en ignorant qu'ils étaient frères. Au Club, tout le monde savait et personne ne m'en a rien dit, ils ne parlaient jamais du passé. Trop dur à porter. Une seule chose les unissait vraiment, c'était d'être des survivants, ils avaient réussi à sauver leur peau, échappant in extremis à la terreur stalinienne. Finalement, Sacha représentait un épouvantail bien pratique. Et moi, je n'ai rien vu, rien compris. Leurs batailles m'étaient étrangères. D'un autre temps.

Sacha m'avait souri, tendu la main, on se croisait au Luxembourg, on parlait pendant des heures. Il n'a pas ricané en voyant mes photos médiocres, il m'a donné des conseils, il en a choisi certaines qu'il a développées, et exposées dans la boutique de Saint-Sulpice où il travaillait comme laborantin, il a été le seul à m'encourager et il m'a même légué son Leica. Ce billet que Sacha m'avait confié la dernière fois qu'on s'est vus, j'ai voulu le lui rendre. Je suis passé chez le fleuriste de la rue Saint-Jacques, je lui ai demandé de m'en mettre pour cent francs, il a composé un bouquet artistique et coloré de dahlias et de digitales. Je suis allé le déposer sur la tombe de Sacha, au cimetière Montparnasse. J'ai eu un peu de mal à la retrouver dans le carré juif car la plaque tombale en bois était tombée. Je l'ai nettoyée et replantée dans le sol. Je suis resté un long moment devant ce tas de terre anonyme, et je lui ai dit merci, pour tout ce qu'il m'avait donné.

Chaque jour, depuis le balcon, je guette l'arrivée du facteur. Dès que je l'aperçois, je me précipite. J'attends une lettre de Camille. Elle me manque. Terriblement. J'ai l'impression de l'attendre depuis des années alors qu'elle est partie la semaine dernière, obligée de suivre ses parents qui font leur alya. Quelques semaines avant de passer le bac, elle m'avait proposé que l'on se sauve tous les deux, sans savoir trop où, mais je n'avais pas osé ce coup de folie, pas compris qu'il y avait urgence et que c'était notre seule chance de rester ensemble. C'était une solution désespérée. Où fuir quand on a dix-sept ans ? Nous ne serions pas allés très loin. Aujourd'hui, je ne peux qu'attendre qu'elle me fasse signe, chaque jour je guette le courrier, une lettre où elle me donnera de ses nouvelles et son adresse, et j'irai la rejoindre. Mais quand je réfléchis aux obstacles, innombrables, qui se dressent entre nous, je me sens perdu. Il me reste quelques photos volées d'elle au Luxembourg, près de la fontaine Médicis, elle n'aimait pas que je la photographie, les photos prises à la dérobée sont tellement plus belles avec des frissons et des tremblements.

Avant son départ pour Israël, Camille m'avait offert en gage d'amour le livre qu'elle lisait le jour de notre rencontre et qu'elle avait annoté page après page. *Le Matin des magiciens*, dédicacé par Bergier et Pauwels. L'heure était venue pour moi de m'y plonger, d'être grâce à cet ouvrage relié à Camille, de pouvoir découvrir chaque jour ses observations, ses réflexions, ses interrogations. Même si j'étais sceptique quant à l'existence de civilisations extraterrestres et autres fariboles ésotériques défendues par ce duo. Mais quand j'ai voulu mettre la main sur le livre, il avait disparu de la bibliothèque située au-dessus de mon lit. J'étais sûr de l'y avoir déposé, j'ai cherché dans ma chambre, fouillé dix fois dans mes tiroirs, dans l'armoire, sur les étagères. *Le Matin* s'était envolé. Ma mère m'a regardé, stupéfaite : Au cas où tu ne t'en serais pas rendu compte, je suis submergée de travail au magasin et je n'ai pas de temps à perdre avec ces crétineries. Juliette, ma sœur cadette, a affiché une mine réjouie : Tu fais des tours de magie maintenant ? Je n'avais aucune confiance en elle, qui m'avait déjà pris de nombreuses bandes dessinées sans me demander mon avis. Malgré ses protestations, j'ai procédé à une fouille en règle de sa chambre, sans trouver *Le Matin*. J'étais désespéré. Ce n'était pas seulement un bouquin qu'on m'avait volé, c'était Camille.

J'attendais toujours une lettre de Camille, mais le vendredi 17 juillet, c'est une lettre à en-tête du ministère de l'Intérieur qui est arrivée au courrier, m'enjoignant de contacter le commissariat de la rue Vauquelin pour une affaire me concernant. C'est angoissant de recevoir ce genre de convocation, je me sentais vaguement coupable sans savoir ce que j'avais à me reprocher, j'ai téléphoné pour obtenir des précisions, l'homme qui m'a répondu ne donnait pas d'informations par téléphone mais il a proposé de me recevoir en début d'après-midi. J'avais croisé l'inspecteur Delaume la semaine précédente, lorsque la police était intervenue après la découverte du corps de Sacha retrouvé pendu dans l'arrière-salle du Balto. Ce policier, à la trentaine juvénile, m'a indiqué qu'il s'agissait d'une enquête de routine effectuée de façon systématique et destinée au parquet de Paris pour éclaircir les circonstances du décès de Sacha, il semblait pressé d'en finir, il m'a offert une gauloise, a entrouvert la fenêtre, puis il a intercalé trois feuilles de papier carbone entre quatre pages à en-tête, a inséré le tout dans sa machine à écrire et a tapé ma déposition avec deux doigts et la cigarette au bec.

EXTRAITS DU PROCÈS-VERBAL D'AUDITION DE MICHEL MARINI :

… Sur interpellation (SI). Cela fait cinq ans que je fréquente ce club d'échecs. J'avais remarqué que Sacha Markish était rejeté par tous les membres du Club mais j'en ignorais la raison. Quand, la semaine dernière, j'ai appris que Sacha était le frère d'Igor, un habitué du Club, j'en ai été stupéfait. Je l'appelais par son prénom, je ne connaissais pas son nom de famille. Aucun des deux n'avait évoqué cette parenté devant moi. Au début j'étais proche d'Igor, il m'avait mis en garde contre Sacha sans me donner d'explication, puis avec le temps je suis devenu ami avec Sacha, Igor me l'a reproché et nous nous sommes éloignés. Il y avait une telle haine de la part d'Igor à son égard que l'on pouvait difficilement imaginer ce lien fraternel entre eux.
SI. Sacha comme Igor avaient fui l'URSS au début des années cinquante, ils y avaient laissé leurs familles, et ils n'en avaient aucune nouvelle depuis. À l'époque, ils étaient mariés, Sacha avait eu un fils, qui doit avoir une trentaine d'années aujourd'hui, sa deuxième femme était enceinte quand il s'est sauvé de Leningrad, mais il n'aimait pas parler de sa vie passée. Quant à Igor, il a un garçon d'à peu près mon âge et une fille un peu plus jeune.
SI. C'est la semaine dernière aussi que j'ai découvert le passé de Sacha, j'ignorais qu'il avait été un haut responsable du KGB de Leningrad et que c'était la raison de l'animosité des membres du Club à son égard. Sacha était une personne solitaire, cultivée et pleine d'humour, il s'y connaissait de façon remarquable en photographie et il m'a donné de précieux conseils pour mes photos.
SI. J'ai été témoin de plusieurs incidents entre Igor et Sacha. Igor ne voulait pas qu'il fréquente le Club, il l'a mis à la porte

énergiquement à deux ou trois reprises, mais Sacha s'accrochait et revenait à la charge, indifférent à l'hostilité des autres.
SI. J'ai été témoin de la dernière bagarre entre eux. En vérité, ce n'était pas une bagarre, Igor a frappé violemment Sacha au visage et au corps, j'ai ceinturé Igor. Effectivement, j'ai été obligé de lui donner un coup de poing pour qu'il arrête de le frapper. Sacha avait le visage tuméfié, le nez brisé et la lèvre fendue, personne n'a voulu l'aider. J'ai dû l'accompagner à l'hôpital Cochin, où il a été pris en charge.
SI. Je me trouvais au Balto quand le patron a ouvert la porte du Club, il avait posé deux jours auparavant un cadenas pour en interdire l'accès parce qu'il envisageait d'y faire des travaux. Dès qu'il a poussé la porte, nous avons découvert Sacha qui était pendu, nous nous sommes précipités à son secours mais nous nous sommes rendu compte qu'il était raide et froid.
SI. Je ne suis pas capable de dire si les hématomes sur le visage de Sacha sont consécutifs à l'altercation avec Igor, deux jours auparavant, ou postérieurs.
SI. Sacha m'avait fait part de son inquiétude car sa chambre de bonne avait été cambriolée à plusieurs reprises, il n'y avait pourtant aucun bien de valeur, il était sur ses gardes en permanence, il répétait toujours qu'il n'y a pas de hasard.

L'inspecteur Delaume a levé le nez de sa machine, a consulté un cahier à spirale sur lequel il avait griffonné des questions, et a hésité.

SI. Sacha avait perdu son portefeuille. À son arrivée à l'hôpital, il m'a demandé de déclarer que nous ne nous connaissions pas, je n'ai pas voulu le contrarier.
SI. Pour moi, le suicide de Sacha ne fait aucun doute. J'ajoute que Sacha m'avait confié qu'il était gravement malade.

*

En sortant du commissariat, j'ai repensé à la lettre que Sacha m'avait adressée et où il évoquait sa volonté d'en finir avec l'existence, mais lors de son enterrement, j'avais remis cette confession à Igor, c'était à lui de la transmettre à la police. Sacha avait été un prestidigitateur des photographies truquées en URSS, il avait effacé les visages de milliers d'hommes et de femmes, des ennemis du peuple qui ne devaient plus apparaître nulle part après avoir été éliminés physiquement, il faisait le sale boulot, mais avec l'élégance d'un artiste du tirage argentique. Et puis, le colonel des services secrets a fini par trouver insupportable cette vie absurde de dénonciations, de déportations et de mensonges, les remords et les regrets l'ont submergé, il a sauvé la vie de son frère Igor menacé d'arrestation sans que celui-ci sache qui l'avait prévenu, puis il a réussi à passer en Finlande avec la preuve des crimes innombrables du Parti, de l'assassinat de dizaines de milliers d'innocents. Pendant le reste de sa vie, il a porté le poids de ses fautes, personne ne lui a pardonné ou tendu la main, les membres du Club l'ont rejeté, trop contents de trouver pire qu'eux. Finalement, j'ai été le seul à être son ami, mais j'ignorais ses forfaits. Aurais-je eu la même attitude à son égard si j'avais connu la vérité ? J'aurais probablement réagi comme les autres, je me serais détourné de lui avec mépris. Pourtant, j'hésite à le condamner sans réserve, qu'aurait été ma vie si j'étais né en 1910 à Saint-Pétersbourg et si j'avais vu se mettre en marche la plus grande révolution de l'histoire de l'humanité, une espérance inouïe de justice sociale ? J'y aurais cru certainement comme des millions de Russes. Comme eux, j'aurais fermé les yeux aux premières exactions, à la répression, à l'élimination des ennemis du peuple, c'était un combat pour la plus juste des causes, et malgré moi je me serais trouvé entraîné dans la spirale de la folie, je serais devenu un complice et un bourreau. La haine qu'Igor et les autres vouaient à Sacha était compréhensible, la terreur stalinienne n'a pas seulement éliminé des millions d'innocents, elle a tué l'idée même du communisme, le rendant à jamais complice du pire régime politique de tous les temps.

Et cela est vraiment impardonnable.

Deux semaines après son enterrement, je suis retourné me recueillir sur la tombe de Sacha au cimetière Montparnasse. Sacha garde son auréole de victime malgré lui. Je n'arrive pas à comprendre pourquoi les crimes innombrables du communisme paraissent moins graves que ceux du nazisme, sous prétexte qu'ils ont été commis au nom d'un idéal merveilleux qui devait changer le destin de l'humanité. Sacha a cru que ses idées allaient faire le bonheur de l'humanité, il a été emporté par l'horreur qu'il avait contribué à créer.

Je n'ai connu que l'homme cultivé aux manières délicates et au talent unique pour embellir les clichés banals que je lui confiais. Il savait créer des contrastes qui n'existaient pas, de la vibration, de la lumière et des ombres qui enjolivaient les visages et donnaient même l'impression que j'étais un grand photographe. Je ne lui en veux pas de m'avoir manipulé, c'était pour la bonne cause. Il désirait transmettre ses cahiers de poèmes qu'il avait sauvés des chaudières du KGB, il m'avait choisi parce que, de tous les gens qu'il connaissait, j'étais trop jeune pour avoir été mêlé aux turpitudes de son époque, un innocent en quelque sorte, et qu'il m'avait pris en amitié ou peut-être en affection. Ne jamais revoir sa femme et ses enfants aura été pour lui la pire des punitions. Aujourd'hui, je dois tourner la page de cette histoire, Sacha et Igor ne m'enrôleront pas dans leurs vieux combats, je ne suis pas responsable de leurs fautes, pas héritier de leurs colères. Le Leica que Sacha m'a légué m'est inutile, je n'ai plus personne à photographier.

Les vacances en Bretagne se profilaient, ma mère envisageait de partir fin juillet, laissant le magasin d'électroménager à son frère Maurice qui nous rejoindrait chaque week-end. Pour la première fois, j'avais hâte de quitter Paris et de retrouver de la clarté dans ma vie. Je devais mettre de l'ordre dans ma tête, ranger ces événements dramatiques dans un coin de mon cerveau pour qu'ils cessent de me tourmenter.

Une lettre à en-tête du lycée Henri-IV est arrivée à la maison, m'informant que mon inscription en classe préparatoire, vu mon dossier et ma mention AB obtenue au baccalauréat, ne s'avérait pas possible. J'ai voulu aller plaider ma cause auprès du proviseur mais il ne recevait ni les élèves ni les parents. J'ai tenté ma chance auprès de Masson, le surveillant général, qui a soutenu qu'il ne pouvait intervenir, la décision ayant été prise par le conseil de classe. Mes résultats au long de l'année n'avaient pas été brillants, j'avais eu le tort d'arrêter le latin à l'entrée en seconde, il me conseillait de m'inscrire à la Sorbonne où le parcours était plus accessible. J'ai tellement insisté qu'il a promis d'en parler au proviseur. Le lendemain, il a téléphoné pour m'annoncer une bonne nouvelle : je devrais passer un contrôle de latin vers le 10 septembre, avec deux épreuves, thème et version niveau bac, et si j'obtenais la moyenne, je pourrais intégrer une hypokhâgne.

– Je n'y arriverai jamais !

– Vous avez deux mois pour rattraper votre retard. Ce ne sera pas facile, mais à vous de saisir votre chance : Normale, c'est la voie royale.

J'ai récupéré mes vieux manuels de latin en haut de l'armoire, je les ai feuilletés, j'ai eu l'impression d'avancer en terrain familier, je suis allé m'acheter les livres de terminale et les annales du bac. Le soir, j'ai été heureux d'annoncer cette bonne nouvelle à ma mère.

– Tu es tombé sur la tête ou quoi ? À quoi sert le latin ? À être prof de latin ! Tu ferais mieux de préparer une école de commerce.

– Et qu'est-ce que je ferais dans une école de commerce ?

– Tu apprendrais un métier, tu reprendrais le magasin le moment venu, et tu gagnerais bien ta vie.

Le lendemain, je me suis levé à l'aurore, élaborant un programme de révisions sophistiqué qui, à raison de six ou sept heures quotidiennes, devait me permettre de venir à bout de la langue de Virgile en deux mois. Je me donnais une semaine pour maîtriser à nouveau les cinq déclinaisons funestes, puis je m'attaquerais à la grammaire perverse, à la conjugaison syncopée, à la syntaxe pernicieuse et aux subordonnées qui rendent fous, chaque journée de travail se clôturant par une version et un thème sortis au hasard des annales sadiques.

Nulla dies sine linea.

J'avais oublié la vieille malédiction qui tétanise les étudiants qui ouvrent un livre de grammaire latine en son milieu. Ma bonne volonté s'est effondrée quand j'ai découvert que, pour obtenir les formes du gérondif, il suffisait de remplacer la désinence du participe présent au génitif par celle du gérondif au génitif. J'avais été optimiste, je devais tabler sur un minimum de dix heures de travail chaque jour, samedi et dimanche compris.

J'en étais à chanter *Rosa, rosa, rosam*, quand la sonnerie du téléphone a retenti, j'ai eu le plaisir d'entendre la voix de mon père, enjouée comme au bon vieux temps. Il m'a proposé de le retrouver au Volcan, à proximité de la place de la Contrescarpe, pour m'annoncer une grande nouvelle. Nous ne nous étions pas revus depuis deux mois. Quand je suis arrivé, il prenait l'apéritif, accoudé au comptoir, en grande conversation avec le patron et deux clients, il portait un costume clair avec de fines rayures qui l'amincissait. Il m'a fait signe de les rejoindre, m'a présenté à ses amis, vantant mon intelligence, affichant sa fierté pour ma brillante réussite au baccalauréat, ce qui m'a valu les félicitations du patron, même s'il ne se souvenait pas de mon visage alors que j'étais venu souvent dans son établissement. Nous sommes passés à table, mon père semblait rayonnant.

– Les luminaires, c'est fini, Bar-le-Duc aussi. Je suis sur un gros coup, quelque chose d'énorme, je bosse comme un fou, et cela fait du bien au moral.

Il a dû me sentir dubitatif, il a souri un peu tristement, a rempli nos verres, est resté un moment songeur.

– Je t'ai parlé de Georges Leuwen ?

– C'est un de tes amis.

– Plus qu'un ami. Comme tu le sais, je ne m'entends pas avec mon propre frère, je le regrette, on s'aime mais on ne se supporte pas. Georges, c'est mon frère choisi. Le seul homme sur cette terre en qui j'aie confiance. Nous nous sommes connus au stalag IIB en Poméranie, un des pires de tous, on a partagé la même paillasse pendant près de quatre ans, c'était un camp très dur avec une discipline impitoyable, les conditions de vie étaient éprouvantes, il y avait des exécutions sommaires, des épidémies aussi. Au début, on couchait dans des tentes, le froid était infernal, des milliers d'hommes sont morts, le moindre pépin de santé pouvait prendre des proportions dramatiques, même si nous étions moins mal traités que les Polonais et les Russes, pour eux c'était l'enfer. Dans notre baraquement, nous formions un petit groupe, tous parisiens, on s'encourageait les uns les autres pendant les appels interminables, on partageait les colis de la Croix-Rouge et les cigarettes, quand l'un de nous dévissait, les autres le soutenaient, on se racontait notre vie d'avant, mais il y a deux choses qui nous ont sauvés, on se lavait tous les matins, qu'il pleuve ou qu'il gèle, et puis nous avons décidé de rire, quels que soient les malheurs qui nous frappaient, c'était notre manière de résister, de prouver qu'ils n'étaient pas les plus forts, des blagues débiles, on était jeunes, j'avais vingt-trois ans à peine. C'est là que j'ai cultivé mon don d'imitateur, chaque soir, je lisais des fables de La Fontaine avec la voix de Fernandel, de Jouvet ou d'Arletty, et crois-moi, j'avais du succès, ils se tordaient de rire. Georges était aspirant, il avait fait une école d'ingénieurs, mais il avait été appelé sous les drapeaux avant d'avoir fini. Il a eu toutes les maladies ou presque qu'il était possible d'attraper, à deux reprises on a pensé que c'était la fin, il a été transféré au lazaret, et puis il revenait, pas très brillant mais vivant. Après la Libération, chacun a repris sa vie, on s'est perdus de vue mais notre amitié est restée vivace. Georges vient d'une famille d'industriels du Nord, des filateurs. Il y a trois mois, nous nous sommes retrouvés par hasard à la buvette de la gare de Nancy et ce fut comme si nous nous étions quittés la veille, nous avons parlé si longtemps que nous avons raté nos trains respectifs. Et une chose après l'autre, nous avons réalisé que nous étions à des moments décisifs de nos existences et nous avons décidé de nous associer.

– Et vous allez faire quoi ?

– C'est compliqué à expliquer, une activité qui n'existe pas encore.

Mon père avait le visage extatique d'un homme animé d'une foi inébranlable, comme celle qui devait habiter les martyrs au moment de l'entrée des lions dans l'arène. Et je me souviens d'avoir pensé : dans quelle galère est-il encore allé se fourrer ? Il m'a promis de m'en dire plus dès que son projet se concrétiserait, nous avons levé nos verres pour fêter son retour à Paris et son emménagement dans l'appartement qu'il venait de louer place Maubert. J'ai les idées, c'est moi le patron, lui il finance et s'occupe de la gestion. Cela va faire du bruit, crois-moi. Surtout, pas un mot à ta mère. Je parle, je parle, et toi, tu en es où ?

La maison louée à Perros-Guirec s'avérait petite pour nous tous, je dormais au grenier sur un lit de camp avec mes cousins, je mettais le réveil à sept heures, ils ne m'entendaient pas me lever, j'allais faire un tour sur la lande déserte, et quand je revenais vers neuf heures, ils se levaient à peine. Ils voulaient que je les accompagne à la plage, mais moi je prenais mes livres et mes cahiers, et j'émigrais dans un bistrot où j'avais une paix royale jusqu'au soir.

La vie se présentait comme une bataille perpétuelle, mais mon principal adversaire n'était pas la grammaire latine, je prenais imperceptiblement le dessus, au prix d'un travail de Romain, je n'avais pas pris conscience qu'il se dissimulait derrière les visages rassurants et sournois assemblés autour de la table familiale. Ovide et Cicéron, malgré leurs raccourcis sibyllins, se révélaient des amis sincères, comparés à ma mère et à son frère.

Un jour, mon oncle Maurice m'a demandé avec son accent pied-noir chantant à quoi servait d'étudier le latin : Michel, sois clair pour une fois, je n'arrive pas à comprendre pourquoi tu te casses la tête à apprendre une langue morte. À quoi cela va servir ? À moins que tu veuilles devenir curé ! Ils sont partis dans un fou rire qui ne s'arrêtait pas.

Je me suis réfugié au grenier où j'ai travaillé les superlatifs irréguliers. Au bout d'une heure, ma sœur Juliette est apparue : Il y a papa qui veut te parler. Je suis descendu, le téléphone se trouvait dans l'entrée, j'ai fermé la porte de communication du salon, ils étaient lancés dans une furieuse partie de Monopoly, c'était la première fois que mon père m'appelait.

– Il bosse fort, Jules César ?

– Tu ne vas pas t'y mettre, toi aussi.

– Je te téléphone parce que, cet après-midi, j'ai vu Cécile Vermont à la Bastille. Je sortais d'un déjeuner avec un fournisseur, et à l'angle de la rue de la Roquette, quelqu'un m'appelle, je me retourne. C'était un visage connu, mais sur le coup je ne me suis pas souvenu d'elle, cela fait deux ans maintenant. Elle n'a pas changé, toujours cheveux courts châtains et garçon manqué, elle était assise à la terrasse d'une brasserie. On a pris un café, elle avait l'air fatiguée. Elle m'a posé plein de questions sur Franck, si la justice s'en occupait toujours, si j'avais eu de ses nouvelles, mais je n'avais rien de neuf à lui révéler : ton frère a disparu et notre seul espoir de le revoir est qu'il bénéficie un jour d'une amnistie. On sent qu'elle l'a vraiment aimé, et je crois qu'elle l'aime toujours.

– Où habite-t-elle ?

– À Paris, je pense, je n'ai pas osé l'interroger. Elle lisait un roman d'Aragon en prenant des notes. Elle a demandé comment tu allais.

– Elle t'a posé des questions sur moi !

– Elle était contente que tu aies eu ton bac. Je lui ai dit que tu préparais l'examen de latin pour entrer en prépa, elle a répondu que tu avais raison, que tu devais t'accrocher.

– Qu'a-t-elle fait depuis tout ce temps ? Pourquoi a-t-elle disparu ?

– Je n'ai pas voulu paraître indiscret. À un moment, le serveur est venu la chercher, quelqu'un la demandait au téléphone, il l'a appelée par son prénom. Ah oui, elle m'a dit de t'embrasser.

Pourquoi voulait-elle m'embrasser ? Après une si longue absence ? Peut-être une bise sans importance, deux lèvres qui frôlent une joue sans réfléchir, ou une marque d'amitié, la promesse de se revoir bientôt ? J'étais à plus de cinq cents kilomètres de Paris, coincé dans ce trou à attendre je ne sais quoi. J'ai raccroché et j'ai interrompu leur partie endiablée de Monopoly pour annoncer à ma mère que je retournais à Paris par le train du matin, il m'était impossible de réviser, je devais travailler avec plus de concentration et leur présence m'en empêchait. Ma mère comptait et rangeait ses billets en tas devant elle.

– Il n'en est pas question, Michel, tu travailleras ici.

– Je partirai demain matin, et personne ne m'en empêchera !

Mon oncle Maurice s'est redressé, a pointé un doigt dans ma direction.

– Tu vas parler à ta mère sur un autre ton, ou tu auras affaire à moi !

Il était rouge, les mâchoires serrées légèrement tremblantes, et m'aurait sauté dessus sans hésiter si je n'avais pas fait demi-tour pour éviter l'esclandre et remonter dans le grenier.

Je me suis réveillé tôt le lendemain, la maison dormait, j'ai rassemblé mes affaires dans un sac et suis parti sans faire de bruit. J'ai attrapé le bus pour Lannion, puis le train pour Paris. Ma décision était prise, je devais retrouver Cécile, lui parler. Si elle fréquentait ce café de la Bastille, tôt ou tard elle y retournerait, il suffisait d'être patient. Pour la première fois depuis longtemps, un coin de ciel bleu s'ouvrait au-dessus de ma tête, j'avais la certitude de retrouver bientôt Cécile et notre complicité perdue, une bouffée d'air frais balayait cette période sombre, les jours mauvais étaient derrière moi. Pendant le parcours interminable, une autre décision s'est imposée à moi. Je connaissais à l'avance la réaction de ma mère, elle était trop rigide pour me pardonner de lui avoir désobéi et ne pourrait pas digérer cet affront, on était avec elle ou contre elle. Franck en avait fait la cruelle expérience : quand il avait pris le risque d'afficher ses opinions politiques, il avait dû quitter la maison sur-le-champ, et plus tard, quand il avait déserté, il s'était adressé à mon père, il savait que ma mère ne lèverait pas le petit doigt pour l'aider et lui conseillerait de se livrer à la police. Sur le coup de dix-neuf heures, j'ai sonné à la porte de l'appartement de mon père, une jeune femme a ouvert.

– Excusez-moi, j'ai dû me tromper d'étage, je cherche M. Marini.

– Paul, c'est pour toi, a-t-elle dit en se tournant vers l'intérieur.

Elle portait un col roulé marron et une jupe plissée assortie, ses cheveux auburn ramenés en arrière lui faisaient un front immense, mon père est arrivé en bras de chemise.

– Ben, qu'est-ce que tu… Entre, voyons.

J'ai avancé d'un pas, elle a reculé dos au mur et nous sommes restés quelques instants à nous dévisager.

– C'est Michel… C'est Marie, mon amie.

Elle a hoché la tête, a souri en me tendant sa main.

– Tu ne m'avais pas dit qu'il était plus grand que toi.

– Ah oui…, a constaté mon père, l'air dépité. Bon, on ne va pas camper dans l'entrée.

De façon un peu cérémonieuse, nous nous sommes assis autour de la table de la salle à manger, mon père a sorti une bouteille de vin blanc et une de crème de cassis, a préparé trois kirs, Marie a trouvé des cacahuètes : On n'a rien d'autre. Des caisses en carton étaient empilées dans le salon attenant, plusieurs étaient ouvertes : On n'a pas fini d'emménager, a poursuivi mon père. Au fait, tu n'étais pas en vacances ?

J'ai donné une version cohérente de mon départ de Bretagne, j'ai raconté que la présence des Delaunay d'Algérie, leur amour immodéré du Monopoly et les parties frénétiques de petits chevaux étaient incompatibles avec mes révisions.

– Pourquoi n'es-tu pas allé à la maison ?

Au point où j'en étais, je devais me jeter à l'eau, même si je n'étais pas sûr d'arriver sur l'autre rive.

– Je ne veux plus habiter avec maman, je ne la supporte plus, c'est un vrai gendarme.

– Il faut reconnaître que…

Marie a fini son verre d'un trait.

– Vous pouvez rester, Michel, on va se débrouiller. Vous ne me reconnaissez pas ?

Son visage, bien qu'agréable, ne m'évoquait aucun souvenir. Ce soir-là, j'ai grandi d'un coup, découvrant que mon père était un inconnu dont j'ignorais la vie, mes parents s'étant évertués à donner de leur couple une image d'Épinal avec une représentation idéale de famille vertueuse.

– Marie a travaillé comme comptable à l'ouverture du magasin pendant trois mois, entre nous ce fut un bonheur comme je n'en avais jamais connu de ma vie, mais avec ta mère, c'était compliqué, Marie ne voulait pas envenimer la situation, elle a trouvé un poste dans une autre boîte, nous avons continué à nous voir en faisant attention, et personne, absolument personne, ne s'en est douté. Avec ta mère, cela n'allait pas depuis des années, seuls les enfants nous réunissaient. Tu es le premier à qui j'en parle, et cela me soulage de pouvoir le faire avec toi, mais je compte sur ta discrétion. Longtemps j'ai cru que ta mère avait utilisé l'histoire de ton frère comme prétexte pour me mettre à la porte, aujourd'hui j'ai conscience d'avoir ma part de responsabilité, je savais qu'aider Franck serait un motif de rupture et qu'elle prendrait la décision d'en finir avec ce mariage de convenance. Avec Marie, nous nous sommes installés chez elle à Bar-le-Duc, mais là-bas, le monde tourne au ralenti. Quand mon ami Georges Leuwen a proposé de financer mon affaire, nous avons décidé de revenir à Paris, mais tout ce que je te raconte, c'est motus et bouche cousue.

C'est de cette façon que notre cohabitation a commencé. Par des confidences, et des secrets. Et que mon père m'ouvre son cœur comme à un ami a effacé les reproches que j'avais pu nourrir à son encontre pour nous avoir abandonnés. Marie a déplacé des cartons, découvert un canapé, je l'ai aidée quand elle a jeté un drap dessus.

– Je ne vais pas vous encombrer, Marie. Demain, je retournerai à la maison.

– Vous êtes chez vous ici. Il faut qu'on s'organise, on va débarrasser le bureau, vous aurez une chambre pour vous.

Pour le dîner, mon père a préparé une *pastasciutta* à sa façon, et pendant le repas, il m'a révélé les grandes lignes de son projet.

– Tu trouvais que le magasin des Gobelins était immense ? Eh bien, celui que nous allons ouvrir dans une ancienne usine à la porte de Montreuil sera cinq fois plus grand, les gens pourront venir en métro ou en voiture, on vendra des télévisions, de l'électroménager, mais aussi des meubles, et tout l'équipement et la décoration de la maison. L'idée, c'est que ce soit impossible de trouver moins cher que chez nous, tout sera garanti un an et les gens achèteront en sécurité, on va faire une publicité d'enfer, on aura de petites marges mais on va en vendre des wagons, on est en train de négocier les prix avec les fournisseurs parce qu'on va commander en grande quantité, et ils vont se battre entre eux pour qu'on leur prenne leurs produits. En plus, on vend à crédit avec trois fiches de paye, on livre le lendemain au plus tard. C'est compliqué à synchroniser, la mise de départ est lourde, et il ne faut pas compter sur les banques, c'est là qu'intervient Georges : grâce à sa famille, il a les reins solides. Tu comprends ? C'est l'avenir, on n'a pas le choix, il y a ceux qui avanceront et ceux qui resteront sur place. Le petit commerce, c'est fini. On va rendre les gens heureux, et on va gagner un max de pognon.

Le lendemain matin, l'appartement était silencieux. Sur la table de la cuisine, mon père avait laissé cent francs, un trousseau de clés et un mot griffonné à mon intention : « On doit partir en Italie pour voir des fournisseurs, on rentre dimanche soir tard, ne nous attends pas. Bosse fort. »

C'est en allant d'un pas de touriste de Maubert à la Bastille, comme si je découvrais cette ville, que j'ai compris que j'étais perdu pour la campagne, que j'aimais cette agitation, le bruit, les commerçants pressés, les gens qui courent après les autobus ou qui discutent au bord du trottoir en râlant après le gouvernement, les terrasses bondées et les serveurs désagréables, les palissades couvertes d'affiches et les concerts de klaxons des voitures bloquées par les camions-poubelles.

Ma décision était prise, j'allais attendre que Cécile revienne dans ce bistrot où quelqu'un l'avait appelée au téléphone, je devais croire à ma bonne étoile. Je me suis installé à la terrasse du Cadran de la Bastille, d'où j'avais une vue circulaire sur la place et sur le début de la rue de la Roquette et de la rue du Faubourg-Saint-Antoine. Elle ne pourrait pas m'échapper. J'avais emporté mes affaires : un cahier, un livre de grammaire latine et les annales, mais je me suis trouvé confronté à un dilemme : si je révisais, le nez baissé, je risquais de la manquer. Et si je la guettais sans faiblir, je n'avancerais pas dans mon travail.

– Qu'est-ce que vous prenez ?

Une petite blonde nerveuse avec une frange qui tombait à un centimètre de ses yeux marron, des joues roses et une fossette au menton, m'a servi un express, j'ai tenté de l'interroger avec finesse :

– Vous avez vu Cécile, aujourd'hui ?

Elle a fait un effort visible de mémoire…

– Connais pas de Cécile.

– Elle vient souvent, elle est prof.

Elle a interrogé le patron, qui a demandé une description de Cécile, je lui ai montré une photo d'elle assise en train de lire au bord de la fontaine Médicis, mais ce visage ne lui rappelait rien, pas plus qu'au serveur, aux joueurs de tarot ou aux clients accoudés au comptoir.

– C'est normal, a dit la serveuse pour me consoler vu mon air dépité, il y a tellement de passage. C'est votre petite amie ? Elle est jolie.

– C'est juste une amie.

Je n'avais pas envie de parler de Cécile à une inconnue, j'ai ouvert le livre de grammaire avec l'intention de m'attaquer aux propositions subordonnées mais j'ai remarqué que la serveuse lisait par-dessus mon épaule.

– C'est quoi ?

– Du latin.

– Ça a l'air compliqué. Vous voulez être curé ?

– C'est pour un examen que je dois passer en septembre.

– Pour être curé ?

– Je veux faire des études de lettres classiques.

– Ça aurait été dommage.

Pour travailler dans le calme et la sérénité, je déconseille Le Cadran de la Bastille, le patron passait son temps à jouer au 421 avec les résidents du comptoir, ils commentaient bruyamment les rebondissements de la piste, adressaient des incantations au dieu des joueurs de dés – Hermès, je présume –, s'exclamaient, riaient, pariaient l'apéro, interpellaient ceux qui jouaient au tarot dans la salle ou les connaissances qui se joignaient à eux pour quelques tours, pendant que d'autres consommateurs s'escrimaient sur le flipper. De temps à autre, je les rejoignais pour me détendre cinq minutes, souvent beaucoup plus, tout en gardant un œil sur la rue. Quand il n'y avait pas de clients en salle, la serveuse suivait le cours de la partie, commentait en connaisseuse, ce qui m'a valu des remarques sarcastiques à chaque fois que je perdais la bille sans réagir.

– Ouais, vous n'êtes pas doué.

– Je n'ai pas la tête à jouer.

– Moi, c'est Louise. On en fait une ?

Elle a fouillé dans une poche de son tablier noir et court de barman, a inséré deux pièces dans le monnayeur et affiché deux parties au compteur.

– Je commence ?

Sans attendre ma réponse, elle a pris possession du flipper, monté la bille, donné un coup sec du plat de la paume dans le lanceur, la boule a fusé. En quelques secondes, ce fut une évidence : Louise était une championne. Les clients du comptoir se sont approchés et nous sommes restés comme des piquets, la bouche ouverte, à la regarder jongler, faire des passes, les redoubler, calmer la balle, l'envoyer où elle le décidait, on aurait dit qu'elle dansait avec l'appareil, le dirigeant avec légèreté, sans jamais le bousculer, raflant un maximum de points et affolant le compteur, elle a gagné une partie gratuite rapidement. Elle a fait un amorti, bloqué la boule, visé la targette du super-bonus qu'elle a obtenu avec indifférence, une clochette a retenti, elle a claqué deux parties supplémentaires. Elle continuait à s'amuser avec aisance, quand on a entendu, venant de la salle, la voix d'un client qui l'interpellait en demandant s'il y avait une serveuse dans ce bistrot ou s'il devait aller se servir. Louise a abandonné la partie que j'ai reprise, mais j'ai perdu la bille immédiatement.

J'ai retrouvé ma place en terrasse, scrutant la foule des piétons avec l'espoir qu'un miracle allait se produire, mais Cécile n'est pas apparue, peut-être était-elle partie loin de Paris et ne reviendrait-elle pas avant le mois de septembre ? Qui pouvait lui téléphoner dans ce café ? Je cherchais en vain d'autres moyens de la retrouver. Sur le coup de cinq heures, j'ai eu des fourmis dans les jambes, je suis parti en reconnaissance. Dans les cours et les impasses, les artisans s'activaient sur des meubles, j'ai hésité à sortir ma photo de Cécile mais je n'avais aucune chance, à part celle d'être ridicule. J'ai marché jusqu'à Faidherbe-Chaligny, me suis perdu dans le dédale des rues, j'ai fini par déboucher devant la prison de la Roquette, suis reparti en direction de la Bastille quand, à un croisement, j'ai entendu un : Hé, Michel ! qui m'a immobilisé. J'ai pivoté sur moi-même, j'ai aperçu Louise qui m'interpellait depuis la porte d'un café, rue de la Roquette : Tu es parti sans prévenir, viens, je te présente mes potes.

Soudain, j'ai eu l'impression de basculer dans un film des années cinquante : *King Creole*, *Le Rock du bagne* ou n'importe quel nanar avec Elvis, que les copains de Louise répliquaient avec leurs blousons de cuir cloutés, leurs jeans retroussés et leurs bananes flottantes. Mon apparence banale aurait dû me valoir mépris et sarcasme, mais j'avais eu la chance d'avoir été présenté par un membre éminent de la bande, c'était un passeport nécessaire, mais pas suffisant. J'ai passé l'examen d'admission après avoir offert une mousse générale quand Louise a vu que j'avais caressé le rebord du baby et a proposé qu'on fasse une partie.

– Tu sais jouer, toi ? a demandé Claude, un grand sec avec des rouflaquettes au carré qui lui couvraient les joues, et je n'ai pas apprécié son sourire goguenard.

Cela faisait plusieurs mois que je n'avais pas touché des barres, on a formé les équipes, spontanément Louise s'est positionnée de mon côté, à l'arrière, et à sa façon de dresser légèrement ses joueurs, j'ai vu qu'elle savait les tenir. Des spectateurs ont pris place de chaque côté, s'apprêtant à contempler le sacrifice des agneaux par les crocodiles. En face de moi, Claude s'est mis dans les buts, a choisi comme partenaire un déménageur avec des biceps ronds qui saillaient de sa chemise à manches courtes et des tatouages de bateaux à voiles sur les avant-bras. Costaud mais pas très rapide, je l'ai passé facilement, j'ai bloqué la balle, testant la résistance de Claude, c'était un nerveux qui réagissait au quart de tour, j'ai fait un aller-retour, il a bougé imperceptiblement et a encaissé son premier but, nous sommes restés indifférents, idem pour les sept buts suivants qui annonçaient la pâtée à venir, j'ai terminé sur un roulé qui a claqué. Claude a sauvé l'honneur en marquant le dernier but de l'arrière, c'était de ma faute car je n'avais pas couvert l'espace central.

– La revanche ? On était froids, a proposé Claude.

Sans attendre, il a glissé la pièce dans le monnayeur. On a senti un flottement chez l'adversaire, quand son partenaire a proposé à Claude de passer à l'avant et que ce dernier a refusé d'un signe de tête buté. Il a eu tort, car ils ont reçu la même punition. Tout commentaire aurait été déplacé, nous avons eu la victoire modeste et avons refusé de jouer contre d'autres clients. Nous sommes allés au comptoir finir nos bières. Le déménageur s'appelait René, avait une poigne de cadenas.

– Tu joues bien, mais on remettra ça. Et qu'est-ce que tu fais ?

– Michel, il va faire curé, répondit Louise à ma place en éclatant de rire.

– J'étudie le latin.

– Tu fais des études de curé ? demanda Claude. Je connais un curé sympa qui a une Norton.

C'est depuis ce jour que je suis devenu pote avec des membres de la bande de la Bastille et que j'ai hérité du surnom de Monseigneur dont ils m'ont affublé. Claude et René devaient partir aux Halles où ils travaillaient de nuit au pavillon 7 des fruits et légumes.

– On le voit plus beaucoup, mais si on croise Jimmy, qu'est-ce qu'on lui dit ? demanda Claude à Louise.

– Ce que tu veux.

Après leur départ, j'ai été sur le point d'interroger Louise, mais je me suis retenu, nous n'étions pas assez proches.

– C'est mon ex, enfin on est encore un peu ensemble, a-t-elle anticipé. Il y a des trucs qu'il n'a toujours pas compris, il se croit tout permis parce que c'est mon premier… Dis-moi, t'as quel âge ?

– D'après toi ?

– Je ne sais pas, tu fais jeune.

– Et toi ?

– Vingt-deux.

– Je suis un peu plus jeune que toi, c'est tout.

Louise a hésité, j'ai affiché un air détaché, elle s'est contentée de cette réponse. Elle semblait embarrassée, me regardait de trois quarts : Je n'ai pas bien saisi ce que tu fais. Nous nous sommes assis sur une banquette de l'arrière-salle, de l'autre côté de l'allée un couple plus âgé bavardait à voix basse. Louise m'a offert une gauloise, j'ai commandé deux bières, je lui ai expliqué. Enfin, j'ai essayé. En même temps, elle m'a raconté son histoire, ce n'était pas surprenant que nous ayons tellement de mal à communiquer, nous venions de mondes éloignés, et il avait fallu une accumulation de hasards étonnants pour que nos chemins se croisent. Louise était la première fille que je connaissais qui évoquait spontanément des choses personnelles, son jardin secret était ouvert à ceux qu'elle rencontrait. Nous cloîtrons nos émotions et nos états d'âme comme des biens précieux dans le coffre-fort de notre bonne éducation, tenant à distance de nos sentiments ceux que nous aimons, et cette délicatesse nous éloigne finalement les uns des autres. On garde ses secrets, on ne se déballe pas, on cultive la discrétion comme une religion, et on partage instinctivement l'idée de Brassens que montrer son cœur ou son cul, c'est pareil. Louise n'avait pas cette pudeur, elle affichait une intimité immédiate et irréfléchie, comme si nous nous connaissions depuis toujours.

Louise était née dans la banlieue de Troyes dans une famille d'ouvriers de la bonneterie, et à la façon dont elle m'en a parlé, j'ai eu l'impression que Zola aurait pu situer plusieurs de ses romans dans cette région, dans son quartier, dans sa rue, dans son usine, sans en changer le décor. Sept frères et sœurs, un père autoritaire et imbibé, une mère assommée de travail, ses sœurs soumises qui font des enfants trop vite, ses frères bornés pour qui les femmes doivent s'occuper des enfants sans qu'ils lèvent le petit doigt pour participer aux corvées de la maison. Louise avait commencé comme appareilleuse à quatorze ans, il fallait être docile, accepter de changer de poste comme un paquet qu'on trimbale, elle supportait de plus en plus mal les vexations des petits chefs, mais elle ne baissait pas la tête, elle s'était juré de ne pas devenir comme sa mère et ses sœurs, elle répondait au contremaître, tenait tête à ceux qui disaient qu'elle avait mauvais genre, elle provoquait son père, ses frères, et avait perdu sa virginité à quatorze ans dans un terrain vague derrière le stade. À seize ans, elle était partie avec Jimmy, même s'il y avait eu du grabuge quand elle avait couché avec son meilleur copain, ils avaient pris le train pour Paris, et cela faisait des années qu'elle n'avait pas revu sa famille. Au début, avec Jimmy, elle avait le béguin, ils avaient une entente physique formidable et pouvaient rester au lit le samedi et le dimanche entiers, mais avec le temps, il était devenu aussi casse-pieds que son frère aîné. Elle ne supportait pas qu'il lui donne des ordres.

Elle, elle faisait ce qu'elle voulait.

– Pourquoi je serais moins libre que lui ? Parce que je suis une fille ? Il retarde, on est en 1964, avec moi il s'est trompé d'adresse.

Dès le deuxième jour de mon retour à Paris, Marie a aménagé le bureau en chambre à coucher, poussant la bonne volonté jusqu'à solliciter mon avis sur le motif du couvre-lit et des rideaux qu'elle envisageait de poser. Elle a fait le tri dans les cartons entassés. En déménageant les caisses avec mon père, j'ai profité de l'absence de Marie pour lui demander si ma présence ne les dérangeait pas, je ne voulais pas m'imposer.

– Tu ne nous dérangeras jamais, et si cela posait le moindre problème, crois-moi, Marie ne se gênerait pas pour le dire. Au fait, tes révisions, tu es content ?

– Je dois travailler plus, il me faudra un peu de chance le jour de l'examen.

– Et si tu échoues, ce serait grave ?

– Les classes préparatoires, c'est la voie royale, mais si je me fais étendre, je pourrai m'inscrire en fac.

– En tout cas, si un jour tu cherches du boulot, ici on embauche.

J'ai été épaté par le nouveau magasin, aussi étendu qu'un hall de gare, une foule d'ouvriers s'affairaient en tous sens, les travaux de transformation de l'ancienne usine de pièces détachées en surface de vente rencontraient un problème imprévu : un dénivelé trop important empêchait de ragréer la surface de trois mille deux cents mètres carrés du rez-de-chaussée d'un seul tenant, il fallait créer une marche de dix centimètres. Mon père a immédiatement tiré parti de cette complication, il a tracé sur le plan une ligne pour marquer l'emplacement de ce palier qui délimiterait l'espace de vente des meubles et celui de l'électroménager.

Nous sommes allés prendre un café dans le bistrot voisin, mon père m'a demandé s'il pouvait faire quelque chose pour m'aider, puis il a sorti son portefeuille : Je n'ai pas besoin d'argent, papa, j'en ai encore.

Il a extrait une pochette en plastique transparent qui protégeait un trèfle à quatre feuilles et me l'a tendue.

– C'est mon porte-bonheur, je l'ai sur moi depuis vingt-cinq ans, depuis le stalag : le premier jour il faisait un froid polaire, personne n'avait envie de quitter le baraquement, moi je suis sorti pour me laver dans un abreuvoir, je me suis mis torse nu, l'eau était glacée, il fallait faire un sacré effort pour rester propre. En me séchant, j'ai baissé la tête et je l'ai vu. C'était incroyable, on aurait dit qu'il m'attendait, un clin d'œil du destin qui me signalait qu'il ne m'abandonnait pas, que je ne devais pas perdre l'espoir, un jour je reverrais Paris, et qu'il fallait résister à la tristesse et aux mauvais traitements. J'ai cueilli ce trèfle à quatre feuilles, je l'ai rangé précieusement dans mon portefeuille. Les copains rêvaient d'en avoir un aussi, on en a cherché autour de l'abreuvoir et dans le reste du camp, on n'en a jamais trouvé d'autre. Cette petite feuille m'a protégé pendant toute la guerre, je suis revenu vivant, j'ai retrouvé ta mère, et, quoi qu'elle en dise, on a eu une belle vie. Aujourd'hui, je te le donne, tu en as plus besoin que moi.

Il m'a tendu la pochette.

– Grâce à lui, tu réussiras ton examen.

– Tu y crois vraiment ?

– Fais-moi confiance, mon grand, la chance ne vient pas seule, elle a besoin d'un coup de pouce et qu'on croie en elle. Demande-toi pourquoi des gens réussissent et d'autres jamais.

J'ai pris l'étui en plastique, je l'ai glissé dans mon portefeuille, soudain j'ai été envahi par la conviction profonde que, grâce à son intercession, je reverrais Cécile.

Croire ne suffit pas, il faut vouloir croire.

*

Louise habitait un petit deux-pièces sombre au deuxième étage sur cour d'un immeuble fatigué de la rue Amelot, en face du Cirque d'hiver. Parfois on entendait des barrissements et des rugissements, parfois on sentait des odeurs de fauve et d'écurie, et dans la pénombre on se croyait au bout du monde. C'est dans son antre qu'elle m'a entraîné le premier soir, sans se soucier du qu'en-dira-t-il, et c'est dans sa chambre minuscule, sur son lit à une place, qu'elle m'a appris ce que j'ignorais, que l'amour est une fête, et que nous allions découvrir le paradis à deux. Elle avait une voix douce, des yeux étrangement lumineux, elle a bien vu que j'étais un novice, ce fut une guide attentionnée, elle a chuchoté des mots inconnus, elle m'a emmené dans son royaume, c'est dans mes bras qu'elle s'est endormie et réveillée, et dans les siens que je me suis perdu.

Le soleil traversait le rideau, j'ai mis quelques secondes à réaliser où je me trouvais. Louise avait la bouche entrouverte et souriait les yeux fermés, son épaule était blanche et soyeuse, elle s'est tournée vers le mur, j'ai dû me rendormir. Quand j'ai ouvert un œil, elle avait disparu, sur ma montre les aiguilles indiquaient une heure de l'après-midi, Louise préparait un café dans la cuisine attenante. En m'apercevant, elle s'est immobilisée et a murmuré : Va faire beau aujourd'hui. Nous avons pris notre petit déjeuner en silence, elle portait une chemise blanche en nylon trop grande pour elle, elle a hésité :

– Tu aimes lire, toi ?

– Oui, beaucoup. Quel est le dernier livre qui t'a plu ?

– Je n'ai jamais lu de livre, je veux dire un livre en entier. Chez moi, on n'y pensait pas, le journal de temps en temps, on écoutait la radio. Si j'avais envie de lire, d'après toi il faudrait commencer par quel livre ?

– C'est difficile à dire.

– Et la fille que t'attendais, Cécile, c'est ta copine ?

– C'était celle de mon frère, mais il y a eu des tas d'histoires entre eux.

– Tu n'as pas de copine ?

– J'en avais une, mais elle a été obligée de suivre ses parents en Israël. C'est compliqué.

Louise m'a soumis à un interrogatoire sur Franck et Cécile, puis sur Camille, elle insistait pour que je donne des détails personnels mais je répondais de façon elliptique. Elle s'est assise sur mes genoux, m'a embrassé, elle m'a entraîné sur le lit, nous étions à moitié déshabillés quand la sonnette a retenti.

– Qui ça peut être ? a-t-elle demandé en reboutonnant sa chemise.

Elle est allée ouvrir la porte d'entrée.

– Jimmy ! C'est sympa de passer.

Je me suis rhabillé précipitamment. Jimmy était à peine plus vieux que Louise, il était vêtu d'un blouson en daim clair, d'un tee-shirt blanc sur un jean et, ce qui m'a surpris, d'une paire de gants en cuir qu'il a gardés en permanence, une mèche ondulée lui tombait sur les yeux et il la remettait en place d'un geste nonchalant. Une cigarette américaine non allumée pendait à ses lèvres. Louise a fait les présentations, il m'a à peine accordé un regard.

– On allait refaire du café, a dit Louise, t'en veux un ?

Elle a mis la cafetière sur le feu, a disposé les tasses sur la table de la cuisine. Je lui ai tendu la boîte d'allumettes. Il a secoué la tête.

– Non, j'arrête de fumer, pour la voix.

Louise a servi les cafés.

– J'ai croisé Jeannot ce matin, a dit Jimmy, il est d'accord pour vendre sa moto.

– Formidable ! s'est exclamée Louise. Et combien en veut-il ?

– Dans l'état où elle se trouve, il ne peut pas être exigeant.

– Tu lui as dit que je passais le permis dans trois semaines ?

– Le mieux, c'est que tu t'arranges avec lui.

– C'est un copain qui a une Royal Enfield 350, a-t-elle expliqué en soufflant sur son café qui fumait, mais il a pris un méchant gadin, il ne veut pas la faire réparer, la fourche est voilée, paraît que ce n'est pas grand-chose. S'il me fait un bon prix, je la prends.

Louise n'a pas fini son café, a attrapé son blouson, s'est dirigée vers la porte, nous lui avons emboîté le pas et avons dévalé les escaliers. Jimmy a mis en marche sa moto 356 Peugeot gris acier, il a frotté ses mains gantées, a descendu le trottoir avec précaution, Louise a grimpé à l'arrière, il a fait vrombir son moteur à deux reprises, elle a enserré fermement Jimmy, qui a emprunté le boulevard Beaumarchais, et ils ont disparu.

Curieusement, je n'en ai pas voulu à Louise de me planter là, ni à Jimmy non plus. J'ignorais que nous allions vivre une drôle d'histoire ensemble, peut-être que si j'avais connu la manière dont elle a fini, je n'aurais pas cherché à revoir Louise, et quand le lendemain je suis retourné au Cadran de la Bastille, je ne me suis pas demandé si c'était pour retrouver Cécile ou pour revoir Louise.

Disons pour les deux.

Louise n'était pas au travail, c'était son jour de repos. Je me suis installé à la même table, j'ai sorti mon livre de grammaire, j'ai commencé à bosser. Comme j'étais de bonne humeur, j'ai attaqué les verbes déponents. Régulièrement, je levais la tête avec le mince espoir que Cécile passe dans la rue.

Au bout de deux heures, les verbes déponents étaient matés. Ce fut une journée paisible, rythmée par une brève incursion sur les rébarbatifs adverbes corrélatifs que j'ai renvoyés à des jours meilleurs. J'avais accédé rapidement au statut d'habitué mais mes questions sur Cécile, photos à l'appui, se sont révélées superflues. Mes progrès en thème latin étaient homéopathiques, par contre je commençais à maîtriser le flipper, par claquer des parties gratuites et me faire de nouveaux copains.

Asinus asinum fricat.

En fin de journée, je suis passé chez Louise, personne n'a répondu. En sortant, j'ai aperçu Jimmy qui arrivait sur sa moto et s'est garé sans couper le moteur.

– Tu as vu Louise ? demanda-t-il en tirant sur ses gants sans les ôter.

– J'ai sonné, elle n'est pas là.

Jimmy a dû estimer à mon visage que je ne mentais pas, il s'est affaissé, bras ballants, a soupiré.

– C'est toi, Monseigneur ?

Claude et René avaient évoqué un pote de Louise qui jouait super au baby, étudiait le latin et avait une tête de curé.

– Je n'ai pas une tête de curé !

– Alors, tu es copain avec Louise ?

Il semblait si abattu et dépité que j'ai préféré ne pas répondre, j'ai proposé de prendre un café, il a fait oui de la tête, a monté avec précaution sa moto sur le trottoir, nous nous sommes installés à la terrasse d'un bistrot sur le boulevard. Jimmy gardait toujours ses gants en pécari, même en prenant son pastis. Il partageait ce trait de caractère avec elle : il n'y avait pas besoin d'insister pour qu'il raconte sa vie.

Le problème, c'était Louise.

Ils venaient du même quartier de la banlieue de Troyes, avaient grandi à l'ombre des usines de bonneterie et, quoi qu'elle en dise aujourd'hui, ce n'était pas le bagne. Les maisons de leurs parents étaient mitoyennes. D'aussi loin qu'il remontait dans ses souvenirs, Louise avait été au centre de sa vie, elle suivait les garçons plus âgés dans leurs courses à vélo, seule fille à être admise dans la bande et à faire partie de leur équipe de foot où elle jouait ailier droit ou gauche selon les jours, elle était fière de les avoir tous embrassés, et aucun ne se serait avisé de lui manquer de respect. Jimmy avait été son premier amour, tout le monde était persuadé qu'ils finiraient par se marier et par s'installer comme leurs frères et sœurs, mais Louise, pour des raisons qu'il n'a jamais bien comprises, était révulsée à l'idée de fonder une famille, elle avait un caractère peu commode, toujours à râler, et s'était disputée avec la terre entière. Après une altercation plus violente que les autres avec son père, dont les échos avaient traversé le mur de séparation de leur salon, il avait accepté de la suivre, sinon elle serait partie sans lui. Ils avaient trouvé du travail immédiatement, lui aux Halles, elle comme serveuse, et avaient eu la belle vie, ils avaient trouvé un appartement à Joinville, mais Louise avait de drôles d'idées, des idées d'indépendance, comme un mec, mais plus têtue. Il y avait deux ans, elle avait eu une aventure avec un Grec, elle était partie avec lui quinze jours à Thessalonique, puis elle était revenue comme si de rien n'était, et avait pris cet appartement rue Amelot, ils étaient toujours ensemble, mais chacun faisait ce qu'il voulait.

– Qu'est-ce que tu en penses, toi qui fais des études ?

– Je ne sais pas, c'est compliqué.

*

Cécile ne savait pas dans quelle direction se diriger pour retrouver Franck. Au sud peut-être. Ou à l'est ? Cette envie de tout quitter la submergeait plusieurs fois par jour, la réveillait la nuit, l'empêchait de se rendormir. Parfois, pendant son cours, elle s'interrompait, la main posée sur le tableau, avec une craie qui dévissait, et elle s'en allait. Quelques secondes tout au plus. Ses élèves ne mouftaient pas. Son regard noir leur faisait suffisamment peur pour qu'ils lui fichent la paix. S'ils avaient su la panique dans sa tête, le capharnaüm dans son cœur, quel chahut ils auraient fait. Mais elle affichait un masque impénétrable. Cécile aimait le silence qui se faisait quand elle pénétrait dans la salle de classe.

Ce jour-là, elle posa son cartable sur le bureau, accrocha son imperméable à la patère derrière la porte, jeta un coup d'œil à ses élèves debout, attendit un instant.

– Assis. Comme prévu, prenez une feuille, interrogation écrite sur *Iphigénie* de Racine.

Il n'y eut pas un murmure, pas une réflexion, Cécile inscrivit les questions au tableau :

1) Qui est le véritable héros d'*Iphigénie* ?

2) Qu'évoque pour vous « la soumission aux dieux » ?

Elle se retourna :

– Cela signifie quelle lecture peut-on en faire aujourd'hui ?

Elle écrivit la question suivante :

3) Les raisons avancées par Agamemnon sont-elles vraisemblables ?

– Vous avez quarante minutes. Bien sûr, vous devez justifier vos réponses. Ce qui m'intéresse, ce n'est pas d'avoir une régurgitation de mon cours, c'est ce que vous, vous pensez.

Racine était, avec Aragon, son auteur favori, ses pièces

s'adaptaient aux soubresauts de notre époque, et parmi toutes, *Iphigénie* était sa pièce préférée. Elle aimait le courage de cette femme qui accepte avec autant de grâce de se sacrifier pour le bonheur des Achéens. Cécile était arrivée à faire partager sa passion à ses élèves. Elle donnait sa leçon sans un bruit. Ils prenaient des notes, penchés sur leurs cahiers. Pourtant, elle n'avait jamais élevé la voix. À un prochain cours, elle évoquerait Briséis, pour comparer son sacrifice à celui d'Iphigénie. Cécile se demandait pour quelle raison aucun auteur classique n'avait abordé l'histoire d'amour compliquée d'Achille et de Briséis, autrement plus moderne.

Que serait l'amour sans sacrifice ?

Un peu avant la sonnerie, Cécile arrêtait de parler. Elle n'avait pas besoin de regarder sa montre. Elle ne se trompait pas d'une minute. Elle donnait le travail à faire pour la séance suivante, demandait : Y a-t-il des questions ? Attendait trois secondes. Il n'y avait jamais de questions. Et la sonnerie retentissait. Elle rangeait ses affaires, partait dans une autre classe pour un autre cours. Dans la salle des professeurs, elle retrouvait ses collègues. Un salut de la tête. On la disait au mieux distante, au pire méprisante.

Et puis, il y avait Bernard. Professeur de physique-chimie. Un bon prof, disait-on. Qui parlait de pédagogie, de travaux pratiques en groupe, de son inquiétude pour les élèves défavorisés. Il sollicitait son avis sur la nécessité de supprimer le Lagarde et Michard. Du bla-bla qui remplissait les creux de la conversation, des sujets dont elle se contrefichait. Elle avait commis l'erreur d'accepter de prendre un café avec lui l'année précédente. Sa première affectation. Le premier jour de classe. Elle avait compris pourquoi il avait retenu son attention. Bernard ressemblait à Franck. Vaguement. Physiquement s'entend. À défaut du vrai, elle avait un clone, qui lui donnait une idée de ce qu'aurait pu être sa vie de couple si… Bernard n'était pas désagréable, il l'invitait à dîner le samedi soir, à marcher en forêt le dimanche, au cinéma en semaine. Il avait une petite conversation, lisait des biographies, des essais, faisait la basse dans une chorale de jazz où il chantait par onomatopées, se produisait dans des MJC et des églises, il était plein d'entrain, voulait acheter une 4L et l'emmener en vacances, il avait des amis sympas, un groupe de professeurs du lycée du Raincy, ils s'invitaient à tour de rôle. Au début, Cécile avait pensé : ce sera peut-être lui. Je ne vais pas me transformer en vieille fille. Je ne suis pas condamnée à jouer les martyres. Bernard fut un espoir, déçu bien sûr. Une illusion, ma fille. Cécile n'aurait pas dû le comparer à Franck, elle aurait dû l'accepter tel qu'il était, pas si mal après tout. Franck s'incrustait, pratiquait la politique de l'amour brûlé. Après lui, il n'y avait plus rien de possible. Que des ersatz d'amour. Cécile avait mis un an pour comprendre qu'il n'y avait pas la place pour deux hommes dans sa tête.

Si, au moins, il se taisait.

Le seul endroit où Cécile se détendait, c'était quand elle franchissait la grille du cimetière de Charonne. Elle avait alors l'impression d'être légère comme un moineau, débarrassée de la pesanteur de la vie. Elle y allait chaque jour. Ou presque. Même quand il pleuvait ou qu'il gelait. Un soulagement de se retrouver dans cet endroit paisible où elle pouvait se croire loin de Paris. Pendant quelques mois, dévastée par l'annonce du décès de son frère, elle avait habité chez son oncle maternel, à Strasbourg, le seul parent qui lui restait, elle aurait pu s'installer chez lui, mais cela aurait voulu dire qu'elle aurait été éloignée de Pierre, c'était pour lui qu'elle était revenue, pour qu'il ne se sente pas abandonné dans ce cimetière. Où étaient-ils, ses amis innombrables, et les copines qui se pendaient à son cou ? Pierre le charmeur insaisissable, avec son rire infernal, qui voulait guillotiner les bourgeois, les curés et les banquiers, vitupérait contre la sainte trinité du couple, du drapeau et du pognon, Pierre, si vivant sous sa dalle, et qui lui manquait tant, qui était allé se faire tuer en Algérie quatre jours avant la proclamation du cessez-le-feu et avait été enterré à la sauvette dans le carré militaire. Qui pensait à lui aujourd'hui ? Elle s'asseyait sur la pierre tombale en face de la sienne, après avoir déposé un bouquet d'anémones, fermait les yeux. Et revenaient les souvenirs des jours heureux. Pierre et Franck inséparables. Et elle entre eux. Tout avait disparu, il ne restait qu'elle. Face à des fantômes. Cécile aurait dû mourir aussi. Elle ne supportait plus personne dans sa vie. Et Anna encore moins. Sa petite fille qui ne disait rien, qui devait se demander quelle faute elle avait commise pour que personne ne l'aime, qui avait compris que sa mère ne voulait pas l'entendre. Alors, elle ne parlait pas. Mais elle la regardait sans fin.

*

Les nuages étaient pesants et crasseux, la froidure était de retour en ce mois de mars 1962, la tristesse envahissait la ville. Géraldine pleurait, mais cela ne se remarquait pas car il pleuvait. Personne ne prêtait attention à cette jeune femme quelconque aux cheveux blonds attachés en arrière par un élastique, elle avançait lentement, indifférente à l'averse, épaules en arrière. Avec son gros ventre de femme enceinte, chaque pas lui demandait un effort. Elle remontait l'avenue des Gobelins en poussant un landau neuf, et vide, dont l'emballage plastique d'origine recouvrait encore la capote.

Elle s'arrêta dans une quincaillerie pour acheter une bouteille de white-spirit qu'elle déposa dans le filet sous le landau. La vendeuse la dévisagea, demanda si elle pouvait faire quelque chose, Géraldine fit non de la tête, reprit sa route. La respiration saccadée, les traits tirés, elle s'essuya le front d'un revers de manche, rajusta son imperméable trop petit, releva le col, elle hésita au carrefour, se dirigea vers la place d'Italie. Elle marchait comme une somnambule, sans regarder les vitrines illuminées des commerces ou les affiches de cinéma, de temps en temps elle s'arrêtait pour reprendre son souffle. Elle traversa l'avenue Saint-Marcel en ignorant la circulation, les voitures furent obligées de freiner pour l'éviter.

Elle entra dans le square de l'avenue de Choisy, des garçons jouaient au ballon dans les allées trempées, la pluie avait cessé. Elle s'assit sur un banc mouillé, resta figée comme un sac de son un temps interminable, les yeux rivés sur le landau, les rares passantes étaient pressées de rentrer chez elles et l'ignoraient. Géraldine ne bougea pas pendant quarante-huit minutes, le temps de se souvenir de tout, ou presque, parce que tout, c'était impossible. Elle ne se contrôlait plus, elle pleurait, elle reniflait, elle s'enfonçait dans sa détresse, la seule chose réelle sur cette terre à laquelle elle puisse se raccrocher. Elle ouvrit son sac en skaï, en sortit un cahier à spirale, prit un stylo-bille, écrivit rageusement pendant deux minutes. Elle arracha la feuille qu'elle fourra dans son portefeuille, lança le cahier dans le landau, se baissa pour récupérer la bouteille de white-spirit, dévissa le bouchon, vida le contenu de la bouteille dans et sur le landau. Elle fouilla dans son sac fébrilement, trouva une pochette d'allumettes, elle en gratta une qu'elle jeta dans le landau qui s'enflamma aussitôt. La lueur orangée de la flamme éclaira les traits pâles de Géraldine, qui s'éloigna sans se retourner.

*

Je voyais peu mon père et Marie qui travaillaient comme des forçats, partaient avant mon réveil, rentraient après avoir dîné dehors, nous communiquions par des petits mots que nous nous laissions sur la table de la cuisine. Pour me rendre utile, je m'occupais des courses. D'après les bribes de conversations que je saisissais au vol sur l'avancement de leur projet, c'était soit compliqué, soit très compliqué, ils passaient leur temps à résoudre des problèmes administratifs sournois, à échafauder des solutions techniques irréalisables et à mettre en place un programme commercial aussi incertain que risqué. Personne avant eux ne s'étant lancé dans une entreprise de cette envergure, ils commettaient des erreurs, tâtonnaient, rectifiaient et inventaient un nouveau métier, ils commençaient cependant à apercevoir le bout du tunnel, envisageaient d'ouvrir début novembre.

Un dimanche soir, ils sont rentrés fourbus, Marie a failli s'endormir dans la baignoire, mon père s'est effondré dans un fauteuil. Marie a proposé que nous allions faire un bon repas, mais nous étions fin août, beaucoup de restaurants étaient fermés, nous en avons trouvé un ouvert en face de l'École polytechnique. J'ai trouvé amusant ce clin d'œil du destin qui nous ramenait à l'endroit où j'avais retrouvé Franck après sa désertion. Mon père avait dit à Marie que mon frère avait eu des problèmes, sans donner de détails, nous nous sommes unis pour l'encourager à parler et, après s'être fait longuement prier, d'un coup, il a commencé.

– Franck a toujours été un garçon idéaliste, rêvant d'un monde meilleur et d'aider les démunis. C'est un pur, que l'argent n'intéresse pas, ni la réussite, un jour où je lui demandais ce qu'il voulait faire plus tard, il m'a répondu : la révolution. Quand il a obtenu son diplôme de sciences économiques, je pensais qu'il allait se ranger, il aurait pu trouver un bon boulot, avoir la belle vie, mais il m'a répondu qu'il avait fait des études d'économie pour mieux changer le monde. Quand il était gamin, il jouait au chevalier Bayard, il intervenait pour protéger le plus faible, ou auprès de professeurs, de flics même, pour réparer des injustices, toujours calmement mais déterminé à ne rien céder, il a un côté redresseur de torts, ardent et obstiné. J'avais deux copains comme lui au stalag et ils ont été tués comme des chiens, je lui ai raconté leur histoire, vous savez ce qu'il m'a répondu ? Ils ont eu raison, ils sont morts pour leurs idées. Je lui répétais : Arrête de te battre pour les autres, eux ne lèveront pas le petit doigt pour te soutenir. Je pensais qu'en vieillissant cela lui passerait, qu'il deviendrait juge ou policier, mais il est devenu communiste, et on ne pouvait pas en discuter, il était intransigeant, sûr de lui, il avait à peine vingt et un ans quand il a devancé l'appel pour partir en Algérie, on était avec lui ou contre lui, pas le genre à arrondir les angles. Comme sa mère a le même caractère, mais avec des idées radicalement opposées, ce ne pouvait être qu'explosif.

– Quand il est revenu à Paris, l'ai-je coupé, tu l'as aidé, tu lui as donné de l'argent, cela a fait toute une histoire avec maman, et puis il a disparu. Où est-il allé ? Maintenant tu peux me le dire.

– Franck avait beaucoup de camarades mais aucun n'a fait preuve de camaraderie. J'avais un technicien en qui j'avais toute confiance, il a trouvé une solution : Franck a embarqué à Rotterdam à bord d'un cargo allemand qui livrait du matériel agricole à Caracas et en Argentine. C'est moi qui l'ai conduit en Hollande. Depuis, je n'ai aucune nouvelle de lui. Sur la route, en voiture, Franck a évoqué Cuba avec enthousiasme, cela ne m'étonnerait pas qu'il y soit.

– Un jour ou l'autre, on tournera la page de l'Algérie, a dit Marie, il y aura une amnistie, on n'arrête pas d'en parler, ce jour-là il pourra revenir.

– Ce n'est pas tant la désertion de Franck qui pose problème, a expliqué mon père, c'est la folie qu'il a commise, il a tué un officier dans des circonstances confuses, j'ai obtenu des informations par une personne qui a eu accès au dossier et c'est, paraît-il, accablant. Pour Franck, il n'y aura jamais d'amnistie.

– Et l'histoire qu'il a racontée à Cécile, ai-je demandé, cette Algérienne qui était enceinte, c'est vrai ?

– Avec lui, comment savoir ?

– Il était convenu que Cécile devait fuir avec lui, il est parti sans la prévenir, il a retrouvé cette Algérienne ?

– On devait prendre Cécile à la porte de Pantin, mais au dernier moment, il a changé d'avis, sans donner d'explication.

Nous sommes restés un long moment silencieux, perdus dans nos pensées.

– Tu aurais dû lui donner le trèfle, il en avait plus besoin que moi.

– Je lui ai… J'aurais bien voulu, mais tu sais, les trèfles à quatre feuilles et les marxistes… la chance ne marche que si tu y crois, je te l'ai déjà dit.

*

En ce mois de mars 1962, Cécile devait retrouver Franck autour de midi dans un bistrot de la porte de Pantin, une voiture allait les conduire à Rotterdam, où il était prévu qu'ils embarquent à bord d'un cargo pour le Venezuela. Elle abandonnait sans hésitation sa vie parisienne pour suivre un fugitif traqué par la police française et se fichait de la vie précaire et difficile qui se profilait, car elle allait accomplir son rêve. Cécile avait attendu en vain dans le café, guettant son arrivée à travers la vitre, se liquéfiant lentement, refusant d'admettre l'évidence. Elle s'était rendue à la planque que Franck occupait à Cachan, mais il avait disparu. À quelques secondes près, elle avait failli être heureuse. Une vie entière de bonheur. Avec l'homme qui accaparait ses pensées, le seul capable de lui faire perdre la boussole.

Franck avait couru pour passer le portillon de la station Place-d'Italie avant qu'il ne se ferme. S'il avait été moins pressé de la retrouver, s'il avait continué d'un pas tranquille, il aurait été bloqué par la porte métallique. Le surlendemain, Michel lui avait remis une lettre d'adieu de Franck lui annonçant qu'il partait seul, l'abandonnant pour rejoindre sa compagne algérienne qui attendait un enfant. Le cœur de Cécile avait failli éclater, l'air s'était raréfié, elle avait titubé. Elle se disait souvent qu'elle aurait mieux fait de mourir à cet instant. Mais comment aurait-elle pu se douter qu'un accident effroyable avait bouleversé son destin par ricochet, sans qu'elle puisse rien faire pour l'éviter, un de ces hasards pervers qui vous envoient en enfer ? Franck ne lui avait pas menti, il avait été loyal, et quand il lui avait donné rendez-vous, il était sincère et déterminé à partir avec elle. Il avait quitté Cachan à neuf heures, avait marché jusqu'au métro Place-d'Italie pour retrouver son père à la station Voltaire à onze heures, et celui-ci devait les conduire en Hollande.

Dans le couloir du métro, Franck avait entendu le déclic du portillon, il s'était élancé et avait réussi à se faufiler avant sa fermeture. Par jeu, probablement. Car il n'était pas particulièrement pressé. Il serait même en avance au rendez-vous avec son père. Il s'était retrouvé en bout de quai de la ligne Étoile-Nation et percevait le ronflement de la rame qui augmentait dans le tunnel. À côté de lui se trouvait une jeune femme banale, pas très grande, à laquelle il ne prêta aucune attention, environ vingt-cinq ans, des yeux marron, des cheveux blonds tirés en queue-de-cheval, vêtue d'une jupe, d'un pull ras du cou gris et d'un imperméable beige devenu étroit. Elle avait le ventre proéminent d'une femme qui va accoucher dans les jours prochains. Elle laissa tomber son sac à main en skaï noir. C'est ce geste qui attira l'attention de Franck. Il s'apprêtait à le ramasser quand la jeune femme fit un pas en avant et se jeta sous la voiture de tête qui entrait dans la station. Elle fut avalée par le wagon. Un bruit mat. Et des cris, des hurlements de voyageurs effarés qui s'amplifiaient sous la voûte, le convoi freina, s'immobilisa brutalement au milieu du quai, des passagers furent renversés par le freinage, une sirène se mit à résonner. L'agent de la RATP sortit de sa guérite, il était en bras de chemise, il leur cria de s'écarter, repoussa sans ménagement les gens qui s'agglutinaient, deux hommes firent une haie pour tenir la foule à distance. Quand il quitta sa cabine, le conducteur était blême, il se retint à une poignée, manquant s'évanouir, le chef de quai retourna dans son abri pour passer un coup de téléphone. Les voyageurs fuyaient dans la précipitation. Franck avançait lentement, le souffle court, le sac serré à deux mains contre sa poitrine, il découvrit la façade de la rame maculée de sang, la femme avait disparu dans la fosse, il se baissa légèrement et ce qu'il vit l'horrifia, une jambe arrachée dépassait sans la chaussure. Le chef de quai s'approcha, Franck lui tendit le sac.

– C'est à la femme, murmura-t-il.

L'agent prit le sac, hésita, l'ouvrit. Il sortit un portefeuille marron et une feuille de papier quadrillé arrachée d'un cahier à spirale. Il essaya de lire, plissa les yeux : Je n'ai pas mes lunettes. Franck déplia la feuille à l'écriture penchée et tremblée, et la lut, lentement :

C'est fini pour moi, je n'aurais pas dû attendre si longtemps, mais je n'avais pas trouvé la solution, et je n'avais pas la force, j'ai espéré si longtemps qu'il change, qu'il me tende la main, j'ai attendu un signe, attendu un geste, je me disais que ce n'était pas possible qu'il me laisse tomber en sachant que je portais son enfant, mais il ne veut plus entendre parler de moi, j'avais tellement confiance en lui, qu'est-ce que je peux faire d'autre ? Hein ? À quoi ça ressemble cette vie ? À quoi ça sert ? Sans lui, sans personne, je ne peux pas m'en sortir. Je suis si seule, je n'ai pas peur de partir, la seule chose qui me terrifie, ce serait de rester. Je pars sans aucun regret. Ce qui me gêne, c'est de ne pas savoir si c'était un garçon ou une fille…

Franck relut la lettre et frissonna, comme si c'était à lui qu'elle avait été adressée. En une seconde sa décision fut prise. Une décision inébranlable.

Ce fut à cette seconde très précise que Cécile perdit Franck pour toujours.

*

Jimmy bossait aux Halles depuis quelques mois quand une femme aux cheveux bouclés l'avait abordé dans le métro pour lui demander s'il ne voulait pas faire du cinéma. Pas compliqué et bien payé. Qui refuse une offre pareille ? Elle cherchait des jeunes à l'allure de rocker. Il avait débarqué sur un film où il y avait cent personnes qui bossaient, ça donnait le tournis, un metteur en scène, paraît-il célèbre, engueulait tout le monde, mais Jimmy lui avait plu et il lui avait donné un rôle plus important que prévu, où il y avait une bagarre. Jimmy avait été drôlement surpris parce que la bagarre était bidon, ils faisaient semblant de se battre et d'avoir mal, c'est pour ça que les bagarres au cinéma durent une heure, lui lorsqu'il se battait, ça durait une minute, quand tu reçois une patate dans le nez, tu ne réponds pas, tu te casses. Jimmy avait sympathisé avec d'autres comédiens qui l'avaient adressé à leur agent. Celui-ci lui avait trouvé des tas de petits rôles, il gagnait plus en une journée de tournage qu'en un mois de boulot aux Halles, et c'était bien moins fatigant.

Il faisait le comédien depuis cinq ans, au début il était persuadé que Louise serait impressionnée qu'il devienne quelqu'un de connu et qu'il soit à tu et à toi avec plein de vedettes, mais avec elle cela n'avait servi à rien. Malheureusement, il ne travaillait pas tous les jours et s'ennuyait quand il ne bossait pas, il voulait des rôles avec du texte, des sentiments, de l'émotion, mais on ne lui proposait que des personnages de voyou, de soldat ou de copain, des trucs silencieux ou des bagarres. À chaque fois qu'il passait des essais, il n'était jamais retenu, il ne comprenait pas pourquoi, son agent disait que sa diction n'était pas terrible.

– Tu trouves, toi ?

– Peut-être qu'une école de comédiens…

– J'ai vingt-trois ans, bientôt vingt-quatre, je suis trop vieux pour commencer, si je vais dans un cours, je ne pourrai pas bosser, et puis moi, je suis quelqu'un de spontané, comme James Dean.

Bien sûr, je connaissais cet acteur de nom, je connaissais son visage, son histoire météorique, mais je n'avais jamais vu aucun de ses films.

– Pas possible ! fit Jimmy, effaré. C'est le plus grand comédien de tous les temps, aucun artiste ne lui arrive à la cheville.

Soudain, j'ai remarqué le mimétisme, je n'y avais pas prêté attention auparavant, maintenant il me sautait aux yeux : même coiffure, mêmes vêtements, mêmes gants, Jimmy avait copié son maître dans les moindres détails, jusque dans son sourire lointain et son regard de biais qui faisaient fondre les filles, il m'a raconté une foule de détails que j'ignorais, James Dean avait un cœur d'or, tu sais, pas toujours bon caractère c'est vrai, il était lui-même, tu comprends, il ne jouait pas, il était chacun de ses personnages. Après sa mort, on a dit des horreurs sur lui, mais c'est des mensonges, il n'était pas homosexuel, pas lui, il avait toutes les filles à ses pieds : Natalie Wood, Elizabeth Taylor et Ursula Andress, elles étaient folles de lui.

Jimmy m'a demandé si j'avais quelque chose à faire de précis, j'ai répondu que non, il a consulté sa montre, a dit : On y va. J'ignorais où il désirait m'emmener, je suis monté à l'arrière de la moto, on est partis. J'étais forcé de me tenir à lui, il fonçait entre les voitures sans ralentir. Boulevard Saint-Martin, il a accéléré pour ne pas s'arrêter au feu.

Nous sommes arrivés à l'Arc de triomphe en un temps record, Jimmy s'est immobilisé devant un cinéma qui projetait une rétrospective de son idole, il connaissait la caissière par son prénom, lui a demandé des nouvelles de sa fille, il était ami avec le contrôleur qui lui a tapé sur l'épaule et l'a rassuré : Pas de bile, Bill, le film commence dans deux minutes. Jimmy a fait trois bises à l'ouvreuse qui s'appelait Béa, m'a présenté à eux comme un de ses potes qui n'avait jamais vu de James Dean, ce qui les a fait s'esclaffer, il s'est installé au deuxième rang de face, a serré la main à un couple de retraités qui se trouvait au quatrième. Nous avons vu *Géant*, immergés dans l'écran, en version originale bien sûr, j'ai aimé moyen, c'était longuet et bavard, avec tous les clichés d'Hollywood et une musique pompier insupportable. Quand Jimmy m'a demandé ce que j'en avais pensé, j'ai reconnu que James Dean était étonnant de réalisme et d'intensité, ce qui était la vérité, et qu'il représentait le seul intérêt de ce film lourdaud.

– Moi, je l'adore, je l'ai vu vingt-sept fois.

À l'entracte, nous avons quitté la salle, de nombreux spectateurs ont repris un billet pour la séance suivante, j'ai voulu payer les places mais Jimmy s'y est opposé car il était ici chez lui. Dans le hall, il a acheté deux esquimaux citron à Béa avec laquelle il semblait copain, et sur le trottoir il a bavardé avec plusieurs personnes, un homme lui a demandé s'il faisait le prochain Carné, Jimmy a affirmé qu'il hésitait et n'avait pas encore donné sa réponse.

Et puis, nous sommes rentrés, silencieux comme à l'église, la salle était comble. On a vu *La Fureur de vivre*, et pendant près de deux heures j'ai été hypnotisé comme je n'imaginais pas que cela puisse se produire, à en oublier que j'étais assis dans un cinéma à regarder un film. Quand *The End* est apparu sur l'écran, j'ai mis quelques instants à redescendre sur terre, à réaliser que je venais de voir non pas la prestation d'un comédien d'exception mais un homme qui, en dehors de toute psychologie convenue, incarnait l'histoire qu'il vivait et j'ai compris pourquoi James Dean, avec son jeu charnel, animal, tout en décalage et en faiblesses imprévisibles, avait cette place unique et était considéré comme un dieu, ou mieux, comme un frère par ceux qui l'adulaient. Il est certain que sa mort soudaine a créé sa légende, il a pour l'éternité la grâce de ses vingt-quatre ans. Les spectateurs qui quittaient la salle se disaient au fond d'eux-mêmes : ce type est vivant, il est moi et je suis lui. Je n'ai pas eu besoin de remercier Jimmy pour m'avoir fait ce cadeau inouï. À partir de ce jour James Dean a été un lien entre nous. Grâce à lui nous sommes devenus amis, nous sommes retournés dans ce cinéma revoir ces films qu'on aimait tant, à deux reprises Louise nous a accompagnés, elle s'asseyait entre nous, était aussi envoûtée que nous, la seule différence étant qu'elle préférait un esquimau au chocolat.

Mais en général elle ne venait pas.

Le soir où j'ai vu pour la première fois *La Fureur de vivre*, Jimmy m'a ramené chez moi sur sa moto, Paris nous appartenait, nous avons discuté sur le pas de la porte pendant une heure, il m'a proposé d'aller boire un dernier verre dans un café de la place Maubert, il a demandé au serveur de laisser la bouteille de whisky sur la table, nous avons parlé de cinéma, Jimmy ne connaissait pas la Cinémathèque de la rue d'Ulm, j'ai promis de l'y emmener. Nous avons parlé de Louise aussi, on a évoqué sa faconde, son rire communicatif, son énergie électrique. Il m'a confié deux-trois choses que j'ignorais, que c'était une noceuse invétérée capable de danser jusqu'à l'aube et d'aller travailler en sortant de boîte, qu'elle se rendait souvent dans un bistrot de la place Clichy pour affronter des joueurs de flipper au cours de parties où se pariait pas mal d'argent, elle ne pariait pas directement, mais des malins misaient sur elle, appâtant des naïfs ravis de se mesurer à une femme. Ils lui versaient une commission quand elle gagnait. Jimmy l'avait mise en garde car elle ne jouait pas contre des enfants de chœur.

Il m'a raccompagné chez moi, au moment où je passais le seuil, il s'est approché : Il faut que je te dise une chose, mais promets-moi de ne le répéter à personne, il y a peu de gens au courant, mais toi ce n'est pas pareil, en fait je m'appelle Patrick, Jimmy c'est mon prénom de scène. Il a fait démarrer sa moto et s'est éloigné sur le boulevard Saint-Germain. Le lendemain, quand je suis arrivé au Cadran de la Bastille, un carton Réservé avait été posé par Louise sur mon guéridon, j'ai pu ainsi m'installer à mon poste d'observation.

– C'était bien le ciné ? a-t-elle demandé en apportant mon café.

– J'ai adoré.

– Alors, tu as droit à un croissant offert par la maison.

– Tiens, j'ai pensé à toi.

De mon sac, j'ai sorti un livre un peu abîmé et le lui ai donné. Elle a examiné *Bonjour tristesse* avec un air circonspect.

– Ouais, j'espère que ce n'est pas trop triste, sinon je ne le lirai pas.

– Tu sais, les romans qui ne sont pas un peu tristes n'ont pas beaucoup d'intérêt, mais je te demande de me le rendre quand tu l'auras fini, j'y suis attaché parce que c'est grâce à lui que j'ai rencontré une personne qui m'est chère.

– Celle qui est partie en Israël ou celle que tu cherches ?

– Celle qui est partie.

– Alors, tu es toujours amoureux d'elle ?

– Lis-le, on pourra en parler après si tu veux.

Il ne faut jamais prêter ses livres. Jamais. Sous aucun prétexte. Surtout ceux auxquels on tient, parce qu'on ne les reverra jamais, le taux de retour étant inversement proportionnel à la qualité du roman. La plupart du temps, les amis finissent par croire qu'ils les ont lus, oublient qu'ils ne leur appartiennent pas, les offrent à un de leurs amis. On doit donner uniquement les mauvais romans, ceux qui vous tombent des mains, d'abord cela débarrasse votre bibliothèque, ensuite cela permet de faire le tri parmi ses amis en éliminant ceux qui ont mauvais goût. Cette brève considération pour dire que je n'ai jamais récupéré ce livre.

Et que j'aimerais bien le relire.

Un soir, Louise s'est plainte d'avoir mal à une dent, elle n'était jamais allée chez un dentiste et paniquait à l'idée d'affronter la sinistre roulette, j'ai tenté de la rassurer, lui proposant les services de mon dentiste, aussi doux qu'il était possible d'espérer. J'ai pris mon carnet d'adresses pour lui donner les coordonnées du praticien, mais j'ai oublié de remettre mon portefeuille dans ma veste. Dans la nuit, Louise, que la douleur tiraillait, m'a réveillé en me secouant sans ménagement : T'as dix-sept ans !

Elle agitait ma carte d'identité et semblait effrayée ou en colère, la différence visuelle n'étant pas évidente quand vous êtes tiré de votre sommeil brutalement. Je n'ai pas bien compris ce qui l'affolait le plus : le fait que j'étais mineur, et pour plus de trois longues années encore, ou qu'elle risquait des ennuis pour m'avoir débauché. J'ai essayé de la rassurer, soutenant qu'il n'y avait guère de risques que je me plaigne, et que mes parents avaient d'autres soucis en tête pour y prêter attention.

– Je suis jamais sortie avec un mec aussi jeune, sauf quand j'avais quinze ans et que Jimmy en avait seize, mais aujourd'hui c'est pas pareil.

– Écoute, je fais plus vieux que mon âge. Si tu le décides, ce problème n'existe pas, si tu n'en parles à personne, même à Jimmy, cela restera un secret entre nous. Tu es d'accord ?

Elle a réfléchi un moment, hésitante, j'ai vu venir le moment où elle allait me mettre à la porte, elle a haussé les épaules : Ouais. Mais quand même.

Finalement, Louise s'est fait une raison et nous avons commencé à vivre de cette façon un peu bizarre, sans y penser, ni le décider, chacun faisant ce qu'il voulait sans se poser de questions existentielles. On était ensemble quand on était ensemble. Ce qui m'a sauvé la vie, c'est que j'étais une nouveauté pour Louise, le premier mec avec qui elle sortait qui n'avait pas de moto et avec qui elle pouvait parler, et question discussion, Louise était intarissable. Elle me prenait pour un dictionnaire, me posait les milliers de questions qu'elle n'avait jamais eu l'idée de poser à Jimmy ou à ses autres copains, et quand je ne connaissais pas la réponse, elle pensait qu'il y avait une raison cachée qui justifiait mon silence, je devais la rassurer, chercher rapidement la solution et la lui fournir. Je passais une bonne partie de mes journées au Cadran, je travaillotais, discutais avec mes nouveaux potes, j'en oubliais pour quelle raison je campais ici, Louise me provoquait au flipper, ne perdait jamais une partie. Souvent, elle disparaissait presto en fin de journée, m'adressant une bise lointaine, allait faire le jockey dans son bistrot de la place Clichy pour y affronter de méchants joueurs, mais je n'étais pas censé le savoir, ou elle avait un rencart avec un de ses innombrables petits amis, c'était sa vie, et Louise n'était pas une personne à vous laisser franchir la barrière. Peut-être que c'est cela l'amour, les frontières plus ou moins alambiquées que l'on dresse, ou pas, entre nous et les autres.

Louise a pris une journée de repos pour passer son permis moto et la veille, au moment où elle s'apprêtait à quitter le Cadran, elle m'a invité à dîner chez elle. Elle a préparé une de ces omelettes soufflées à la fourme qu'elle réussissait si bien, on a passé une soirée formidable, elle m'a posé mille questions sur ma famille, sur Franck et Cécile, et pour la première fois j'ai évoqué le Club, mes amis perdus, et Sacha.

Mais comment raconter Sacha ?

J'ai mesuré à quel point c'était difficile de rendre compte de la réalité, on croit l'approcher, on voudrait que les mots s'ajustent à ce qu'on a vécu, on veut améliorer le portrait, mais plus on insiste, plus on fabrique un conte cubiste, avec l'impression désagréable d'avoir trahi la vérité et d'être impuissant à restituer le passé. Quand, après mes laborieuses explications, Louise a conclu par un : Ouais, c'étaient des cocos, j'ai compris que je n'arriverais jamais à lui faire partager ce que j'avais vécu et j'ai tenté de changer de sujet de conversation :

– Tu ne parles jamais de ta famille.

– Ouais, vaut mieux pas. Le plus beau jour de ma vie de famille, ça a été le jour où je me suis cassée…

Le lendemain matin, Louise est sortie acheter des croissants, ce qu'elle n'avait jamais fait. Au cours du petit déjeuner elle m'a demandé de l'accompagner, elle redoutait l'examen, et encore plus l'examinateur : La dernière fois, il m'a recalée à la conduite en disant que les femmes n'indiquaient jamais la direction en tournant.

Nous avons pris le métro jusqu'à la place Voltaire, elle a sorti un code de la route, a commencé à tourner les pages à toute vitesse, a reconnu qu'elle n'avait pas eu le temps de réviser, a voulu faire demi-tour. Nous avons patienté, au bout d'un moment une moto d'auto-école avec un side-car s'est arrêtée devant la mairie du XIe, le motard est parti en tenant un papier rose dans la main, l'homme dans le side-car a fait signe à Louise de le rejoindre. Elle est montée sur la moto, l'a fait démarrer, est partie à petite vitesse, n'oubliant pas de mettre son bras à gauche pour signaler qu'elle tournait. Au bout d'une quinzaine de minutes, elle est revenue, s'est garée devant la mairie avec une certaine élégance. L'examinateur a griffonné sur un bloc de papier, lui a tendu une feuille de couleur verte, Louise a haussé la voix, a commencé à gesticuler, l'a traité de vieux con, elle a roulé le papier vert en boule et l'a lancé au visage de l'examinateur. Elle est descendue de la moto, s'est éloignée d'un pas si rapide que j'ai dû lui courir après, je l'ai rattrapée dans le couloir du métro, elle avait le visage cramoisi, a eu l'air surprise de me découvrir en face d'elle : Il m'a recalée parce que j'ai calé au feu rouge. Cet enfoiré a osé me dire que les femmes n'étaient pas faites pour conduire des motos et que la SNCF était plus pratique pour voyager en famille.

J'ai failli répondre pour blaguer qu'il n'avait pas tort, du moins pour la deuxième partie de son affirmation, mais vu son état d'énervement, j'ai renoncé.

Quelques jours plus tard, Louise a reçu un coup de téléphone au Cadran, le propriétaire de la moto accidentée ne pouvait attendre plus longtemps sa réponse, il avait une autre proposition, elle devait se décider sous vingt-quatre heures. Pendant la journée, elle a ruminé ce dilemme, s'interrogeant à haute voix pour déterminer si Jeannot bluffait (ce qui ne serait pas étonnant de sa part) ou s'il avait un autre acheteur (ce qui ne serait pas étonnant non plus), demandant son opinion à chaque client, n'en écoutant aucun, changeant dix fois d'avis, un coup hésitante et sceptique, et la minute suivante affirmant qu'elle s'en voudrait toute sa vie d'être passée à côté d'une opportunité pareille : Elle est un peu cabossée, mais quand tu la vois, tu peux pas résister.

Quand j'ai fait valoir à Louise que cet achat semblait prématuré car elle venait de rater son permis, elle m'a répondu qu'elle ne voyait pas le rapport et qu'elle l'obtiendrait tôt ou tard. Inutile de demander son avis à Jimmy, il bossait aux studios de Boulogne pour le tournage d'une comédie policière où il interprétait un malfaiteur étourdi, pour la première fois de sa vie il avait un texte à défendre et passait ses journées à le potasser :

Que Jimmy soit là ou pas ne change rien, la question c'est : je plonge ou je ne plonge pas.

Après de laborieuses tergiversations, Louise a joué sa décision à pile ou face, nous nous sommes regroupés autour d'elle, elle a pris dans sa poche une pièce de vingt centimes mais sans nous informer du principe, elle l'a lancée en l'air en faisant tourner la monnaie sur elle-même, l'a rattrapée au vol et l'a claquée sur le dos de sa main gauche, puis lentement elle a écarté la main droite : Face, je plonge ! Elle a passé un coup de téléphone au vendeur pour organiser un rendez-vous le soir même et m'a demandé de l'accompagner. Nous sommes passés à la poste, elle a demandé à retirer la somme de son livret d'épargne, puis s'est ravisée, n'en a pris qu'une partie. Pendant le trajet en métro, j'ai encore tenté de la dissuader :

– Tu devrais te méfier.

– Je connais bien Jeannot, on a été copains à une époque.

Nous avons retrouvé Jeannot dans un café au château de Vincennes, il nous a offert un pot, puis nous a conduits à la Royal Enfield bleu marine qu'il avait astiquée, elle avait pris un choc sur le réservoir lors d'une glissade dans un tournant, la fourche était à peine voilée, cela n'empêchait personne de rouler. Elle a démarré au quart de tour en dégageant une épaisse fumée noire. Louise est montée sur la moto, a fait vrombir le moteur et s'est éloignée vers le bois à petite vitesse. Pendant son absence, Jeannot a paru inquiet, il tendait le cou dans la direction où elle venait de disparaître et il a paru soulagé au bout d'une dizaine de minutes en la voyant revenir entière.

– Alors, qu'est-ce que tu penses de la bête ?

– Pas mal, mais elle tire à gauche au freinage.

– C'est pour cela que je fais ce prix.

– Je ne peux pas la prendre, Jeannot, je n'ai pas l'argent.

Je ne vais pas rentrer dans le déroulé de la négociation aussi technique qu'interminable qui a commencé à cet instant, il y avait entre les deux protagonistes une sérieuse divergence sur la valeur de l'engin. Louise ne contestait pas directement le prix mais soutenait qu'elle n'avait pas les moyens de payer une somme pareille, elle souhaitait une réduction de trente pour cent sur le montant annoncé, en raison des réparations à réaliser. Jeannot regrettait de ne pas avoir été prévenu avant car il ne se serait pas dérangé. Ils me prenaient tour à tour à témoin de leur bonne foi. Louise lista les problèmes de la boîte de vitesses rugueuse, l'injection qui broutait, le suintement d'huile à la jonction cylindre-culasse, jusqu'à la plaque d'immatriculation arrière qui avait disparu dans le dérapage, Jeannot n'avait aucun argument valable à lui opposer. Louise a sorti l'épaisse liasse de billets de cent francs de son blouson et les a comptés sur la selle. Finalement, après d'autres palabres où l'amitié aussi ancienne que réciproque a été réaffirmée solennellement à plusieurs reprises, et en souvenir des bons moments passés ensemble, Jeannot a accepté la proposition de Louise.

Parce que c'était elle.

Et ils ont topé. Jeannot a enfourné le paquet de billets dans la poche de son pantalon, a fait trois bises à Louise, m'a serré la main et s'est éloigné vers le métro.

– T'as vu comment je l'ai eu ?

– Je ne suis pas certain que tu aies fait une bonne affaire.

Elle a haussé les épaules, est montée sur la moto et l'a fait démarrer.

– Bon, on ne va pas coucher ici.

– Louise, tu ne peux pas rouler avec, tu n'as pas ton permis.

– Je la ramène à la maison, c'est tout.

Je me suis assis à l'arrière, elle est partie, à petite vitesse. Par chance, pendant le trajet, nous n'avons croisé aucun agent de police. Louise roulait avec prudence, respectait à la lettre le code de la route, les feux, la priorité, se comportait comme une gentlewoman avec les piétons, la moto tirait à gauche au freinage à cinquante et faisait un boucan d'enfer. L'acquisition de cet engin par Louise fut la question dont on discuta pendant une bonne semaine au Cadran de la Bastille. Je faisais partie du camp ultra-minoritaire – en vérité, j'étais le seul à défendre cette opinion – qui pensait que, avec les réparations, la moto reviendrait à un prix excessif, l'écrasante majorité pensait que Monseigneur n'y connaissait rien de rien en matière de meules et qu'il ferait mieux de bosser son latin, car acheter une Royal Enfield 350 de huit ans d'âge à ce prix, et dans cet état, c'était l'affaire de l'année.

Un problème a surgi, dont j'étais le seul à m'alarmer : désormais, Louise venait travailler à moto et repartait de même, en faisant attention il est vrai, mais sans permis quand même, à la merci d'un contrôle gendarmesque intempestif, ou d'un accrochage. Elle soutenait avec la plus grande mauvaise foi que cette situation était idéale pour apprendre la prudence et acquérir de l'expérience afin de réussir haut la main l'examen de conduite.

Après cette brillante acquisition, nous avons passé la nuit ensemble. Le matin, j'ai refusé de partir avec elle, on a été à deux doigts de se disputer, je me suis éloigné à pied, mais le lendemain j'ai cédé, elle était majeure, je n'allais pas jouer les rabat-joie, je suis monté à l'arrière, m'accrochant à elle, j'ai fini par oublier qu'elle n'avait pas de permis.

C'était un vrai bonheur de rouler dans Paris déserté par les voitures pendant les vacances, nous avions les boulevards pour nous seuls ou presque, on allait pique-niquer au bois de Vincennes, on croisait d'autres motards, elle discutait mécanique avec eux, et sur son Enfield elle était la femme la plus heureuse du monde. Parfois en fin de journée, Louise disparaissait en m'adressant un petit signe de la main, peut-être allait-elle faire ses parties de flipper place Clichy, ou autre chose. Il m'arrivait de passer dans la soirée rue Amelot, et quand j'apercevais la moto de Jimmy rangée derrière la sienne, je rentrais à Maubert.

Cela ne me dérangeait pas, on vivait comme ça, c'est tout.

*

Franck ne considéra jamais le choix de Djamila à la place de Cécile comme un reniement mais comme l'aboutissement de sa prise de conscience politique, car pour lui le communisme était une morale. Qu'est-ce que l'exploitation de l'homme par l'homme sinon une situation immorale, un mal absolu, réversible grâce à l'avènement du communisme ? D'ailleurs, Trotski le confirmait dans son livre magistral *Leur morale et la nôtre*. S'il existait une morale communiste, il y avait aussi une éthique, faite de probité, d'altruisme, d'abnégation, de dévouement à la cause. Sur le quai de ce métro sanguinolent, Franck avait laissé tomber Cécile en une seconde, son devoir c'était Djamila. Certes, en revenant à Paris en mars 1962, il avait retrouvé Cécile. Quand il pensait à ce grand écart avec ses principes prolétariens, il se répétait comme pour se dédouaner : comment peut-on résister à Cécile ? Ce qui prouvait, s'il en était besoin, que l'avènement du socialisme serait un combat de chaque instant, et surtout un combat contre soi-même.

Franck était le représentant d'une espèce en voie de disparition, il croyait dur comme fer à la doxa marxiste, persuadé que c'était l'unique solution pour changer le monde, pour améliorer la condition des prolétaires, en finir avec les injustices qui accablaient notre société capitaliste, et que seul un parti fort, déterminé dans ses convictions, pouvait permettre de faire triompher le bien. Il était convaincu que le collectif devait toujours l'emporter sur l'individuel et que, dans certains cas, il fallait avoir recours à la violence pour libérer un peuple opprimé. Comme une loi divine. Inutile de discuter avec lui, de tenter d'argumenter, de lui expliquer que cette doctrine n'avait jamais pris corps que dans une suite de fiascos dramatiques et sanglants, il ne haussait pas les épaules, il n'écoutait pas. Cela ne le concernait pas.

Pas de transaction, pas de négociation possibles.

Le fait que ses camarades l'aient laissé tomber comme un pestiféré quand il avait sollicité leur aide n'avait en rien entamé sa conviction que le Parti avait toujours raison, car le problème, c'était lui, s'il s'était trouvé de l'autre côté du bureau, il aurait agi de la même façon. Les états d'âme, les situations personnelles ne devaient pas interférer dans les décisions à prendre, un communiste ne pouvait réclamer de passe-droit, c'était inconcevable, antinomique avec l'idée communiste, il était logique que ses camarades l'aient rejeté et aient envisagé de le dénoncer à la police. Il ne leur en voulait pas. (Si le bureau de la section avait pris la décision de ne pas le dénoncer, ce ne fut pas par esprit de camaraderie, comme Franck le pensa, mais pour éviter que le Parti soit mêlé à une nouvelle affaire désagréable et gênante avant les élections.)

Franck était sincère. Totalement, et désespérément, sincère.

Une chose le troublait encore. Les images de cette inconnue qui se jetait sous le métro de la station Place-d'Italie. Il la revoyait s'élancer, avec son ventre rebondi, il entendait le choc du corps sur le wagon. Franck ne pouvait plus croiser une femme enceinte sans la suivre du regard, inquiet, aux aguets, et il fermait les yeux.

*

Jimmy nous a invités à la projection d'un film qu'il avait tourné l'année précédente, il était rayonnant, il nous a présentés aux autres comédiens, malheureusement son rôle avait rétréci au montage, on ne le voyait plus que dans trois séquences, dont une muette, une où il recevait une table sur la tête lors d'une bagarre dans un bistrot et où il s'écroulait avec beaucoup de conviction, et une autre où il recevait un coup de poing en pleine figure de la part de Lino Ventura qu'il menaçait de son Beretta. Jimmy était content du résultat, l'important c'était qu'on le voie. Il attendait beaucoup du film qu'il venait de tourner aux studios de Boulogne, où il avait un emploi plus complexe, disait-il. On lui avait aussi proposé le personnage d'un Anglais fourbe dans *Thierry la Fronde*, mais son agent lui déconseillait d'accepter : c'était mal payé.

Nous avons passé une excellente soirée et avons pas mal bu, Jimmy éclusait la sangria comme si c'était de l'eau fraîche et a fini la vasque à lui seul. Nous nous sommes fait plein de nouveaux amis, mais j'ai eu du mal à communiquer avec les copains techniciens de Jimmy qui, pour blaguer, avait lancé que je préparais le concours pour devenir curé. Ils se sont mis à ricaner.

– Contrairement à ce que vous pensez, ai-je répliqué, le latin n'est pas une langue morte, loin de là, elle évolue comme n'importe quelle autre langue, elle est même très moderne, par exemple, minijupe se dit *tunicula minima*, et série télévisée, *fabula televisifica*.

Je suis reparti à moto avec Louise. Malgré l'heure tardive il faisait chaud, elle a traversé en diagonale le carrefour peu encombré de l'Étoile, s'est engagée sur l'avenue des Champs-Élysées, et là, je ne sais pas quel coup de folie l'a emportée, était-ce l'effet de cette sangria si délicieuse, la douce torpeur de cette soirée d'été, le bonheur qui nous rendait inconscients, toujours est-il que Louise s'est mise à faire des zigzags sur les Champs, prenant l'avenue pour une piste de slalom géant. Gagné par l'euphorie, serré contre elle, je chantais à tue-tête *Time is on My Side*. Nous avons continué de la sorte jusqu'à Franklin-Roosevelt. Il y avait peu de circulation dans le sens de la descente, à l'exception d'une Dauphine ivoire qui s'amusait à louvoyer derrière nous en klaxonnant, ce qui nous faisait rire aux éclats. Quand ce véhicule s'est porté à notre niveau, j'ai découvert avec effroi qu'il s'agissait d'une voiture de police, un moustachu à l'allure de Chéri-Bibi nous adressait des signes comminatoires pour que nous nous arrêtions. J'ai tapoté l'épaule de Louise en hurlant : Les flics !

Elle a jeté un œil sur sa droite, a fait un brusque demi-tour sur sa gauche, remontant l'avenue, pendant que la Dauphine était obligée de poursuivre sa route jusqu'au rond-point, Louise a tourné à nouveau à droite, puis a pris une autre rue : personne ne nous suivait. Arrivée devant chez elle, elle m'a fixé d'un air inquiet : Surtout, ne dis rien ! Nous sommes montés, elle a versé deux calvas, a avalé le sien d'un coup.

En pleine nuit, Louise m'a réveillé, elle était assise au bord du lit, paniquée à l'idée que la police débarque et l'arrête. Avec les menottes dans le dos. J'ai essayé de la rassurer mais aucun argument de bon sens ne réussissait à la raisonner.

– Tu crois que je vais aller en prison ?

– Ils ne peuvent pas te retrouver parce qu'il n'y a pas de plaque à l'arrière, mais tu vas être signalée : des filles blondes en moto, il ne doit pas y en avoir beaucoup.

– J'ai eu de la chance parce que tu étais avec moi. Dis, Michel, tu veux pas me donner le trèfle à quatre feuilles de ton père ? Ou juste me le prêter, le temps que…

Elle avait l'air résigné d'une fille qui coule et sait qu'elle va se noyer. J'ai attrapé mon portefeuille, j'ai sorti la pochette translucide avec le trèfle et la lui ai tendue, elle l'a prise, mais je l'ai retenue.

– Je ne te le donne pas, je te le prête à une condition, c'est que tu promettes de ne pas te servir de cette moto tant que tu n'auras pas ton permis.

– Ouais, je te le promets.

J'ai relâché la pression, elle a serré le trèfle contre son cœur.

– Merci, Michel, merci.

*

Contrairement à ce que soutiennent un tas de spécialistes, la meilleure solution pour régler un problème n'est pas de l'affronter de front, de percer l'abcès, mais de continuer à vivre comme s'il n'existait pas, de le laisser pourrir et se momifier au fond de son crâne. Je suis un spécialiste de la procrastination du conflit, d'abord parce qu'on arrive rarement à s'expliquer sereinement, les arrière-pensées et les vieilles épines paralysent les débats, on veut justifier son attitude, prouver qu'on est de bonne foi, que les torts sont partagés, on s'emberlificote dans des discussions vaseuses, ensuite parce qu'il y a toujours un perdant malheureux : le moins véhément. Le mieux est de dissimuler la poussière de la rancœur sous le tapis de la mémoire. En espérant oublier.

Surtout qu'une faute avouée est rarement pardonnée.

J'escomptais que l'air iodé breton, les promenades répétées sur les sentiers des douaniers humides allaient amollir le caractère de ma mère, je m'étais persuadé que la leçon des affrontements passés l'amènerait à évoluer, à mettre un frein à son intransigeance, elle s'était fâchée avec son fils aîné au nom de principes dérisoires, j'étais convaincu qu'elle ne voudrait pas perdre son deuxième fils pour une bêtise. Mon père m'avait rapporté l'entretien téléphonique où il l'avait informée que j'avais débarqué chez lui et que j'avais émis le vœu de vivre désormais avec lui, proposant de modifier en ce sens le droit de garde du jugement de divorce. Il avait été surpris de sa réaction, elle ne s'était pas énervée, n'avait pas vitupéré, elle avait réfléchi un moment avant de dire : Ah oui ? Et elle avait raccroché.

Depuis mon brusque départ, j'avais décidé de ne pas me manifester, j'appréhendais nos retrouvailles. Ma mère est rentrée de Bretagne après le 15 août, et j'ai attendu, c'est ma sœur Juliette qui m'a téléphoné pour prendre de mes nouvelles, savoir comment se présentait l'examen, et si j'étais bien installé. J'ai appelé ma mère au magasin, elle m'a fait patienter car elle recevait un fournisseur, après elle m'a annoncé qu'elle était débordée et elle m'a proposé de passer un soir quand je voudrais. Le lendemain, j'ai sonné à la porte, elle n'a pas eu l'air surprise ou contrariée en me voyant, elle m'a fait la bise, elle m'a demandé comment j'allais, j'ai répondu que je venais chercher des affaires.

– Prends ce dont tu as besoin. Au fait, si tu pars, je pense que tu ne verras pas d'inconvénient à ce que je récupère ta chambre, je voudrais en faire une chambre d'ami.

Dans ma chambre, j'ai rempli deux grands sacs de vêtements, de livres et de disques, j'ai emporté le Leica M et les objectifs de Sacha. Je suis passé dans la cuisine, ma mère préparait le dîner, elle ne m'a pas interrogé pour savoir comment mes révisions avançaient, elle a continué à peler les carottes avec minutie comme si c'était la chose la plus importante du monde.

– Bon, je vais y aller, ai-je dit. Je ne peux pas tout prendre, tu pourras mettre le reste de mes affaires dans un coin, je repasserai plus tard.

– Au fait, il paraît que ton père est en train de monter un magasin très important…

Je suis parti sans répondre. J'avais négligé cette règle basique de survie élémentaire que mon grand-père maternel formulait à l'occasion : chez les Delaunay, on chasse en meute. J'avais fait un choix autre que l'unanimisme familial et, pire que tout, j'avais trahi, et choisi mon père.

Désormais, pour ma mère, j'étais un Marini.

*

Ceux qui le connaissaient de près, Cécile, Michel ou son père Paul, pensaient que la décision de Franck avait été brutale et inconsidérée, un de ces actes impulsifs que l'on fait dans la panique de nos vies et que l'on regrette ensuite. En réalité, il n'y a jamais de décision irréfléchie. Il y a des raisons latentes qui couvent comme un geyser et finissent tôt ou tard par exploser. Ou pas. Le choix de Franck était inscrit dans son cerveau depuis qu'il avait forgé sa conscience politique, et pour lui ce fut une évidence, en conformité avec ses convictions les plus intimes, Djamila n'était pas seulement une femme qu'il avait passionnément aimée, et à qui il avait accessoirement fait un enfant, elle incarnait, à cette période de sa vie, ses croyances profondes et ce qu'il rêvait de faire de sa vie. Et c'est parce qu'il avait décidé qu'il serait un vrai communiste qui ne transigerait jamais avec ses idées, que sa morale serait sans concession, qu'il avait choisi Djamila, et abandonné Cécile.

On serait surpris de découvrir comment s'était forgée cette vertu du sacrifice et du don de soi dont Franck entendait faire l'arc portant de son engagement, les jeunes gens de son époque étant en général plus préoccupés par leur avenir matériel et par l'accession à une profession qui leur conférerait un statut et un rang dans la société, tout en construisant une famille avec tout le bastringue qui va avec : enfants, maison, voiture, vacances et retraite heureuse.

Longtemps avant de découvrir les délices du marxisme en compagnie de son alter ego Pierre, le frère de Cécile, et de vouer une passion à Saint-Just qui incarnait à leurs yeux la quintessence du révolutionnaire prêt à se sacrifier pour le bonheur du monde, Franck s'était entiché du père de Foucauld. Plus qu'une exaltation adolescente, une révélation. À présent encore, il conservait une affection particulière pour cet homme au destin hors du commun, pour ce moine-soldat touché par la grâce, qui avait consacré sa vie à une cause plus grande que lui, à la recherche permanente de la Vérité, dédaignant la société mercantile, et dont la foi était la seule arme pour changer le monde. Le grand-père Delaunay lui avait offert pour sa communion sa biographie écrite par René Bazin, et ce fut pour l'adolescent un coup de foudre. Pendant des années, Franck avait lu et relu ce livre, s'identifiant à ce héros solitaire et intransigeant dont il appréciait par-dessus tout, comme une preuve de la justesse de son engagement, sa fraternisation avec les Touaregs. À une époque, Paul voyait d'un mauvais œil que son fils fréquente si assidûment l'église Saint-Étienne-du-Mont, devienne enfant de chœur, parle avec enthousiasme de l'espoir à donner aux hommes, il le sentait à deux doigts de vouloir entrer dans les ordres, il n'avait pas compris que c'était le message de Foucauld qui le portait. Ce qui intéressait Franck, c'était d'agir, pas de prier, de combattre pour l'avènement de la justice sur cette terre, pas de se résigner, et surtout pas d'aimer son prochain comme lui-même. Et puis, cet engouement pour la religion disparut quand Franck entra en seconde à Henri-IV et fit la connaissance de Pierre.

*

Louise était assise au bord du lit, collée à la lampe dont elle avait ôté l'abat-jour pour gagner un peu de lumière, chaque soir elle lisait *Bonjour tristesse*, lentement, comme si elle déchiffrait une langue inconnue, je la soupçonnais de recommencer depuis le début car elle ne cornait pas les pages et n'utilisait aucun marque-page, elle lisait avec application, comme si elle voulait se pénétrer de chaque mot, et des mots entre les lignes, parfois elle s'immobilisait, restait songeuse ou fermait les yeux quelques instants avant de revenir au roman. Accoudé sur l'oreiller, je pouvais presque suivre la progression de sa lecture sur ses lèvres qui remuaient, et je ne perdais pas une miette de ce spectacle. Louise lisait une vingtaine de minutes, le temps de cinq ou six pages peut-être, puis elle levait le nez, poussait un soupir, remettait ses cheveux blonds en place derrière l'oreille, posait le roman sur la tablette et se couchait près de moi.

Et un soir, elle est arrivée à la dernière page.

J'ai attendu qu'elle manifeste un avis, mais elle n'a rien dit, elle m'a embrassé et nous n'avons plus pensé à la littérature. Le lendemain, au petit déjeuner, alors que nous patientions devant la cafetière, j'ai demandé :

– Alors, tu as fini ?

Elle a affiché une moue appuyée.

– J'ai trouvé ça cucul la praline, les personnages inconsistants et vains, j'avais l'impression de regarder s'agiter des singes dans une cage dorée. Je me suis accrochée à ce roman parce que tu m'en avais dit le plus grand bien, j'attendais toujours qu'il se passe quelque chose d'original, mais c'est monotone et répétitif, tout est factice, le père est creux et fait nouveau riche, la fille est prétentieuse, superficielle, puérile, c'est une tête à claques, une dinde qui n'a rien à dire d'intéressant, que des banalités, une petite-bourgeoise à qui j'ai envie de crier : Va bosser, rends-toi utile et arrête de te regarder le nombril.

Le café a fini par passer, nous avons pris notre petit déjeuner.

*

J'ai commencé les révisions intensives en enchaînant des versions et des thèmes longs, piégeux et opaques à souhait, j'essayais de me mettre dans les conditions de l'examen, mais j'aurais dû pour cela rester chez mon père, chez moi devrais-je dire maintenant, et non m'installer au Cadran dans l'espoir stupide d'apercevoir Cécile, qui devait se prélasser sur une plage au soleil. J'ai pris la résolution de ne plus jouer au flipper, ni au baby, ni au tarot, ni au 421, et je m'y suis à peu près tenu, par contre Louise avait allègrement oublié sa promesse, elle se baladait sur sa moto qu'elle garait sur le terre-plein, repartait avec, la faisait admirer à la foule des clients et de ses copains. Un matin, elle est arrivée en boitant, elle avait fait une chute idiote au bois lors d'une course avec ses potes en voulant éviter un chien, et ce qui la désolait, ce n'était ni son genou douloureux, ni ses éraflures aux paumes et au menton, mais que la Royal Enfield ait eu son réservoir cabossé en cognant contre le trottoir, et son garde-boue gondolé.

– Surtout, Michel, dis rien.

– Tu es majeure, c'est ton visage et ta moto. Moi, à ta place, j'achèterais un casque.

– Ce n'est pas obligatoire !

En début d'après-midi, la douleur augmentant, le patron l'a envoyée à l'hôpital Saint-Antoine passer une radio. Louise m'a demandé si je voulais l'accompagner.

– J'ai mon examen dans quinze jours, je rame sur les *Odes* d'Horace.

Louise est revenue en fin d'après-midi, il n'y avait rien de cassé, le médecin lui avait accordé huit jours d'arrêt de travail, mais elle devait continuer à bosser car elle avait besoin d'argent pour réparer la moto.

– Au fait, Michel, en sortant de l'hôpital, j'ai vu Cécile.

Je me suis levé d'un bond, je lui ai attrapé le bras.

– Tu es sûre ?

– Je crois.

J'ai sorti les trois photographies de Cécile de mon portefeuille, les lui ai montrées de nouveau.

– Ouais, c'est elle, j'en suis certaine, ou alors elle lui ressemble sacrément. Elle est grande, tu ne m'avais pas dit ?

– Oui, grande et mince. C'était où ?

– J'étais assise dans le bus de retour de l'hôpital, il y avait des encombrements. Elle est passée sur le trottoir, je me suis dit : tiens, je connais cette fille. Je cherchais dans ma tête où je l'avais vue, et cela a été un flash, c'était Cécile. Ah oui, elle tenait une poussette avec un enfant dedans.

– Une poussette, un enfant ! Un garçon ou une fille ? De quel âge ?

Tout à coup, je me suis transformé en inspecteur de police soupçonneux qui interroge un suspect, lui faisant décrire plusieurs fois la scène, la pressant de questions. Louise fut agacée par mon insistance et ne put me fournir aucune autre précision, sinon qu'elle avait perdu Cécile de vue au coin de la rue de Montreuil. À partir de ce jour, j'ai arpenté la zone autour de l'hôpital Saint-Antoine, méthodiquement le matin, au hasard l'après-midi, élargissant le périmètre de recherche à un quadrilatère allant de la Bastille à la place de la Nation, et de la mairie du XIe aux abords de la gare de Lyon, tournant en rond dans cet espace immense truffé de squares et de passages dissimulés, découvrant avec effarement le nombre considérable de femmes avec une poussette ou un enfant dans les bras, revenant vers cet hôpital qui offrait toutes les spécialités imaginables sauf un service de pédiatrie, arpentant de long en large la rue de Montreuil et les rues adjacentes, m'asseyant de temps à autre sur un banc pour souffler. J'ai engagé la conversation avec une foule de concierges, particulièrement avenants dans ce quartier, mais aucun n'avait remarqué la cousine dont je leur montrais en vain la photographie et dont j'avais perdu la trace depuis qu'elle s'occupait d'un enfant. Jamais de ma vie je n'avais marché de façon aussi improductive. En ce début septembre caniculaire, j'ai fini par laisser tomber, parce que j'étais démoralisé, et que se rapprochait le moment fatidique de passer mon examen.

Ce qui ajoutait à mon abattement.

Du latin *abjectio*, de la troisième déclinaison des noms imparisyllabiques, et qui signifie affaiblissement des forces morales ou physiques.

Quand j'ai raconté à Louise ma quête inutile, mon angoisse

de ne jamais revoir Cécile, elle a eu un geste qui m'a touché : elle m'a rendu le trèfle à quatre feuilles. Au début je ne voulais pas mais elle a insisté :

– Je ne conduis plus la moto, et tu en as plus besoin que moi. Si tu l'avais eu, tu aurais retrouvé Cécile, c'est moi qui l'avais, c'est moi qui l'ai vue. C'est un signe, non ? Il va te porter chance. Tu vas la retrouver.

J'avais décidé de me conformer à l'usage qui recommande de s'abstenir de travailler la veille d'un examen, d'éviter l'alcool, les boîtes de nuit, les sensations fortes, et conseille plutôt de se détendre, de se vider la tête, par exemple d'aller au cinéma, de se délasser avec une comédie, un film distrayant qui vous change les idées, puis de se coucher à une heure raisonnable pour se lever le matin frais et dispos. J'avais envie de partager ces derniers moments avec mes amis, et j'ai invité Louise et Jimmy, par chance ce dernier était disponible, nous sortions rarement ensemble. Pour respecter la règle, j'aurais dû les emmener voir le dernier de Funès, mais cela faisait si longtemps que je voulais découvrir *Jules et Jim* que je me suis convaincu que ce serait amusant de le regarder avec eux, le journal indiquant qu'il s'agissait d'une comédie dramatique.

C'est un film dramatique.

Louise aurait préféré que nous allions dîner dans une pizzeria dont on lui avait dit le plus grand bien, près de la gare d'Austerlitz, mais j'ai tellement insisté qu'elle a accepté, et nous nous sommes retrouvés dans un cinéma du boulevard Saint-Michel. À la sortie, nous sommes allés prendre un pot dans un café place de la Sorbonne. Comme à son habitude, Jimmy en grand seigneur a demandé au serveur de laisser la bouteille de whisky sur la table, lui et moi étions enthousiastes, même si la fin nous avait un peu désarçonnés, Louise écoutait sans intervenir, Jimmy ne tarissait pas d'éloges sur Jeanne Moreau qu'il avait croisée à deux reprises et qui était, affirmait-il, très sympa, elle s'était souvenue de son prénom alors qu'il ne faisait qu'une figuration dans le film de Malle, il adorait sa voix rauque, ses gestes inachevés, son regard étonné. Nous avons décortiqué certaines scènes du film en esquivant les comparaisons directes avec la situation que nous vivions. On regarde rarement un film pour lui-même ; quand on se projette dedans, on ne cherche que soi-même.

– Louise, tu ne dis rien ? ai-je demandé au bout d'un moment, gêné par son mutisme.

Elle a fini lentement son demi, l'a posé sur le guéridon, son regard sombre allait de l'un à l'autre, elle a effacé la mousse sur le bord de sa lèvre supérieure.

– Jamais vu un film aussi con !

– Pourquoi tu dis ça ? a répondu Jimmy. C'est un film formidable.

– Je suis consternée de vous entendre vous extasier sur cette imposture comme des cruches.

– C'est un film sur l'indépendance dans le couple, sur le respect de l'autre.

– Vraiment ? Alors t'es pas difficile. C'est un film de mec qui montre pas une femme libre, mais une femme libre comme les hommes en rêvent : irrationnelle, fantasque, capricieuse, irresponsable, donc folle.

– Elle aime pourtant Jules, puis Jim, rétorqua Jimmy, et sans jalousie.

– Il y a pas de jalousie apparente parce qu'il y a pas d'amour entre eux, ils s'en fichent, ils sont là pour passer de bons moments ensemble, et puis c'est faux : Jim est jaloux, Catherine aussi. Les mecs, ce sont deux petits-bourgeois, pour qui les femmes sont soit des objets de distraction, soit des épouses, Jim quitte Catherine parce qu'il veut des enfants. Et puis le commentaire raconte les impressions de Jules et de Jim, jamais ce qu'elle ressent elle, d'ailleurs il y a qu'eux dans le titre.

– Il y a un souffle de liberté dans ce film, de révolte contre l'institution, tu ne peux pas le nier, a continué Jimmy.

– C'est du tape-à-l'œil, de l'habillage pour faire joli, du papier peint pour masquer leur platitude, elle joue à la fofolle, à la patronne, ils jouent aux affranchis, aux anars, mais c'est une posture qu'ils affichent, en vérité ils sont conventionnels parce qu'ils sont faibles, ils la subissent, elle est incapable d'évoluer, prisonnière de ses pulsions, elle s'est fourvoyée dans une impasse. Et c'est une perverse, pas une amoureuse mais une mante religieuse.

– Tu n'as rien compris, elle les aime profondément, d'un amour désintéressé, a dit Jimmy.

– Tu as une drôle de conception de l'amour. Elle aime tellement Jim qu'elle l'assassine en projetant la voiture dans la rivière, elle ne lui laisse aucune chance. C'est ça l'amour pour toi : tuer l'autre ? Et lui offrir une mort horrible, en plus ? Pour moi, l'amour, c'est la vie, c'est la joie. Il faut que je me méfie de toi.

– Tu es passée complètement à côté, a rugi Jimmy. Ça ne m'étonne pas de toi.

– Ah ouais, et pourquoi ?

À partir de cet instant, la discussion est partie en vrille : des fractures dissimulées, des souvenirs refoulés, des écorchures à vif ont surgi de la boue de la mémoire, et qu'il fallait se balancer au visage. Nous sommes incapables de communiquer pacifiquement, de maîtriser nos vieilles blessures, à un moment il faut déchirer, écraser l'autre, survivre, gagner. Elle a traité Jimmy de vendu et de faux cul, Jimmy a été odieux, se vengeant par un mot horrible de la rancœur accumulée depuis des années. Louise a mis un long moment à réaliser ce qu'elle venait d'entendre, sa lèvre inférieure tremblait.

– Tu m'as traitée de pute ?

J'ai tenté de sauver notre amitié qui explosait.

– On ne va pas se disputer pour un film, c'était pour se distraire, passer un bon moment ensemble, chacun peut avoir son opinion.

– Et l'autre curé, avec sa tête à conduire une 2CV, qu'est-ce qu'il connaît à la liberté ? a lancé Louise.

– Tu sais ce qu'il te dit le curé ?

Jimmy a jeté quelques billets sur le guéridon, il est parti le premier, me bousculant au passage, a disparu rapidement. Louise ne m'a pas accordé un regard, elle a ouvert la porte vitrée du café et s'est éloignée d'un pas pesant.

Voilà, c'était fini. On avait respecté le scénario.

Il était minuit moins vingt, j'étais épuisé, je devais me reposer si je voulais conserver une chance de réussir mon examen de latin le lendemain matin à huit heures. J'essayais de me remémorer de quelle façon cette soirée avait dérapé, me demandant si cette dispute marquerait la fin de notre amitié ou ne serait qu'une altercation passagère. Je descendais la rue Champollion, perdu dans mes pensées, quand un homme m'a interpellé par mon prénom, je me suis retourné. Appuyé sur la porte métallique du local technique d'un cinéma, Werner fumait une cigarette, il est venu vers moi.

– Cela me fait plaisir de te voir, Michel, comment vas-tu ?

– Moi aussi, cela me fait plaisir de te voir, je rentre chez moi, j'ai un examen demain, il faudrait que j'arrive à dormir un peu, j'ai eu une soirée un peu agitée. Toi, tu as l'air en pleine forme.

– Je ne rajeunis pas, mais au moins je vois de bons films. La semaine prochaine, on fait une rétrospective Elia Kazan, s'il y en a un qui te tente, ou tous, dis-moi, pour toi c'est gratis.

Bien qu'il vive en France depuis plus de vingt ans et se soit juré de ne jamais retourner dans son pays, Werner n'avait pas réussi à se défaire de cet accent râpeux de Rhénanie qui lui avait valu tant de désagréments après la Libération, alors que la détestation des Boches tournait à l'obsession collective et que ses états de service dans la Résistance et sa qualité d'Allemand antinazi se fracassaient contre l'âpreté de ses intonations. Il avait résolu la difficulté en se trouvant ce boulot de projectionniste où personne ne lui demandait de parler et où il pouvait étancher sa passion du cinéma. Il était le meilleur ami d'Igor, qui l'avait sauvé après qu'il s'était fait tabasser et avait été laissé pour mort, ils étaient les deux fondateurs du club d'échecs de la place Denfert-Rochereau.

– Tu as l'air préoccupé, Michel ?

– Je viens de voir *Jules et Jim* avec un copain comédien mais on s'est disputés, enfin pas avec lui directement, avec sa copine, qui est la mienne aussi, la conversation a dégénéré de façon épouvantable.

– Un beau film pourtant.

Werner m'a dévisagé d'un air perplexe.

– Tu es au courant pour Igor ?

– De quoi ?

– Il a été arrêté, il est en prison.

*

Pendant le voyage vers la Hollande en ce mois de mars 1962, Franck ne desserra pas les dents. Paul faisait des tentatives pour alimenter la conversation, mais son fils ne répondait pas, il fumait cigarette sur cigarette, encore sous le choc de sa décision d'abandonner Cécile et de partir retrouver Djamila. Après le passage de la frontière belge, il se détendit un peu, et lors d'un arrêt, alors qu'ils prenaient un café crème, il demanda à son père pourquoi il l'aidait autant.

– Parce que tu es mon fils, répondit Paul.

– Tu prends beaucoup de risques pour moi.
– Quand tu auras ton enfant, tu comprendras.

Paul ne disait pas toujours la vérité. Quand ça l'arrangeait, il enjolivait, c'était le b.a.-ba du métier de vendeur dans lequel il excellait, bien qu'il n'ait jamais suivi la moindre formation. Pour lui, la fin justifiait les moyens. Il avait toujours eu une préférence pour Franck, il aimait Michel et Juliette, bien sûr, mais Franck avait un statut particulier dans son cœur. S'il était un bon vendeur, en revanche Paul n'excellait pas dans l'introspection, il ne cherchait pas à comprendre le pourquoi et le comment des nœuds dans sa tête.

C'était comme ça.

Cet état de fait remontait à la naissance de Franck. Avant-guerre, jeune plombier, il avait été embauché par le père Delaunay, dont l'entreprise de plombier zingueur était florissante, et sans imaginer les conséquences il avait eu le béguin pour Hélène, la fille du patron, qui était tombée amoureuse de cet ouvrier beau parleur, élégant et drôle, qui la faisait tellement rire avec ses imitations de Gabin et de Jouvet. Quand la guerre avait été déclarée, Hélène avait découvert avec consternation qu'elle était enceinte. Paul avait été mobilisé et resta prisonnier quatre ans et demi dans un stalag de Poméranie, il ne découvrit qu'à son retour à Paris qu'il était père d'un gamin. Les retrouvailles du couple furent ambiguës, la passion s'était envolée. Hélène n'était plus amoureuse de Paul qui, de son côté, ne se serait jamais marié avec cette femme si… Mais il y avait Franck. L'un comme l'autre décidèrent d'assumer leurs responsabilités, ils se marièrent sans enthousiasme avec l'idée de fonder une famille. Hélène, qui n'avait rien choisi, n'eut jamais une affection débordante pour cet enfant qui l'avait contrainte à une vie de devoir. Après, il y eut Michel, et Juliette. Paul se révéla un commercial avisé et fit prospérer l'affaire paternelle. Il voyait bien qu'Hélène ne s'occupait pas trop de Franck, qu'elle était plus sévère avec lui, alors il compensait, en faisant toujours un peu plus pour que cet enfant ne se sente pas rejeté. Quand Franck se rêva moine héros, il dit que ça lui passerait, quand il entra à l'Union des étudiants communistes, il affirma que c'était de son âge. Ce fut une période d'affrontement entre le fils et sa mère, qui ne supportait pas son engagement.

Hélène n'était pas une femme compliquée, elle pratiquait trois grands principes auxquels elle tenait farouchement. Par exemple, elle vouait une reconnaissance éperdue au général de Gaulle pour avoir sauvé la France à deux reprises, c'était une admiration viscérale, quasi religieuse, et tous les imbéciles et irresponsables qui osaient contester son grand homme devenaient ses ennemis, avec une exception pour son frère Maurice, qui ne se gênait pas pour critiquer la politique algérienne du Général, mais Maurice avait épousé une pied-noir et vivait à Alger, alors elle lui accordait un quitus, comme à un enfant dissipé. Ensuite, Hélène portait aux nues le concept de famille, ce ciment qui nous unit et sans lequel nous ne sommes rien, pas même des animaux. Sur ce point, aucun compromis possible, c'était pour cette raison qu'elle ne se disputait pas avec Maurice, car la famille voulait dire rester solidaires les uns des autres, se défendre et se soutenir contre le monde entier. Malheur à celui qui oubliait ou rompait ce pacte. Enfin, Hélène, fille de la bonne bourgeoisie, avait reçu une éducation catholique, elle respectait l'initiative et la propriété privées, qu'elle considérait comme les bases fondamentales du bon fonctionnement de notre société. Elle allait hériter, le plus tard possible espérait-elle, de la moitié de la confortable fortune de son père, qui abhorrait, exécrait, haïssait les bolchos, et elle partageait à cent un pour cent cette détestation, c'était une répulsion instinctive, et mécanique, elle leur vouait la haine d'airain que les nantis réservent aux prolos, ces feignants qui rêvaient de les dépouiller de leur oseille. En raison de ses origines familiales, Paul avait été vu d'un mauvais œil, son frère Baptiste et son père Enzo étaient des cheminots cégétistes, les relations entre les deux familles étaient inexistantes, et une suspicion permanente pesait sur ses épaules comme si un loup rouge et pervers s'était subrepticement immiscé dans la bergerie. Que son propre fils passe à l'ennemi était pour Hélène la pire des abjections qu'il pouvait commettre, elle ne lui trouvait aucune excuse, c'était une monstruosité, une aberration. Franck ne lui avait pas seulement gâché la vie, c'était un traître à sa famille, à son milieu, et au Général. À sa manière, Hélène avait une réaction marxiste, elle savait d'instinct qu'il est impossible de faire la moindre concession à un ennemi de classe.

Question de survie.

En mars 1959, Franck était en deuxième année de sciences économiques, quand un incident surpassa en violence ceux qui avaient précédé. Au cours du dîner, Franck annonça qu'il partirait en juillet faire un séjour découverte d'un mois en URSS, organisé par le syndicat étudiant et financé quasi intégralement par le Parti. Il y eut un silence gênant, annonciateur d'orage. Hélène posa sa fourchette.

– Si c'est une plaisanterie, je ne trouve pas ça drôle.

– On part à Moscou, on y reste une semaine, ensuite on va visiter Leningrad, puis on passera une semaine dans un kolkhoze, et on finira par Odessa et la Crimée. On n'a pas encore le programme complet mais ça va être formidable.

– Tu es devenu fou ?

– Hélène, il faut voir, dit Paul sans espoir, c'est peut-être une opportunité pour Franck de faire un beau voyage.

– Cela ne coûtera presque rien, lança Franck.

– Il n'en est pas question, continua Hélène. C'est non !

– J'irai quand même, rétorqua Franck.

– Je te rappelle que tu es encore mineur. Et que cela te plaise ou non, c'est moi qui décide. Jamais je ne te donnerai l'autorisation de faire ce voyage. Jamais je ne t'encouragerai à devenir communiste.

– Mais je le suis déjà, communiste ! Tu ne m'empêcheras pas d'y aller.

– Tu ne partiras pas ! Je m'y oppose. Et s'il le faut, j'irai à la police.

Paul connaissait Hélène. Il savait que c'était un sujet sur lequel il n'y aurait pas de compromis, qu'il était inutile d'affronter sa femme sur ce terrain car elle ne céderait jamais. Il tenta de raisonner Franck, qui sortit en claquant la porte. Le non-voyage en URSS alimenta les conversations familiales pendant quelques semaines. Franck tempêta, menaça, mais Hélène tint bon, et Franck, sans passeport ni autorisation parentale, dut renoncer à son séjour au pays des Soviets. Il en voulut un peu plus à sa mère, ne ratait pas une occasion de la provoquer, il reprochait aussi à son père de ne pas l'avoir soutenu, sous-entendant qu'il trahissait ses origines prolétaires. Pierre et tous ses amis partirent sans lui et firent un voyage épatant dont ils parlèrent longtemps avec émotion, renforçant la colère de Franck. Il n'adressa pas la parole à sa mère pendant six mois et refusa de partir en vacances avec ses parents à Perros-Guirec, ce dont Hélène se contrefichait.

Mais Franck trouva une vengeance pernicieuse.

Comme on lui interdisait de voyager en URSS, il décida d'apprendre le russe, s'inscrivit à un cours de langue gratuit organisé par le Parti pendant les vacances et travailla avec un acharnement qui fut sa réponse à l'injustice qui lui était faite. Il arborait son manuel de russe de façon ostensible à la maison, il ne s'en séparait jamais, le gardait sous le bras, le posait sur la table familiale, l'ouvrait dès le petit déjeuner et ne répondait pas au bonjour de sa mère, marmonnait des phrases incompréhensibles, achetait des livres en cyrillique à la librairie de la rue de la Montagne-Sainte-Geneviève où il pouvait converser dans la langue de Gorki avec des Russes, même s'ils étaient blancs et anticommunistes. Il mit d'autant plus de cœur à apprendre cette langue que c'était l'unique moyen qu'il avait trouvé pour manifester son soutien à la patrie de son cœur. Il tenta de convaincre Cécile de se lancer aussi, il y voyait un acte politique, mais celle-ci n'avait pas envie de se mettre un surcroît de travail sur le dos.

Cécile avait une passion pour Anna Karénine. Le destin contrarié de cette femme en quête de son identité devait probablement l'interpeller, peut-être s'identifiait-elle à elle. Ils se disputèrent à plusieurs reprises à son sujet. Franck ne voyait en Karénine qu'une aristocrate désœuvrée et capricieuse, une pintade, disait-il, dont le suicide était aussi gratuit qu'inexplicable, quand Cécile faisait d'elle la victime d'une société qui cantonnait les femmes au rôle de mères dociles et les écrasait dans son étau phallocrate. Elle commit l'erreur de vouloir le convaincre, elle n'avait pas compris que Franck était intraitable sur les sujets politiques, et il s'emporta, traitant ce livre de *roman le plus stupide de toute la littérature russe.*

Quand Cécile accoucha de sa fille, le 1er janvier 1963, sans mère ni personne auprès d'elle, après des heures horribles de travail, c'est avec satisfaction qu'elle se vengea en donnant à cette enfant le prénom d'une femme que Franck détestait.

*

Nous étions obligés d'attendre la fin de la séance, nous avons regardé les dernières séquences d'*Umberto D.* depuis la cabine de projection. Werner l'avait vu des dizaines de fois et ne s'en lassait pas, le héros ressemblait, paraît-il, à son propre père, puis Werner rembobina la dernière bobine de pellicule, ferma à clé le local technique. J'ai jeté un œil à ma montre : J – huit heures. Nous avons descendu la rue Champollion et sommes allés prendre un pot dans un café en face de Cluny.

Werner avait été alerté de l'arrestation d'Igor par son patron, Victor Volodine, qui, surpris de ne pas le voir prendre son service de taxi de nuit, avait pensé qu'il était malade, ce qui ne s'était jamais produit depuis qu'il l'avait embauché huit ans auparavant. Au troisième jour d'absence, Victor s'était rendu au domicile d'Igor, la concierge de son immeuble l'avait alors informé que ce dernier avait été arrêté par la police et son appartement perquisitionné. Avait alors commencé le parcours du combattant, car Werner n'avait aucune qualité pour avoir accès au dossier, et qu'un Allemand se renseigne sur la situation d'un Russe semblait suspect à tous les policiers français. Victor Volodine l'avait dirigé vers maître Rousseau, un spécialiste des affaires épineuses, puis il était parti en vacances. J'ai rapporté à Werner l'audition dont j'avais fait l'objet au début du mois de juillet, mais que la police puisse soupçonner Igor d'être impliqué dans le décès de Sacha lui paraissait invraisemblable et stupide.

– Sacha s'est suicidé ! Tout le monde le sait. Et nous vivons dans le pays de la raison, ne l'oublions pas. Ou alors, ils sont devenus fous. *Es ist extravagant !* Comment dit-on *extravagant* en français ?

– On dit aussi extravagant.

Nous avons tourné dans tous les sens les motifs pouvant expliquer une incarcération et la seule certitude à laquelle nous sommes arrivés était que ce devait être grave, et même gravissime. À deux heures, le patron nous a mis à la porte, nous avons continué à débattre sur le trottoir, à un moment j'ai levé la tête : l'horloge de la chapelle de la Sorbonne marquait trois heures, j'ai dit à Werner que je devais rentrer me reposer avant de passer mon examen de latin. Au moment où je me suis glissé dans mon lit, j'ai pensé à Igor qui devait se sentir abandonné par la terre entière, je devais lui faire parvenir mon trèfle à quatre feuilles, il en aurait plus besoin que moi. J'ai fermé les yeux, le sommeil n'est pas venu, les aiguilles du réveil ont marqué quatre heures, puis cinq heures, je n'allais pas être très frais pour passer cet examen.

Mais je me trompais.

Quand j'ai ouvert un œil, il faisait jour avec un ciel bleu magnifique, j'ai mis quelques secondes pour réaliser que je n'avais pas entendu le réveil, il était dix heures et quart, je répétais, tétanisé : Ce n'est pas possible, je rêve ! Mon cœur faisait des bonds, il était trop tard pour que je me précipite au lycée, l'épreuve de thème allait se terminer. C'était une catastrophe. À ce point de déroute, je n'avais rien d'autre à faire que de me recoucher, je me suis étendu, les mains sous la tête, j'ai réalisé que j'allais continuer à vivre, à respirer, à avancer ; il y a des milliards de gens qui vivent heureux sans avoir intégré Normale. Je devais trouver une solution de repli, le fameux plan B, ou C.

Et une explication.

Je me voyais difficilement annoncer que j'avais raté mon examen à cause d'un réveille-matin versatile, j'ai décidé de rester évasif quand des questions pernicieuses seraient posées. Je n'ai pas eu à mentir. Aucun membre de la famille ne m'a demandé mes résultats, mon père et Marie menaient une vie de fous, je ne voyais jamais ma mère. Un jour, je leur ai annoncé que j'étais inscrit en fac de lettres. Mon père a dit : C'est bien. Ma mère : Ah bon.

De profundis.

*

Finalement, sans le vouloir, j'ai fait le bon choix, la faculté de lettres s'est révélée une oasis de tranquillité, j'arrivais à mener une foule d'activités sans être dérangé par les études, les professeurs lisaient leurs cours en veillant à ne pas réveiller leurs étudiants, les travaux dirigés frisaient la maison de repos, à côté du bachotage d'H4 la licence s'avérait une promenade littéraire.

Le vrai problème, c'était Igor.

Un matin, Werner m'a donné rendez-vous rue du Bac pour rencontrer maître Rousseau. Nous avons patienté une heure dans une salle d'attente décorée avec des meubles en laque de Chine et des tapisseries XVIIIe. La porte de communication a fini par s'ouvrir, un homme d'une cinquantaine d'années, empâté, aux cheveux argentés ondulés, élégant dans son costume gris aux fines rayures, s'est avancé vers nous, main tendue :

– Messieurs, mille pardons, je plaide aux assises cet après-midi et j'avais des détails importants à régler.

Il nous a fait entrer dans une pièce immense où une douzaine de défenses d'éléphant sculptées de deux mètres de haut alternaient avec des dents de narval et des trophées de chasse africains. Son bureau marqueté de quatre mètres de long disparaissait sous des piles de dossiers entassés, nous nous sommes enfoncés dans des fauteuils Voltaire. Il compulsa un agenda, regarda sa montre d'un air agacé et nous fixa avec un sourire de comédien italien.

– Messieurs, je vous écoute.

– Nous venons pour l'affaire d'Igor Markish.

– Ah oui.

Il prit son téléphone, lança un comminatoire : Venez !

Nous sommes restés quelques instants silencieux, maître Rousseau contemplait le sommet de nos crânes sans se départir de son sourire charmeur. On frappa à la porte, un homme d'une trentaine d'années en costume prince-de-galles, avec un cahier à la main, s'assit sur une chaise à côté du bureau.

– Alors, Gilbert, où en sommes-nous ?

Gilbert, puisque c'était son prénom, consulta son cahier.

– J'ai commencé par le bureau d'ordre. Igor Markish est détenu à la Santé en vertu d'un mandat d'arrêt du juge

Fontaine, sous la prévention d'assassinat de Sacha Markish, son frère.

– Ah, il a tué son frère ? C'est intéressant, fit Rousseau d'un air ravi.

– Il ne l'a pas tué, intervint Werner. Sacha s'est pendu, c'est un suicide.

– Je suis passé voir le juge Fontaine, poursuivit Gilbert, mais comme il n'avait pas reçu de lettre de désignation, il n'a pas voulu me laisser consulter le dossier, il m'a accordé un permis provisoire et je suis allé à la Santé où j'ai rencontré Igor Markish.

– Alors, vous n'avez pas vu le dossier ? demanda Werner.

– C'est impossible, il faut être officiellement désigné, répondit Marchand. Dès que le juge aura reçu cette lettre et que vous aurez réglé une provision de vingt mille francs, on ira consulter le dossier.

– Deux millions ! s'exclama Werner.

– C'est le prix d'une DS 19 ! lançai-je.

– Avez-vous conscience qu'il s'agit d'une affaire extrêmement grave qui va finir aux assises, et où votre ami risque tout simplement de laisser sa tête ?

– Ce n'est pas possible ! s'exclama Werner.

– Dieu merci, je suis là. Dès que vous déposerez les fonds à ma secrétaire, nous pourrons commencer à travailler.

Werner s'est levé, suivi par l'avocat, j'ai fouillé dans mon portefeuille.

– Pourriez-vous donner ce trèfle à Igor quand vous le verrez ? C'est un porte-bonheur.

Maître Rousseau m'a dévisagé d'un air perplexe.

– Il est formellement interdit de remettre quoi que ce soit à un détenu.

Nous nous sommes retrouvés sur le trottoir de la rue du Bac, un peu groggys, pris dans la tenaille de la menace de ce procès inquiétant et de son coût faramineux.

– Il en profite, ai-je dit, cherchons un autre avocat.

– Il faut sauver Igor, a répondu Werner, je vais prendre sur mes économies, c'était pour mes vieux jours, mais je suis encore jeune.

– Je ne peux rien faire pour t'aider, je n'ai pas d'argent. Et si on demandait aux membres du Club ? Pour Igor, ils voudront bien participer.

– Qu'est-ce que tu crois ? Ils n'ont pas un rond.

Nous avons marché un long moment, tête baissée. Arrivé au carrefour du boulevard Saint-Michel, Werner m'a quitté pour aller prendre son service au cinéma, puis il est revenu vers moi.

– Au fait, je ne t'ai pas demandé, ton examen s'est bien passé ?

Franck débarqua au port de La Corogne et mit un mois pour traverser l'Espagne et le Maroc, affichant l'allure d'un touriste intello se rendant à Tanger pour retrouver des amis américains. Il arriva à Oujda le lundi 7 mai 1962, ému de mettre ses pas dans ceux de Foucauld quand celui-ci venait de quitter l'armée et, arrivant d'Alger, entreprenait un voyage dangereux au Maroc à l'époque de la guerre sainte. Le futur moine avait traversé cette ville-frontière en se faisant passer pour un rabbin miséreux car le pays était interdit aux chrétiens, cet explorateur intrépide allait découvrir des régions où aucun Français n'avait jamais mis les pieds et commençait là son chemin vers la foi.

Franck eut tout le temps de visiter Oujda et ses environs. À Zouj Beghal, la frontière était gardée par l'armée française, les contrôles permanents, la file de voitures qui attendaient de quitter le pays s'étendait sur un kilomètre, les soldats fouillaient les véhicules sommairement. Franck remarqua, posté derrière un mur, que les parachutistes vérifiaient avec attention les cartes d'identité de ceux qui entraient en Algérie. Étant recherché par la police française, il ne pouvait prendre le risque d'être identifié ou reconnu. Il descendit jusqu'à Saïdia, constata que la situation y était calme et le poste-frontière fermé. De retour à Oujda, il s'installa au modeste Palace Hôtel. En se penchant par la fenêtre, il apercevait l'Algérie, la terre de ses espoirs. Paradoxalement, Franck s'était trouvé des deux côtés de cette guerre, d'abord soldat de l'armée française chargé de défendre le territoire contre l'insurrection de son peuple, il avait fait le coup de feu contre les fellaghas, avant d'être horrifié par ce qu'on lui demandait de faire et de prendre fait et cause pour les ennemis de la France, passant alors sur l'autre versant et devenant un traître pour la plupart de ses compatriotes. Il revenait à présent dans ce pays balbutiant secoué de convulsions, qu'il aimait comme s'il y était né, et il ne pouvait s'empêcher de se sentir coupable pour les siens. Dans la journée, il flânait dans les souks de la ville à la recherche d'informations ou d'une opportunité pour passer de l'autre côté. Il eut une vague proposition d'un serveur marocain qui avait une combine avec un vaguemestre français, mais il n'y donna pas suite.

En traînant dans le souk El Ghezal, Franck découvrit une librairie extraordinaire de livres d'occasion, des milliers d'ouvrages empilés sur deux à trois mètres de haut, jusque dans l'allée centrale, et rangés d'une manière aléatoire privilégiant la taille des ouvrages, les plus gros en bas de la pile, qui s'élevait jusqu'au point de rupture de l'équilibre. Franck fit la connaissance de Habib, dont la préoccupation ne semblait pas de vendre des livres, mais de les lire, et qu'il dérangea dans sa lecture d'un traité d'astronomie. En apercevant Franck figé devant sa caverne d'Ali Baba, le libraire pensa : ce Français n'a pas une tête à vendre des livres. Franck demanda si, par hasard, il n'avait pas la biographie de Foucauld par René Bazin.

– Bien sûr que je l'ai. Mais où ? Là est la question, mon ami, quelque part dans ce capharnaüm ou dans la réserve ou chez moi. J'en ai vendu un il y a quatre ans au directeur de la Poste, mais j'en avais un autre que je suis certain de ne pas avoir vendu. Il faudrait que je dresse un inventaire. Cela fait des années que je me le répète chaque matin, au cas où un client demanderait un titre précis, mais je n'ai pas le courage, je ne suis plus tout jeune, et je n'aurai pas assez de temps pour tout lire avant de mourir. Tu peux repasser la semaine prochaine ? Ou si tu veux fouiller, tu peux, mais c'est à tes risques et périls.

Habib achetait des bibliothèques à tour de bras, il venait d'acquérir plus de trois mille romans pour deux poignées de dattes auprès d'un Oranais, professeur au lycée Lamoricière, dont la camionnette venait de rendre l'âme devant la porte Bab el-Khemis, et à qui il avait proposé cent francs pour le tout. L'homme avait été effaré par ce prix ridicule, il avait tenté de négocier, mais Habib était resté ferme sur le prix, sachant qu'il lui était impossible de transporter autant de livres en Espagne où il comptait aller.

– Et encore, mon ami, c'est pour te rendre service, parce que tu es professeur, les livres des Français, je ne sais plus où les mettre. Les gens ici, ils ne lisent pas beaucoup. Sauf moi.

Finalement, le prof avait accepté l'aumône, comme les autres. Habib était satisfait, il disposait d'un stock pour un siècle ou deux. Il pensait bien sûr à son fils et à son petit-fils qui, si Dieu le voulait, seraient libraires comme lui. En raison de ces acquisitions intempestives – mais comment résister à de pareilles opportunités – ?, il n'arrivait plus à mettre un pied dans son échoppe, pourtant la plus grande du souk. Ce qui étonna Franck, c'est qu'il laissait les livres empilés dans le passage la nuit, après la fermeture du souk, et que jamais personne n'en avait volé un seul. Habib remerciait sans cesse Dieu pour l'honnêteté des habitants de cette ville. Dès l'ouverture, il disposait une chaise en osier dans le courant d'air et en profitait pour explorer son stock, un livre ou deux chaque jour, les mauvais jours trois ou quatre, pas en entier bien sûr, mais la substantifique moelle comme il disait. Habib avait des yeux mélancoliques, sauf quand il dégotait un livre à son goût et qu'il allait jusqu'au bout de sa lecture, ce qui arrivait rarement, alors il oubliait son âge, dévorait comme un adolescent, à toute vitesse, et répétait qu'il n'avait pas assez de temps pour lire.

Franck renonça rapidement à chercher Foucauld, il prit l'habitude de s'asseoir sur la deuxième chaise en osier, il lisait en face de Habib les livres qui lui tombaient sous la main, ceux du haut de la pile, parfois ils en discutaient ensemble, et Habib en mettait certains de côté pour les emporter chez lui. Franck devint rapidement ami avec ses voisins : Rachid, le marchand d'épices multicolores qui appelait tout le monde mon frère, collectionnait les ouvrages sur les roses et les orchidées et semblait si heureux de vivre que Franck en était jaloux, et le maroquinier d'en face qui adorait les beaux livres sur les antiquités, et dont le fils Mouloud, spécialiste du portefeuille gaufré, avait une passion pour les romans de Simenon.

Le 19 mai, Franck prit le bus jusqu'à Ahfir. Longeant la frontière, il constata que tous les passages étaient fermés. Les jours passaient sans qu'il trouve de solution, la situation empirait, les voitures de Français débordant de meubles et de valises restaient bloquées des heures avant que la barrière ne s'ouvre ; côté marocain, une foule de petits commerçants et de marchands de toutes sortes attendaient des journées entières sur l'esplanade, dans la poussière et la chaleur, avant de passer au compte-gouttes. Franck rongeait son frein et lisait en face de Habib, sirotant un verre de thé à la menthe, discutant longuement des mérites de certains livres avec les clients ou avec ceux qui passaient uniquement pour bavarder un peu.

Franck prit une initiative qui sidéra tout le monde, il décida de faire l'inventaire de Habib, méthodiquement, un inventaire avec six colonnes à documenter, sur des doubles feuilles quadrillées d'écolier.

À l'américaine.

Habib faisait des trous minutieux avec une perforeuse

antique pour insérer les feuilles dans un classeur à levier récupéré dans la décharge des Français et inscrivait les observations de Franck au stylo-bille rouge pour les livres anglais, en bleu pour les espagnols et en noir pour les français. Franck s'attaqua à l'amoncellement qui bloquait le passage de l'allée d'angle. En une journée, ils vinrent à bout de deux piles seulement, ils n'auraient probablement pas dû ouvrir les livres, et ils ressentirent un certain découragement à l'idée du travail colossal qui les attendait, et qui fatiguait Habib à l'avance.

Et puis, il y eut un accident livresque.

Dans une pile oubliée qui montait jusqu'à la voûte, dissimulé sous une épaisse couche de poussière, Franck découvrit un trésor, pas le Bazin qu'il cherchait toujours, mais des livres d'économie récents, certains en anglais, des cours d'économétrie et de gestion des entreprises, Habib ne se souvenait plus quel roumi les lui avait vendus. Franck, qui avait passé sa licence de sciences économiques avant son incorporation, retrouvait des sujets familiers qui lui rappelèrent les années heureuses avec Pierre. Il sélectionna les ouvrages qui l'intéressaient le plus, tombant notamment sur un livre rarissime en anglais de William Phillips qu'il se mit à dévorer, délaissant son travail d'inventoriste, ce qui ne surprit pas Habib, convaincu depuis toujours que toute entreprise humaine a vocation à être abandonnée.

*

Personne n'est à l'abri d'un accident, de la malchance ou d'un geste irréparable et ne peut jurer qu'il ne couchera pas en prison le soir.

Ou dans un asile psychiatrique.

Quand Igor fut réveillé à six heures du matin par des coups tambourinés sur sa porte, il pensa que le mari de la voisine du dessous faisait une nouvelle crise d'épilepsie et que la pauvre femme cherchait du secours auprès de lui. Lorsqu'on est médecin, on le reste toujours, même si les aléas de la vie vous amènent sur d'autres chemins ; si Igor exerçait le noble métier de chauffeur de taxi, c'est que son diplôme russe n'était pas reconnu en France. Les voisins, les amis n'hésitaient jamais à recourir à ses conseils, efficaces et gratuits. En plus, il proposait de prendre une tasse de thé, posait mille questions pour comprendre l'origine du mal, car il y avait toujours, affirmait-il, au moins deux causes à une maladie. Igor avait de drôles de thérapeutiques, des traitements de toubib habitué aux pénuries soviétiques, quand il n'y avait plus de médicaments, ni aucun espoir d'en obtenir, et qu'il fallait se débrouiller pour soigner quand même, des remèdes de babouchka éprouvés par une guerre interminable et des hivers polaires. Et, il tenait à le préciser aux sceptiques, il n'avait depuis son arrivée à Paris aucun mort sur la conscience.

Après le réveil musclé, il y eut la perquisition, si on peut appeler ainsi le saccage de son petit appartement, la saisie de différents documents mis sous scellés, puis l'interrogatoire au commissariat du Panthéon pendant quarante-huit heures, où il répéta jusqu'à l'abrutissement qu'il n'était pour rien dans la mort de Sacha, qu'il s'agissait d'un suicide, que le monde entier le savait, mais les policiers reposaient inlassablement les mêmes questions, comme s'ils n'avaient pas entendu, et il fallait recommencer depuis le début.

Depuis Leningrad 1952.

Et même avant-guerre. Mais les policiers n'écoutaient pas ce qu'il racontait, confondaient les noms, les prénoms si compliqués, l'accusaient de mentir, l'obligeaient à relater encore une fois la genèse de la haine qui opposait les deux frères, et plus Igor remontait dans le temps, plus il donnait de précisions sur leur antagonisme, plus il creusait sa tombe.

Il n'y a jamais une seule cause à l'origine d'un mal.

Igor fut très maladroit, aussi stupide qu'un honnête homme peut l'être. Personne ne l'avait prévenu qu'il ne faut jamais dire la vérité à la justice. Même en France. Sur l'énorme Japy grise, l'inspecteur tapait ce que le juge attendait :

– Le portefeuille de Sacha que vous avez trouvé dans un tiroir de mon appartement, je l'ai récupéré par terre le jour où nous nous sommes battus et où il l'a perdu. Je ne l'ai pas revu après cette dispute. Mon frère Sacha était un être infâme, abject. Pendant les années noires des purges, sa conduite a été monstrueuse, il a commis les pires exactions sans états d'âme, sans remords, montant en grade en trahissant, en arrachant des aveux aux femmes contre leurs maris, aux fils contre leurs pères, il est devenu un haut responsable du KGB, il a effacé des registres d'état civil et des photos de groupe des milliers de personnes qui avaient été assassinées, il a arrêté et envoyé au poteau d'exécution ou au goulag des gens sans aucune preuve, il se prenait pour un idéaliste, un pur obligé de se sacrifier pour la cause, de se salir les mains pour sauver la révolution, alors que lui et ses semblables n'étaient qu'une bande de lâches au service d'un psychopathe illuminé et lunatique. Sacha n'a pas eu la mort qu'il méritait, elle a été beaucoup trop douce, il n'a jamais rendu compte de ses crimes, il n'a jamais été condamné, il a sauvé sa peau in extremis avant que son tour n'arrive et que ses anciens amis ne l'arrêtent, puis il a coulé des jours paisibles à Paris, mon seul regret est de ne pas l'avoir étranglé de mes mains.

Igor, épuisé par deux jours de garde à vue, signa le procès-verbal sans le relire. Il fut transféré au Palais de Justice et enfermé dans une cellule du dépôt, une cellule blafarde, antichambre de l'enfer, d'une saleté et d'une puanteur inouïes, qui n'avait jamais été nettoyée depuis la fin de la guerre et que même les rats et les cafards évitaient ; les murs lépreux comme des tableaux abstraits étaient tachetés de stries, de vomissures, de sang, d'empreintes de doigts, marquetés de messages effacés recouverts par d'autres messages, un nom un prénom une date, souvenirs dérisoires pour les générations futures, et il était impossible à quiconque d'imaginer se coucher sur le bat-flanc en béton noir de crasse ou de faire ses besoins dans le trou suffocant. Igor attendit debout six heures d'affilée sans oser s'asseoir, guettant les bruits à travers la porte, puis, surmontant avec peine sa répulsion, il urina dans la fosse et fut obligé de se caler sur le bord de la paillasse pour se reposer.

Le juge Fontaine qui avait délivré la commission rogatoire étant parti en vacances la veille, Igor fut déféré devant le juge d'instruction de service qui lui notifia son inculpation pour assassinat et délivra à son encontre un mandat d'arrêt qui l'envoya à la Santé. Igor, pendant des années, ne put se défaire de l'odeur atroce du cachot du dépôt, même en s'aspergeant avec des litres d'eau de Cologne.

La porte claqua dans son dos, la serrure se ferma à double tour, Igor contempla son nouvel horizon de dix mètres carrés En comparaison de celle du dépôt, cette banale cellule lui parut confortable et claire. Il fit un pas en avant, aperçut un homme d'une quarantaine d'années, enrobé, aux cheveux en broussaille, qui était assis sur le lit de gauche en train de lire, il se leva avec peine et vint vers lui la main tendue : Moi, c'est Daniel. Dans son malheur, Igor aurait pu tomber plus mal, avec un codétenu pervers, bougon ou cyclothymique, Daniel était affable, il lui désigna l'autre lit pour qu'il s'installe, lui prêta les affaires qui manquent à tout nouvel incarcéré, lui offrit une gitane, lui demanda ce qu'il avait fait pour mériter la prison, et comme Igor hésitait à répondre, il ajouta qu'il n'était pas obligé de parler. Il poursuivit en déclarant, comme une profession de foi, que lui était anarchiste, bon vivant et voyou dans l'âme.

– Dans cet ordre, ou de préférence dans le désordre. Je te

préviens : je hais les curés, les militaires, les flics et les bourgeois. J'accepte les bourgeoises.

Daniel lui inculqua les règles que chaque détenu devait respecter s'il voulait que la détention reste supportable.

– Ne jamais menacer un gardien, ils peuvent te pourrir la vie, dire : Oui chef, marcher les mains derrière le dos au milieu des couloirs, ne jamais se coucher avant l'heure prescrite, faire son lit au carré dès le réveil, nettoyer sa part de cellule. Pendant la promenade, éviter de fréquenter les détenus à embrouilles, je te dirai lesquels, si on te cherche, baisse la tête et viens me voir. Si un gardien te demande ton nom, donne ton numéro d'écrou, tu dois le connaître par cœur.

Daniel n'était pas un délinquant particulièrement habile à en juger par le nombre de condamnations qui ornaient son casier judiciaire, une vingtaine environ, sans compter celles qui étaient amnistiées, mais pour son excuse, il avait commencé jeune : Vois-tu, la vie d'un voyou est comme un iceberg, il n'y en a que dix pour cent qui apparaissent sur le casier.

Il connaissait la mentalité des juges, savait comment leur parler pour éviter de se faire massacrer : toujours reconnaître les délits, ne jamais contester, jurer cracher que c'était fini, que la détention préventive lui avait permis de comprendre son problème, et surtout regarder les juges dans les yeux et être poli.

– Je croyais que tu étais anarchiste, objecta Igor.

– Et comment ! Ni dieu, ni maître. Que des maîtresses. Il faut surtout être malin, pas se prendre pour Al Capone ou vouloir devenir riche. Petit délit, petite peine. Je me suis spécialisé dans les caves à vin. Bien sûr, il faut s'y connaître un peu en pinard ; pour cela, pas de souci, je suis un expert. Je vis tranquille en revendant les bouteilles à des restaurateurs. Il faut beaucoup tourner, changer de quartier sans arrêt, comme cela on évite de retrouver le même juge. Dans le Marais, les caves communiquent entre elles, l'ouest c'est bien, à Versailles ils ont des bourgognes de première, à Neuilly c'est des radins. Quand on m'attrape, je soutiens que mon alcoolisme congénital, qui a tué mon père et ma mère, me joue encore un sale tour, que j'ai forcé la porte de la cave uniquement pour boire un coup. La fatalité, je vous jure ! Et là, je joins les mains comme si j'avais une révélation, je pleure, je supplie le juge de m'aider à m'en sortir, lui dis que j'ai besoin d'un traitement, de soins médicaux. Comme le juge est probablement un alcoolique mondain, il me met le minimum. La dernière fois, je n'ai pas eu de chance, je me suis fait attraper par un divisionnaire qui allait chercher du vin dans sa cave, j'avais vingt bouteilles dans le panier. Le problème, c'est que les flics ont débarqué chez moi, et ils ont trouvé quatre cents bouteilles, que des grands crus, alors que je suis sans travail, c'était dur de prétendre que c'était pour ma consommation personnelle. Cette fois, je suis bon pour passer un moment à l'ombre.

Igor prit le lit de droite, il déposa les vêtements qu'on lui avait remis au greffe sur l'étagère vide. Par la fenêtre grillagée, il aperçut les marronniers du boulevard Arago dont les faîtes jaunis s'agitaient sous le vent au-dessus du mur d'enceinte.

– C'est la première fois que tu es en prison, toi, poursuivit Daniel. Je vais t'expliquer : ici, tout s'achète. Si tu as besoin de quoi que ce soit, du savon, du dentifrice, des biscuits, du chocolat, des cigarettes, il faut cantiner, si tu ne veux pas mourir de faim, il n'y a pas d'autre solution, la cuisine laisse sérieusement à désirer, et cantiner coûte cher, tu as du pognon ?

– J'ai peu d'argent de côté, une fois que j'ai tout payé, il ne reste pas grand-chose.

– En taule, si tu n'as pas d'argent pour cantiner, tu es un moins que rien. Il y a quelqu'un qui peut t'aider ?

– J'avais une copine, mais on n'est plus ensemble. J'ai quelques amis, mais je ne veux pas les mêler à cette histoire.

Cette nuit-là, Igor ne réussit pas à trouver le sommeil. Le

matin, il était fatigué, il se dit qu'il dormirait mieux la nuit prochaine, mais cet espoir fut déçu, les nuits suivantes ne lui apportèrent aucun repos. Il ne dormait plus ou presque, attendant que les heures passent, guettant les bruits de la prison endormie. Quand enfin, à l'aube, il arrivait à sombrer dans le sommeil, il faisait des cauchemars dont il ne se souvenait jamais, ne lui restaient en mémoire que des hurlements et des cris à faire frémir. Un vieux démon oublié recommençait à le harceler. Il pensait avoir réussi à s'en débarrasser mais son fantôme revenait le hanter et le tourmenter. Et plus que son arrestation, son incarcération et son inculpation, ces plaintes interminables et déchirantes qui résonnaient dans sa tête étaient le pire malheur qui puisse lui arriver.

*

Je m'ennuie. Mortellement. On m'avait prévenu qu'en faculté, il fallait se débrouiller seul, mais ce n'est pas d'être livré à moi-même qui me dérange, ce sont les cours qui me rasent. Personne ne m'avait dit que l'ennui faisait partie intégrante du cursus. Il se dégage de l'amphithéâtre une léthargie accablante. Assis sur l'estrade, un bonhomme gris lit son cours magistral dans un micro d'une voix monocorde sans lever la tête ni s'interrompre, comment peut-on parler de choses aussi passionnantes en étant aussi assommant ? Comment peut-on rendre ennuyeux ce qui est si beau ? C'est Saint-Simon qu'on assassine. Ce n'est pas seulement le phrasé qui est monotone, c'est ce qu'il raconte qui est fastidieux et insipide. Pour moi, lire, c'est l'incarnation de la vie, comme manger ou respirer, tout simplement indispensable à l'existence, or j'ai l'impression d'assister chaque jour à un cours de momification littéraire administré par un fossoyeur. Quand j'aborde la question avec mes camarades, ils haussent les épaules, résignés, comme si c'était le passage obligé vers le diplôme. Alors, je fais comme les autres, je déserte, je traîne dans les bistrots autour de la Sorbonne, je drague vaguement, je joue au flipper ou au baby, je bouquine.

Encore trois ans à tirer.

Avant quoi ? Trente-cinq ans d'ennui à empoisonner la vie des élèves à mon tour ? J'ai du mal à admettre que je vais rater ma vie parce que je n'ai pas entendu sonner un réveille-matin. Peut-être devrais-je retenter l'examen de latin et faire une prépa ? Ou autre chose ?

Carrément.

Je tente de découvrir le secret caché dans les plis de l'eau de la fontaine Médicis. Où est Camille à cette heure ? Les visages des filles que je croise s'effilochent sitôt que je les quitte, interchangeables comme des papillons, mais Camille revient telle une vague, inlassablement. Sa voix grave me manque. Se souvient-elle de nous ? Pourquoi ne donne-t-elle aucun signe de vie ? Je n'arrive pas à admettre qu'elle ait pu me rayer de son existence, je ne peux pas m'être trompé sur elle à ce point, ou est-elle contrainte par sa famille ? Et si j'y allais ? Mais comment la retrouver ?

*

C'est grâce au livre d'économie qu'il lisait avec avidité que Franck fit la connaissance de Mimoun Hamadi.

– Oh, un livre de Phillips ! s'exclama celui-ci en découvrant la couverture noire avec ses caractères jaunes.

Il prit l'ouvrage des mains de Franck, le tourna avec délicatesse, le feuilleta, s'arrêtant sur des pages couvertes de graphiques et de courbes tarabiscotées, comme s'il s'agissait de poèmes d'amour. À trente et un ans et de taille moyenne, Mimoun Hamadi était guetté par l'embonpoint ; il avait le sommet du crâne dégarni, le visage cuivré, des yeux plissés qui lui donnaient l'air rieur, des mains fines et une carrure trapue qui imposait le respect, une voix douce. De la boutique en face, Rachid se précipita pour offrir sa propre chaise : Tiens mon frère, assieds-toi. Habib demanda s'il voulait un thé à la menthe et partit en commander trois au café sur la place. Mimoun s'installa face à Franck, tournant les pages lentement. Habib apporta les thés sur un plateau de cuivre, accompagnés de biscuits ronds, et servit Mimoun avec déférence. Celui-ci rendit le livre à Franck :

– Il n'y a pas beaucoup de gens qui doivent comprendre Phillips dans cette ville.

– Ce n'est pas si difficile pourtant, répondit Franck.

– Quand même, la courbe qui met en évidence la relation entre le taux d'évolution des salaires nominaux et le taux de chômage n'est pas évidente à démontrer.

– Pourtant, il faut s'y résoudre, plus le chômage est important, plus les salaires sont faibles.

– C'est pour cela qu'il faut contrôler l'inflation, plus elle augmente, plus le chômage augmente.

La conversation prit un tournant technique qui empêcha Habib et Rachid de comprendre quoi que ce soit à ce charabia.

– Pourtant, rien ne dit qu'on ne puisse pas avoir chômage et inflation en même temps, suggéra Mimoun.

– On en revient à Keynes, avec le risque de voir la puissance publique essayer de réduire le chômage par la dépense publique, au risque de relancer inflation et chômage.

– D'après vous, ce qui marche en France, en Angleterre ou aux États-Unis peut-il fonctionner dans le Maghreb ?

– Il n'y a aucune raison que ces pays échappent à la loi de Phillips.

– Vous vous y connaissez, c'est rare à votre âge.

– J'ai vingt-deux ans, j'ai eu mon bac à seize, ma licence à vingt, après je me suis engagé.

Mimoun Hamadi avait fait des études d'économie à la

Sorbonne huit ans avant Franck, avec les mêmes professeurs, les mêmes livres de cours, les mêmes souvenirs, et avait fait son doctorat sur l'industrialisation et la régulation des pays en voie de développement, en appliquant les thèses de Bernis et Perroux à l'Algérie.

– Excusez-moi de poser la question, mais que faites-vous ici à lire des livres d'économie ? En ce moment, les Français se battent plutôt pour regagner l'Europe.

– Moi, c'est différent, je cherche à passer en Algérie.

Mimoun remarqua l'attroupement autour d'eux, il se leva : Allons prendre un peu d'air, il fait chaud ici. Ils marchèrent comme deux vieux amis, ils firent une promenade dans l'immense parc René-Maitre où les bassins, les palmiers, les cyprès et les massifs de bougainvilliers pourpres apportaient un peu de fraîcheur, et discutèrent de tout et de rien. Du jardin du Luxembourg et des cinémas du Quartier latin que Mimoun regrettait, de Milton Friedman qui ne sacquait pas Phillips, de la Contrescarpe et de désinflation. Ils s'assirent sur un banc en face du grand bassin avec les nénuphars en fleur et les grenouilles qui sautillaient, ils respirèrent l'air du soir qui embaumait, reniflant l'odeur poivrée des parterres de menthe.

– Au fait, pourquoi ne passez-vous pas la frontière ?

Et soudain, comme s'il n'attendait que cela, Franck évoqua son histoire, Mimoun était le genre d'homme dont le regard souriant vous incitait à la confidence, Franck évoqua les méandres de sa vie, mais une partie seulement, la dernière année, sinon il aurait fallu remonter à la guerre de 40, à son père au stalag et à sa mère désespérée, et son interlocuteur ne disposait probablement pas des deux ou trois jours nécessaires pour tout écouter. Mimoun avait l'air captivé par ses tribulations et compatissant.

– Je ne sais pas pourquoi je vous raconte tout ça, je n'en parle jamais.

– Moi aussi, un jour, je vous raconterai peut-être ma vie.

Mimoun le raccompagna à son hôtel. Quand Franck fut monté dans sa chambre, Mimoun demanda à l'hôtelier de lui montrer le registre dans lequel il avait retranscrit les mentions de la carte d'identité de Franck et les nota sur un carnet. Mimoun était d'autant plus méfiant que ce n'était pas dans sa nature profonde, mais la guerre l'avait changé et il ne pouvait se permettre de prendre le moindre risque, si ce Français s'y connaissait remarquablement en macroéconomie, rien ne prouvait qu'il ne s'agissait pas d'un agent qui cherchait à s'infiltrer et il devait vérifier l'exactitude de ses assertions. Quelques jours plus tard, Mimoun eut confirmation, de source sûre, que Franck n'avait pas menti : il s'agissait bien d'un sympathisant du FLN, qui avait tué un officier dans des circonstances confuses en tentant de fuir avec sa compagne algérienne, et il était recherché par la police française. Mimoun se dit que, pour une fois, il avait de la chance.

*

Les semaines s'étiraient, interminables, le mois de septembre se termina sans qu'aucune convocation vienne le troubler. Daniel expliqua que c'était la rentrée judiciaire, les magistrats étaient de mauvais poil, ils devaient se remettre dans le bain, s'occuper des dossiers des collègues malades, il valait mieux ne pas les déranger sous peine de les braquer. Dans la cour pendant la promenade, Igor fit la connaissance d'autres détenus en détention préventive, c'était une litanie. Certains poireautaient depuis deux ou trois ans, parfois pour des broutilles. Personne n'avait la solution pour faire accélérer l'examen de son dossier.

– C'est à cause des rogatoires ! affirma Daniel, qui lui donna un cours de procédure pénale. La commission rogatoire, c'est le fondement de la justice, comme la farine pour la pâtisserie, les juges en raffolent, en balancent dans la nature pour un oui pour un non, les flics se coltinent l'enquête, c'est la police judiciaire, celle qui obéit aux ordres du juge, mais les policiers sont débordés et vont au plus urgent. Et le plus urgent, c'est la dernière commission rogatoire qui repousse les autres au lendemain.

Mi-octobre, la porte de la cellule s'ouvrit, un surveillant aboya : Markish, parloir avocat, grouille-toi. Dans le minuscule box enfumé, Igor fit la connaissance de maître Gilbert, le collaborateur de maître Rousseau, trop occupé pour venir en personne, mais cela ne dérangea pas Igor, qui trouva Gilbert calme et compétent. Celui-ci lui posa une foule de questions, certaines saugrenues, il ne comprenait pas la raison de la haine entre les deux frères, pensait qu'il y avait d'autres causes, dissimulées. L'avocat prit des notes en pagaille, révéla que, pour l'instant, il n'y avait rien dans le dossier, hormis le procès-verbal rédigé lors de son arrestation, Igor devait s'armer de patience en attendant le retour des fameuses commissions rogatoires, d'autant que le juge Fontaine n'avait pas la réputation d'être un rapide.

– Cela va être long ? demanda Igor, inquiet.

– Six mois, un an, peut-être plus.

Daniel fut épaté quand Igor lui rapporta son entrevue. Qu'Igor ait les moyens de faire appel à maître Rousseau, un des ténors du barreau parisien, montrait que, sans en avoir l'air, il disposait de moyens considérables, et il monta en flèche dans son estime : Avec un avocat pareil, le juge d'instruction ne pourra pas faire n'importe quoi avec ton dossier. Malgré son expérience de vieux routier des prétoires, le pronostic de Daniel se révéla erroné, le juge continua d'agir comme si Igor avait engagé un stagiaire. Quatre mois passèrent, maître Gilbert avait disparu, Igor écrivait des lettres où il clamait son désespoir, mais personne ne lui répondait. En février, Gilbert apparut, porteur de mauvaises nouvelles :

– La police a auditionné plusieurs témoins, ils sont unanimes contre vous, on vous a entendu proférer des menaces de mort à de nombreuses reprises et il a même fallu vous séparer de force pour vous empêcher de le massacrer.

Gilbert consulta ses notes manuscrites.

– Madeleine Marcusot, l'ancienne patronne du Balto, Patrick Bonnet, le nouveau propriétaire, Jacky, le serveur, et Michel Marini, un client, tous vous accusent d'avoir tué Sacha.

– Pas Michel !

– Si. Et son témoignage est le plus précis.

À cet instant, Igor sentit une douleur soudaine, comme si quelque chose venait de se briser dans sa poitrine, cette oppression ne le quitta plus et son attitude changea. Il avait jusque-là résisté, espérant que la lumière serait faite sur son dossier, que son innocence serait établie. En revenant de l'entretien avec maître Gilbert, Igor s'étendit sur le lit malgré les conseils de Daniel, qui lui rappela qu'il risquait de se faire attraper par le surveillant, mais il ne l'entendit pas, pas plus qu'il ne répondit à ses questions. À partir de ce jour, il se mura dans le silence. Daniel lui répétait : Je suis ton ami, tu peux me parler. Mais Igor restait assis sur le bord du lit, refusant d'un signe de tête de sortir en promenade, résigné comme s'il était désormais inutile de lutter, il fixait interminablement le faîte des arbres du boulevard au-dessus du mur d'enceinte, se nourrissait uniquement de pain et de fromage. Daniel l'encourageait à manger, soutenant qu'une bonne alimentation est le meilleur carburant du moral, lui proposait une barre du chocolat Kohler qu'il cantinait, mais Igor ne réagissait pas, et Daniel finissait son assiette. Une nuit, dans la prison étrangement silencieuse, Daniel, qui dormait toujours du sommeil du juste, se réveilla, il tendit l'oreille, un sifflement bizarre provenait du lit d'Igor. Il attrapa sa boîte d'allumettes, en craqua une, l'éleva au-dessus de lui. Igor était assis sur son lit.

– Que se passe-t-il, tu es malade ?

Igor secoua la tête.

Daniel vint s'asseoir près de lui, posa la main sur son épaule.

– Tu n'as pas le moral, c'est ça ?

Les lèvres d'Igor tremblaient. Daniel alluma une autre allumette. La flamme dansait, s'amusait à faire des ombres chinoises sur le mur.

– J'ai tué mon frère, murmura Igor.

– C'est vrai ?

– J'ai tué Sacha. C'est moi le coupable.

*

Autour de la table, nos assiettes refroidissaient, nous étions fascinés par la retransmission du transfert des cendres de Jean Moulin au journal télévisé, le discours tremblé d'André Malraux emplissait l'espace, aussi monumental que le Panthéon, personne n'osait émettre la moindre critique sur l'emphase de cet éloge funèbre car nous avions le sentiment de vivre un moment historique, la guerre à la fois si lointaine et si proche revivait dans ces paroles solennelles. On sonna à la porte, mais ni mon père ni moi ne réagîmes, Marie se leva pour aller ouvrir et revint quelques instants plus tard.

– Michel, c'est pour toi.

Louise attendait dans l'entrée.

– Tu boudes ?

Elle me dévisageait d'un air énigmatique, je ne savais pas comment réagir. Elle releva sa frange blonde derrière son oreille.

– Tu as disparu.

– J'ai beaucoup de travail à la fac, et un de mes amis a eu des ennuis, j'ai dû m'occuper de lui.

– T'es pas rancunier au moins ? Parce que s'il fallait se faire la gueule pendant un an à chaque fois qu'on se dispute, on ouvrirait plus la bouche.

Malraux continuait d'interpeller l'au-delà. Louise souriait comme si nous nous étions quittés la veille dans les meilleurs termes.

– Michel, j'ai un gros problème.

J'ai raté la fin du service républicain, nous sommes allés prendre un verre au bistrot sur la place Maubert, restant silencieux jusqu'à ce que le serveur nous apporte nos consommations.

– C'est Jimmy, il a été interné à Sainte-Anne.

Sur le coup, j'ai cru qu'elle blaguait. Une mauvaise blague bien sûr, comme seule Louise était capable d'en lancer.

– Il a fait plusieurs comas éthyliques, il avait promis de se soigner, mais il a continué, affirmant qu'il ne buvait plus ou presque. Et puis, il y a trois jours, il a été pris d'une crise de folie, il a agressé un autre comédien chez lui, il a tout dévasté et il s'est écroulé.

– Je ne savais pas qu'il buvait autant.

– Il a toujours bu énormément, mais il gérait, depuis quelques semaines c'était effrayant, il arrivait à ingurgiter des litres sans paraître saoul.

Je n'avais rien vu de cette détresse, j'avais bien remarqué que Jimmy levait le coude avec désinvolture, mais je croyais que c'était une sorte de jeu, comme dans un film américain, lorsqu'il demandait au serveur de laisser la bouteille de whisky sur la table, je n'avais pas réalisé que c'était alarmant.

– A-t-il récupéré un peu ?

– Je ne sais pas, il refuse de me voir. Il a demandé après toi.

Le lendemain, je me suis rendu à l'hôpital Sainte-Anne en passant par la rue de la Santé, j'ai cherché en vain une logique au fait que mes deux seuls amis étaient internés à quelques mètres l'un de l'autre, mais je n'ai trouvé aucune explication à ce diabolique hasard. Je me suis présenté à l'accueil, j'ai été obligé de patienter dans le hall dont la peinture datait de la guerre de 14. En deux heures, ce que j'ai observé des allées et venues n'était guère rassurant, des policiers maîtrisaient avec difficulté un énergumène vociférant et se débattant, une femme hurlait d'un rire insoutenable, d'autres, les plus nombreux, prostrés et hagards, pris en charge par des infirmiers en blanc, disparaissaient dans le bâtiment comme dans un tunnel. Un interne m'a annoncé que le chef de service avait autorisé la sortie de Jimmy dans la matinée et qu'il avait demandé une ambulance pour le raccompagner chez lui. Un peu avant midi, Jimmy est apparu, je m'attendais à retrouver un homme abattu, blafard et hirsute, il était fringant, souriant et bien coiffé, avec une éraflure rose sur la pommette, dernière trace visible de sa mésaventure. Il a serré la main de l'infirmier, a refusé l'ambulance en déclarant qu'il faisait un temps magnifique et qu'un peu de marche lui ferait le plus grand bien. Nous sommes partis à pied, j'ai fait en sorte qu'on évite la Santé en remontant vers Denfert. En passant devant Le Balto, j'ai regardé à l'intérieur mais c'était un réflexe idiot, ceux que j'aimais en avaient été chassés, Jacky s'agitait derrière le comptoir, servait des clients inconnus, je ne remettrais plus jamais les pieds dans ce bistrot.

En arrivant à proximité du Luxembourg, Jimmy s'est arrêté.

– C'est bizarre, Michel, tu ne me poses aucune question.

Nous avons pris place à l'intérieur du Capoulade, sur le boulevard Saint-Michel, commandant deux plats du jour et une bouteille de Vichy. Le serveur nous a appris que la brasserie allait être remplacée par un restaurant américain. J'ai attendu que Jimmy parle de lui-même, s'il avait envie de me parler il le ferait sans que j'aie besoin de le solliciter. Il a entamé le poulet basquaise, a repoussé son assiette.

– Je crève d'envie de prendre un verre de rouge ou deux, ou trois. J'ai le feu à l'intérieur, tu ne sais pas ce que c'est, toi, cette brûlure qu'il faut noyer ? Mais j'ai décidé que l'alcool, c'était terminé.

Il a dû remarquer mon air sceptique.

– J'ai supprimé la cigarette, pour la voix, cela fait deux ans que je ne fume plus. À compter d'aujourd'hui, je ne toucherai plus un verre. Je me le suis promis quand j'ai touché le fond, au milieu des fous et des tarés. Pas question que je finisse comme mon père et comme mon frère. Ils veulent que je suive une thérapie, mais je ne crois pas à ces salades, je sais pourquoi j'ai plongé, avant je n'étais pas dans cet état, je contrôlais.

– Écoute, je ne suis pas un spécialiste, mais seul, c'est quasiment impossible, tu tiendras un mois ou deux, et tu retomberas. Au premier pépin, ou au deuxième. Il vaut mieux que quelqu'un t'accompagne. Après tout, qu'est-ce que tu risques ? De perdre une heure ou deux par semaine ?

Il n'y avait pas que l'atavisme familial qui menaçait Jimmy, ses échecs professionnels étaient difficiles à surmonter, il supportait mal cette vie de montagnes russes, les castings pleins d'espoirs et toujours déçus, à chaque audition c'était l'autre qui était choisi, sans qu'il comprenne pourquoi il avait été écarté. Il était certain de faire le prochain film de Grangier, avec Gabin, c'était quasiment fait, et c'était un de ses meilleurs copains qui avait été retenu. C'est ce qui l'avait mis en fureur, il avait bu plus que d'habitude, s'était rendu chez cet ami et l'avait agressé. Jimmy affirmait qu'il était bien meilleur que l'autre ; Gabin, qui avait assisté à l'essai, avait applaudi à la fin de sa prise, et l'équipe aussi. Heureusement, son copain ne déposerait pas plainte. Mais il était condamné aux rôles sans envergure, à jouer les seconds couteaux qui n'ont pas de nom. Si le cinéma ne voulait pas de lui, tant pis, il n'allait pas gâcher sa vie à se morfondre en attendant le rôle qu'il n'obtiendrait jamais. Passant outre au conseil de son agent qui répétait que les vrais comédiens ne se compromettaient pas à la télé car si on pouvait profiter de leur prestation gratis, on n'avait aucune raison de payer pour les voir au cinéma, il avait décidé d'accepter le rôle du commandant anglais sournois qu'on lui proposait dans *Thierry la Fronde*. Un an de boulot garanti.

– Après tout, l'important, c'est de travailler, et d'être content de ce que tu fais.

– Michel, le cinéma, la télé, je m'en fiche, j'ai un autre problème, et de taille, c'est pour ça que je t'ai demandé de venir.

Il est resté silencieux un long moment, cherchant ses mots.

– Mon problème, depuis toujours, c'est Louise. Je n'ai pas beaucoup dormi ces derniers jours, j'ai eu le temps de réfléchir, j'ai fini par comprendre pour quelle raison j'en étais arrivé à ne plus dessaouler. Je m'en doutais, mais aujourd'hui c'est une certitude, je n'ai pas eu besoin de psychanalyse pour m'en rendre compte, je ne la supporte plus. Elle me révulse. On s'est engueulés un million de fois, on s'est rabibochés, on a pleuré l'un contre l'autre, elle m'aime, elle n'arrête pas de répéter que je suis l'homme de sa vie, mais tu la connais, madame a besoin d'être libre, comme si elle n'était pas libre avec moi, mais c'est une drôle de liberté de se taper tous les mecs qu'elle veut quand ça lui chante, il paraît que je l'étouffe avec mes vieux principes, que je l'empêche de se réaliser, que le monde a changé, que les hommes et les femmes d'aujourd'hui ne sont plus coincés comme leurs parents, que ses aventures n'ont aucune importance pour elle, une simple pulsion physique, que je dois l'accepter comme elle est. Il faudrait que j'admette ses idées débiles et que je trouve ça normal, mais je suis pas Jules, je suis pas Jim, je les emmerde, ces deux couilles molles ! Alors, j'ai pris ma décision, je la raye de mon existence, je ne veux plus l'entendre, je ne veux plus discuter. À partir de maintenant, elle peut faire ce qu'elle veut de sa vie, cela ne me concerne plus. Tu vas aller lui dire de ma part que c'est fini entre nous, parce que moi, si je l'ai en face de moi, je n'y arriverai pas, elle va encore m'embobiner avec ses raisonnements à la con, je vais encore me faire avoir et je ne veux plus replonger. J'ai juré que je ne boirais plus une goutte et, pour m'en sortir, il n'y a qu'une solution, je ne dois plus jamais la revoir.

Jimmy a fini son poulet basquaise, a réclamé une autre bouteille d'eau minérale.

– Michel, je ne te demande pas si tu m'approuves, mais de me rendre ce service.

Je l'ai raccompagné jusqu'à son appartement en bas de la rue Saint-Martin, avec vue sur le square et la tour Saint-Jacques. Je ne me voyais pas débarquer au Cadran de la Bastille et annoncer à Louise la décision de Jimmy, je lui ai passé un coup de fil, nous nous sommes donné rendez-vous à la fin de son service. Dès qu'elle m'a vu, elle s'est précipitée, m'a pressé de questions :

– Alors, comment va-t-il ?

J'étais dans le même état d'esprit que Jimmy, j'avais imaginé qu'il y aurait des cris et des grincements de dents, je m'attendais à argumenter pendant des heures et que ce soit déchirant et douloureux, mais quand j'ai annoncé à Louise que Jimmy ne supportait plus sa façon de vivre et ne voulait plus entendre parler d'elle, elle a hoché la tête, a relevé la frange qui lui tombait sur les yeux :

– Ouais, je comprends, j'espère qu'il s'en sortira.

Et ce fut tout.

Le soir même, Louise et moi nous sommes réconciliés, les nuits suivantes aussi. Peut-être la rupture avec Jimmy avait-elle amené Louise à modifier son attitude, j'ai eu l'impression qu'elle sortait moins, nous passions beaucoup de temps tous les deux. Je ne voyais plus Jimmy, avec Louise nous évitions d'aborder la question, il était quelque part en suspension entre nous, je me sentais un peu coupable vis-à-vis de lui, mais j'ai fini par ne plus y penser.

Il est certain que Jules est plus heureux sans Jim.

Louise n'était pas contrariante, quand je faisais une observation, elle réfléchissait quelques secondes, répondait : Ouais, d'accord. Et agissait comme d'habitude. Par exemple, je lui faisais la guerre avec sa moto car elle continuait à rouler sans permis, et je refusais de monter derrière. Elle a fini par m'avouer qu'elle avait raté à nouveau son permis et soutenait que c'était un mal pour un bien. Contrairement à tous ses amis qui l'avaient eu, qui roulaient comme des fous, se prenaient des gadins mémorables, y laissant une épaule, une jambe ou la vie, elle était tellement prudente qu'elle ne risquait plus rien, et surtout pas de se faire arrêter, aucun policier, même le plus futé, ne pouvait imaginer qu'elle était en infraction. J'ai tout tenté pour la raisonner, évoquant certains de ses amis qui étaient handicapés ou au cimetière. Louise m'a dévisagé comme si je ne comprenais rien à rien :

– Ce n'est pas grave de mourir, l'important, c'est de vivre.

*

Un soir où il faisait une chaleur étouffante, Mimoun vint chercher Franck chez Habib et l'invita à dîner dans le restaurant de grillades avec une terrasse ombragée qui jouxtait le parc et où il était traité avec égard. Franck commanda un petit gris de Boulaouane frais, Mimoun une orangeade, ils trinquèrent à leurs santés respectives et à la fin prochaine de la guerre. Alors qu'il bataillait avec une brochette résistante, Mimoun s'immobilisa, resta silencieux un moment, fixa Franck droit dans les yeux.

– Pensez-vous que la théorie des anticipations pour la détermination du prix des matières premières puisse s'appliquer dans l'Algérie nouvelle ?

– La théorie de Lucas ne fonctionne que pour une économie de marché libérale. Ce ne sera pas le cas de l'Algérie après l'indépendance, il va falloir reconstruire de zéro ou presque, passer par des modèles plus directifs. Pour l'instant, je regarderais plutôt du côté de ce qui se fait en Yougoslavie.

– Vous avez raison, c'est l'exemple dont nous devrons nous inspirer au début. Il y a enfin un peu d'espoir, non ?

Mimoun se servit un verre d'eau qu'il but lentement.

– La dernière fois, il y a une chose que je n'ai pas bien comprise, pourquoi êtes-vous reparti à Paris où vous avez revu votre amie française, avant de changer d'avis et de revenir ici ? Pourquoi ne pas être resté ici, à attendre l'indépendance, et retrouver votre amie algérienne ? Je ne veux pas être indiscret, bien sûr.

Franck hocha la tête, finit son verre de vin.

– Je me trouvais dans une situation catastrophique, fugitif, sans un sou, sans aucun contact, je suis retourné à Paris pour chercher de l'aide auprès de ma famille, j'ai revu Cécile et je me suis fait rattraper par les liens profonds qui existaient entre nous, c'est une femme remarquable, j'ai toujours beaucoup d'affection pour elle, et je ne suis pas un héros blindé dans son armure, j'ai été faible, j'étais paumé, elle aussi, je n'ai pas osé lui dire la vérité. Dans le métro, j'ai été témoin d'un accident horrible, j'ai pensé à Djamila, enceinte, et je me suis demandé : que veux-tu vraiment faire de ta vie ? Et à cette question, la réponse fut limpide : vivre avec Djamila, et reconstruire l'Algérie.

– Dans peu de temps, votre épreuve sera terminée.

– J'ignore où elle se trouve. Nous avons été séparés brutalement. Je me suis enfui pour ne pas être pris par les soldats. A-t-elle été arrêtée ? Je n'ai aucune information. Je ne connais que son nom, Bakouche, je ne suis même pas certain de l'orthographe. Sa famille est originaire de Médéa ou d'un village à côté, elle était enceinte de quatre mois, elle devrait accoucher début juillet. Je doute que cela vaille la peine de retrouver sa famille car elle était en conflit avec son père. Quand il a appris qu'elle était enceinte d'un gaouri, son frère l'a frappée, ils ne voulaient pas entendre parler d'un mariage mixte. Djamila avait décidé de couper les ponts, elle disait qu'ils ne comprendraient jamais. Je suis persuadé qu'elle a décidé de se débrouiller seule. Peut-être a-t-elle rejoint une cousine à Alger. Je ne sais pas grand-chose d'elle finalement, et je suis inquiet.

– C'est cette guerre qui nous a transformés en brutes, nous n'étions pas préparés à devoir nous battre contre les nôtres, qui sait comment nous nous en sortirons une fois que cela sera terminé. Moi, cela fait près de quatre ans que je n'ai pas revu ma femme, que je n'ai aucune nouvelle d'elle et de mes enfants. Sont-ils vivants, en bonne santé ? Je n'en sais rien. J'espère qu'elle est dans sa famille près de Constantine. Quant à mes enfants, si je les croisais dans la rue, je ne les reconnaîtrais pas. Quand un homme décide de consacrer sa vie à une cause, de faire la guerre avec le risque de mourir chaque jour pour son pays, la famille n'existe plus, les femmes doivent être fortes et courageuses, remplacer les hommes. Mais nous arrivons au bout du calvaire, nous allons retrouver les nôtres et notre dignité. Et puis, par pitié, Franck, arrêtons de nous vouvoyer.

*

Cécile faisait de la gymnastique intellectuelle depuis des années. Elle n'avait pas besoin d'un psychanalyste pour la soutenir. Elle avançait. Sans l'aide de personne. Elle gravissait à mains nues la montagne de sa souffrance. Elle avait mis au point une méthode qui ne fonctionnait pas parfaitement, car elle n'était pas parvenue à surmonter ou à éliminer sa douleur, mais elle réussissait à contenir les bouffées d'animosité, d'exaspération ou de rancœur qui la rongeaient, chaque jour gagné était un soulagement, chaque jour où elle arrivait à tendre la main, peut-être pas à sourire, n'exagérons rien, mais à faire son métier de mère était une victoire pour elle, et elle se satisfaisait de ce no woman's land affectif. Depuis des années, elle se répétait chaque matin dès le réveil : j'aime Anna, j'aime ma fille, je suis sa mère, je traverse une période difficile, mais c'est la chair de ma chair, la petite n'a rien demandé, elle n'est pas responsable de son père, je dois l'aimer.

Elle essayait de s'en persuader, elle adaptait à sa manière la chanson de Brassens : « Mettez-vous à genoux, priez et implorez, faites semblant d'aimer, et un jour, vous aimerez. » Cécile se reprenait, se surveillait, s'endurcissait contre elle-même, se donnait des conseils, des bons points et des fessées mentales, elle se raisonnait, se raisonnait, se raisonnait. Avec la sensation pas désagréable d'être identique à Iphigénie qui se sacrifie pour le bien des Achéens ou à Énée qui renonce à l'amour pour accomplir son destin.

Mais il y avait au plus profond d'elle cette force butée qui la laissait défaite, avec le cœur comme un bloc de granit. Elle se souvenait de l'infinie indulgence de sa mère à son égard et à celui de Pierre, sa mère qui n'élevait jamais la voix et qui souriait, les serrait contre son cœur, leur donnait mille noms d'amour, Cécile aurait dû savoir comment il faut procéder avec un enfant, elle l'avait vue faire, mais elle était incapable de reproduire ces gestes d'affection.

Qu'est-ce qui n'allait pas chez elle ?

Bien sûr, elle aurait dû se sentir coupable de ne pas aimer sa fille, le problème c'est qu'elle ne se sentait pas coupable. De rien du tout. Et cela la dérangeait autant que de ne pas éprouver la moindre affection pour la petite. Elle se cherchait des excuses : Anna était la fille de Franck, cela suffisait à la discréditer à jamais, Cécile ne pouvait pas l'aimer, ce n'était pas possible, techniquement impossible, la fille de ce salaud devait tenir de lui. Elle se disait qu'elle devait lutter plus fort encore : si elle repoussait Anna, elle laissait Franck s'interposer entre elles, et il aurait gagné, il aurait réussi à les séparer, elle devait l'empêcher de nuire, se rapprocher de sa fille, et il ne la connaîtrait jamais. Mais rejeter Anna, c'était rejeter Franck. Comment en sortir ? Cécile était seule, désespérément seule, elle avait été privée à jamais des deux hommes de sa vie. Il ne restait qu'Anna. Anna et ses grands yeux de cocker, Anna et son silence, Anna sa fille, son ennemie, aussi glacée qu'elle et qui la détestait, c'était une certitude. Elle cachait son jeu, elle n'était pas la fille de Franck pour rien. Anna qui ne disait pas un mot, Anna qui ignorait ce qu'était une mère et qui n'avait jamais tendu les bras vers elle.

Soudain, Cécile ressentit cette peur panique qu'elle redoutait tant, cette angoisse qui prenait sournoisement possession de son corps et annihilait sa volonté, ce frisson d'amertume qui précédait la décision irréversible, ce serait peut-être la solution, en finir une fois pour toutes, et avoir la paix. Elle respira profondément pour calmer cette fébrilité qui l'avait envahie et pensa qu'elle devait tout tenter pour cette enfant qui n'avait pas mérité une mère pareille. Mais comment s'en sortir ? Elle n'y arriverait jamais toute seule.

*

Comme prévu, le magasin de la porte de Montreuil ouvrit la veille du week-end du 11 novembre 1964, la colle de la moquette n'était pas sèche, les peintures non plus, les appareils d'exposition italiens pas tous livrés, un millier de détails n'avaient pas été réglés, un millier d'autres apparaissaient que personne n'avait vus venir. Mon père réinventa la théorie du rouleau compresseur, résumée par la maxime du 11e de ligne : On avance et on verra bien. C'était la première fois que se créait à Paris un commerce de cette taille depuis l'apparition des grands magasins un siècle auparavant, aucune des enseignes existantes ne proposait un pareil choix en matière d'électroménager, de téléviseurs et de meubles. Quinze jours durant, les panneaux du métro furent couverts d'affiches publicitaires annonçant l'ouverture, accent mis sur la garantie supplémentaire, l'installation comprise et des remises de vingt à trente pour cent par rapport à la concurrence. Longtemps, il fut envisagé de faire une inauguration avec des vedettes, mais cette idée fut abandonnée, faute de temps, au profit d'une coupe de champagne avec les seuls salariés et les fournisseurs.

Les semaines précédant la date fatidique, mon père passait ses journées et ses nuits au magasin, dormant sur un lit de camp dans ce qui allait devenir son bureau, surveillant l'avancement des travaux, l'arrivée du matériel, l'organisation du stock, le recrutement et la formation des vendeurs, et la résolution du millier de pépins qui survenaient chaque jour. Marie suivait presque le même rythme, revenant à la maison seulement pour se changer et prendre des affaires pour lui. Elle me racontait leurs journées, s'inquiétait pour mon père qui en faisait trop : il installait le matériel d'exposition, donnait un coup de main aux électriciens, aux peintres, aux menuisiers, et hurlait après les commissionnaires en douane qui n'allaient pas assez vite pour les formalités.

– Ce serait bien que tu viennes un de ces jours.

– Marie, je ne pourrai pas vous aider.

– Plutôt pour soutenir ton père, cela lui ferait plaisir de te voir.

Le lendemain, je suis arrivé au moment où il s'en prenait à un chauffeur italien parce qu'il manquait deux palettes de sèche-cheveux et une de grille-pain. J'ai découvert à cette occasion qu'il pratiquait cette langue. Il a été surpris de me voir, s'est essuyé le front.

– Michel, que fais-tu là ?

– Je viens t'encourager. C'est formidable, vous avez sacrément avancé.

– Tais-toi, c'est la catastrophe, on n'est pas prêts.

Nous sommes allés prendre un café dans le bistrot au coin de la rue, il connaissait tout le monde. Il a commandé un armagnac avec son café, a voulu que j'en prenne un aussi, en a sifflé un deuxième, il était mal rasé, avec les traits tirés et des copeaux de bois dans les cheveux.

– On n'y arrivera jamais. On n'a pas reçu la moitié de la marchandise, ils viennent de nous livrer des télés avec des prises anglaises, il nous manque quatre vendeurs et trois installateurs, je me demande si on n'a pas vu un peu trop grand.

J'ai essayé de lui remonter le moral, évoquant des figures exemplaires à qui la fortune avait souri, des audacieux qui n'avaient pas perdu le moral, s'étaient battus jusqu'à la dernière limite et étaient aujourd'hui riches et célèbres.

– T'es gentil, mais cela ne suffira pas. On se bat contre l'administration et contre les banques, on se bat contre les feignants, les imprimeurs et les transporteurs, il faudrait un miracle.

Dans mon portefeuille, j'ai pris le trèfle à quatre feuilles qu'il m'avait donné avant mon examen et le lui ai tendu.

– Tiens, il va te porter chance.

Jusqu'ici, le trèfle n'avait pas été d'une redoutable efficacité avec moi, mais la chance pouvait tourner. Il a paru sceptique, il a fini par le prendre avec un sourire triste, l'a glissé dans son portefeuille.

– Merci, grand.

On ne saura jamais si la petite feuille verte a joué un rôle et si le destin s'est amusé avec nous, car le succès a dépassé toutes les prévisions et les espérances de mon père et de son associé. Dès le premier jour, les clients faisaient la queue pour entrer, achetaient, signaient des chèques, prenaient des crédits. Les jours d'après et les semaines suivantes. Rapidement, le stock des téléviseurs donna des signes de faiblesse, puis celui des machines à laver. Il fallut que mon père supplie son fournisseur italien de l'approvisionner en urgence, et les Allemands aussi ; à cette occasion, j'ai découvert qu'il baragouinait la langue de Goethe et l'anglais également, qu'il mélangeait avec un peu d'italien et de français.

C'était bizarre mais ça marchait.

Début décembre, lors d'un dîner, mon père m'a demandé comment allait la fac et si j'étais content, je n'ai pas pu lui dissimuler ma déception et mon ennui. J'ai dû le rassurer, je n'abandonnais pas, je continuais à travailler, mais de loin, avec des livres et des polycopiés en vue des examens de fin d'année.

– Alors, tu as un peu de temps ?

Il m'a proposé de venir travailler avec eux au magasin, ils étaient débordés, ils n'avaient pas réussi à recruter le personnel nécessaire et avec les cadeaux de Noël, il ne savait pas comment ils allaient réussir à faire face à la demande.

– Je n'y connais rien.

– Ce n'est pas bien compliqué. On a besoin de renfort à la caisse, les vendeurs t'amènent les clients, il faut préparer le dossier avec eux. On va te montrer. Si moi j'y arrive, pour toi ce sera facile. Et puis, cela te fera une expérience, et c'est bien payé.

J'ignore lequel de ces arguments était le plus puissant à ses yeux. En ce qui me concerne, j'ai réagi au dernier. Non pas que j'aie eu besoin d'argent, mais j'ai pensé que si j'en avais, je pourrais aider Werner qui siphonnait son livret de caisse d'épargne pour payer le vampire qui défendait Igor.

– C'est une bonne idée, papa.

*

Habib passait les livres à la moulinette sans en perdre une miette. À chaque fois qu'il refermait un ouvrage, son regard se faisait mélancolique. Un soir où il semblait particulièrement triste, Franck ne put s'empêcher de lui faire remarquer qu'il n'avait jamais vu personne lire autant que lui.

– Ne dis pas cela, mon ami, cette abondance ne représente rien que quelques grains de sable dans le désert. Combien de livres as-tu lus et combien en liras-tu avant que Dieu te rappelle à lui ? Admettons qu'à partir de l'âge de dix ans, tu lises un livre par semaine, cela n'en fera que cinquante-deux dans l'année. Si Dieu t'accorde une longue vie et une bonne santé, au bout de soixante-dix ans, tu n'auras lu que trois mille six cents livres, à condition de ne pas toucher à ces gros romans français qui demandent à eux seuls une année de concentration au moins tellement ils sont volumineux. D'après toi, combien y a-t-il de livres à lire ? Des millions. Plus que d'étoiles dans le ciel. Combien de centaines de milliers de livres passionnants à côté desquels nous allons passer ? Combien de milliers d'auteurs remarquables dont on ne saura rien, comme s'ils n'avaient pas existé ? Quel gâchis ! Et encore, moi, j'ai eu la chance d'avoir une existence préservée, une santé de chameau, jamais malade à part quelques rages de dents, et de ne pas être parti à la guerre. J'ai lu chaque jour et chaque nuit que Dieu m'a donnés depuis soixante années, j'ai eu une vie de rêve, comme peu d'êtres humains, et pourtant je ne suis qu'une grenouille stupide qui jamais ne pourra parcourir la montagne de la culture, c'est pourquoi plus je lis, plus je me désespère de ce que je ne lirai pas.

*

J'avais suivi une formation accélérée en deux jours avec quatre jeunes femmes, sans compter Marie qui allait nous superviser. Comme les locaux n'étaient pas prêts, nous étions installés dans l'arrière-salle du bistrot voisin du magasin. Mon père nous invita à examiner avec attention les deux formulaires de vente que nous avions à notre disposition, nous devions glisser une feuille carbone pour avoir un exemplaire supplémentaire à remettre au client. Il parlait sans aucune note, avec lui tout était facile.

– Vous ne pouvez pas vous tromper, c'est simple comme bonjour. Avec le premier formulaire, c'est enfantin, le client règle son achat à la commande, en espèces ou par chèque. La plupart du temps, ce seront les vendeurs qui s'occuperont des formulaires 1. Il faudra vérifier que le signataire du contrat est bien le titulaire du chéquier et ne pas oublier de demander la carte d'identité, vous posez les questions qui sont listées, et vous cochez les cases. Pas compliqué. Le deuxième formulaire, le beige, sera pour vous, les conseillers, et demande un peu de vigilance. L'idée, c'est que nous vendons du matériel à des gens qui n'ont pas l'argent pour l'acheter et qui, sans nous, n'auraient jamais espéré pouvoir se l'offrir. Exemple : un téléviseur coûte deux mois de salaire d'un ouvrier, environ mille francs pour les premiers modèles, normalement, pour que la banque accorde le crédit, nos clients doivent débourser trente pour cent du prix, soit trois cents francs, c'est une très grosse somme pour eux, la majorité en sont incapables, nous, on propose de faire trois chèques de cent francs, on en encaisse un immédiatement, et les deux autres les mois suivants, comme ça ils sont heureux, le soir pour cent francs ils ont une télé neuve chez eux ou une machine à laver ou un réfrigérateur, ou les trois. Vous leur faites remplir le formulaire de la banque pour le crédit des sept cents qui restent ; l'idéal, ce sont les crédits de cinq ans, proposez-les d'entrée et annoncez ce qu'ils débourseront chaque mois, le prélèvement paraîtra indolore, et ils pourront acheter d'autres produits. En bas du formulaire, vous avez la liste des documents que le client doit fournir pour obtenir l'accord de la banque. Ce que vous devez mettre en avant, c'est qu'il va avoir ces objets merveilleux immédiatement chez lui, et en profiter comme s'il était riche, comme un cadre, comme un patron. Moins vous parlez d'argent, mieux ça vaut. Finalement, on vend du rêve, de la belle vie. Vous regardez le planning, et on les livre le jour même ou le lendemain au plus tard. Ce n'est pas compliqué le commerce. Allez, on va faire un exercice de simulation : je suis ouvrier, je veux une télé et je gagne le salaire minimum en région parisienne. Vas-y, Michel, monte-moi le dossier.

J'ai commencé le surlendemain. C'était un mercredi. On a mis nos vestes bleu clair avec écusson brodé. Dehors, il y avait une queue de trente mètres, et de l'ouverture à dix heures jusqu'à vingt heures passées, cela n'a pas arrêté, même au moment du déjeuner, que nous avons dû sauter, on nous a apporté des sandwichs qu'on a avalés en travaillant. Il y avait une heure d'attente pour constituer les dossiers, il fallait prendre un ticket pour avoir son tour. En réalité, les clients étaient plus affolés que nous, ils n'avaient qu'une trouille, c'était de ne pas remplir les conditions, que leur crédit soit refusé, que la commande soit annulée. Les gens venaient en famille, souvent c'était l'achat le plus important qu'ils aient fait de leur vie, ils s'asseyaient en arc de cercle en face de moi, extrêmement polis, dociles même, j'avais l'impression d'être un maître d'école d'avant-guerre, ils suivaient les conseils que je donnais sans discuter ni poser de questions, cochant les cases que je désignais, signant les yeux fermés contrat, attestation, demande de prêt, et chèques.

Enfantin. Mon père disait vrai.

Rapidement, je me suis familiarisé avec les marques, ce n'était pas compliqué, on n'en avait que trois par produit, et par modèle c'était encore plus simple, on n'en avait que deux par taille. Les téléviseurs en noir et blanc avec les deux chaînes partaient comme des petits pains, les réfrigérateurs aussi, les machines à laver étaient vraiment chères et seuls les chefs de bureau ou les agents de maîtrise pouvaient se permettre cette folie. Les ventes étaient telles que nous accumulions du retard pour les livraisons dans le délai de vingt-quatre heures. L'installation et les réglages nécessitant l'intervention d'un spécialiste, mon père n'avait d'autre solution pour en trouver que de les débaucher à prix d'or chez les concurrents. Les télés couleur étaient annoncées pour l'année suivante autour de dix mille francs, une somme astronomique, mais certains voulaient les réserver à l'avance afin d'être sûrs d'en avoir une quand le système serait lancé pour les Jeux olympiques de Grenoble.

Le plus pénible, ce n'était pas ce travail intense dans l'agitation et le bruit, c'était d'affronter les clients qui n'avaient pas les moyens de s'offrir ces équipements, même avec des mensualités échelonnées sur une longue période, soit que leurs revenus étaient trop faibles ou incertains, soit qu'ils payaient déjà une maison ou une voiture, ou les deux, et qu'il leur restait à peine de quoi acheter des nouilles pendant les cinq prochaines années. Beaucoup de ceux qui n'avaient pas les moyens finissaient par renoncer, ils avaient tenté leur chance comme à la loterie et ils avaient perdu, mais une frange notable de clients ne voulaient pas lâcher, ils devenaient agressifs, certains se mettaient à pleurer, à supplier, il fallait les écarter avant que la banque ne le fasse, les recalés représentaient un quart des clients, la plupart du temps des chômeurs. C'était une catégorie rare, on entendait parler de la création prochaine d'un organisme national pour les aider mais il n'y en avait pas assez dans le pays, ceux qui cherchaient du travail en trouvaient immédiatement grâce aux bureaux de placement locaux, alors quand ils nous disaient qu'ils allaient retrouver un boulot, on leur répondait de repasser quand ils en auraient un.

À cette époque, je ne faisais que des apparitions furtives place Maubert, nous nous étions réconciliés avec Louise, et le plus souvent je dormais chez elle. Un matin, mon père m'a dit : Michel, il faut qu'on parle. Mais il était tellement occupé qu'il a fallu attendre trois jours pour que nous nous retrouvions face à face. Le magasin venait de fermer, Marie faisait les comptes à l'étage. On était en rupture de stock pour les télés grande taille, mon père avait passé une heure au téléphone à réclamer de la marchandise à son fournisseur allemand et on attendait une livraison le lendemain.

– Avec ça, on va tenir une journée, dit-il d'un air préoccupé en s'asseyant derrière mon bureau.

Il s'est tu un instant, il a respiré et s'est lancé :

– Michel, je suis désolé, mais c'est toi qui as les plus mauvais résultats des conseillers de vente. Tu rejettes trop de clients.

– Je refuse ceux qui n'ont pas les moyens, papa. Cela ne sert à rien de monter le dossier si la banque n'en veut pas. C'est du temps perdu.

– Comment font tes collègues ? Tu n'es pas obligé de noter tous les emprunts et les crédits qu'ils ont souscrits.

– S'ils ne peuvent pas payer, ils auront des problèmes avec la banque.

– Les gens se débrouillent, ils feront des économies sur autre chose, ils se serreront la ceinture, madame se mettra au boulot, ils trouveront des solutions. On est là pour vendre, c'est tout, s'ils veulent profiter du confort moderne, chacun est libre. On doit respecter cette liberté.

– S'ils doivent prendre un crédit, que ce soit pour une maison ou un appartement, pas pour du superflu, ils ne sont pas obligés d'acheter une télé parce que cela t'arrange. On leur fait croire qu'ils vont être heureux avec ces objets inutiles, ils n'en ont pas besoin, ils vont avoir une vie épouvantable à payer leurs mensualités, je ne peux pas les encourager à s'endetter.

– Tu es conseiller de vente ou assistante sociale ?

Je me souviens précisément de notre discussion jusqu'à cette réflexion de mon père, qui m'a laissé pantois, puis j'ai explosé, je ne veux pas me souvenir des horreurs que je lui ai lancées. Le feu couvait depuis des années, mais j'étais trop jeune pour l'affronter sur ce terrain, je m'étais toujours senti mal à l'aise dans son monde constitué de performances, d'objectifs et de résultats, je lui ai balancé ses quatre vérités, je devais lui faire payer son magasin précurseur, son succès, ses idées de pionnier pour vendre tout et n'importe quoi. Nous avancions sur des routes différentes et incompatibles. C'était un sentiment diffus, un rejet de cette modernité qui nous pendait au nez, on n'avait pas encore inventé le concept de société de consommation, mais cela n'allait pas tarder, on se dirigeait avec jouissance et délectation vers le grand bazar de l'accumulation, les supermarchés allaient devenir les nouveaux temples où se réuniraient les fidèles du credo consumériste. Mon père était d'une autre époque, il avait fait la guerre, il était animé d'une envie forcenée de vivre mieux, il était profondément convaincu qu'acheter une télé ou une machine à laver était un pas décisif vers le bonheur. J'étais convaincu du contraire : nous devions résister à cet univers de pacotille, et les Français allaient se lever en masse pour rejeter l'imposture de ce monde mercantile, mais nous n'étions qu'au début du grand déballage, le pire restait à venir.

Nous avons perdu la guerre, nous avons été atomisés, réduits en bouillie, lobotomisés, mais nous avons été heureux pendant un moment.

Jusqu'à la panne.

J'ai enlevé la veste bleue, je l'ai roulée en boule et la lui ai lancée à la figure. Lui, il gardait son calme, il en avait vu d'autres, probablement. J'ai quitté le magasin en claquant la porte d'une façon théâtrale, très content de ma sortie. Je suis rentré à pied, c'est au cours de ce trajet que j'ai choisi mon camp. Définitivement. Et que je me suis promis que je ne serais jamais comme mon père. J'ai commis pas mal d'erreurs dans ma vie mais je n'ai pas changé d'avis. Quand le soir j'ai raconté cette dispute à Louise, ma fureur n'était pas retombée, elle a ouvert tout grand ses yeux magnifiques : T'es malade ! Il a cent fois raison ton père. C'est génial ce qu'il propose. Comment peux-tu être aussi stupide ? J'avais l'intention d'y aller pour acheter une télé. Comment je vais faire, hein ?

*

Le médecin en blouse blanche, stéthoscope autour du cou, procéda à une série d'examens sur Anna, assise sur la table de consultation. Il avait des gestes doux, un sourire rassurant. Installée sur une chaise, Cécile suivait la consultation sans intervenir. Le docteur vérifia les réflexes de la petite fille avec un marteau, examina ses oreilles avec son otoscope. Il s'apprêtait à la prendre dans ses bras quand il se ravisa.

– Anna, je voudrais te voir marcher. Veux-tu faire quelques pas ?

Anna se mit à plat ventre, descendit de la table, son pied cherchant le sol. Puis elle avança jusqu'au mur, se retourna.

– C'est très bien. Maintenant, tu vas faire quelques exercices, si tu veux bien. Lève les bras en l'air.

La fillette s'exécuta.

– Baisse-les. Très bien. Fais un tour sur toi-même. Bravo. Dans l'autre sens. Parfait. C'est fini, tu es une grande fille, tu vas aller t'asseoir dans la salle d'attente.

Il confia Anna à la secrétaire, ferma la porte, retourna s'asseoir derrière son bureau.

– Quel âge m'avez-vous dit ?

– Elle est du 1er janvier 63, elle va avoir trois ans.

– D'un point de vue clinique, tout est normal. Ses analyses sont parfaites. Elle serait même plutôt en avance pour son âge au niveau de la compréhension. Si elle ne parle pas, c'est qu'elle ne veut pas parler. Elle comprend tout. Le jour où elle voudra parler, elle le fera. Comment cela se passe-t-il à la maison ?

– Je suis seule pour l'élever. Je suis professeur dans un lycée de banlieue, je prépare l'agrégation, j'ai peu de temps pour m'occuper d'elle, je la confie à une nourrice dans la journée, je la récupère le soir, c'est une enfant mutique, qui ne sourit pas, qui ne joue pas. Quand je l'emmène au parc, elle reste dans son coin, à l'écart des autres enfants, rien ne l'intéresse.

– Il faut attendre, être patiente, lui parler, jouer avec elle, lisez-lui des histoires, faites-lui écouter de la musique, et un jour, quand elle le décidera, elle s'exprimera. Je pourrais vous envoyer voir une pédiatre qui travaille beaucoup sur les relations de l'enfant et de sa mère, mais elle est très portée sur la psychanalyse et elle s'occupera autant de vous que de votre fille.

– Je voulais juste savoir s'il y avait une cause physique à l'attitude d'Anna.

– Ne vous inquiétez pas, ce sont des retards fréquents chez les enfants de cet âge, ce n'est pas grave, cela s'arrange toujours en grandissant. Revoyons-nous l'année prochaine.

*

Depuis mon départ abrupt de Bretagne et mon installation chez mon père, une rupture qui n'osait pas dire son nom s'était installée entre ma mère et moi. On ne se téléphonait pas. L'impression d'être orphelin. Sans la douleur. J'avais hérité de sa rancune et n'avais pas l'intention de faire le premier pas. À vrai dire, je n'y pensais pas. Ma sœur appelait régulièrement pour prendre des nouvelles, nous pouvions parler une heure au téléphone, elle venait déjeuner avec nous le dimanche, elle s'entendait bien avec Marie. On évitait d'aborder certains sujets, comme la famille Delaunay ou le magasin. À chaque rencontre, Juliette transmettait le même message : ma mère aimerait que je me manifeste, que je passe la voir, je disais oui, mais je ne le faisais pas. C'était ma façon de lui faire payer sa raideur. Un soir en rentrant du travail, mon père m'a pris à part.

– J'ai eu un appel de ta mère. Ce n'est pas normal que tu ne la voies jamais. Tu dois faire un effort, même si elle n'est pas toujours facile à vivre.

– On n'a rien à se dire. Et il y a deux-trois choses que je n'ai pas appréciées. Moi, je n'ai pas oublié Franck.

– Tu ne dois pas la juger. Et moins on se voit, moins on a de choses à se dire. Tu iras déjeuner chez elle dimanche. Je ne veux pas d'histoires avec elle. Je te signale qu'officiellement, c'est toujours elle qui a ta garde, si tu vois ce que je veux dire.

J'ai un peu râlé. Par principe. Mais j'y suis allé car la menace sous-entendue n'était pas à prendre à la légère. Et cela s'est bien passé. On a parlé de tout et de rien. Des études, de la situation politique, du commerce qui n'était pas terrible. Ma mère fondait les plus grands espoirs dans le nouveau gouvernement Pompidou, qu'elle avait en grande sympathie. Mon père m'avait donné comme consigne de ne pas parler du magasin, et quand elle a abordé la question, j'ai fait l'imbécile. J'ai hérité du don de mon père pour cela. J'ai pris l'habitude d'aller déjeuner avec elle le premier dimanche de chaque mois. J'apportais un bouquet de roses, ma mère était ravie. Sauf les fois où je trouvais une bonne raison pour éluder. La bonne raison s'appelant Louise. Fin mars, Juliette a appelé, demandant si je venais déjeuner dimanche.

– Je ne crois pas. Tu sais, à la fac, ils nous donnent un boulot fou.

– Il y a une lettre internationale qui est arrivée pour toi. J'ai réussi à la mettre de côté.

Le dimanche, à la fin du repas, Juliette m'a glissé dans la main la lettre en question. Une enveloppe par avion bleu pâle, avec des rayures rouges et bleues. Je l'ai mise dans ma poche avant que ma mère revienne avec la crème caramel. Je l'ai ouverte, assis dans le métro. Camille avait une écriture en pattes de mouche, certains passages étaient à peine lisibles :

Dimanche 7 mars 1965

Mon Michel,

Pourquoi ne réponds-tu pas ? N'as-tu pas reçu mes deux lettres précédentes ? Ou ne veux-tu pas me répondre ? Je n'arrive pas à croire que nous vivrons sans nous revoir, sans nous parler. Ce n'est pas possible. Ici, je suis au bout du monde, dans un kibboutz pur et dur à proximité du lac de Tibériade, à la porte du Golan, où il n'y a strictement rien à faire qu'à ramasser des carottes et des oignons, je m'occupe aussi des ruches, c'est plus intéressant. Le pire, c'est la culture des tomates en plein soleil, l'enfer.

Nous avons fini les six mois d'école et parlons à peu près l'hébreu. Nous n'avons pas été bien accueillis, les sépharades sont cantonnés à des travaux ingrats, mon père est devenu un spécialiste de l'élevage du poulet, pour lui c'est le Paradis sur terre, mais ma mère ne supporte pas la vie ici, elle qui détestait les tâches ménagères fait aujourd'hui la cuisine et la lessive pour trois cents personnes, elle déprime. Mon père envisage de quitter ce kibboutz pour un autre, plus grand, où il a une proposition pour devenir professeur, il pourrait aussi donner des cours à Tel Aviv. Gérard, mon frère, va partir à l'armée en septembre. Ils répètent qu'ils sont contents, mais leur enthousiasme paraît un peu forcé.

Nous sommes les seuls Français dans ce kibboutz où il n'y a que des Yougoslaves et des Polonais qui nous prennent pour leurs esclaves. Les attaques syriennes et les embuscades sont fréquentes. La nuit, on doit rester enfermés malgré la chaleur, ne jamais laisser une lumière allumée pour ne pas servir de cible, je suis devenue une championne du tir à cinquante mètres, je monte notre pistolet-mitrailleur en trente-quatre secondes, et je fais mon tour de garde comme les autres. J'entends dire que la guerre est imminente. Comme tu vois, ce n'est pas gai.

Je rêve de légèreté, de me balader à New York ou à Rome avec toi. Tu ne peux pas savoir à quel point je regrette notre vie à Paris. Pourquoi n'est-on pas partis ensemble quand il était encore temps ? J'espère toujours te revoir un jour, mais je n'y crois plus beaucoup. De temps en temps, je vais à Haïfa, écris-moi là-bas en poste restante. Tu connais mon père. Et toi, comment vas-tu ? Comment se passe la prépa ? As-tu décidé de ton destin et choisi le métier de ta vie ? Que lis-tu en ce moment ? Ici, il n'y a que des livres en hébreu et en polonais. J'en suis réduite à lire la Bible. Fais-tu toujours de belles photos ? L'année prochaine, il est vaguement question que j'aille faire des études d'agronomie à Jaffa, c'est ma stratégie pour me barrer loin d'ici.

Je pense à toi souvent, je t'embrasse,

Camille

PS. Je préfère te le dire tout de suite. J'ai eu un petit ami, il s'appelle Élie, il est israélien, il est né dans ce kibboutz. En arrivant ici, je me sentais tellement seule, je n'avais aucune réponse de toi, je me suis dit que je devais m'habituer à ton absence, mais je n'y arrive pas. Alors avec Élie, c'est fini, cela n'aura duré que trois mois, je préfère être franche avec toi. Chacun doit découvrir ce qui est important pour lui, et ce qui ne l'est pas.

J'ai lu la lettre trois fois, j'ai raté le changement, j'ai dû revenir sur mes pas. Pourquoi n'avais-je pas reçu ses lettres précédentes ? S'étaient-elles perdues en cours de route ou ma mère les avait-elle subtilisées ? Avec elle, tout était possible. Pour quelle raison Camille pensait-elle à moi souvent et pas tout le temps ? Était-ce vraiment fini avec cet Élie ? Ce n'était pas bon signe, moi qui pensais à elle plusieurs fois par jour. Cette lettre ressemblait à un appel au secours. Je devais impérativement partir la retrouver. Elle avait raison, qu'est-ce qui était le plus important pour moi ?

*

En avril 65 se produisit l'événement tant espéré par Igor, il fut convoqué par le juge d'instruction après plus de huit mois d'incarcération. Il était épuisé par des nuits sans sommeil, usé par ses cauchemars incessants, et avait perdu toute combativité. Le matin, Daniel avait été convoqué au greffe et n'était pas réapparu. Igor découvrit une autre cellule du dépôt, aussi répugnante que celle qu'il avait connue, et attendit deux heures assis sur le bat-flanc. En début d'après-midi, deux gendarmes le conduisirent dans la galerie des juges, où il retrouva maître Gilbert, qui n'avait pas eu le temps de consulter le dossier. Le gendarme ôta les menottes des poignets d'Igor, la greffière les introduisit dans le cabinet du juge qui donnait sur le boulevard du Palais, on percevait le bruit de la circulation par la fenêtre entrouverte. Le juge Fontaine était un homme rondouillard et vif, aux cheveux blonds coupés en brosse.

– Je ne peux pas vous entendre sur le fond aujourd'hui, j'attends le retour des commissions rogatoires.

Le juge dévisagea Igor.

– Un témoin s'est manifesté, ses déclarations sont de nature à être déterminantes sur la suite de cette affaire, j'ai donc décidé de vous confronter.

La greffière se leva, disposa une chaise devant le bureau, elle revint avec un gendarme qui précédait Daniel, menotté.

– Ôtez-lui les menottes, dit le juge.

Daniel s'assit sur la chaise, se massa les poignets, sans accorder un regard à Igor. Maître Gilbert se pencha à l'oreille d'Igor, lui demanda qui était cet homme, Igor ne répondit pas.

– Je pense qu'il est inutile de faire les présentations. Monsieur Daniel Morel, vous m'avez adressé une lettre par laquelle vous m'indiquez avoir reçu, dans la cellule où vous êtes incarcérés tous les deux, des aveux de M. Igor Markish ici présent. Confirmez-vous la teneur de votre lettre ?

– Oui, monsieur le juge, Igor m'a avoué avoir tué son frère.

– Monsieur Markish, avez-vous fait cette déclaration à M. Morel ?

– Oui.

– Monsieur Markish, avez-vous tué votre frère Sacha le lundi 6 juillet 1964, dans l'arrière-salle du café Le Balto ?

Igor ne répondit pas, à travers la fenêtre il regardait les platanes dégarnis du boulevard.

– Je réitère ma question… Vous m'écoutez ? Ceci est d'une importance capitale pour vous. Reconnaissez-vous avoir tué votre frère Sacha ?

Igor dévisagea Daniel sans animosité, mais celui-ci détourna le regard. Le juge répéta à trois reprises la même question, soutenant qu'Igor aggravait son cas en se murant dans le silence. Il sollicita la collaboration de maître Gilbert pour qu'il raisonne son client, mais rien à faire, Igor resta mutique et refusa de signer le procès-verbal de confrontation que le juge avait dicté à la greffière. Il renvoya Igor à la maison d'arrêt de la Santé et, une fois seul avec Daniel, lui indiqua qu'il allait dire un mot en sa faveur au juge d'application des peines.

Igor retrouva sa cellule sans même remarquer que les affaires de Daniel avaient disparu pendant son absence. Le lendemain, un détenu prit la place laissée vacante, un type poilu avec un accent du Midi qui essaya de faire la conversation, mais Igor ne lui dit pas un mot. Il fut remplacé par un autre quelques semaines plus tard, et d'autres encore. Igor n'eut aucun mal à confirmer sa réputation d'ours, il n'engagea jamais la conversation avec ses voisins et ignora par quelle succession de déveines ils avaient atterri dans cette cellule. Paradoxalement, il ne se trouvait pas si malheureux en prison, car, bien qu'il ne dorme presque pas et ne mange presque rien, personne ne prêtait attention à lui.

De cette façon, il était tranquille avec Nadejda.

Il avait réussi à l'oublier, depuis des années elle ne hantait plus ses pensées, or depuis son incarcération, elle était réapparue. Les retrouvailles avaient été âpres, mais ils avaient fait la paix, ils restaient des heures à se parler, marchaient comme au bon vieux temps sur un chemin au bord d'un lac de Carélie.

– Tu m'as pardonné ? demandait-il, inquiet.

– Bien sûr que non, répondait-elle en le dévisageant dans la nuit. Je te hais.

– Ce n'était pas de ma faute, ils m'auraient tué.

– Je sais. Mais quand même.

Igor avait traîné cette trahison comme un boulet pendant des années.

Il avait peu d'efforts de mémoire à faire pour se retrouver treize ans auparavant à Leningrad, en 1952, à l'hôpital Tarnovskij où il travaillait, quand ce mystérieux coup de fil l'avait prévenu de son arrestation imminente, il se souvenait de cette voix nasillarde, maquillée, qui lui enjoignait de se sauver quand il était encore temps. À l'époque, ce n'était pas un avertissement à prendre à la légère. Depuis des années, des compatriotes étaient arrêtés, nombreux étaient ceux qui disparaissaient comme s'ils n'avaient jamais existé, régulièrement le bruit courait que d'autres avaient été fusillés pour trahison ou condamnés à dix ans de camp de réclusion au fin fond de la Sibérie, ce qui de l'avis général était pire qu'une exécution. Igor était aussitôt allé prévenir Nadejda, qui travaillait comme infirmière dans le même hôpital. Une nouvelle atroce à annoncer à celle qui était au centre de sa vie. Il ne se rappelait plus les mots exacts qu'il avait prononcés, des paroles paniquées, quelque chose du genre : Je vais être arrêté, je dois fuir, adieu.

Il revoyait le visage décomposé de Nadejda, éprouvait encore cette sensation horrible de devoir être impitoyable avec la femme de son cœur, de s'enfoncer dans les sables mouvants à mesure qu'il la faisait souffrir. Immédiatement, elle avait rétorqué :

– On part ensemble.

– Les enfants seront placés dans un orphelinat spécial, leur vie sera gâchée.

– Partons avec eux alors, ils sont grands maintenant.

– C'est impossible, il fait moins trente la nuit dans le golfe de Carélie. Ils ne le supporteront pas, et toi non plus. Seul, j'ai une chance de passer en Finlande.

– Si tu t'en vas, je vais mourir, murmura Nadejda.

Igor la repoussa, elle lui agrippa le bras, il se libéra, elle se jeta à genoux, le supplia de ne pas l'abandonner, il ne trouva pas de mots pour soulager sa peine car il n'en existait aucun. Il fit demi-tour, elle s'accrocha à sa cuisse, il avança en la traînant sur plusieurs mètres, elle hurlait, il réussit à se défaire de son étreinte et partit sans se retourner, la laissant pleurer sur le sol. Longtemps, Igor entendit les cris de Nadejda qui venaient le harceler dans son sommeil. Et puis, avec les années, la voix de sa femme s'affaiblit, finit par s'éteindre, et ce silence fut tout aussi insupportable. Depuis son départ de Leningrad, Igor n'avait reçu aucune nouvelle de sa famille, il ignorait s'ils étaient vivants ou morts, si Nadejda avait divorcé comme il le lui avait recommandé pour échapper au destin des femmes de condamnés, si son fils et sa fille l'avaient renié comme devaient le faire les enfants des disparus pour espérer un jour s'intégrer dans la société soviétique. Il l'ignorait, mais il était heureux de les retrouver pendant ces nuits interminables, Piotr avait aujourd'hui vingt ans, Ludmilla dix-huit, Igor se demandait quel visage ils avaient après tout ce temps, car leurs traits, figés dans sa mémoire, restaient éternellement enfantins.

*

Camille Toledano, Poste restante, Haïfa
5 mai 1965

Ma Camille,

Quel bonheur de te lire, j'avais envie de faire des claquettes, d'embrasser les gens dans le métro, j'étais persuadé que tu m'avais oublié, mais je ne m'étais pas résigné, cela me faisait comme une douleur, un caillou dans le cœur, qui me torturait à tout moment, au fond de la nuit ou n'importe où.

Je n'ai pas reçu tes lettres précédentes. Comment peux-tu imaginer une seconde que je ne t'aurais pas répondu ? À peine venais-tu de quitter Paris, j'ai su que le pire jour de ma vie était celui où je n'ai pas dit oui, au Luxembourg, quand tu m'as proposé de partir, je m'en suis tellement voulu, j'aurais dû me douter qu'une chance pareille ne se présenterait pas deux fois, c'est pour cela que ta lettre est comme une bouée, une résurrection, grâce à toi je remonte à la surface pour respirer. C'est décidé. Je vais venir te chercher, on ira où tu veux. En Amérique, en Australie, dans une île lointaine.

Je viendrai en juillet prochain, après mes examens (je suis en fac de lettres, pas en prépa), je ne peux pas venir avant.

Je t'embrasse un million de fois.

(Profite bien du temps de liberté qui te reste, parce que je ne te quitterai plus jamais.)

Michel

PS. J'ai une copine moi aussi, mais ce n'est pas sérieux entre nous.

*

On peut facilement mentir aux autres, leur faire croire qu'on est vertueux, on peut même finir par être persuadé par ses propres bobards, mais durant les nuits sans fin où il ne dormait pas, Igor passa tant de temps à repasser le film de sa vie qu'il finit par se libérer de la colère qui l'étouffait depuis plus de douze ans. Il aurait pu tenter de chasser ces images, ne serait-ce que pour trouver le sommeil, mais il aimait tellement renouer avec ses souvenirs que la douleur de l'absence disparaissait peu à peu, il revoyait ceux qu'il avait aimés et perdus, sa mère et sa famille, et cette tristesse même lui était agréable, non qu'il se complaise à souffrir, mais c'était le meilleur de sa vie qui défilait sous ses paupières closes. Il réentendait encore et encore cet appel téléphonique anonyme le prévenant de son arrestation prochaine, et quoiqu'il ait prétendu le contraire, il avait toujours su que c'était Sacha. Au fond de lui, c'était une certitude. Qui d'autre aurait pu détenir cette information, si ce n'était un membre du KGB ? Qui d'autre aurait pris ce risque ? Il fallait une sacrée bonne raison pour braver la tentaculaire police politique. Et du courage aussi. Bien qu'il eût dissimulé sa voix au cas où il aurait été enregistré, Sacha avait voulu sauver son frère d'une mort certaine, malgré leurs divergences, leurs disputes, leurs antagonismes. Quand ils s'étaient retrouvés à Paris, Igor aurait pu lui tendre la main, mais sa haine l'en avait empêché. Sacha avait attendu qu'Igor fasse le premier pas, espérant que son frère agirait non parce qu'il se sentait son obligé, mais parce que son cœur l'y amenait. Cette détention interminable avait permis à Igor de faire la paix avec Sacha.

Après avoir attendu une heure Igor au parloir des avocats, maître Gilbert finit par s'impatienter du retard de son client. Un gardien l'informa qu'Igor refusait de le rencontrer et qu'il ne pouvait y être contraint. Gilbert ne savait comment interpréter cette décision, il écrivit une lettre à son client en réclamant des explications, s'étonnant de cette conduite qui compromettait ses chances d'être innocenté, proposant de transmettre l'affaire à un autre avocat s'il avait perdu sa confiance, mais Igor n'ouvrit pas le courrier. Gilbert passa un coup de fil à Werner, après tout c'était lui qui payait les honoraires. Ce dernier fut effaré d'apprendre le comportement d'Igor, qui se laissait accuser sans réagir et paraissait se désintéresser de son avenir, désormais passablement compromis, Gilbert déclinant toute responsabilité quant à l'issue du procès. Il était déjà difficile d'assurer une défense quand on mettait toutes les chances de son côté mais avec cette attitude désinvolte, le pire pouvait arriver :

– Votre ami n'a pas réalisé qu'il risquait sa tête.

Sur les conseils de l'avocat, Werner fit une demande de permis de visite, que le juge accorda au bout d'une semaine. Quand il remit son permis au gardien, il précisa : Surtout, dites-lui que c'est son ami Werner qui vient le voir. Il attendit dans le box et, au premier abord, ne reconnut pas l'homme barbu au visage émacié et blême avec des cernes noirs, flottant dans son costume gris en laine, qu'il découvrit de l'autre côté de la vitre de séparation. En s'asseyant, Igor posa la main sur la glace, comme s'il voulait le toucher.

– Oh, Werner, cela fait plaisir de te voir. Comment ça va ?

– Qu'est-ce qui t'arrive, Igor ? Tu es méconnaissable.

– J'ai du mal à dormir et j'ai perdu l'appétit.

– Il ne faut pas te laisser aller, tu dois réagir.

Igor acquiesça de la tête. Ils restèrent un moment sans parler.

– L'avocat m'a dit que tu avais reconnu ta responsabilité dans la mort de Sacha.

– Non ! Mais symboliquement, c'est moi qui l'ai tué. J'ai laissé la colère me dominer, j'aurais dû lui parler, l'écouter, lui pardonner. Si je lui avais tendu la main, Sacha ne se serait pas suicidé.

– Pourquoi n'as-tu pas expliqué cela au juge ? Il te croit coupable.

– Mais je suis coupable, c'est légitime de payer pour la faute commise. Peu importent les méfaits de Sacha, les espoirs et les rêves qui l'ont fourvoyé, ce n'était pas à moi de le juger, j'étais juste du bon côté de la barrière, et pourtant moi non plus je n'étais pas sans reproche, j'ai ignoré ses appels au secours, je ne vaux pas mieux que lui.

Dans sa jeunesse, à Cologne, Werner avait fait des études pour être séminariste, il lui en restait une capacité à discuter sans jamais s'énerver, à garder un sourire imperturbable qui venait à bout des interlocuteurs les plus rétifs. Il reformula de dix façons le distinguo subtil entre responsabilité et culpabilité, tenta de raisonner Igor, de l'amener à se défendre. Au fur et à mesure qu'il parlait, ses lointains cours de philo lui revenaient en mémoire, il évoqua Kant et Weber, ses auteurs préférés, l'incertitude de nos vies, la fragilité de nos choix, démontra que nous ne pouvons être coupables des faits que nous ne commettons pas, soutenant que c'est l'acte qui détermine la culpabilité et pas l'intention, mais aucun argument logique ne vint à bout de la conviction d'Igor qu'il devait expier pour la mort de son frère.

– Au Club, je t'entends encore lancer à ceux qui se plaignaient : « Tu nous emmerdes avec tes problèmes, tu es vivant, profites-en pour vivre. » Tu as oublié ?

– J'avais raison, mais je ne me plains pas.

– Tu n'es pas le seul responsable de son suicide, nous avons tous rejeté Sacha, aucun d'entre nous n'a eu pitié de lui et ne lui a pardonné ses agissements. Nous avons eu tort, c'est une chose. La justice t'accuse d'un crime que tu n'as pas commis, c'est autre chose, tu dois te battre pour le faire reconnaître.

– Au Club, beaucoup me croient coupable, le juge m'a dit que Michel m'accusait de sa mort.

– Michel ? C'est faux ! Il est convaincu de ton innocence.

*

Alors que Franck était sur le point d'embarquer sur le cargo qui devait l'emmener au bout du monde, Paul était revenu à la charge, affirmant qu'il ne pouvait pas ne pas écrire à Cécile, ne serait-ce qu'une petite lettre d'adieu. Franck refusa, il ne se sentait pas fiérot, mais il n'avait pas de talent pour tourner les phrases et leur faire dire plus que les mots. Il se souvint alors du message trouvé dans le sac de la malheureuse qui s'était jetée sous le métro et se força à griffonner quelques lignes d'explication à la sauvette sur une page arrachée à un cahier. Il bruinait, le port de Rotterdam sous la pluie n'était pas d'une folle gaieté. En bas de la passerelle, Paul et Franck se faisaient face, conscients qu'ils se voyaient, probablement pensait l'un, certainement pensait l'autre, pour la dernière fois de leur vie. C'était un sentiment bizarre, l'impression de faire son deuil d'une personne vivante, et ils n'arrivaient pas à se détacher l'un de l'autre. Paul prit son portefeuille, en sortit le trèfle à quatre feuilles qu'il avait trouvé sur le sol gelé du stalag IIB en Poméranie et le tendit à Franck.

– Tiens, grand, ce n'est pas grand-chose, mais il m'a porté chance. Grâce à lui, je m'en suis sorti vivant et je suis revenu.

– Papa, tu ne vas pas me dire que tu crois à ces superstitions. Tu as eu de la chance et tu étais malin, c'est pour cela que tu es revenu.

– C'est possible mais cela n'empêche pas. Prends-le quand même, fais-moi plaisir.

Ce n'était pas le moment de se disputer avec la seule personne sur cette terre qui ne l'avait jamais abandonné. Franck afficha un sourire plein de reconnaissance, rangea le trèfle dans son portefeuille, gravit la passerelle inclinée et disparut de la vue de Paul, qui se demanderait toujours pour quelle raison son fils ne l'avait pas embrassé avant son départ.

À son retour à Paris, Paul remit la lettre de Franck à Michel, qui la donna à Cécile, puis celle-ci disparut. Peu de temps après, tous furent sidérés d'apprendre la mort en Algérie de son frère Pierre, un des derniers morts de la guerre. Le départ à la sauvette de Franck marqua le début de la dislocation de la famille. Paul dut affronter Hélène, qui ne lui pardonnait pas d'avoir aidé le traître à la famille, et commença la longue bataille du divorce. Paul ne regrettait rien, et surtout pas d'avoir aidé son fils, pas une fois ne lui vint à l'idée que les agissements inconsidérés de Franck avaient détruit son couple et l'avaient privé de sa situation. Il connut une sale période, qu'il réussit à traverser grâce au soutien moral de Marie. Pour faire des économies, ils s'installèrent dans sa région natale, à Bar-le-Duc, mais les affaires étaient difficiles, leur commerce de luminaires ne décolla jamais. Paul désespérait de s'en sortir. Il en était à se demander s'il ne devait pas se remettre à la plomberie pour gagner sa vie.

Un soir, alors qu'avec Marie il écoutait une pièce radiophonique – Marie ne ratait jamais la pièce du mardi –, l'esprit de Paul s'envola au-dessus de la ville basse où ils résidaient. Il pensa, encore une fois, à Franck dont il n'avait aucune nouvelle, se demandant s'il était en bonne santé, s'il avait réussi à faire quelque chose de bien de sa vie, et comme il était d'un tempérament optimiste, il se dit que ça devait certainement aller de façon satisfaisante pour son fils. Surtout qu'il lui avait donné son porte-bonheur. C'est au cours de cette soirée, en écoutant cette pièce policière, que Paul conclut qu'il fallait toujours donner un coup de pouce à la chance, sinon on pouvait attendre cent cinquante ans qu'elle se manifeste, et que lui vint l'idée saugrenue de fabriquer un trèfle à quatre feuilles. C'était idiot comme idée bien sûr. Un faux trèfle à quatre feuilles, ça ne marche pas, tout le monde le sait. Pourtant, Paul se dit qu'il ne perdrait pas grand-chose à essayer, ce qui prouve s'il en était besoin qu'il était un véritable optimiste. Dans le jardin, il trouva facilement deux trèfles à trois feuilles, qu'il fit sécher dans un livre. Il arracha délicatement un des pétales et le colla tout aussi délicatement à l'autre trèfle à trois feuilles, le transformant miraculeusement en trèfle à quatre feuilles. Paul était habile de ses mains, le raccord était invisible à l'œil nu. Il inséra son nouveau grigri dans une pochette en plastique translucide et contempla son œuvre avec fierté. C'était un vrai trèfle à quatre feuilles, un de ceux qui portent bonheur. Il annonça fièrement à Marie qu'il avait retrouvé son vieux grigri, celui du stalag, qui lui avait sauvé la vie et l'avait ramené à Paris.

– Chouette ! dit Marie. Alors les mauvais jours sont derrière nous.

– Sûr, répondit Paul.

La semaine suivante, à la buvette de la gare de Nancy, Paul retrouva son vieil ami Georges Leuwen, son frère de cœur, à qui il avait sauvé la vie au stalag, et ce fut le point de départ de sa nouvelle vie. Bien sûr, il fit le lien de cause à effet avec la fabrication du trèfle, se dit qu'il fallait toujours aider un peu la chance et que l'efficacité du trèfle à quatre feuilles ne tenait pas à ce qu'il soit vrai ou faux, mais à ce qu'il ait quatre feuilles.

Il n'y a que le résultat qui compte, non ?

*

C'était presque une journée de printemps, il y avait de la gaieté dans l'air. Cécile avait installé Anna dans la poussette car la petite se fatiguait ou se butait, elle ne voulait plus marcher et sa mère devait la tirer comme une valise. Cécile connaissait son stratagème pour qu'elle la prenne dans ses bras mais elle ne voulait pas céder. C'était plus simple de la maintenir dans la poussette avec une ceinture de sécurité. Elle descendait la rue de la Roquette, le cimetière de Charonne était loin, mais elle avait besoin de marcher. Elle tira le rabat de la poussette, elle ne supportait pas le regard d'Anna rivé sur elle.

Cécile patientait au feu rouge pour traverser la rue du Faubourg-Saint-Antoine quand une femme se précipita vers elle, posa la main sur son bras, afficha un sourire radieux.

– Madame, madame, dit la jeune femme avec une frange blonde à la mode qui lui cachait le front.

Elle portait un tablier noir et court de barman.

– Excusez-moi de vous déranger, mais j'ai un ami qui vous cherche.

Cécile dévisagea cette jeune femme au visage avenant.

– Ouais, c'est Michel. Il vous cherche depuis longtemps.

– Je ne connais pas de Michel.

La jeune femme resta interdite.

– Mais si, Michel ! Il m'a montré votre photo. Il en a trois dans son portefeuille. Il a dix-huit ans. Il est mince, grand, brun. À un moment, j'ai cru qu'il était amoureux de vous. Il vous cherche. Il va être tellement heureux.

– Désolée, je ne vois pas de qui il s'agit.

– Non, je ne me trompe pas. Vous êtes Cécile, la copine de son frère. Il m'a dit qu'il y avait eu un malentendu entre vous.

– Je ne vois pas de quoi vous parlez. Et il a eu des nouvelles de son frère ?

– Aucune, il a disparu.

– Vous devez faire erreur, mademoiselle. Je m'appelle… Anna.

– Vous n'êtes pas Cécile ?

– Je viens de vous le dire. C'est une méprise.

Cécile poursuivit sa route, sans se retourner, laissant la jeune femme interloquée sur le bord du trottoir. Le soir, Louise rapporta cette brève rencontre à Michel. Encore toute retournée. À la description qu'en fit Louise : une femme jeune, grande et mince, avec des yeux marron et un phrasé rapide, Michel reconnut Cécile.

– Tu es certaine qu'elle t'a demandé si j'avais eu des nouvelles de mon frère ?

– Ouais. Je ne suis pas idiote, tu sais. Et il y avait un enfant dans la poussette, je n'ai pas vu son visage, juste sa main.

Michel eut ainsi la certitude que Cécile était de retour à Paris et qu'elle ne voulait toujours pas le revoir.

*

Werner n'avait pas ressenti cette impression de naufrage depuis les années d'avant-guerre, quand les nazis avaient pris le contrôle de son pays et que personne n'arrivait à endiguer la vague brune.

À présent, il était inquiet de voir Igor s'enfoncer dans la dépression sans qu'il puisse rien faire pour l'aider. En sortant de la Santé, il pénétra dans le café qui faisait face à la prison, but coup sur coup deux calvas pour se remonter le moral. Il passa un appel à Michel, et ils se donnèrent rendez-vous dans un bistrot place de la Contrescarpe. Werner lui fit part de son inquiétude :

– J'ai peur qu'il ne commette l'irréparable.

– Avant de mourir, Sacha m'avait écrit une longue lettre dans laquelle il racontait une partie de sa vie, sa relation compliquée avec Igor, et surtout son intention d'en finir avec cette existence sans espoir, je l'avais remise à Igor, je ne comprends pas qu'il ne l'ait pas montrée au juge.

– Igor veut expier sa faute de ne pas avoir pardonné à Sacha et de l'avoir abandonné.

Ils se rendirent chez Igor, rue du Moulin-Vert, espérant que la concierge aurait la clé de son appartement et qu'ils pourraient récupérer la lettre de Sacha, mais ils se heurtèrent à un obstacle imprévu : le propriétaire, après trois mois de loyers impayés, avait récupéré son bien et l'avait reloué. Werner eut beau protester que c'était illégal, les affaires d'Igor attendaient dans une douzaine de cartons entreposés à la cave. La concierge accepta qu'ils aillent les chercher. Ils les remontèrent dans l'entrée, les ouvrirent un à un, les fouillèrent minutieusement, épluchant page à page chaque dossier et chaque livre, mais ils durent se rendre à l'évidence : la lettre de Sacha ne se trouvait pas là, ni les cahiers écrits en cyrillique. Ils étaient en train de tout refermer quand une femme brune avec une natte, d'une trentaine d'années, qui entrait dans l'immeuble avec un cabas de provisions, s'approcha d'eux.

– Excusez-moi, puis-je savoir pour quelle raison vous fouillez dans les affaires d'Igor ?

– Nous sommes des amis à lui, répondit Werner, nous cherchons des documents pour lui. Vous êtes une voisine ?

– Je suis son amie, enfin son ancienne amie. Vous avez de ses nouvelles ? Il ne veut pas me voir, je lui ai écrit à plusieurs reprises, il ne m'a pas répondu.

Werner et Michel firent la connaissance de Jeanne, qui habitait au troisième. Elle les invita à prendre un café chez elle. Pendant qu'elle le préparait dans la cuisine, Werner se pencha à l'oreille de Michel.

– Tu savais qu'Igor avait une copine ?

– Il ne m'en a jamais parlé.

– À moi non plus. C'est bizarre, tu ne trouves pas ? Je suis son meilleur ami.

– Ce qui aurait été bizarre, c'est qu'il n'en ait pas. Tu as une copine, toi ?

Werner hésita à répondre.

– C'est l'ouvreuse, la petite brune, mais on est discrets, elle est mariée.

Jeanne déposa la cafetière sur la table, remplit trois tasses. Elle n'avait pas envie d'évoquer sa relation avec Igor, une relation ondoyante avec un homme adorable mais insaisissable, qui refusait de s'engager et d'envisager un avenir commun.

– On a failli être heureux, murmura-t-elle.

Et puis, son cœur s'est ouvert. À notre grand étonnement, elle nous révéla que leur histoire durait depuis quatre ans. Comment avait-on pu l'ignorer ? Il fallait croire que notre amitié était fictive. Quand Werner me posa la question plus tard, troublé par cette révélation, je ne pus que lui répondre que c'était la volonté d'Igor qu'il en soit ainsi. Jeanne était infirmière dans une clinique, elle aurait voulu qu'ils vivent ensemble, lui chez elle, ou elle chez lui, cela aurait économisé un loyer, mais Igor avait décliné sa proposition de s'installer dans une vie de couple, il avait aussi refusé de changer ses horaires de taxi, préférant travailler de nuit et le week-end, ce qui ne facilitait pas leur vie à deux. Elle avait fini par s'habituer à cette aventure bancale, se disant qu'elle ne devait pas le brusquer. Début juillet, Igor était venu la voir pour lui annoncer qu'il rompait, brutalement et sans explication. Elle avait à peine réalisé ce qu'il venait de lui balancer qu'il avait déjà fait demi-tour, elle avait sonné à sa porte, il n'avait pas répondu. Elle l'avait croisé une fois dans l'escalier, une autre fois dans la rue, mais il fuyait toute discussion, prétextant qu'il était pressé. Elle s'apprêtait à glisser un mot sous sa porte pour lui demander de récupérer les affaires qu'il avait laissées chez elle quand il avait été arrêté par la police. Lorsque la perquisition avait eu lieu, l'immeuble avait été en émoi. Elle était allée voir le juge d'instruction au Palais de Justice, il lui avait accordé un permis de visite, mais Igor avait refusé le parloir. Elle avait dû admettre que c'était fini. Nous avons parlé longuement d'Igor, cet inconnu que nous croyions si bien connaître, Igor qui nous manquait tant, dont tout le monde vantait la gentillesse et la générosité, mais qui nous avait rayés de sa vie sans se soucier de notre peine, et qui restait une énigme pour nous qui l'aimions. Et puis, le silence s'est installé, avec des sourires gênés.

– On ne va pas vous déranger plus longtemps, dit Werner en se levant. Merci pour le café.

– Si vous avez des nouvelles, prévenez-moi.

Elle nous accompagna à la porte et, au moment de la fermer, elle se ravisa. Elle nous demanda si nous pouvions prendre avec nous les affaires d'Igor, elle ne voulait plus les conserver chez elle, c'était trop pénible qu'elles restent là. Comme s'il allait revenir. Nous sommes passés dans la chambre à coucher, elle a ouvert l'armoire, a plié soigneusement les vêtements d'Igor qui s'y trouvaient, a récupéré son nécessaire de toilette dans la salle de bains, des revues et des livres : Ah oui, j'oubliais. Elle a sorti du bas de l'armoire le sac beige que j'avais donné à Igor le jour de l'enterrement de Sacha et qui contenait sa confession et les cahiers en cyrillique.

*

Je ne cherche pas d'excuse. Si j'ai eu des notes aussi médiocres aux partiels, c'est uniquement parce que je n'ai pas travaillé, je ne mets plus les pieds à la Sorbonne, sauf les jours de grand froid, et j'ai renoncé depuis plusieurs mois à me fader les polycopiés, ces études sont barbantes au possible. Il faut beaucoup aimer la littérature pour ne pas en être dégoûté. Je résiste. L'écrasante majorité de mes camarades se destinent à être profs de français, je souhaite donc bonne chance à leurs futurs élèves, il faudrait une radicale remise en question pour que leur enseignement soit plus excitant que celui qu'ils ont reçu. Mais il n'y aura pas de miracle. J'ai pris cette année de fac par-dessus la jambe, en assurant le minimum vital, et j'ai eu raison, pour passer en deuxième année il suffit d'avoir dix. Pas plus. De toute manière, je n'ai aucune envie de continuer à patauger. Je ne serai jamais prof. Alors, à quoi bon ? Je vais arrêter ces études stériles.

Et partir rejoindre Camille.

Je ne sais toujours pas quoi faire de ma vie. J'attends le déclic.

Je suis passé me renseigner à l'agence de voyages de Cluny. Pour se rendre en Israël, le moins coûteux consiste à prendre le bateau à Marseille. Sept jours de mer. Passeport et autorisation parentale de sortie du territoire obligatoires. Si ma mère ne me donne pas son accord, je partirai quand même. Elle a refusé mordicus. Rien n'y a fait, j'étais trop jeune, c'était trop dangereux, trop loin, trop cher, et elle a interdit à mon père de me donner l'argent pour le voyage : Ou alors, c'est la guerre !

Mon père a baissé la tête. J'ai décidé de passer outre, j'ai de petites économies, mais quand je suis retourné à l'agence de voyages pour commander mon billet, ils ont réclamé le document officiel avec validation au commissariat et refusé de me délivrer un billet sans l'autorisation de sortie signée et tamponnée.

Coincé.

Camille Toledano, Poste restante, Haïfa
Mardi, 13 juillet 1965

Ma Camille,

Mauvaise nouvelle. Je ne pourrai pas venir comme prévu. Ma mère a refusé de signer l'autorisation de sortie du territoire, et mon père ne peut rien faire car il a perdu le divorce, c'est elle qui a la garde, même si elle a accepté que je vive avec lui.

Je suis obligé de reporter ce voyage, d'attendre une opportunité pour partir. Il y en a peut-être une qui se dessine, mais ce sera plus long. Pour l'instant, je suis écœuré, j'avais tellement envie de te retrouver. Il va nous falloir patienter encore.

Une petite bonne nouvelle, je passe en deuxième année. Et pourtant, je n'en ai pas envie, ces études ne me mènent nulle part, elles sont absurdes et m'ennuient profondément.

Je pense à toi chaque jour. Donne-moi de tes nouvelles.

Michel

*

... J'aurais voulu qu'Igor me pardonne, non parce que je lui avais sauvé la vie, mais parce que j'étais son frère et qu'il m'aimait. Je ne voulais pas rentrer dans ce marchandage. J'ai attendu son pardon pendant douze ans. J'ai compris qu'il ne viendrait jamais. Je ne lui en veux pas. C'est moi le seul et unique responsable. J'ai commis tant de crimes et j'ai été le complice de tant d'autres que je ne mérite aucune clémence. C'est légitime de payer pour ses fautes. De toute façon, je n'en avais plus pour longtemps. Je n'avais pas envie de me soigner et, pour ce que j'ai, il n'y a pas de remède... Je ne veux aucune prière à mon enterrement. Peu m'importe ce qu'on fera de moi. Ne t'en préoccupe pas. Ça n'a aucune importance si je me retrouve à la fosse commune. À part toi, peut-être, personne ne viendra mettre de fleurs sur ma tombe... J'ai du mal à terminer cette lettre. J'ai encore tellement de choses à dire. Au moment de m'en aller, je me demande s'il ne vaudrait pas mieux rester pour témoigner. Je crois que je vais arrêter là.

Maître Gilbert était en train de lire à Werner et à moi la confession de Sacha avec une certaine émotion, quand maître Rousseau a pénétré sans faire de bruit dans son bureau et nous a adressé un sourire complice.

– Messieurs, avec ce document, Igor Markish est sauvé. Il faudra prévoir un complément d'honoraires de dix mille francs, ce dossier nous donne un travail fou, mais vous pouvez payer en deux fois. Dès réception de la première échéance, j'irai remettre personnellement cette pièce majeure au juge Fontaine avec lequel je me targue d'entretenir des relations amicales, j'en profiterai pour déposer une demande de mise en liberté.

Nous sommes sortis soulagés du cabinet, Werner, toujours aussi disposé à vider son livret de caisse d'épargne, affirma que l'argent n'avait pas d'autre utilité que de payer les avocats.

– Cela fait près d'un an qu'Igor est incarcéré, maintenant ce n'est plus qu'une question de semaines pour qu'il soit libéré. De jours peut-être.

Maître Rousseau avait été optimiste, ou bien Fontaine n'était pas tant que ça son ami, car ce dernier avait ordonné une expertise graphologique de la lettre de Sacha. Le problème, c'est que l'expert désigné n'avait pas d'échantillon de comparaison, et nous ne l'avons pas appris immédiatement, ce furent des mois perdus, sans que l'on puisse déterminer qui, du juge ou de l'expert, n'avait pas fait son travail d'en informer l'autre. Comme modèle d'écriture de Sacha, nous ne disposions que des cahiers en cyrillique. L'expert a soutenu qu'il fallait fournir un texte en alphabet latin. Les seules lignes écrites par Sacha étaient les poèmes qu'il m'avait transmis, mais je les avais donnés à Camille en lui faisant croire qu'ils étaient de moi.

À tout hasard, nous sommes retournés rue Monge chez Sacha. Le concierge, M. Rodier, nous informa que sa chambre de bonne avait été relouée à un étudiant qui avait posé un autre verrou, et comme les affaires de Sacha n'avaient aucune valeur, il avait donné ses livres et ses vêtements. Quand il nous a vus si dépités, il nous a interrogés sur le motif de notre tracas, et nous lui avons exposé notre problème.

– J'ai peut-être quelque chose pour vous, a-t-il dit.

Nous l'avons suivi dans sa loge. Rodier avait fini par nouer des relations cordiales avec Sacha, un locataire qui ne faisait jamais d'ennuis, il avait parfois de petits retards pour le payer, mais il était correct, et c'était rare de nos jours. Il avait réparé à trois reprises la porte défoncée de sa chambre de bonne après qu'elle avait été mystérieusement cambriolée. Ils parlaient souvent des événements, Sacha s'intéressait à l'actualité, de temps en temps il venait prendre un doigt de porto, c'est ainsi qu'ils s'étaient découvert une passion en commun. Depuis qu'il avait pris sa retraite d'agent gazier, Rodier consacrait une partie de ses journées au tiercé. En vain, si l'on s'en tient aux résultats, mais il n'y a pas que l'argent qui compte. Sacha avait développé une théorie scientifique originale censée améliorer les performances financières de ses paris. Ils avaient longuement travaillé tous les deux et avaient fini par élaborer une grille constituée d'une dizaine de colonnes serrées, chacune faisant l'objet d'une évaluation de 1 à 10. Rodier a sorti de son tiroir un dossier jaune, l'a ouvert et en a extrait une dizaine de feuillets rédigés de la main de Sacha, certaines pages étaient noircies de calculs et d'équations obscures, d'autres de commentaires rageurs. Sacha était convaincu que les performances des chevaux dépendaient de critères objectifs qui n'étaient jamais pris en compte par les pronostiqueurs, d'après lui il ne fallait pas s'en étonner, personne n'ayant intérêt à ce que les parieurs gagnent trop souvent. Il s'était mis en tête de répertorier ce qu'il appelait les facteurs externes d'influence des résultats des courses et de les classer par ordre d'importance décroissante, comme la température et la météo de la dernière course, l'hygrométrie, la pluviométrie, le nombre de bêtes engagées, le temps de récupération du jockey entre deux prestations, l'âge des animaux, leur sexe et une demi-douzaine d'autres données tout aussi délaissées par la presse spécialisée. Cette analyse scientifique in vitro devait permettre de réduire les aléas, mais après plusieurs essais in vivo de sa méthode, sa découverte s'était révélée inefficace et coûteuse, sans que Sacha puisse déterminer avec certitude s'il était défaillant mathématiquement, ce qui était peu probable, ou si, comme il le pensait, les chevaux étaient des animaux fantasques et lunatiques et qu'il n'y avait rien à en tirer. Sacha avait l'intention de perfectionner cette martingale qui devait faire leur richesse à tous les deux, d'après lui c'était le système de cotation de certains critères qui laissait à désirer, malheureusement, son décès avait mis fin à cette belle idée. Rodier, qui depuis l'école communale était nul en calcul, avait renoncé à poursuivre l'expérience et accepta de nous remettre cinq feuillets couverts de caractères latins tracés de la main de Sacha.

Aussitôt, nous les avons apportés à maître Gilbert qui, au premier coup d'œil, a assuré qu'avec cette pièce déterminante versée au dossier, Igor serait sauvé. Il s'est replongé dans la lecture de ce document, et à la page 3, il a froncé les sourcils et s'est exclamé : Bon sang, Reine des prés est un tocard ! Cela ne m'étonne pas tellement.

*

Assis sur un banc en face du bassin, à l'ombre d'un platane du parc René-Maitre, un des rares endroits où subsistait un souvenir de fraîcheur, Franck lisait un épais bouquin, il ne vit pas venir Mimoun qui, tout en s'éventant avec son journal, détailla la couverture avec Братья Карамазовы écrit dessus.

– C'est intéressant ?

– Oh, je relis *Les Frères Karamazov*. Avec son absence de morale, la fin est un peu décevante. On ne sait pas trop ce que pense Dostoïevski, il met tout le monde dans le même sac et il se dissimule derrière ses personnages.

– Tu comprends le russe ?

– C'est bien mieux en russe qu'en français, plus vivant, plus nerveux, les traductions sont médiocres, avec beaucoup de contresens. J'aime les langues étrangères, je parle couramment l'anglais et l'espagnol.

Mimoun hocha la tête, perplexe.

– Tu vas pouvoir apprendre l'arabe facilement.

– J'y compte bien, j'ai la chance d'avoir une bonne mémoire.

– Demain à neuf heures, les Français ouvriront la frontière pour laisser passer les commerçants et les frontaliers qui s'entassent sur l'esplanade, ils sont plus d'un millier à attendre, il n'y aura aucun contrôle. Pour toi, c'est le jour ou jamais.

Franck passa au souk pour faire ses adieux à Habib, il lui promit de revenir le voir s'il passait par Oujda.

– N'attends pas trop, je ne suis plus tout jeune, mon ami.

Habib avait un cadeau pour lui. Il pénétra dans l'échoppe et, sur une étagère, il attrapa un livre fatigué à la couverture rouge et noir fripée et aux angles émoussés, qu'il tendit à Franck.

– Voilà ton Bazin.

– Formidable ! s'exclama Franck. Tu l'as retrouvé.

– J'ai cherché cet ouvrage pendant des heures, c'était comme s'il se cachait de peur d'être vendu, cela arrive avec certains livres. Alors je suis allé voir le directeur de la Poste et je le lui ai racheté, il a été correct, il me l'a revendu à un prix raisonnable. C'est l'édition originale de 1921, il y a quelques taches de moisi à l'intérieur, mais cela ne t'empêchera pas d'en profiter.

– Je vais t'embrasser, Habib, parce que personne, jamais, ne m'a fait un plus beau cadeau. Moi aussi je vais te donner un livre magnifique.

Franck prit dans son sac le gros livre en russe de Dostoïevski, qu'il tendit à Habib, et il lui expliqua de quel roman il s'agissait. Habib tourna et retourna le livre dans tous les sens.

– Cela me fait très plaisir, mon ami, je n'avais pas de livre en russe.

Habib prit Franck par l'épaule, l'entraîna à l'extérieur du

souk, il regarda de tous les côtés pour voir s'il n'y avait pas d'oreilles indiscrètes à proximité.

– Je dois te dire que Mimoun n'est pas un homme recommandable, il a du sang sur les mains, beaucoup de sang. Méfie-toi de lui. C'est un proche de Boumédiène qui commande la wilaya depuis Oujda, ce sont des gens violents et cruels, qui ne connaissent pas le sens du mot pitié. Ils ont une armée puissante de ce côté de la frontière, et je plains ceux qui se mettront en travers de leur route. Fais attention à toi.

– Ne t'inquiète pas. Je retourne en Algérie pour reconstruire le pays, pas pour me battre. La guerre est finie.

Le mardi 26 juin 1962, Franck se leva à l'aube, entassa ses affaires dans un sac à dos, n'emportant que ses livres russes et le Bazin, il cacha ses papiers et son argent dans la doublure intérieure de son blouson et se fondit dans la masse des marchands et des frontaliers qui attendaient, accroupis à même le sol, avec une patience infinie. Il eut tout le temps de repenser à la mise en garde de Habib, mais est-ce que le vieux libraire pouvait comprendre ce que vit un homme qui s'engage dans une guerre de libération et qui doit d'abord se battre contre lui-même ? Ce dont Franck était persuadé, c'est qu'il n'y avait pas d'autre moyen pour arriver à l'indépendance, c'était une cause juste pour laquelle les hommes devaient se sacrifier, accepter de se salir et de trahir leurs grands principes. Sauf à rester des esclaves. La violence avait payé, le pays allait être libre. Mimoun lui avait donné rendez-vous pour participer à la construction d'un monde nouveau, il n'imaginait pas ne pas en être.

Ce jour-là le problème de Franck était de traverser la frontière sans encombre, après, ce serait de retrouver Djamila. Un peu avant neuf heures, la multitude se leva, piétina sur place quelques minutes avant de se mettre en marche, soulevant une poussière qui empêchait de voir à vingt mètres. Franck aperçut une Algérienne enceinte à genoux, que ses voisins, dans leur précipitation, bousculaient, il s'interposa, lui tendit la main, l'aida à se relever, mais chaque pas lui arrachait un cri, elle s'arrêta, épuisée, le souffle court. La foule en mouvement risquait à chaque instant de la renverser et de l'écraser. La femme lui adressa un signe de tête signifiant qu'elle renonçait. Franck se baissa, la prit dans ses bras. Entraîné par des centaines de Marocains, il passa la frontière en portant la femme enceinte.

Sans s'en rendre compte.

*

L'expertise graphologique ordonnée par le juge d'instruction avait conclu que Sacha était bien l'auteur de la longue lettre qu'il m'avait adressée avant son décès, et dans laquelle il annonçait son intention de mettre fin à ses jours. Igor avait été incarcéré dix-huit mois et six jours avant que son innocence soit reconnue et qu'il soit libéré, mais il était toujours mis en examen pour l'assassinat de Sacha. Werner et moi avions du mal à comprendre cette contradiction. Maître Gilbert se lança dans un exposé où il évoqua des questions de procédure pénale complexes, il espérait obtenir un non-lieu définitif dans les prochaines semaines ou les prochains mois, ce délai permettant à Werner de s'acquitter de la deuxième échéance du complément d'honoraires. Igor était placé sous contrôle judiciaire, avec l'obligation de pointer au commissariat une fois par semaine et interdiction de quitter le territoire national, son passeport ne pouvant lui être retiré car il n'en avait pas.

Malgré son innocence, cette libération fut laborieuse à obtenir car Igor n'avait plus de domicile ni de travail. Werner lui établit un certificat d'hébergement, ce qui était déraisonnable, vu l'exiguïté de son deux-pièces, mais personne ne contrôlait, et il pensait qu'ils réussiraient à cohabiter, n'ayant pas les mêmes horaires d'activité. Victor Volodine, le patron d'Igor, voulut bien le reprendre comme chauffeur de taxi, mais c'était techniquement impossible parce que, après l'incarcération d'Igor, il avait confié le véhicule à un réfugié géorgien et répugnait à le virer. Pourtant, Victor avait peu de principes, il trafiquait les compteurs, baladait les clients étrangers pendant des heures avant d'arriver à destination, leur vendait de faux objets ayant soi-disant appartenu à Raspoutine, mais il demeurait un Russe en exil et venait en aide systématiquement à un compatriote, fût-il ancien communiste, lui qui les haïssait tant et les avait combattus férocement pendant la guerre civile, dans sa jeunesse lointaine. Quand il apprit que le collaborateur de maître Rousseau insistait pour que le solde de ses honoraires soit réglé, il prévint Werner qu'il allait s'en occuper. On ne sut jamais s'il avait payé de sa poche ni comment il avait procédé, mais l'avocat ne réclama plus un sou.

Le mercredi 18 mai 1966, après vingt mois de détention préventive, la libération d'Igor ressembla à ce qu'on voyait dans ces films de voyous des années cinquante en noir et blanc, de Becker ou de Grangier, il manquait juste une traction avant. Avec Werner, on patientait au comptoir du bistrot situé en face de la Santé. Maître Gilbert nous avait prévenus, mais ignorait l'heure de la levée d'écrou. Nous n'étions pas les seuls, des mères espéraient la sortie de leur enfant incarcéré, des femmes que leur homme voie enfin le bout du tunnel, avec un enfant calé sur la hanche qui n'avait jamais connu son père, une demoiselle de petite vertu peroxydée perchée sur des talons hauts guettait son julot casse-croûte. Nous avions tous les yeux rivés sur l'entrée métallique située à gauche du portail des fourgons. Quand la porte s'entrouvrait, que la prison relâchait une de ses proies, nous nous précipitions vers la vitre, et une heureuse élue récupérait celui qui venait d'être libéré.

Et qui, aussitôt, rentrait dans le bistrot pour boire un demi et officialiser ainsi sa délivrance.

Igor sortit à dix-huit heures dix, il bruinait, le trottoir était luisant, il respira profondément, les yeux fermés, dehors l'air est différent, il redressa sans y penser ses épaules voûtées, aperçut Werner de l'autre côté de la rue, traversa, et ils tombèrent dans les bras l'un de l'autre. Je n'avais pas revu Igor depuis l'enterrement de Sacha, il avait maigri, avait les cheveux ras, semblait rajeuni de dix ans. Ma déclaration à la police ayant pu paraître l'accuser, j'attendais nos retrouvailles avec appréhension. Igor me toisa un long moment, puis se décida à m'embrasser en me tapant sur le dos à plusieurs reprises : Salut, grand, comment va ?

Nous avons pris un expresso pour fêter sa libération. Igor tint la tasse brûlante entre ses mains, soufflant sur la fumée, emplissant ses poumons du parfum du café. On n'avait pas spécialement envie de parler, juste d'être ensemble, réunis comme avant.

– Tu vas récupérer petit à petit, dit Werner avec son léger accent. Tu vas t'installer chez moi. J'ai vu Victor Volodine, il va finalement pouvoir te reprendre, de nuit pour l'instant.

– Ma décision est prise. Je vais émigrer en Israël. Là-bas, mon diplôme de médecin est reconnu, je pourrai exercer mon métier. Taxi, c'est bien, mais ma vie c'est d'être toubib.

– Moi aussi, je compte aller en Israël retrouver ma copine Camille, tu te souviens d'elle, non ? Je partirai en juillet après mes examens. On pourrait voyager ensemble ?

– Je veux obtenir mon non-lieu. D'ici là, je vais essayer de rembourser ce que je dois à Werner.

– Garde ton argent, je n'en ai pas besoin. Pour le non-lieu, ça pourrait prendre du temps. Mais tu n'es pas obligé d'attendre, on peut te faire passer la frontière sans problème.

– Je partirai la tête haute, pas comme un voleur. Et je veux pouvoir revenir si j'en ai envie.

Igor fut relâché sans la moindre excuse ni indemnité, cela n'avait aucune importance à ses yeux, maintenant il était libre. J'avais espéré que nous allions nous voir plus souvent, mais c'était compliqué, car Igor se mit à travailler comme un fou pour rembourser Werner, il s'agissait d'une somme considérable qui représentait le revenu d'Igor en deux ans d'activité, Werner répétait qu'il s'en fichait mais Igor en faisait une question de principe. Il s'organisa avec ses collègues, fit le chauffeur tournant pour Victor Volodine, qui s'en frotta les mains, faisant deux journées de taxi à la suite, mettant de côté tout l'argent qu'il gagnait, mais comme il était en surnombre, il n'y avait pas toujours de voiture pour lui. Le lundi matin, il allait pointer au commissariat de l'avenue du Maine, et il continuait à attendre un non-lieu qui n'arrivait pas. De temps à autre, je passais rue Champollion, cognais à la porte du local technique du cinéma, Werner ouvrait, m'invitait à voir le film du moment en me faisant entrer en douce dans la salle. Un jour, il m'a informé qu'Igor avait déménagé, il s'était installé chez Jeanne, dans son ancien immeuble. Chaque semaine, Igor apportait à Werner une enveloppe avec l'argent qu'il avait réussi à économiser : À cette vitesse, il va mettre cinq ans pour me rembourser. Dis-lui que ce n'est pas utile qu'il se casse la tête, toi il t'écoutera peut-être. Il vaudrait mieux qu'il en profite avec sa copine, je crois qu'il y a un peu de tirage entre eux. Tiens, cette semaine, il y a *Rashōmon*, c'est quelque chose.

*

En arrivant sur le palier de l'appartement de Louise, j'ai entendu ce bruit nasillard reconnaissable entre tous : le son d'une télé résonnait dans l'immeuble. Plus j'avançais, plus il augmentait. La porte de Louise était entrouverte, c'est de là que s'échappaient les voix cathodiques. Sur l'écran, un cuisinier avec une barbichette divulguait une recette à une femme ravie. Un installateur en combinaison jaune courbé en deux réglait l'antenne intérieure d'une main et de l'autre manipulait des boutons à l'arrière du poste. Louise le regardait procéder. La télé était posée sur le buffet. L'image a fini par se stabiliser, l'installateur a ajouté de la lumière.

– Ouais, comme ça, c'est impec, a dit Louise.

L'installateur s'est redressé, s'est retourné. J'ai mis deux secondes à le reconnaître.

– Alors, on ne dit plus bonjour à son paternel ?

Mon père me souriait. Je lui ai fait la bise machinalement.

– Comment tu la trouves ? C'est génial ! s'est exclamée Louise. Ton père m'a fait un super-prix. Vous êtes adorable, monsieur.

– Pas de monsieur entre nous, appelez-moi Paul. Vous allez être contente, c'est un excellent appareil, on en a vendu des centaines.

– Je ne savais pas que tu étais installateur.

– Quand on dirige une boîte, il faut savoir tout faire. Absolument tout. Je passe même le balai. Allez, je vous invite à dîner.

Louise est passée dans la chambre. Mon père a enlevé sa combinaison, a épousseté son costume bleu marine.

– Et puis, je suis venu l'installer pour avoir le plaisir de te voir un peu. Elle est mignonne ta copine, et très sympa.

– Oh, on est ensemble sans être ensemble.

Louise est apparue vêtue d'une jupe écossaise et d'un corsage bouffant blanc, c'était la première fois que je la voyais habillée d'une façon si féminine. Nous sommes allés dîner dans une brasserie à proximité de la place de la République. Comme d'habitude, mon père était chez lui, il connaissait le maître d'hôtel, appelait les serveurs par leurs prénoms.

– Ils ont le meilleur foie gras de Paris et la meilleure choucroute. Avec un petit gewurtz. Pas d'objection ?

Je ne suis pas certain que ma présence ait été indispensable. Louise a découvert le don d'imitateur de mon père, qui s'en est donné à cœur joie. Il l'a fait rire en lisant le menu façon Fernandel, et quand il a raconté avec son accent marseillais que j'étais un révolutionnaire, Louise a écarquillé ses jolis yeux, a remonté sa frange, sa fossette s'est creusée.

– Non, pas vrai. Pas Michel !

– Si, ma bonne dame, a poursuivi Maurice Chevalier. Un révolutionnaire à la françoise.

Louise a éclaté de rire, elle en avait les larmes aux yeux.

– Au fait, je ne vous ai pas dit. Je vais partir.

– Où ça ? a demandé Louise.

– Je vais rejoindre ma copine Camille en Israël. Je pars en juillet après mes examens.

Louise est devenue blême, mon père a froncé les sourcils, Louise a renversé son verre en voulant le poser, le vin s'est répandu sur la table.

J'ignorais pour quelle raison ma mère me tétanisait, elle n'avait pas besoin d'élever la voix, son regard insondable suffisait pour qu'elle obtienne satisfaction, mais je ne pouvais plus continuer à accepter ses diktats. Si je voulais avancer, je devais m'affranchir de sa tutelle. Un soir de mai, je me suis jeté à l'eau et lui ai annoncé que ma décision était prise, j'allais partir en Israël, avec ou sans son consentement, j'avais économisé suffisamment d'argent pour ne pas avoir à lui en demander. Je me préparais à l'affrontement. Elle a réfléchi : Je ne peux pas faire ton bonheur malgré toi. Pars, après tout c'est ta vie, mais je t'aurai prévenu. Je te donnerai l'autorisation si tu passes en troisième année.

J'ai écrit à Camille en poste restante à Haïfa pour annoncer ma venue en juillet prochain, nous allions nous retrouver après deux ans de séparation. Et je me suis mis au travail de façon intensive, pas question que je me fasse étendre. À trois reprises, en fin de soirée, je suis passé chez Louise, mais à chaque fois j'ai trouvé porte close. J'ai glissé deux mots pour signaler mon passage et lui demander de me téléphoner pour qu'on prenne un verre. Je suis allé au Cadran de la Bastille, mais elle n'y était pas, j'ai fini par me dire qu'on se verrait quand elle le voudrait.

La chance avait tourné. Elle finit toujours par tourner casaque, il suffit d'être patient et de pouvoir attendre son heure. Question de statistiques. Ce fut le discours que me tint Jimmy en m'annonçant la grande nouvelle. Il venait d'être choisi pour un grand rôle dans un long métrage. Il n'y croyait plus vraiment mais il s'accrochait, harcelait son agent pour qu'il lui trouve des castings, cachait soigneusement aux metteurs en scène qu'il jouait le rôle de l'Anglais infâme dans *Thierry la Fronde*, ce qui lui valait d'être reconnu par des millions de personnes dans la rue, dont certaines l'insultaient pour son comportement abject, preuve s'il en fallait qu'il était crédible alors qu'il ne parlait pas un mot d'anglais, hormis *yes* et *chewing-gum*, mais il allait prendre des cours particuliers. Tôt ou tard, il sauterait le pas et traverserait l'Atlantique pour travailler aux States, et on verrait ce qu'on verrait. Parce que les Américains sont moins cons que nous, leurs stars ont toutes commencé leur carrière à la télé. Jimmy avait accepté ce travail alimentaire, et aujourd'hui, il était récompensé de ses efforts. Il venait de signer pour le rôle de Marcel dans l'adaptation de *Belle de jour*, que Luis Buñuel allait tourner cet été.

– C'est de Kessel. Je le connais, ai-je lancé.

– Tu connais Kessel ?

– Je ne lui ai jamais parlé, mais je l'ai croisé plusieurs fois dans un café à Denfert.

– Ben moi, je vais dîner avec lui. Avec les rôles principaux. Buñuel a auditionné des dizaines d'acteurs. À la fin, nous n'étions plus que deux. On a fait un essai avec la comédienne qui va jouer le rôle de Séverine, une blonde sublime, je ne me souviens plus de son nom.

Jimmy m'avait invité dans un restaurant de luxe en bas des Champs-Élysées. J'avais remarqué que les clients se retournaient sur son passage, sa notoriété n'était pas factice. Il avait commandé du dom-pérignon, lui qui d'habitude ne prenait que de l'eau gazeuse. À température précisa-t-il. Il ne buvait plus : Il y a des choses avec lesquelles on ne doit pas transiger sous peine de devenir un clown, non ?

Ce soir, il ferait exception pour fêter cette soirée unique. La table avait été retenue pour trois, la place à côté de lui était vide.

– Le problème, c'est que je n'ai jamais vu de films de ce Buñuel. Il est un peu particulier, il ne parle pas beaucoup. Ce serait bien que je puisse voir quel genre de films il tourne, non ?

– Je vais demander à mon copain Werner, tu sais, le projectionniste, lui il saura.

Le visage de Jimmy s'est illuminé, il s'est levé. J'ai tourné la tête et j'ai découvert Louise. C'était bien la dernière femme que je m'attendais à voir là. J'avais encore en mémoire les éclats de leur dispute dans le café de la place de la Sorbonne. Ma surprise, ce n'était pas tant Louise qu'une Louise maquillée avec grâce, élégante dans une robe en taffetas noir avec une collerette blanche du dernier chic et un sac à main en croco noir. Ma stupéfaction, ce ne fut pas que Jimmy lui tende la main pour l'inviter à prendre le siège à côté de lui mais de la voir déposer un baiser sur ses lèvres, y laissant la trace luisante de son rouge. Louise m'adressa un sourire et d'un geste délicat m'envoya un baiser.

– On repart de zéro, dit Jimmy en attrapant la bouteille de champagne dans le seau. Nous étions si heureux avant. On va trinquer à notre amitié retrouvée, et à la belle vie que nous allons avoir. Je suis tellement heureux que tu sois là, Michel. Tu es mon seul ami. Je sais que tu comprends.

Ce fut un repas exquis et raffiné, comme je n'en avais jamais fait de ma vie, Louise non plus d'après ce qu'elle a dit. Avec un pianiste anglais en musique de fond. Louise a pris ma main et celle de Jimmy, a déclaré que nous devions nous promettre d'être toujours heureux et ensemble. Nous avons levé la main droite et nous avons promis. Nous n'avons bu que du champagne, Jimmy a commandé une seconde bouteille, répétant qu'après cette soirée magique, il ne boirait plus une goutte.

– La prochaine fois, ce sera pour notre mariage, et ensuite pour fêter la naissance de notre enfant. Louise m'a dit que tu partais rejoindre ta copine en Israël.

– J'ai hâte de la revoir, cela va faire deux ans que nous sommes séparés, je ne sais pas trop où nous en sommes, mais elle compte beaucoup pour moi.

*

Après avoir passé la frontière à Zouj-Beghal, Franck accompagna la femme enceinte à une antenne de la Croix-Rouge qui la prit en charge. Il avait décidé de tenter sa chance à Médéa, d'où Djamila était originaire. Tant que l'indépendance ne serait pas proclamée, il estimait qu'il valait mieux éviter la route des villes côtières, et particulièrement Oran, où il risquait de se faire arrêter lors d'un contrôle d'identité. Il pensait qu'une journée serait nécessaire pour faire les six cent trente kilomètres jusqu'à Médéa, mais le voyage s'avéra plus compliqué. Il n'avait pas réalisé que le pays était en train de s'écrouler et il fut confronté à un obstacle imprévu, pratiquement aucun autocar ne circulait, la plupart des chauffeurs ayant quitté le pays. Les rares cars qu'il voyait passer étaient tellement bondés qu'ils roulaient portes ouvertes et ne s'arrêtaient pas quand il faisait signe. Il essaya de faire du stop mais aucun véhicule ne s'arrêta. Il dut marcher pendant des heures sous le soleil.

La première nuit, il dormit dans une cabane de jardinier. Le lendemain après-midi, il arriva à Tlemcen, la ville se vidait de ses habitants, qu'on voyait entasser leurs affaires dans des voitures, tenter d'empiler des caisses supplémentaires sur des galeries surchargées. Les couples se disputaient, les enfants pleuraient, il fallait faire des choix cruciaux, une femme préféra briser sa vaisselle de porcelaine blanche à liséré d'or plutôt que de l'abandonner sur le trottoir, un homme démolit un buffet normand avec un marteau car il ne pouvait le monter sur le toit de sa voiture. Un exode comme en 40, une fuite, un sauve-qui-peut, les policiers, les gendarmes avaient disparu, les commerces étaient fermés. De temps à autre, des coups de feu résonnaient, personne n'y prêtait attention, les familles se serraient dans les véhicules qui démarraient poussivement en direction de la frontière marocaine. Franck demanda son chemin à un vieil homme assis sur un banc, qui lisait paisiblement un journal, et lui donna le pain posé à côté de lui. Il réussit à se hisser sur le toit d'un car qui se dirigeait vers Sidi Bel Abbès. La route était ralentie par ceux qui fuyaient à pied, valise à la main.

Après le village de Hassi Zahana, un carrefour était bloqué car un camion était en feu en travers de la route, deux hommes et une femme gisaient dans l'herbe, au loin un bâtiment de ferme brûlait. Le lendemain, après Miliana, le bus fut arrêté par des habitants qui leur crièrent de ne pas aller vers Blida où l'on ne comptait plus les morts dans les rues, le chauffeur décida de faire demi-tour. Franck continua à pied. Il marcha toute la journée, les Français qu'il croisait l'adjuraient de s'en retourner, il risquait sa peau en s'aventurant plus loin, des fermiers avaient été égorgés à Mouzaïa, mais Franck put poursuivre sa route sans encombre, achetant du pain et des dattes à des Algériens qui n'étaient au courant de rien.

Après cinq jours d'un voyage épuisant, Franck pénétra dans Médéa qui, perchée sur son plateau à mille mètres d'altitude, ressemblait à un décor de cinéma déserté par l'équipe de tournage ou à une ville fantôme ravagée par une épidémie foudroyante. Il marchait le long des rues abandonnées de la bourgade proprette, apercevant de temps à autre une silhouette furtive. Des voitures chargées jusqu'à la gueule passaient sans s'arrêter, il longea des rues entières de casernes désertées, ouvertes à tous les vents, des commerces étaient cadenassés, d'autres avaient été pillés.

En face de la gare, deux Algériens aux cheveux blancs qui discutaient assis sur des chaises lui expliquèrent que les Français s'étaient enfuis vers Alger, les militaires, les gendarmes et tous les fonctionnaires aussi, ils ne comprenaient pas pour quelle raison ils s'étaient sauvés, il restait à peine cinquante Français, des personnes âgées ou seules qui ne savaient où aller et redoutaient autant de partir en France que de demeurer dans le pays où elles avaient toujours vécu. Eux pensaient que l'indépendance ne changerait rien, que la vie continuerait comme avant. Franck leur demanda s'ils connaissaient une famille Bakouche, ils échangèrent en arabe, hésitèrent longuement, mais ce patronyme ne leur évoquait rien. De son portefeuille, Franck sortit l'unique photographie, en noir et blanc, qu'il possédait de Djamila, prise un an auparavant par un photographe itinérant, lors d'une permission à Sidi Ferruch, où on les voyait bras dessus bras dessous dans la pinède, avec la mer en toile de fond. Les deux hommes regardèrent attentivement le cliché mais ce visage leur était inconnu. Franck s'apprêtait à s'éloigner quand une 2CV grise s'immobilisa à leur hauteur, le véhicule à la capote repliée était conduit par un moine en robe de bure qui rabattit la vitre de la portière, puis il sortit de la voiture, salua les deux Algériens qui se levèrent pour lui serrer la main, et s'enquit de leur santé et de celle de leurs familles.

Le frère Luc avait une cinquantaine d'années, des traits émaciés, des cheveux clairsemés et une barbichette mal taillée, il assurait avec d'autres moines le fonctionnement du dispensaire depuis que les médecins militaires et le personnel de l'hôpital étaient partis en convoi avec les derniers soldats, ils ne savaient plus où donner de la tête. Franck demanda s'il connaissait une famille algérienne du nom de Bakouche, mais le religieux hocha la tête négativement.

– En général, j'appelle les gens que je soigne par leur prénom. Pour les indigènes, l'état civil est aléatoire, Médéa est une ville, enfin était une ville, habitée uniquement par des Français, les Algériens vivent dans les villages et les exploitations agricoles de la région.

– Savez-vous s'il existe un moyen de regagner Alger ?

– Il n'y a plus de bus, aucun train, et l'unique hôtel a fermé ses portes. On peut vous héberger au monastère, si vous voulez, c'est à sept kilomètres.

Franck accepta. Le moine conduisait lentement, il emprunta un chemin de terre qui zigzaguait dans les collines et ouvrait sur un paysage de montagnes verdoyantes qui rappela à Franck la douceur et l'harmonie des paysages de Provence, mais avec des palmiers, des orangers et des mandariniers en plus.

– En face de nous, c'est le massif de Chréa. Les Algérois y font du ski l'hiver.

En rejoignant la route goudronnée, ils croisèrent deux Algériennes, la plus âgée portait un voile blanc, le moine s'arrêta à son niveau, s'adressa à elle en arabe. Ils discutèrent quelques minutes, puis le frère Luc reprit la route.

– Je l'ai soignée le mois dernier pour une dysenterie, je suis content, elle a récupéré. Je l'appelle par son prénom et sa fille aussi. Elle n'a jamais entendu parler d'une famille Bakouche dans la région.

Franck ne put s'empêcher de l'interroger.

– Je suis médecin, et frère convers, j'ai ouvert un dispensaire au monastère de Tibhirine, on y soigne une centaine de personnes par jour, les Algériens sont dans le plus grand dénuement médical, particulièrement les femmes et les enfants. En ce moment, on court après les médicaments. Avec la fermeture de l'hôpital militaire qui nous approvisionnait, on va devoir aller jusqu'à Blida. Si vous pouvez patienter un ou deux jours, on trouvera peut-être quelqu'un pour vous conduire à Alger.

Quand ils eurent rejoint la route qui serpentait vers l'abbaye, le frère Luc accéléra, craignant d'être en retard pour les vêpres.

– Je vous préviens, je ne suis pas du tout religieux, dit Franck.

– Nous soignons et nous accueillons tous ceux qui le demandent.

L'abbaye Notre-Dame de l'Atlas était une oasis de sérénité entourée de vergers et de potagers à perte de vue, où une dizaine de moines trappistes cultivaient un immense domaine. Un frère plus jeune installa Franck dans une chambre rectangulaire aux murs chaulés meublée du strict minimum, un lit de fer étroit, surmonté d'un crucifix en bois, une chaise paillée, une table avec un broc d'eau et deux étagères. Une fenêtre ouvrait à l'est sur une campagne de garrigue. Franck fut saisi par la majesté du site. Il défit son sac à dos, posa ses affaires sur l'étagère, descendit dans la buanderie et lava quelques vêtements qu'il étendit sur une corde, il fit un tour dans les jardins étagés, humant les effluves de thym, de menthe et d'origan. Il s'assit à l'ombre d'une haie de lauriers-roses. Il allait avoir le temps de relire son Bazin. Il réalisa seulement que Foucauld, lui aussi un moine trappiste, devait ressembler à ceux qu'ils venaient de croiser. Il y avait une parenté entre frère Luc et cet homme qu'il avait tant aimé dans sa jeunesse, cette capacité de renoncer à soi, cette volonté de s'abandonner à quelque chose de plus grand que son petit moi pour aider ceux qui n'ont rien, pour changer le monde par la seule puissance de sa foi et de sa conviction.

Pense bien aux pauvres, ma bonne Mimi, pendant ce rude hiver. Si tu savais combien je regrette de n'avoir pas fait pour eux davantage quand j'étais dans le monde ! Je sais bien que tu n'as pas à avoir les mêmes regrets, mais je crois bien faire en te le disant car, ici à la Trappe, sans souffrir nous-mêmes, nous nous rendons compte de ce qu'on doit souffrir quand on n'a pas ce que nous avons.

Extrait d'une lettre de Charles de Foucauld à sa sœur
le 3 janvier 1891

Peut-être que si Franck avait eu la foi, il serait resté dans cet endroit paradisiaque, à méditer, à essayer de comprendre pour quelle raison Foucauld l'interpellait autant, et à aider cette population qui en avait tant besoin, mais il brûlait de retrouver Djamila. Le frère Luc lui présenta Martial Pérez, un homme jovial d'une quarantaine d'années qui possédait un magasin de chaussures en face de la Grande Poste d'Alger. Sa mère, Angèle, souffrait d'un glaucome, le frère Luc la poussait à se faire opérer dans un grand hôpital mais la vieille femme faisait de la résistance passive : Oui mais pas tout de suite, après la belle saison. Il fut convenu qu'elle pouvait patienter quelques mois sans problème et que le frère Luc viendrait la visiter deux fois par semaine. Martial Pérez fut très content d'apprendre qu'il emmènerait Franck avec lui jusqu'à Alger, ce n'était qu'à deux heures de voiture. Franck remercia le frère Luc, s'engagea à revenir dès que possible, et ils partirent dans la 203 noire de Martial.

– Conduire redevient un plaisir, pendant deux ans il y a eu régulièrement des embuscades dans les gorges de la Chiffa, et beaucoup de morts, on ne pouvait passer que de jour et avec un convoi militaire.

Martial avait décidé de rester après l'indépendance. Tout simplement parce qu'il n'avait pas fini de payer le crédit pour son affaire et il s'était renseigné : s'il partait, il devrait continuer à payer les échéances de la banque. À une époque, il avait bien pensé revendre, mais avec l'OAS qui éliminait les Français qui cédaient leurs biens, un fonds de commerce même bien placé valait des clopinettes, et comme il n'avait pas d'argent pour se réinstaller en métropole, que la plupart de ses concurrents avaient tiré le rideau, autant continuer à travailler ici. Martial restait optimiste, soutenant que les Algériens, qui marchaient plus que les Français, auraient besoin aussi de chaussures, le plus dur allait être de trouver de la marchandise, tous les grossistes s'étant carapatés. Et il y avait Angèle, elle refusait de partir, et il ne se voyait pas abandonner sa mère en Algérie. Sa femme, elle, avait pris le bateau avec leurs deux enfants et ses beaux-parents : Et vous ? Franck raconta qu'il était venu pour trouver du travail.

– On vit une époque compliquée, commenta Martial. Au fait, où allez-vous habiter ?

– À l'hôtel.

– Si cela vous dit, il y a un appartement disponible au-dessus de chez moi, un cinq-pièces magnifique. Les propriétaires sont partis précipitamment la semaine dernière, ils m'ont laissé les clés, autant que vous en profitiez. Je peux vous faire un prix intéressant.

C'est ainsi que Franck s'installa rue Géricault, au quatrième étage d'un immeuble haussmannien qui donnait sur le square

Nelson, dans un immense appartement d'où il ne voyait que le ciel immaculé, et pour lequel il devait payer un loyer ridicule. À gauche du balcon, derrière la façade d'un cinéma, on apercevait un rectangle de mer. Les propriétaires avaient laissé leur linge, leur vaisselle et des provisions dans le garde-manger et ils n'étaient pas près de revenir. Martial lui remit les clés.

– Dites-moi, Franck, je vois que vous faites du 42, si ça vous intéresse j'ai reçu des mocassins italiens en croco superbes.

*

Je vais finir par croire aux signes du destin car à ce point de coïncidence, il ne peut y avoir d'autre explication. Il y a quelqu'un là-haut qui nous joue des tours ou nous envoie des bouées de sauvetage, et le plus souvent nous oublie. J'avais raté mon examen de latin après avoir appris l'incarcération d'Igor, et aujourd'hui, à la veille des épreuves, Igor venait me rendre visite à Maubert, Werner lui avait donné l'adresse. Il tenait une feuille de papier blanc à la main qu'il agitait avec un grand sourire. J'ai compris qu'il venait de recevoir la notification de son non-lieu.

– Alors, on part quand ? demanda-t-il.

Pour Igor, le voyage fut facile à préparer, ses vêtements tenaient dans une valise, et dans une autre il avait entassé les livres qu'il ne pouvait abandonner sous aucun prétexte. Il fit ses adieux à Jeanne, donna ses affaires à Werner, réitéra sa promesse de lui envoyer un mandat chaque mois, il ne savait pas quand il pourrait commencer, ni le montant des versements, mais il avait bon espoir. Il acheta chez Gibert un manuel pour apprendre l'hébreu sans peine et se mit à le potasser six heures par jour. Ce travail lui demanda un effort auquel il n'était plus habitué, il se souvenait vaguement de l'hébreu ancien qu'il avait appris dans sa jeunesse mais qui n'avait rien à voir avec l'hébreu moderne. La date de l'embarquement était fixée au 13 juillet à Marseille.

Pour moi, les examens avaient été une formalité, je ne me voyais pas rempiler pour une troisième année. Pourquoi sommes-nous si incertains quant à notre avenir, sachant très bien ce que l'on ne veut pas faire mais jamais ce qu'on veut faire de sa vie ? Je m'en suis ouvert à mon père, qui trouvait que je n'avais pas l'air très joyeux à l'idée de rejoindre Camille.

– Tu es jeune encore, tu n'as pas trouvé ta voie, cela viendra tôt ou tard. Si tu as besoin de travailler, sache que j'aurai toujours un boulot pour toi, même si c'est horriblement capitaliste, mais c'est la meilleure façon qu'on ait trouvée de gagner notre vie.

De son portefeuille, il sortit le trèfle à quatre feuilles que je lui avais rendu la veille de l'inauguration.

– Il m'a porté chance, vois-tu. Maintenant, il est à toi, tu vas en avoir besoin. Surtout, fais attention.

Je n'y croyais pas vraiment, mais pour lui faire plaisir, je l'ai pris.

On ne sait jamais.

*

Bernard avait tout prévu, Bernard prévoyait toujours tout. Il aurait dû travailler dans les assurances, se dit Cécile. Il avait acheté une 4L en parfait état avec 85 000 km au compteur, autant dire rien du tout. Et tout le matériel chez Trigano. Une tente de quatre places avec un auvent, les lits de camp, les duvets, et tout ce qu'il leur fallait pour ce voyage dont il rêvait depuis si longtemps. Enfin, il allait les emmener, elle et Anna, en vacances en Grèce, le plus beau pays du monde. Il voulait tant lui faire plaisir : La Grèce, Cécile, tu te rends compte ! On va gravir l'Acropole !

Bernard avait organisé le périple dans ses moindres détails. Départ le 7 juillet, étapes de quatre cents kilomètres par jour en moyenne. Il n'avait pas réservé les campings sur la nationale 7 mais il y avait toujours de la place si on n'arrivait pas trop tard. Une semaine pour descendre, avec des haltes à Lyon, Nice, Gênes, Florence et Rome, où on pourrait à chaque étape visiter un peu le matin, mais pas trop si on voulait respecter le planning. Objectif Bari… sera toujours Bari (mais cela ne fit pas rire Cécile) pour prendre le ferry de nuit, avec cabine, jusqu'à Igoumenista. Ensuite, un mois entier pour découvrir Athènes et le Péloponnèse, ils n'auraient pas assez de temps pour tout voir tellement il y avait de merveilles à découvrir et, l'année prochaine, ils s'attaqueraient à la Grèce continentale : Il faut visiter les monuments à l'aube, après ce n'est plus possible tellement il fait chaud, c'est le Golgotha. Mais cela ne fit pas rire Cécile non plus.

Va-t-il se taire, un jour ?

Leur collègue Marceau, qui en était à son huitième séjour avec sa femme et ses deux filles, lui avait donné plein de bonnes adresses, des campings paradisiaques et les pièges à éviter, après quoi retour par le même itinéraire. Arrivée à Paris autour du 26 août, ce qui leur laisserait encore du temps pour préparer la rentrée scolaire.

Le voyage du siècle.

À nous les plus beaux sites et les plus beaux monuments du monde, il avait acheté deux guides, le bleu et le vert, les avait compulsés, annotés, il les lui prêterait pour qu'elle ait le temps de les lire avant le départ : C'est obligatoire pour en profiter. Et pour la météo, aucun problème car dans ce pays il fait toujours beau, nous pourrons nous baigner l'après-midi. Bernard avait commencé à apprendre quelques mots de grec pour communiquer avec les autochtones, demander son chemin, choisir son menu.

Assise face à lui dans ce bistrot bondé, Cécile ne l'écoutait plus. Il la saoulait de mots, elle pensait à autre chose. Pourquoi avait-il voulu lui faire une surprise ? Elle avait horreur des surprises, et de la Grèce en été. Elle se souvenait du séjour avec ses parents une douzaine d'années auparavant, de la canicule, des nuits étouffantes. Bernard souriait, donnait des détails d'une incroyable précision, à croire qu'il y était allé, il avait une idée précise du coût de ce voyage, combien ils dépenseraient pour le camping, les repas, les faux frais et les extras, la vie là-bas n'était pas chère du tout, et cela valait sacrément la peine d'en profiter. Pourquoi ce balourd ne lui avait-il rien dit, au lieu de la mettre devant le fait accompli ? Il dévisagea Cécile d'un air satisfait, elle finit son verre de vin, respira profondément, se leva.

– Je n'irai pas en Grèce avec toi. Ni cette année ni jamais. Vas-y avec quelqu'un d'autre ou vas-y seul, ou n'y va pas. Cela ne me concerne pas. Je ne veux plus te voir, plus jamais, et ne veux plus entendre parler de toi, ne m'appelle plus, oublie-moi, et quand on se croisera au lycée, ne m'adresse plus la parole.

*

C'est un boulevard de banlieue en ligne droite bordé d'immeubles modernes et d'arbres touffus qui forment une haie d'honneur. La circulation est faible, quelques voitures, de rares autobus, le temps est maussade, il pleut encore. Louise fonce sur sa moto, tête rentrée dans son blouson pour se protéger du froid et de l'eau qui gicle. Elle conduit Jimmy aux studios de Boulogne-Billancourt où il doit faire un essai costumes. Comme d'habitude, elle ne porte ni casque ni lunettes, ses cheveux blonds forment une couronne. À l'arrière de l'Enfield filant bon train, Jimmy est accroché à elle, ses bras enserrent Louise, sa tête est posée sur son dos comme si, malgré la pétarade, il écoutait battre le cœur de sa chérie.

Soudain, Louise dévie, passe de l'autre côté de la ligne jaune, il n'y a pourtant aucun véhicule à doubler. Elle accélère. Arrivant en sens inverse, une camionnette de chantier fait des appels de phares, Louise ne bifurque pas d'un pouce, Jimmy, l'oreille collée contre elle, ne se rend compte de rien, le chauffeur de la fourgonnette tente un écart désespéré pour l'éviter, Louise accélère au maximum, la moto percute le véhicule de front, le choc est effroyable. La moto s'encastre dans la grille de calandre, elle est traînée sur cinquante mètres avec une gerbe d'étincelles, pliée en deux comme un jouet en mousse. Louise est projetée en l'air contre le tronc d'un tilleul, son corps s'écrase au sol tel un pantin désarticulé, Jimmy atterrit dans le pare-brise d'un véhicule en stationnement. Des passants se précipitent au secours des deux victimes. Le chauffeur de la camionnette, hagard, hurle que ce n'est pas de sa faute. Un homme se penche sur Louise, le visage de la jeune femme est en sang, morte sur le coup, il lui ferme les yeux. Jimmy respire encore imperceptiblement. Il voit le ciel gris à travers la frondaison des arbres. Ah, c'est à cela que ressemble l'enfer ? Il ne ressent aucune douleur. Il entend un sifflement étrange, un air de flûte. Dans sa tête, comme un disque rayé, il appelle Louise, il s'accroche, répète : où t'es Louise ? Il la voit en suspension au-dessus de lui, le visage immaculé, qui lui fait un signe de la main. Un bye bye ? Un homme jeune est penché au-dessus de lui, ses lèvres s'agitent. Jimmy n'entend rien. Il sourit à Louise qui s'éloigne. Attends-moi, Louise, je viens avec toi. Autour de lui, il y a la panique des passants à l'approche de la mort. Oui, elle a une odeur détestable. Amère. On entend une sirène de pompiers dans le lointain.

Jimmy, polytraumatisé et hospitalisé pour de longs mois, n'a pas joué dans le film de Buñuel et a été remplacé le lendemain par le comédien qui avait fait l'essai avec lui. Quant à Michel, sur le point de partir retrouver Camille en Israël, il n'apprit le décès de Louise que six mois plus tard.

Franck décida de faire le tour des hôpitaux d'Alger ; sur un plan trouvé dans un tiroir, il en dénombra cinq et une dizaine de cliniques, ce furent des tournées déprimantes et interminables, la ville étant étendue sur plusieurs collines, peu de trolleys circulaient et ils étaient bondés, il fallait tellement jouer des coudes pour monter ou descendre que Franck y renonça. Il fut surpris de constater qu'il y avait uniquement des Français dans les rues, qui avaient décidé de déménager en même temps.

La veille, le référendum d'autodétermination de l'Algérie avait été approuvé par 99,72 % des votants. Partout, les Français se dépêchaient de bourrer les voitures ou chargeaient des camionnettes, des pères énervés attachaient des valises sur le toit, les mères entassaient ce qui pouvait être emporté dans le véhicule, les enfants prenaient des taloches parce qu'ils voulaient partir avec leurs jouets, ils pleuraient, les mères s'énervaient. Les coffres débordaient, les fuyards abandonnaient des caisses, des meubles et des valises sur le trottoir. De temps en temps, on entendait une rafale de mitraillette dans le lointain, ou un claquement sec, proche, faisait dresser la tête, on essayait de repérer qui avait reçu la balle, on tentait de détecter l'origine de la pétarade. Un silence redoutable enveloppait les piétons tétanisés, un silence de mort, quand le sang s'écoulait dans le caniveau. On levait la tête vers les immeubles aux persiennes closes, on se planquait derrière un pilier des arcades, on guettait le tireur embusqué. Au coin des rues Bab Azoun et Littré, un homme gisait dans une flaque brune, face contre le sol, une petite valise en cuir grenat près de sa jambe pliée, les rares passants le contournaient, les rues s'étaient vidées.

Franck descendit vers le front de mer, découvrit le port, le seul endroit animé de la ville. Des milliers de Français se pressaient pour embarquer sur des bateaux ou des cargos, deux valises à la main, piétinaient sur les passerelles, attendaient sur l'esplanade du port dans la tristesse ou l'hébétude, des files interminables s'étaient formées devant les deux baraques qui distribuaient la nourriture et les billets d'embarquement. On disait qu'il y avait plusieurs jours d'attente, qu'on risquait de mourir égorgés si les Arabes attaquaient. Les hommes essayaient de rassurer les femmes. Des parachutistes circulaient par deux parmi la foule, mitraillette rassurante au bras. À proximité du quai de Boulogne, Franck vit un homme d'une quarantaine d'années pousser sa traction avant dans l'eau, le véhicule tomba dans la mer, qui ne l'avala pas complètement, il y avait déjà des dizaines de voitures échouées dans le bassin. Un autre négociait sa 403 interminablement avec un Kabyle et la bazarda pour deux cent quarante-cinq francs.

Encore quatre jours avant la fin du monde.

Franck traversa Alger, qui ressemblait à Nice, avec la panique en plus. Mustapha était une ville dans la ville, le plus grand hôpital d'Afrique, deux douzaines de pavillons et leurs annexes sur une quinzaine d'hectares. Sur les mille cinq cents membres du personnel médical, il en restait moins d'une centaine en activité, les autres avaient pris le large ; dans le hall d'entrée, l'accueil n'existait plus, des gens atterrés ou malades attendaient qu'on vienne les chercher. Deux bérets verts arrivèrent en portant sur une civière une femme blessée, inconsciente et en sang, ils exigèrent d'un interne qu'il la prenne en charge, ce dernier examina la femme.

– Je suis cardiologue, je n'y connais rien en blessures traumatiques, il faudrait l'emmener en orthopédie, c'est le bâtiment au fond de l'allée centrale, mais elle ne pourra pas être opérée, il n'y a plus de chirurgiens. Il vaudrait mieux l'emmener à Maillot.

– C'est impossible, répondit un para, l'hôpital militaire est saturé et n'accepte aucun civil, uniquement les fonctionnaires en service.

Franck raya Maillot de sa liste, se repéra sur un panneau, suivit l'allée bordée de troènes et de massifs d'eucalyptus en fleur et arriva devant la maternité qui s'élevait sur trois niveaux, entourée d'une végétation luxuriante. Le poste d'accueil était déserté, les bureaux du rez-de-chaussée aussi ; à l'étage, certaines chambres étaient occupées, une infirmière aux traits tirés sortit d'un local de service en poussant un chariot médical. Franck lui demanda à qui il pouvait s'adresser pour obtenir des renseignements :

– Il n'y a plus personne. Nous ne sommes plus que trois pour tout le service. On n'a plus d'eau oxygénée, ni de mercurochrome. Les médecins sont partis, il ne reste que le grand patron et des étudiants.

Franck lui présenta la photo de Djamila.

– Ce visage vous rappelle-t-il quelqu'un ? C'est ma femme, elle devait accoucher, mais je l'ai perdue. Je vous en prie, aidez-moi.

L'infirmière étudia la photographie avec attention, l'approcha, l'éloigna :

– Non, désolée, je ne la connais pas.

Toute la journée, Franck erra dans l'hôpital ; à chaque visiteur, patient, personnel médical ou administratif, français ou algérien qu'il croisait, chirurgien sortant du bloc, balayeur, brancardier, il montrait sa photographie, il fut surpris de l'empressement avec lequel chacun scrutait le cliché, comme s'il était personnellement concerné par cette disparition, et tous manifestaient leur compassion ou avaient un mot d'encouragement. Il apprit que des milliers de personnes avaient disparu, qu'on ne retrouverait jamais, des deux côtés, et plusieurs affirmèrent qu'il était préférable de ne rien savoir, et de ne pas les retrouver.

Oui, il valait mieux.

Franck ne se décourageait pas, il avait la conviction qu'il allait retrouver Djamila, avec son enfant, c'était une question de temps, et de chance probablement. Les trois jours suivants, il procéda de façon identique dans d'autres hôpitaux, à Birtraria, à Beni Messous, à El Kettar. J–2, la retraite de Russie, la débandade. Sans illusion, il fit le tour des cliniques ouvertes, personne n'avait remarqué Djamila. Ce qui n'affola pas Franck, car ceux à qui il s'adressait pouvaient l'avoir oubliée ou ne l'avaient pas forcément reconnue sur la photo, ou elle pouvait avoir accouché dans une autre ville, ou chez elle, comme le faisaient encore beaucoup de femmes.

J–1 avant la grande sorgue.

L'hôpital Parnet disposait d'une maternité importante qui fonctionnait à peu près. Franck montra la photo de Djamila à chaque personne qu'il croisait, les quinze femmes, uniquement des Algériennes, qui patientaient en salle d'attente, n'avaient jamais vu Djamila. Ni les quatre infirmières, ni les brancardiers, ni les hommes qui accompagnaient leurs femmes. Il restait le docteur Briard à questionner, elles ne juraient que par lui, le meilleur médecin d'Alger, mais il était en salle de travail avec deux femmes qui accouchaient en même temps, cela se passait mal pour les deux, avec des césariennes probablement, et il n'y avait plus d'anesthésiste. Envolé, parti au mauvais moment. On entendait les hurlements des parturientes. C'était horrible, tout le monde frissonnait. Comment était-il possible de souffrir à ce point sans que son cœur éclate ?

Franck attendit son tour. Les femmes enceintes le mettaient mal à l'aise. Celle du métro l'obsédait toujours, il se demandait quel était son prénom, il ne se souvenait plus de son visage – l'avait-il seulement regardé ? Il aurait suffi qu'il lève le bras pour l'empêcher de sauter, elle aurait protesté mais elle aurait vécu, elle aurait eu son enfant qui lui aurait redonné de l'espoir. Franck s'habitua aux hurlements des malheureuses, finit par ne plus y penser. Et comme les autres, il leva la tête, aux aguets, n'entendant plus aucun cri. Étaient-elles mortes ?

Finalement, par une infirmière, on apprit que Briard s'était passé d'anesthésiste, il avait fait la piqûre à ses risques et périls. Après, le docteur reprit sa consultation d'obstétrique. Et c'était un médecin consciencieux qui prenait son temps. À dix heures du soir, la dernière patiente sortit de son cabinet. Franck s'attendait à rencontrer un homme grisonnant aux épaules carrées, à l'air déterminé, il découvrit un jeune homme de son âge, ou à peine plus vieux, aux cheveux châtains ondulés, avec une fossette, des yeux marron étonnés, des mains blanches et fines, et, ce qui surprit le plus Franck, un nœud papillon jaune à pois rouges qu'il portait sur une chemise en popeline ivoire et un pantalon en flanelle avec un revers. Il devait certainement être l'homme le plus élégant d'Alger, surtout après la journée de fou qu'il avait menée.

– Que puis-je pour vous ?

Franck lui montra la photographie de Djamila, le docteur Briard l'examina.

– Ce visage m'est inconnu. Désolé de ne pouvoir vous être utile. Je dois partir et aller manger un morceau avant de me coucher. Demain va être une grosse journée.

– Si vous acceptez, je serais heureux de vous inviter à dîner, je n'ai rien avalé depuis ce matin.

Le docteur Briard possédait une Dauphine vert tilleul qu'il conduisait pied au plancher comme un chauffeur de rallye, il pouvait en profiter, les rues zigzagantes de Hussein Dey étaient désertes.

– Vous n'êtes pas d'ici, cela se voit, sinon vous ne poseriez pas la question : Où va-t-on ? mais : Où peut-on aller ? Nous vivons dans une ville de province, les gens se couchent tôt, ne sortent pas, uniquement le samedi soir et jamais très tard, les Algérois s'invitent beaucoup. La vie nocturne était déjà triste à mourir, mais depuis que les pieds-noirs ont commencé à décamper, les restaurants ferment les uns après les autres, il n'y en a plus que trois d'ouverts à cette heure, je redoute toujours que mon restaurateur préféré ne prenne le bateau un de ces jours, bien qu'il jure le contraire.

Briard se gara dans une rue perpendiculaire au boulevard du front de mer, le reflet des réverbères laissait deviner les flots sombres et immobiles. Les restaurants sur la plage étaient fermés, pas un chat alentour, Briard parut rassuré par le calme. Franck lui emboîta le pas, le docteur s'arrêta devant un établissement aux volets clos, se retourna pour voir s'ils n'étaient pas suivis, frappa trois coups rapides, une serrure s'enclencha, la porte s'ouvrit, ils entrèrent chez Marco.

Briard présenta Franck au patron. Une vingtaine de clients dînaient sur une musique New Orleans en sourdine, au centre du restaurant la piste de danse était vide. Briard embrassa ou salua plusieurs clients et s'installa à une table près de la baie vitrée fermée. Marco présenta les menus.

– Un assortiment de grillades, avec une bière, demanda Franck.

– Deux, fit Briard. Si tu as des cigarettes, je veux bien.

Marco s'éloigna. Franck prit son paquet de gauloises, en proposa une.

– C'est mon quartier général. Je dîne ici presque tous les soirs, je finis tard à l'hôpital, ce soir il n'y a pas d'ambiance.

Finalement, c'est la nuit la plus longue de la colonisation. Nous allons vivre un moment historique.

Une bière, et une autre. Un armagnac. Finissons la bouteille.

Personne n'avait envie d'aller se coucher, Franck raconta son histoire avec Djamila. Presque toute son histoire, négligeant un détail mortifère que personne n'avait à connaître. Briard était épaté qu'il soit revenu pour retrouver cette femme. Franck acquit, auprès de ceux qui allaient devenir ses amis, la réputation d'un homme à la loyauté et à l'intégrité sans faille, assumant ses responsabilités, respectant la parole donnée, mettant ses convictions et ses principes moraux au-dessus de son intérêt personnel. Cette image de probité, d'intransigeance même, lui convenait parfaitement. Pas une seconde Franck ne pensa à Cécile qu'il avait plantée de la plus belle des façons, il finit par croire à cette légende et fit tout pour confirmer cette renommée d'honnête homme.

Lucien Briard était originaire de Nancy, une ville aussi ennuyeuse qu'Alger, la plage et le soleil en moins. Lors de son internat à la Pitié, il avait rencontré une étudiante pied-noir dont il était tombé amoureux, et qu'il avait suivie. Il avait terminé sa spécialisation à la faculté d'Alger.

– Au début, je me disais : elle exagère, elle réagit de façon épidermique, elle finira par comprendre, et puis finalement elle a fait comme tout le monde ici, elle s'est raidie, elle a basculé dans une haine irrationnelle. Je n'allais pas faire ma vie avec une femme d'extrême droite. Moi, je venais d'une famille jociste, des purs et durs, chez nous c'était progrès humain, médecine sociale et tout le tremblement. Elle était à fond pour l'OAS, prête à tuer tous les Arabes pour rester, et moi je passais mon temps à soigner les corps mortifiés par les paras et ses copains, c'est horrible ce qu'on leur a fait, comment a-t-on pu tomber si bas ? Des tortionnaires, nous ! Ne rien dire, c'était devenir leur complice. Nous avons rompu il y a six mois pour cause d'incompatibilité politique. Moi, je suis tombé amoureux de ce pays, je n'ai pas l'intention de partir. Au contraire. On a du boulot pour longtemps.

Lucien présenta ses amis à Franck, ce dernier découvrit à cet instant une des règles d'or de la vie sociale sur cette terre : les hommes s'embrassent et se donnent une tape affectueuse sur l'épaule. Ils trinquèrent à la fin de la guerre et des souffrances, à l'indépendance et à l'avenir, ils devinrent plus optimistes quand ils réalisèrent que le plus âgé d'entre eux était Lucien, qui n'avait pas trente ans, cette jeunesse était un gage d'espoir, ils sauraient éviter l'intolérance, la morgue et les erreurs innombrables de leurs aînés qui avaient plongé l'Algérie dans l'abîme. Il ne fallut pas longtemps pour que Franck ait la sensation de les connaître depuis longtemps, ils allaient pouvoir s'impliquer sur cette terre promise où il y avait tant à faire, où leur jeunesse ne serait pas un handicap comme en France où les vieux accaparaient les postes à l'ancienneté. Ils auraient la chance historique de participer à l'élaboration d'une société plus juste et de pouvoir reconstruire ce que leurs pères avaient détruit. Ils parlèrent toute la nuit de cet espoir insensé qui leur était donné de vivre, ce n'était pas à une vie de famille qu'ils aspiraient, mais à une vie politique, ils étaient là pour changer l'Afrique, pour en finir avec le colonialisme et son état d'esprit pourri, ils s'affirmaient comme une nouvelle génération d'hommes et de femmes qui ne rêvaient pas d'acquérir des biens matériels, qui n'aspiraient pas à devenir riches, ils voulaient, au contraire, en finir avec la cupidité, l'égoïsme, la maladie, l'illettrisme, ils ne négocieraient pas leurs salaires, il n'y avait pas d'argent, ils avaient décidé, simplement, de faire partie de ceux qui allaient changer le monde.

Et puis, un à un, ils piquèrent du nez, s'endormant à l'écart sur des chaises, ne restaient que Lucien et Franck à discourir, la tête leur tournait un peu, ils avaient bu plus que d'habitude,

Lucien avait cette capacité des carabins à enquiller les nuits, à dormir une heure dans un fauteuil et à enchaîner sur une journée intensive de travail. Mais ce jour-là ne serait pas une journée comme les autres. Ce jeudi 5 juillet 1962 était le jour tellement attendu de l'indépendance de l'Algérie, que la France avait tant voulu empêcher et pour laquelle près de quatre cent mille hommes et femmes étaient morts, et d'autres meurtris à jamais qui se comptaient par millions.

Pour la liberté de leur pays d'un côté, pour rien de l'autre.

À quatre heures vingt du matin, Marco fit des expressos serrés, ils en prirent tous deux tasses, Lucien proposa d'aller chercher Annette, qui terminait son service à Maillot. Ils partirent à une douzaine. Le jour émergeait lentement à l'est, ils allaient profiter du premier soleil de liberté qui se lèverait sur Alger. Ils s'assirent sur la plage grise, attendirent les uns à côté des autres en silence, Franck n'avait plus de cigarettes, Lucien lui lança son paquet de blondes et son briquet, il en offrit à ses nouveaux amis. Une imperceptible pointe grenat apparut à la pointe d'El Marsa, prit des tons orange qui repoussèrent lentement les ténèbres, le premier rayon doré apparut à cinq heures trente-trois précisément. Ce soleil naissant et indépendant les bouleversa. Ils se levèrent pour fêter dignement le jour nouveau, ils se regardaient comme s'ils vivaient un moment unique dont ils pourraient parler plus tard à leurs petits-enfants. Sophie, une prof de maths qui n'était pourtant pas d'un tempérament extraverti, cria : Vive la liberté ! Elle sauta, bras en l'air comme une enfant, imitée par les autres. Il n'y avait pas le moindre nuage dans le ciel. La journée s'annonçait splendide.

Ils longèrent le boulevard du front de mer jusqu'à Maillot, attendirent dans le square à proximité. Trois bérets verts, mitraillette au bras, gardaient l'entrée de l'hôpital militaire, c'était le premier jour de l'indépendance, mais les soldats français étaient autorisés par les accords d'Évian à rester encore plusieurs années. Annette sortit avec deux collègues vers six heures et quart, le groupe se dirigea vers elle. Elle sauta dans les bras de Lucien, il lui présenta Franck. Elle était fatiguée par ses seize heures de service, voulait rentrer se coucher, mais Lucien insista, elle se laissa convaincre. Ils prirent la rue Rochambeau, traversèrent Bab el-Oued abandonné. Elle demanda à Franck ce qu'il pensait de la *situation*. Elle ne le laissa pas répondre, elle était inquiète. À l'hôpital, elle avait entendu des officiers discuter, ils étaient pessimistes, ils s'attendaient à un bain de sang, la garde et les contrôles avaient été renforcés pour assurer les départs dans de bonnes conditions depuis le port d'Alger ou l'aéroport de Maison-Blanche qui restaient sous leur contrôle pour l'instant. Annette aurait voulu partir, elle avait de la famille à Tours, pour Lucien, c'était hors de question. Alors elle restait mais elle avait la trouille. Lucien se moqua d'elle : Te fais pas de bile, la guerre est finie, les mauvais jours sont derrière nous, on redémarre de zéro.

En face du jardin Marengo, un café ouvrait ses portes. Franck se fit définitivement adopter en proposant d'offrir une tournée de petits déjeuners. Le patron les accueillit avec soulagement, ils étaient ses premiers clients, il n'avait pas l'intention d'abandonner son affaire et de partir une main devant une main derrière. Il ne faisait pas de politique, était ami avec tout le monde, il voulait juste travailler et qu'on lui foute la paix, il leur prépara de grandes tartines avec du beurre et de la confiture de fraises. Franck eut le temps de faire mieux connaissance avec Serge, un agronome : Le pays est immense et riche, on se baisse, on plante une graine et il y a un oranger qui pousse, il n'y a qu'à se retrousser les manches, tu comprends ? Vers neuf heures, ils entendirent une vague rumeur. Sophie sortit pour voir ce qui se passait et revint, excitée : Vite, venez voir, c'est incroyable !

Venus d'on ne sait où, des hauteurs, de la banlieue, de la Casbah, des milliers, des dizaines de milliers d'Algériens, jusque-là invisibles et chassés de la ville, avaient envahi les rues et fêtaient leur indépendance, agitant une myriade de drapeaux vert et blanc, des voitures et des camions passaient en klaxonnant, des femmes chantaient, dansaient avec des inconnus, des hommes pleuraient de joie, les enfants couraient en tous sens, c'était une liesse populaire inouïe comme ce pays n'en avait jamais connu, semblable à la folie de la Libération, avec des youyous, des hurlements de bonheur, des pétards, des réconciliations inimaginables entre communautés, des accolades, des rires, et cela dura toute la journée. Le groupe fut séparé par la foule, on n'avait jamais vu des Arabes embrasser des Français. Annette n'en croyait pas ses yeux, des inconnus l'étreignaient, elle n'aurait jamais imaginé cette fraternisation possible. Lucien était aux anges : Tu vois, je te l'avais dit, c'est un monde nouveau qui commence. Ils perdirent de vue Franck, qui passa la soirée sur la pelouse d'un stade bondé où le peuple fêtait sa liberté retrouvée.

Le lendemain, Franck se réveilla vers midi, le soleil resplendissait. Il resta un moment dans son lit à sommeiller, à bouquiner Bazin, il appréciait la révolte de Foucauld : « Quand le gouvernement commet une grave injustice contre ceux dont nous sommes dans une certaine mesure chargés, il faut le lui dire, car nous n'avons pas le droit d'être des "sentinelles endormies", des "chiens muets", des "pasteurs indifférents…" »

Puis il prit une douche. Il était en train de préparer un café quand la sonnette retentit. C'était Lucien, le visage blême, son col de chemise ouvert, son nœud papillon défait.

– T'as écouté la radio ? bredouilla-t-il.

– Que se passe-t-il ?… Tu veux un café ?

Lucien suivit Franck dans la cuisine qui donnait sur la cour intérieure, s'assit face à la table recouverte d'une toile cirée à mimosas. Franck versa du café dans deux grands bols.

– Je n'ai pas de lait, j'ai trouvé des biscottes et de la confiture de coings.

– Tu n'as pas quelque chose de plus fort ?

Franck fouilla dans les placards, en sortit une bouteille.

– Il n'y a que du kirsch.

Lucien restait prostré, cigarette aux lèvres, Franck s'assit, le fixa, inquiet.

– Hier, à Oran, un massacre épouvantable a eu lieu, commença Lucien. Une fusillade a éclaté pendant la manifestation de l'indépendance. Ç'a été la Saint-Barthélemy. Des Algériens s'en sont pris aux Français, ils les ont abattus, égorgés, torturés, énucléés, les rues du centre étaient jonchées de cadavres, il y a eu une véritable chasse à l'homme, jusque dans les maisons, cinq à six cents Français ont été assassinés, des milliers d'autres ont été enlevés dont on ne sait rien. Les derniers Français fuient en masse. Je suis effondré.

– Qui a commis cette horreur ?

– D'après les premiers éléments, ce sont les soldats de l'Armée de libération nationale de Boumédiène. Depuis des années, une lutte violente oppose les factions algériennes : le gouvernement provisoire de Ferhat Abbas et le FLN de Ben Bella, entre eux c'est une guerre à mort. Est-ce délibéré, une provocation, un dérapage ? On ne sait pas.

Ils restèrent un long moment perdus dans leurs pensées, puis Lucien avala une lampée de kirsch au goulot.

– Cela fait partie des convulsions de l'histoire, dit Franck, les massacres de Septembre ou de Vendée ont été une abomination, mais est-ce que cela condamne pour autant la Révolution française ? La révolution russe a été émaillée d'atrocités effrayantes, elle a pourtant éliminé le tsarisme qui était un régime monstrueux. Après la Libération, il y a eu des règlements de comptes et des injustices épouvantables. Les vainqueurs ne sont jamais généreux, ils ont tellement souffert avant de l'emporter, tellement eu peur de perdre, ils doivent faire payer les vaincus et venger leurs morts dans le sang. Œil pour œil. Il n'y a pas de pardon, il n'y a que des haines accumulées qui se transforment en pulsions que personne ne contrôle, l'animalité fait partie de l'humanité, c'est horrible, c'est condamnable, mais c'est dans notre nature, le monde n'avance que par la violence. Il n'y a pas de révolution paisible. Nous sommes horrifiés parce que ce sont les nôtres qui en ont été victimes, et le pire, c'est qu'ont été tués les Français qui n'avaient pas fui, qui voulaient rester dans l'Algérie nouvelle et qui la soutenaient. Il n'y a aucune logique, aucune raison, c'est absurde, mais il faut avancer. Avec le bien et avec le mal. Parce qu'il n'y a rien d'autre à faire. Avancer. Demain, on rebâtira sur les ruines et les cimetières.

Lucien finit la bouteille de kirsch dans son bol, alluma sa cigarette, inhala profondément.

– Et Annette, qu'est-ce qu'elle en dit ? demanda Franck.

– Annette, elle est partie. C'est fini.

Martial Pérez, qui habitait à l'étage du dessous, montait voir Franck chaque soir en rentrant du travail, sauf le dimanche, pour prendre de ses nouvelles, savoir comment allait la vie, lui offrir un kilo d'oranges ou déguster avec lui les cocas à la tomate et aux poivrons dont il raffolait et qu'il achetait par treize à la douzaine chez Peretti, le boulanger de l'avenue de la Marne qui était en train de faire fortune depuis que tous ses concurrents à un kilomètre à la ronde étaient partis. Martial apportait une bouteille d'anisette Gras, des olives piquantes, des lupins, parce que prendre l'apéro seul le démoralisait, les cafés où il aimait aller boire un verre à la fin de la journée avaient fermé les uns après les autres, ses copains avaient pris la poudre d'escampette et il se sentait seul : En ce moment, ce n'est pas la joie, les gens n'achètent pas beaucoup de chaussures, mais il faut garder le moral sinon ce serait la fin des haricots, et pour ça il n'y a rien de mieux qu'une anisette blanche et fraîche, ce serait bien si tu pouvais faire des glaçons. Ils s'installaient sur le balcon, en face du square Nelson, et sirotaient leur verre en profitant de la quiétude du soir et de la brise de mer.

Chaque dimanche, Martial allait à Médéa voir sa mère, qui ne voulait toujours pas venir à Alger pour se faire opérer, ni retourner en France. Il partait de bonne heure, faisait l'aller-retour dans la journée ; au retour, il passait saluer le frère Luc qui visitait Angèle une fois par semaine : Il te transmet le bonjour, un dimanche ce serait sympa que tu m'accompagnes, ils manquent de tout là-haut, à Blida ils ont un seul médecin pour trois cent mille habitants. Martial fit la connaissance de Lucien, ils se trouvèrent une relation commune qui habitait à Toul, ils avaient failli se rencontrer au mariage de cet ami, où Martial n'avait pu se rendre, l'optimisme du commerçant rassurait Lucien.

– Tu comprends, les mauvais jours sont passés, expliquait Martial, maintenant il faut se mettre au boulot. Les nôtres se sont affolés pour rien. S'ils étaient restés, on serait plus nombreux, on aurait plus de poids.

– Les massacres d'Oran, ce n'est pas rien quand même, rétorqua Lucien.

– C'est vrai, mais c'est passé, dit Franck, ils ont gagné, il y a eu des ratés des deux côtés, maintenant on regarde devant soi.

– Tu as raison, elles sont extraordinaires ces cocas, s'émerveilla Lucien. Il faudrait qu'on trouve un quatrième larron, on pourrait faire un bridge.

– Si vous avez besoin de bottines, j'ai votre pointure, les informa Martial. Je peux te poser une question, Lucien ? Comment peux-tu porter un nœud papillon avec cette chaleur ?

– Tu ne peux pas comprendre, répondit Lucien en finissant son verre.

Il faisait un temps divin, la ville était assoupie, le soleil n'en finissait plus de se coucher, les tilleuls du square embaumaient, Lucien et Martial avaient la tête qui tournait à cause des anisettes trop tassées. Franck ferma les yeux et frémit : comment était la fille du métro ? Je ne me souviens plus de son visage.

Franck chercha Djamila dans les dispensaires et les foyers, il montrait sa photo, n'obtenait que des réponses négatives. Dans l'annuaire de la Grande Poste, il dénombra seize Bakouche avec un *k*, onze avec deux, sept avec un *h*, mais aucun avec un prénom arabe, ce qui était logique car aucun Algérien n'avait le téléphone. Un gendarme français qui accompagnait un enfant abandonné dans un orphelinat lui suggéra de s'adresser aux mosquées, qui aidaient les femmes seules. Franck, après trois tentatives malheureuses, y renonça, il était mal reçu ; à la mosquée Sidi Ramdan, il faillit se faire écharper, un énergumène barbu l'insulta, ameuta la foule des fidèles contre ce gaouri impudent, lui prit sa photo, la déchira avec hargne, Franck lui prit les morceaux des mains, ne dut son salut qu'à la rapidité avec laquelle il s'éclipsa. Avec du papier collant, il rafistola la photo, mais il manquait la partie basse à droite, et désormais Djamila était fripée.

Lucien traversa une période difficile, il n'aurait pas cru être aussi attaché à Annette, son départ précipité le laissait désemparé, il fut à deux doigts de prendre le bateau et de rejoindre sa bien-aimée à Toulon. S'il ne suivit pas le mouvement de départ des Français, qui s'accélérait depuis le massacre d'Oran, c'est parce qu'il était le dernier obstétricien en activité à l'hôpital Parnet, aidé par un professeur de faculté qui se partageait entre trois services et par trois étudiants en médecine algériens, de bonne volonté mais moins utiles qu'une infirmière. Un soir, il dit : Si je m'en vais, comment feront-elles ? Je ne peux pas les abandonner, elles comptent sur moi. Peut-être plus tard, quand ça ira mieux. Le lendemain, Lucien avait retrouvé son élégance habituelle, rasé de près, le nœud pap impeccable.

– Tu sais, Franck, tu pourrais nous aider, le directeur, son adjoint et les comptables sont partis. Nous ne sommes plus que deux médecins, secondés par un retraité qui a repris du service. Il nous faut quelqu'un pour diriger l'hôpital.

– Je n'y connais rien.

– Il n'y a plus personne. On manque de tout, on a besoin de fournitures, de médicaments, de personnel qualifié. Je n'ai plus d'oxygène, plus de chloroforme, j'ai une vingtaine d'accouchements qui arrivent, dont deux ou trois qui se présentent mal. Si on ne s'en occupe pas, elles vont mourir, tu comprends ? Et puis, on t'aidera.

C'est ainsi que Franck devint le directeur de cet hôpital fantomatique. Personne ne lui contesta le titre, il ne signa pas de contrat parce que nul ne put établir quel échelon hiérarchique se trouvait au-dessus de lui, il se renseigna auprès du gouvernement provisoire, passa une journée à interroger les militaires qu'il croisait dans les bureaux, personne n'était au courant de rien. Il finit par rencontrer un officier qui arborait deux étoiles rouges et une étoile blanche sur son treillis, qui lui confirma qu'officiellement il dépendait de la nouvelle administration, mais personne n'avait été désigné pour s'occuper de ce secteur, il devait se débrouiller, comme tout le monde, en attendant que l'organisation se mette en place. Franck lui parla de la pénurie de médicaments et de produits pharmaceutiques.

– Il y a urgence, où peut-on s'en procurer ?

– Rien n'est prévu, répondit le capitaine Amouri. On va voir ce qu'on peut trouver.

Ils partirent dans une jeep, sillonnèrent les rues autour de la préfecture. Le capitaine s'arrêta rue d'Isly en face de la pharmacie Bugeaud, dont le rideau métallique était baissé.

– Elle est fermée, constata Franck. Ses propriétaires sont partis.

– Ils ont eu tort, car elle ne leur appartient plus.

Le capitaine Amouri descendit du véhicule, accrocha une corde au pare-chocs de la jeep, qu'il enroula en plusieurs points du rideau ajouré, puis il fit marche arrière d'un mouvement sec, sans se soucier des piétons qui furent obligés de s'écarter. Le rideau métallique fut arraché de ses rails. Un attroupement se forma devant l'entrée. La porte vitrée ne résista pas longtemps aux coups de pied du capitaine. Franck le suivit dans la pharmacie déserte, ils passèrent dans la réserve dont les rayons étaient remplis.

– Prenez ce dont vous avez besoin, dit le capitaine, et quand vous n'en aurez plus, revenez me voir, il y a plein de pharmacies abandonnées.

Cet approvisionnement inespéré donna un répit à l'hôpital, mais de mauvaises idées à certains. Dans les jours qui suivirent, les pharmacies abandonnées d'Alger et des environs furent pillées, un marché noir fit son apparition, par lequel les responsables d'hôpitaux et de dispensaires furent obligés de passer pour s'approvisionner, avant qu'un système régulier soit mis en place trois mois plus tard avec l'aide du gouvernement français et des pays frères.

Deux jours après que Franck eut été désigné comme directeur, et alors qu'il se trouvait avec Lucien dans la pharmacie de l'hôpital en train d'établir l'inventaire des médicaments en stock, ils entendirent le crépitement d'un fusil-mitrailleur à proximité, une rafale interminable d'une dizaine de secondes qui les tétanisa, et de nouveau les tirs d'une arme à feu, quatre coups, puis retentirent des hurlements de femmes. Franck et

Lucien se précipitèrent dehors. Une traction avant s'était encastrée dans un des tilleuls qui bordaient la rue, le pare-brise avait explosé, la calandre était enfoncée, le moteur fumait, de l'huile giclait sous le moteur. Ils s'approchèrent lentement du véhicule. Lucien ausculta l'homme et la femme inconscients à l'avant. Une Algérienne, encore sous le choc, raconta à Franck qu'une 403 beige avait doublé la traction, un Français en était descendu, avait tiré avec une mitraillette sur la voiture qui avait atterri dans l'arbre, le tireur s'avançait quand, à travers la vitre, le conducteur de la traction avait fait feu à plusieurs reprises sur l'homme, qui s'était écroulé au milieu de la rue. Le chauffeur de la 403 était descendu, avait récupéré son complice mal en point, l'avait installé sur le siège arrière et s'était enfui. Le conducteur de la traction était grièvement blessé au thorax, la femme à côté de lui avait les yeux ouverts et ne bougeait plus, sur le siège arrière l'enfant, blessé au cou et au ventre, gisait dans son sang.

– Il faut les transporter à l'hôpital, dit Lucien. Pour la femme, il n'y a plus rien à faire.

On apporta un brancard, le jeune garçon fut déposé dessus avec précaution. Lucien donna ses instructions aux infirmières, il fallait ouvrir la salle d'opération, contacter l'anesthésiste de l'hôpital Mustapha pour qu'il intervienne en urgence, joindre le professeur Morel pour lui demander de venir opérer, l'enfant n'étant pas transportable. Un attroupement s'étant formé autour de la voiture, on eut du mal à en extraire l'homme, âgé d'une quarantaine d'années, il gémissait, à moitié conscient, Lucien lui dit qu'il allait s'occuper de lui. Il décrocha le téléphone, exigea de parler au professeur, mais celui-ci était déjà en salle d'opération avec l'anesthésiste. Il fallait attendre. Lucien découpa les vêtements de l'enfant, touché au bassin, lui prodigua les premiers soins. Franck servit d'infirmier, suivit du mieux possible les instructions que Lucien lui donnait. Ils durent interrompre les soins du gosse quand ils entendirent des exclamations en provenance de la réception, c'étaient cinq soldats algériens qui exigeaient que le blessé leur soit remis.

– C'est un membre de l'OAS ! affirma le sous-officier. On doit l'arrêter pour l'interroger.

– Il est grièvement blessé et inconscient.

– On doit emmener cet homme au gouvernement général. On s'en occupera là-bas.

Ils forcèrent le passage, bousculèrent Lucien et l'infirmière, pénétrèrent dans la salle d'opération, en ressortirent en poussant la civière avec l'homme dessus, la transfusion avait été arrachée. Lucien s'interposa, reçut un coup de crosse dans le ventre. Les soldats étaient en train d'installer le blessé à l'arrière de leur jeep, quand un camion de transport de troupes avec des fanions français et une ambulance de l'armée s'immobilisèrent devant l'entrée de l'hôpital. Un lieutenant au béret vert suivi d'une dizaine de parachutistes se présenta et réclama le blessé pour le transporter à l'hôpital militaire Maillot. Le sous-officier algérien protesta, soutenant qu'il s'agissait d'une tentative honteuse de soustraire par la force un tueur de l'OAS aux autorités légales du pays. Les soldats algériens braquèrent leurs fusils-mitrailleurs, prêts à faire feu, les parachutistes dressèrent leurs armes à leur tour. L'officier parachutiste leva les mains pour calmer les esprits.

– Je vais conduire Daniel Jansen à l'hôpital Maillot pour qu'il y soit soigné. Le général Katz va contacter le gouvernement algérien. Il s'agit d'un ressortissant français qui, conformément aux accords d'Évian, dépend exclusivement des autorités françaises, vous n'avez pas le droit de vous y opposer. Écartez-vous. Si besoin, j'ai des instructions pour faire usage de notre armement.

Le sous-officier algérien fit abaisser les armes à ses soldats. Les parachutistes installèrent le blessé et son fils dans l'ambulance et ils attendirent qu'elle ait démarré pour remonter dans le camion. Les soldats algériens disparurent aussitôt.

Lucien, Franck, le personnel et les patients qui avaient assisté à la scène se demandèrent s'ils n'avaient pas rêvé.

*

Igor n'était pas rancunier, il avait passé treize années en France, dont vingt mois en détention préventive, accusé du meurtre de Sacha, mais il ne conservait aucune rancune pour le mauvais traitement qu'il avait subi, c'était le prix à payer pour avoir refusé de tendre la main à son frère, maintenant il était à peu près quitte avec sa conscience. Il avait décidé de ne garder que les bons souvenirs de son séjour à Paris, cette ville qu'il connaissait par cœur pour l'avoir arpentée avec son taxi et où il s'était fait tant d'amis grâce au club d'échecs, auxquels il voulut faire ses adieux avant son départ. Il me demanda de l'accompagner le dimanche après-midi au jardin du Luxembourg, où ils avaient pris l'habitude de se retrouver depuis la fermeture du Balto, mais je n'avais plus envie de les voir. Je ne pouvais m'ôter de l'esprit qu'il aurait suffi que les uns ou les autres tendent la main à Sacha pour que sa vie en soit changée. Et quand Igor avait été incarcéré, à part Werner, personne ne l'avait aidé. C'était chacun pour soi. Eux aussi.

– C'est vrai, dit Igor, mais on ne peut pas toujours appliquer une morale de fer à ses amis, si on est intransigeant, on les perd tous, il faut leur accorder le bénéfice du doute, il est préférable d'avoir des amis un peu bancals que pas d'amis. Et ils ont des vies de chien, ils ne pouvaient rien faire de plus. Allez, va, nous ne sommes pas meilleurs qu'eux.

Ce soir-là, il avait insisté pour m'inviter à dîner avec Werner dans un petit restaurant de la Mouffe, c'était leur dernier repas ensemble, Igor n'avait pas l'intention de revenir en France. Quand il serait installé en Israël, avec un bel appartement et une vie tranquille de médecin, Werner serait invité à passer ses vacances chez lui. En attendant, notre départ était fixé le 11 juillet gare de Lyon en train de nuit, nous aurions ensuite une journée pour visiter Marseille avant de prendre le bateau le 13 en direction de Haïfa. Igor avait rajeuni de dix ans, il se flattait de ne rien laisser au hasard, il me demanda ce que je comptais prendre comme affaires. Je n'y avais pas pensé.

– Du linge de rechange dans mon sac à dos et quelques livres.

– Ne t'alourdis pas, tu trouveras ce qui te manque sur place. Il fait très chaud l'été dans ce pays. Emporte des vêtements légers.

Trois jours avant la date prévue de notre départ, il a téléphoné à la maison et demandé à me voir immédiatement. Il y avait de la fébrilité dans sa voix, j'ai pensé qu'au moment de faire le grand saut dans l'inconnu, il se rétractait. Nous nous sommes retrouvés au café à l'angle de la rue des Carmes, il a commandé un demi sans faux col, l'a vidé aux trois quarts.

– Devine qui va nous accompagner ?

– En Israël ?

– Non, juste à Marseille. Léonid ! Il s'est proposé pour nous conduire, il devait partir avec sa copine en vacances en Corse, ils avancent leur départ de deux jours pour nous, on descend avec son taxi tous les quatre, ils nous déposent au bateau et ils continueront leur route jusqu'à Nice. Tu n'as rien contre Léonid et sa copine ?

– Ce sera sympathique de faire le voyage ensemble.

– Tu vas voir, elle est d'une beauté inouïe, d'une intelligence supérieure, c'est une femme exceptionnelle, il en a de la chance, Léonid, d'être aimé d'une femme pareille.

Nous nous sommes retrouvés avec Igor un peu avant neuf heures à la porte d'Orléans devant le café où Léonid nous avait donné rendez-vous. Il faisait un temps magnifique, on a attendu, guettant sa 404 beige dans le flot de la circulation. Igor commençait à s'énerver, jetait des coups d'œil à sa montre.

– Qu'est-ce qu'il fait ?

– Il a peut-être changé d'avis.

Et puis, la Peugeot s'est arrêtée à notre niveau, Léonid s'est excusé du retard : Il y a eu un problème. Il a calé les deux valises d'Igor et mon sac à dos sur la galerie, les a attachés avec des sangles. Il nous a présenté Milène, son amie assise à l'avant, qui ne s'est pas retournée vers nous et n'a pas répondu à notre bonjour. Nous nous sommes installés sur la banquette arrière, Léonid a démarré.

– Bon, on a un peu de retard, mais on va prendre l'autoroute du Sud, ils ont ouvert une nouvelle portion jusqu'à Villefranche, on s'arrêtera à Lyon.

Nous avons roulé dans le plus grand silence, Léonid a allumé la radio. En ce dimanche 10 juillet 1966, l'essentiel de l'information était consacré au drame de la chute du téléphérique de Chamonix, à l'opération de la reine Fabiola et à la surprenante méforme d'Anquetil dans le tour de France. D'habitude, cette dernière nouvelle aurait suscité un flot de commentaires de la part de Léonid, mais il changea de station et nous eûmes droit à de la musique symphonique.

Si Léonid était resté en URSS, il aurait conservé sa vie confortable de héros de guerre mais il avait perdu la tête pour cette femme. Il était le seul homme à être passé à l'Ouest par amour. Il avait rencontré Milène à Orly quand son avion avait été dérouté de son trajet Moscou-Londres par le smog. Il nous avait raconté leur histoire si compliquée, leur rupture : désespérant de trouver une compagnie d'aviation qui l'embauche comme pilote, Léonid s'était mis à boire des quantités hallucinantes d'alcool, et elle avait rompu, puis leurs retrouvailles des années plus tard et leur nouvelle vie plus apaisée. J'apercevais Milène de profil, on aurait dit une statue de cire. Léonid avait affirmé qu'elle était belle, c'était inexact, elle était sublime, d'une beauté qui irradiait, le visage parfait, une peau blanche et soyeuse, des cheveux ondulés d'un blond vénitien qui tombaient en boucles sur ses épaules. Elle tourna la tête vers moi, me fixa un instant, puis reprit sa position de sphinx. J'échangeai un regard avec Igor qui fit la moue. Nous roulâmes pendant deux heures à grande vitesse, Léonid s'arrêta à une station-service à Beaune, Milène s'éloigna vers les toilettes.

– Il y a un problème ? demanda Igor à Léonid, qui vérifiait l'attache des valises sur la galerie. Tu ne dis pas un mot, elle non plus.

– Nous nous sommes un peu disputés ce matin.

– C'est à cause de nous ? On peut prendre le train, tu sais.

– Ce n'est rien, ça va passer.

Le voyage continua dans la morosité. Milène ne desserrait pas les dents, Léonid roulait comme s'il était seul dans la voiture. À proximité de Lyon, il se retourna légèrement vers nous : On va coucher ici ce soir, on vous invite à l'hôtel. Ce n'était pas prévu, mais il n'y avait pas moyen de discuter. On se retrouva dans le centre, près d'une place immense où trônait une statue équestre de Louis XIV, et on s'arrêta devant un hôtel de luxe. Un groom vint ouvrir la portière de Milène, qui pénétra dans l'hôtel sans se retourner. Igor et moi étions désorientés par cette attitude. Léonid donna les clés au portier pour qu'il gare la voiture, se tourna vers nous.

– Cela va s'arranger. Ne vous inquiétez pas. On se voit ce soir au dîner.

Nous avions une chambre magnifique, avec des lits jumeaux et une vue sur la place. Nous avons fait une balade dans la vieille ville tristounette et avons pris un demi à une terrasse.

– Elle n'a pas dû apprécier que Léonid avance leur départ et veuille nous accompagner, dit Igor. Je n'avais rien demandé, c'est lui qui me l'a proposé, en m'assurant que sa compagne serait ravie de partir plus tôt.

Quand nous sommes rentrés à l'hôtel, le réceptionniste nous a transmis un message de Léonid. Le dîner était annulé, on se verrait le lendemain pour le petit déjeuner.

– Les affaires de notre ami n'ont pas l'air de s'arranger, a observé Igor, ce n'est pas bon signe.

Le lendemain, quand nous sommes descendus, grande a été notre surprise de voir Léonid assis dans la salle du restaurant devant un verre de vin rouge et une bouteille vide, il n'était pas rasé, ses cheveux étaient en désordre. Il pleurait, sans se cacher :

– Milène est rentrée à Paris. Nous nous sommes séparés, parce que ce matin je lui ai annoncé que je partais avec vous en Israël.

Milène était l'unique femme de sa vie et leur séparation brutale, cette fois définitive, le déchirait en mille morceaux éparpillés et le laisserait meurtri à jamais, son visage était baigné de larmes : Est-ce que tu as vu ses yeux ? Je suis un imbécile.

Elle avait illuminé sa vie, chaque instant vécu à ses côtés avait été un enchantement et resterait gravé dans sa mémoire, mais elle avait un caractère intraitable, il avait été incapable de la raisonner, il venait de commettre la pire erreur de toute son existence, pourtant féconde en folies, âneries et bêtises diverses, mais il ne pouvait pas faire autrement que d'assumer son destin : Tant pis, c'est la vie, personne ne choisit son chemin sur cette terre. Il a fini son verre de vin, a considéré la bouteille vide sur la table d'un air incrédule, a réclamé une autre bouteille de côtes.

– Depuis qu'au jardin du Luxembourg, tu nous as fait part de ta décision d'émigrer, cela me tournait dans la tête, mais j'hésitais à aborder la question parce que je savais que Milène allait mal réagir. Mais ce matin, je me suis lancé, comme on se jette dans le vide pour échapper au feu, je lui ai annoncé ma décision de partir avec vous, je lui ai demandé de m'accompagner, elle l'a mal pris, elle m'a dit : Notre vie est ici. Si tu y vas, ce sera fini entre nous, je ne t'attendrai pas, j'ai passé l'âge, si on est ensemble, on vit ensemble, si tu vis à cinq mille kilomètres, tu décides de notre séparation.

– Je ne comprends pas pourquoi tu veux aller vivre en Israël, a dit Igor.

– Pour devenir pilote. C'est un des rares pays auxquels je n'ai pas adressé de demande, leur compagnie d'aviation est jeune, ils ont besoin de pilotes confirmés, j'ai des milliers d'heures de vol comme militaire ou civil, j'ai piloté des Iliouchine, des Mig, des Tupolev, je parle couramment l'anglais, je pourrai manœuvrer un Boeing ou une Caravelle après une semaine de formation, ma vie, ce n'est pas d'être taxi mais d'être là-haut, avec les oiseaux. J'ai tellement besoin de voler, rien n'est plus beau, je peux le faire encore quelques années, je suis en pleine forme, je n'ai que cinquante-deux ans, et pour le salaire je ne suis pas exigeant. Moi, ce que je veux, c'est voler. Tu peux comprendre cela, toi qui vas en Israël pour exercer ton métier de médecin.

– C'est exact, mon diplôme est reconnu là-bas. Mais je suis juif, c'est à cause de cette étiquette que j'ai dû fuir l'URSS et abandonner ma femme et mes enfants, je ne suis pas un bon juif, je ne pratique pas, je ne crois pas en Dieu mais je suis juif malgré moi et je bénéficie de la loi du retour. Pas toi.

– Pourtant, c'est ce que je leur déclarerai.

– Tu es juif si ta mère est juive.

– Malheureusement, elle est décédée. Ma tante était mariée à un juif, un type très sympa. Tout ce qui compte, c'est qu'ils ont besoin de gens compétents et courageux.

– C'est immoral. Tu n'as pas le droit.

– C'est une tromperie de rien du tout, j'ai fait bien pire pendant la guerre aux commandes de mon avion, j'ai tué des milliers de civils, et tu applaudissais comme les autres. Qu'est-ce que ce mensonge dérisoire face à tant de morts ? Maintenant, si tu as des états d'âme, si tu ne veux pas que je vienne avec vous, dis-le-moi en face.

Nous n'avons plus jamais reparlé de Milène. Pourtant, elle était là, entre nous. Souvent, Léonid s'évadait, nous abandonnait, plongé dans ses pensées, et l'on savait qu'il l'avait rejointe, qu'il lui parlait dans sa tête et qu'elle lui répondait ou boudait, parfois ils se disputaient. Quand il atterrissait, il nous adressait un sourire triste d'enfant perdu. Jusqu'au dernier moment, nous nous attendions à ce qu'il fasse demi-tour, qu'il nous dise : Non, j'ai réfléchi, je remonte à Paris, je vais la retrouver, je ne peux pas me passer d'elle. Mais il a tenu bon, sans que j'arrive à déterminer s'il était courageux ou stupide, il avait décidé d'accomplir son rêve.

À Marseille, sur le quai de la Joliette et sous un soleil de plomb, Léonid a eu la mauvaise surprise d'apprendre qu'il ne pourrait pas embarquer sur le *Galilée*, un paquebot blanc racé et fatigué. Il a parlementé pendant une heure, évoqué sa vieille mère mourante à Jérusalem, proposé de payer un supplément, de dormir sur le pont ou par roulement avec nous dans notre cabine de troisième où nous étions six dans des couchettes superposées, le guichetier est resté inflexible et a refusé tout bakchich.

Nous avons dû abandonner Léonid, lui faire nos adieux, un autre paquebot pour Israël partait dans trois jours sur lequel il restait des places disponibles. Nous avons emprunté la passerelle, depuis le pont des troisièmes on le voyait bras ballants sur le quai devant sa valise au milieu de l'agitation qui précède le départ, puis nous avons aperçu le guichetier qui venait lui parler à l'oreille, ils sont partis précipitamment vers les locaux de la compagnie de navigation, nous avons entendu le signal annonçant le départ, perçu le ronflement des moteurs. Il restait trois minutes avant que la passerelle ne soit retirée quand Léonid est apparu en courant, agitant un papier à la main, il a attrapé sa valise, présenté son billet au contrôleur qui l'a laissé passer. Sur la plateforme, il a parlementé avec un steward qui a paru embarrassé, a montré le bordereau à un officier de bord qui a fait oui de la tête, le steward nous a fait passer sur le pont supérieur. Une famille de Lausanne venait d'annuler son voyage au dernier moment, Léonid avait déboursé le prix effarant d'une cabine de première, que nous allions pouvoir partager avec lui. Igor n'avait pas l'air d'accord avec cette proposition : Tu ne vas pas te plaindre de faire une croisière de huit jours en première et aux frais de la princesse, profite du voyage, si cela se trouve, ce sont nos dernières vacances avant longtemps.

La sirène a retenti, la passerelle a été retirée, les passagers faisaient leurs adieux à leurs proches sur le quai. Dix minutes plus tard, un remorqueur tractait le paquebot en dehors du port. Marseille scintillait de milliers de lumières et s'est mis à rétrécir dans le soleil couchant, l'air était doux. Nous nous sommes installés dans la cabine louée par Léonid, qui a été déçu par le confort sommaire : Pour une première classe, ce n'est pas extraordinaire. Léonid et Igor ont partagé le lit nuptial, le premier choisissant le côté bâbord avec vue sur la mer, je me suis installé sur le lit supplémentaire. Quand nous sommes sortis pour dîner, nous étions en pleine mer, la terre avait disparu.

Ce fut un voyage bizarre, on aurait dû profiter de la traversée, des escales, d'être ensemble, mais Léonid ne dormit pas une seule fois dans la cabine, il passait ses nuits allongé sur un transat sur le pont supérieur et ses journées perché sur un des tabourets scellés du bar à fumer ses gitanes maïs, à écluser des boissons fortes, à tester les cocktails colorés que le barman préparait, ainsi que ceux qu'ils s'amusaient à inventer. Sa résistance à l'alcool était phénoménale, il pouvait boire pendant des heures sans paraître ivre, et s'il titubait, c'est que la mer était un peu agitée, il invitait les passagers à se joindre à lui, racontait à qui voulait l'entendre qu'il était juif depuis toujours, sa mère aussi, mais à cause du régime stalinien, il avait été privé d'une éducation religieuse, il n'avait pu faire sa bar-mitsva, ni être circoncis, ni apprendre les prières.

Un rabbin de Casablanca qui émigrait avec sa famille le prit en sympathie. Il affirma que les connaissances livresques étaient de peu d'importance pour l'homme sincère qui ouvre son cœur à Dieu, qu'il n'y avait qu'une seule prière vraiment fondamentale, hormis celle des morts, que chaque juif devait savoir, et il lui apprit les premiers versets du Chema Israël, que Léonid mémorisa en quelques heures et répéta matin et soir comme le lui avait recommandé le rabbin marocain. Un soir, alors que nous profitions du coucher de soleil, Léonid interrogea Igor, lui demandant s'il connaissait cette prière, mais ce dernier ne se souvenait que de la première phrase : Je vais te l'apprendre. Léonid récita le Chema Israël par cœur et Igor retrouva sur ses lèvres les mots enfouis dans un coin de son cerveau.

Léonid n'avait pas faim, ne mangeait rien. Il ne se joignit qu'une seule fois à nous pour dîner, Igor lui faisait la guerre pour qu'il se nourrisse et avait trouvé l'argument pour le faire asseoir à table : Jamais El Al n'engagera un pilote qui a la peau sur les os et qui fait pitié à voir, tu ressembles à un épouvantail. Mais au cours de ce repas, Léonid ne toucha à aucun des plats, pourtant très corrects, que l'on nous servit, il ne prit que les cacahuètes et les olives servies avec l'apéritif. De même, il ne descendit pas du navire aux escales – peut-être craignait-il qu'on ne le laisse pas remonter à bord –, ni à Gênes ni à Naples, dont nous fîmes le tour avec Igor pour nous dégourdir les jambes pendant que le bateau se réapprovisionnait.

Quand nous avons pénétré dans le détroit de Messine, le

paquebot a ralenti, Léonid n'a pas daigné quitter le bar car le rabbin marocain était en train de lui expliquer la logique des treize principes de Maïmonide, cela faisait longtemps qu'il n'avait pas eu un élève si enflammé, ils eurent une conversation passionnante sur le Bien et le Mal, qui n'existeraient pas l'un sans l'autre et étaient tous les deux des créations divines : Mais pourquoi Dieu a-t-il créé le Mal ? s'interrogeait Léonid, qui rata un banc de dauphins, la mer en ébullition, les tourbillons blanchâtres autour de Charybde et le passage étroit entre le continent et la Sicile. J'ai pris mon Leica M et fait des photos de l'Etna bleuté qui apparaissait dans le lointain avec son panache de fumée grise, c'était la première fois que j'utilisais l'appareil de Sacha depuis sa disparition. Igor l'a remarqué mais n'a fait aucun commentaire. J'ai voulu le prendre en photo mais au moment où je le cadrais, il a posé sa main sur l'objectif. Léonid est sorti de sa léthargie avant l'arrivée à Chypre, quand il nous a aperçus en train de jouer aux échecs sur le pont arrière et a suivi notre échange une minute : C'est amusant, chacun d'entre vous peut gagner et faire mat en quatre coups. Cette réflexion nous a plongés dans un abîme de perplexité. Nous lui avons proposé de jouer avec nous, mais il est retourné s'installer dans son transat. Nous n'avons pas eu le droit de descendre à l'escale de Nicosie, des affrontements graves avaient éclaté deux jours auparavant.

Le jeudi 22 juillet 1966 en début de matinée, le *Galilée* fit son entrée dans le port de Haïfa, les voyageurs assistèrent à cet événement sur les ponts, à l'exception de Léonid qui faisait ses adieux au barman, puis il nous annonça : Je viens de prendre une grande résolution, à partir de ce jour je ne boirai plus une seule goutte d'alcool. Vous pouvez penser qu'il s'agit d'une promesse d'ivrogne, mais aujourd'hui commence véritablement notre nouvelle vie, nous sommes des hommes neufs dans un pays neuf.

Le bateau était à quai, les passagers se faisaient leurs adieux, échangeaient leurs adresses pour se retrouver, le rabbin marocain embrassa Léonid et lui dit : C'est une bonne décision, mon fils, Dieu t'aidera à tenir ta promesse. Et il lui offrit un petit livre où on pouvait lire les principales prières en hébreu sur la page de droite et leur traduction phonétique sur la page de gauche. Avec Igor, nous étions sur le pont supérieur à contempler la terre qui grandissait à mesure qu'on s'en approchait, cette terre qui suscitait tant de rêves et tant de haines, malgré nous on se faisait rattraper par l'histoire qui dévalait des collines. Un passager désigna à son fils une protubérance dans le lointain et affirma que c'était le mont Carmel.

Pas de doute, on y était.

J'ai demandé à Igor quelle impression cela lui faisait de se retrouver ici, sur la Terre promise. Il n'a pas répondu immédiatement, s'est massé le menton, dubitatif : Il faut avancer nos montres d'une heure. Et il est parti chercher ses valises dans la cabine.

Il faisait une chaleur de fournaise. Le khamsin s'était levé.

*

Le travail de Franck n'était pas trop contraignant, il passait le matin à l'hôpital, faisait le tour des locaux pour détecter les problèmes, bricolait comme il pouvait la plomberie qui fuyait ou les stores qui ne descendaient plus car il ne disposait d'aucun budget pour faire venir des artisans qui, de toute façon, avaient déguerpi. Il conseillait aux malades de faire preuve d'indulgence pour les repas assurés par un octogénaire fatigué qui avait repris les fourneaux, et pour la qualité du service qui laissait à désirer, beaucoup d'hospitalisés râlaient, c'était bien la peine de mettre les Français à la porte pour être encore moins bien traités que quand ils étaient là, il leur enjoignait d'être patients : demain, c'est bien connu, ça ira mieux. Franck enregistrait les doléances du personnel qui travaillait trop, leur promettait qu'ils seraient payés bientôt, et les heures supplémentaires aussi, pas ce mois-ci, mais le mois prochain peut-être. Quand la femme qui faisait bouillir le linge l'informa qu'il n'y avait plus de savon, il sortit son portefeuille pour qu'elle en achète ; quand le cuisinier le prévint qu'il ne restait qu'une journée de provisions en stock, il téléphona au capitaine Amouri qui lui fit livrer six sacs de cinquante kilos de riz, quatre de semoule de couscous grain moyen, et lui remit mille francs pour qu'il achète des légumes et de la viande au marché. Il reprit à son compte la formule du capitaine qui répétait : Il fait beau, pas trop chaud, le pire est derrière nous et nous sommes libres.

En fumant une cigarette dans le parc de l'hôpital avec un étudiant de deuxième année qui faisait office d'interne, Franck apprit qu'il existait à Saint-Eugène, dans la banlieue d'Alger, un foyer pour filles-mères qui, avant l'indépendance, accueillait des Algériennes avec leurs enfants. Dans l'annuaire, il trouva le numéro de téléphone du foyer, appela à plusieurs reprises, mais personne ne répondit. Il décida de s'y rendre, découvrit un bourg populaire étalé sur les collines et construit autour de Notre-Dame d'Alger dressée sur un promontoire face à la mer et bordée par un immense cimetière. Franck pénétra dans cette cathédrale perchée qui ressemblait à s'y méprendre à la basilique marseillaise. L'église était fraîche, déserte et plongée dans la pénombre, quelques veilleuses brûlaient, éclairant faiblement des bas-reliefs en marbre. Foucauld venait souvent s'y recueillir avant sa conversion, c'est en contemplant la délicate Vierge noire qui trônait sur l'autel qu'il s'exclama : *Et moi qui suis sans religion !* Franck découvrit les murs couverts de milliers d'ex-voto en pierre ou en marbre, gravés ou peints, en français, en italien, en espagnol, et de nombreux en arabe, il chercha ceux que Foucauld y avait déposés, mais, ne se souvenant plus dans quelle chapelle ils se trouvaient, il se promit de revenir.

À l'extérieur, il demanda son chemin, gravit une allée pentue, arriva devant le foyer du Plateau, qui était fermé, volets clos, mais le jardin qui entourait le bâtiment était encore fleuri. Un Algérien aux cheveux blancs, assis sur un banc à l'abri du soleil, lui expliqua que l'établissement avait fermé début juin quand la directrice avait pris le bateau, le foyer accueillait les femmes sans famille avec leurs enfants mais il n'en restait que quatre ou cinq à la fermeture, il ignorait ce qu'elles étaient devenues. Franck lui montra le cliché rafistolé de Djamila, qui ne lui évoqua aucun souvenir. Il tendit la photo à une femme âgée en haïk, sans voile, qui l'examina longuement, fit oui de la tête et commença à parler en arabe : Désolé, madame, je ne comprends pas l'arabe, parlez en français s'il vous plaît. Mais la femme continua en arabe, accompagnant ses explications de gestes de la main qui restaient, eux aussi, incompréhensibles à Franck :

– Ne bougez pas, je vais chercher quelqu'un qui parle l'arabe.

Franck redescendit jusqu'à la basilique, où l'homme qui l'avait renseigné se reposait toujours sur son banc. Il accepta de le suivre pour faire la traduction, mais quand ils arrivèrent à proximité du foyer, la femme en haïk s'était envolée. Franck la chercha en vain dans les rues voisines et finit par renoncer.

Le soir, Franck avait rendez-vous pour dîner chez Lucien, qui habitait non loin de chez lui un grand appartement au dernier étage avec vue sur la mer d'un bel immeuble rue Rochambeau à l'entrée de Bab el-Oued. Ils allèrent faire des courses à l'épicerie à l'angle de la rue Mazagran. Franck raconta son aventure de l'après-midi pendant que Lucien passait commande à l'épicier.

– Je suis sûr que cette Algérienne a reconnu Djamila, rien qu'à la façon qu'elle avait de regarder la photo, j'ai senti qu'elle disait vrai. Je ne peux pas rester comme ça, à ne rien comprendre de ce qui se dit autour de moi, je dois absolument apprendre l'arabe. Le père de Foucauld a appris en trois mois. D'après toi, où puis-je prendre des cours ?

– Nulle part. Jusqu'ici, c'était aux Algériens d'apprendre le français. Moi, j'ai appris sur le tas, une cinquantaine de mots, pas plus. Le mieux serait de trouver un manuel d'initiation.

– En attendant, si tu veux, moi je t'apprends, intervint Hassen, l'épicier, qui calculait derrière son comptoir le montant de la facture des courses sur son boulier multicolore. Je parle français très bien. Je peux même te vouvoyer, si tu veux. J'ai travaillé en France, j'ai tenu l'épicerie de mon oncle à Orléans.

– Tu peux m'apprendre l'arabe ? demanda Franck.

– Si moi j'ai réussi à apprendre le français, toi tu arriveras à parler l'arabe. C'est facile, tu viens ici, on discute en arabe. Plus tu parles, plus vite tu apprends.

Franck se tourna vers Lucien.

– Tu crois que je pourrais me libérer de l'hôpital l'après-midi ?

– En ce moment, il n'y a pas grand-chose à faire. S'il y a une urgence, on verra, dit Lucien.

– Je peux venir chaque après-midi, dit Franck à Hassen.

– Dans trois mois, tu parleras l'arabe comme moi, et ne t'inquiète pas, je te ferai un bon prix.

– Il vaudrait mieux savoir combien tu prends avant de commencer, observa Lucien.

– Je vais me renseigner, ne te fais pas de souci, ce ne sera pas cher, crois-moi. أراك غدا يا صديقي.

– Cela signifie ? demanda Franck.

– *Arak ghadaan ya sadiqi.* Cela veut dire : À demain, mon ami… Répète.

– *Arak ghadaan ya sadiqi.*

– Je te l'avais dit, l'arabe ce n'est pas compliqué.

C'est ainsi que Franck commença ses leçons d'arabe avec un épicier mozabite qui lui demanda un prix africain pour ses quatre heures de leçons quotidiennes, ou plus : On verra comment tu avances.

Sans le savoir, Hassen venait d'inventer une méthode d'enseignement efficace des langues vivantes, bien avant les précurseurs américains : l'apprentissage par immersion totale. Franck n'avait pas le droit de prononcer un mot de français, seul Hassen le pouvait, pour le reprendre ou lui donner une traduction, mais il arrivait qu'il ne prononce pas un seul mot de français pendant plusieurs cours d'affilée. Parfois, il s'énervait parce que Franck avait oublié la prononciation d'un mot appris la veille, comme carotte ou savon, mais il se reprenait aussitôt, affirmant qu'il devait conserver son calme, ayant affaire non seulement à un débutant de zéro, mais en plus à un Français, et qu'il devait être patient et souriant, car il faut toujours sourire à un enfant à qui on veut apprendre quelque chose.

La quasi-totalité des clients de Hassen étaient des Algériennes à qui il demanda de ne pas parler français ou des Français retraités qui parlaient arabe et jouèrent le jeu. Hassen disposa dans sa vitrine un panneau sur lequel était écrit en arabe : *Il est formellement interdit à quiconque de s'exprimer en français dans cet établissement.* On y vit la manifestation d'une conviction politique proscrivant la langue du colonisateur (tout était devenu politique dans l'Algérie nouvelle), ce qui valut à Hassen un surcroît de clientèle.

Et puis, sans que Franck y prenne garde, le piège se referma sur lui.

– Tu sais, dit un jour Hassen à son arrivée, j'ai pensé à une chose : si tu servais les clientes, tu ferais des progrès plus rapidement.

– Tu crois ?

– Bien sûr, il y en a une qui va demander une livre de semoule, une autre deux cent cinquante grammes de sucre, une autre trois cent vingt de riz, comme cela tu apprendras à compter en arabe, et puis les clientes bavardent sans cesse, moi elles me fatiguent, je n'aurai plus à les supporter et toi tu leur répondras comme tu pourras, tu discuteras avec elles de la pluie et du beau temps, même si en ce moment il ne pleut pas beaucoup, mais aussi de la vie, de leur famille et des voisins, elles adorent les commérages, alors si elles trouvent quelqu'un prêt à les écouter…

C'est ainsi que Franck Marini commença sa carrière de commis épicier chez Hassen qui, il faut le préciser, était un bon patron : il lui offrait thé vert et gâteaux secs sans compter.

Et, il faut le reconnaître, sa méthode était efficace.

L'après-midi, les clientes étaient servies par ce gaouri si serviable et efficace, qui ajoutait toujours une poignée gratis de semoule, de lentilles ou de pois chiches, même s'il fallait corriger sa prononciation pointue de Parisien, mais nul n'est parfait. Hassen restait assis, à s'éventer en lisant le journal, se contentant de calculer les prix sur son boulier qu'il maniait à une vitesse sidérante, et il s'occupait seul de la caisse. Politiquement inquiet depuis le départ en masse des Algérois, il envisageait désormais l'avenir de son pays avec plus d'optimisme si les Algériens arrivaient enfin à faire travailler les Français. Franck était avide d'apprendre, il était déterminé à s'intégrer dans ce pays, et en plus des leçons in vivo qu'il prenait chaque jour avec Hassen et ses clientes, le soir pendant des heures il potassait un manuel français-arabe d'occasion dégoté dans une librairie, et tous furent épatés par la rapidité de ses progrès, même s'il conserva toujours son accent de Français qui mangeait les voyelles.

– قل، فرنك، لدي آلام الظهر، فأنت تريد أن تذهب إلى المحمية، وتعيد حقيبة السميد، وأخر يوم الأرز، وسوفت أخذ أيضا علبة من صلصة الطماطم

– لا مشكلة يا حسن. إنه يوم حميل اليوم*

* – Dis, Franck, j'ai un peu mal au dos, tu veux bien aller dans la réserve et rapporter un sac de semoule, et un autre de riz, et tu prendras aussi deux caisses de sauce tomate.

– Pas de problème, Hassen. C'est une belle journée aujourd'hui.

Les premiers mois de l'indépendance furent une période confuse, près de huit cent mille Français avaient quitté l'Algérie, il en restait moins de deux cent mille, des personnes âgées, des gens de gauche, et la foule de ceux qui hésitaient, tiraillés entre la crainte de rester et celle de partir, souvent la décision de s'en aller était prise sur un coup de tête, dans l'improvisation. Les terrasses des cafés de la rue Charles-Péguy étaient bondées, les familles profitaient de la plage et du soleil comme avant, les maisons et les appartements laissés vacants étaient occupés par les Algériens, le gouvernement provisoire de Krim Belkacem s'installa à la préfecture. Au cours de cet été 62, la lutte entre les factions du FLN fut féroce, une guerre civile qui fit près de quatre mille morts, les fusillades nocturnes empêchaient les Algérois de dormir. Le 9 septembre, l'armée des frontières conduite par le colonel Boumédiène entra dans Alger, le gouvernement provisoire capitula, seule la Kabylie fit dissidence. Ben Bella, devenu chef du gouvernement, et Boumédiène, ministre de la Défense, organisèrent des élections où leur seule liste fut présentée et obtint 99 % des suffrages. Le FLN avait conquis le pouvoir, les opposants furent pourchassés et éliminés, règlements de comptes et liquidations de suspects durèrent jusqu'à la fin de l'année, la Kabylie fut pacifiée de force, la population, fatiguée de la violence, n'intervint pas plus que les Français qui étaient restés.

La guerre était finie.

Tous pensèrent qu'enfin le moment était venu de tourner la page et d'œuvrer pour la reconstruction. Le départ des Français avait désorganisé le pays, les cadres, les ingénieurs, les techniciens, les professeurs, les personnels de santé avaient fui en masse. Pour soigner neuf millions de personnes, il ne restait pas plus de cent médecins, guère plus d'infirmières, une dizaine de pharmaciens, et aucune relève. Quelques milliers de volontaires français, anticolonialistes et anti-impérialistes de tous horizons, débarquèrent pour construire le pays naissant, le nouvel État survécut grâce à l'aide financière de la France, qui envoya des coopérants en nombre.

À l'hôpital, l'approvisionnement s'était amélioré, des médicaments manquaient encore, mais les fournitures de première nécessité et le matériel hospitalier étaient disponibles. Franck devait remplir des formulaires en cinq exemplaires, fournir des justifications pour chaque demande et découvrait qu'une bureaucratie tatillonne et paperassière s'était mise en place en quelques jours à peine, il devait aller retirer en personne ses commandes à la caserne Milbert qui centralisait la distribution des produits, et gare si un formulaire était mal rempli ou s'il manquait un tampon, il devait recommencer sa requête de zéro.

Le 18 octobre, il se produisit un événement dont Hassen parlait encore avec des trémolos dans la voix trente ans plus tard. Ce jour-là, il faisait un temps horrible à Alger, à ne pas mettre un client dehors, ce ne furent pourtant pas les nuages noirs, le tonnerre et les trombes d'automne qui immortalisèrent le moment, mais de découvrir Franck en train de lire le Coran dans la boutique déserte, et ce ne fut pas de voir ce gaouri plongé dans le livre saint qui bouleversa autant Hassen, mais de le voir le lire en arabe. Il en fut tellement ému qu'il s'adressa à lui en français :

– Tu lis l'arabe maintenant ?

– Ben oui.

– Et tu comprends tout ?

– Presque tout. J'ai une mémoire photographique, je lis une fois et je m'en souviens définitivement. Et puis, c'est intéressant. J'aimerais bien comparer le texte en arabe et sa traduction.

Hassen pensa que c'était un miracle, pas seulement qu'il

sache déchiffrer aussi facilement les sourates, mais qu'il soit captivé par le texte sacré, qui incarne la parole de Dieu.

– C'est le coran que mon père m'a offert, mais je te le donne avec plaisir, mon frère.

Hassen se dit qu'il avait été récompensé de ses efforts, qu'il faut toujours tendre la main, même si on ne sait pas à qui, car un bien donné n'est jamais perdu. Et il fit une chose qu'il n'aurait jamais imaginée possible quelques minutes auparavant, il invita Franck à dîner, alors qu'il ne conviait jamais chez lui que la famille. Son élève accepta avec plaisir et décela dans le regard de l'épicier une lueur d'espoir qui lui parut nécessiter une mise en garde :

– Tu sais, Hassen, je n'ai pas la foi. Je ne crois pas en Dieu. Je suis marxiste, tu comprends, pour moi la religion c'est l'opium du peuple. Par contre, je m'intéresse à cette idée que nous ne sommes pas seuls en ce monde, qu'il existe quelque chose de plus grand que nous, j'essaye de comprendre pourquoi les hommes se prosternent et croient depuis toujours à ce mystère de la création.

– Ce n'est pas un problème pour moi. Tu es comme tu es. Lis tranquillement, et si tu veux, on pourra en parler ensemble.

Franck ne savait plus comment s'y prendre pour retrouver Djamila. Ses diverses tentatives avaient échoué, les messages qu'il avait laissés un peu partout restaient sans suite, il avait donné le téléphone de l'hôpital Parnet à des dizaines de personnes mais aucune n'avait rappelé. Franck passa même une annonce dans l'*Alger républicain* qui venait de reparaître et était devenu le principal quotidien. Chaque jour, les proches de personnes volatilisées, dont même les corps étaient introuvables, publiaient une page entière de photographies, des gens jeunes pour la plupart, avec des photos d'identité qui ressemblaient déjà à des faire-part, ou des clichés recadrés des jours heureux, appels à l'aide dérisoires jetés dans la mer de l'indifférence. Ils faisaient la queue une heure avant d'accéder au guichet du journal, comme si cette ultime démarche n'avait d'autre objectif que de les préparer au deuil à venir, partageant la conviction d'être abandonnés, d'être les derniers à se préoccuper de ces disparus passés par pertes et profits, mais eux n'arrivaient pas à se résigner.

Le vendredi soir, Franck se rendit à l'invitation de Hassen, qui avait racheté les murs, le stock et l'appartement à son ancien patron pressé de décamper. Il affirmait avoir fait la transaction dans les règles, avec les bons papiers et tous les tampons, et ne pas avoir profité de la situation, mais quand il remarqua le sourire de Franck, il précisa qu'il avait payé le prix que cela valait au moment où il l'avait acheté : Aujourd'hui, ça vaut plus cher, c'est normal, dans le commerce il ne faut pas confondre vitesse et précipitation, il a fait une bonne affaire à l'époque, et moi aussi.

Franck s'était demandé ce qu'il pouvait offrir à la femme de Hassen, il avait arpenté le centre-ville à la recherche d'un fleuriste mais n'en avait pas trouvé un seul, ils avaient disparu. Il acheta chez Peretti, le boulanger de l'avenue de la Marne, un gros paquet de bonbons multicolores, il n'y avait rien d'autre. Hassen logeait désormais au quatrième étage au-dessus de la boutique, mais l'ascenseur était immobilisé entre le premier et le deuxième niveau. Les entreprises de dépannage d'ascenseurs, elles aussi, avaient déserté Alger.

Hassen présenta sa famille à Franck. Sa femme Faïza en costume traditionnel, qui ne connaissait pas trois mots de français, resta interdite quand Franck lui tendit le paquet de bonbons, Hassen la soulagea en la poussant à accepter : Elle adore les sucreries. Hassen avait trois enfants, les deux garçons étaient partis pour la France, l'aîné vivait chez son beau-frère depuis deux ans et avait été embauché comme ouvrier à Poissy, l'autre était parti le rejoindre il y avait un an et travaillait sur un chantier d'autoroute : Si un jour, il y a du boulot ici, ils reviendront, mais au moins chez toi ils gagnent leur vie. Sa fille Aziza, contrairement à sa mère, était habillée à l'européenne et parlait couramment le français, elle aurait dû passer le baccalauréat en juin, mais les épreuves avaient été reportées à cause des événements, elle voulait faire des études de secrétaire bilingue : Tu vois, maintenant c'est comme ça, les filles se mettent en tête de travailler, je ne sais pas si c'est une bonne chose, on verra. Je vais te montrer quelque chose d'extraordinaire.

Hassen détenait un trésor, qui faisait sa fierté, et mourir d'envie ses voisins, il était l'heureux propriétaire d'une télévision La Voix de son maître qui trônait sur ses quatre pieds, au centre de la salle à manger, et dont il avait hérité avec l'appartement : Jusqu'à fin juin, l'écran est resté noir, mais hier les émissions ont repris, on va avoir une trentaine d'heures de programmes chaque semaine. Tu vas voir, on va passer une soirée royale. Qui mieux que nous ? Hassen rabattit le cache, appuya sur le bouton rouge et l'appareil grésilla, une image tremblotante apparut et se stabilisa, les haut-parleurs encastrés sur le côté diffusèrent la voix du présentateur du journal télévisé. Faïza déposa les plats sur la table basse, Hassen invita Franck à s'asseoir sur le canapé qui lui faisait face. Ils commencèrent le repas. Faïza et sa fille restèrent dans l'encadrement de la porte, autorisées à regarder la télévision. Franck se tourna vers la maîtresse de maison, se crut obligé de faire un compliment sur la suavité de la chouchouka, la finesse des carottes au cumin et le parfum du couscous, comme il n'en avait jamais mangé ailleurs.

– Délicieux. Vraiment.

– Tu as vu comme il parle bien l'arabe, c'est grâce à moi, intervint Hassen. Chut, c'est le Président.

La télévision diffusait un reportage où l'on voyait Ben Bella, à la fois charmeur et posé, faire un discours avec des mots simples comme s'il parlait à des amis, installé à la tribune d'un stade dont la pelouse et les gradins étaient noirs de monde. Il s'adressait à la foule dans un français impeccable, entouré d'une dizaine d'hommes, la plupart en tenue civile, la caméra s'attardait sur les officiels, le colonel Boumédiène était à sa droite, impassible. Ben Bella développait ses idées sur l'avenir du pays en marche vers le socialisme grâce au régime révolutionnaire, démocratique et populaire, il évoqua la tâche immense qui les attendait pour arriver à une autogestion irréversible, et qui allait demander des années d'efforts, il précisa : « L'Algérie sera socialiste dans la foi de l'islam », ce qui déclencha un tonnerre d'applaudissements. Hassen, la larme à l'œil, applaudit le tribun. Soudain, Franck bondit du fauteuil, sur l'écran derrière Boumédiène il venait d'apercevoir une silhouette familière en costume clair et chemise blanche ouverte.

– C'est Mimoun ! s'exclama Franck.

– Tu connais Hamadi ? dit Hassen.

– J'ai fait sa connaissance à Oujda quand j'attendais à la frontière le bon moment de passer en Algérie. On était amis.

– C'est quelqu'un d'important. Un proche de Boumédiène.

– Je ne savais pas.

Après le repas, Faïza et Aziza eurent le droit de s'asseoir sur des chaises pour regarder le film égyptien de la soirée, une romance sucrée en version originale, qui se déroulait dans un cabaret cairote, une histoire d'amour compliquée entre un chanteur maladroit et une danseuse rêveuse, avec des chansons et des danses, des voiles et des violons à n'en plus finir.

– On a de la chance, dit Hassen, il paraît qu'ils ont un stock inépuisable de films égyptiens.

Six semaines ont passé depuis que nous avons posé le pied sur le sol israélien. Six semaines de perdues où j'ai tourné en rond sans réussir à rejoindre Camille, livré à moi-même, car Igor et Léonid avaient recouvré leur âme de collégiens, ils partaient dès l'aube à l'oulpan, l'école où ils apprenaient l'hébreu. Je redoutais d'avoir fait ce voyage pour rien, il était illusoire d'imaginer que j'allais retrouver Camille comme par miracle. Je n'arriverais jamais à tenir plus d'une ou deux semaines, après quoi je n'aurais qu'à reprendre le bateau en sens inverse.

En débarquant du paquebot, nous avions laissé nos valises à la consigne de la compagnie maritime et fait un tour dans Haïfa. Il y avait une agitation joyeuse, on avait besoin de marcher après une semaine d'immobilité, et nous sommes arrivés au bord de la mer, les gens se baignaient, il faisait chaud mais un vent léger aidait à supporter la canicule. Igor et Léonid n'avaient décidé de rien, sauf d'aviser le moment venu. Sur le bateau, Igor avait discuté avec des passagers, beaucoup pensaient s'installer à Jérusalem, d'autres à Tel Aviv ou dans des kibboutz, ils avaient des parents ou des amis qui les aideraient dans leur installation. On a bu une bière dans un bar en planches en bord de mer.

– Alors, qu'est-ce qu'on fait ? a demandé Igor. On va voir comment c'est à Tel Aviv ?

– J'aime bien cette ville, elle ressemble à Odessa, a dit Léonid.

Nous avons marché jusqu'à la plage de Bat Galim, Léonid a eu envie de se baigner, nous n'avions pas de maillots de bain : On a nos slips, non ? Il a plié sa veste avec soin, ôté sa chemise, laissé tomber son pantalon, nous l'avons imité, Léonid était maigre, avec les os saillants. Nous nous sommes dirigés vers la mer, nous étions blancs comme des lavabos, personne ne nous a prêté attention, nous sommes entrés dans l'eau transparente qui était délicieusement fraîche, et sommes restés un long moment à nager et à patauger. Puis nous nous sommes installés sur le sable. Autour de nous, les familles s'apprêtaient à pique-niquer. Notre voisin, un homme d'une quarantaine d'années aux cheveux ondulés et au bronzage impeccable, s'est adressé à nous en russe, a proposé une cigarette à Igor et à Léonid, mais pas à moi, ils ont eu du mal à les allumer à cause du vent. Ils ont discuté en russe pendant un moment, parlant comme de vieilles connaissances, l'homme faisait des gestes avec son bras, Igor et Léonid posaient des questions, hochaient la tête à ses réponses d'un air entendu. La femme a appelé deux enfants qui faisaient des pâtés sur le sable, a sorti des provisions d'un grand sac, ils ont partagé leur repas avec nous, des sandwichs au pain de mie, un poulet, des œufs durs, des tomates et des bananes.

– Alexi est de Bakou, m'a traduit Igor, cela fait dix ans qu'il est arrivé, il a rencontré sa femme ici, Lisa est allemande. Il affirme que Tel Aviv est une ville affreuse, que la région de Haïfa est la meilleure pour s'installer, on y trouve facilement du travail et il y a une communauté russe qui s'entraide, il nous a donné de bons conseils.

Alexi avait écrit une adresse sur un bout de papier, et malgré ses explications, il fallut demander notre chemin à plusieurs reprises, mais c'était une ville où tout le monde parlait soit le russe, soit l'anglais et nous avons fini par trouver les locaux de l'Agence juive. « Surtout, ne vous laissez pas faire, avait dit Alexi, si vous les écoutez, vous en avez pour des mois à attendre. Demandez Ivan Karov, c'est le patron, dites-lui que vous venez de ma part. »

Nous fûmes reçus par une jeune femme souriante qui ne s'exprimait qu'en hébreu ou en anglais. Ivan était en réunion, elle les aida à remplir les formulaires d'accueil, leur expliqua les aides auxquelles ils avaient droit, leur proposa de prendre le temps de découvrir Jérusalem ou de faire un tour à Tel Aviv.

– On n'est pas venus pour faire du tourisme, on veut commencer les cours d'hébreu immédiatement ! répondit Léonid en tapant du plat de la main sur la table.

La jeune femme parut surprise de sa véhémence, disparut du bureau pendant près d'une demi-heure. Elle revint avec les certificats d'immigrants tamponnés, annonça que son chef avait trouvé une école qui pourrait les accueillir dès le lundi suivant. Elle leur donna les documents à remettre au directeur de l'école et un bon pour la prise en charge de l'hôtel jusqu'à ce qu'on leur alloue un logement, plus une avance de cinq cents shekels à chacun, puis elle leur demanda de patienter car le directeur du centre souhaitait les rencontrer.

Âgé d'une cinquantaine d'années, Ivan Karov dégageait une impression étonnante d'humanité et de force contenue, due à son allure débonnaire et à sa corpulence. Il portait une chemise blanche à manches courtes et sa veste sur l'épaule, il conservait des traces d'une beauté ancienne et un sourire enjôleur qui le faisait ressembler à un gros chat quand ses yeux et ses lèvres se plissaient, il transpirait à grosses gouttes, passait son temps à éponger son front dégarni et son cou de taureau avec un immense mouchoir à carreaux, respirait bruyamment, ne s'était jamais habitué à cette chaleur de plomb, et chaque pas lui demandait un effort. Il venait de Minsk, avait été fait prisonnier pendant la guerre, un tatouage à six chiffres sur l'avant-bras gauche lui rappelait en permanence son internement à Auschwitz pendant quinze mois. Il s'adressa immédiatement à Igor et à Léonid en russe, en m'ignorant totalement, ils parlèrent longtemps sans que je comprenne encore une fois quoi que ce soit à leur discussion.

Au bout d'une heure, il prit sa Ford Taunus grise et nous conduisit derrière le port à l'hôtel Excelsior qui portait mal son nom et semblait mal fréquenté, mais dont il connaissait le patron, originaire de Rostov. Celui-ci accueillit ses compatriotes avec une manifestation de joie un rien exubérante. Avec Igor, nous eûmes droit à une chambre à deux lits au confort spartiate, située au deuxième étage, avec une vue minuscule sur la mer entre deux immeubles, un broc d'eau pour se laver et les toilettes sur le palier. Ivan nous invita à dîner dans un restaurant voisin qui avait une terrasse sur le boulevard. Il posa à Igor et Léonid une foule de questions sans que ceux-ci paraissent surpris de sa curiosité, il ne s'adressa pas une fois à moi, je doute qu'il m'ait accordé le moindre regard. Il fut surpris quand Léonid mit sa main sur son verre au moment où il s'apprêtait à y verser du vin rouge : Non merci, Ivan, je ne bois jamais d'alcool. Ce repas, assez sommaire, a duré une éternité, puis Ivan nous a abandonnés, il est parti sans me serrer la main.

Igor et Léonid étaient heureux d'avoir rencontré autant de compatriotes, cela confirmait le proverbe : adversaires au pays, frères à l'étranger. Grâce à ce soutien inespéré, ils entrevoyaient leur avenir avec un peu plus de sérénité. Ils avaient décidé de considérer tout ce qui se présentait à eux d'un œil positif. Mais nous fûmes confrontés à un ennemi imprévu : la fournaise accablante dans la journée nous empêchait de mettre un pied dehors, les nuits étaient pires quand les murs régurgitaient la chaleur accumulée, impossible de trouver le sommeil, et nous passâmes des moments épouvantables, avec la fenêtre fermée nous étouffions, et quand nous l'ouvrions pour ne pas mourir asphyxiés, le bruit de la circulation nous empêchait de fermer l'œil.

La ville s'animait bien avant le lever du soleil, l'école commençait le matin à six heures et durait cinq heures, l'après-midi il était impossible de travailler, il fallait se réfugier à l'ombre et attendre, en étouffant, suant et pestant contre cette canicule écrasante. De mon côté, j'arrivais à trouver le sommeil au petit jour, je n'entendais même pas Igor qui partait suivre ses cours d'hébreu, je me réveillais vers onze heures et, le temps d'émerger, ils étaient de retour, il fallait tenir l'après-midi enfermés dans nos chambres ou dans le café voisin. En fin de journée, je prenais le bus pour me traîner à la plage, je me répétais que je n'étais pas venu dans ce pays pour prendre des bains de mer mais pour revoir Camille, mais j'ignorais où elle se trouvait, et je n'avais que le mince fil d'Ariane de sa lettre du mois de mars pour me conduire à elle. J'ai téléphoné à l'ambassade de France, j'ai expliqué à la standardiste que je recherchais une amie qui avait émigré, mais elle répondit que ces informations étaient confidentielles.

Camille m'expliquait dans cette lettre qu'elle passait de temps à autre à la poste restante de Haïfa pour retirer son courrier, j'ai montré sa photo à tous les guichetiers, qui l'ont montrée à d'autres collègues et à des clients, cela n'a rien donné. Elle me racontait que sa famille s'était installée dans un kibboutz à proximité du lac de Tibériade, non loin de la frontière syrienne. Sur une carte un peu ancienne prêtée par le patron du bar où je faisais des stages prolongés, j'ai dénombré onze kibboutzim dans cette région. J'ai pris mon courage à deux mains et décidé de les contacter, il m'a fallu près d'une semaine d'efforts pour faire le tour téléphonique de ces implantations, je tombais souvent sur des gens qui ne parlaient que l'hébreu, ou des langues inconnues, et je devais renouveler mes appels pour réussir à m'entretenir avec quelqu'un en anglais, je demandais à parler à M. Toledano, et chaque fois le couperet tombait : *No Toledano here*.

J'ai étendu mes recherches à d'autres régions. J'ai aussi téléphoné à l'Institut d'agronomie de Jaffa car Camille envisageait d'y faire des études, j'ai appelé une dizaine de fois mais personne ne répondait. Et puis, fin août, une femme a décroché, elle parlait l'anglais avec un accent guttural et m'a indiqué que pour les inscriptions il restait quelques places, j'ai eu beau expliquer que je n'appelais pas à titre personnel, elle me répétait que je devais remplir un dossier. J'ai mesuré à cette occasion que ma pratique de l'anglais présentait des lacunes. Le 3 septembre, je suis tombé sur le directeur, il m'a assuré qu'aucune élève du nom de Toledano ne figurait sur ses listes, mais que si je voulais m'inscrire, c'était encore possible, et qu'il pourrait me faire un prix.

Finalement, j'ai passé un temps fou à la poste de Haïfa. La directrice, qui venait de Bruxelles et m'avait pris en sympathie, m'a demandé si je serais intéressé par un poste de facteur, j'ai répondu que cela aurait été avec plaisir mais que je ne parlais pas l'hébreu, elle a proposé d'accrocher la photographie de Camille à l'entrée du bâtiment ; sur une grande feuille, elle a écrit en hébreu, en français et en anglais : « Un jeune Français recherche cette jeune fille, si vous l'avez vue ou si vous la connaissez, merci de prévenir un guichetier. » Les employés de la poste s'efforçaient de me parler en français, me lançaient des : Bonjour, Michel, comment ça va aujourd'hui ? Il fait beau. Je répondais : Oui, il ne fait pas trop chaud. Et je passais mes coups de téléphone. Mais, les jours sans résultat se succédant, j'ai été envahi par l'impression déprimante que je m'agitais dans le vide et que je ne reverrais jamais Camille.

J'ai oublié de préciser que si la vie commençait avant le lever du soleil, elle s'arrêtait avant qu'il disparaisse dans la mer, les soirées étaient réduites à leur plus simple expression, il semblait y avoir un concours à qui irait se coucher le plus tôt. Quand je me baladais le soir, la ville semblait morte, je n'entendais que des ronflements. Igor et Léonid me souhaitaient une bonne nuit à neuf heures du soir. Je scrutais les eaux tranquilles en quête d'une explication à cette bérézina ou en échafaudant des stratégies qui me permettraient de revoir Camille, et à un moment, j'en suis arrivé à cette conclusion désastreuse : si cela se trouve, elle ne m'attend pas, elle roucoule avec ce crétin d'Élie avec qui elle se sera réconciliée. Mais je ne devais pas laisser la jalousie prendre le dessus. Alors, je traînais sur le bord de mer. Je n'avais pas le moral.

Cette fois, il n'y aurait pas de miracle.

Léonid a respecté la promesse faite au rabbin marocain, il n'a plus bu une seule goutte d'alcool. Mais avec cette abstinence, il avait évolué de façon imprévisible. Deux ou trois fois par semaine, il se rendait dans un oratoire proche de notre hôtel pour suivre la prière du soir, et il n'a raté aucun des grands offices du vendredi soir et du samedi matin. Il a proposé à Igor de l'accompagner, qui lui a répondu : Grâce à Dieu, je suis athée !

Léonid y allait donc seul. Il appréciait les chants, la musique, la ferveur, même s'il ne comprenait pas un traître mot des prières en hébreu ancien. C'était beau. Il suivait la liturgie, se levait, baissait la tête, se tournait à droite, à gauche, s'asseyait, se relevait, et ainsi de suite pendant deux heures. Il finit par mémoriser certains passages, qu'il récitait les yeux fermés, comme s'il s'adressait à Dieu en personne. On s'étonna de ce Russe qui pratiquait avec autant de conviction sans rien connaître du rituel, il expliqua qu'il avait été privé d'éducation religieuse par le régime communiste et cette réponse était tellement plausible qu'il fut pris en charge par les fidèles touchés par sa détermination. Un homme lui prêta un tallith, lui expliquant comment le porter, un autre l'invita dans sa famille pour partager le dîner du vendredi, un autre le déjeuner du samedi, et c'est ainsi que Léonid se fit des amis et devint un membre estimé de la communauté.

– Tu crois qu'il simule ? ai-je demandé à Igor. Qu'il fait semblant d'être religieux pour qu'on pense qu'il est juif, et que cela appuie sa demande d'immigration ?

– J'aurais préféré, a répondu Igor, mais je crains qu'il ne soit sincère. Totalement sincère.

De tous les élèves de l'oulpan, Léonid était celui dont les progrès étaient les plus rapides, il apprenait l'hébreu plus vite que les autres, aidait ses camarades qui piétinaient devant l'alphabet hébraïque et reprenait Igor qui avait du mal à tracer ces signes tarabiscotés. À la fin de la journée, Léonid ne nous accompagnait pas à la plage, trois fois par semaine, il suivait des cours de religion judaïque, posait un millier de questions, notait les réponses sur un cahier. Un soir où nous dînions ensemble, il interpella le restaurateur :

– Dis-moi, Youri, ces côtelettes d'agneau sont-elles casher ?

Youri parut surpris par cette question, réfléchit un instant.

– Je présume, Léonid, puisque nous sommes en Israël.

– Ce n'est pas une raison suffisante, vois-tu. Si tu achètes la viande à la boucherie du coin, elle ne respecte pas forcément les règles d'abattage de la casherout.

– À vrai dire, comme le boucher est juif, je pense que cela doit suffire.

– Malheureusement, il y a des prescriptions à observer. Je préfère m'abstenir de manger cette viande.

Nous avons fini les côtelettes dont il n'a pas voulu. Et lui avons laissé les tomates et les pommes de terre en compensation. Il a remarqué le regard perplexe qu'Igor et moi avons échangé.

– Vous pouvez sourire, ces principes ne se négocient pas, c'est tout ou rien. J'ai vécu comme un mécréant, mais maintenant, je respecte cette loi et je l'éprouve au quotidien. Aujourd'hui j'ai cinquante-deux ans et personne n'a à me dire ce en quoi je dois croire ou pas, je ressens le besoin de prier, le culte judaïque me plaît, j'aime sa simplicité, sa modestie, sa philosophie, alors j'ai décidé que je serais juif, c'est vrai, ma mère n'était pas juive, mais ici et aujourd'hui c'est différent, alors je prie, et depuis mon arrivée sur cette terre brûlée, j'ai fait la paix avec moi-même, je me sens enfin soulagé, même si je pense toujours à Milène. Je dors mieux, je n'ai plus envie de boire, alors peu importe si je trouverai un poste de pilote ou pas, ce serait merveilleux bien sûr de voler, mais sinon, tant pis, je resterai ici et je ferai autre chose, professeur d'échecs ou mécanicien ou électricien ou maçon ou n'importe quel travail qu'on me donnera.

Sur la place en face de la mairie, un Libanais tenait un kiosque-bazar, le seul de la ville où on trouvait des journaux étrangers, à l'approvisionnement irrégulier, un jour il recevait *Le Figaro*, un autre *France-Soir* ou *L'Aurore*, sans explication. J'avais besoin de me sentir rattaché au pays. En cette période de vacances, l'actualité était en état de narcose, le marché des transferts était atone mais, dans *Combat*, une information m'a fait frissonner : une hystérie collective s'était emparée des États du Sud, certains Américains avaient juré d'assassiner John Lennon parce qu'il avait osé affirmer que les Beatles étaient plus populaires que le Christ, des radios boycottaient leurs chansons, des autodafés de leurs albums éclairaient les nuits de l'Alabama, le Klan avait crucifié leurs disques en appelant la foule à venger ce blasphème. Leur avion avait essuyé des tirs de fusil et le FBI, craignant qu'un sniper ne les dégomme lors de leurs concerts à Memphis ou à Saint Louis, assurait leur protection nuit et jour et les transportait, terrorisés, dans un véhicule blindé.

S'ils les tuent, qu'allons-nous devenir ?

Au bout de trois semaines, j'ai acheté trois cartes postales en couleurs de la baie de Haïfa pour envoyer des nouvelles à mes parents. J'ai mis une heure à écrire la même carte à ma mère et à mon père, en écrivant gros et en présumant qu'ils ne compareraient pas les textes. Je restais évasif sur mes activités, ce qui correspondait parfaitement à ma situation, et j'évoquais la chaleur écrasante, la brise qui permettait de la supporter, les bains de mer rafraîchissants, sans évoquer la date de mon retour car je l'ignorais, et je me gardais de donner mon adresse afin d'éviter que ma mère ne m'écrive de revenir à temps pour ne pas rater le début de l'année universitaire. Et puis, j'ai écrit une carte à Jimmy :

Mon vieux Jimmy,

Cela fait trois semaines que je suis en Israël, à Haïfa précisément, où on a l'impression de vivre dans un four. Le pays est un chantier un peu bordélique, les immeubles poussent comme des champignons. Je n'ai toujours pas retrouvé ma copine et je me demande si j'y arriverai un jour. Si ça se trouve, elle n'est plus dans ce pays ou bien elle m'a oublié.

Et toi, comment se passe le tournage avec Luis Buñuel ? Bien j'espère. Un ami m'a dit que c'était un metteur en scène remarquable, qui laissait beaucoup de liberté à ses comédiens. Cela doit te changer de la télé. Et le repas avec Kessel, c'était comment ?

Tu me raconteras tout en détail quand je rentrerai. Dans quelques semaines ou quelques mois peut-être. Je me souviens de ce dîner somptueux et de cette soirée magnifique que nous avons passée tous les trois. Je suis tellement heureux que vous vous soyez réconciliés, et je vous souhaite le meilleur du meilleur. Embrasse Louise pour moi. À bientôt (j'espère). Ton ami,

Michel

Le mois d'août se terminait, rien ne bougeait, j'en avais assez de tourner en rond dans cette ville où il n'y avait rien d'autre à faire que de transpirer, j'en étais arrivé à la conclusion que je ferais mieux de rentrer en France et de penser à ce que je voulais faire de ma vie, puisque je ne débordais pas d'enthousiasme à l'idée de poursuivre des études de lettres.

Peut-être que le moment n'était pas venu que je retrouve Camille.

À trois reprises, Ivan est venu dîner avec nous. La première fois, quand Igor lui a dit que Léonid ne voulait plus manger dans notre restaurant habituel parce que le patron n'achetait pas de viande casher, Ivan n'a pas eu l'air surpris : Il a raison, on devrait respecter nos propres règles. Et nous sommes allés dîner dans un établissement voisin où les agneaux étaient égorgés dans les règles. Ivan a continué de m'ignorer. À un moment, je l'ai surpris en train de m'observer, mais pas une fois il ne m'a adressé la parole. Ce soir-là, Ivan a fourni à Igor et à Léonid des précisions sur la suite. Il espérait qu'un appartement leur serait attribué d'ici la fin septembre puisqu'ils avaient demandé à rester ensemble. On comptait une année pour qu'ils maîtrisent l'hébreu et ils seraient pris en charge pendant cette période, Léonid pourrait déposer sa candidature auprès d'El Al dès qu'il serait capable de remplir le formulaire, le délai d'instruction des demandes était long, et il n'y avait pas moyen de faire autrement. Pour Igor, ils avaient eu la confirmation de son diplôme soviétique. Après son apprentissage de l'hébreu, il devrait faire un stage d'environ six mois en hôpital afin d'obtenir sa licence israélienne et bénéficier d'une mise à niveau pour les nouvelles pratiques. Ensuite, Igor déciderait s'il préférait exercer dans le public ou le privé. À la fin du troisième repas, il y eut un silence repu, on se souriait sans savoir quoi dire, Ivan regarda Léonid.

– Il paraît que tu es un grand joueur d'échecs, je serais honoré de faire une partie contre toi.

– Qui te l'a dit ? demanda Léonid. Pas moi, ni Igor, ni Michel.

– Ta réputation est parvenue jusqu'à moi, répondit Ivan.

Léonid échangea un regard avec Igor, et d'un air fataliste déclara qu'il jouerait contre lui avec plaisir. Le restaurateur apporta un jeu fatigué avec des pièces en bois usées.

– Prends les blancs, Ivan. Par principe, je ne joue jamais sans parier quelque chose. À Paris, on pariait l'apéro, mais je ne bois plus, je suis embêté car je ne veux pas te prendre d'argent.

– Ce n'est pas dit que tu gagnes, j'ai été classé dans le temps.

– Si je gagne, tu m'aides dans mon dossier pour El Al ? Un petit coup de pouce.

Ivan avança son pion blanc de deux cases pour toute réponse. La partie commença, quelques clients se rapprochèrent pour suivre l'affrontement, les deux joueurs enchaînaient les coups rapidement, mais au bout de vingt minutes, Ivan suspendit son geste à l'instant où il s'apprêtait à déplacer sa reine.

– J'ai commis une erreur grossière. La revanche ? Tu prends les blancs.

– Si je joue avec les blancs, tu as zéro chance.

Ils replacèrent les figurines, Léonid se versa un verre d'eau, Ivan commença et joua avec plus de concentration, on le sentait sur ses gardes, il jetait des coups d'œil à Léonid, qui l'ignorait. Au bout d'une demi-heure, Ivan eut un sourire en prenant le fou noir avec son cheval.

– Je suis désolé, Léonid, tu n'es pas en très bonne position cette fois.

Léonid le fixa d'un air triste.

– Tu as fait la mauvaise prise, maintenant tu es mat dans trois coups, contre toute défense. Si encore tu connaissais Paul Keres et une partie époustouflante qu'il joua à Buenos Aires en 38, tu aurais pu te rattraper, mais tu as joué comme son adversaire, tant pis pour toi, on ne lit plus les maîtres, on pousse les pions et on croit qu'on joue bien parce qu'on bat de mauvais joueurs.

– Tu ne m'as pas encore battu.

La fin de partie dura vingt minutes. Ivan réfléchit, comme probablement il ne l'avait jamais fait de sa vie, cherchant à comprendre mais ne trouvant pas la solution, il scrutait l'échiquier comme s'il allait y découvrir un secret dissimulé, avança sa tour, mais tout se déroula comme annoncé. Après que Léonid eut sacrifié son dernier fou, son roque lui fut fatal. Ivan comprit, ferma les yeux, renversa son roi et tendit la main à son adversaire.

– Bravo, Léonid, tu es encore plus fort qu'on ne me l'avait dit.

– El Al, n'oublie pas.

Le 6 septembre, pour la nouvelle année juive, Alexi nous a invités à dîner chez lui, ainsi qu'Ivan, sa femme et leurs deux enfants, nous étions une quinzaine de personnes autour de la table, ce fut une fête animée, une fête entre Russes, où je ne comprenais pas un mot des échanges, et personne n'a fait le moindre effort pour me parler. Alexi et Ivan ont tour à tour lu les prières, Léonid suivait sur un livre avec la femme d'Ivan, dont le doigt se déplaçait sur la page, le rituel n'en finissait plus, nous avons dîné tard. À la fin du repas, Igor a frappé légèrement sur son verre avec un couteau, les conversations se sont arrêtées, il s'est adressé à la tablée en russe, ils se sont mis à me dévisager, j'ai eu droit à des sourires de leur part.

– Mes amis, a-t-il poursuivi en français, nous allons faire nos adieux à Michel qui rentre en France, il sera toujours le bienvenu ici. Hélas, il n'a pas retrouvé sa copine. C'est si difficile de découvrir où quelqu'un vit quand on a si peu d'éléments.

C'est alors qu'Ivan s'est adressé à moi. En français ! J'en étais stupéfait.

– Mais pourquoi ne m'as-tu rien demandé ? J'aurais peut-être pu t'aider.

Tout à ma surprise, j'ai bafouillé des Heu en haussant les épaules.

– Il n'a aucune information, à part son nom de famille, dit Léonid.

– Il y a la lettre qu'elle lui a écrite aussi, dit Igor.

– Fais voir cette lettre, dit Ivan.

J'ai cherché la lettre de Camille que j'avais lue un million de fois, si bien que je pouvais la réciter par cœur, et en la sortant, j'ai fait tomber le trèfle à quatre feuilles que mon père m'avait donné avant mon départ. Ivan a lu la lettre.

– Ce n'est pourtant pas compliqué, elle se trouve à Shaar Hagolan, c'est un kibboutz très ancien, situé sur le plateau du Golan, pile sur la frontière. Il a été détruit par l'armée syrienne lors de la guerre d'indépendance, mais on l'a repris, il est plus grand et plus beau aujourd'hui.

– Comment savez-vous qu'il s'agit bien de ce kibboutz ?

– Elle t'écrit – il ajusta ses lunettes pour lire : « Je suis au bout du monde, dans un kibboutz pur et dur à proximité du lac de Tibériade, à la porte du Golan, où il n'y a strictement rien à faire qu'à ramasser des carottes et des oignons. » En hébreu, Shaar Hagolan se traduit par « porte du Golan ». Et c'est vrai qu'il n'y a rien d'autre à faire là-bas.

*

L'ascenseur de l'hôpital Parnet grinçait depuis une semaine, un bruit de ressort intermittent, on frémissait à l'idée de cette catastrophe annoncée : il ne serait bientôt plus possible de transférer les femmes accouchées au rez-de-chaussée dans leurs chambres en étage, et puis on commença à entendre ce clapotis de casserole fêlée provenant des cintres et la cabine se mit à s'arrêter régulièrement dix centimètres au-dessus du palier.

– Il faut que tu trouves une solution avant qu'on soit en carafe, dit Lucien à Franck. Si on n'a plus d'ascenseur, on est obligés de s'arrêter !

Franck passa des heures au téléphone avec d'autres hôpitaux de la ville, dont certains étaient aussi confrontés à des pannes, il n'y avait plus aucun technicien pour réparer, personne n'avait de réponse à court terme. Franck tenta sa chance auprès de l'hôpital Maillot, toujours sous le contrôle de l'armée française, mais eux attendaient l'arrivée d'un réparateur de métropole.

– Vous savez, risqua Franck, depuis le 5 juillet, l'Algérie est un État indépendant. La France est un pays limitrophe, la métropole c'était avant.

Franck n'aurait pas dû faire cette réflexion, le militaire lui raccrocha au nez. Il téléphona à Oran, à Bône, à Constantine, les réparateurs d'ascenseurs appartenaient à une race éteinte, tout le monde se plaignait amèrement de leur disparition. Il contacta le nouveau gouvernement, passa de service en service à expliquer son affaire, en français et en arabe, attendant un temps interminable qu'on lui réponde, il tempêtait, menaçait de poursuites ses interlocuteurs pour non-assistance à femmes et à bébés en danger, sentit la panique gagner certains correspondants, laissa dix messages à autant de personnes. Quand, au bout d'une heure d'entretien avec un militaire consciencieux, la communication finit par s'interrompre, il se sentit seul et abandonné sur ce continent fragile qui détestait les ascenseurs, avec cette impression désastreuse qu'il devait se résoudre à la fatalité ambiante.

Le mercredi 19 décembre à 9 h 30, un bruit de casserole inconnu, un *boum-boum* nonchalant, entraîna l'arrêt de la cabine entre deux étages, avec à l'intérieur une femme qui se rendait en salle de travail. Complètement paniqué, un court moment, Lucien pensa pratiquer l'accouchement sur place à l'intérieur de l'ascenseur, mais pour des raisons d'hygiène, c'était inenvisageable, il dut calmer la femme avec des promesses de lendemains radieux, et en désespoir de cause lui expliquer que si elle ne faisait pas tout pour sortir de là, elle allait mourir dans cette cabine. Au prix de contorsions difficiles à décrire, soutenue par quatre paires de bras, elle fut extraite de l'ascenseur, non sans cris, et ce ne fut que le début du martyre de cette femme qui souffrit durant six heures, comme si un diable la dévorait de l'intérieur. Lucien demanda à Franck de faire office de sage-femme, de lui tenir la main, de l'encourager comme il pouvait, de lui tapoter le front avec un linge humide. Franck resta auprès d'elle, il tremblait pour elle, ne comprenait pas comment le cœur de cette femme pouvait résister à pareille douleur, ses hurlements rauques, ses yeux convulsés le pétrifiaient, elle se contorsionnait, se mordait les doigts, lui serrait la main avec une force incroyable, et puis à la cinquième heure, le visage de la femme devint blanc, elle cessa de bouger, agitée de petites secousses, elle se mit à saigner abondamment, Franck courut prévenir Lucien, qui décida d'utiliser les forceps.

– Elle est trop épuisée, on risque de la perdre, j'ai besoin de toi, il faut que tu me tiennes les tiges pendant que je tire. Hé, tu ne vas pas tomber dans les pommes ?

Ce fut pour Franck une épreuve presque aussi douloureuse que pour la parturiente, qui finit par accoucher d'une petite fille de trois kilos huit cents grammes, chevelue et joufflue, indifférente à l'agitation du monde et au regard attendri de sa mère, qui la prénomma Jalila, et mourut quatre jours plus tard d'une fièvre puerpérale.

– Je te préviens, dit Franck à Lucien, c'est la dernière fois, je ne supporte pas le sang.

Le lendemain, Franck, aidé par un jardinier, tenta de découvrir ce que l'ascenseur avait dans le ventre, même si ses compétences en matière de mécanique se bornaient au changement d'une bougie de Solex. Le dossier de l'ascenseur ne comportait que des comptes rendus d'entretien mais aucune fiche technique. Il descendit dans la fosse, qui était pleine de mégots, remonta, il en était à considérer un schéma électrique quand il aperçut Mimoun Hamadi en face de lui :

– Tu as mis la panique au palais du gouvernement. Tu as affolé tout le monde. Tu as menacé de je ne sais quoi un pauvre sergent qui est venu me trouver pour se plaindre. Hier, on n'a parlé que de toi, c'est remonté au Président qui m'a dit : « Si l'Algérie veut avancer, elle doit aussi pouvoir monter et descendre. » Tu as eu doublement raison, d'abord parce que grâce à cet appel je t'ai retrouvé, ensuite parce qu'on doit résoudre ce problème d'ascenseur.

C'était plus facile à dire qu'à faire.

Mimoun s'y connaissait pourtant en mécanique, il était capable de démonter le moteur d'une jeep ou l'embrayage d'un camion, il avait travaillé à l'usinage des pistolets-mitrailleurs, copies du Mat 49 français, et emmagasiné des compétences reconnues dans une foule de domaines. Ils montèrent sur le toit de l'immeuble, pénétrèrent dans le local d'ascenseur, cette machinerie, avec ses treuils, contrepoids et relais électromagnétiques enchevêtrés, était d'une complexité inouïe, surtout quand on ne disposait ni des plans, ni de l'outillage, ni des pièces de rechange.

– Il faut trouver un réparateur de toute urgence, il doit bien en rester un quelque part, même à la retraite. Au fait, comment as-tu fait pour apprendre l'arabe si rapidement ?

– Ce n'est pas si difficile. Et si on téléphonait au fabricant en France ? Il pourrait peut-être nous aider, nous guider dans la réparation.

On trouva son nom et ses coordonnées sur une facture. Franck téléphona à l'entreprise dont le siège était à Marseille, expliqua son problème à la réceptionniste, qui lui passa le directeur commercial, auquel il conta les mésaventures des ascenseurs algériens depuis que les techniciens, tous français, avaient été rapatriés.

– Cela ne m'étonne pas, dit le directeur. Ces mécaniques nécessitent un entretien constant. Vous n'êtes pas près d'être dépannés, ni d'avoir les pièces de rechange, quant à nous, pas question qu'on aide les fellaghas !

Ils furent confrontés à la vieille histoire du serpent qui se mord la queue, les demandes auprès des autres ascensoristes s'avérèrent inutiles car ils renvoyaient tous au constructeur d'origine.

– On n'y arrivera jamais, conclut Mimoun. On doit former des techniciens de toute urgence.

– Cela va prendre un temps fou, deux ou trois ans peut-être, dit Franck. Comment faire en attendant ?

Mimoun Hamadi résolut le problème en une heure : il réquisitionna quelques centaines de jeunes soldats costauds, désœuvrés depuis la victoire du FLN, les posta comme portefaix et brancardiers dans les hôpitaux où ils allaient déplacer les malades et les opérés d'un étage à l'autre, en leur assurant qu'en remédiant à l'impréparation de la relève de techniciens par le colonisateur, ils accomplissaient une mission de salut national, et aux rares téméraires qui osèrent protester en soutenant qu'ils ne s'étaient pas battus pour finir brancardiers, il répondit que la bataille contre le délabrement du pays venait de commencer, et qu'aucune rouspétance ne serait tolérée.

– Cette panne des ascenseurs est symptomatique de la tâche qui nous attend, expliqua Mimoun à Franck. Il faut reconstruire en partant de zéro, on manque de mécaniciens, de chauffeurs, de grutiers, de conducteurs d'engins, d'électriciens, d'outilleurs, je ne vais pas faire la liste de ce qui manque, ce serait interminable. On manque de tout. Et de comptables, d'enseignants, de gestionnaires. J'ai besoin de toi. Je suis chargé de la planification, c'est un travail colossal, et bien sûr, nous manquons d'économistes. Je te préviens, ce ne sera pas bien payé.

– Si j'avais voulu gagner de l'argent, je ne serais pas venu ici. Je peux te demander un service ? Toi qui as des relations, j'ai besoin d'aide, je n'ai pas pu retrouver Djamila, j'ai fait le tour des hôpitaux, des foyers, j'ai passé des photos dans le journal, j'ai cherché en vain. À croire qu'elle n'existe pas. Peux-tu faire quelque chose ?

– Je te promets d'essayer, mais ne te fais aucune illusion, nous avons perdu la trace de dizaines de milliers d'Algériens. Nous avons tellement d'autres urgences et nos moyens sont tellement limités, les Français ont détruit les archives et leurs fichiers avant de partir, nous ne disposons d'aucun recensement, l'État est à construire, nous savions faire la guerre mais nous n'étions pas préparés à la paix.

Franck abandonna son poste de directeur à mi-temps de l'hôpital Parnet et de commis épicier pour s'installer avec Mimoun au quatrième étage de l'ancienne préfecture, où l'institut nouvellement créé disposait de bureaux en enfilade avec une vue à couper le souffle sur le port et la mer, et où ils allaient mettre en œuvre le plan pour les années à venir. Mimoun réquisitionna l'immense bureau d'angle de l'ex-secrétaire général, et Franck, le bureau contigu.

Franck, Lucien et Martial se retrouvaient à l'improviste chez Marco pour dîner, car les deux premiers avaient des vies imprévisibles. Franck se déplaçait souvent dans tout le pays pour les besoins de ses missions, les programmes de planification se développaient à un rythme soutenu, particulièrement dans le domaine agricole qui inaugurait les premières expériences d'autogestion, ce qui soulevait le scepticisme de Martial.

– Tu refuses d'admettre que c'est le peuple algérien lui-même qui exige d'autogérer ces propriétés agricoles où il a été exploité, affirmait Franck.

– Mais ils ne savent ni lire ni écrire, soutenait Martial, ils comptent sur leurs doigts ! Comment vont-ils gérer des stocks, négocier leurs achats, prévoir investissements et amortissements ?

– On est là pour les aider, leur donner des outils, les amener à prendre leur destin en main, tu as encore des réflexes de colon. Je le vois chaque jour au cours de mes tournées, ils sont peut-être illettrés, mais ils sont pleins d'ambition et d'espoir. Personne n'a dit que ce serait facile, ni rapide, mais c'est notre alternative à l'exploitation.

Franck travaillait sur plusieurs projets à la fois, sans jour de repos fixe, dormait dans les trains quand ils roulaient, les salles d'attente ou les bus, il ne comptait ni son temps ni sa fatigue, et devait désormais faire avec l'absence de Mimoun, que le ministre des Finances avait réquisitionné pour participer au comité qui préparait la création de la Banque d'Algérie. Franck ne se plaignait pas de sa surcharge d'activité, soutenant que c'était une chance exceptionnelle d'avoir autant de responsabilités à son âge. En France, il aurait dû attendre quarante ans au moins pour diriger un service.

Lucien avait fini par céder aux demandes de Franck et accepté d'intervenir comme consultant au ministère de la Santé. Les accords de coopération se succédaient avec les pays communistes, lesquels envoyaient du personnel médical en nombre, mais il fallait les encadrer, organiser leur travail, leur fournir une assistance. Lucien, qui parlait l'espagnol, fut chargé de gérer le bataillon des médecins cubains, il était censé établir un rapport mensuel sur leur activité, mais ces collègues, rétifs à toute paperasse, ne remplissaient pas les fiches qu'il leur préparait. Lucien se résolut à cocher les cases à leur place et, grâce à lui, les camarades cubains dépassèrent leurs objectifs.

Franck rata la fête du nouvel an chez Marco, coincé à Tlemcen à cause d'un conflit entre une coopérative et des ouvriers agricoles en grève avec qui il passa le réveillon.

Mi-janvier, il trouva sur son bureau des messages insistants de Lucien qui voulait le voir de toute urgence. Ils se retrouvèrent un soir chez Marco. Lucien avait une mine effrayante, le col ouvert, le nœud papillon défait, il ne prit pas la peine de demander à ses amis comment ils se portaient, n'attendit pas que l'anisette soit servie et attaqua d'une voix fébrile :

– De tous côtés, on entend parler de massacres de harkis. Des patientes horrifiées, des étudiants m'ont rapporté des monstruosités. Des médecins cubains se sont plaints des exactions répétées dont ils ont été témoins, même chez eux ils n'ont jamais vu pareille cruauté. Le gouvernement doit intervenir, arrêter les tueries, des dizaines de milliers de harkis ont été assassinés dans des conditions horribles, j'ai vu des photos abominables, dignes de la Gestapo. On n'a pas le droit de faire cela, pas ici, après tout ce que ce pays a subi. Tu dois faire quelque chose, en parler aux gens que tu connais, ce carnage doit cesser.

– Un client a vu la même chose à Constantine, enchaîna Martial, cela fait froid dans le dos.

– Ce que vous dites est exact, dit Franck. Mais il n'y a rien à faire pour l'instant. La colère du peuple doit passer. Les harkis sont des traîtres, ils ont endossé les habits de l'armée française pour pourchasser et éliminer leurs compatriotes qui combattaient pour l'indépendance, ils savaient qu'ils accomplissaient un sale boulot, ils ont livré sans états d'âme leurs frères aux paras qui les ont torturés et exécutés, je n'ai aucune compassion pour ces vendus, ce sont des collabos qui ne méritent aucune pitié. Je garde mes larmes pour ceux qu'ils ont assassinés. Si tous les Algériens avaient été comme eux, les colons seraient encore dans ce pays à les exploiter. Des centaines de milliers d'Algériens se sont sacrifiés pour la liberté de cette terre, c'est eux qu'il faut pleurer. Hé, vous êtes amnésiques ou quoi ? Vous faites du sentimentalisme quand cela vous arrange. Qu'a-t-on fait à nos collabos après la Libération ? On a été gentils avec eux peut-être ? On en a fusillé plus de dix mille sans procès, on a tondu vingt mille femmes, il y a eu des milliers de règlements de comptes, alors nous sommes mal placés pour leur faire la leçon. Et puis, l'armée française n'avait qu'à embarquer les harkis dans ses bagages, ils auraient eu la vie sauve, mais de Gaulle n'a pas voulu accueillir les supplétifs, il les a abandonnés en sachant ce qui allait arriver. Alors, tant pis pour ceux qui étaient du mauvais côté. La vengeance fait partie de la guerre, les vaincus doivent payer.

– C'est horrible ce que tu dis, murmura Lucien.

Je suis persuadé que ce que nous devons chercher pour les indigènes de nos colonies, ce n'est ni l'assimilation rapide, ni la simple association, ni leur union sincère avec nous, mais le progrès qui sera très inégal et devra être cherché par des moyens souvent bien différents : le progrès doit être intellectuel, moral et matériel.

Charles de Foucauld

Mimoun Hamadi habitait dans le quartier chic du Bardo, sur les hauteurs d'Alger, dont les immeubles modernes et les propriétés coloniales avaient été réquisitionnés par les dignitaires du régime après la fuite de leurs occupants. Un coup d'épaule dans la porte, on changeait les serrures, et on devenait l'heureux occupant des lieux. Quand des malins avaient cru pouvoir se les approprier sans avoir les bonnes relations, les plus avisés leur donnaient un délai pour déguerpir fissa. Mimoun, qui avait le grade de colonel, avait accordé une heure à un petit lieutenant qui s'y voyait déjà pour qu'il plie bagage avec sa famille, avant d'y installer la sienne. Il vivait désormais dans une superbe villa blanche avec colonnes, invisible de la rue, d'une dizaine de pièces, contiguë à l'immense parc de Galland ; de sa terrasse on ne voyait aucune habitation, mais des arbres à perte de vue, des massifs fleuris de bégonias et de bougainvilliers, une allée de citronniers et au loin la mer.

Mimoun trouvait naturel que les responsables qui avaient risqué leur vie pour le pays, qui se sacrifiaient chaque jour pour lui, vivent d'une façon agréable : Et puis, si ce n'est pas nous qui occupons ces maisons, elles vont tomber en ruine, tu es sûr que tu ne veux pas un appartement dans le coin ? avait-il demandé à Franck lors de leur première séance de travail, mais celui-ci préféra conserver son appartement de la rue Géricault, avec Martial en dessous. Franck venait chez Hamadi pour régler les dossiers, mais il arrivait qu'ils ne se voient pas pendant des semaines, quand Mimoun partait à Paris pour y travailler avec les responsables de la Banque de France. Ils s'installaient sur la terrasse, déposaient les classeurs sur une immense table, emplissaient leurs poumons de l'odeur des tilleuls, des pistachiers et des caroubiers, buvaient des lampées de jus d'orange et d'antésite que leur servait la fille cadette de Mimoun, et restaient à contempler le paysage qui faisait songer à une toile impressionniste quand il s'effaçait dans la brume descendant sur la baie.

– Je n'ai pas très envie de travailler, avoua un soir Mimoun. Si j'avais su que ce serait aussi fatigant d'être banquier, j'aurais refusé, même si c'est difficile de dire non au Président, je me doutais que ce serait compliqué, mais à ce point… Il n'existe aucun livre qui explique comment créer une banque nationale de but en blanc, comment réguler une économie, gérer le trésor de l'État, imprimer le papier-monnaie, financer le développement du pays, et j'en passe… Nous sommes pour longtemps encore obligés d'utiliser le franc pour nos transactions dans notre propre pays, si bien que nous restons dépendants de la France qui assure nos fins de mois, nous sommes sous transfusion financière permanente, sans ressources, incapables de lever des impôts, et cela durera tant que notre économie ne démarrera pas. C'est bien beau de faire la révolution et de gagner une guerre, mais la vérité, c'est que c'est la finance qui décide de tout. Pas moyen d'y échapper. Et je dois reconnaître que le gouvernement français nous aide financièrement au-delà des accords d'Évian, c'est lui qui paye nos fonctionnaires aujourd'hui.

De son côté, Franck évoquait les sujets qui posaient problème, c'est-à-dire presque tous. Personne ne savait trop ce qu'il fallait décider, et la plupart des programmes d'autogestion étaient paralysés par l'impossibilité de financer les investissements et par l'absence d'ingénieurs et de techniciens capables de mener les projets à terme.

– De toute façon, on n'a pas d'argent, conclut Mimoun. Plus tard peut-être. Il ne faut pas se disperser, on doit se concentrer sur les projets industriels qui vont créer des emplois, c'est notre priorité, mais ne te mets jamais en avant, c'est inutile de se faire des ennemis quand on peut l'éviter, nous, à l'Institut du plan, on étudie l'opportunité et la cohérence sociale des programmes, le financement n'est pas de notre ressort. Réponds toujours que tu es d'accord sur la nécessité du projet, mais renvoie celui qui réclame des sous au ministre de tutelle… Pour ta copine, j'ai eu un retour du ministère de l'Intérieur : il n'y a aucune trace d'elle nulle part, on ne sait pas si elle est morte ou vivante, et dans ce cas, si elle a quitté le pays. On ne sait rien. À mon avis, ce n'est pas bon signe.

Mimoun pratiquait la délégation de responsabilités de façon

instinctive, n'exerçait aucun contrôle sur le travail de Franck, il lui avait accordé sa confiance une fois pour toutes et, quand Franck sollicitait son arbitrage, il répondait : Fais pour le mieux. Franck mit longtemps à comprendre que l'objectif de Mimoun n'était pas de déplacer des montagnes et de réussir à concrétiser des projets, mais de découvrir ce que tramaient ses collègues : Lui il est important, invite-le à déjeuner, deviens ami avec lui, ce serait bien de savoir ce qu'il prépare avec les autres.

Dès le premier soir, Mimoun retint Franck à dîner, les repas étaient simples, des salades et des grillades, tout le monde participait, mettait et débarrassait la table, et Franck fit rapidement partie de la famille. L'ambiance était détendue, il y avait toujours des proches, des ribambelles de cousins et d'amis des enfants, leurs parents étaient ministres ou directeurs dans des ministères ou haut placés dans le Parti ou l'armée. Dès qu'ils avaient l'âge, les jeunes partaient poursuivre leurs études dans les facultés ou les grandes écoles françaises. Franck découvrit avec stupéfaction que les deux aînés de Mimoun suivaient des cours depuis deux ans à Paris, la fille à la faculté de médecine et le garçon à celle de droit, alors que leur père vivait dans la clandestinité. Maintenant, il les retrouvait après ses réunions de travail à la Banque de France, et sa femme les rejoignait dès que possible avec les deux plus jeunes. Ils adoraient la vie à Paris.

*

Le patron de l'hôtel m'avait donné comme indication : « La gare routière se trouve à l'entrée nord du port, tu ne peux pas te tromper. » En fait de gare, c'était un parking non goudronné où stationnaient des voitures, une esplanade poussiéreuse où les bus s'arrêtaient, là ou plus loin sur le boulevard s'ils ne trouvaient pas de place, et où il n'existait ni panneau indicateur ni guichet, le chauffeur encaissait le prix du trajet et laissait monter jusqu'à ce que le véhicule soit complet, il tentait alors de s'en aller, klaxonnant à tout-va pour que les autos libèrent le chemin. Les passagers portaient des paniers de légumes, de fruits, des sacs d'habits, des marchandises qu'ils entassaient dans les filets au-dessus de leurs têtes ou sur le siège à côté d'eux, certains étaient encombrés de caisses remplies de poulets, de poussins ou de plaques d'œufs empilées. Ce joyeux désordre entraînait des récriminations sans fin, il fallait que tout le monde arrive à se caser, dans le bruit et la chaleur. J'ai demandé mon chemin à plusieurs reprises, on m'envoyait dans une direction, dans une autre : Shaar-Hagolan c'est le bus vert. Les chauffeurs discutaient entre eux, un qui parlait vaguement français m'a crié de me dépêcher car le bus bleu allait partir, je me suis précipité, j'ai interrogé le chauffeur qui a fait oui de la tête, j'ai payé mon billet, je suis monté. Il n'y avait plus une place de libre.

Un jeune homme au fond de l'allée m'a fait signe de le rejoindre, il a déplacé une caisse d'outils appartenant à un homme âgé qui n'a pas réagi et il l'a posée dans le couloir : Hello, je m'appelle Bernard Sanders, s'est-il présenté en anglais, mais tout le monde m'appelle Bernie, on va dans le même kibboutz. Nous nous sommes serré la main, je me suis assis à côté de lui, le bus a démarré. Il dégageait une fumée noire épaisse, ses vitres étaient recouvertes de boue séchée, ses sièges aux ressorts pointus étaient des instruments de torture que l'absence de suspension renforçait, les passagers s'accrochaient aux barres de fer pour amortir les chocs. Pourtant, curieusement, tout le monde souriait. Bernie m'a offert une cigarette, nous avons fait connaissance. Il était né à New York, parlait l'anglais trop vite pour moi et avait été invité par un mouvement sioniste de gauche à passer quelques mois dans le kibboutz. C'était un homme prévoyant, il avait emporté une gourde emplie d'eau, et généreux parce qu'il nous en a proposé, à moi et à nos voisins, et elle fut vidée rapidement.

– Ce n'est pas grave, on la remplira au prochain arrêt. Alors, tu es socialiste aussi ?

– Je crois, mais c'est un peu compliqué en France avec le Parti communiste.

J'ignorais si j'allais retrouver ou non Camille mais ce voyage me permettait de mesurer le chemin qu'il me restait à accomplir pour parfaire mon anglais, je m'étais exprimé de façon ambiguë car Bernie a conclu que j'étais communiste, il m'a tendu la main une deuxième fois en la serrant énergiquement : Moi aussi, camarade. Il était né d'un père polonais et d'une mère d'origine russe émigrés avant-guerre, sa famille restée en Pologne avait disparu pendant la Shoah. Il réalisait le rêve de son père de passer quelques mois dans ce kibboutz qui incarnait la quintessence de l'idéal communiste, sioniste et laïque, et de fêter le 1er Mai avec des drapeaux rouges. Même si ses membres avaient été critiqués pour leur soutien indéfectible à Staline, ils étaient arrivés à prouver qu'un kibboutz était viable, là-bas pas de salaires, chacun était l'égal de son voisin, donnait selon ses capacités et sa force de travail et recevait selon ses besoins : nourriture, abri, éducation, culture, santé, les maisons étaient identiques, les femmes avaient les mêmes droits et devoirs que les hommes, les enfants étaient séparés de leurs parents et éduqués ensemble, apprenant tout jeunes les fondements de la vie en communauté, dont était banni tout esprit de rivalité et de compétition. Ceux qui voulaient pratiquer la religion étaient libres de le faire, à condition de ne rien imposer aux autres. Et surtout, pas de chefs, pas d'élections, pas de patrons, le matin on se levait à quatre heures pour les travaux des champs, on finissait vers midi, on se reposait, et l'après-midi était consacré aux réunions des comités de gestion, toutes les décisions importantes étaient prises collectivement. Et le plus étonnant, c'était que les kibboutznikim étaient des gens heureux.

Incroyable, non ?

Bernie a demandé d'où je venais, il ne connaissait pas la France et il a paru surpris que je fasse tout ce voyage pour retrouver ma copine : Tu dois être très amoureux ? J'ai hésité à répondre. Quand je pensais à Camille, je me sentais ramollir, ma température augmentait, un peu d'angoisse aussi, j'ignorais si elle éprouvait la même impression à mon égard. Et il y avait cet Élie dont elle racontait dans sa lettre qu'il n'avait été qu'une passade, mais tant de temps s'était écoulé, j'avais besoin de l'avoir en face de moi pour savoir si mon sentiment était partagé, je n'avais pas envie d'aimer à sens unique. À chaque arrêt, des gens montaient et descendaient, enjambant les paniers et les caisses.

– En ligne droite, on y serait déjà, mais le bus fait des tas de détours, dit Bernie.

Une heure et demie après notre départ, ce fut notre tour : *Let's go !* a lancé Bernie. Il a serré les mains de plusieurs passagers en disant à chacun : Au revoir, j'ai été si heureux de faire votre connaissance. Je l'ai suivi sans réfléchir, nous ne possédions chacun qu'un sac à dos. Le car est reparti en crachant une épaisse fumée. Une femme aux cheveux blancs, en salopette kaki, s'est approchée de nous et s'est adressée à moi :

– Bernie !

– C'est moi, a-t-il dit. Lui, c'est Michel, un ami français.

– Bienvenue à Shaar Haamakim, a-t-elle répondu, je suis Gena, je suis heureuse de te revoir, la dernière fois tu avais trois mois, tu étais un bébé magnifique, comment vont tes parents ?

– Ils vont bien, ils m'ont chargé de t'embrasser, ils auraient aimé venir, mais cela faisait cher, plus tard peut-être. Ils regrettent de ne pas t'avoir vue depuis si longtemps.

– Je ne comprends pas pourquoi tes parents n'ont pas quitté

ce pays capitaliste dont il n'y a rien à attendre pour venir ici où il y a tant à vivre. Venez, je vais vous faire découvrir notre beau kibboutz.

Cela faisait vingt-cinq ans que Gena avait quitté New York sans regret et s'était installée dans cette vallée verdoyante, où elle avait rencontré son mari, un syndicaliste roumain qui avait émigré en 38, et ils avaient eu trois enfants.

– Si j'étais restée aux États-Unis, j'aurais fini en prison, ici j'ai pu vivre selon mes convictions socialistes sans faire de concessions. Je me suis battue, et s'il le faut, je suis prête à reprendre le fusil pour me défendre. Contrairement à ce que racontent les rabbins, cette terre ne nous était pas promise par Dieu, mais par notre travail et par notre sueur. Nous ne sommes pas le peuple élu, c'est un bobard, nous sommes le peuple élu par la haine des autres.

Gena a désigné le mont Carmel dont la vue quotidienne était un cadeau et un bonheur immense et nous a fait faire le tour des salles communes, du restaurant, de la crèche, de la laverie, des installations agricoles, en nous présentant à ceux que nous croisions et qui tous nous souhaitaient la bienvenue. Ils cultivaient surtout le tournesol pour la confiserie et le transformaient eux-mêmes dans une petite usine, c'était une activité qui rapportait bien, comme quoi on pouvait être marxiste et bon gestionnaire. Ils avaient, grâce à de longues recherches, des années de patience et des centaines de boutures, fini par obtenir une variété unique de tournesol avec une tige plus courte, un diamètre de fleur plus important, des noyaux et des graines plus longs et plus lourds, et nécessitant moins d'eau, qui leur permettait d'obtenir un rendement de trois tonnes à l'hectare. Ils cultivaient aussi des avocatiers et des mandariniers. Puis Gena nous a montré notre logement, un dortoir en bois sommaire avec des lits de camp. Elle s'apprêtait à se rendre à une réunion quand je lui ai demandé :

– Moi, je viens voir la famille Toledano, vous savez où ils se trouvent ?

Elle a réfléchi un instant.

– Il n'y a jamais eu de Toledano dans ce kibboutz. Nous n'acceptons aucun sépharade, ils ne savent pas travailler la terre.

– Ce n'est pas possible, mon amie m'a écrit que sa famille vivait à Shaar Hagolan.

– Tu t'es trompé ! Ici, tu es à Shaar Haamakim. Shaar Hagolan se trouve à une centaine de kilomètres au nord, c'est aussi un kibboutz de gauche, mais ils sont à la frontière entre la Syrie et la Jordanie, c'est plus agité que chez nous.

J'ai été obligé de passer la nuit à Shaar Haamakin, ma méprise les a fait rire toute la soirée : C'est un Français qui croyait arriver à Shaar Hagolan ! Je présume qu'ils doivent en rire encore, même si la soirée s'est mal finie. Ils me tapaient sur l'épaule, me faisaient répéter mon histoire et s'esclaffaient de bon cœur. Gena m'a fait goûter différentes graines de tournesol en me demandant mon avis, j'ai été embarrassé car je les trouvais fades, pourtant elles venaient de parcelles différentes. Elle en parlait comme un viticulteur : celle-ci est un peu corsée, celle-là est longue en bouche, celle-là est plus fruitée. Nous avons dîné vers six heures, après quoi, j'ignore s'ils l'ont fait pour fêter notre arrivée, une chorale avec des participants de tous âges s'est installée en rond sur la pelouse devant le restaurant, trois femmes et trois hommes se sont mis à chanter, un autre donnait le rythme à la guitare, ils reprenaient les chœurs ensemble. Une jeune femme a essayé de m'apprendre le refrain en hébreu, j'ai ânonné quelques mots, elle a paru ravie de ma prestation : *Good, Michel, very good.* Gena nous a rejoints et s'est assise entre nous.

– Bernie dit que dans ce kibboutz vous êtes toujours staliniens, dis-je.

– C'est excessif, nous avons tourné la page, mais nous sommes restés marxistes, nous ne nous sommes pas reniés, nous n'oublions pas que grâce à Staline, nous avons obtenu des armes pour nous défendre quand les Arabes nous ont attaqués en 48, il a ordonné aux Tchèques de nous fournir des mitraillettes. Sans Staline, Israël n'existerait plus.

Cet argument me paraissait étrange, je n'avais pas envie d'entamer une polémique avec elle.

– À part la chorale, vous avez d'autres activités ?

– Nous essayons de vivre différemment, nous ne cherchons pas à accumuler des biens matériels mais à enrichir nos connaissances, on est curieux de tout, on s'intéresse à tout, je me suis mise à la pâtisserie et j'adore cela, nous n'aimons pas trop ce qui est bourgeois, le maquillage, les danses de salon ou les jeux de cartes. Toi, Michel, que pourrais-tu nous apprendre ?

– À part la littérature française, je ne sais pas grand-chose.

– Pourquoi pas ? Tu as fait ton service militaire ?

– C'est reporté à la fin de mes études.

– Et toi, Bernie, comment as-tu fait ?

– Je suis pacifiste, pas question que je parte faire la guerre au Viêt-nam, j'ai déposé une demande d'objecteur de conscience, mais maintenant je suis trop vieux pour recevoir une autre affectation.

– Tu as fait le bon choix, c'est une sale guerre.

À cet instant précis, j'ai commis une erreur de débutant, j'aurais dû savoir que c'était un sujet tabou, une question à n'aborder sous aucun prétexte et impossible à remettre en cause.

– *Why ?*

Gena et Bernie m'ont dévisagé comme si j'avais attenté à leur pudeur.

– *Why !* a lancé Gena, offusquée.

J'ai tenté, dans mon anglais approximatif, d'expliquer à mes nouveaux amis que le Viêt-nam du Nord avait un régime communiste dictatorial et que ses habitants, qui vivaient misérablement, n'avaient pas la possibilité de quitter le pays, alors que le Viêt-nam du Sud n'était peut-être pas un modèle de démocratie, mais il y avait des élections, des partis d'opposition, une justice et une presse indépendantes, la liberté économique. Les citoyens pouvaient critiquer le gouvernement sans être jetés dans un camp de travail ou exécutés, en plus, si la Chine maoïste soutenait militairement et financièrement le Viêt-nam du Nord, les États-Unis avaient bien le droit de faire de même avec le Viêt-nam du Sud. Gena m'a considéré d'un air impassible, un léger rictus de mépris est apparu à la commissure de ses lèvres. Elle s'est levée, suivie de Bernie, et m'a bousculé avec son genou en partant. Je suis allé me coucher dans la baraque en bois, je n'ai jamais revu Bernie, j'ignore ce qu'il est devenu.

*

C'est une grande pièce rectangulaire haute de plafond, aux murs tapissés de livres. À travers les fenêtres, des marronniers masquent la vue sur l'avenue, deux fauteuils Empire au tissu défraîchi font face à un bureau encombré de papiers et de revues. Cécile, vêtue d'un ensemble en jersey beige, est allongée sur un divan en velours grenat à moitié incliné, les yeux ouverts, le regard perdu dans les rayonnages de la bibliothèque. En retrait, un homme d'une cinquantaine d'années en costume gris et cravate en laine bleu marine, aux cheveux en brosse, la tête reposant sur deux doigts de sa main gauche, est installé dans un troisième fauteuil Empire, les jambes croisées, de temps à autre il prend des notes avec un stylo à plume sur un épais cahier posé sur sa cuisse.

– … Je ne sais pas trop qui je suis, la question ne m'intéresse pas, elle n'a pas d'importance, je tourne en rond, ma vie est vide, je ne trouve aucune bonne solution, je ressemble à ma mère, de plus en plus.

– Vous n'en parlez jamais.

– … Quand elle était jeune, elle était mince, mais je l'ai toujours connue ronde, c'est après sa mort que j'ai découvert dans un album des photos d'elle avec mon père, elle avait un sourire incroyable, que je ne lui ai jamais vu. Je comprends qu'il soit tombé amoureux d'elle, au départ c'était son assistante, ils vivaient et travaillaient ensemble, ils ne se quittaient jamais, mais elle était soumise à mon père, je m'étais promis d'être différente… Je réalise avec effarement que j'ignore tout de la vie de mes parents, ce sont deux parfaits inconnus… des taches blanches aux contours informes… Mon oncle maternel, qui tient un restaurant à Strasbourg, n'a pas pu me dire grand-chose sur sa sœur, hormis qu'elle était très sportive dans sa jeunesse, paraît-il. Ils se voyaient peu… mes parents voyageaient beaucoup, mon père travaillait pour une grande entreprise américaine et quand il est devenu directeur, ma mère a arrêté de travailler, j'ignore à quoi elle occupait ses journées, ils déménageaient tous les deux ans… Ma mère était une femme bienveillante, très douce avec Pierre et moi, mais les occasions d'être ensemble étaient rares, mes parents ont préféré nous mettre en pension, on ne se voyait que trois-quatre fois par an, pour les vacances scolaires… on était trop jeunes pour s'intéresser à eux. Quand ils ont eu leur accident, j'avais quatorze ans et mon frère quinze, je me souviens d'avoir pensé que j'étais une mauvaise fille parce que je n'avais ressenti aucune tristesse à l'annonce de leur décès… Normalement, on doit être effondré à la mort de ses parents. Une adolescente doit pleurer sa mère, surtout qu'elle avait toujours été gentille avec moi… mais je suis restée indifférente comme si c'était une étrangère. Lors de l'enterrement aussi, je n'ai éprouvé aucune émotion quand leurs deux cercueils ont été mis en terre…

Mon frère m'a serré la main, il était assez proche de mon père, moi ma mère je l'aimais, mais je n'ai pas pleuré… Pourquoi ?… Mon oncle, qui était en larmes, m'a dit que je ne réalisais pas leur disparition, que la douleur de l'absence viendrait avec le temps, mais il s'est totalement trompé.

– Ils ne vous ont jamais manqué ?

– … Non. Je ne pense jamais à eux.

Cécile pense-t-elle enfin à ses parents ? ou à rien ?

– Quel est le dernier souvenir que vous conservez de votre père ?

– Nous étions allés tous ensemble à la foire du Trône, je le revois sur les autos tamponneuses avec mon frère, et moi avec ma mère, ils riaient beaucoup. Nous devions y retourner.

Cécile se tait. Au bout de trois minutes, le psychanalyste jette un coup d'œil à sa montre.

– À jeudi.

*

Lucien ne tenait pas rigueur à Franck de ses positions politiques, il se disait que son ami avait raison d'être intransigeant, que le monde avançait parce que les plus convaincus ne faisaient aucun compromis, qu'il réagissait lui-même de façon trop sentimentale et manquait de conscience politique, celle qui fait les révolutionnaires efficaces. Par exemple, un soir, Lucien s'étonna des déclarations de Ben Bella :

– Je n'ai pas bien compris ce qu'il veut dire quand il parle de concilier socialisme et islam, c'est un peu antinomique, non ?

– Il veut un socialisme algérien, répondit Franck. Quatre-vingt-dix-neuf pour cent des Algériens sont musulmans et croyants, comme lui. Je vais te donner un bon conseil, ne t'en occupe pas, cela ne te concerne pas. Tu as encore des réactions de Français colonialiste et donneur de leçons. Ton esprit critique nous fait perdre du temps et il est en train de pourrir ce pays, laisse les Algériens décider eux-mêmes de leur avenir et du chemin qu'ils vont prendre, on a besoin de tes compétences de médecin, pas de tes conseils dépassés.

Lucien trouvait que Franck avait l'air triste, qu'il ne riait pas beaucoup, il attribua cette morosité à Djamila, même si Franck ne parlait plus d'elle, comme s'il avait renoncé à la chercher et avait commencé son deuil. Lucien décida de faire pour lui ce qu'on fait pour ses amis célibataires qui s'abandonnent au travail comme si c'était l'alpha et l'oméga de l'existence, il lui présenta une amie célibataire aussi, en espérant qu'une étincelle se produirait entre eux, ce qui était une mission difficile dans un pays déserté par la gent féminine française, sachant qu'il était strictement inenvisageable sans risquer de se faire couper la tête de proposer à une Algérienne de dîner chez Marco. Il invita donc à se joindre à eux une jeune pédiatre tchèque qui venait d'être affectée dans son hôpital dans le cadre d'un accord passé avec la Tchécoslovaquie.

Elena Hankova avait plusieurs qualités susceptibles d'attirer l'attention de Franck, outre un visage agréable, elle parlait couramment le français, affichait des convictions communistes enthousiastes, avait candidaté pour ce poste dans un pays frère afin de défendre les valeurs de l'internationalisme prolétarien rayonnant et anticolonialiste. Ce ne fut pas une mince affaire d'organiser ce repas, car Franck fit faux bond à deux reprises, envoyé sur les routes poussiéreuses du pays pour défendre la cause balbutiante et mal aimée du socialisme autogestionnaire. Finalement, après bien des reculades, Lucien posa un ultimatum : Pour ton anniversaire, tu es obligé de venir, pas question de nous raconter que ta présence est indispensable à Tizi-Ouzou, on s'en fiche, ils se débrouilleront sans toi. Et cette fois, ne nous pose pas de lapin, parce que sinon on viendra te chercher au ministère !

Le mardi 21 mai 1963, on se prépara à fêter le vingt-troisième anniversaire de Franck chez Marco. L'établissement était réservé pour la soirée ; depuis le début de l'année, Marco se plaignait que les affaires déclinaient, chaque semaine il y avait un peu moins de monde en salle, les clients quittaient l'Algérie les uns après les autres sans prévenir, un jour on apprenait qu'Untel avait repris l'avion, sans avoir le courage de faire ses adieux, et maintenant les tables vides étaient les plus nombreuses. Aussi, l'anniversaire de Franck fut-il le bienvenu. Lucien et Martial avaient lancé des invitations aux proches et aux habitués en leur recommandant de venir avec leurs amis, on attendait la foule des grands soirs. Marco avait préparé un buffet pour cinquante personnes et recruté deux serveurs pour tenir le bar. Simona, sa femme, avait confectionné deux immenses gâteaux italiens dont elle avait le secret, chacun avec vingt-trois bougies multicolores, l'un nappé de chocolat avec des éclats de noisettes, l'autre avec trois couches de génoise superposées recouvertes de crème, imbibées de rhum et de café.

Elena avait l'impression de connaître Franck avant de l'avoir rencontré, Lucien lui parlait souvent de lui, et quand il abordait un autre sujet, elle faisait en sorte que Franck revienne sur le tapis pour obtenir des précisions que Lucien avait négligé de donner, par exemple elle avait voulu savoir ce qui ferait plaisir à son ami comme cadeau d'anniversaire, et Lucien fut amené à détailler plus encore les goûts de Franck. Un jour, Elena annonça qu'elle savait quoi lui offrir, elle était certaine qu'il apprécierait énormément. Elle attisa la curiosité de Lucien, qui de son côté, sans aucune imagination, hésitait à acheter une cravate, mais Elena se contenta de sourire : Vous verrez.

Franck apparut vers sept heures, après Martial. Marco leur servit l'apéritif en attendant les autres qui arrivaient au compte-gouttes. Martial tendit une boîte rectangulaire dans un sachet cartonné : Des chaussures, c'est sympa. Il fut surpris que Franck ait deviné, c'était une superbe paire de richelieus de Romans à plastron noir avec des œillets façonnés à la main sur l'empeigne et les quartiers, et dont il ne pouvait renouveler le stock à cause des problèmes de douane.

– Chaque mois, c'est plus compliqué, il faut remplir dix formulaires, on nous fait des difficultés sans fin, et tout ça pour gratter quelques billets. Mais quand tu arroses, miracle, on te donne un coup de tampon et tu dédouanes facilement, tu trouves cela normal ?

– Ce n'est pas de leur faute, les douaniers, les petits fonctionnaires sont mal payés, alors ils n'ont pas d'autre solution pour s'en sortir. Quand on maîtrisera notre budget, que les impôts rentreront, on pourra les augmenter, et c'en sera fini de ces pratiques.

Franck s'extasia sur ses chaussures.

– Je n'en ai jamais eu d'aussi belles.

Et il décida de les mettre immédiatement.

– T'inquiète. J'ai le compas dans l'œil, tu fais du quarante-deux et demi.

– Elles sont impeccables.

À huit heures, la fête manquait d'ambiance, ils n'étaient pas plus de huit dans la salle : Y a-t-il des problèmes en ville ? Lucien présenta Elena à Franck, qui reçut trois cravates, une sacoche en cuir, un stylo à plume et un album de Buddy Holly de son ami.

– Tu m'as dit que tu aimais le rock, ce sera le début de ta collection. Si cela t'intéresse, on en trouve plein sur le marché de la place Randon.

Franck tourna la pochette, examinant attentivement le titre des chansons : Je connais ce disque, il est exceptionnel, mon meilleur ami est un fou de rock, il a tous les disques depuis le premier de Bill Haley, il les connaît par cœur, et il est le seul capable de les traduire, c'est le frère de mon ex-copine, on était inséparables, il est même devenu copain avec mon frère cadet et il lui a laissé sa collection quand il a été mobilisé. Aujourd'hui, je pense qu'il se trouve à Paris, cela ne m'étonnerait pas qu'il fasse la révolution un de ces jours. Il va falloir que j'achète un pick-up.

En levant la tête, il aperçut Elena qui lui tendait son cadeau. Un objet parallélépipédique enveloppé dans un papier blanc. Elle avait les yeux pétillants, un peu moqueurs, et un sourire lumineux.

– Lucien m'a beaucoup parlé de vous. Je suis sûre que cela vous fera plaisir. J'espère que vous ne l'avez pas déjà.

Franck le soupesa :

– Si c'est un livre, c'est un pavé.

Il défit le papier et découvrit un énorme roman jaune corné, avec sur la page de garde un cosaque en manteau caucasien rouge devant un fleuve sinueux stylisé sur la couverture.

– Тихий Дон ! C'est extraordinaire ! s'exclama Franck.

– C'est l'édition complète de 1957, dit Elena. J'ai adoré ce roman. C'est un des plus beaux livres jamais écrits. Lucien m'a dit que vous parliez couramment le russe. Il n'est plus très frais mais l'important, c'est le texte, non ?

– Oh, je vous remercie, dit Franck. C'est un cadeau magnifique.

Il feuilleta le roman avec délicatesse, comme un objet précieux.

– C'est *Le Don paisible* de Mikhaïl Cholokhov. Malgré son immense succès, ce livre n'a jamais été traduit en français, il fait mille cinq cent quatre-vingts pages.

– C'est la version intégrale, dit Elena, avec les huit parties réunies.

– Je vais le commencer dès ce soir.

– Il faut le lire lentement pour en profiter. J'ai souligné certains passages au crayon, ceux qui m'ont marquée, c'est un texte d'une immense richesse, sans manichéisme, on ne peut pas comprendre la Russie et la révolution si on n'a pas lu ce livre.

À neuf heures du soir, ils étaient douze, Marco sortit pour voir s'il y avait du monde dehors, le boulevard du front de mer était désert, plus personne ne viendrait, ils s'assirent autour d'une table ronde, allant se servir au buffet qui paraissait à peine entamé, chacun bavardait avec son voisin, on évitait les sujets polémiques, préférant commenter la finale AC Milan-Benfica de Lisbonne qui aurait lieu le lendemain à Wembley. Les commentaires allaient bon train qui prédisaient une victoire facile pour Eusebio, la panthère noire, face à une triste équipe italienne qui ne savait que défendre. Chacun avait élaboré une tactique pour écouter la retransmission à la radio, en plein après-midi. Franck demanda à Elena si elle aimait le foot, elle répondit : Oui, beaucoup. Elle supportait le Dukla de Prague, qui s'était incliné d'un cheveu en quart de finale face au Benfica à cause de ce diable d'Eusebio. Lucien était ravi de l'intérêt que Franck portait à Elena, de toute évidence l'étincelle avait eu lieu.

La jeune femme raconta son enfance à Příbor, une bourgade de Moravie, les difficultés de l'après-guerre, le russe obligatoire dès l'école, qui lui avait permis d'accéder à la littérature russe, avec une prédilection pour Gorki, son écrivain préféré, les vacances en camping sur le lac Balaton et la découverte à Varna, en Bulgarie, de cette mer Noire d'un bleu turquoise grâce aux séjours organisés par le Mouvement syndical révolutionnaire, le syndicat de son père, mécanicien motoriste chez Tatra, et sa vocation précoce de médecin quand elle soignait son frère, ses sœurs et ses poupées, le bonheur de faire ses études à Prague et son stage dans un hôpital de Nijni Novgorod. Dans cette assemblée d'amis qui parlaient à voix basse, que la politique usait, Elena détonnait par sa fougue, s'exprimait avec passion, enrichissant chaque souvenir de détails qui les faisaient sourire, et ils l'écoutaient comme une aventurière ayant vécu des moments exceptionnels.

Simona apporta les deux gâteaux sur un chariot. Il y en avait dix fois trop, ils décidèrent de n'allumer que les bougies du gâteau au chocolat. Franck souffla d'un élégant mouvement circulaire mais la bougie bleue torsadée au centre se redressa, il souffla une deuxième fois d'un coup sec, la flamme se plia et fit de la résistance, elle le narguait, indifférente à ses efforts. Il se plaça à l'aplomb de la bougie, souffla fort, la flamme disparut. Bien sûr, on applaudit, on cria *Joyeux anniversaire, Franck !*, mais il y eut comme un malaise, un signe de mauvais augure. Un ami enseignant lança : Franck, un discours ! Celui-ci secoua la tête négativement. Simona découpa des parts énormes, malgré les : On n'a plus faim. Seule Elena ne protesta pas, elle finit son assiette rapidement, félicita Simona pour ce gâteau, le meilleur qu'elle ait jamais dégusté, Simona lui proposa un autre morceau, mais Elena n'aimait pas gâcher, elle demanda à Martial s'il ne voulait plus du sien, et elle finit son assiette à peine entamée.

Ils sortirent tous ensemble après avoir remercié Simona et Marco, mal récompensés de leurs efforts, promettant de revenir le lendemain pour finir le buffet. Ils longèrent le bord de mer, la nuit avait fini par tomber, l'été était de retour, ils se sentaient bien, et seuls au monde. Elena et Franck restèrent un peu en arrière, elle l'interrogea sur sa vie, il lui en offrit une version expurgée, car ses secrets, ses douleurs, il les gardait pour lui, il raconta qu'il était venu en Algérie de son plein gré pour participer à la reconstruction de ce pays, une histoire plausible et autrement plus exaltante, à présent sa version des faits était devenue réalité. Lucien se retournait de temps en temps, il les trouvait bien assortis, même si un détail le dérangeait, sans qu'il arrive à le formuler. Quant aux autres, ils regardaient droit devant, comme s'ils n'avaient pas remarqué ce qui se tramait dans leur dos. En fait, du haut de ses vingt-trois ans tout frais, Franck faisait jeunot pour une femme qui en avait vingt-neuf. Si cette différence d'âge ne constituait pas un obstacle insurmontable, c'était parce que Elena savait depuis toujours contrôler chaque parcelle de son visage, chacune de ses intonations, et qu'elle était habituée, comme une seconde nature, aux stratégies de survie en milieu hostile. Au contraire, pensait-elle en l'écoutant lui expliquer son travail à l'Institut de planification, avec un homme plus jeune ce sera plus facile.

De toutes les plages des environs d'Alger, et il y en avait des dizaines à l'est autant qu'à l'ouest, leur préférée était celle de Sidi-Ferruch avec son sable d'or et sa forêt de pins parasols où, à quelques mètres de la mer, on pouvait pique-niquer à l'abri du soleil implacable, lire, faire la sieste dans un cadre magique préservé de toute présence humaine.

– Tu imagines ce que ce paysage enchanteur pourrait rapporter au pays ? dit Elena.

– Le tourisme n'est pas notre priorité, nous sommes plutôt orientés vers le développement de projets industriels créateurs d'emplois, des aciéries, de la pétrochimie. On va faire décoller l'Algérie.

– Dans mon pays, toute l'économie est contrôlée par l'État, on a pris cette orientation de l'industrie lourde, mais pour le quotidien, c'est déplorable. Pour les vacances, on va en Hongrie, comme c'est un pays communiste, on n'a pas besoin de passeport, mais là-bas, il y a des boutiques, des bars, des petits restaurants, on profite de ce qu'on ne trouve pas chez nous, des fruits et des légumes inconnus en Tchécoslovaquie, du poisson, de la viande, de la charcuterie en quantité et en qualité, des blue-jeans, des tee-shirts et des jolies choses. Le soir, au bord du lac Balaton, il y a des bals, des czardas, des endroits où on écoute de la musique, où on danse, il y a des cinémas avec des films occidentaux, tout le monde veut partir une semaine ou deux là-bas. Ils gagnent bien leur vie avec le tourisme, ils sont plus heureux que nous. Ce qui change surtout, c'est que dans les restaurants hongrois, ils font attention au client, à ce qu'il soit satisfait, alors que chez nous, il y a un repas à prix fixe et pas cher. Mais c'est immangeable et personne n'a envie d'y aller.

– Dis donc, tu es en train de faire l'apologie du capitalisme.

– Allons nous baigner et profiter de ce paradis socialiste.

Franck et Elena avaient presque tout pour avoir une vie heureuse ensemble, il leur manquait juste la liberté d'avouer la vérité : Franck ne voulait pas révéler qu'il était un fugitif dans son pays et n'y remettrait jamais les pieds, sauf à finir ses jours en prison, Elena ne pouvait expliquer qu'elle haïssait le communisme et ses avatars, qu'elle cherchait l'occasion de passer en France et d'y obtenir l'asile politique. Leur instinct les poussait à cacher à l'autre ces détails problématiques pour leur avenir commun, ils ne se mentaient pas au sens strict, convaincus que le mensonge par omission n'est pas considéré comme un péché, il suffisait de s'exprimer avec assez de tact et de délicatesse pour sauver les apparences, ils dissimulaient donc certaines réalités qui n'auraient pas gagné à être dévoilées, à moins de se résoudre à un suicide amoureux, craignant qu'à l'énoncé de ce qu'ils gardaient pour eux, l'autre se sauve en courant. Et comme ils pensaient chacun être le seul à tromper l'autre, cette imposture les amenait à se montrer plus attentionnés, tant et si bien qu'involontairement ils formaient un couple épatant. À croire que c'est l'ignorance qui fonde le bonheur.

Franck jouait son rôle de héros du quotidien avec modestie, il parlait de cette obligation qu'il ressentait de devoir réparer la faute de ses pères, de consacrer sa vie à lutter avec une détermination sans faille contre le colonialisme et l'impérialisme qui avaient fait tant de dégâts, et de résister, de s'élever contre cette cupidité qu'on enseignait à l'école comme étant la base de la vie en société et qui se révélait un laminoir humain. Pour illustrer son propos, il évoquait parfois les Brigades internationales qui avaient combattu en Espagne, avant de connaître la défaite et la déroute à cause de leurs divisions et de leur bêtise. Cette démonstration confortait Elena dans son choix, elle ne s'était pas trompée en jetant son dévolu sur ce jeune Français idéaliste, ce n'était pas, certes, le grand amour, mais elle lui portait beaucoup d'affection. Son grand amour, elle l'avait laissé à Prague, et elle ne le reverrait jamais, parce qu'elle ne retournerait jamais là-bas. L'autorisation de quitter la Tchécoslovaquie lui avait été accordée à elle seule, son copain n'obtiendrait jamais de visa, ni ses parents, ils servaient en quelque sorte de caution et de monnaie d'échange, garantissant son retour au pays. Mais Elena avait fait une croix sur sa famille, sur l'amour de sa vie, sur ses amis, elle avait choisi la liberté.

Et Franck lui servirait de passeport puisqu'on lui avait retiré le sien.

Si on excepte ces cachotteries réciproques, Franck et Elena s'entendaient bien, ils travaillaient énormément, elle à l'hôpital Parnet avec Lucien, lui à l'Institut, ils se voyaient régulièrement quand Franck était à Alger, mais il se déplaçait sans cesse et elle avait des horaires élastiques. Elle avait fait quelques appels du pied pour s'installer chez lui, rue Géricault, car son appartement était immense : Ce serait plus pratique, non ? Et puis, cela me ferait économiser mon loyer, je reçois une petite indemnité, et comme ça, je pourrais participer de mon côté et m'occuper de toi. À deux reprises, Franck n'avait pas relevé, à la troisième il céda : Tu peux apporter tes affaires. Elena s'installa chez lui. On aurait dit un jeune couple. Sauf qu'Elena s'était mis en tête de faire la cuisine, et qu'elle n'était pas douée.

Le dimanche 21 juillet 1963, un peu avant midi, on sonna à la porte. Elena ouvrit à Martial, qui avait l'air hagard et fébrile, il voulait parler à Franck.

– Il est à Tébessa ou dans la région.

– Il rentre quand ?

– Dans une semaine. Ou plus. Il ne sait jamais quand il revient. Appelle l'Institut demain, ils te renseigneront.

– Alors, je suis foutu !

Elena le fit entrer dans le salon, Martial s'effondra sur une chaise, sa lèvre tremblait, elle lui servit une anisette qu'il but d'un trait, et une autre, Martial raconta sa mésaventure. Le matin même, alors qu'il agençait la vitrine du magasin comme chaque dimanche, un Algérien qu'il connaissait vaguement, un ancien officier du FLN, était entré, avait fait le tour du propriétaire comme pour évaluer la marchandise, et avait annoncé que désormais le commerce lui appartenait. Il avait déposé sur le comptoir une liasse de papiers que Martial devait signer. Il lui laissait vingt-quatre heures pour déguerpir. S'il refusait, il irait voir le commissaire de police, qui était un ami du Parti, déclarerait que Martial était un membre de l'OAS qui se dissimulait avec l'intention de commettre un attentat et Martial serait arrêté immédiatement. Il lui rappela à mots couverts le sort que la police réservait aux anciens partisans de l'OAS. On les faisait descendre à la cave et on s'occupait d'eux, ils pouvaient hurler à loisir pendant des heures, personne ne les entendait, et ils ne remontaient jamais. Alors il valait mieux qu'il signe les papiers et qu'il retourne dans son pays sur ses deux pieds.

Elena était atterrée, elle n'imaginait pas que ce genre de pratique soit possible ici, elle allait essayer de contacter l'Institut, mais Franck et elle étaient discrets sur leur relation et elle ignorait si elle arriverait à lui parler.

– Non, laisse tomber, c'est fini. Si Franck avait été à Alger, il aurait pu tenter une démarche auprès des gens qu'il connaît, mais là, on n'a plus le temps. Je vais signer les papiers et essayer de négocier au mieux. Demain, j'irai chercher ma mère à Médéa et on prendra l'avion, on va rentrer en France nous aussi.

Martial partit à l'aube, Angèle ne voulut pas entendre parler de quitter le pays où elle était née, et tant pis pour son œil qui ne serait pas opéré, et tant pis si elle ne devait plus revoir son fils, elle préférait vivre de guingois sur cette terre qu'elle aimait et où elle se sentait chez elle plutôt que dans un lieu inconnu, entourée d'anonymes. Ici elle était amie avec ceux qui étaient restés, avec les Arabes aussi, elle n'avait pas peur de mourir, elle avait eu une belle vie. Malgré les deux heures qu'il passa à tenter de la convaincre, et il faut l'avouer avec un peu d'agressivité et quelques menaces devant tant d'obstination, Martial capitula, il embrassa Angèle, il aurait préféré contenir ses larmes mais n'y parvint pas, elle lui donna ses bijoux et une grande partie des économies dont elle n'avait plus besoin, il refusa, elle insista et il finit par accepter. Il passa à Notre-Dame de l'Atlas, frère Luc lui promit de passer voir Angèle deux fois par semaine, et Martial lui remit la moitié de l'argent, puis il retourna à Alger. Le lendemain, il signa le contrat de vente, récupéra des clopinettes, emporta ses affaires dans deux valises, abandonna sa 203 sur le parking de l'aéroport de Maison-Blanche, et s'installa dans la Caravelle, cela l'embêtait de partir sans dire adieu à ses amis, mais c'était ainsi qu'on agissait aujourd'hui.

Comme un voleur.

Martial refusa de regarder par le hublot le spectacle évanescent de la baie d'Alger.

À son retour, Franck fut navré d'apprendre le départ précipité de son ami, il lui aurait suffi d'intervenir auprès de Mimoun, mais la secrétaire de Franck, à qui Elena avait téléphoné à deux reprises, s'était contentée de déposer des notes sur son bureau. Le soir même, Franck aborda la question avec Mimoun, qui hocha la tête : C'est dommage, c'était un bon marchand de chaussures, qui sait quel vendeur d'espadrilles nous aurons à sa place ?

Martial avait laissé les clés de son appartement à Elena en disant qu'ils pourraient y prendre ce qu'ils voulaient, ils descendirent à l'étage inférieur, mais la clé n'entrait pas dans la serrure. Elena était en train d'essayer d'ouvrir quand la porte s'entrebâilla sur celui qui devait être le successeur de Martial. Il n'avait pas l'air méchant, il ouvrit la porte plus largement pour les inviter à entrer boire un thé. Franck déclina la proposition.

Le 1er avril 1964 fut un jour de gloire et de soulagement pour tous les Algériens, ils se débarrassaient enfin du nouveau franc français et inauguraient le dinar qui devenait leur monnaie nationale. Pendant dix-huit mois, ils étaient restés sous contrôle de la Banque de France et de Paris, et on sait bien que celui qui détient les cordons de la bourse est le vrai patron. On s'attendait à des billets héroïques, on fut déçu de devoir troquer les élégants Bonaparte, Richelieu et autres Racine, contre des billets verts avec deux moutons, un port ou un dessin d'Abd el-Kader dessus, on avait l'impression d'avoir moins d'argent en poche. Le Président, avec des trémolos dans la voix, félicita le gouverneur de la Banque d'Algérie et toute son équipe pour avoir réussi à créer un organisme financier de cette importance et à imprimer des millions de billets en un temps record. Mimoun s'était démené sans compter, un temps il avait espéré le poste de sous-gouverneur, mais on avait d'autres vues pour lui : à la fin de l'année, il fut nommé directeur du ministère de l'Industrialisation. Franck le suivit dans son nouveau poste, on ne parlait plus d'autogestion, les différentes tentatives avaient été des échecs coûteux, on travaillait avec le soutien technique des pays frères sur des projets industriels.

Du solide.

Elena retrouvait ses compatriotes aux soirées organisées chaque trimestre par l'ambassadeur de Tchécoslovaquie à Alger. Il y avait foule dans le grand salon et le jardin d'hiver, ou dans le parc en été, on y croisait des Russes et toutes les nationalités d'Europe de l'Est, mais curieusement peu d'Algériens, autour d'un buffet modeste, vite disparu, on y buvait du vin de Mascara ou de la limonade. La femme de l'ambassadeur, qui avait été concertiste dans une philharmonie, jouait avec conviction des concertos de Dvořák, des sonates de Smetana et des pièces pour piano de Janáček, car son mari voulait qu'elle assure la promotion des compositeurs tchèques.

Lors de la première soirée, Franck tourna en rond pendant deux heures, il ne connaissait personne, hormis Elena bien sûr, qui en profitait pour parler tchèque et échanger sur le bonheur et la chance qu'ils avaient de participer à l'édification du socialisme en Afrique. Non seulement il ne trouva personne avec qui bavarder, mais il n'apprécia pas la musique tchèque. En sortant, il annonça à Elena qu'il ne faudrait pas compter sur lui pour la prochaine rencontre. Le lendemain, il raconta à Mimoun la soirée épouvantable qu'il avait passée, la médiocrité des petits-fours et du mascara, il n'aurait jamais cru qu'il y avait autant de Russes et de Bulgares dans cette ville, il se sentait soulagé à l'idée d'échapper à cette corvée à l'avenir.

– Au contraire, répondit Mimoun, tu dois y participer. Tu dois parler avec les officiels, les diplomates, nouer des contacts, cela pourra être utile un jour. On travaille avec ces pays maintenant, on développe des projets avec eux, sans leur aide ce serait une catastrophe. Ces soirées ne sont pas faites pour se distraire mais pour faciliter les échanges, moi je ne peux pas y apparaître, toi tu seras mon œil. Distribue des cartes de visite, écoute, sympathise avec les attachés commerciaux, ne dis rien d'important. Si on te pose des questions, réponds : Pourquoi pas ? Ou : Il faut y réfléchir. Après on en discute ensemble, et si parmi eux, il y en a un qui te paraît intéressant, invite-le à dîner et deviens ami avec lui.

Franck accompagna donc Elena à ces soirées, se força à sourire et à bavarder avec des inconnus, félicita chaudement l'ambassadrice pour le phrasé si chatoyant de son interprétation si sensible des œuvres de Janáček, donna sa carte aux attachés d'ambassade, accepta une invitation à une soirée à l'ambassade de Bulgarie, puis d'URSS, puis des autres ambassades de l'Est, tant et si bien qu'en une année, il se constitua un carnet d'adresses cosmopolite, transmettant des informations très utiles à l'avancement des dossiers. Franck se lia avec Anton Saveliev, l'attaché culturel russe, qui l'approvisionna en romans en cyrillique. Il lui offrit *Et l'acier fut trempé* de Nikolaï Ostrovski, dont Franck apprécia la simplicité du style et l'âpreté de l'histoire, et un recueil d'Essenine, mais il ne fut pas emballé, la poésie l'ennuyait un peu. Par contre il lut avec plaisir des auteurs comme Gladkov et Svetlov, qui racontaient la Russie actuelle, avec les gens du peuple qui se battaient pour le socialisme : Moi, je les trouve touchants, ces anonymes qui se lèvent pour défendre leurs idées, on les caricature, mais ils incarnent leur pays mieux que les intellectuels qui coupent les cheveux en quatre et ne sont jamais contents de rien, sans eux la Russie n'existerait pas.

Cet amour de la littérature soviétique et du réalisme socialiste, sa pratique du russe, son assiduité aux soirées organisées par les ambassades des pays frères, sa position au ministère de l'Industrialisation valurent à Franck la rédaction d'une fiche documentée, avec la mention « Sympathisant », qui atterrit à Moscou, où elle fut classée et oubliée.

Elena commençait à en avoir assez de l'Algérie et de sa langue de bois tellement prévisible, aussi étouffante que celle des pays de l'Est, de ce soleil de plomb, de cette ville de province ennuyeuse avec ses habitants qui se calfeutraient chez eux, où il n'y avait rien d'autre à faire qu'aller à la plage, elle se demandait si elle avait fait le bon choix car Franck ne manifestait aucune intention de retourner en France. Quand une de leurs connaissances abandonnait le terrain, contrainte et forcée, et ayant perdu toutes ses illusions, Franck faisait invariablement le même commentaire : Ceux qui ont des états d'âme ont raison de rentrer, on a besoin de gens qui se battent pour ce pays et qui ont un peu de suite dans les idées, on n'a pas besoin de mous ni de girouettes. Bon débarras.

Depuis l'indépendance, le pays changeait profondément. On assistait au remplacement inexorable des Français venus se mettre au service de la cause algérienne par conviction politique soit par des coopérants choisis par le gouvernement français, des professionnels avec un contrat à durée déterminée, plutôt bien payés, soit par des techniciens envoyés par les pays frères, avec des Russes et des Cubains venus en nombre.

La bonne nouvelle, c'est que les ascenseurs remarchaient dans les hôpitaux et les administrations.

Huit mois plus tard, Elena était censée retourner dans les brumes du Nord. Elle voyait arriver avec appréhension la fin de son contrat, elle se renseigna à l'ambassade pour savoir s'il était envisageable de poursuivre sa mission un an, soutenant avec un aplomb confondant à l'attaché commercial qu'elle adorait ce pays et qu'elle avait conscience d'apporter sa pierre à l'édification du socialisme en Afrique du Nord, tant et si bien que la question fut posée à Prague. La réponse mit deux mois à revenir : pas question de prolonger !

Elena n'avait guère le choix.

Tous les dimanches, Franck et Elena s'installaient sur la plage de la Madrague, même quand ils ne pouvaient pas se baigner parce que l'eau était trop froide. C'était un dimanche de mars, le temps était radieux. Franck annotait un rapport collectif sur la création d'un institut de formation de techniciens et ingénieurs en pétrochimie qui avait demandé six mois de travail, quand Elena se rapprocha de son transat blanc et rouge, posa sa main sur son bras et demanda : Et si on se mariait ? Franck crut qu'elle blaguait, réalisa qu'elle était sérieuse, bredouilla des Heu, et sembla si décontenancé qu'elle lui avoua la vérité. Enfin, une partie, celle qui coïncidait avec son histoire officielle :

– Ma mission se termine dans six mois, je ne veux pas retourner en Tchécoslovaquie, je veux rester avec toi. Peu importe qu'on soit mariés, mais si nous nous marions, ils ne pourront pas m'obliger à repartir. On pourra vivre ensemble.

Elle sentit que Franck était sur le point de céder, et tout près d'accéder à sa demande. À cet instant précis, Elena, pourtant si avisée, commit une erreur de débutante, elle aurait dû simplement sourire à son futur, si possible d'un air ingénu, mais elle voulut forcer le destin.

– Et puis, quand on sera mariés, on pourra voyager, partir d'ici, je rêve de découvrir la France avec toi.

– Je dois réfléchir, dit Franck d'un ton bizarre, en se replongeant dans son dossier.

Quoi qu'on puisse en penser, Franck était un sentimental, attaché aux billets français dont il se servait encore, il trouvait que les billets algériens étaient laids, mais on arrivait à la date butoir d'échange. Alors, le lundi 8 mars 1965, il mit de l'ordre dans son portefeuille, qui faisait une boule dans sa veste, bourré de notes et de cartes de visite, il le vida sur la table et retrouva, coincé à l'intérieur d'une vieille facture, le trèfle à quatre feuilles dans son étui en plastique que Paul lui avait donné le jour de son départ. Il ne pensait pas à son père, ni à Cécile ou Michel, c'était une époque révolue, il avait suffisamment de problèmes à régler pour ne pas s'encombrer des fantômes du passé. Il fit du tri, garda l'indispensable, examina le trèfle à quatre feuilles : devait-il le ranger avec le superflu ? Finalement, il décida de le conserver, uniquement comme un souvenir de son père.

Un sentimental.

Il se rendit à la Grande Poste pour échanger ses billets de banque, attrapa un tramway avenue de la Marne. Il y avait une effervescence inhabituelle dans les rues, mais Franck, plongé dans la lecture du journal, n'y prêta pas attention. Arrivé à l'angle de la rue Henri-Martin et de la rue d'Isly, le tram s'immobilisa. Une multitude de femmes et d'enfants avaient envahi les rues et bloquaient la circulation. Il fit comme les autres voyageurs, il descendit du wagon et se mêla au mouvement de la foule qui remontait la rue d'Isly. Il entendit les cris des femmes qui avançaient par milliers en sens contraire.

C'était une manifestation, avec des drapeaux blanc et vert brandis par dizaines et des banderoles annonçant la journée de la Femme organisée par l'Union des femmes algériennes, dont les dirigeantes avançaient en rangs serrés, vêtues à l'européenne. Derrière se trouvait une masse compacte de manifestantes dont beaucoup portaient le foulard, le voile blanc ou une écharpe sur la tête. Certaines hurlaient dans des porte-voix des slogans exprimant leur solidarité avec les sœurs angolaises ou érythréennes encore sous domination coloniale. Franck se rangea sous la voûte, regarda passer l'imposant défilé, mais au fur et à mesure de sa progression les revendications officielles disparaissaient au profit d'autres plus concrètes : *Les hommes à la cuisine !... Faites le ménage !... Occupez-vous des enfants !... Les hommes à la maison !...* Plus la manifestation progressait, plus les slogans se durcissaient : *Occupez-vous de vous, on s'occupe de nous !... Allez faire la vaisselle !...* D'autres reprenaient : *Les hommes à la vaisselle !* L'ambiance était joyeuse, elles riaient, les youyous fusaient, les Algériens qui suivaient le passage du cortège faisaient grise mine. C'est alors que Franck eut l'attention attirée par une silhouette.

Elle avançait au milieu d'un groupe, portant un bambin calé sur sa hanche, scandant à tue-tête : *Les femmes au pouvoir !...* Elle se fondit dans le défilé, il la perdit de vue, d'autres visages se superposèrent, il eut un doute.

Était-ce elle ? Un effet de son imagination ?

Fébrile, Franck pressa le pas, remonta la rue sur plusieurs mètres, la cherchant parmi les centaines de manifestantes qui avançaient en ordre dispersé. Il recula, balayant du regard ces visages mouvants, puis il la retrouva dans le cortège avec cet enfant qui agitait un tourne-vent multicolore. Il s'élança, fendit la foule, posa la main sur son épaule, cria : Djamila ! Elle se retourna, le découvrit et fut aussi stupéfaite que lui : Franck ! Ils restèrent là, face à face, interdits, gênant la progression des femmes, et malgré les bousculades qui s'ensuivirent, ne se lâchèrent pas des yeux.

– Que fais-tu là ?

– Viens !

Il la prit par la main, ils sortirent avec peine de la manifestation, se mirent à l'abri sous les arcades de la rue d'Isly. Le regard de Franck allait du visage de Djamila à celui de l'enfant, sa lèvre frissonnait sous le coup de l'émotion.

– C'est... ?

– C'est Karim.

Franck passa sa main sur la joue de son fils, lui caressa les cheveux, lui sourit, mais l'enfant n'avait d'yeux que pour la roue de son jouet.

– Tu es arrivé quand ? demanda Djamila.

– Cela fait deux ans et demi que je vis ici.

– Ce n'est pas possible !

– Je t'ai cherchée partout, dans les hôpitaux, les foyers, j'ai remué ciel et terre, j'ai passé des annonces, tu n'as pas idée de ce que j'ai fait pour te retrouver. Tu habites où ?

– À Alger. Et toi ?

– Je vis rue Géricault, en face du square Nelson.

– Et moi, je suis à côté de la caserne, sur la rampe Valée, c'est à deux cents mètres !

– Ce n'est pas possible !

Ils pénétrèrent dans un square déserté, s'assirent sur un banc. Karim se précipita dans un bac à sable, ils le regardèrent jouer. Djamila mit sa tête dans ses mains, resta un instant ainsi, puis elle se mordit le poing, le visage défait.

– C'est terrible ce qui nous arrive… Je te l'avais dit, on n'aurait pas dû prendre ce bus, ils ne nous auraient pas attrapés.

– On n'avait pas d'autre solution. Tu étais exténuée, on ne pouvait pas continuer à marcher pendant des heures, j'avais déserté, il fallait quitter l'Algérie le plus vite possible. On n'a pas eu de chance.

– Quand le bus a été immobilisé par cette patrouille et qu'ils ont réclamé les papiers des passagers, tu t'es emparé du fusil d'un soldat, tu n'aurais pas dû faire feu sur cet officier. Même s'ils t'avaient mis en prison, tu t'en serais sorti et on serait ensemble aujourd'hui, mais tu as tiré et tu l'as tué, puis tu as réussi à te sauver, alors ils m'ont arrêtée, j'ai dit que je ne te connaissais pas, que nous étions simplement voisins dans l'autobus, ils m'ont gardée deux jours et ils m'ont relâchée. On n'avait rien prévu, j'ai pensé que tu m'attendrais au Maroc, j'ai réussi à passer la frontière, je t'ai cherché mais il y avait tellement de monde, tellement d'affolement. J'ai attendu, j'ai laissé des messages partout, mais au bout d'une semaine j'étais désespérée. Comment faire pour te retrouver ? J'étais épuisée, je n'avais plus d'argent, je ne pouvais même pas me réfugier dans ma famille à Médéa, mon père m'aurait tuée, je suis retournée à Alger, j'avais la nausée en permanence, une cousine m'a aidée, en cachette de son mari, parce que je suis une pestiférée, depuis que j'ai eu un enfant de toi.

– Les mauvais jours sont derrière nous. Je suis tellement heureux de t'avoir retrouvée et d'avoir un garçon. J'avais imaginé le pire.

– Je suis mariée. C'est fini nous deux.

– Ce n'est pas possible ! On doit en parler, on peut trouver une solution, c'est mon fils.

– Non, je suis mariée avec un Algérien, qui m'a acceptée comme j'étais, qui m'a aidée quand tout le monde me rejetait, qui m'a épousée, qui a reconnu Karim, qui est son fils. Notre histoire est terminée.

– Tu aimes cet homme ?

– J'ai beaucoup d'estime et de respect pour lui. C'est un homme remarquable. Nous formons une vraie famille.

Djamila se leva, appela Karim qui vint vers sa mère, elle se retourna vers Franck :

– Nous ne devons plus jamais nous revoir.

Elle prit la main de son fils et s'éloigna sans un regard pour Franck, qui ferma les yeux.

Le soir, Franck retrouva Mimoun pour une séance de travail, ce dernier constata que Franck était peu attentif.

– Tu es malade ?

Franck fit non de la tête.

– Tu as changé tes francs, finalement ?

– Je n'ai pas pu, à cause de la manifestation. Je voudrais avoir ton avis.

Franck évoqua ses retrouvailles avec Djamila, sa décision de ne plus jamais le revoir et de le priver de son fils.

– Elle est mariée à un Algérien, il a reconnu le gamin, pour la terre entière c'est lui le père. Tu ne pourras jamais rien obtenir devant un tribunal, en plus ils sont musulmans, pas toi, tu as zéro droit. Les couples mixtes, c'est toujours des problèmes. Le mieux que tu aies à faire, c'est de les oublier.

Il remarqua le visage défait de Franck.

– Il faut savoir se débarrasser du malheur, cette glu qui vous paralyse le cerveau. La sagesse musulmane est stoïcienne et épicurienne, nous devons nous affranchir des troubles de l'âme. Pour avancer.

Elena remarqua immédiatement que Franck avait changé. Ce soir-là, il resta muet quand elle l'interrogea. Le lendemain, il n'alla pas travailler, ne téléphona pas au ministère pour prévenir de son absence, il alla s'asseoir sur un banc du square Nelson, avec un livre russe sous le bras, mais il le posa sur ses genoux et oublia de l'ouvrir. Le soir, tandis qu'elle était partie à sa recherche jusque chez Marco où personne ne l'avait aperçu, Franck rentra tard, ne dit pas un mot et se coucha. En pleine nuit, elle le trouva assis dans le noir en train de pleurer. Elle s'assit à ses côtés, lui prit la main.

– Franck, il faut me dire ce qui se passe, je suis ton amie.

Et Franck lui raconta la vérité, tout ce qu'il lui avait dissimulé, et elle l'écouta sans l'interrompre.

– Je suis dévasté, dit-il. Je n'arrive pas à surmonter cette histoire. Je gardais Djamila dans un coin de ma tête, je pensais à elle chaque jour, je conservais un vague espoir, maintenant j'ai tout perdu.

– Mais si tu ne peux pas rentrer en France, tu peux refaire ta vie dans un autre pays, en Italie, aux États-Unis ?

– Un mandat d'arrêt a été lancé contre moi par un juge d'instruction parisien. Si je passe une frontière, je serai arrêté et extradé en France, et je passerai vingt ans en prison. Je suis venu dans ce pays par conviction, je n'ai pas changé d'opinion. Mes idées sont la seule chose qui me reste.

Le lendemain, Elena téléphona à Lucien pour l'informer qu'elle était malade et prenait quelques jours de repos. Elle traîna dans le port d'Alger, regarda, observa, posa quelques questions à des voyageurs qui partaient ou qui revenaient. Le vendredi 9 avril 1965, elle se dirigea vers la gare maritime de la Compagnie de navigation mixte avec une valisette, acheta un aller-retour avec l'intention de dire, si la question lui était posée, qu'elle allait se balader à Marseille et pensait revenir le surlendemain. Elle passa avec appréhension le contrôle avec sa seule carte d'identité tchèque car son passeport lui avait été confisqué par l'ambassade de Tchécoslovaquie comme à tous les coopérants des pays frères, mais elle avait appris que le vendredi les contrôles étaient limités et les douaniers algériens plus coulants. Elle embarqua à bord du *Kairouan*, un magnifique paquebot blanc qui partit à 13 h 45, la traversée fut une promenade triste, elle arriva à Marseille le lendemain. Lors de son passage à la douane, elle formula une demande d'asile politique en France. Puis elle s'installa à Paris et finit par obtenir un poste à l'hôpital Necker.

*

Des livres et des revues s'empilent sur le bureau du thérapeute en costume gris, attentif à Cécile étendue sur le divan et vêtue d'un col roulé beige sur un pantalon en alpaga noir. Elle vient de rompre un silence interminable…

– Ce jour-là, j'ai coulé, j'ai littéralement touché le fond, j'avais conscience de m'enfoncer dans des sables mouvants, mais j'étais incapable de réagir, je tournais en rond, j'attendais un appel.

– De Franck ?

– Depuis plusieurs semaines, il était insaisissable comme un fantôme, j'avais laissé cinquante messages chez lui à son frère et à sa sœur, j'en avais honte, mais c'était plus fort que moi, j'appelais deux-trois fois par jour, il y a des périodes où on est tellement chamboulé qu'on perd toute fierté. Un soir il a décroché, il était sur le pas de la porte, il a dit : Je te rappelle demain. Mais bien sûr...

Cécile hausse les épaules, reste de longues minutes perdue dans ses souvenirs...

– J'ai pensé qu'il y avait une autre femme, qu'il n'osait pas me le dire en face, et moi je n'ai pas eu le courage de surmonter cet effondrement, je me répétais : s'il n'est plus là, je n'existe plus... tout d'un coup vous étouffez, il n'y a qu'une solution, il faut en finir, que tout s'arrête... l'instinct de survie s'est envolé, j'ai basculé dans une autre logique... j'ai attrapé un tube de tranquillisants, j'ai avalé son contenu et je me suis assise, soulagée... Au bout d'une demi-heure, j'ai commencé à retrouver un peu de calme et j'ai pensé : il faut qu'il sache qu'il m'a tuée. J'ai eu la force de me traîner au téléphone, de composer son numéro, j'étais persuadée que j'allais entendre le son de sa voix... Une dernière fois... Mais c'est son père qui a répondu, j'étais prise de court, j'ai demandé à parler à son frère. Après, c'est le vide... Je me suis réveillée à Cochin, on m'avait fait un lavage d'estomac... Michel m'avait sauvée... mais je n'ai pas revu Franck.

– C'était quand ?

– En novembre 60... Notre histoire s'était terminée d'une sale manière. Il m'avait abandonnée dans une impasse poisseuse, mais je n'ai jamais réussi à me défaire de lui, je n'en avais pas envie, j'étais heureuse avec son souvenir, il n'y a pas eu un jour où je n'aie pas pensé à lui, pas une nuit où je ne l'aie pas retrouvé dans mes cauchemars... Il m'obsédait. Et je n'arrivais pas à m'en défaire. Je n'arrivais pas à faire mon deuil de ce salaud, je conservais un minuscule espoir, j'y croyais encore… J'ai l'impression de parler d'une autre femme, que je regarde agir en la prenant pour la reine des pommes… Comment ai-je pu être si bête ?… Et tomber dans ce panneau ? Je ne l'attendais plus, je n'espérais plus rien, et pourtant je l'ai revu, en mars 62, quand il a déserté.

Cécile se tait, elle garde les yeux ouverts, mais elle n'est plus dans cette pièce, elle est avec Franck, probablement. Ses yeux se plissent, un infime sourire apparaît au coin de ses lèvres. Le psy regarde sa montre : À mardi.

*

Un jour, quand je serai vieux, ou peut-être avant pour ne pas oublier les détails, j'écrirai un roman qui s'appellera *Éloge de la complication*, ce sera une autobiographie, mon histoire avec Camille, une fille simple quand je l'ai connue, qui est devenue insaisissable, bien qu'elle soutienne le contraire et affirme que c'est moi qui n'ai pas su évoluer, à moins que la simplicité ne soit qu'une forme perverse de la complication et que je n'aie rien compris à rien. Ce ne sera pas facile à raconter, probablement peu intéressant à lire pour ceux qui ne connaissent pas Camille. J'ai fini par la retrouver, ce fut un moment de bonheur comme je n'en espérais pas, et je l'ai perdue. Définitivement. Demain, je rentre à Paris.

Seul.

J'aurai fait ce voyage pour rien. Mais je n'ai pas de regrets, j'aurai essayé. Notre relation a failli redémarrer, cela s'est joué à trois fois rien, à moins que depuis notre séparation il y a deux ans déjà, je n'aie pris mes désirs pour des réalités, je me suis cru dans un conte de fées, amoureux d'une princesse charmante. Sur le bateau du retour, je vais avoir le temps d'y réfléchir, pour essayer de comprendre la raison de mon aveuglement et déterminer à quel moment notre histoire s'est enlisée jusqu'à ce que nous la laissions disparaître sans tenter l'impossible pour la sauver.

Il y avait moins de cent kilomètres entre les deux kibboutz, mais le lendemain il m'a fallu la journée pour parcourir cette distance. En changeant de bus à Nazareth, j'ai fait un tour dans cette bourgade d'un autre millénaire, à la recherche de son passé biblique, mais il faut beaucoup de foi pour l'imaginer. Je suis arrivé le soir à destination, après avoir harcelé le chauffeur pour qu'il me confirme qu'il s'arrêterait bien à Shaar Hagolan. Je m'attendais à une région désertique, je fus surpris de découvrir des parcelles cultivées à perte de vue, des vergers dans les replis du terrain et des vignes accrochées aux versants du plateau. Le car m'a déposé sur la route, j'ai gravi le chemin poussiéreux qui menait au kibboutz, demandé à une femme qui poussait une brouette si elle connaissait les Toledano. Elle a hoché la tête avec une grimace incompréhensible, a désigné du doigt un bâtiment gris en tôle. J'ai pénétré dans un immense poulailler où il régnait une chaleur d'étuve, avec des milliers de poules blanches qui s'ébattaient en caquetant dans des exhalaisons suffocantes de fiente, de fumier et d'ammoniac. J'ai mis ma main sur mon nez pour ne pas étouffer, je me suis dirigé vers un homme corpulent vêtu d'une combinaison marron, qui vaporisait un liquide sur les volailles au moyen d'une bonbonne accrochée sur son dos. Il portait une casquette à visière et des lunettes, qu'il a enlevées quand je me suis trouvé face à lui.

– Michel !

Avec ces protections et cette combinaison, je n'avais pas reconnu le père de Camille.

– Monsieur Toledano !… On ne pourrait pas sortir, l'odeur est épouvantable.

– Ah bon ?

Nous avons quitté le poulailler, j'ai soufflé à plusieurs reprises pour chasser la puanteur qui s'agrippait à mes narines.

– Comment faites-vous pour respirer ? C'est insoutenable.

– Ah, je ne trouve pas. Que fais-tu ici ? Tu es en vacances ?

– Je cherche Camille.

– Oh, cela fait un moment qu'on ne l'a pas vue. Elle s'est installée à Tel Aviv pour ses études.

Il a remarqué ma déception, m'a proposé un rafraîchissement, offert une cigarette, nous avons traversé la rue centrale du kibboutz jusqu'à une allée de maisonnettes en bois peintes en vert, toutes semblables, avec une terrasse et un auvent, face à un jardin carré, avec un appentis sur le côté. Nous nous sommes assis autour de la table et il nous a servi deux grands verres d'orangeade.

– Merci, monsieur Toledano.

– Appelle-moi Georges. Tu vois comme c'est beau ? Quand on est arrivés, c'était une porcherie, on a beaucoup travaillé, et maintenant, on est les rois. Allez, raconte. Que deviens-tu ?

Curieusement, il n'a pas attendu ma réponse et m'a raconté sa vie depuis son arrivée. Ses trois enfants avaient quitté le kibboutz pour diverses raisons, il se retrouvait ici avec sa femme, ce n'était pas ce qu'il espérait en venant.

– Mais on ne peut pas les attacher, non ? Ils ont leur vie.

– Et Camille ? Elle est… avec Élie ?

Il a paru surpris par ma question, son visage s'est froncé.

– Élie ?… C'est fini depuis longtemps. Elle est partie rejoindre Benny, qui fait des études de droit, un gars très sympa. Ils devaient venir pour les vacances, mais finalement elle est partie faire du camping, c'est ça les jeunes. Tu restes combien de temps ?

– Je suis de passage, je repars demain.

Il a installé un lit de camp sous l'appentis, m'a invité à la cantine. Je me suis demandé si cela valait la peine de continuer à la chercher, qu'est-ce que je gagnerais à l'avoir en face de moi, si elle vivait avec un autre et m'avait oublié ? Je changeais d'avis sans arrêt, un coup pensant qu'il était préférable de repartir sans la voir, et la seconde d'après me disant que ce serait idiot de ne pas lui parler, même dix minutes. Au réveil, après une nuit à ressasser ce dilemme, j'ai décidé d'arrêter les frais, l'heure était venue de retourner à Haïfa pour reprendre le bateau. Au cours du petit déjeuner, le père Toledano est venu vers moi, il s'était levé à quatre heures du matin pour la récolte des oignons, il m'a tapé sur l'épaule.

– J'ai une bonne nouvelle pour toi, Michel, si tu veux en profiter, il y a Néhémie qui livre des fruits à Tel Aviv, il peut te déposer à la faculté, il part dans dix minutes.

– C'est-à-dire que… oui, je veux bien.

Je n'ai pas été un compagnon de route agréable pour Néhémie, qui a tenté de faire la conversation pendant le voyage : *I don't speak english*. En fin de matinée, il m'a déposé au milieu d'une banlieue en chantier, sur le campus de Ramat Aviv. Je suis arrivé dans une zone en friche devant un bâtiment moderne où était censée habiter Camille. J'étais sur le point de faire demi-tour quand j'ai aperçu une jeune femme avec une tignasse crêpelée châtaine qui avançait en discutant avec véhémence. J'avais un doute, elle ressemblait vaguement à Camille, en plus élancée, elle a levé la tête, s'est immobilisée, bouche ouverte : Michel ! Qu'est-ce que tu fais là ?

Nous avons commencé à parler sur le trottoir, puis avons trouvé refuge dans une cafétéria. Je ne suis pas capable de rapporter dans le détail cette rencontre qui aura duré trois heures, car il est difficile de suivre Camille dans son raisonnement, pas seulement parce qu'elle change tout le temps d'avis et de sujet, qu'elle a une conception personnelle de la logique et un débit qui interdit toute discussion, bavarde et mal à l'aise comme dans un film de Bergman. Elle m'a reproché en vrac de l'avoir abandonnée, de lui avoir menti en affirmant que j'allais venir la chercher, de ne pas lui avoir écrit, alors qu'elle m'avait adressé tellement de lettres restées sans réponse, bref, si on en était là, c'était de ma faute.

Exclusive.

– Mais on en est où, finalement ? ai-je réussi à formuler.

– C'est fini nous deux, j'ai tourné la page, je n'allais quand même pas passer ma vie à t'attendre, je ne suis pas Pénélope, moi. Vous êtes marrants les mecs, vous avez tous les droits, on doit être aux ordres, d'une fidélité à toute épreuve, espérer que vous aurez la bonté de vous manifester, mais j'existe, je ne suis pas ton objet.

– Il s'est passé tellement de choses à Paris, je t'ai écrit pour t'expliquer.

Camille ne se souvenait plus de m'avoir demandé d'adresser mon courrier à la poste restante de Haïfa, ville où elle ne mettait jamais les pieds. J'ai sorti la lettre de mon portefeuille, lui ai montré le passage.

– J'ai fait cinq mille kilomètres pour te retrouver, te proposer de repartir avec moi.

– C'est gentil mais ce n'est pas possible. Je t'aime beaucoup mais je ne suis plus amoureuse de toi.

– Je ne comprends pas ce que cela veut dire.

– Je t'ai oublié, je ne pense plus à toi. Si je t'aimais, je penserais à toi, mais un jour j'ai réalisé que tu étais sorti de ma tête.

Elle s'est arrêtée de parler, a dû remarquer que mon visage blanchissait, je sentais monter cette chaleur qui précède l'état de liquéfaction.

– Michel, je suis franche avec toi, j'ai de l'affection pour toi, tu es mon meilleur ami, mais on ne peut pas recoller les morceaux, oublier ce que l'on a vécu, revenir à la situation dans laquelle nous étions il y a deux ans comme par un coup de baguette magique. Je ne veux pas d'une histoire sérieuse, je veux vivre, m'amuser, voyager, aller aux États-Unis, faire le tour du monde, écrire, rêver, je ne veux pas me marier, pas avoir des enfants et une famille, c'est l'horreur, et je ne veux pas d'un homme qui me dise ce que je dois faire ou ne pas faire. Je veux être libre, j'ai eu suffisamment de mal à me décoller de mon père pour ne pas me faire ligoter à nouveau. Et je me suis juré de ne jamais ressembler à ma mère.

– Mais qu'est-ce que tu racontes ? On peut être libres en vivant ensemble.

– Non, c'est impossible, les hommes cherchent uniquement le pouvoir dans le couple. Tu débarques au bout de deux ans, et je dois te suivre. Tu es comme les autres. La femme est la première colonie de l'homme.

J'ignorais où elle avait pêché cette formule mais cela révélait à quel point nous étions éloignés, il n'y avait plus rien à espérer. Et puis, elle a souri :

– Et d'ailleurs, pourquoi ce ne serait pas toi qui resterais avec moi ?… Hein ? Pourquoi c'est moi qui serais obligée de t'accompagner ?

– Tu n'étais pas heureuse à l'idée de venir vivre ici, tu as été forcée de suivre tes parents.

– Le problème, c'est que tu es un conservateur. Cela ne marchera jamais entre nous… Au fait, tu écris toujours de la poésie ?

– … Heu, non, je n'en écris plus depuis que tu es partie.

– C'est dommage.

On a discuté un temps fou, la cafétéria a fermé, nous nous sommes assis sur un banc, on a marché pendant une heure, je lui ai raconté l'histoire d'Igor, celle de Léonid.

– Je vais rentrer en France.

Elle m'a pris la main, nous nous sommes embrassés.

Pas comme des amis.

– Il vaut mieux que tu partes, a-t-elle murmuré.

Je me suis éloigné, j'ai entendu dans mon dos : Tu ne veux

pas rester ? Je crois avoir dit que Camille était devenue compliquée, je n'en ai plus douté quand elle a déclaré : Je suis toujours amoureuse de toi. Avec plus de sincérité et de détermination que trois heures auparavant, quand elle avait annoncé le contraire. Elle ne paraissait pas troublée d'avoir formulé ce sentiment. Me revoir avait fait remonter ces liens qui nous attachaient, une incroyable proximité, affirmait-elle, et bavarder si longtemps avec moi aussi, j'étais le seul homme avec lequel elle parlait autant : C'est un signe, non ? J'étais décontenancé par ce punching-ball amoureux. En fin de soirée, elle a dit : Me bouscule pas, laisse-moi un peu de temps. J'ai attrapé le dernier car pour Haïfa : Je t'attends quinze jours, pas plus.

*

Il pleut à verse, des rafales de vent secouent les branches des marronniers, les vitres dégoulinent d'eau, le psychanalyste, avec son éternel costume gris, son éternelle cravate bleue, se lève pour fermer les fenêtres à l'espagnolette : Quel temps pourri. Cécile le suit du regard. Il va se rasseoir, récupère son cahier et son stylo plume. Cécile reste un long moment silencieuse.

– Je ne sais pas ce que je fais ici. Je perds mon temps. Je ressasse, je récupère des souvenirs pourris que j'avais réussi à évacuer, je ne vais pas mieux, je n'avance pas, je ne suis pas certaine de continuer.

– Vous êtes libre, Cécile. À vous de décider. C'est un travail de longue haleine, difficile, âpre, avec des détours, des croisements imprévus, des impasses, des cols à franchir. Vous n'êtes qu'à l'entrée du labyrinthe, si vous arrêtez maintenant, tous les efforts que vous avez entrepris seront perdus… Vous me parliez de votre méfiance.

– … Je n'avais pas oublié Franck. Il était présent en moi mais j'avais fait la paix avec lui, je me disais : il se bat pour une cause juste, il est prêt à sacrifier sa vie pour les autres, combien d'hommes mettent ainsi leur vie en conformité avec leurs idées ? Pas beaucoup. À l'université, au lycée, j'ai croisé tellement de grandes gueules qui rentraient gentiment chez eux pour regarder *La Piste aux étoiles*, de révolutionnaires de bistrot qui allaient changer le monde mais ne faisaient que pérorer devant leur bière. Lui, il s'est engagé. Il a décidé de se battre pour ses convictions. Vraiment se battre. Avec un fusil… Alors, quand on rencontre une personne qui a ce caractère, qui est un cran au-dessus des autres, on se dit que la famille, les amours, le bonheur, cela passe après. J'en étais arrivée à la conclusion que la femme d'un homme héroïque doit accepter son sort parce qu'elle aime un homme différent, qui ne pense pas seulement à sa carrière, à ses enfants et à la belle vie qu'il va leur procurer… Lorsque je l'ai revu en mars 62, c'était un déserteur, au bout du rouleau, il avait tué un officier, j'étais sur mes gardes, je me disais : tu ne peux pas lui faire confiance, c'est un lâche qui t'a quittée sans prévenir, sans même une lettre de rupture… Mais au bout de cinq minutes, j'étais certaine d'avoir retrouvé l'homme de ma vie. Il ne s'est pas excusé de m'avoir abandonnée et je m'en fichais… Franck était perdu, il ne savait pas s'il devait s'enfuir à l'étranger ou se rendre, on a vu des avocats, ils étaient tellement pessimistes sur l'issue du procès qu'il a décidé de partir. Il ne voulait pas que je parte avec lui, c'est moi qui ai insisté… Nous sommes restés cachés dans un pavillon de Cachan pendant une dizaine de jours et ce furent les plus beaux de ma vie. J'étais prête à prendre ma part de l'existence compliquée d'un fugitif. Son père a trouvé une solution et de l'argent, on devait embarquer sur un bateau en Hollande, j'ai préparé mon départ avec la certitude que je ne reviendrais jamais en France, j'étais disposée à tout abandonner pour vivre avec lui. On avait rendez-vous dans un café à la porte de Pantin mais il n'est pas venu… Il m'a plantée… Il est parti sans moi… Cette fois, j'ai eu droit à un petit mot d'explication et cela a été pire que s'il avait fui comme un voleur. Parce que mon héros n'était pas seulement un lâche mais aussi un menteur qui m'avait fait croire qu'il m'aimait toujours alors qu'il avait une autre femme dans sa vie, qui était enceinte de lui quand il avait fui l'Algérie. Il s'est moqué de moi, en connaissance de cause, parce qu'il savait que notre histoire était impossible. Et ça, je ne pourrai jamais le lui pardonner. Pas seulement parce qu'il m'a fait un enfant, je n'avais qu'à prendre mes précautions et ne pas être assez stupide pour croire à ses boniments, mais parce que pendant ces dix jours à Cachan, il m'a fait rêver et entrevoir le bonheur de vivre ensemble, parce qu'on a fait des projets… Oui, des projets d'avenir. On allait partir en Argentine… Il a gâché ma vie, tout simplement. À cause de lui, je suis devenue une femme en creux. Aujourd'hui, je suis vide. Si je végète sur ce divan, si je me traîne lamentablement, c'est à cause de ses mensonges.

– Tout le monde connaît des amours déçues, c'est douloureux, mais on en fait son deuil, et au bout d'un moment on repart de l'avant.

– Faire le deuil d'un amour immense pour en vivre un autre, cela veut dire qu'il n'avait pas tant d'importance pour qu'on puisse le remplacer au bout d'un délai raisonnable, c'est comme de changer de chaussures parce qu'on ne les aime plus… Moi, je ne comprends pas celles qui oublient et recommencent, comme si l'amour n'était qu'une loterie, on attend de tomber sur le bon numéro, mais c'est bien plus profond, l'amour, non ?… Ou alors, c'est de la pacotille… Moi, je comprends les gens qui tuent par amour, je refuse de me faire une raison, je suis comme Médée, je ne pardonne pas. Parce que j'aime. Tout simplement.

*

Mimoun se faisait rare, en temps ordinaire avec ses différentes activités on ne le voyait déjà pas beaucoup, mais depuis quelques semaines il faisait des incursions au ministère sans prévenir, il restait plusieurs jours sans donner signe de vie, puis il débarquait à l'improviste, s'énervait car il était pressé. Franck devait lui donner un compte rendu exhaustif mais succinct des affaires en cours, l'informer des problèmes survenus, des solutions trouvées, des dossiers en suspens sur lesquels sa décision était indispensable, mais sa réponse était toujours la même : Je n'ai pas le temps de m'en occuper, fais pour le mieux. Le ministre appelait chaque jour, demandait à lui parler, exigeait de le voir, il était même descendu une fois du cinquième étage pour vérifier s'il était vraiment absent. Franck transmettait l'information mais Mimoun n'y donnait pas suite.

– S'il revient à la charge, dis-lui que j'ai une maîtresse.

– Il ne me croira pas.

Franck avait pris la décision de ne pas s'immiscer dans les affaires de l'Algérie et, contrairement aux Français qui avaient débarqué après l'indépendance pour mettre en pratique leurs convictions militantes, il préférait œuvrer dans l'ombre. Hormis ses amis, il ne parlait avec personne des soubresauts du pays. Il apportait ses connaissances, s'occupait uniquement de dossiers techniques, ils étaient peu nombreux à savoir les gérer et il menait les siens à la satisfaction générale, on appréciait son efficacité, même si aux yeux de certains son attitude effacée apparaissait comme une stratégie car il était pour tous l'homme de Mimoun Hamadi. Malgré cette conviction d'être venu pour servir et de devoir rester à sa place, Franck avait des yeux et des oreilles, et ce qu'il voyait du pays le navrait, sauf qu'il gardait ses états d'âme pour lui, il n'évoquait jamais l'incompétence de Ben Bella, qui sautait aux yeux de tous, son ignorance en économie, ses velléités d'établir un socialisme islamiste, ses promesses sans queue ni tête, ses changements d'avis en fonction du dernier visiteur, sans parler des réformes irréalistes des trotskistes qui l'entouraient. Pourtant, quand Mimoun lui demanda lors d'une séance de travail un soir de début juin 1965 ce qu'il pensait du dernier revirement du Président sur la Kabylie, Franck émit pour la première fois une opinion personnelle.

– Ceux qui poussent le Président dans cette direction sont préoccupés par leur intérêt personnel et pas par celui de l'Algérie.

Mimoun afficha une moue circonspecte et finit son orangeade.

– Je ne suis pas sûr que l'Algérie existe. J'y ai cru comme les autres mais il faut admettre l'évidence, c'est peut-être uniquement un fantasme. Avant la colonisation, personne n'avait réussi à contrôler ce territoire grand comme quatre fois la France, et ses tribus ennemies, avec des races, des langues et des mœurs si différentes, qui passaient leur temps à s'allier les unes contre les autres et à se faire la guerre. Nous avons cru être un peuple uni parce que nous haïssions les colons plus que nous-mêmes, ce sont eux qui ont fabriqué l'Algérie, qui lui ont donné cette apparence administrative, pas les Algériens. Plutôt que d'agonir notre colonisateur, on devrait plutôt remercier les Français de nous avoir légué, en partant, le Sahara avec son pétrole et son gaz, une terre immense qui n'avait jamais été algérienne avant leur arrivée. Maintenant que les Français sont partis, les vieux démons resurgissent, les tribus qui se détestaient ne veulent pas vivre ensemble, les clivages ancestraux l'emportent. Le problème de ce pays est qu'il n'existe que dans nos rêves. C'est un mirage. Mais, bien sûr, je ne t'ai rien dit.

Ce n'était pas le genre de Mimoun de déprimer ou de s'épancher, Franck fut désorienté par cette confidence mais il ne pouvait se douter de la raison de ce passage à vide, il ne connaîtrait la vérité que fin juin. Mimoun tramait un complot avec d'autres responsables du FLN, préparant un coup d'État contre Ben Bella, ils tenaient le Parti, l'armée, la police et les services spéciaux. La liste de ceux qu'ils allaient arrêter et de ceux qu'ils liquideraient était dressée, l'épuration qui suivrait était planifiée, l'affaire paraissait entendue, c'était désolant de facilité, il suffisait de fixer une date, de s'occuper du Président et de sa clique, mais les conjurés avaient la trouille du peuple, ils ignoraient comment il réagirait à l'arrestation de son chef charismatique et si populaire, ils hésitaient sur la conduite à tenir, tergiversaient et se doutaient que cette indécision présentait de nombreux inconvénients, non que le bain de sang les effrayât particulièrement, c'étaient des soldats endurcis par des années d'une guerre impitoyable où ils avaient éliminé plus d'Algériens que de Français, et ce n'étaient pas quelques milliers de morts supplémentaires qui allaient les empêcher de dormir, mais au moment de sauter le pas, ils flottaient, ils atermoyaient. C'est alors que Mimoun eut une idée de génie, qui allait assurer sa prospérité pour les quinze années suivantes.

Une idée que Franck lui glissa au cours de la conversation, sans penser à mal puisqu'il ignorait tout du complot.

– Au fait, la semaine prochaine, cela va être amusant, on va avoir le tournage d'un film avec beaucoup de soldats et de matériel militaire.

– Ah !

Le lundi 13 juin 1965, le cinéaste italien Gillo Pontecorvo commença le tournage de *La Bataille d'Alger*, un film qui évoquait le soulèvement en 1957 de la population algérienne contre le colonisateur, la lutte héroïque entre le FLN et les parachutistes pour le contrôle de la Casbah labyrinthique, ainsi que l'utilisation de la torture par l'armée française pour venir à bout de la résistance des insurgés. Tourné en noir et blanc, caméra à l'épaule à la façon d'un documentaire, avec des comédiens non professionnels, le film bénéficiait du soutien matériel et logistique de l'armée algérienne, qui fournit à la production jeeps, véhicules de transport de troupes et tanks censés appartenir à l'armée française, mais un œil avisé aurait pu remarquer qu'il s'agissait de matériel russe que la France ne possédait pas quand elle était venue à bout de cette insurrection.

Toujours est-il que pendant une semaine la population d'Alger s'habitua au trimbalage des blindés et tout le monde se disait : c'est du cinéma et ça nous rappelle des souvenirs. Aussi le samedi 18 juin, quand les automitrailleuses et les chars des conjurés déboulèrent et prirent possession de la ville, des carrefours stratégiques et des ministères, la foule assista-t-elle à de nombreuses arrestations et continua-t-elle de penser : c'est pour le film, quel réalisme, on s'y croirait.

Le président Ben Bella fut réveillé sans ménagement à deux heures du matin et arrêté pour haute trahison par des officiers de la Sécurité militaire, qui le conduisirent dans un endroit secret. Et on n'entendit plus parler de lui jusqu'à sa libération seize ans plus tard et son départ en exil. Son arrestation donna le signal de la purge de ses partisans qui furent arrêtés par milliers, plusieurs centaines furent exécutés dans les jours qui suivirent, une cinquantaine de Français, trotskistes pour la plupart, furent expulsés, et quelques centaines de militants de la première heure prirent à leur tour le bateau du retour, écœurés et désenchantés. Le colonel Houari Boumédiène remplaça Ben Bella, cumulant les fonctions de Président, Premier ministre, ministre de la Défense et chef du FLN. Gillo Pontecorvo termina le tournage de *La Bataille d'Alger*, qui reçut un excellent accueil critique, une ribambelle de prix dans des festivals et fut un immense succès. Quant au ministre de l'Industrialisation qui courait après Mimoun, il comprit son erreur quand celui-ci fut nommé à sa place.

Franck travaillait avec acharnement, il avait du mal à s'organiser car Mimoun lui donnait des dossiers urgents dont il devait s'occuper en priorité, les accords de coopération avec les pays frères se succédaient, même si plusieurs eurent du mal à avaler la pilule de l'éviction de Ben Bella et l'enterrement des illusions socialistes, mais le réalisme politique fut le plus fort. L'Algérie avait découvert qu'elle possédait des gisements gigantesques et inexploités de pétrole et de gaz, qui intéressaient tout le monde. En septembre, Marco ferma son restaurant, qui n'était plus rentable depuis la nouvelle vague de départs des Français, il organisa une fête d'adieu, mais ils se retrouvèrent à pas plus d'une dizaine pour l'occasion. La semaine suivante il prit avec sa femme et sa fille le bateau pour Marseille avec l'intention de retourner s'installer chez lui à Pérouse.

Franck pensait souvent à Djamila et à son fils, il aurait tant voulu les revoir, mais il se répétait que Djamila l'avait définitivement écarté de sa vie. Je dois les oublier, passer à autre chose, me trouver une copine. C'étaient des réflexions qui revenaient en boucle chaque nuit, à chaque fois qu'il croisait une jeune femme avec un gamin, c'est-à-dire cent fois par jour, et ses bonnes résolutions se révélaient inefficaces, on ne se débarrasse pas de son passé aussi facilement. De temps en temps, il remontait la rampe Valée jusqu'à la caserne avec l'espoir de les apercevoir. Cela devint une obsession. Il pensait à eux au ministère, en voyageant, en marchant. Un matin, il se dit qu'elle accepterait peut-être de nouer une relation amicale qui lui donnerait l'occasion de voir grandir Karim.

Comme un oncle, en quelque sorte.

Il se serait contenté de cette solution boiteuse si elle l'acceptait, encore fallait-il avoir la possibilité de la lui proposer.

Un dimanche de novembre 65, il faisait un temps détestable, avec des bourrasques qui pliaient les palmiers, des trombes d'eau, des coups de tonnerre, et la mer était gris étain. Franck lisait le Foucauld de Bazin, avec le trèfle à quatre feuilles dans son étui transparent comme marque-page, quand on sonna. Il ouvrit la porte et fut ébahi de voir Djamila en face de lui, les vêtements trempés, de l'eau dégoulinant de son visage.

– Oh, c'est bien chez toi, dit-elle en enlevant son fichu et sa veste.

– J'ai cinq pièces, c'est grand pour moi, et puis il y a une jolie vue sur le parc. Et la mer aussi.

Il lui proposa de s'asseoir, elle préféra rester debout, il lui demanda si elle voulait boire quelque chose, il pouvait préparer un thé mais elle refusa.

– J'ai un problème, Franck, et il n'y a que toi pour m'aider.

– Je t'en prie, dis-moi.

Djamila le fixa d'un air perdu, essuya la sueur de son front.

– Tahar a été arrêté, c'est mon mari, il est kabyle, c'est un opposant à Boumédiène et à la dictature, et un partisan de Aït Ahmed et de la démocratie. Depuis le coup d'État, il y a eu des centaines d'arrestations en Kabylie, Tahar se cachait depuis un mois, hier ils l'ont attrapé à la gare, je n'ai pu obtenir aucune information, toi tu peux faire quelque chose. Je suis morte d'inquiétude.

– Je ne crois pas que je puisse t'aider.

– Tu connais des gens, tu travailles avec Hamadi. Il n'a qu'un mot à dire.

– Tu surestimes mon pouvoir. Je ne suis qu'un conseiller technique.

– Je t'en supplie, fais-le libérer, rends-moi ce service.

Ils restèrent un moment face à face, elle le suppliait du regard, il se sentait mal à l'aise, il lui proposa à nouveau de s'asseoir, de boire quelque chose, mais Djamila devait rentrer, elle avait laissé Karim à une voisine. Et elle disparut.

Sans se retourner. Comme une voleuse.

Franck s'assit, désorienté, il regretta de n'avoir posé aucune question, d'être passé à côté de cette rencontre. Il retournait le problème dans tous les sens, hésitant sur la conduite à tenir, il ne voyait pas de raison de l'aider, ne ressentait aucune obligation à son égard, elle lui avait enlevé son fils sans scrupules, imposant sa volonté sans discussion possible. La générosité devait-elle être à sens unique ? Elle avait même du culot de venir le relancer, elle n'avait qu'à se débrouiller. Peut-être que si elle se retrouvait seule, elle changerait d'avis, ce serait une opportunité pour la reconquérir, quand ce Tahar qu'elle n'avait pas l'air d'aimer plus que cela aurait été enfermé dans une prison pour quelques années, il deviendrait son sauveur et il récupérerait son fils.

Non, il ne lèverait pas le petit doigt pour elle.

Et tant pis pour son mari. Pourquoi s'en préoccuperait-il ? Certainement un de ces râleurs qui coupaient les cheveux en quatre, passaient leur temps à bavasser sur la démocratie et les droits de l'homme, comme si on vivait dans un pays riche, en Europe, et pas en Afrique, alors que le Président et le gouvernement se battaient pour faire décoller l'économie du pays, qu'ils avaient besoin du soutien de tous, d'avoir un peuple uni derrière eux et pas des intrigants ou des égoïstes incapables de s'élever au-dessus de leurs intérêts personnels. Djamila reviendrait le supplier de les reprendre, elle et son fils. La chance avait tourné. Franck s'assit et se remit à la lecture de son Bazin. La chance avait tourné.

Le lendemain, après la réunion sur la création de l'institut de pétrochimie, Mimoun lui proposa de déjeuner avec lui car ils devaient préparer le voyage du Président.

– Je peux te demander quelque chose ? dit Franck.

– Je t'en prie, répondit Mimoun.

– Depuis trois ans que nous nous connaissons, je ne t'ai jamais demandé de service. Ce n'est pas une faveur pour moi. Aujourd'hui, j'ai besoin de toi pour faire libérer un ami. Il a été arrêté avant-hier. C'est un Kabyle, un opposant, mais il est plus bête que dangereux.

Il raconta une histoire plausible d'amitié, d'une famille en détresse qui l'avait sollicité et, paradoxalement, Mimoun fut content qu'il demande enfin quelque chose, même si c'était compliqué à obtenir : Je vais voir ce que je peux faire, mais sans garantie. Mimoun téléphona à un camarade du Parti, un responsable de la Sécurité militaire, à qui il demanda ce coup de pouce qui ne lui coûterait pas grand-chose, à charge de revanche. Dans l'après-midi, il fut prévenu que le Tahar en question serait libéré dans la soirée et raccompagné chez lui, il avait été un peu secoué, mais rien de méchant, le mieux serait qu'il disparaisse du pays.

Franck attendit l'appel de Djamila ou qu'elle passe à son domicile. Mais il n'eut aucune nouvelle et en fut surpris. Cinq jours plus tard, il apprit que Tahar, Djamila et Karim avaient embarqué le surlendemain de la libération sur le *Ville-d'Oran* et avaient trouvé refuge en France. Franck en fut profondément dépité. Cela signifiait qu'il ne reverrait jamais son fils. Mais, plus que tout, le fait qu'elle soit partie sans être venue lui exprimer sa gratitude le blessa, il ressentit cela comme une trahison, et une humiliation.

Pas un merci, rien.

Le mois suivant, le 13 décembre 1965, Franck Marini fit partie de la délégation qui accompagna le président Boumédiène en URSS. Franck disposait de la protection d'un passeport diplomatique et il était l'un des deux accompagnateurs à parler couramment le russe.

*

Pendant deux semaines, malgré le mauvais temps, j'ai arpenté Haïfa, une ville décatie qui se laissait vivre, il pleuvait sans arrêt, il faisait froid, les gens se plaignaient en riant de cette météo polonaise. Je traînais dans la ville basse, un marché coloré s'y tenait le matin. Une fois j'ai découvert un attroupement autour d'un Libanais qui vendait des assiettes, du matériel de cuisine, de l'outillage, des ampoules et, empilés sur un couscoussier, trois lots de seize bobines Kodak couleur et un de noir et blanc dans leur emballage d'origine, des 24 × 36 qui convenaient pour le Leica M que Sacha m'avait légué. Le vendeur m'a annoncé un prix tellement ridicule que je n'ai pas hésité, ni marchandé, bien qu'on m'ait répété que c'était une pratique obligatoire, j'ai vérifié la date de péremption. Au cours de ce voyage, j'avais fini par assimiler quelques mots d'hébreu, de russe, de yiddish et d'arabe, et je baragouinais un sabir bizarroïde que tout le monde comprenait. Je suis parti avec les quatre paquets serrés contre moi comme un bien précieux.

Igor et Léonid poursuivaient leur apprentissage, Léonid stupéfiait son professeur, qui n'avait jamais vu aucun élève apprendre aussi vite : Il a l'agilité d'esprit d'un enfant de quatre ans. Léonid se permettait d'aider Igor, qui commençait à faire des phrases complètes. J'ai fini par leur raconter mon histoire avec Camille. Bien sûr, ils avaient des avis divergents : d'un tempérament romantique, Igor pensait qu'elle allait apparaître, m'accompagner en France et que tout finirait bien, quant à Léonid, qui avait vécu un nombre d'aventures incalculable et qui connaissait les femmes comme aucun autre homme sur cette terre, il était convaincu qu'elle ne viendrait pas et que c'était tant mieux : C'est une emmerdeuse. Avec elle, tu n'auras que des problèmes, choisis-toi une femme gentille, ce n'est pas ce qui manque. Et il prononça le mot tant redouté : Elle est compliquée.

J'ai pris mon billet de bateau pour le mardi. La veille du départ, Léonid nous a invités à dîner, sauf imprévu ce serait notre dernier repas ensemble. Nous n'allions plus nous revoir, à moins qu'ils ne reviennent un jour à Paris, ce qui était improbable, mais nous avons fait en sorte que ce soit la soirée la plus gaie que nous ayons jamais partagée. Léonid était excité car Ivan lui avait annoncé que sa candidature à El Al avait passé le premier barrage, il attendait un entretien d'ici la fin de l'année et avait bon espoir, même s'il ne fallait pas s'emballer.

– Tu vois, dit Léonid, je suis venu ici sans trop d'illusions, j'ai sacrifié l'amour de Milène, et je la regrette chaque jour et chaque nuit, mais quand on a un rêve à accomplir, il faut être prêt à faire des sacrifices, et puis on a rencontré Ivan, qui est devenu un ami, m'a donné un coup de main. Et demain, si cela se trouve, je vais voler à nouveau. Dans la vie, on n'arrive à rien si on n'a pas un peu de chance.

– Tu as raison, enchaîna Igor, si on n'a pas un petit coup de pouce du destin, le travail et la persévérance ne sont pas suffisants.

C'est alors que j'ai pris mon portefeuille, j'en ai sorti le trèfle à quatre feuilles et je leur ai raconté son histoire, comment mon père l'avait trouvé dans son stalag de Poméranie, comment ce quadrilobe lui avait sauvé la vie et les principaux épisodes du feuilleton, comment j'avais voulu le faire passer à Igor par l'intermédiaire de son avocat, et que ce dernier avait refusé. Je leur ai tendu le plastique qui enserrait le précieux végétal : Voilà, je vous le donne. À tous les deux. Pour qu'il vous aide dans votre nouvelle vie, et qu'elle soit couronnée de succès.

Ils ont refusé, arguant qu'on ne devait jamais se débarrasser d'un talisman pareil, que j'en aurais besoin moi aussi : La vie est longue, mon vieux. Mais j'étais plus déterminé qu'eux, ou moins convaincu de son efficacité, et il n'est pas impossible que l'attrait de le posséder ait amolli leurs protestations. Ils m'ont remercié chaleureusement, ont négocié pour déterminer lequel allait le garder et ont trouvé une solution, ils le porteraient chacun à leur tour pendant un mois, avant de le passer à l'autre.

Et pour montrer qu'il s'agissait d'un moment d'une importance exceptionnelle, Léonid a accepté de faire une entorse, exceptionnelle et unique, à sa promesse, il a trinqué avec nous et bu un verre de vin rouge, nous nous sommes souhaité le meilleur : Je le prendrai quand j'irai passer mon entretien d'embauche. Quand nous sommes sortis du restaurant, il pleuvait à verse, nous avons marché jusqu'à notre hôtel. C'est Igor qui l'a aperçue le premier : Je crois qu'il y a quelqu'un qui t'attend.

J'ai découvert Camille en face de moi, j'ai fait les présentations. Elle n'a pas réagi, ses cheveux frisés dégoulinaient.

– On peut se parler ?

Ils nous ont abandonnés. Nous sommes restés un moment face à face. Je l'ai entraînée sous l'auvent de l'épicerie voisine. Elle a pris sa respiration.

– Promets-moi que tu ne me demanderas jamais en mariage, que l'on restera toujours libres. Je viens avec toi parce que j'étouffe ici, que je ne supporte plus ce pays, j'ai besoin d'air, je te préviens, je rentre en France mais j'ai l'intention de repartir, seule, je veux voyager, vivre, ne te fais aucune illusion, ne me demande rien, n'attends rien de moi, tu dois m'accepter telle que je suis sans vouloir me changer ou m'influencer, si tu es d'accord on rentre ensemble, sinon pars de ton côté. Mais entre nous, il n'y a qu'une chose dont je sois sûre, ça ne durera pas, ce n'est pas pour la vie, on ne doit pas s'attacher, t'as compris ?

Le 25 octobre 1966, nous avons embarqué sur le *Césarée*, un paquebot fatigué avec deux cheminées rouges dont les fumées se confondaient avec les nuages de plomb. Sitôt sorti du port de Haïfa, le bateau a commencé à osciller. On a ri de la houle, du tangage, puis Camille a pâli : Je ne me sens pas bien. Elle s'est réfugiée dans notre cabine, mais il était impossible d'ouvrir le hublot. Elle a raté le premier repas et les suivants. Plus on avançait, plus la mer devenait mauvaise, il tombait des trombes d'eau. J'ai sorti le Leica, j'ai commencé à faire des photos du bateau qui se faisait doucher. On aurait dit un vaisseau fantôme sur le point de couler. Le capitaine a hésité à prolonger notre halte à Héraklion mais nous sommes repartis. Les journées suivantes ont été identiques.

Camille conservait des forces insoupçonnées pour me maudire, elle délirait, me reprochait de me venger, de vouloir la tuer. Elle a fini par s'endormir. Le passage du détroit de Messine fut angoissant. « On se croirait au cap Horn, a dit le capitaine, je suis préoccupé, la météo des prochains jours est mauvaise, une méchante tempête est annoncée dans le golfe de Gênes. » De mémoire des passagers, ce fut la pire traversée qu'ils aient jamais faite, la Méditerranée était méconnaissable, même les marins tournaient de l'œil, le paquebot était pris d'une danse de Saint-Guy qui l'agitait dans tous les sens, il plongeait dans des creux de dix mètres, peinait à se redresser. On se disait : va-t-il tenir ? Allons-nous être emportés par une vague scélérate ? Personne ne viendra nous chercher. Le pont était balayé par des paquets d'eau monstrueux qui pénétraient dans les coursives, des vagues le prenaient de travers, cognaient les flancs, ça tremblait, ça tapait, ça gîtait. Pour une raison mystérieuse, j'étais un des rares à ne pas être incommodés. Avec un marin maltais, nous nous sommes mis à faire un peu de cuisine pour ceux qui avaient encore faim car les deux cuisiniers tunisiens étaient sur le flanc. C'est à cette occasion que j'ai appris ces recettes d'accommodement des pâtes qui m'ont valu les félicitations de mes amis par la suite. Camille, blême et harassée, brinquebalée sur sa couchette, répétait d'une voix hagarde : Je vais mourir, pourquoi t'ai-je écouté ? Chaque jour, on se disait : cela va se calmer, demain sera meilleur. Mais il n'y avait aucune amélioration.

Au contraire.

Finalement, les prévisions s'aggravant, le capitaine trouva refuge au petit matin dans le port de Livourne et décida d'attendre à quai. Camille ouvrit un œil.

– La tempête est finie ?

– On est à l'abri du port, on attend de meilleures conditions pour repartir.

– Sans moi.

Alors qu'elle n'avait rien avalé pendant les cinq jours de traversée, elle a trouvé la force de se lever, de mettre ses affaires dans son sac à dos.

– Tu fais ce que tu veux, mais pour moi c'est terminé, je descends, je rentre à pied s'il le faut mais je ne resterai pas une minute de plus sur ce rafiot.

Elle a quitté la cabine, j'ai hésité une demi-seconde, j'ai ramassé mes affaires, celles qu'elle avait oubliées, et je l'ai suivie.

Il pleuvait sur Livourne, l'ambiance au port n'était pas d'une folle gaieté, mais cet endroit présentait l'énorme avantage de ne pas osciller et d'ailleurs, étrangement, au début, cette stabilité nous donna le tournis. Nous sommes allés prendre un cappuccino avec des petits pains ronds croustillants, du beurre et de la confiture de fraises. Nous ignorions où nous avions débarqué. Le patron nous a renseignés. Le plus simple était de prendre le train jusqu'à Florence, et ensuite d'en attraper un autre pour rentrer en France. Après cette traversée épouvantable, et malgré la pluie qui tombait dru, nous avons retrouvé un peu de sérénité.

– C'est un mal pour un bien, ai-je affirmé. On va en profiter pour visiter Florence. Après, on pourrait passer voir mon grand-père, qui habite maintenant à côté de Parme.

À la gare de Livourne, un préposé nous a informés que la ligne ferroviaire avait été coupée dans la nuit à Pontedera par un éboulement de terrain consécutif aux pluies diluviennes qui tombaient sur la Toscane depuis un mois. Nous avons pris un bus de la compagnie CIT, qui était bondé, et avons fait la route debout en passant par Pise, mais nous n'avons pas aperçu la tour, et par Empoli, où nous avons enfin pu nous asseoir. La pluie n'a pas cessé, la campagne était détrempée, cela n'altérait pas la bonne humeur des passagers, habitués aux caprices de la météo en cette saison.

Adriano, étudiant d'une école d'ingénieurs de Viterbe, nous expliqua que c'était une bonne semaine, avec deux jours fériés, le lendemain c'était la Toussaint, et le vendredi 4 la commémoration de la fin de la Grande Guerre. Il nous conseilla un hôtel, modeste certes, mais avec tout le confort, tenu par sa tante sur l'Oltrarno, la rive gauche de l'Arno, et se proposa de nous y conduire, lui-même habitant chez ses parents non loin de là. Nous sommes arrivés en début d'après-midi, Stefania nous a proposé une chambre avec vue sur le Ponte Vecchio à un prix d'ami, mais ce ne fut pas seulement grâce à la recommandation d'Adriano, le mauvais temps avait fait fuir les touristes. Nous avons commencé notre visite de Florence sous une pluie soutenue, il était illusoire d'envisager de faire des photos avec ce ciel cafardeux. Le soir, nous avons été dépités en apprenant que les musées seraient fermés pour la Toussaint et que la météo des prochains jours s'annonçait détestable.

– Qu'est-ce qu'on est venus faire ici ? demanda Camille. Mes chaussures prennent l'eau, il fait un froid de canard. On ferait mieux de rentrer à Paris.

– On est à Florence ! C'est une des plus belles villes du monde, on est enfin ensemble, on va se balader. Il pleut, ce n'est pas si grave. Les églises restent ouvertes, on profitera des musées les autres jours.

– Je suis épuisée, j'en ai assez. Je te l'ai dit, on doit rester libres, tu as le droit de faire ce dont tu as envie, et moi aussi.

J'étais persuadé que Camille me mettait à l'épreuve, et j'étais décidé à soutenir le bras de fer.

Le mardi 1er novembre, je l'ai accompagnée à la gare ferroviaire à travers une ville quasi morte, les boutiques, les commerces, la plupart des cafés étaient fermés. La pluie ne cessait pas et, avec les rafales de vent, le parapluie que Stefania m'avait prêté offrait une protection illusoire, nous étions trempés. Camille a acheté son billet, elle m'a regardé avant de payer, espérant que je la suivrais, j'ai compris qu'elle ne bluffait pas, mais je n'avais pas l'intention de céder. En attendant l'affichage du départ, j'ai eu l'impression confuse qu'elle était sur le point de changer d'avis et de rester, elle me lançait des petits sourires, son train a été annoncé, je l'ai accompagnée sur le quai, persuadé qu'elle allait revenir sur sa décision, mais elle a fouillé dans un carnet et m'a donné les coordonnées d'une cousine chez qui elle comptait s'installer à Paris : Préviens-moi quand tu rentreras. Elle est montée dans le train, qui a fini par démarrer. Je l'ai regardé s'éloigner.

J'aurais dû être bouleversé par cette séparation, mais je ne ressentais rien de particulier, et je dois reconnaître que je n'étais pas mécontent d'avoir résisté jusqu'au bout.

Tant pis pour elle.

J'ai décidé que ce temps pourri ne gênerait en rien mon séjour, que j'allais faire des photographies de Florence sous la pluie qui seraient originales car on n'en voit que des photos lumineuses avec un ciel immaculé. Je ne vais pas raconter le détail de mes visites car je n'ajouterais rien à ce qui a été rapporté un million de fois sur les merveilles innombrables de cette ville, les ruelles d'une autre époque, les musées fabuleux, les églises magiques avec leurs fresques animées et leurs sculptures saisissantes, ce sentiment qu'ici le temps est aboli et que l'on se retrouve comme par miracle transporté au XVIe siècle. J'ai fait comme les Florentins, j'ai ignoré ce ciel d'ébène et les trombes qui déferlaient. Stefania m'a donné des bottes et un ciré, Adriano m'a prêté une sacoche imperméable pour transporter mon Leica, mon posemètre et mes bobines. Le soir, il m'a fait connaître un restaurant délicieux qui n'était dans aucun guide, m'a présenté à son père qui tenait un garage près de San Frediano, il a été surpris du départ de Camille, j'ai essayé de lui expliquer notre relation un peu compliquée mais je doute qu'il ait compris.

Le jeudi 3, les rues étaient décorées d'une multitude de drapeaux tricolores et florentins en vue de la commémoration de la fin de la guerre, la pluie est devenue violente, avec des rafales de vent qui retournaient les parapluies et accentuaient la sensation de froid. Adriano m'a proposé de l'accompagner à la projection de *La Bible* au théâtre Verdi et, bien que le film soit projeté en italien, j'ai accepté son invitation. Je ne parle pas l'italien mais j'ai suivi le film sans problème, je connaissais un peu le scénario.

Quand nous sommes sortis du cinéma, il tombait un déluge, les rues étaient désertes, les caniveaux débordaient, des mares se formaient dans les rues car les bouches d'égout commençaient à refouler l'eau, nous sommes rentrés en nous dépêchant. En arrivant près de l'Arno, on a entendu le grondement qui montait au fur et à mesure que nous approchions des rives. La rivière nonchalante s'était transformée en fleuve tumultueux, mais restaient encore deux mètres sous les parapets. J'étais fasciné par la violence des tourbillons qui transportaient une multitude de débris et d'arbres qui cognaient comme des béliers contre les piles des ponts.

– Cela se produit souvent à cette période de l'année, a dit Adriano. C'est dû aux deux barrages en amont, ils les ouvrent la nuit pour relâcher la pression, l'eau va s'écouler vers Pise et la mer.

J'ai sorti mon appareil photo en le protégeant avec mon ciré, je l'ai réglé au minimum de l'exposition, j'ai pris mes premières photos. On verra bien ce que cela donnera. Sur le quai, nous avons croisé un ami d'Adriano, qui paraissait affolé, ils se sont réfugiés dans le hall d'un immeuble, ont discuté plusieurs minutes, j'en ai profité pour changer la bobine, puis l'homme est parti en courant.

– C'est un ancien camarade de classe, m'a dit Adriano. Il travaille à la mairie. Le maire n'a pas voulu donner l'alarme pour ne pas créer de mouvement de panique, mais ils sont soucieux parce que les affluents de l'Arno débordent et que les barrages n'ont pas encore relâché le trop-plein, ils vont être obligés d'ouvrir les vannes pour éviter que les levées ne cèdent et l'eau risque de monter très haut. Il y a eu plusieurs glissements de terrain dans les environs, les autoroutes sont coupées, le train aussi, les voies ferrées sont sous l'eau. Les caves et les parkings dans l'est de la ville sont inondés. Les pompiers ont du mal à se déplacer car les rues sont bloquées par des voitures.

À minuit passé, l'Arno était monté d'un mètre en une heure, des branchages, des fûts, des bidons, des déchets de toutes sortes étaient emportés par une cataracte, se fracassaient sur les piles des ponts, soulevant des gerbes d'écume qui nous éclaboussaient, mon copain a dit que le fleuve coulait à soixante kilomètres-heure. Soudain, nous avons aperçu à la surface des flots frénétiques une vache noyée, pattes en l'air, tournoyant comme une toupie folle. Elle est passée devant nous à une vitesse incroyable, comme si elle ne pesait rien, je crois avoir réussi à la prendre en photo avant qu'elle ne disparaisse sous l'arche du pont, quelques minutes plus tard nous avons vu une autre vache, plus proche de la rive, suivie par un cortège agité de fûts noirs, au milieu de couches de débris, de cageots, de meubles et de balles de paille. Le Ponte Vecchio était soumis au pilonnage incessant de troncs d'arbres qui traversaient les façades des magasins, creusant des trous béants dans les murs, l'eau s'engouffrait dans les bijouteries avec une violence inconcevable, faisant exploser les vitres et les portes, arrachant les rideaux de fer, le bruit était assourdissant, les commerçants tentaient de sauver des pièces de leur stock mais devaient renoncer pour ne pas être emportés à leur tour. Perché sur un escalier, j'ai chargé une autre bobine. Adriano, pétrifié, tendait le doigt. À trente mètres de nous, dévalant le fleuve, le corps d'un noyé était emporté au gré des vagues qui le secouaient comme un pantin. J'ai fini ma bobine sur ce cadavre qui disparaissait sous le pont de la Sainte-Trinité. Notre regard balayait le fleuve furieux à la recherche d'autres morts. Adriano a décidé d'aller voir si son père avait besoin d'aide.

Quand je suis arrivé à l'hôtel, les premières vagues sautaient au-dessus des parapets, dix centimètres d'eau envahissaient les trottoirs. Avec les autres clients, nous avons aidé Stefania à monter les meubles du rez-de-chaussée au premier étage, mais certains étaient trop lourds, nous avons été obligés de les laisser dans l'eau. Nous avons entendu trois explosions à proximité à quelques minutes d'intervalle, les égouts ou des chaudières.

Nous étions en train de vider la salle à manger et la cuisine attenante de ce qui pouvait être épargné quand les lumières se sont éteintes. La coupure était générale, aucune des maisons voisines n'avait d'électricité, les réverbères étaient invisibles, la ville sur la rive droite était dans le noir. Stefania a distribué des bougies. Nous ne pouvions rien faire d'autre que prier et essayer de dormir. Avec un peu de chance, ça irait mieux demain.

Le chauffage était coupé, je me suis couché, persuadé que je n'arriverais pas à dormir dans cette glacière. Je n'avais pas fermé les volets, la lumière du jour m'a réveillé, j'ai mis un instant à réaliser ce que nous avions vécu, je me suis levé, j'ai écarté le rideau, et à perte de vue, une étendue ocre avait submergé la ville, nous étions dans une cité lacustre, la mer avait repris ses droits, comme au temps du pléistocène. Maintenant, l'eau courante était coupée, Stefania était navrée de ne pas pouvoir nous préparer le petit déjeuner. Elle a voulu descendre chercher les fruits oubliés dans une corbeille et n'a pu s'empêcher de crier : une fontaine s'était créée à côté de la porte d'entrée, l'eau giclait du mur donnant sur la rue. Avec les autres clients, nous restions sur le palier encombré du premier étage sans savoir quoi faire : sans électricité, impossible d'écouter les nouvelles à la radio.

Un Milanais est allé récupérer dans sa chambre un minitransistor japonais et, pendant qu'il cherchait la station, il nous a raconté qu'il avait été la risée de sa famille pour avoir acheté ce gadget inutile et coûteux. Nous nous sommes regroupés autour de lui et, toute la journée, nous avons écouté les journaux de la Rai. La Toscane était sous les eaux, des glissements de terrain avaient causé la mort de huit personnes, les parapets des berges avaient cédé, l'Arno avait pénétré dans la Bibliothèque nationale, dévastant des kilomètres de rayonnages et emportant des millions de livres, la vieille ville était inondée jusqu'aux premiers étages, les gens se réfugiaient sur les toits, un dépôt d'hydrocarbures avait explosé, les citernes de fioul, remplies en prévision de l'hiver, dégorgeaient des milliers de mètres cubes de mazout qui se mêlaient à l'eau fangeuse. Aldo Moro, le chef du gouvernement, avait demandé à l'armée d'intervenir.

À midi, nous avons appris que les voitures s'amoncelaient dans les rues, bloquant la progression des secours, il y avait un mètre cinquante d'eau à l'intérieur du Duomo, les portes de la prison avaient été ouvertes pour permettre aux détenus de se sauver, la population des environs les accueillait dans les étages. C'était toute l'Italie qui était meurtrie. Venise subissait la pire acqua alta de son histoire millénaire, avec un mètre soixante d'eau dans la basilique Saint-Marc et le palais des Doges, et des dégâts colossaux. La mer avait repris possession de la province de Pise, on était inquiet pour la tour qui risquait de s'écrouler. À seize heures, les liaisons devenaient impossibles, on mesurait plus de cinq mètres d'eau dans la ville basse et dans la basilique Santa Croce, avec ses chefs-d'œuvre innombrables. Les hélicoptères devaient se poser sur les hauteurs, à Fiesole et San Miniato, avec du ravitaillement et des médicaments – mais comment allaient-ils procéder sans barques ? Un Turinois affirma :

– Il faut garder confiance, l'armée va nous sauver, en Italie elle est la seule sur qui on puisse compter.

– Et si… et si, bredouilla une femme. Qui dit que demain, l'eau n'aura pas monté de sept ou dix mètres ?

Et elle mit ses mains sur son visage pour ne plus rien voir.

Un homme dit : C'est la fin de l'Italie, et la fin du monde. À huit heures, les piles du transistor rendirent l'âme, ce fut le silence. Nous n'avions plus que deux bougies. On restait ensemble, les uns près des autres, dans un froid caverneux, sur ce palier du premier étage, avec ce cloaque puant, le mazout et les égouts qui clapotait à un mètre de nous, nous étions abattus. Cette inondation monstrueuse provoquait l'anéantissement de cette ville merveilleuse et, comme des centaines de milliers de Florentins ce soir-là, Stefania et les autres se demandèrent quels méfaits inimaginables ils avaient commis pour mériter un châtiment pareil, ils essayèrent de se souvenir des fautes de leurs pères, confessèrent les pires impiétés qu'ils purent exhumer de leur mémoire, mais ne trouvèrent aucun péché qui aurait justifié une telle sanction, de la morgue, de la concupiscence et de l'insouciance face aux malheurs de leur prochain probablement, quelques délits fiscaux peut-être, c'était à croire que les dieux s'amusaient avec eux, à les tourmenter, à les faire souffrir. Pour le plaisir de voir les Toscans s'écrouler.

Certains se souvinrent des prêches absurdes d'abbés qui leur promettaient les feux de l'enfer s'ils ne se repentaient pas et continuaient à adorer le veau d'or, mais les prêtres s'étaient trompés eux aussi, le soleil n'allait pas brûler leurs carcasses, ni les faire rôtir comme des boules de suif, ils allaient mourir noyés dans ce jus croupi et ces curés allaient disparaître aussi, leurs églises arrogantes allaient être englouties avec leur or, leurs parures, ces fresques sublimes et ces sculptures inouïes. C'était bien la preuve de l'imposture gigantesque de cette religion fabriquée, incapable d'obtenir de son dieu une protection pour son arche et ses reliques innombrables, Florence deviendrait une cité engloutie sous des mètres de bourbe méphitique, mélange de pétrole et de merde, dont l'odeur les étouffait. Un jour, les hommes l'évoqueraient comme l'Atlantide, sans être vraiment sûrs qu'elle ait existé. Que peut-on faire quand deux cent cinquante millions de mètres cubes d'eau fétide et malsaine ont dévalé sur vous ?

Mourir.

Ils prirent leurs chapelets, leurs croix, leurs missels, fermèrent les yeux et se mirent à prier ce dieu qu'ils ne comprenaient pas, qui avait décidé de les éliminer, eux et leur ville prodigieuse, de la surface de la Terre. Ils prièrent avec une intensité inconnue, comme ils n'avaient jamais prié auparavant. Parce qu'ils ne savaient pas quoi faire d'autre en attendant la mort, et parce qu'ils n'avaient pas d'autres dieux à prier. Beaucoup promirent, s'ils en sortaient vivants, de retenir la leçon, de retourner à l'église, de rester humbles, de donner à la quête et aux pauvres.

Et de payer leurs impôts.

Ces prières, si sincères qu'elles aient été, ne furent guère efficaces. Le lendemain, au réveil de ce samedi 5 novembre 1966, les Florentins crurent un instant avoir été exaucés parce que la mer s'était retirée dans la nuit mais quand ils ouvrirent leurs portes et mirent un pied dans les rues, ils comprirent que l'apocalypse s'était réalisée et qu'ils allaient devoir vivre en enfer sur terre, avec des millions de mètres cubes de mélasse mazoutée, de débris, d'excréments, de livres éparpillés, d'objets divers et informes arrachés aux milliers de boutiques et commerces saccagés, des animaux crevés, des éclats de verre répandus, des centaines de voitures empilées, écrasées ; quel que soit leur courage, ils n'en viendraient jamais à bout, parce que la plupart d'entre eux avaient tout perdu, ils étaient ruinés, sans argent, sans assurance, il n'y avait plus d'électricité ni d'eau courante et ils ne savaient pas quoi faire de cette gangue accumulée, sans parler de la gloire envolée de leur ville chérie, des merveilles ravagées, des cinq panneaux des portes de Ghiberti emportés à des kilomètres, des fresques maculées, des tableaux éventrés et des musées dévastés. Sans compter les morts déjà enterrés dans ce marécage monstrueux. Des femmes pleuraient, d'autres restaient prostrées parce qu'elles avaient atteint la limite de l'épuisement.

Pour les narguer, le soleil était revenu, avec un ciel bleu insolent, et la boue se transformait en croûte.

Et il y avait ceux, les plus nombreux, qui retroussaient leurs manches, emballaient leurs jambes dans des sacs plastique et les ficelaient solidement, attrapaient, qui une pelle, qui un balai et commençaient le grand nettoyage. Un nettoyage inutile sans eau. Mais ils repoussaient la chape naphtée un peu plus loin, ils grattaient, raclaient, frottaient, brossaient.

Sans fin.

Les Florentins s'embourbaient au cœur de ce bagne dantesque ou erraient dans cette fange asphyxiante. Le seul détail qui les réconfortait, c'est qu'il n'y avait aucun photographe pour immortaliser leur détresse et leur misère, aucune caméra de télévision pour les filmer, aucun journaliste pour les interviewer et leur demander quels sentiments de désolation et d'abattement ils éprouvaient.

Ils étaient seuls. Entre eux.

Stefania m'a demandé de trouver des bougies car l'électricité ne serait pas rétablie avant longtemps.

– Où vais-je en trouver, tous les magasins ont été dévastés ?

– Dans les églises. Prends des cierges à trente et cinquante lires.

Elle m'a donné deux mille lires pour les payer et conseillé de me diriger vers la basilique San Spirito qui, étant surélevée, avait probablement été préservée. Je suis parti dans cette direction. Il était difficile de progresser dans la gadoue noirâtre, épaisse d'une trentaine de centimètres, puante, visqueuse et glissante ; sur les façades, on lisait la hauteur de la crue, la ligne sombre de flottaison se trouvait au-dessus de ma tête à deux mètres du sol, tous les cafés, les échoppes si nombreuses dans ce quartier populaire étaient dévastés, les commerçants sortaient des paquets immondes d'objets englués qui s'accumulaient dans les rues envahies de déchets.

Un marchand ambulant vendait des bouteilles d'eau minérale, j'en ai pris deux.

– C'est mille lires.

– Vous êtes fou, c'est quarante lires d'habitude !

– Aujourd'hui, c'est cinq cents lires la bouteille.

J'ai renoncé. San Spirito avait été submergée par deux mètres de vase, les prêtres, aidés par de vieilles femmes, essayaient de démêler des pyramides de chaises emmêlées et crottées. Au centre de la place, une voiture blanche gisait sur son toit, portes ouvertes, vitres brisées. Coincée entre les quatre roues crevées reposait une citerne gondolée de deux mètres sur deux et, posé dessus, se dressait un olivier déraciné. J'ai pris une série de photos de cette installation surréaliste.

À proximité de San Frediano, Adriano, sanglé dans une combinaison verte, aidait son père à débarrasser le garage, trois véhicules gisaient écrasés contre les murs, la fosse était envahie par un magma de débris et d'ordures, le matériel, les établis avaient été emportés. Adriano nettoyait le pont élévateur avec une brosse, pendant que son père, agenouillé dans les détritus, fouillait le bourbier à mains nues pour récupérer un tournevis ou une clé à molette, et quand il trouvait un outil, son visage s'éclairait comme s'il venait de sauver un trésor. J'ai attrapé un balai dont les poils formaient une masse informe, j'ai commencé à repousser la bourbe vers l'extérieur.

– Laisse tomber, m'a dit Adriano, cela ne sert à rien tant qu'on n'a pas d'eau.

J'ai demandé où je pourrais trouver des bougies, je lui ai expliqué que les églises du quartier n'avaient plus aucun cierge : Va à San Miniato, c'est sur la colline. Si tu en trouves, prends-en aussi pour nous. Il m'a indiqué le chemin pour y arriver. J'ai emprunté une avenue qui montait en enjambant les dizaines d'arbres, les branchages et les obstacles qui obstruaient le chemin, chaque pas dans cette marée gluante demandait un effort pénible.

Il m'a fallu une heure pour arriver sur l'esplanade Michelangelo d'où on dispose de la plus belle vue sur la ville. De cette terrasse il était quasiment impossible de se rendre compte que Florence avait été massacrée. Des tentes avaient été dressées par l'armée pour entreposer des engins de chantier et les produits de première nécessité sortis des hélicoptères qui faisaient la navette et se posaient sur une plate-forme à l'écart. J'ai pris des photos de ces appareils et du va-et-vient des militaires qui formaient une chaîne. Des médecins militaires soignaient des blessés sur des lits de camp alignés les uns à côté des autres. J'allais m'éloigner quand j'ai aperçu un homme d'une quarantaine d'années avec un collier de barbe qui me faisait signe de le rejoindre. Son pantalon était tombé, une infirmière de la Croix-Rouge nettoyait une plaie ouverte sur son genou. Je me suis approché, il a désigné mon appareil photo de sa main.

– Moi fare photos, ai-je dit. No parla italiano.

– Ah, vous êtes français, a-t-il répondu. Moi aussi. Vous êtes photographe professionnel ?

– Pas vraiment.

– Vous me le prêtez un instant ?

Je lui ai tendu mon Leica M qu'il a tourné dans tous les sens.

– Le M3 est le meilleur appareil du monde, surtout cette série de 1954 qui est exceptionnelle de précision. Je ne connais que trois personnes qui en possèdent un en France.

– C'est un ami russe, qui était un grand photographe, qui me l'a légué quand il est mort.

– Vous connaissiez Sacha ?

Il a fallu que je vienne ici pour rencontrer quelqu'un qui aimait Sacha.

– Personne n'était aussi doué que lui en photographie. Pendant des années, nous lui avons donné nos clichés à développer, c'était le meilleur technicien de Paris, tous les professionnels allaient dans sa boutique de la place Saint-Sulpice, en plus il avait ses techniques pour améliorer les tirages, gommer les imperfections, corriger les erreurs. Je lui avais proposé d'acheter cet appareil qui n'était pas vendu en

France, je lui en avais offert une belle somme, mais l'argent ne l'intéressait pas.

– Il m'avait pris en amitié et il avait fait une exposition de mes photos à Fotorama, une série sur la fontaine Médicis du jardin du Luxembourg.

– Je m'en souviens. De très belles photos.

Philippe Morges, qui avait créé une agence photographique avec des amis, avait pris quelques jours de vacances avec sa femme à Rome. Quand l'inondation était survenue, il s'était précipité et avait été arrêté par des éboulements à Poggibonsi, il avait réussi à louer une moto, il était arrivé jusqu'ici au prix de quelques glissades, avant de déraper sur une nappe de mazout et de s'ouvrir le genou. Il cherchait des photos de l'inondation.

Parce que personne n'en avait.

Des photos du vendredi 4 novembre, surtout.

– Moi, j'y étais. J'ai pris huit pellicules de vingt-quatre poses, cinq en couleurs et trois en noir et blanc.

– Donnez-moi vos bobines, Michel. Je retourne à Rome, je prends le premier avion pour Paris, je les développe et si, comme je le pense, elles sont bonnes, je les propose demain matin à tous les magazines de la terre qui cherchent des photos désespérément. Chez nous, les photographes travaillent à cinquante-cinquante.

J'ai été tellement surpris par sa proposition que j'ai tardé à répondre.

– Vous hésitez ?

J'ai fouillé dans ma sacoche, j'ai attrapé les huit bobines, je les lui ai données.

– Oh, attendez.

J'ai rembobiné la pellicule qui était dans l'appareil, bien qu'elle ne soit pas encore terminée.

– Vous verrez, sur celle-là il y a une photo étonnante, d'une

Mercedes renversée sur le toit, avec une citerne dessus et un arbre sur la citerne.

– Je peux vous emmener si vous voulez.

– Je vais rester un moment, ils ont besoin de bras.

Philippe Morges m'a tendu sa carte de visite.

– Venez me voir quand vous serez de retour à Paris.

Il traînait la patte. Je l'ai aidé à redresser la V8 Guzzi noire qui gisait sur le flanc. La moto a démarré du premier coup, il a paru soulagé, il est monté dessus et s'est éloigné.

*

Il fait nuit, le lustre en cristal diffuse une lumière fade, le psychiatre est attentif, note quelques mots sur son cahier. Cécile, en col roulé et pantalon noir, parle tête baissée, un doigt sur ses lèvres.

– J'ai mis du temps à réaliser que j'étais enceinte, parce que dans ma tête un enfant ne pouvait être que désiré, et je n'avais pas envie de jouer à la fille-mère courageuse. Je me suis retrouvée à Genève pour avorter, il n'y avait pas d'autre solution, je ne voulais pas de cet enfant. Ce n'était pas possible. Un point, c'est tout. Tout était organisé… C'était un mauvais moment à passer… Il fallait respecter la procédure suisse, obtenir un deuxième avis conforme, j'avais quatre jours à attendre, après j'avais l'intention de me remettre à travailler à ma thèse, de retrouver ma vie d'avant. J'ai téléphoné à Michel, le frère de Franck, on s'est toujours bien entendus, il avait les clés de mon appartement, je voulais lui demander qu'il m'expédie ma thèse, mes carnets et les livres d'Aragon dont j'avais besoin… C'est là qu'il m'a annoncé la mort de Pierre dans un accrochage à la frontière tunisienne. Je me suis évanouie dans la cabine téléphonique de l'hôtel… Voilà pourquoi je n'ai pas avorté… Parce que mon frère a été tué. La seule personne que j'aimais vraiment sur cette terre… J'étais anéantie, je refusais d'admettre ce décès, je me disais : il y a eu une erreur, il ne peut pas mourir. Pas lui. De façon aussi absurde, quelques jours avant l'indépendance… J'ai oublié que j'étais enceinte, j'ai dû remonter à Paris pour les formalités et l'enterrement. Ce fut effroyable… L'impression d'être enterrée vivante avec lui… Tout le monde était atterré. Si vous aviez connu Pierre, vous auriez compris que personne ne pouvait imaginer qu'il meure. C'était inimaginable. Je me suis dit que Franck allait revenir, forcément, en apprenant la mort de son meilleur ami, il ne pouvait pas ne pas se manifester, et alors il apprendrait que j'étais enceinte et… Quand je me suis réveillée de ma torpeur, que j'ai vu mon ventre qui enflait, c'était trop tard, on n'avorte pas à cinq mois… C'était une deuxième punition. Je n'avais pas l'impression de porter un bébé mais une tumeur qui me poussait dans le ventre et me détruisait de l'intérieur, j'étais tout le temps malade, j'ai passé des semaines courbée sur la cuvette des toilettes… J'entendais des femmes parler de grossesse avec des trémolos dans la voix comme de la plus belle période de leur vie malgré les désagréments, pour moi ce fut un calvaire de chaque instant, la sensation de me transformer en tonneau, de n'être rien d'autre qu'un mammifère reproducteur et, parfois, le sentiment d'avoir été violée : on ne m'avait pas demandé mon avis, je ne voulais pas d'un enfant, je n'étais pas prête à assumer cette charge. Je restais des journées prostrée, je n'arrivais plus à travailler… J'ai décidé de l'abandonner à la naissance, je me suis renseignée, j'ai accompli les formalités, rempli le dossier d'accouchement sous X. Pendant les deux derniers mois, j'avais retrouvé une forme de sérénité. Et puis, il y a eu l'accouchement, ça ne s'est pas bien passé, mais pas tellement plus mal que pour des millions de femmes. Après des heures de souffrance, je me sentais mieux… Et là, j'ai commis l'erreur de ma vie…

– Laquelle ?

Cécile tarde à répondre, elle redresse la tête, hésite…

– La sage-femme m'a demandé si je désirais connaître le sexe de l'enfant, je n'ai pas réfléchi, j'ai répondu oui. Quand elle m'a dit que c'était une fille, j'ai pensé que cette petite n'avait pas de chance de naître dans ces conditions, qu'elle n'avait rien fait pour mériter de démarrer sa vie aussi mal… Elle m'a demandé si je voulais la voir, quand j'ai aperçu cette chose emmaillotée et fripée, je n'ai rien ressenti, elle a déposé l'enfant sur ma poitrine, elle avait beaucoup de cheveux… La sage-femme m'a dit que je pouvais réfléchir, que je n'étais pas obligée de me décider immédiatement, que c'était une longue histoire qui commençait… Soudain, avec cette enfant posée sur mon corps épuisé, qui me dévisageait avec ses yeux étonnés, j'ai entendu la voix de Pierre me dire que je n'avais pas le droit de capituler. Et j'ai changé d'avis… Jamais mon frère n'aurait imaginé, accepté, toléré une seule seconde que j'abandonne sa nièce à des inconnus. Pierre aurait hurlé s'il avait appris ce que je m'apprêtais à faire… J'ai pensé : il faut que je me force. Beaucoup de femmes ont du mal à passer ce cap, à devenir mères, mais je me souviens, quand j'ai croisé le regard de cette sage-femme, elle a eu un léger sourire et j'ai compris. Elle m'a eue.

*

Fin novembre, Léonid parlait l'hébreu comme un combattant pressé, son expression manquait d'élégance, il faisait des fautes de syntaxe, manquait de vocabulaire, mais tout le monde le comprenait, d'autant qu'il continuait à travailler ardûment, et une fois qu'on avait corrigé une de ses fautes il ne la commettait plus jamais. Il lisait un journal en hébreu pour connaître le pays dans lequel il allait vivre et parce que sa prof avait dit que c'était la meilleure façon d'acquérir cette langue, chaque matin il achetait *Haaretz*, et le fait que ce soit un quotidien socialiste l'encourageait dans sa démarche.

Ivan l'accompagna en voiture à Tel Aviv pour son entretien d'embauche à El Al. Au cours du voyage, Léonid se souvint du trèfle à quatre feuilles qu'Igor avait conservé et il eut un mauvais pressentiment. L'entretien dura cinq minutes, le recruteur annonçant d'emblée qu'il était impossible d'embaucher un pilote âgé de cinquante-deux ans qui n'avait piloté que des avions de ligne russes, alors que la compagnie ne possédait que des avions américains.

– Pourquoi m'avoir convoqué ? pesta Léonid. Je me suis fait des illusions.

– Je suis le chef du personnel navigant, on m'a transmis votre candidature avec la mention : « recevoir impérativement ».

Léonid était furieux et ne manqua pas de faire part de son mécontentement à Ivan, qui patientait dans le hall. En russe. Ivan attendit qu'il se calme.

– Tu as raison, Léonid, c'est ma faute, j'ai voulu te rendre service en faisant appuyer ton dossier par une personne haut placée, j'espérais qu'il serait possible de te trouver un emploi, mais ton âge est visiblement un obstacle. Tu es un ami, et je veux t'aider, j'aurai peut-être une autre solution à te proposer.

Léonid assaillit Ivan de questions, ce dernier résista, il ne pouvait rien dire pour l'instant, ce n'était qu'une idée à creuser.

– Je t'en prie, Ivan, ne me fais pas languir.

– Bien sûr, tu n'en parles à personne, pas même à Igor, il ne doit rien savoir, mais il y a peut-être une possibilité avec l'armée.

– L'armée israélienne ?

– Oui, l'armée de l'air. Ton profil les intéresse. Mais toi, qu'en penses-tu ?

– J'ai piloté tous les avions de chasse de l'Armée rouge, ils ne trouveront jamais un meilleur pilote que moi. Mais mon âge… ?

– Ils m'ont dit que ton expérience les intéressait.

Quinze jours plus tard, Ivan le prévint qu'il avait reçu une réponse positive, Léonid ne put réprimer un cri de joie et lui fit répéter cette bonne nouvelle à deux reprises.

– J'espère que tu ne te moques pas de moi, Ivan.

– Je te répète ce que m'a dit le capitaine : « On est un pays jeune, on a besoin de toutes les énergies, toutes les compétences, l'âge ou le sexe on s'en fout. »

Tôt le matin, Léonid récupéra le trèfle et le plaça dans la poche de sa chemise. Ivan l'accompagna sur la base militaire de Ramat David, à quarante kilomètres de Haïfa. Ils passèrent trois contrôles, furent autorisés à pénétrer dans la base.

– Tu as vu tous ces avions !

– C'est le nouveau Super Mystère, dit Léonid, j'ignorais qu'ils en possédaient.

Ivan n'assista pas à l'entretien que Léonid passa dans un bureau du deuxième sous-sol avec un capitaine de l'armée de l'air encadré par deux civils. Le militaire interrogea Léonid sur sa formation avant-guerre, au Collège militaire de l'air de Perm, puis sur son affectation comme sous-lieutenant au régiment de chasse aérienne de la Garde. Léonid réalisa que son interlocuteur connaissait l'intégralité de sa carrière, tous les détails de son dossier, au point de rectifier même une erreur qu'il avait commise.

– Vous dites avoir réalisé deux cent cinquante-huit missions pendant la guerre ?

– Oh, je me suis trompé, reconnut Léonid après un instant de réflexion. J'en ai effectué deux cent soixante-dix-huit. Par contre, j'ai quatre-vingt-une victoires homologuées, dont cinquante-cinq individuelles et vingt-six en coopération, plus quatre-vingt-seize chars, cent cinquante et une pièces de DCA, dix-sept locomotives détruits au sol et vingt-cinq décorations et titres de guerre.

– Vous avez été le plus jeune colonel de l'armée de l'air soviétique, à quoi attribuez-vous cette promotion si rapide ?

– On a oublié que cette guerre fut un carnage. Je suis le seul rescapé des cent quatre-vingts sous-officiers de ma promotion, je fais partie des cinq pour cent de soldats russes qui ont fini la guerre. À cette époque, ce n'était pas difficile d'avoir de l'avancement, il suffisait d'être survivant.

Il y eut un moment de silence. L'officier plongea le nez dans ses notes.

– Pouvez-vous nous parler des avions de chasse sur lesquels vous avez volé ?

– Je les ai tous pilotés. À commencer par le Sturmovik 2, l'avion de guerre le plus construit au monde, qui était maniable comme un fer à repasser. Après, il y a eu la série des Iliouchine, des Yak et les premiers Mig. J'ai fait des essais constructeur pour la plupart. J'ai même piloté le Yak 15, le premier avion à réaction russe. Au début, il y a eu beaucoup de casse, mais j'ai eu plus de chance que la plupart de mes camarades, mon siège éjectable a fonctionné.

– Dans ces conditions, pourquoi avoir intégré Aeroflot et être devenu pilote de ligne ?

– J'avais été décoré à deux reprises de l'Étoile d'or de héros de l'Union soviétique, la plus haute décoration russe, mais la mortalité chez nos pilotes d'essai étant effroyable, il n'était pas question que l'on me laisse prendre des risques. Pourquoi me posez-vous ces questions ? Vous avez les réponses sur vos fiches.

L'officier l'interrogea encore sur sa carrière civile à Aeroflot avant qu'il ne passe à l'Ouest. Léonid raconta sa rencontre avec Milène à Orly, leur histoire passionnelle jusqu'à leur séparation, puis leurs retrouvailles.

– Et aujourd'hui, vous en êtes où ?

– Je suis toujours amoureux d'elle, elle ne quitte pas mes

pensées, mais je suis venu dans ce pays pour piloter, et notre histoire est terminée.

Après deux heures d'entretien, les trois hommes quittèrent la pièce, laissèrent Léonid seul, puis revinrent au bout d'une demi-heure.

– Nous avons décidé d'accepter votre candidature.

– C'est vrai ! Je vais voler ?

– Malheureusement, ce ne sera pas possible, vous êtes trop âgé. Nous vous proposons un poste d'instructeur. Vous aurez à former nos jeunes pilotes. Au cours de la formation qui se fait sur des Mosquitos et des Gloster Meteor, vous serez amené à monter dans nos avions de chasse, et peut-être aussi dans des Mystère, des Vautour et des F 86.

Léonid se mordit la lèvre, ferma les yeux quelques secondes.

– Bien sûr, vous avez le temps de réfléchir, poursuivit l'officier.

– C'est tout réfléchi, j'accepte.

– Nous ne vous avons pas expliqué le travail que nous vous proposons, ni les conditions.

– Je ne fais pas cela pour l'argent. Ce poste d'instructeur me convient.

Le civil situé à la droite du militaire posa la main sur le bras de ce dernier et, pour la première fois, s'adressa à Léonid :

– Monsieur Krivochéine, on ne vous a pas donné le descriptif du poste. Vous devez savoir ce que nous attendons de vous pour nous confirmer votre accord. On ne vous recrute pas comme instructeur pour apprendre à voler à nos pilotes, parce que vous n'avez jamais piloté aucun de nos avions. Ce qui nous intéresse par contre, c'est votre expérience sur les avions militaires russes et la chaîne de commandement aérien. Que vous nous appreniez les points forts et les points faibles des Mig et des Yak, comment les affronter et prendre le dessus. Au mois d'août, nous avons réussi à abattre deux Mig syriens au-dessus du lac de Tibériade, avec quelques difficultés, ce ne sont pas nos pilotes qui ont été bons, ce sont les autres qui ont été mauvais, les nôtres ont besoin d'être formés de façon plus pointue, pour mettre toutes les chances de notre côté. Nous voulons réfléchir avec vous aux failles de nos adversaires et développer des programmes de simulation de combat efficaces.

Léonid resta sans réaction. Ses interlocuteurs remarquèrent qu'il avait blêmi, que sa respiration s'était accélérée.

– Vous me demandez de trahir ?

– Vous n'êtes plus russe, et bien que vous ne soyez pas juif, contrairement à ce que vous avez déclaré lors de votre demande, nous vous avons accordé un certificat d'immigration, vous allez devenir citoyen israélien, avec un passeport israélien, et ici on est libre d'aller et de venir, nous vous demandons d'aider votre nouveau pays, qui vous offre un avenir.

– Vous me demandez de trahir !

Léonid se leva et, sans un mot, sortit de la salle, malgré les conseils du civil, qui répéta que c'était son intérêt d'accepter cette proposition. Il ignora Ivan qui lisait un journal, assis dans le hall, et quitta la base à pied. La sentinelle leva la barrière pour le laisser passer. Ivan le rattrapa avec sa voiture. Léonid avançait sans lui accorder le moindre regard, Ivan roulait à son pas et, à travers la vitre ouverte, l'adjurait de ne pas céder à sa première impulsion, il devait mesurer la chance inouïe qui lui était offerte de pouvoir refaire sa vie à son âge, d'avoir une maison à lui, de travailler comme instructeur pendant dix ou quinze ans, de pouvoir accompagner les pilotes dans leurs vols, d'avoir la belle vie, quoi. Mais Léonid restait sourd à ses avances.

– Réfléchis bien à cette proposition, Léonid. Si tu refuses, c'est que tu n'es pas très malin, et, crois-moi, tu finiras clochard.

Léonid cracha par terre. Ivan le dépassa et le vit disparaître dans son rétroviseur.

Le soir, Igor attendit Léonid, mais celui-ci n'apparut pas. Il prépara le repas et dîna à vingt et une heures en écoutant une retransmission de *La Flûte enchantée* à la radio. À vingt-trois heures, il descendit au restaurant voisin, téléphona au domicile d'Ivan, qui lui dit avoir conduit Léonid à un entretien d'embauche mais ne pas l'avoir attendu, il lui conseilla de ne pas s'inquiéter et d'aller se coucher : Demain, à ton réveil, il sera là.

Igor retourna chez lui, lut un moment dans son lit, éteignit la lumière vers minuit. Dans la nuit, un bruit mat le réveilla. Il se dressa sans savoir s'il avait rêvé, ouvrit la porte. Léonid gisait sur le palier, inconscient. En se baissant pour l'examiner, Igor sentit une forte odeur d'alcool, il tira son ami à l'intérieur de l'appartement, le coucha sur son lit, lui enleva avec peine sa veste et le laissa cuver. Le lendemain, Igor n'alla pas à son cours, il attendit que Léonid se réveille. Vers dix heures, ce dernier apparut, le visage fermé, Igor ne posa aucune question. Léonid n'évoqua jamais devant son ami la proposition qu'il avait reçue, la vie reprit son cours. Sauf que Léonid cessa d'aller aux cours d'hébreu, il partait en même temps que lui, revenait le soir les yeux vitreux et le souffle lourd et répondait de façon elliptique aux questions d'Igor, qui s'inquiéta quand Léonid lui demanda s'il pouvait lui prêter un peu d'argent.

– Bien sûr, je ne dépense presque rien.

Et il lui donna ce qui restait de son allocation mensuelle.

– Je te le rendrai.

Léonid s'était remis à boire et il le supportait mal. Pour une raison inexplicable, il avait perdu sa résistance à l'alcool, il était redevenu un homme comme les autres, quand il buvait il était saoul, titubait, disait des insanités et avait mal à la tête, et quand il ne buvait pas, il déprimait, restait abattu des heures, les yeux perdus dans le vague, à marmonner on ne sait quoi. L'alcool lui servait de nourriture, il ne mangeait presque plus, un peu de pain de mie, du fromage, il avait retrouvé son teint blême et sa silhouette d'épouvantail. Quand il rentrait de l'école, Igor faisait le tour des restaurants du quartier, finissait par le trouver dans l'un d'eux à trinquer avec d'autres poivrots, l'aidait à revenir chez eux en le prenant sous le bras, le soutenait pour monter l'escalier et le couchait jusqu'à ce qu'il se réveille et ressorte pour aller boire.

Un soir, Igor s'en ouvrit à Ivan, mais celui-ci haussa les épaules : Chacun est responsable de soi, personne ne peut rien faire pour moi. Léonid buvait son allocation mensuelle en une semaine, puis empruntait de l'argent à Igor. À la fin de l'année 66, ils furent invités par Alexi à fêter la nouvelle année mais Léonid refusa d'y aller : Je n'ai plus envie de les voir. Igor resta avec lui et prépara un repas de fête. Ils écoutèrent la retransmission de *Carmen* à la radio, Léonid se mit à pleurer, les larmes coulaient de ses yeux, il reniflait et à nouveau pleurait. À minuit, ils se souhaitèrent une bonne année 1967, pleine de bonheur, mais le cœur n'y était pas. Ils allèrent se coucher. Puis Igor entendit Léonid qui sortait, il le retrouva le matin au pied de l'escalier dans un état déplorable.

Dans sa chambre, Igor prit une feuille de papier, son stylo plume et écrivit une lettre.

Huit jours plus tard, le lundi 9 janvier 1967 à 13 h 30, un taxi venant de Tel Aviv s'arrêta devant leur immeuble. Milène Reynolds en descendit, elle portait un tailleur noir sur un corsage en soie blanche, des chaussures à talons fins et un manteau d'astrakan, les gens qui passaient dans la rue s'arrêtèrent pour la dévisager : Tiens, Deborah Kerr est à Haïfa ! Elle monta l'escalier, sonna à la porte de leur appartement. Igor demanda à Léonid de se lever pour une fois et d'aller ouvrir. Ce qu'il fit. Léonid resta pétrifié en découvrant Milène sur le palier. Un instant, il se demanda s'il n'était pas victime des premières atteintes du delirium, il la contemplait, ses lèvres tremblaient, un frisson brûlant lui parcourut le dos.

– Bonjour, Léonid, comment vas-tu ?

– Que fais-tu là ?

– Je suis venue te chercher, on rentre à Paris.

– Tu crois ?

– Sauf si tu ne veux pas.

Léonid secoua la tête, elle fit un pas en avant, il la prit dans ses bras, la serra contre lui, puis la fit entrer. Elle embrassa Igor qui lui proposa un café, qu'elle accepta volontiers. Léonid fit le service, déposa les tasses sur la table basse.

– Tu sais, Igor, je vais partir, je ne vais pas pouvoir te rembourser ce que je te dois, ou plus tard peut-être.

– Ce n'est pas un problème, Léonid, va faire ta valise.

Léonid rendit le trèfle à Igor et, avec Milène, ils embarquèrent le jour même dans une Caravelle d'Air France qui décolla de l'aéroport de Lod à dix-sept heures trente.

La semaine suivante, Igor commença son stage de six mois à l'hôpital Rambam de Haïfa en vue d'obtenir le certificat d'homologation de son diplôme russe de médecin, qui lui permettrait d'exercer son métier dans son nouveau pays. Il eut un travail fou qui l'absorba six jours sur sept, douze à treize heures par jour. Il devait se faire comprendre en hébreu, apprendre les techniques apparues depuis qu'il avait quitté son poste de médecin dans le service de cardiologie de l'hôpital Tarnovskij à Leningrad en 1952, et se familiariser avec la dernière génération de médicaments et de traitements. Quand le patron de cet hôpital universitaire l'avait reçu, il lui avait expliqué qu'il commencerait en bas de l'échelle, serait traité comme les étudiants et ne disposerait d'aucun passe-droit.

Ce que son patron avait oublié, c'est qu'Igor avait quarante-huit ans et que, s'il n'avait pas exercé pendant les treize années de son exil en France, il avait dix ans d'expérience de médecin en Union soviétique, dont trois longues années de siège, et cela vous forgeait un médecin pour la vie : question diagnostic cardiaque et préconisations, son élève russe pouvait lui en apprendre. Très vite, les infirmières et le patron lui-même se tournèrent vers lui pour solliciter son avis, Igor faisait l'unanimité des patients, il trouvait toujours un peu de temps pour bavarder avec eux, souvent il travaillait lors de son jour de repos car on avait besoin de lui. Cela ne le dérangeait pas. Personne ne l'attendait. Il travaillait tellement qu'il ressentait moins l'absence de Léonid. C'est vrai, il était seul désormais.

Enfin presque. Quelqu'un pensait à lui.

*

– … D'aussi loin que je m'en souvienne, j'ai toujours été amoureuse de Franck, je n'ai jamais aimé ni regardé un autre homme. C'était le meilleur ami de Pierre, ils étaient inséparables… À la mort de mes parents, mon frère a obtenu de notre oncle, qui était notre tuteur, qu'on puisse vivre dans l'appartement familial, il nous a fait confiance. J'ai fini l'année scolaire au pensionnat, et en entrant en première, j'ai rejoint mon frère qui était en terminale. Je m'occupais de lui, il s'occupait de moi. Au début, Franck était embêté à cause de Pierre, mais celui-ci a éclaté de rire. Après, il n'y a jamais eu de problèmes. On formait trois duos… Qu'est-ce qu'on a été heureux ensemble… On avait l'impression que ça allait durer toujours… Je crois que si je l'avais devant moi aujourd'hui, je prendrais un revolver et je lui tirerais dessus, sans hésiter, mais il ne faudrait pas que ce soit une mort trop rapide, il faudrait qu'il souffre. Longtemps. Qu'il me demande pardon. Parce qu'il n'a pas seulement saccagé ma vie, il a bousillé celle de sa fille.

– Mais, il ignore qu'il a une fille, non ?

– Il pourrait s'en douter, au moins se poser la question. Pourquoi les hommes tombent-ils toujours des nues quand on leur apprend qu'ils ont fait un enfant ?… Pourquoi je n'arrive pas à me défaire de ce type ? Pourquoi ?… J'ai l'impression d'être une mouche emprisonnée dans un verre. J'ai réussi à faire mon deuil de Pierre, il vit à côté de moi, je pense à lui souvent, mais aujourd'hui, c'est plus un manque qu'une douleur, pourquoi est-ce que je n'arrive pas à faire mon deuil de Franck ? À le laisser sur le côté de la route, à avancer sans lui… Je n'arrive plus à nouer la moindre relation, il m'a rendue humainement stérile. À cause de lui, je n'ai plus confiance en personne. Jamais. Même en des gens que je sais sincères. Je me dis : derrière ce sourire, il y a une traîtrise. Forcément. J'ai perdu tous mes amis, je ne vois plus personne et je vis enchaînée à un homme que je hais.

*

J'ai passé trois semaines à Florence à nettoyer, récurer, gratter, brosser, amollir et enlever la boue putride dont l'odeur était insoutenable, à tenter d'évacuer avec pelle et balai cette mélasse mazoutée qui avait submergé la ville, cette fange puante de trente centimètres d'épaisseur dans laquelle nous pataugions. Des milliers de volontaires, de jeunes Italiens, avaient débarqué de tout le pays pour apporter leur aide, l'armée avait envoyé des centaines de militaires et de carabiniers stagiaires qui se sont improvisés éboueurs dans des conditions épouvantables, débarrassant les rues de milliers de tonnes de gravats, meubles, arbres, branches, marchandises emportées des commerces saccagés et des quinze mille voitures qui bloquaient les rues et les carrefours.

On manquait de tout, on avait les reins rompus, les doigts et les muscles engourdis, on suffoquait, on était crasseux, l'eau valait de l'or, les premiers jours, des camions-citernes fournissaient de l'eau non potable. Et puis, l'armée américaine a débarqué, à nouveau, avec ses véhicules remplis de nourriture, de médicaments, de couvertures et d'eau minérale, et ses soldats qui s'attaquaient au déblaiement des montagnes de débris avec leurs pelleteuses, leurs engins de chantier et au nettoiement avec leurs pompes et leurs groupes électrogènes.

Trois jours après la décrue, notre groupe est intervenu à la Bibliothèque nationale, qui se trouve près des rives de l'Arno, ce fut un spectacle dantesque, on s'engluait dans un marécage de mélasse immonde, il ne restait plus un seul livre en place sur les kilomètres de rayonnages, un million trois cent mille ouvrages avaient été emportés, la plus grande partie formaient des concrétions compactes agglomérées par la boue et les déjections, il n'y avait rien d'autre à faire que de les jeter dans les bennes, comme des dizaines de tonnes d'archives qui emportaient dans les décharges la mémoire de la ville. Et les dizaines de milliers de clichés photographiques accumulés depuis cent ans n'existaient plus.

Certains parlaient de trente-quatre morts, de dizaines de personnes prises au piège dans le passage souterrain de la gare ou dans les parkings, personne n'était en mesure de vérifier. On parlait de Florence comme d'un être humain blessé dont on ignorait s'il survivrait, *Povera Firenze*. Mais une rumeur vivifiante s'était répandue qui dopait les énergies : On doit avoir tout nettoyé pour Noël, tout fini pour la fin de l'année. Les Florentins s'accrochaient à cette date butoir, comme s'ils allaient pouvoir oublier et effacer l'horreur : Cette année, *Natale* sera le plus beau que nous aurons jamais fêté. Et chacun, arrimé à ce frêle espoir, requinqué par cette perspective, nettoyait avec plus d'ardeur.

Les hôteliers, les restaurateurs, les commerçants et les artisans florentins travaillaient comme des forcenés, mais leur matériel et leurs installations avaient soit disparu, soit étaient inutilisables. Le garage du père d'Adriano n'existait plus, il n'avait plus le courage de recommencer. Il restait assis, les yeux dans le vide, sur le pas de sa porte, on lui demandait quoi faire de telle machine ou de tel outil qu'on venait de récupérer, il désignait du doigt la place où s'entassaient les objets à jeter. Stefania a logé gratis pro Deo trois douzaines de volontaires qui dormaient à quatre dans les chambres de deux. Elle leur offrait le petit déjeuner et ne leur demandait rien en contrepartie, sauf d'enlever leurs bottes crottées avant d'entrer dans son hôtel.

Et puis sont arrivés des Français, des Espagnols, des Allemands, des Américains, Florence était devenue une flaque de Babel dans laquelle des dizaines de nationalités pataugeaient ensemble. Il n'était plus possible d'acheter de pellicules, mais j'en ai trouvé dans un magasin de Fiesole, et j'ai pu faire quelques photos intéressantes, effrayantes devrais-je dire, car dans le cloître de Santa Maria Novella les fresques en plein air d'Uccello avaient été recouvertes d'une gadoue noirâtre sur une hauteur d'un mètre cinquante, les spécialistes les considéraient comme perdues. Petit à petit, on a découvert l'ampleur des dégâts, aucune église n'avait été épargnée, des fragments de fresques avaient été emportés par les flots, mille cinq cents tableaux maculés, les portes en fer de la chapelle Médicis à San Lorenzo arrachées de leurs gonds, et à l'intérieur la fange atteignait trois mètres d'épaisseur, le Bargello était dévasté, comme l'Opera del Duomo, le baptistère San Giovanni, la basilique Santa Croce, et le christ de Cimabue était quasiment effacé.

Pourquoi ?... Qu'a-t-on fait au bon Dieu ? se demandaient chaque jour les Florentins qui n'admettaient pas ce saccage mais ne trouvaient jamais de réponse à cette question angoissante.

Le travail a commencé à être moins pénible quand l'eau courante et l'électricité ont été rétablies, mais il faisait un froid polaire, on était frigorifiés, tout le monde cherchait du bois à brûler pour se chauffer.

J'ai eu du mal à me décider à quitter Florence, le grand nettoyage n'étant pas terminé, et de loin, mais il y avait tellement de monde qui arrivait chaque jour que la ville ne manquait pas de bras. La traversée de la Toscane jusqu'à Pise offrit un spectacle effrayant, le bus avançait lentement dans un paysage lunaire de villages ruinés, de champs toujours inondés parsemés de débris, de carcasses de voitures, les arbres et les vignes avaient été emportés, et les maisons éventrées.

Je suis passé voir mon grand-père Enzo à Fontanellato, une bourgade proche de Parme, ils avaient eu très peur quand l'eau était montée, mais le Pô les avait épargnés. Le grand-père m'a épaté, il parlait l'italien couramment, il était devenu ami avec tous les hommes du village, prenait un café avec eux à l'abri des arcades centenaires. Il habitait chez son petit-cousin dans la maison familiale, sur la route de Soragna, donnait un coup de main pour les travaux des champs, réparait et conduisait le tracteur, participait à la récolte des tomates. Il aurait voulu que je reste plus longtemps pour me faire visiter la région, mais j'avais hâte de rentrer à Paris : Cela m'embête que tu partes sans voir notre merveille. Il est allé demander une autorisation au propriétaire de San Vitale, car le château aux murs de brique crénelés, entouré de douves, était fermé au public. Le châtelain a commenté cette visite privée dans un français parfait. Il nous a conduits dans une pièce d'une dizaine de mètres carrés, où on admire une des plus belles peintures murales qu'on puisse imaginer, de Francesco Mazzola, dit le Parmigianino, la fresque de Diane et Actéon, d'une infinie délicatesse et d'une harmonie de couleurs qui tient du miracle, une salle de méditation fascinante, dans laquelle la duchesse, son ancêtre, venait se recueillir, et qui justifie à elle seule un voyage en Italie.

À peine le pied posé à la gare de Lyon, je me suis précipité dans une cabine téléphonique, j'ai composé le numéro que

Camille m'avait laissé, sa cousine m'a informé qu'elle avait trouvé un boulot de monitrice dans un home d'enfants à Morzine pour les vacances de Noël et qu'elle ne reviendrait pas avant début janvier. En arrivant à la maison, j'ai eu la surprise de découvrir posé sur la table basse du salon un exemplaire de *Paris Match* avec en couverture la photographie en couleurs de la Mercedes retournée, avec la citerne entre ses quatre roues et l'olivier posé dessus. À l'intérieur du magazine, quinze pages de photos que j'avais prises lors de l'inondation de Florence, certaines avec des légendes explicatives, et, en marge, en petits caractères, mes nom et prénom. J'ai téléphoné à l'agence, Philippe Morges m'a proposé de passer le voir immédiatement, rue Réaumur.

Je n'ai rien choisi, rien décidé, le destin l'a fait à ma place. Sacha m'avait communiqué sa passion de la photo et légué son appareil, puis il y a eu cette inondation millénaire. Je n'ai eu aucun mérite, si ce n'est d'avoir été au bon endroit au bon moment, et d'avoir voulu capter du mieux possible l'intensité du drame. Pour que les gens sachent, pour qu'ils comprennent ce qui s'était passé ce jour-là à cet endroit. Il ne faut surtout pas oublier. On existe parce qu'on se souvient. Une seule photo vaut mille pages de souvenirs. C'est ce que j'ai expliqué aux photographes de l'agence qui se trouvaient dans les locaux, auxquels Philippe m'a présenté et qui m'ont félicité chaleureusement. Puis il m'a dit que l'intuition qu'il avait eue lors de notre rencontre à Florence s'était avérée, au-delà même de ses espérances : Un photographe doit avoir de l'instinct, et j'ai su quand je t'ai vu avec cet appareil dans les mains que tu avais pris les bonnes photos.

Mes clichés avaient été vendus dans le monde entier, à des dizaines de journaux et de magazines, le plus gros carton de l'agence à ce jour, j'allais démarrer ma carrière par un succès comme je n'en connaîtrais jamais d'autre.

– Ma carrière ?

Philippe Morges m'a proposé d'intégrer l'agence comme photoreporter salarié, avec un contrat d'essai d'un mois, et m'a exposé les conditions, ses deux associés ayant donné leur accord.

– Dans cette maison, il n'y a pas de domaine réservé, ni de spécialiste, on fait du news ou du people, comme ça vient. Photographier Sheila ou de Gaulle, c'est pareil. À la différence des autres agences, chez nous les photographes signent leurs clichés, nous travaillons aussi beaucoup nos archives, pour que les photos continuent à vivre dans la durée. Nous sommes en contact avec trois cents magazines et trois mille titres dans le monde. Nous avons des correspondants dans plusieurs pays. C'est moi et moi seul qui décide des clichés qu'on garde et qu'on propose aux clients. Pour les reportages, on avance les frais, on se rembourse sur les ventes, on partage à parts égales frais et recettes. Quoi d'autre ?... On a notre propre labo en interne, cela nous fait gagner un temps fou. On va s'occuper des formalités et t'obtenir ta carte de presse. Tu verras, ici ce n'est pas le boulot qui manque.

J'ai mis un peu de temps à réaliser ce qu'il m'offrait, jusqu'à cet instant la photographie n'était pas un métier.

– Je ne sais pas si je vais être à la hauteur.

– Écoute, il y a des dizaines de photographes qui aimeraient recevoir cette proposition, j'en fais bosser certains ponctuellement en pigistes. Mais depuis que j'ai créé cette agence, quand j'ai recruté quelqu'un, je ne me suis jamais trompé. Si Sacha t'a exposé et t'a donné son appareil, c'est qu'il avait compris. Je vais t'expliquer un truc fondamental, Michel. Le b.a.-ba de notre métier. Si tu piges ça, tu as tout compris. Pour réussir dans ce métier, devenir un véritable photoreporter d'agence et gagner sa vie avec son appareil photo, il faut impérativement remplir deux conditions, une nécessaire et une suffisante, comme en mathématiques. Il ne faut pas aller vite, il faut aller plus vite, le premier problème, c'est qu'aucun concurrent ne prenne la photo avant toi, on doit être le premier, c'est le premier qui rafle la mise, toute la mise, comme au casino, il n'y a rien pour les autres que des larmes, des regrets, et les frais qui ne sont pas remboursés. Avoir du talent ou être le meilleur photographe du monde ne suffit pas, c'est accessoire, des tas de crétins sont capables de faire de jolies photos, il faut d'abord arriver le premier sur le coup, sentir le bon angle et prendre juste trois photos, si elles sont belles tant mieux, sinon tant pis, la réalité n'est pas toujours photogénique. Ne cède jamais à la tentation de la photo artistique, une photo de presse, dès le premier coup d'œil, ça doit raconter une histoire. Il vaut mieux avoir une photo moyenne mais efficace que pas de photo du tout. Mais ce n'est pas suffisant, le vrai casse-tête est de la faire parvenir à l'agence pour qu'on soit les premiers à la vendre. Il faut donc réussir à nous adresser les bobines le plus vite possible, chaque minute est vitale, c'est là qu'il faut être malin. Un bon photographe est un photographe débrouillard.

Philippe a demandé que mes parents viennent signer mon contrat d'embauche et je devais ouvrir un compte en banque pour encaisser mon salaire, mon intéressement aux ventes étant versé à la fin de chaque année. Il m'a demandé ce que j'avais fait depuis notre rencontre, je lui ai raconté le grand nettoyage, précisant que j'avais pris de nombreuses photos du calvaire des habitants et des dégâts effarants causés par l'inondation.

– Florence, c'est fini maintenant, a-t-il répondu, on est passés à autre chose. Depuis, on a vu beaucoup de reportages à la télé sur les anges de la boue.

– C'est certain, mais moi j'y étais, de jour et de nuit, et j'ai photographié en gros plan des visages de gens désespérés, hagards, qui avaient tout perdu, qui touchaient le fond de la misère ou qui étouffaient à cause de la puanteur, qui n'arrivaient plus à marcher dans la gadoue, qui récupéraient des objets dérisoires. Il y a une jeune femme épuisée qui trimbale un énorme ballot de vêtements sur son dos et tend la main à son gamin embourbé qui l'appelle au secours, un prêtre abasourdi devant la fresque maculée d'Uccello, et une série dans l'église d'Ognissanti à moitié nettoyée, il n'y a plus aucune chaise, les gens sont debout, frigorifiés, sales dans leurs manteaux maculés, et ils prient. Ils sont vivants.

– Donne-moi tes pellicules, j'ai l'impression que tu as compris le métier.

Le soir, j'ai retrouvé mon père et Marie, ils m'ont posé mille questions sur l'inondation de Florence. À la manière dont ils me regardaient, à l'empressement avec lequel ils suivaient mes réponses, les : Et alors ? qui se succédaient, j'ai eu l'impression d'être un vieux baroudeur rescapé, ils ont voulu que je leur commente les photos, quand et dans quelles conditions elles avaient été prises. Mon père en avait parlé à la famille et à ses amis, ils étaient tous fiers de connaître un grand photographe. Mon père a signé le contrat et, quand je lui ai annoncé ce que j'allais gagner avec ce reportage, il a ouvert de grands yeux.

– Ce n'est pas possible !

– Si, mais cela ne se reproduira pas de sitôt. Maintenant, il va falloir que j'apprenne le métier, car c'est ce que je veux faire.

Ils n'ont pas été surpris lorsque je leur ai dit que j'allais les quitter et me louer un appartement. De leur côté, ils étaient submergés par le succès du magasin qui ne désemplissait pas. Avec les fêtes, ils ne savaient plus où donner de la tête pour livrer les clients, installer le matériel vendu et gérer le réapprovisionnement. Mon père envisageait d'ouvrir une succursale sur la nationale 7 à la sortie de Paris. Je lui ai rapporté la promesse qu'à Fontanellato j'avais faite au grand-père que nous retournerions le voir tous ensemble.

– Au fait, ta copine a téléphoné à plusieurs reprises, elle se demandait où tu étais passé.

Camille avait laissé le téléphone du home d'enfants de Morzine, j'ai appelé aussitôt, une femme m'a répondu, est allée la chercher. Il a fallu cinq secondes pour que nous retrouvions notre complicité et que soient oubliés les nuages de notre séparation. Elle m'a raconté sa vie avec les enfants dont elle s'occupait, ils ne faisaient pas de ski car la neige n'était pas au rendez-vous, mais des balades, du patin à glace et des jeux de société, ce boulot lui plaisait énormément. Et elle m'a parlé des photos de Florence.

– Comment tu sais ? Tu les as vues ?

– C'est ton père qui m'en a parlé, un soir où j'ai téléphoné. Elles sont extraordinaires.

Je lui ai expliqué que le directeur de l'agence m'avait offert un poste de photoreporter et que j'allais commencer à travailler pour lui.

– Écoute, je dois raccompagner les enfants en car à Lille. Je serai de retour à Paris le 7 janvier.

Le lendemain, je me suis mis à la recherche d'un appartement, je voulais faire la surprise à Camille. J'ai trouvé un trois-pièces sous les toits, sans ascenseur, en bas de Mouffetard, en face de l'église Saint-Médard, mais comme je n'avais ni fiches de paie ni déclaration d'impôts à fournir, mon père a dû se porter caution auprès de l'agence immobilière, et j'ai pu déménager mes affaires. J'étais en train de remplir des caisses de livres quand Philippe Morges a téléphoné : Amène-toi, j'ai quelque chose pour toi. Philippe m'a accueilli avec un grand sourire. Devant lui, les tirages des photos de Florence après la décrue étaient étalés sur la table de travail, dans un format inhabituel.

– Nous ne tirons pas comme les autres sur du papier 24 × 30, mais sur du 20 × 30, qui est en concordance parfaite avec le format 24 × 36 du négatif, c'est Sacha qui m'avait donné ce truc. Grâce à ce positionnement, nous n'avons plus besoin de recadrer ou de couper et on n'a plus cette marge blanche qui n'a aucun sens dans le métier. Elles sont magnifiques, et elles se vendent comme des petits pains, à l'étranger aussi. La série dans l'église plaît beaucoup. Celle-là, comment tu l'as prise ?

– J'avais besoin de montrer ces gens regroupés les uns près des autres, comme s'ils se soutenaient, j'étais au niveau du sol, sans perspective, j'ai réussi à monter sur une chaire qui avait été renversée et placée en équilibre près de l'autel, j'ai gravi les marches comme un Sioux, des planches avaient disparu, j'avais peur de passer au travers. Quand je suis arrivé en haut, personne ne m'a remarqué, les fidèles étaient absorbés par la prière du prêtre, il y avait une ferveur incroyable et, à cet instant, un rayon de soleil a traversé en diagonale les vitraux, je ne pouvais pas utiliser de flash, j'étais limite exposition, elle est bien sortie.

– Cette photo va faire la une de *Match* pour Noël. Avec exclusivité pour la France ! Tu te rends compte ?… J'ai quelque chose pour toi, de pas facile. Assieds-toi.

– C'est quoi ?

– Claude François.

– Tu plaisantes ? Je déteste Claude François, c'est un chanteur épouvantable.

– On s'en fout. On me demande de partout des photos de Claude François qui donne une série de concerts à l'Olympia jusqu'à la fin de l'année. Il y a une centaine de photographes qui le traquent en permanence, si c'est pour avoir les mêmes clichés que tout le monde, ça ne m'intéresse pas. Je cherche de l'original, de l'inédit. J'ai un photographe de l'agence sur le coup, qui n'arrive à rien de bon. Alors, j'ai pensé à toi. Parce que tu es jeune et que tu as du culot. Dis-toi que tu as de la chance de travailler à Paris, j'aurais pu t'envoyer à Plouc-les-Flots. La dernière fois, j'ai oublié de te dire trois choses importantes que tu dois méditer, trois notions qui n'en font qu'une : il y a toi le photographe, et la photographie que tu prends, à la fois objet fini et sujet rêvé, qui ne sont rien si ne survient pas un troisième larron qui s'appelle le spectateur, et qui lui va regarder la photographie. Tu as compris ? Une photo n'existe que si elle est vue. Si tu veux devenir un photographe d'agence, réfléchis à ce que je viens de te dire et ramène-moi de belles photos de Claude François.

Au cours du déjeuner, j'ai demandé à Philippe s'il avait un conseil à me donner.

– Quand j'étais à ta place, je me suis usé à courir après Marlene Dietrich, Sofia Loren et Brigitte Bardot, faire du people c'est ce qu'il y a de pire dans notre métier, de plus compliqué, c'est ce qui est le plus demandé et il y a une sacrée concurrence, mais c'est ce qui rapporte le plus, on doit tous y passer. À toi de te débrouiller. Si tu réussis, tant mieux, si tu rates, tant pis, parce qu'un autre le fera à ta place.

À partir de cet instant, j'ai passé une grande partie de mes jours et la totalité de mes nuits à pister Claude François. Philippe m'aurait demandé de photographier le pape ou la reine Elizabeth dans leur intimité, cela n'aurait pas été plus difficile. J'ai même eu un doute sur la réalité de son existence car je ne l'ai aperçu qu'une fois, sur un Scopitone dans un bistrot où je me réchauffais. Soir après soir, l'Olympia était complet et s'il avait chanté pendant encore dix ans, les places auraient été vendues tellement il y avait de filles qui voulaient entendre chanter cette patate. Le deuxième soir, j'ai assisté sur le boulevard des Capucines à une scène effarante, je rôdais, aux aguets, quand un homme a levé le bras et a crié : « Je vends deux places pour le concert de ce soir. » Il n'avait pas fini sa phrase qu'une adolescente s'est précipitée pour les acheter, mais une autre est intervenue, a surenchéri, et une autre encore. En trente secondes, le malheureux a été entouré d'une douzaine de gorgones qui criaient, se donnaient des coups de coude, s'insultaient et l'agrippaient. Une blonde a réussi à arracher les deux billets, a voulu prendre la fuite, en a été empêchée par une brune avec des couettes, cela a fini en mêlée digne d'un des pires matchs de rugby qu'on puisse imaginer, avec les malheureux tickets à la place du ballon. Deux agents de police ont réussi à écarter les furies mais les billets ont été perdus dans la bagarre.

J'ai fait comme les cent photographes de presse, au moins, dont Philippe avait parlé : j'ai attendu devant la sortie des artistes rue Caumartin, qui était de facto interdite à la circulation car deux ou trois cents groupies attendaient l'arrivée de leur idole, s'agglutinaient sur les barrières. Les agents de sécurité tentaient de contenir la cohorte des fans qui hurlaient à en mourir, comme pour les Beatles, quand la limousine noire apparaissait et réussissait à se frayer un passage sans écraser personne. À cet instant, une douzaine de gorilles sortaient de l'Olympia, faisaient barrière de leurs corps, la porte du véhicule s'ouvrait, un homme en imperméable en sortait et se précipitait à l'intérieur du music-hall pendant que retentissaient des hurlements indescriptibles et que crépitaient un million de flashs d'appareils photo, puis la porte métallique de la salle de concert était verrouillée. La même scène se reproduisait en sens inverse autour de une heure du matin, quand Claude François essayait de sauver sa peau en quittant l'Olympia pour rejoindre sa voiture. Sauf qu'à ce moment-là, la masse des admiratrices – oui, il n'y avait que des femmes – avait grossi démesurément, cinq cents folles espéraient un autographe, une photo, qui sait, un baiser, ou juste apercevoir leur idole.

En vrai.

La voiture de leur vedette préférée était suivie par un cortège d'une douzaine de motos de presse qui se rapprochaient à un centimètre pour prendre une photo des vitres teintées. En discutant avec des collègues qui faisaient interminablement le pied de grue, j'ai appris que c'était tous les soirs le même cirque, au début et à la fin de chaque concert, même les soirs de relâche, car la rumeur circulait selon laquelle ce maniaque en profitait pour répéter, il y en avait autant à son domicile, devant ses bureaux ou à l'adresse de sa maîtresse : Mlle F… De l'avis unanime de ces confrères avertis, aucun autre chanteur ne déclenchait de pareilles scènes d'hystérie collective, même si le délire diminuait légèrement ces derniers temps. Il n'y avait rien d'autre à faire qu'à attendre en fumant clope sur clope, rue Caumartin, dans les courants d'air glacés de cette fin décembre, qu'apparaisse ce canard sautillant, et au bout de cinq soirées à faire le guignol jusqu'à pas d'heure, j'ai renoncé.

Je sais, ce n'est pas professionnel.

Mais que faire ? Tous les photographes de Paris cherchaient le truc pour accéder à Clo-Clo, certains avaient essayé de draguer les Claudettes, mais elles étaient sur leurs gardes, horriblement méfiantes et déjà amoureuses de leur patron, d'autres avaient tenté de soudoyer son concierge, sa femme de ménage, son chauffeur, son crémier, etc. En vain. Il était mieux protégé que le président des États-Unis. Je n'étais pas fait pour le people, j'allais attendre quelques jours avant d'annoncer à Philippe que j'avais échoué dans cette mission exaltante et attendre qu'il m'en confie une autre. Ce soir-là, une multitude de filles en transe avaient envahi les trottoirs de la rue Caumartin, bloquant la sortie des artistes, indifférentes à la bruine et au froid, le moral m'a abandonné, je haïssais Claude François et tous les chanteurs français avec leur ziquette *boum boum badaboum*, la musique c'était en anglais. Point barre. Je n'avais pas envie de photographier ces inexistences musicales, je n'arriverais jamais à rien dans ce métier, j'ai fait demi-tour, le moment était venu de faire signe à Jimmy et à Louise.

*

Le psychanalyste consulte ses notes, Cécile, vêtue d'un pull vert foncé ras du cou et d'un jean, est étendue sur le divan, elle ne dit rien.

– La semaine dernière, vous avez parlé d'exercices avec votre fille et je n'ai pas relevé.

– … J'ai longtemps espéré qu'un déclic se produise, qu'apparaisse l'amorce d'un sentiment entre nous, mais il y a ce mur invisible, ce vide… cette frontière infranchissable. L'étincelle ne s'est jamais produite… Pas une fois… Nous sommes restées face à face… À nous dévisager… C'est de ma faute, j'en suis consciente, parce que la petite ne comprend pas ce monde que je lui ai fabriqué… À une époque, j'ai pensé que Pascal avait raison et, chaque matin au réveil, je répétais cinquante fois : « J'aime ma fille. » Et le soir au coucher. Et dans la journée : « J'aime ma fille, j'aime ma fille, j'aime ma fille. » Et aussi : « Et elle, elle m'aime, elle m'aime. » Et des : « Nous nous aimons, nous nous aimons. » Des exercices d'amour, de la gymnastique sentimentale. Une médication de la dernière chance pour relancer mon cœur défaillant, comme des bouteilles jetées dans l'océan de mon désamour avec mes messages désespérés. Eh bien, cela marche peut-être avec le bon Dieu, mais pour nous ce fut un échec… Je ne cherche aucune excuse… J'ai essayé.

– … Comment définiriez-vous votre rôle de mère ?

– … Je ne suis pas une mauvaise mère, je ne suis pas une mère du tout… Je ne voulais pas d'un enfant dans ma vie, je n'en avais pas besoin, son arrivée a été une intrusion… Pourtant, j'ai fait des efforts… À l'hôpital, au moment de signer la renonciation, j'ai pensé que je devais nous laisser une chance, qu'avec le temps je finirais par éprouver de l'instinct maternel et que nous réussirions à avoir toutes les deux une vie de famille comme une mère normale avec sa fille, mais depuis près de trois ans… rien… pas le moindre élan, je suis sèche, sans envie, sans joie, cette enfant reste une étrangère… je ne ressens rien pour elle, aucune affection, aucun intérêt… Je n'aime pas la regarder, ensemble nous n'avons ni relation ni échange, je fais du gardiennage, j'assure les fonctions primaires : je la nourris, je la lave, je l'habille, je la soigne, je la promène une fois par jour, mais il ne se passe rien, jamais. Aucune étincelle… Elle m'indiffère, pire, elle m'ennuie, sa présence est un reproche permanent, de ne pas l'aimer, de ne jamais la prendre dans mes bras, elle ne dit rien, ne crie pas, ne pleure jamais, mais elle est là, avec ses yeux ronds qui me scrutent… qui me guettent, et je ne supporte plus de la voir… Longtemps mon indifférence a été un boulet que je traînais, aujourd'hui, j'ai dépassé le stade de la culpabilité. J'aurais mieux fait de l'abandonner à la naissance, elle aurait été adoptée par des gens qui l'auraient aimée… j'ai tout raté.

– Quand vous évoquez votre fille, vous dites : elle ou la petite ou l'enfant. Vous ne l'appelez jamais par son prénom ?

*

Lors de mon dernier repas avec Louise et Jimmy dans ce grand restaurant des Champs-Élysées avant mon départ en Israël, nous avions fêté au champagne son engagement pour jouer un vrai rôle dans le prochain film de Luis Buñuel, et l'annonce de son futur mariage avec Louise. Jimmy habitait alors un petit appartement rue Saint-Martin avec vue sur le square et la tour Saint-Jacques, peut-être avaient-ils déménagé pour vivre dans un logement plus grand ; dans ce cas, j'espérais que sa concierge me donnerait leur nouvelle adresse. Habité par ces questions, je marchais rue de Rivoli quand j'ai aperçu Jimmy qui venait vers moi, cigarette au bec, en claudiquant légèrement et en s'appuyant sur une canne. Je me suis immobilisé. Il semblait perdu dans ses pensées. Arrivé à deux mètres, il s'est immobilisé, a mis quelques secondes avant de me reconnaître, une cicatrice montait de sa mâchoire à sa pommette gauche. Il a lâché sa canne, s'est précipité vers moi et m'a serré dans ses bras avec force, me donnant des coups du plat de la paume dans le dos. Je l'entendais répéter : « Michel, Michel, Michel… » Il a fini par relâcher son étreinte, il avait le visage défait et inondé de larmes.

– Que se passe-t-il, Jimmy ?

Il me dévisageait avec incrédulité.

– Mais Louise… Louise est morte !

– Quoi !

Il s'est essuyé le visage d'un revers de manche.

– Oui, mon vieux, elle est partie.

– Quand ça ?

– Le 11 juillet.

– Le jour de mon départ !

Je l'ignorais. Jimmy a voulu récupérer sa canne tombée à terre, je l'ai ramassée avant lui.

– Tu t'es cassé la jambe ?

– Il ressemble à une marionnette, James Dean, non ? Je suis un miraculé, mon vieux, tu n'as aucune idée de l'enfer que j'ai vécu. Quatre fractures, deux opérations, cinq semaines d'hosto, j'ai cru que je ne m'en sortirais jamais, et puis j'ai remonté la pente, je suis un peu bancal, il y a des jours plus mauvais que d'autres, mais j'avance.

Nous sommes allés prendre un verre dans un café place du Châtelet, où Jimmy m'a présenté comme son meilleur ami et un joueur de baby-foot redoutable, sa promesse de ne plus boire une goutte d'alcool s'était envolée avec son visage de jeune premier et il rattrapait le temps perdu.

– L'accident a eu lieu il y a près de six mois, et je n'ai

toujours pas compris ce qui s'est passé. C'était une époque magique, comme j'en avais rêvé toute ma vie, j'avais enfin décroché un rôle important, on avait décidé de se marier à la fin du tournage. Louise voulait attendre ton retour, elle avait envie que tu sois son témoin. Elle a proposé de m'accompagner au studio de Boulogne où je devais faire un essai costumes. Elle a voulu prendre l'Enfield à cause des encombrements. Quand j'étais derrière elle, je posais toujours ma tête sur son dos et je n'ai rien vu, rien entendu, je me suis réveillé trois jours plus tard à l'hôpital de Garches où ils m'ont sauvé la vie.

– C'était un accident ? Avec une voiture ?

– Elle s'est déportée et a heurté de plein fouet une camionnette qui venait en sens inverse. Elle est morte sur le coup. D'après les témoins, elle l'aurait percutée délibérément, elle aurait accéléré et n'aurait rien fait pour l'éviter.

– Mais tu t'en es rendu compte ?

– C'est le trou noir.

– C'est invraisemblable ! L'Enfield était une moto pourrie, elle avait un problème de direction, elle a dû se bloquer.

– C'est ce que je n'arrête pas de me répéter, mais elle a accéléré ! Elle a dû avoir un étourdissement ou un malaise.

J'ai réclamé au serveur un autre whisky-coca. Jimmy lui a demandé de laisser la bouteille.

– Elle n'avait aucune raison de se suicider, vous alliez vous marier, ta carrière démarrait.

– C'est ce que je me dis toutes les nuits… En plus, le matin, Louise m'avait annoncé qu'elle était enceinte.

– C'est terrible !

– Pour moi, c'était une grande nouvelle mais elle n'avait pas l'air enthousiaste.

– On ne se suicide pas quand on est enceinte !… Cet enfant, il était de toi ?

– De toi ou de moi, elle ne savait pas, moi je m'en fichais, la priorité, c'était l'enfant, non ? Aujourd'hui, cela n'a plus aucune importance.

Nous avons discuté pendant deux heures, on a tourné cette histoire dans tous les sens pour trouver une explication.

– Je ne dors plus beaucoup, je pense à elle tout le temps, la nuit je parle avec Louise, toi tu l'as connue, tu me comprends. Tu m'as manqué, tu sais. Si on allait prendre un verre en boîte ?

– Il est tard, tu ferais peut-être mieux de rentrer.

– Tu ne vas pas m'abandonner.

– Tu veux aller où ?

– Viens, on va chez Castel.

– Ils ne nous laisseront pas rentrer.

– Je suis membre, les nuits sont si longues. Dans mon malheur, j'ai eu un peu de chance, le producteur de *Thierry la Fronde* a été sympa, ils ont trouvé une excuse à mon absence et, quand j'ai été capable de marcher, il m'a repris dans le rôle de l'Anglais fourbe, sauf que je ne monte plus à cheval. Je suis devenu une sorte de vedette, au début les gens m'insultaient, maintenant ils me tapent sur l'épaule, ils sont persuadés que je suis anglais à cause de mon nom et de mon accent british et ils me demandent des autographes, malheureusement je vais mourir dans l'avant-dernier épisode, une flèche en plein cœur, mais je vais mettre une dizaine de secondes à passer. J'ai signé pour une dramatique qui se déroule pendant la Révolution et j'ai deux propositions, mais uniquement à la télé. C'est mieux que rien, non ?

Jimmy a appelé le serveur pour payer, j'ai sorti mon portefeuille.

– Laisse, c'est pour moi.

– Tu plaisantes ?… Après l'hôpital, je suis resté un mois dans une maison de convalescence pour récupérer, je vivais dans un autre monde, c'est dans la salle d'attente de mon rhumatologue, un toubib formidable, que je suis tombé sur la couverture de *Paris Match* avec la voiture renversée et l'arbre dessus, je lis l'article, avec les photos qui sont extraordinaires, et je me demande : comment il a fait ces clichés, le mec ? Les risques qu'il a pris, la photo sur le pont avec le tronc d'arbre qui a traversé la boutique, et le garagiste qui nettoie son tournevis, elles sont extraordinaires, et tout d'un coup, je découvre ton nom, j'étais sidéré. Tu es un sacré photographe, mon vieux. J'ai demandé au rhumato si je pouvais prendre le magazine, il voulait le garder, je lui ai dit que vu le prix de la consultation j'allais partir avec. Je l'ai montré à tout le monde. Tu es une vedette, maintenant.

Il était une heure du matin quand nous sommes arrivés rue Princesse, devant nous trois hommes en smoking étaient refoulés par la physionomiste qui officiait dans une cage en verre dans l'entrée mais elle nous a laissés passer après avoir fait la bise à Jimmy : Huguette, c'est Michel, mon meilleur ami. La femme se tourna vers un homme de grande taille aux tempes dégarnies, à l'allure débonnaire, dont la cravate était nouée comme un foulard, qui venait de nous rejoindre. Il serra la main de Jimmy.

– Jean, je te présente Michel Marini, c'est lui qui a fait les photos de l'inondation de Florence dans *Match*, il est comme mon frère.

– Bienvenue, Michel, vous êtes ici chez vous, répondit-il.

Nous sommes montés au premier étage, Jimmy dînait ici chaque soir ou presque, dans un décor Belle Époque surchargé de dorures, avec des dizaines de photographies encadrées sur les murs, il connaissait la plupart des clients, dont plusieurs célébrités de l'écran et de la scène, les serveurs, et la carte par cœur. Il m'a demandé si j'avais faim : Un peu. Il a commandé deux côtes de bœuf et une bouteille de chablis. À côté de nous, un acteur américain baragouinait quelques mots avec un mannequin blême au visage fermé. Le serveur a débouché la bouteille de vin, me l'a fait goûter. Jimmy a voulu que nous trinquions à nos retrouvailles et nous avons fini la bouteille rapidement.

Soudain, j'ai été victime d'une hallucination. Émergeant de l'escalier tel un ange rayonnant apparut Claude François, oui LE Clo-Clo, qui se dirigea vers nous : Comment vas-tu, Jimmy ? Ils se firent la bise – tout le monde se faisait la bise – et il s'assit avec ses amis à la table contiguë à la nôtre. C'est ainsi que j'ai appris que notre vedette nationale ne ratait aucun épisode de *Thierry la Fronde*, son feuilleton préféré.

– Claude, je te présente mon ami Michel Marini, c'est le photographe qui a fait les photos de l'inondation de Florence pour *Match*.

– C'est horrible ce qui s'est passé, dit Claude, racontez-moi.

Nous avons parlé une bonne heure, il semblait meurtri par la dévastation que la ville avait subie. Lui-même s'intéressait à la photographie, il a voulu voir mon appareil, m'a assailli de questions techniques sur le réglage du barillet des vitesses, l'ouverture du diaphragme, le maniement de l'échelle de profondeur de champ, le choix des objectifs, il a proposé de me l'acheter mais j'ai décliné son offre. Je crevais d'envie de lui demander si je pouvais faire quelques clichés de lui en train de déguster son saumon Brillat-Savarin mais je n'ai pas osé. Les gens venaient là pour boire un coup, passer un moment entre amis, pas pour se faire surprendre par un photographe avide. Si je voulais être admis dans ce club, je devais en respecter les règles.

Vers trois heures, Claude a manifesté l'envie de se dégourdir et nous sommes descendus au sous-sol dans la boîte de nuit où régnait une ambiance un peu molle. Claude m'a présenté à plusieurs de ses amis et je me suis lancé : Claude, puis-je faire quelques photos de vous ? Je m'attendais à ce que son visage se ferme et qu'il me repousse.

– Ce serait un grand honneur, mais il vaut mieux demander l'autorisation à Yolande, la femme de Jean. Ils détestent qu'on prenne des photos chez eux.

Je n'ai pas eu à plaider ma cause.

– Si Claude a accepté, on est d'accord.

J'ai préparé mon Leica, réglant le diaphragme sur 32 avec une ouverture de 28 mm pour faire des clichés en gros plan. Je cherchais Claude au milieu de la foule des danseurs qui se déhanchaient quand les Beach Boys ont laissé la place à un air inconnu, une bourrée endiablée et rythmée alternant avec des passages langoureux d'inspiration vaguement sud-américaine.

– C'est quoi cette musique ?

– La bostella ! a répondu Yolande, comme une évidence.

Par moments, les danseurs sautaient en frappant leurs mains en l'air, puis se roulaient par terre en hurlant, enchevêtrés dans la plus grande confusion, s'aidaient à se relever et bissaient avec frénésie. J'ai fini une bobine, capturant Claude sautant plus haut que les autres, les bras tendus comme s'il voulait attraper le ciel de néons, et heureux au milieu de ce défoulement collectif.

Deuxième et troisième bobine.

Je tiens à rectifier les âneries que j'ai pu raconter sur son compte, je parle toujours trop vite et sans réfléchir, reproduisant les poncifs de mon époque. J'ai formulé à son encontre des réflexions désobligeantes que je retire, car à partir de ce jour-là j'ai fréquenté Claude François qui s'est avéré amical et fraternel, il était parfois un peu caractériel, mais quelle star ne l'est pas ? Pendant les dix années suivantes, j'ai fait des centaines de photos de lui, toujours originales, il s'est plié de bonne grâce à mes exigences, convaincu que j'étais un grand photographe, alors qu'il était un sujet en or.

Nous sommes sortis de chez Castel. Cinq heures, Paris dormait encore, je n'avais pas sommeil. Jimmy a proposé d'aller manger une soupe à l'oignon aux Halles, Claude a préféré rentrer : Laisse-moi ton téléphone, si j'ai besoin d'un photographe. Je n'avais pas encore obtenu de ligne, il m'a laissé le sien. J'ai raccompagné Jimmy à pied jusqu'à chez lui. Il m'a demandé si je voulais l'accompagner le soir au Mac-Mahon pour revoir *La Fureur de vivre* : Bien sûr, cela me fera plaisir. Puis, appliquant le principe de l'urgence de la livraison des photos, je suis allé rue Réaumur et j'ai pris un café en attendant l'ouverture de l'agence. Philippe Morges est arrivé vers huit heures.

J'ai posé les trois bobines sur son bureau.

*

Le psychanalyste contemple, impassible, le divan vide, il regarde sa montre, se lève, s'étire, en passant devant le miroir il se recoiffe avec les mains, rajuste sa cravate en laine bleue. Il prend une revue, s'installe sur le divan et commence à lire. Quelques jours plus tard, il reçoit une enveloppe contenant un chèque de Cécile Vermont et deux lignes griffonnées nerveusement sur une feuille arrachée d'un carnet à spirale : « Je sais que je n'ai pas fini, mais je n'ai pas le temps d'attendre. Je dois assumer ma vie. »

Il déteste que ses patients abandonnent leur cure brutalement, sur un coup de tête, sans en évaluer les conséquences, c'est comme sauter en parachute et finalement décider de ne pas l'ouvrir, personne n'a mesuré les effets dévastateurs des traitements interrompus, une sorte de cancer mental qui les rongera à leur insu et les fera souffrir jusqu'à la fin de leurs jours. Pour lui, c'est un échec insupportable, il n'a pas réussi à amener Cécile sur le chemin de la guérison. Il reprend son cahier, compulse notes et comptes rendus de séances, cherche à quel moment il est passé à côté d'un détail essentiel, il relit comme le ferait un détective, décortique le moindre indice, farfouille dans sa mémoire, a l'impression d'être proche de découvrir une explication, mais il n'aboutit pas, ne trouve pas la brèche dans le capharnaüm, se dit que c'était une femme difficile à traiter, plus que les autres, qu'il aurait eu besoin de plus de temps. Des éléments lui ont pourtant échappé, qui l'auraient éclairé s'il avait eu du flair.

Par exemple, quand Cécile lui a dit qu'elle n'aimait pas regarder sa fille ou qu'elle ne supportait pas de la voir, il aurait dû lui demander de venir avec la gamine. Au moins une fois. Bien qu'elle n'ait pas encore trois ans. Mais il n'en avait pas vu l'utilité. Et puis, cela ne se fait pas. Dommage, il se serait rendu compte que c'était surtout l'enfant de Cécile. Anna et sa mère se ressemblent comme deux gouttes d'eau : même visage fin et volontaire, même silhouette filiforme de garçon manqué, mêmes cheveux bruns, coupés court pour Cécile, en queue-de-cheval pour la petite, mêmes attitudes. Anna, c'est une Cécile en modèle réduit. S'il les avait vues toutes les deux, l'une à côté de l'autre, cela l'aurait peut-être mis sur d'autres pistes.

Cécile n'a jamais eu un gros appétit, mais maintenant, elle ne mange presque plus rien, se nourrit de café au lait et de biscuits secs, elle n'a pas le moral. Depuis trois ans, elle rame à contre-courant de son désamour, elle a travaillé son absence de culpabilité au burin de l'analyse, mais sa tentative de thérapie n'a été qu'une source de désillusions supplémentaires. Elle n'est qu'un laboureur sisyphien penché sur son champ pour le débarrasser de milliers de cailloux de froideur et qui réalise qu'il lui faudra plusieurs vies d'un labeur acharné pour obtenir le champ immaculé qui lui permettrait de vivre. Elle ne peut aboutir qu'à une seule conclusion : sa démarche désespérée, son espoir d'avoir avec sa fille une relation épanouie s'avèrent un échec total : je joue à la maman mais je ne ressens rien. Je n'ai rien à lui offrir, pas même un sourire, que suis-je pour elle ?... Elle se demande s'il faut dire imposteuse ou impostrice.

Quelle importance. Elle n'aime pas Anna, n'éprouve aucune affection pour elle, c'est une étrangère, peut-être hostile, et elle doit se résoudre à admettre qu'elle ne l'aimera jamais.

Un point, c'est tout.

Le meilleur service qu'elle puisse rendre à la petite, ce n'est pas de l'aimer, c'est de se débarrasser d'elle. Elle ne trouve aucune bonne solution, se demande si l'Assistance publique acceptera l'enfant, hésite à pousser la porte de l'assistante sociale, tourne et retourne cette mauvaise idée dans sa tête toute la nuit car elle ne dort pas.

Et puis un matin, à l'aube, elle a une idée. Une bonne idée. Et elle s'endort. Enfin.

*

Depuis le départ de Léonid, Igor s'est trouvé un nouvel ami. En vérité, c'est Ivan, qui est plein de sollicitude à son égard, qui lui téléphone pour prendre de ses nouvelles, pour l'inviter à dîner ou à assister à un match de foot du Maccabi dont il est un fervent supporter. Ce soir-là, Igor rejoint Ivan Karov dans un restaurant de quartier où dînent des habitués. Igor s'excuse de son retard mais ç'a été une journée plus chargée que d'habitude.

– Pourquoi n'es-tu pas venu à ton rendez-vous ?

– Je n'ai pas une minute à moi, et pour dire la vérité, je suis un peu angoissé à l'idée de faire des examens. Une fois qu'on met un pied à l'hôpital, on ne sait pas si on en sortira.

– Tu dois faire un électro, des analyses, mais tu dois commencer par perdre du poids.

– Tu ne vas pas t'y mettre, ma femme me le répète chaque jour.

Ivan transpire, s'éponge le front et le cou avec un mouchoir à carreaux. Il enlève sa veste, la dépose sur la chaise, laissant apparaître son tatouage à six chiffres sur l'avant-bras gauche. Ils passent commande auprès du serveur.

– Tu vois, je suis raisonnable, poisson grillé et salade. Le problème, c'est que j'ai toujours été enrobé, mon père aussi, c'est de famille. C'est ce qui m'a sauvé la vie. Pendant la guerre, au camp, il n'y avait rien à manger, et comme j'avais des réserves, j'ai mieux tenu que les autres. Je vais reprendre un rendez-vous.

– Il faut marcher. Une heure par jour.

– Igor, je pèse plus de cent trente kilos et marcher m'épuise. J'ai eu le directeur de l'hôpital au téléphone, ils sont très contents de toi, il n'y aura aucun problème pour que tu obtiennes ta licence médicale. Au ministère, ils m'ont posé des questions sur ton parcours à Leningrad en 52. Je n'ai pas pu leur répondre… Comment as-tu réussi à t'en sortir vivant ?

Igor pose son verre, reste un instant immobile, convoquant de vieux souvenirs…

– C'était une période sombre, les purges succédaient aux purges, personne ne savait qui allait être arrêté ni pourquoi. Les gens disparaissaient. On ne posait pas de questions. C'était la terreur du silence. Quand j'étais jeune, avant-guerre, j'y ai vraiment cru, et puis j'ai réalisé que le Parti était devenu fou, qu'il fallait faire attention à chaque mot, ne faire confiance à personne, je me focalisais sur mon travail à l'hôpital Tarnovskij. Quand le grand patron, le professeur Étinguer, a été arrêté, on l'a accusé de faire partie d'un complot fomenté par une dizaine de médecins, juifs bien sûr, et diaboliques, qui assassinaient leurs patients, des responsables communistes, et projetaient de s'en prendre au camarade Staline, une accusation grotesque et délirante, mais les prétendus conspirationnistes avaient avoué et la *Pravda* fournissait des preuves soi-disant irréfutables. Moi, je connaissais le professeur, c'était un homme admirable, je savais qu'il était innocent, que les aveux avaient été extorqués, les preuves fabriquées, ce fut un délire collectif antisémite. Et puis, j'ai reçu un appel téléphonique m'annonçant que j'allais être arrêté le lendemain.

– Qui t'a prévenu ?

– Sur le moment, je ne l'ai pas reconnu, mais j'ai compris après coup que c'était mon frère cadet, Sacha. Nous n'étions pas très proches. Il était colonel du MVD, il avait participé à toutes les exactions du régime et en était fier. Il a voulu m'aider malgré ce qui nous opposait. Ma décision a été prise en une seconde, je suis rentré chez moi, j'ai préparé une petite valise, j'ai dit adieu à Nadejda, ma femme, ce fut un moment horrible. Seul, j'avais une possibilité de passer en Finlande. Avec une femme et deux jeunes enfants en plein hiver, c'était impossible, je devais les abandonner. J'entends encore Nadejda hurler, me supplier, s'accrocher à ma jambe pour m'empêcher de partir, mais j'ai dû la repousser. Je suis parti comme un voleur, sans embrasser Piotr et Ludmilla, mes enfants, qui dormaient dans la chambre voisine. Je connaissais bien la Carélie et les chemins qui mènent en Finlande, la frontière était impossible à garder, j'ai eu de la chance, si on peut dire.

– Et ta femme, qu'est-elle devenue ?

– Je n'ai jamais eu de nouvelles. Quand un homme était arrêté, sa femme devait se désolidariser de lui, le dénoncer au comité de quartier et engager immédiatement une procédure de divorce, sinon son manque de réaction prouvait qu'elle était complice, elle perdait son travail, son logement, et les enfants étaient placés en orphelinat. Il n'y avait pas d'autre choix pour elle. Elle a dû refaire sa vie et se remarier.

– Et tu avais des contacts avec la communauté juive ?

– Je participais aux grandes fêtes, plus par habitude que par conviction, je suis agnostique, c'étaient des occasions de se retrouver en famille, de se souvenir de nos origines. La vie communautaire était réduite au minimum, il restait une seule synagogue ouverte pour accueillir les trois cent mille juifs de Leningrad, la pratique religieuse n'était pas interdite mais déconseillée. Seuls les vieux continuaient à pratiquer et osaient braver les autorités. Avant-guerre, le communisme avait laminé la religion, pour notre génération c'était vraiment l'opium du peuple, la Shoah nous a ouvert les yeux. De mon côté, j'ai vécu la découverte des camps, j'étais médecin dans la soixantième armée qui a libéré Auschwitz, on aurait pu se rencontrer là-bas. Après-guerre, j'ai changé, j'allais à la synagogue une fois par an pour Kippour, on était des milliers à piétiner dans la rue, c'était plus une manifestation identitaire que l'expression d'une croyance, un vieux réflexe de résistance et de transmission. Ma mère et ma femme étaient pratiquantes, elles allumaient les veilleuses chaque vendredi, respectaient toutes les fêtes, mais il y avait cette menace latente au-dessus de nos têtes, chacun restait dans son coin, on se connaissait vaguement les uns les autres, on se tenait sur nos gardes. Et quand tu oubliais que tu étais juif, le Parti se chargeait de te le rappeler.

*

Ce jour-là, j'aurais dû filmer mes retrouvailles avec Camille. Sur le quai lugubre de la gare du Nord. J'attendais tranquillement l'arrivée du train de Lille, les voyageurs sont descendus, je l'ai cherchée du regard dans la foule qui se dépêchait. Et puis, je l'ai aperçue. J'ai couru vers elle. Elle a couru vers moi, laissant tomber son sac à dos. On se serait cru dans un film de Lelouch, sans les violons ni la caméra qui tourne comme une toupie, je l'ai prise dans mes bras, je l'ai fait tournoyer (une fois), nous nous sommes embrassés.

Cut.

En quelques secondes, nous nous sommes retrouvés deux ans auparavant, comme s'il n'y avait eu aucune interruption depuis le temps où nous nous baladions au Luxembourg. Nous sommes allés prendre un café en face de la gare.

– Alors, Florence ?

– C'était la fin du monde. Le vendredi soir, il n'y avait plus d'électricité, plus de téléphone, plus d'eau courante, on vivait sur une autre planète, en allant nous coucher on pensait que nous allions être submergés mais on n'avait pas peur. Et le lendemain, il ne restait que la boue et le mazout.

Elle m'a parlé de ce boulot de monitrice qui lui avait beaucoup plu, elle voulait continuer dans cette direction, une collègue lui avait donné les coordonnées d'un club de vacances qui recrutait des animateurs pour l'été, elle avait envoyé sa candidature. Je l'écoutais parler avec un plaisir retrouvé et je me suis dit que si nous devions vivre quelque chose ensemble, ce serait sans le prévoir ni le décider.

Quand je lui ai fait visiter mon appartement de la rue Censier, elle a été agréablement surprise de la vue sur l'église Saint-Médard et a remarqué que dans la salle de bains, j'avais laissé une étagère libre. Nous sommes allés dîner rue Mouffetard, elle m'a raconté une partie de sa vie en Israël et la déception de ses parents qui avaient vu leurs enfants partir un à un : Tu sais, je ne veux pas vivre avec leurs illusions de constituer une famille comme si elle allait durer toujours et la voir se disperser. Dans son sac à dos, il y avait surtout des livres, elle m'a donné à lire *Sur la route*, et *Le Festin nu*, mais pour elle le premier était inégalable, elle m'a assuré qu'il s'agissait des deux meilleurs romans qu'on puisse lire aujourd'hui, deux livres de notre époque, qui aspiraient au bonheur absolu, qui respiraient l'air de la liberté, qui laissaient les autres textes sur leurs étagères poussiéreuses et réconciliaient avec les espaces infinis qu'ils évoquaient.

– Le livre ou la vie c'est pareil, tu comprends ? Il n'y a plus d'effets littéraires, on est dans le quotidien, dans le monde qu'on découvre et qu'on parcourt, chaque jour est une vie et une expérience.

Et Camille m'a fait promettre de les lire sans tarder.

Nous avons passé notre première nuit ensemble, ce ne fut pas simplement le plaisir de faire l'amour, mais celui de partager une intense communion charnelle, nous ne formions qu'un seul être, et je dois dire qu'en la regardant dormir à mes côtés, j'ai éprouvé un sentiment de bonheur comme je n'en avais jamais connu. Au cours du petit déjeuner, j'ai posé une question malheureuse :

– Tu as des projets ?

– Je vais essayer de voir la responsable de ce club de vacances, après je partirai, peut-être en Afrique, peut-être en Inde. Une copine a une combine pour aller au Népal. Je rentrerai quand je n'aurai plus de ronds ou quand j'en aurai assez. Tu veux venir avec moi ?

– J'ai un travail ! Je te l'ai dit. Je viens d'être embauché dans une agence de photographes, c'est une chance inouïe d'avoir ce poste à mon âge. Je dois partir la semaine prochaine en reportage, je vais couvrir la tournée de Sylvie Vartan en Espagne et au Portugal.

– Moi, je n'irai jamais dans un pays où sévit une dictature.

– En y allant, je ne soutiens ni Franco ni Salazar, je fais mon boulot de photographe. Mon patron m'envoie là-bas. Je ne peux pas refuser. Et si tu appliques ce principe, l'Afrique est un continent interdit, l'Asie et l'Amérique latine le sont aussi, et on ne pourra plus aller nulle part, hormis en Suisse.

Dans ma boîte aux lettres, j'ai trouvé une carte blanche avec écrit dessus : « Je t'attendrai où tu sais, à 15 heures. » J'ai immédiatement reconnu cette écriture penchée, presque illisible, tracée à l'encre violette. Après des années de silence, Cécile se manifestait enfin. À sa manière. Et je n'avais pas le moindre doute sur l'endroit où elle me donnait rendez-vous. Je me suis changé. J'ai mis la chemise écossaise à carreaux rouges que Pierre avait offerte à Franck. Comme ça, elle saura. J'ai marché jusqu'au Luxembourg, me suis dirigé vers la fontaine Médicis. Par ce froid vif de début janvier, le jardin était peu fréquenté, les passants se dépêchaient de le traverser. Je me suis assis sur une chaise, j'étais en avance. À nouveau, j'ai été fasciné par la perspective de ce plan d'eau en suspension. Polyphème était amoureux de Galatée pour l'éternité. Était-ce à cet instant qu'il avait pris la décision de tuer le bel Acis et d'enlever celle qu'il aimait passionnément mais qui ne lui accordait pas un regard ? Tellement d'amour et de danger émanaient de cette sculpture, qu'on ne savait plus qui on devait plaindre.

À trois heures, j'ai reconnu la silhouette longiligne de Cécile qui avançait d'un pas déterminé, une main dans la poche d'un caban ouvert au col relevé, l'autre tenant un sac de voyage. Trois pas en arrière, une enfant suivait en se dandinant, s'appliquant à ne pas se laisser distancer. Une fillette aux cheveux bruns rassemblés en queue-de-cheval, avec un pull vert et un manteau grenat. Je me suis levé, Cécile s'est arrêtée face à moi, elle n'avait pas changé. Elle a découvert la chemise écossaise à carreaux, a paru surprise, a hoché la tête, puis a esquissé un maigre sourire : C'est bien que tu sois venu. La fillette nous a rejoints, s'est immobilisée en retrait.

– On pourrait prendre quelque chose de chaud à la buvette ? ai-je proposé.

– Ce n'est pas la peine, on est bien ici.

– Tu as une fille ?

Cécile n'a pas répondu. Elle s'est tournée vers l'enfant…

– Elle s'appelle Anna.

– C'est toi en miniature. Elle est magnifique.

– C'est la fille de Franck.

– Quoi !

Je me suis baissé vers la fillette, la dévisageant comme si j'allais y déceler une ressemblance avec mon frère disparu.

– Bonjour, Anna, je m'appelle Michel, je suis ton oncle.

L'enfant ne réagissait pas, me regardait avec des yeux ronds. Je me suis tourné vers Cécile.

– Pourquoi ce silence pendant toutes ces années ?

– Je ne peux plus m'occuper d'elle, j'ai fait tout ce que je pouvais mais je dois partir, loin, et elle ne peut pas venir avec moi, je te demande de la garder.

– Si cela peut te rendre service.

– J'ai préparé ses affaires, elles sont dans ce sac, avec les papiers officiels.

Ces derniers mots m'ont surpris. Cécile a posé le sac par terre. J'essayais de décrypter ce qu'elle venait de m'annoncer…

– Combien de temps ?

– Quelques mois, peut-être plus.

– Je peux la garder quelques jours, mais je travaille, je dois partir en Espagne bientôt.

– Tu t'organiseras.

– Ce n'est pas possible, je…

– Elle n'a pas d'autre famille que vous. Sinon, je serai obligée de la placer à l'Assistance publique. Définitivement. Alors, elle sera mieux avec toi et ta famille.

– Que se passe-t-il, Cécile ? Je ne comprends pas.

– J'ai mis de l'argent dans la poche intérieure du sac. C'est une enfant qui n'est pas embêtante, elle ne te dérangera pas, elle ne pleure jamais, elle est en bonne santé, il y a son carnet de vaccination avec les rappels à faire. Je dois partir.

– Pourquoi si vite ? Tu me prends au dépourvu. Ce serait bien qu'on parle. Depuis tout ce temps. On a des choses à se dire, non ?

– Vous avez des nouvelles de Franck ?

– Aucune.

– Moi, je n'ai rien à te dire.

– Comment je fais si j'ai besoin de te joindre ?

– Je te contacterai le moment venu.

Cécile a fermé les pans de son caban et a fait demi-tour, sans me dire au revoir et sans embrasser sa fille qui scrutait la fontaine. Elle s'est dirigée vers la rue de Vaugirard. Je me suis approché d'Anna, je lui ai tendu la main, elle ne l'a pas prise.

– Viens, Anna, viens, je ne sais pas ce qu'on va faire, mais ne t'inquiète pas, je vais m'occuper de toi.

J'ai attrapé le sac, j'ai tendu à nouveau la main à Anna, elle n'a pas réagi. Je me suis éloigné de quelques mètres, elle m'a emboîté le pas. Nous sommes partis, moi devant, elle me suivant à un ou deux mètres.

Cécile, dissimulée derrière un arbre de la rue Médicis, les suivit du regard, Michel se retournait sans cesse, tendait la main à la petite, mais celle-ci refusait de la prendre. Cécile pensait : je n'ai aucun remords et ne cherche aucune excuse car je n'ai commis aucune faute, je n'ai rien choisi. C'est ma vie qui est ainsi. Le déclic ne s'est jamais produit. J'ai attendu quatre années qu'il survienne, j'ai fait des efforts, je me suis raisonnée, je me suis répété des milliers de fois que je l'aimais, j'ai suivi une thérapie. En vain. Il n'y a jamais eu d'étincelle. Je ne sais pas pourquoi je suis sèche. C'est comme ça. J'aurais préféré être une femme comme les autres, qui adore son enfant, la prend dans ses bras, joue avec elle, mais c'est une étrangère. Demain, je l'oublierai. Je ne lui veux aucun mal, j'ai pris la décision de l'abandonner dans son intérêt, pour qu'elle ait, si c'est encore possible, une vie normale, dans une famille normale. Le fait que je ne ressente aucune attirance, aucun amour pour cette enfant ne fait pas de moi une femme monstrueuse, juste une femme seule. Et sans enfant.

*

Après sa journée de travail au ministère, Franck passait rue Mazagran faire quelques courses chez Hassen, qui ne comptait pas ses heures : il commençait sa journée avant le soleil et attendait son ami français avant de fermer boutique. Hassen lui offrait sa chaise, s'asseyait sur un tabouret, lui proposait une tasse de thé, une cigarette, profitant enfin du calme de la ville endormie ou bavardant de tout et de rien, du bon vieux temps, quand Franck faisait le commis épicier, avant de devenir un homme important. Depuis son départ, Hassen avait vu défiler une douzaine de feignants qui voulaient gagner de l'argent facilement, mais qui n'arrivaient pas à se lever le matin, trouvaient fatigant de transporter des sacs de riz ou de couscous, affichaient leur désinvolture en fumant devant les clients ou en faisant durer la pause pendant une heure, tant et si bien qu'à présent Hassen travaillait seul et devait s'occuper des courses, du stock, du réassort, des papiers et formalités, de servir les clients, sans parler des étourdies qui oubliaient leur porte-monnaie, demandaient qu'il mette la note sur leur compte et tardaient à la régler : Mais je ne me plains pas, c'est la vie d'un épicier, non ? Grâce à Dieu, j'ai de quoi manger. Ce soir-là, Franck trouva que Hassen avait l'air sombre, il répondait par monosyllabes à ses questions sur sa famille et les affaires.

– Il y a un problème, Hassen ? Tu peux tout me dire, tu sais.

– Oui, je suis préoccupé.

Depuis quelques semaines, Hassen était victime soit d'hallucinations, soit des larcins d'un voleur qui traversait les murs. Comment appeler autrement ces flopées de marchandises qui disparaissaient de la réserve fermée à double tour et dont il était le seul à détenir la clé qui ne quittait jamais sa poche ? Des dizaines de boîtes de conserve, de thon à l'huile ou à la catalane, de sardines, de concentré de tomate s'étaient envolées comme par enchantement, et des bouteilles d'huile d'olive, des boîtes de sucre en morceaux, de dattes, des bocaux de pois chiches. Il ne pouvait en dresser la liste tellement elle était cruelle. Il avait examiné les murs, cherchant un passage dissimulé, une porte secrète, il avait passé plusieurs nuits à guetter ce brigand diabolique, mais il avait fini par s'endormir, son couteau à la main. Il était allé déposer plainte au poste de police, le brigadier-chef s'était dérangé en personne parce qu'il le connaissait depuis des années et que sa femme venait s'approvisionner chez lui, et il avait abouti aux mêmes conclusions : pas d'infraction par la porte, les murs étaient solides et la lucarne tellement étroite qu'un chat aurait eu du mal à s'y faufiler, d'autant qu'elle était fermée de l'intérieur par un loquet qui n'était pas endommagé.

– Je me demande si ce n'est pas le fantôme de l'ancien propriétaire qui revient se venger et s'amuse à me tourmenter, je vais devenir fou et finir ruiné, je t'en prie mon ami, aide-moi.

Franck examina avec attention les lieux qu'il connaissait bien. Avec son rideau métallique, la porte de l'épicerie était infranchissable, par contre celle de la réserve, qui donnait sur la courette, était facile à ouvrir de l'extérieur. Hassen avait eu un doute et, dès qu'il avait constaté les premières disparitions, il avait changé la serrure et ajouté un cadenas en acier à l'intérieur, mais les vols avaient continué : Rentre te coucher, Hassen, je vais m'en occuper.

Quand ils sortirent du magasin, la pleine lune éclairait la nuit, ils se séparèrent sur le trottoir. Franck se posta dans un recoin de la cour, dissimulé derrière l'appentis, avec vue sur la porte de la réserve, et il attendit. Au bout d'une heure, il s'accroupit, fatigué, et finit par s'endormir.

Le lendemain, vers deux heures du matin, un bruit sec et répété attira son attention, il se dressa, tendit le cou avec précaution, au bout d'une minute il aperçut une lueur furtive qui se déplaçait à l'intérieur de la boutique, des boîtes de conserve passaient par la lucarne ouverte et atterrissaient sans faire de bruit sur un molleton étalé sur le sol, suivies par des boîtes de sucre et de dattes. Un bocal de pois chiches descendit lentement, tenu par une ficelle, à peine fut-il stabilisé à terre que la cordelette disparut à l'intérieur et l'opération recommença à trois reprises. Franck découvrit un panier en osier vide collé contre le mur. Puis deux pieds apparurent à travers la lucarne et un corps qui, en se déhanchant, réussit à se faufiler par l'ouverture. Avec un fil de fer passé par un trou minuscule de l'armature en bois, le voleur réussit à remettre le loquet de l'intérieur et, une fois la lucarne fermée, récupéra la tige métallique, sauta à terre et entreprit de mettre les boîtes dans le panier. Franck posa la main sur son épaule, le gamin le repoussa vivement et, avec une agilité incroyable, bondit sur l'appentis. Il s'apprêtait à passer dans la courette de l'immeuble mitoyen, quand Franck réussit à lui saisir la jambe et le tira vers lui. Le gamin se débattit, donna des coups de pied et de poing, le griffa, mais Franck le plaqua au sol et lui cria en arabe de se calmer.

– Je ne parle pas l'arabe !

– C'est bizarre, tu viens de m'insulter en arabe. Quel âge as-tu ?

Franck ne reçut aucune réponse à sa question. Il alluma sa lampe électrique, détailla l'enfant, il était filiforme, le teint clair, les cheveux bruns frisés, il portait une chemisette qui avait été blanche, déchirée sur le côté droit, un short noir, et ses sandales étaient dépareillées.

– Tu es français ou algérien ?… Si tu refuses de répondre, je t'emmène à la police et ils te mettront en prison.

– Moi ? J'ai rien fait.

Franck eut un instant d'hésitation, le gamin le mordit à la main, Franck le lâcha, le rattrapa aussitôt et le traîna au commissariat de l'avenue de la Marne. Arrivé à proximité, l'enfant se cabra, essaya de s'échapper. L'agent de garde appela l'inspecteur de service, qui le reconnut immédiatement : Encore lui ! Il l'attrapa par l'oreille, le poussa dans une cellule. Franck expliqua qui il était et les circonstances dans lesquelles il l'avait arrêté. L'inspecteur haussa les épaules, fataliste.

– On les appelle les enfants mystères, ils n'ont pas de papiers, ils ne figurent dans aucun fichier. Ils n'ont aucune identité et ils en jouent. Lui, il dit se prénommer Charlie, on a fait des recherches mais on n'a rien trouvé, on l'arrête pour vol à l'étalage une ou deux fois par semaine, mais il semble trop jeune pour être poursuivi et emprisonné, bien qu'on ne connaisse ni son âge ni son état civil. On le conduit à l'un des cinq orphelinats d'Alger mais ils sont saturés, ils ne peuvent pas toujours accueillir ces gamins, alors on les relâche, et lorsqu'ils les admettent, comme ce ne sont pas des prisons, ils se sauvent quand ils veulent. Il y en a des dizaines comme lui, des centaines probablement dans le pays, oubliés, livrés à eux-mêmes, des enfants de martyrs ou des orphelins de guerre. Celui-là est peut-être français, ils sont nombreux, les pupilles de l'État abandonnés lors du rapatriement, qui étaient placés dans des familles d'accueil parties sans eux. Personne ne les réclame. On va le garder jusqu'à demain et j'appellerai les orphelinats, en espérant qu'il y ait une place.

Franck demanda à l'inspecteur d'ouvrir la porte de la cellule, il s'assit sur le bat-flanc près du gamin qui faisait semblant de dormir :

– Hé, Charlie, écoute-moi.

L'enfant ne réagit pas.

– Je sais que tu ne dors pas. Je m'appelle Franck, j'habite rue Géricault en face du square Nelson. Je travaille dans un ministère. Si tu veux, tu peux venir habiter chez moi, il y aura une chambre pour toi tout seul et tu auras un trousseau de clés pour entrer et sortir. Si tu décides de partir, tu t'en vas quand tu en as envie, et si tu préfères rester, c'est tant mieux, il y aura toujours quelque chose à manger. Je ne te demande rien en échange, ni de faire les courses, ni de faire le ménage.

Charlie s'assit, les jambes en tailleur.

– Pourquoi tu ferais ça pour moi ? Tu as de mauvaises idées ou quoi ?

– Ne t'inquiète pas, j'ai une copine mais on ne vit pas ensemble, je te la présenterai. Je suis souvent en déplacement pour mon travail, je ne t'embêterai pas beaucoup. Je fais ça pour te donner un coup de main, j'ai eu des problèmes moi aussi et quand on est dans la rue, on ne peut pas s'en sortir si personne ne vous aide. Je suis persuadé que tu as mieux à faire dans ta vie que de voler des boîtes de sardines, non ?

– Tu n'as pas peur que je te vole ?

– Chez moi, il n'y a que des livres et la plupart ont été achetés d'occasion.

Charlie avait la tête baissée, Franck se leva, l'inspecteur ouvrit la porte de la cellule.

– Vous êtes fou, il va vous dépouiller.

Franck haussa les épaules.

– Je suis fonctionnaire comme vous, je gagne deux mille dinars par mois. Chez moi, il n'y a rien à voler.

Franck se retourna. Charlie réfléchissait toujours, puis il se redressa, sauta du lit et le rejoignit. Ils partirent à pied, il était quatre heures du matin, la lune était dorée.

– Il fait bon ce soir, il va faire beau demain.

Franck fit visiter l'appartement à Charlie, qui eut le choix entre deux chambres et préféra la plus petite, au fond du couloir. Franck lui remit un trousseau de clés et désigna la boîte à café dans laquelle il laissait de l'argent. Charlie pourrait prendre ce qu'il voulait pour ses besoins personnels.

– Je peux tout prendre ?

– Je ne suis pas riche, fais attention aux dépenses, achète ce qu'il faut. Pour les provisions, les fruits et les légumes, tu peux aller chez Hassen, j'ai un compte que je règle à la fin du mois. Dans quelques jours, je vais partir pour deux ou trois semaines dans le Sud, je te donne le téléphone de mon bureau pour me contacter si tu veux.

– Qu'est-ce que je vais faire dans la journée ?

– Normalement, à ton âge, on va à l'école. Au fait, quel âge as-tu ?

Charlie hésita.

– Je ne sais pas.

– Tu sais lire ?

Charlie resta silencieux.

– Ce serait bien d'apprendre, après tu pourrais choisir ce que tu veux faire.

– Je ne supporte pas l'école, cela ne sert à rien.

– Pourquoi es-tu si maigre ? Tu es malade ?

– C'est dans ma nature.

– Au fait, tu es français ou algérien ?

– Je déteste les Français, ce sont des salauds et des lâches, ils me font vomir. Tu poses trop de questions.

Le lendemain, à son réveil, Franck constata l'absence de Charlie, le lit n'avait pas été défait et, dans la boîte à café, l'argent avait disparu. Franck prit son petit déjeuner en espérant que Charlie allait réapparaître mais il dut se résigner à partir au travail sans l'avoir vu. Il se renseigna auprès des commerçants du quartier et de ceux du marché qui se tenait square Nelson, mais personne ne se souvenait de l'avoir vu. Après la réunion au ministère pour la préparation de la campagne de cartographie pétrolière, Franck raconta à Mimoun Hamadi sa rencontre avec Charlie.

– Si tu commences à t'occuper des gamins qui traînent dans la rue, tu n'as pas fini. C'est de la mauvaise graine, il n'a qu'à retourner dans sa famille.

– Il n'a peut-être plus ses parents.

– Ici, tout le monde a une famille, même lointaine, chez nous on s'entraide. Ce sont des petits voleurs dont il n'y a rien à tirer.

– Je vais demander au ministère de l'Intérieur de faire une recherche. Il doit bien exister une trace de lui. Si c'est un orphelin de guerre, il est enregistré au service de l'enfance, je lui donne dix-onze ans, probablement né autour de 1955 dans un département français, il est donc enregistré quelque part. On ne peut pas laisser des enfants dans la nature, on doit s'occuper d'eux.

Comment comprendre les motivations d'un homme qui a vécu il y a si longtemps ? Dans une époque aux usages et à la morale si différents des nôtres. À chaque fois que Franck pensait s'approcher de la réponse, celle-ci s'évanouissait. La conversion de Foucauld restait insaisissable.

Un mystère.

Voilà un homme qui professe des convictions athées, qui fuit le carcan de son milieu, mène une vie de débauche, acquiert une réputation justifiée de fêtard invétéré, fréquente des femmes de mauvaise vie, son activité principale consiste à dilapider l'héritage familial, à prêter des sommes folles à ses amis, au point que sa famille le fait mettre sous tutelle pour l'empêcher de se ruiner, il sort dernier de la promotion de Saint-Cyr en raison d'un caractère indiscipliné et désobéissant qui lui vaudra de passer une grande partie de sa carrière militaire aux arrêts de rigueur. Il finit par laisser tomber l'armée pour préparer seul un voyage des plus risqués, il apprend l'arabe et, se faisant passer pour un juif misérable, parcourt trois mille kilomètres de régions sauvages et inconnues du Maroc interdit aux infidèles et où aucun chrétien n'a jamais mis les pieds, rapportant de ce périple une masse exceptionnelle d'informations géographiques et ethnologiques qui lui vaudront célébrité et reconnaissance officielle, et feront de lui l'égal d'un Livingstone ou d'un Brazza. Pourtant, au lieu de s'engager dans sa prochaine mission, cet homme intrépide entre dans une église, à Saint-Augustin, et annonce à vingt-huit ans sa décision de renoncer au monde et de consacrer sa vie à Dieu.

Franck cherchait à pénétrer cette énigme, lisait et relisait la biographie de Bazin, peu satisfait de l'explication donnée par Foucauld :

Au commencement d'octobre de cette année 1886, après six mois de vie de famille, pendant que j'étais à Paris, faisant imprimer mon voyage au Maroc, je me suis trouvé avec des personnes très intelligentes, très vertueuses et très chrétiennes ; en même temps, une grâce intérieure extrêmement forte me poussait : je me mis à aller à l'église, sans croire, ne me trouvant bien que là et y passant de longues heures à répéter cette étrange prière : « Mon Dieu, si Vous existez, faites que je Vous connaisse ! Mais je ne Vous connaissais pas… »

La grâce intérieure ?

Qu'est-ce que cela veut dire ? Où se trouve-t-elle ? Pourquoi bascule-t-il à ce moment de sa vie dans le mysticisme ? Quelle angoisse, quelle blessure cachée le poussent à cette quête du divin ? Qu'a-t-il donc découvert au long de ce périple marocain qui le conduit à la recherche de Dieu ?

Dans la chapelle de Notre-Dame d'Afrique, Franck fixe les six ex-voto déposés par Foucauld. Parmi des centaines d'autres. Des remerciements gravés dans le marbre. Des remerciements pour quoi ? Tous ces gens qui manifestent leur reconnaissance ont-ils rêvé ? Quelqu'un est-il vraiment intervenu qui a sauvé, retrouvé, aidé, secouru ? Franck aime la tranquillité de cette basilique hors de la ville et du temps, qui n'est plus fréquentée que par des vieux qui ont décidé qu'ils voulaient mourir dans le pays où ils étaient nés et qui viennent y chercher un peu de fraîcheur. Demain, il repart vers le sud.

Avec ses questions.

L'Algérie nouvelle avait découvert qu'elle possédait des richesses considérables et avait décidé d'exploiter son pétrole et son gaz, mais les techniciens et les ingénieurs français avaient pris le bateau avec leur savoir-faire, il n'y avait plus de sous-traitants pour fabriquer les pièces de rechange, aucune structure pour gérer l'exploitation pétrolière et pas d'argent dans les caisses pour investir dans les forages coûteux, les pipelines, les usines de traitement, les infrastructures et les terminaux. Dans les accords d'Évian, l'Algérie avait accepté de reprendre le Code pétrolier saharien que l'État colonial avait rédigé en 1958, qui était devenu à l'indépendance la loi algérienne, et avait maintenu les concessions accordées aux pétroliers français, appliquant sans le crier sur les toits la vieille formule qu'il fallait tout changer pour que rien ne change. Les négociations entre la France et l'Algérie étaient quotidiennes, ralenties par les incompétences des intervenants qui découvraient l'univers impitoyable du milieu pétrolier et par les rivalités de personnes et de clans de la nouvelle administration. La création d'une société nationale pour l'exploitation des hydrocarbures et de structures universitaires, le soutien des pays frères et le recours aux banques britanniques pour financer les investissements permirent le décollage de l'industrie pétrolière. Grâce à l'argent du pétrole et du gaz, le pays pourrait bientôt s'affranchir de la tutelle du colonisateur, voir son économie décoller, pour le plus grand bonheur de sa jeunesse, et réaliser les rêves de ceux qui s'étaient battus pour l'indépendance, on allait en finir avec le vol des richesses par une minorité, le sous-développement, la misère, la maladie et l'illettrisme.

Après le coup d'État de juin 1965, Mimoun Hamadi avait confié à Franck la mission de superviser les contrats avec les géologues sous-traitants américains chargés de cartographier et d'évaluer les réserves en pétrole et en gaz. La surface de prospection, colossale, s'étendait sur 180 000 km², c'était une tâche d'une importance primordiale, qui allait déterminer les plans de développement des champs pétrolifères et les programmes d'investissement pour les années à venir.

– Mais je n'y connais rien en géologie, avait dit Franck.

– Pour exécuter ce travail, j'ai choisi deux sociétés concurrentes américaines. Tu es là pour les superviser et éviter que les relevés et les données ne se perdent dans la nature. Les Français considèrent toujours le Sahara comme leur chasse gardée et veulent bien nous laisser quelques miettes, nous devons les forcer à renégocier.

Franck s'était transformé en homme du désert, un pied à Hassi R'Mel, où l'on avait découvert en 1956 un gisement de gaz faramineux, et un autre à Hassi Messaoud, où l'on pouvait exploiter une nappe pétrolière gigantesque de 800 km². Les deux réserves, situées en plein milieu du Sahara, avec, entre les deux, une piste de trois cents kilomètres de sable et de caillasse, constituaient l'épine dorsale du programme algérien.

Dès qu'il mit un pied dans son immeuble, Franck sut que Charlie était revenu. Elvis Presley chantait *Return to Sender* à tue-tête, la musique dévalait la cage d'escalier. Mme Beladj, qu'il croisa près de la boîte aux lettres et qui habitait au premier étage, se plaignit du bruit assourdissant qui provenait de son appartement, elle avait frappé à sa porte mais personne n'avait répondu, cela faisait deux nuits que nul n'avait pu fermer l'œil. Elvis avait été remplacé par le piano fou de Jerry Lee Lewis. Franck trouva Charlie vautré dans un fauteuil du salon, qui écoutait la radio au maximum de sa puissance. Franck baissa le volume, Charlie se redressa.

– Qui c'est qui chante ?

– Tu sais que tu n'es pas seul dans cet immeuble, les voisins se plaignent du bruit.

– Si on ne me dit rien, je ne peux pas savoir que c'est trop fort.

Charlie accrochait des stations lointaines, notamment une en anglais qui diffusait du rock et de la country. D'après l'accent couinant de l'animateur, Franck détermina qu'il s'agissait d'une émission américaine.

– Moi, un jour, j'irai en Amérique, c'est là que je veux vivre, dit Charlie.

– C'est une bonne idée. Tu sais lire ?

– Pas bien.

– Tu ne pourras pas apprendre l'anglais, si tu ne sais pas lire le français.

– Les enfants américains, quand ils apprennent à lire, ils connaissent pas le français, alors c'est pas vrai ce que tu dis, moi je ne veux pas apprendre le français, je les hais… Au fait, y a plus d'argent.

– Pourquoi hais-tu tellement les Français ?

Le gamin augmenta le volume de la radio. Franck n'avait pas beaucoup de temps à consacrer à Charlie, si c'était bien ainsi qu'il s'appelait. Surtout en cette période où la cartographie pétrolière s'avérait plus complexe à gérer que prévu, car les services algériens n'étaient pas organisés pour superviser les travaux confiés aux compagnies étrangères, qui en profitaient. Franck partait à l'aube, Charlie dormait encore, Franck préparait des sandwichs avec des tomates, du poivron, des feuilles de menthe et du thon à l'huile ou des sardines, en laissait deux qui avaient disparu à son retour. Mais, trois jours avant son départ pour Hassi Messaoud, Franck trouva les deux sandwichs intacts.

Et les deux jours suivants aussi.

Le dimanche 6 février 1966, Franck avait accompagné une équipe de géologues texans qui intervenaient sur l'extension de la zone de Ouargla. À leur retour le mercredi 9, ils avaient été retardés par une tempête de sable et revenaient à la nuit tombée quand, à l'oued Irara, leur jeep dut se soumettre à un contrôle de la gendarmerie française, les accords d'Évian ayant autorisé la France à assurer la protection de certaines installations par ses forces armées durant un délai de cinq ans. Jusqu'à ce moment, les gendarmes s'étaient montrés discrets, mais ce soir-là ils immobilisèrent les véhicules, leurs fusils-mitrailleurs dressés dissuadant toute tentative d'échapper au barrage. D'après ce que rapportèrent les ingénieurs américains, les gendarmes, sans leur accorder aucune attention, procédèrent immédiatement à l'arrestation de Franck, dès que celui-ci eut présenté sa carte d'identité : « Ils nous attendaient à l'entrée de l'oasis, ils savaient précisément ce qu'ils voulaient, ils l'ont fait descendre, ils lui ont passé les menottes dans le dos, et malgré ses protestations, ils l'ont transféré dans leur command car, puis ils sont repartis en nous abandonnant. »

Franck fut enfermé dans l'unique cellule de la gendarmerie de Hassi Messaoud, un gourbi sans fenêtre éclairé par une pâle ampoule électrique ; sa ceinture, ses lacets, sa montre lui furent retirés, mais son portefeuille lui fut laissé. Le capitaine lui notifia le mandat d'arrêt délivré à son encontre par M. Hontaa, juge d'instruction militaire au Tribunal permanent des forces armées de Paris, et l'informa de son transfert prochain sur la base de Mers el-Kébir, d'où il serait rapatrié en France. Franck eut beau soutenir que cette arrestation était illégale, étant faite sur le sol algérien, il se heurta à une fin de non-recevoir : Les accords d'Évian nous autorisent à exécuter les décisions judiciaires concernant les Français, vous pourrez faire valoir vos droits lorsque vous serez présenté au juge à Paris, d'ici trois ou quatre jours. Le commandant refusa que Franck passe un coup de téléphone ou informe qui que ce soit de son arrestation : Vous êtes soumis au Code de justice militaire, qui ne prévoit rien en ce sens. Je vais aviser le quartier général de votre arrestation et organiser votre transfert.

C'était fini.

Franck était rattrapé par son passé. Un jour ou l'autre, il faut payer. Il aurait dû se souvenir que la justice militaire n'abandonne jamais, attend patiemment son heure, mobilise tous les moyens de l'État pour arriver à ses fins. Il allait devoir répondre de ses actes devant des juges qui instruisaient à sens unique, écoutaient vos arguments d'un visage impassible et vous condamnaient à la peine maximale, habillant leur jugement d'une démonstration juridique imparable, avec comme unique objectif de régler les comptes de l'armée avec ceux qui osaient braver ses lois. La sanction serait la plus lourde possible. Pas forcément parce que les faits méritaient une punition sévère. Mais pour l'exemple. Et ils ne tiendraient aucun compte des circonstances atténuantes, pour éviter que d'autres soldats aient la mauvaise idée de se déclarer objecteurs de conscience, insoumis ou déserteurs. Sans cette répression systématique et ces années de prison distribuées à foison, toute la machine militaire se serait écroulée. Franck savait que toute explication serait inutile, qu'il ne devait attendre ni indulgence ni amnistie.

Son histoire s'arrêtait dans ce casernement.

Franck n'avait aucune idée de l'heure, l'électricité fut coupée, il resta dans le noir complet, ne ferma pas l'œil de la nuit, le souffle de la tempête lui parvenait par saccades.

Le jeudi matin, la lumière se ralluma. À plusieurs reprises, il cogna contre la porte, cria qu'il voulait parler au capitaine, personne ne répondit. Un jeune gendarme déposa un plateau avec de la nourriture, Franck n'y toucha pas. Il resta assis sur le bord du lit à guetter les rares bruits derrière les bourrasques de vent. Le soir, le capitaine l'informa que la tempête avait empêché son transfert en hélicoptère mais que la météo s'améliorait et permettrait au Sikorsky de se poser le lendemain. Le vendredi, on lui passa à nouveau les menottes et, encadré par deux gendarmes, il monta dans le command car, mais, quand les portes furent ouvertes, les gendarmes découvrirent qu'un véhicule militaire bloquait le passage, appuyé par un cordon de soldats de l'armée algérienne, fusils-mitrailleurs levés. Le capitaine discuta un long moment avec un officier algérien, puis revint dans la gendarmerie, les portes furent fermées, Franck reconduit en cellule. L'attente devint interminable. Ce contretemps était mystérieux mais ne pouvait être que positif. Un gendarme lui apporta une gourde avec de l'eau, Franck demanda des explications, le militaire referma la porte, plus tard il déposa un plateau avec de la nourriture, refusa de répondre à ses questions.

Franck fit le ménage dans son portefeuille, déchira les papiers qui pouvaient s'avérer gênants, il retrouva le trèfle à quatre feuilles dans sa pochette transparente, revit son père et poussa un soupir nostalgique. Il perdit la notion du temps, se raccrochant à l'ampoule qui s'allumait, dans la journée présumait-il, et s'éteignait la nuit. Deux fois par jour, le jeune gendarme récupérait le plateau et déposait de l'eau, derrière lui un autre plus âgé surveillait le mouvement, refermait la porte à clé. Quel jour sommes-nous ? Samedi ? Dimanche ? Franck, allongé sur le lit, essayait de décrypter les faits mais il y avait tellement d'hypothèses possibles qu'il hésitait à privilégier une piste. Et puis, la porte s'ouvrit, le capitaine entra : Monsieur Marini, vous allez être libéré, je vais vous remettre aux autorités algériennes. Vous pourrez confirmer qu'aucun mal ne vous a été fait et que vous avez été bien traité.

Cela faisait presque une semaine que Franck avait été arrêté. Il fut extrait de la cellule, un gendarme lui rendit ses effets personnels, le capitaine le reconduisit à la porte de la gendarmerie, dont le camion entravait toujours l'entrée, et le remit à un lieutenant de l'armée algérienne qui le fit monter dans une jeep. Mimoun Hamadi, qui, assis à l'arrière, avait remis sa tenue militaire pour l'occasion, tendit la main à Franck : Je crois qu'on va avoir une belle journée aujourd'hui. La jeep s'éloigna rapidement. Franck se retourna, le camion qui bloquait le passage démarra et prit place dans le convoi, les gendarmes refermèrent les portes. Franck mit la main sur son cœur, sentit le portefeuille et pensa que son père l'avait protégé.

Mimoun était ravi du bon tour joué aux Français.

– Je ne pensais pas qu'ils auraient le culot de t'arrêter en sachant le poste que tu occupes auprès de moi. Le Président était sur la même longueur d'onde, il était disposé à aller au clash, il a apprécié ton efficacité lors du voyage à Moscou. J'ai convoqué l'ambassadeur en exigeant ta libération immédiate et en évoquant les mesures de rétorsion que nous envisagions de prendre. Il ne suffit pas d'être le plus fort, il faut être prêt à mourir pour sa cause, nous étions déterminés, pas eux. À Paris, c'est remonté au sommet, et c'est redescendu aussi vite : Pas de vagues, ce n'est pas le moment d'avoir des problèmes avec les Algériens. Nous, on est ravis de cet incident, ils ont perdu la face, ils sont en position de faiblesse. Tu vas te doucher, te raser, te reposer vingt-quatre heures et reprendre le boulot. Comme si rien ne s'était passé.

Quand on arrivait à résoudre un problème, il en surgissait deux autres, plus compliqués et plus sournois. Les responsables algériens découvraient avec stupéfaction les effets pervers des mesures qu'ils avaient mises en œuvre. Dans son combat permanent pour affranchir le pays de la tutelle du colonisateur, qui conservait un contrôle de facto sur les rouages de l'économie, le président Boumédiène avait décidé d'imposer l'arabe pour l'enseignement, le français étant désormais considéré comme une langue étrangère au même titre que l'anglais ou l'espagnol.

Cette décision eut pour conséquence de chasser de l'Éducation nationale des flopées d'enseignants français, de coopérants et de sympathisants de la première heure qui ne parlaient pas l'arabe, et dès le début de l'année scolaire, des centaines de classes se retrouvèrent sans instituteurs ni professeurs. On recruta à la va-vite des retraités, des mères de famille, des étudiants et des militaires pour les remplacer, qui avaient le mérite de parler arabe à leurs élèves mais n'avaient jamais enseigné de leur vie. Ce décret désorganisa profondément le système éducatif, fit l'objet de dizaines de réunions dans les ministères, on discuta, analysa, évalua, et finalement on décida de ne rien changer et de continuer dans cette voie.

Un mauvais moment à passer.

L'Algérie ressemblait à un gigantesque chantier incontrôlable, avec des terrains vagues qui se métamorphosaient en nouveaux quartiers vite inaugurés, avec des barres d'immeubles immédiatement occupées par des familles nombreuses qui vivaient au milieu des nuages de poussière soulevés par les norias de camions, et des forêts de grues à perte de vue. Il fallait construire rapidement des dizaines de milliers de logements pour accueillir les populations qui fuyaient le bled et espéraient trouver du travail dans les villes de la côte, et des hôtels, des complexes sportifs, des bâtiments publics, des écoles et des mosquées.

C'est sur le site de construction du futur Institut algérien du pétrole de Boumerdès, à cinquante kilomètres à l'est d'Alger, que Franck avait fait la connaissance de Rosetta Albani, fraîchement diplômée de l'École d'architecture de Rome. Celle-ci avait trouvé en s'expatriant une opportunité d'exercer son métier avec des responsabilités qu'elle n'aurait jamais obtenues dans son pays, où les femmes étaient cantonnées au rôle de décoratrices d'intérieur. Il était certain pour l'un comme pour l'autre que leur aventure serait sans lendemain, ils avaient des rêves différents : pour Franck, l'Algérie était son unique avenir ; pour Rosetta, une étape de quatre ou cinq ans dans sa vie, avant de poursuivre sa carrière en Italie ou dans n'importe quel pays avec de sérieuses références. Quand il lui exposa ses opinions sur la famille, soutenant qu'elle n'avait d'autre fonction que de transmettre le capital et la domination de l'homme, Rosetta approuva, cela rejoignait ses convictions, mais elle fut surprise d'apprendre qu'il s'agissait d'idées développées par Engels : C'est extraordinaire, j'étais communiste et je ne le savais pas.

Ni l'un ni l'autre n'avaient envie de s'engager dans une histoire de couple, ils étaient monopolisés par leurs activités professionnelles respectives, tous deux courant d'un bout à l'autre du pays et travaillant sur plusieurs projets à la fois. Même quand leur relation éphémère se poursuivit, il fut tout aussi évident qu'elle n'était pas appelée à perdurer. Rosetta n'était pas amoureuse de Franck, elle ne ressentait rien pour lui, pas comme pour Filippo, qui lui avait tourné la tête mais qui pensait, comme son père, que les femmes n'étaient pas faites pour être architectes. Rosetta vouait aux gémonies l'idée de mariage, car celui-ci ne correspondait plus aux aspirations des Italiennes de sa génération qui avaient vu leurs mères, leurs sœurs aînées, leurs tantes s'étioler, se faner, renoncer à toute ambition et rentrer dans le rang. Elle clamait haut et fort son indépendance et revendiquait son autonomie vis-à-vis de la gent masculine. Il n'était pas évident d'être jeune, femme et italienne dans les années soixante, de vouloir exercer un métier d'homme, de commander des contremaîtres, de mettre des bottes, d'aller sur un chantier, de se faire respecter et obéir par des conducteurs de travaux qui avaient l'âge d'être son père, au lieu de faire des enfants et la cuisine pour son mari. Elle qui craignait tellement de ressembler un jour à sa mère, soumise et transparente, ou de finir comme sa sœur, cantonnée aux tâches ménagères, appréciait la liberté de sa vie avec Franck. Chacun chez soi. On se voit quand on veut. Et nous n'avons aucun compte à nous rendre.

À son retour de Hassi Messaoud, Franck ne jugea pas utile de faire part à Rosetta de son interpellation par les gendarmes français, mais le sort de Charlie le préoccupait.

– Comment instaurer un climat de confiance avec lui, le convaincre de renoncer à traîner ? Il refuse d'aller à l'école. Si on le force, il se sauve. On ne peut pas l'enfermer. Je me sens démuni. D'autant que je n'ai pas beaucoup de temps à lui consacrer.

– Il faut sortir des clichés sur l'enfant qu'il faut protéger à tout prix mais qu'on infantilise. Cela nous rend indispensables mais c'est un mauvais service qu'on lui rend. On doit le respecter, le considérer comme un être à part entière, capable de réfléchir et de choisir. Quand tu veux motiver quelqu'un, tu dois lui proposer ce qui l'intéresse. Il a forcément une envie secrète, qu'il espère réaliser un jour. Lorsque tu auras trouvé son point d'Archimède, tu devras passer avec lui un contrat moral pour qu'il puisse l'atteindre.

– Il est malin, il me tient à distance, il ne me donne aucun détail sur sa vie passée, sur ce qu'il a vécu, je me sens impuissant.

Franck avait un autre problème : Charlie s'était évanoui dans la nature. D'habitude, il s'absentait deux-trois jours maximum et revenait, ne serait-ce que pour récupérer un peu d'argent dans la boîte à café. Cette fois, il avait disparu depuis près de trois semaines. Comment retrouver un enfant dont on ignore tout ? Franck téléphona à l'agent du ministère de l'Intérieur à qui il avait demandé de faire une recherche sur le garçon, mais celle-ci n'avait rien donné, de nombreuses archives avaient brûlé au moment de l'indépendance.

Un jeudi matin, alors qu'il se trouvait en réunion, Franck reçut un appel du commissariat de police d'Oran.

Le commissaire l'informa qu'un garçon d'une dizaine d'années qui venait d'être arrêté avait donné ses coordonnées pour le joindre au ministère, il se trouvait à l'arrière d'une voiture volée avec trois adolescents, dont un avait réussi à s'enfuir. Dans le coffre du véhicule avaient été retrouvés des vêtements dérobés dans un magasin de la ville. Leurs déclarations étaient confuses. Le gamin jurait qu'il ignorait tout de ce vol, qu'il avait été pris en auto-stop peu de temps auparavant, mais ses comparses soutenaient que c'était lui qui s'était introduit par une fenêtre du magasin et leur avait ouvert la porte : Je ne peux pas venir avant samedi, prenez ses empreintes, sa photo, dites-lui qu'il sera transféré lundi au tribunal pour être jugé et qu'il ira en prison pour mineurs. Et que j'ai répondu que je ne connaissais pas de Charlie.

Le samedi, Franck se rendit à Oran. Il demanda au commissaire que Charlie lui soit amené dans un bureau, menottes aux poignets, et il consulta le dossier de police. Il ne faisait guère de doute qu'il s'agissait d'une bande, pas très redoutable ni très douée, certes, mais qui avait quelques cambriolages à son actif. Les deux acolytes de Charlie, quoique mineurs, avaient déjà des condamnations pour des faits similaires. Charlie découvrit Franck, et son visage s'éclaira.

– Je suis soulagé que tu aies pu venir.

– Désolé, je ne peux rien faire pour toi. Les faits sont graves, une plainte a été déposée par le commerçant, tes deux camarades ont déjà un casier, ils affirment que tu leur as ouvert la porte et que vous revendez la marchandise sur le marché. Donne-moi une seule bonne raison de t'aider.

Charlie le regarda en souriant.

– Parce que tu m'aimes bien, non ?

– Écoute-moi bien, Charlie, parce que tu joues gros. Entre

deux personnes, il n'y a qu'une chose qui compte, c'est la confiance, et si je n'ai pas confiance en toi, ce sera la prison ou la maison de correction jusqu'à ta majorité. Et si toi, tu n'as pas confiance en moi, je ne pourrai rien faire pour t'aider, tu comprends ? Ce n'est pas à sens unique, c'est réciproque. Je veux savoir qui tu es, et si j'ai une bonne raison de te sortir de ce guêpier.

Charlie baissa la tête, resta un moment pensif.

– Tu veux la vérité ? Je n'ai pas confiance en toi, ni en personne, mais je suis obligé de te parler si je veux sortir d'ici. C'est vrai, j'ai la trouille d'aller en prison… Je m'appelle Charles Hadjadj, ma famille vient de Bouira en Kabylie, mon père, Younes, était caporal dans l'armée française, on vivait dans une caserne à Saïda. Ma mère, Michelle, était originaire de Constantine, mes deux frères aînés et ma sœur portaient tous des prénoms français, mais j'étais le cadet, j'ai douze ans et demi, j'ai eu des problèmes de santé à la naissance, c'est pour cela que je suis maigre et que ma mère m'appelait l'Asticot. Après le cessez-le-feu, mon père a attendu d'être rapatrié en France. Il a continué à espérer jusqu'au dernier moment, il soutenait que c'était impossible que les Français ne viennent pas nous chercher, qu'ils ne pouvaient pas nous abandonner car de Gaulle était un homme d'honneur. Après, tu te demanderas pour quelle raison je hais les Français. À l'indépendance, mon père et les autres ont décidé de passer en Tunisie, on est partis dans un bus avec plusieurs familles de harkis. Nous avons été arrêtés avant la frontière par les soldats de l'armée algérienne, ils ont battu à mort deux harkis à coups de pelle, ils nous ont emmenés à Bouhadjar, près de la frontière tunisienne, ils ont pris les hommes et les ont obligés à avancer de front dans des champs de mines, oui, ils se sont servis d'eux pour déminer, on les voyait marcher doucement, ceux qui s'arrêtaient, ils leur tiraient dessus, de temps en temps il y avait une explosion et un panache de fumée. Mon père et mes deux frères sont morts ce jour-là. Ils ont violé et égorgé ma mère et ma sœur, comme toutes les femmes et les jeunes filles, et les hommes ont été horriblement torturés pendant des jours. Et la population algérienne applaudissait. Moi, j'ai été sauvé avec quatre autres enfants parce qu'un fermier avait besoin de main-d'œuvre pour cultiver son champ, on a servi d'esclaves pendant des mois, avant que je réussisse à me sauver. Voilà pourquoi je hais aussi les Algériens et que j'attends la première occasion pour fuir ce pays maudit. Tu peux vérifier, si tu n'as pas confiance.

*

Il y a un âge où les amis disparaissent les uns après les autres pour de bonnes ou de mauvaises raisons ou sans explication, et Igor se disait qu'il avait de la chance d'avoir trouvé un compagnon comme Ivan, quelqu'un d'attentionné et de chaleureux qui avait toujours mille histoires à raconter et qui l'invitait à dîner avec ses copains et à partager les repas de fête : Tu n'as pas le droit de refuser, c'est Olga qui insiste et tu n'es pas de taille à refuser quoi que ce soit à ma femme. Il le conviait le vendredi soir ou le samedi midi, et depuis le retour en France de Michel et de Léonid, c'est vrai qu'Igor se sentait parfois un peu seul. Après les journées harassantes à l'hôpital, quel bonheur de retrouver ces amis russes, d'entendre parler russe, grâce à eux c'était un peu du pays qui revenait, le soleil en plus. Il y avait bien quelques désagréments, comme les offices religieux auxquels Ivan le pressait d'assister, Igor éludait le plus souvent mais il était obligé de céder lors des grandes occasions, pour ne pas le froisser.

– Je te l'ai dit, je ne suis pas très religieux, je me suis installé ici parce que c'est un pays hébreu, pas juif.

– C'est pareil ! s'exclama Ivan. On est venus ici parce que notre peuple était pourchassé, parce qu'on était juifs.

Olga s'ingéniait à inviter toutes les femmes russes célibataires, divorcées ou veuves de Haïfa et des environs, elle les plaçait à côté d'Igor après avoir fait les présentations et vanté la marchandise réciproquement.

– Tu sais, Olga, je n'ai pas l'intention de me remarier, je suis bien comme je suis. Ce n'est pas à mon âge que je vais fonder une famille. J'ai une copine qui travaille à Tel Aviv et que je vois de temps en temps quand elle vient voir sa famille.

– Tu n'as rien compris, Igor, ce n'est pas une femme dont tu as besoin, c'est une femme russe. Crois-moi, tu seras marié avant la fin de l'année, et tu me remercieras.

À l'hôpital Rambam, deux médecins partirent servir à l'armée, qu'il fallut remplacer. On demanda à Igor d'assurer le service du week-end et il fut obligé d'accepter car il était toujours dans l'attente de son certificat d'homologation. Finis les repas du vendredi soir ou du samedi midi. Il travaillait soixante-douze heures par semaine, était abruti de fatigue, prenait une douche et se couchait avant de retourner pour vingt-quatre heures à l'hôpital. Début mars, on lui accorda une semaine de repos.

Ivan arriva au restaurant habituel avec un de ses amis, un homme d'une cinquantaine d'années au visage carré, au front immense, vêtu d'un costume sombre bien coupé et d'une cravate en soie claire, qui se prénommait Néhémie. Ils avaient déjà dîné une fois avec lui, trois mois auparavant, mais il n'avait pas ouvert la bouche de la soirée, hochant la tête pour toute conversation et affichant un sourire énigmatique. Cette fois-ci, le repas fut plus gai et animé, et Néhémie plus bavard.

– Vous travaillez avec Ivan ? demanda Igor.

– Je travaille pour le gouvernement, répondit Néhémie.

– Il a quelque chose à te demander, dit Ivan. Écoute-le bien.

Néhémie finit son verre de vin, hésita à allumer une autre cigarette, resta un instant silencieux, comme s'il cherchait ses mots.

– Je suis arrivé dans ce pays il y a trente ans, je suis né en Lettonie, j'ai émigré avant-guerre avec ma future femme et, avec d'autres Baltes, nous avons construit notre propre kibboutz près du lac de Tibériade. La vie n'a pas été facile, nous avons dû nous battre. Beaucoup de choses ont changé depuis. Et beaucoup de choses vont changer encore. Je vais vous poser une question : savez-vous combien il y a d'habitants dans ce pays ?

– Deux millions et demi, je l'ai appris à l'école.

– Et à combien s'élève la population des quatre pays arabes qui nous entourent et qui veulent nous détruire ?

– Je ne sais pas vraiment.

– Ils sont vingt fois plus nombreux que nous. C'est un miracle qu'un si petit pays ait réussi à deux reprises à battre les armées de l'Égypte, de la Jordanie, du Liban et de la Syrie qui représentent plus de cinquante millions d'habitants. Cela ne durera pas. Tôt ou tard, il y aura une autre guerre et tout notre courage n'y suffira pas, un jour ou l'autre ils nous submergeront. Si nous voulons avoir une chance de nous en sortir, nous devons accélérer le retour des juifs de la diaspora, nous devons augmenter notre population coûte que coûte. Vous me suivez ?… Bien… Et en discutant avec Ivan, on a pensé à vous.

Igor fronça les sourcils, ne comprenant pas où Néhémie voulait en venir.

– On a pensé que vous pourriez nous donner un coup de main.

– De quelle façon ?

– En retournant à Leningrad pour deux ou trois semaines. Dans ce pays, des millions de juifs sont privés de toute information, ils ignorent que nous les attendons, que nous avons besoin d'eux comme ils ont besoin de nous, qu'ici ils seront accueillis et aidés, qu'ils pourront vivre avec leur famille comme ils l'entendent, pratiquer leur religion ou pas, afficher leurs opinions et dire du mal du gouvernement si ça leur chante, car nous sommes un pays libre et démocratique qui respecte les droits de l'homme, qui pratique la séparation des pouvoirs, avec une presse pluraliste, des juges indépendants, des élections régulières. Nous avons besoin de quelqu'un pour faire passer le message, un homme qu'ils connaissent, un des leurs, dont ils ne se méfieront pas.

– Et vous croyez que cela suffira ?

– Nous n'avons pas d'autre solution. Mais vous êtes un joueur d'échecs, vous devez connaître le principe de Sissa ?

Igor secoua la tête négativement

– C'est une légende certainement, mais il y a très longtemps, en Inde, un maharadjah promit une récompense à qui trouverait le remède à son ennui. Sissa inventa le jeu d'échecs, et à partir de ce jour, le prince ne s'ennuya plus jamais. Il demanda à Sissa quel cadeau il pourrait lui offrir et Sissa demanda un peu de blé. Un grain sur la première case, deux sur la deuxième, quatre sur la troisième, seize sur la quatrième et ainsi de suite jusqu'à la soixante-quatrième case. Le prince trouva que c'était peu de chose et accepta, mais il fut dans l'incapacité de récompenser Sissa car très vite la quantité de grains à fournir devint phénoménale, inimaginable, dépassant toutes les récoltes produites dans le monde pendant des millénaires. Si vous arrivez à convaincre ne serait-ce qu'un seul juif, lui-même en parlera à un autre, et à un autre, ils seront des graines plantées dans un sol hostile, qui attendront le bon moment pour germer. Vous pouvez leur transmettre un espoir inouï, et le rêve d'une vie meilleure n'est pas comme de l'argent qu'on enferme dans un coffre de façon égoïste, c'est une nécessité vitale. Et la multiplication de Sissa se fera, inexorablement, même si cela risque de prendre des années pour qu'elle se répande, des graines se dessécheront ou seront perdues, mais à partir d'un certain seuil une chaîne se créera qui sera impossible à endiguer.

– Les risques sont énormes.

– D'abord, le KGB mettra un certain temps à comprendre ce que vous faites là, vous serez un étranger muni d'un visa professionnel, et vous livrerez un matériel médical de pointe offert dans le cadre d'un accord de coopération avec les hôpitaux russes. Ensuite, un Israélien qui va à la synagogue, ça n'a rien d'extraordinaire, le temps qu'ils réalisent, vous serez reparti. Pour le premier semeur, le risque est quasi nul, il augmentera pour les suivants.

– Je vais être reconnu.

– À la synagogue, par un certain nombre de coreligionnaires que vous connaissiez, c'est sûr, et on l'espère, mais quinze années ont passé depuis votre départ précipité en 1952, tout le monde vous a oublié, personne ne pense plus à vous, vous n'existez plus. Et il n'y aura aucun rapprochement possible avec l'homme que vous étiez car vous débarquerez sous une autre identité que la vôtre, vous serez un citoyen israélien, un médecin également, dont la famille a quitté l'URSS à la révolution.

Igor voulait réfléchir posément mais en était incapable. Son regard allait de Néhémie à Ivan, il sentait une chaleur inhabituelle dans son corps, il remplit son verre d'eau et le but d'un trait.

– Tu sais, poursuivit Ivan, nous avons besoin de quelqu'un pour allumer la mèche, tu es le premier, il y en aura d'autres, c'est une entreprise de longue haleine dans laquelle nous nous lançons, il faudra des années pour que l'idée de vivre en Israël prenne corps et que les juifs russes nous rejoignent par millions. Ce sera difficile, douloureux, le KGB ne nous fera pas de cadeaux. Mais c'est le prix à payer pour assurer notre survie. Aujourd'hui, le monstre est endormi, il ne se méfie pas, mais quand il aura pris conscience du danger, sa réaction sera violente. Accepte cette mission, nous avons la conviction qu'elle doit impérativement être accomplie.

– Je refuse.

*

Michel remonta la rue Soufflot, contourna le Panthéon, arriva à la Contrescarpe, évita La Chope, car il y connaissait trop de gens, et descendit la rue Mouffetard, se dirigeant vers son appartement en face de l'église Saint-Médard. Anna marchait à un mètre derrière lui. Souvent, la fillette s'arrêtait devant une boutique ou un café, l'examinait avec sérieux en fronçant les sourcils, des passants lui souriaient, lui adressaient des bonjours auxquels elle ne prêtait aucune attention, puis elle levait la tête, cherchait Michel du regard et le rejoignait. Le marché battait son plein, Anna s'immobilisa près d'une boulangerie devant laquelle des clients faisaient la queue, Michel se baissa à son niveau : Tu as faim ? Tu veux quelque chose ? Un gâteau ? Elle ne répondit pas. Il lui prit la main et attendit son tour : De quoi as-tu envie, Anna ? Il demanda à la vendeuse : Un petit pain au chocolat, un aux raisins, un petit pain au lait, un croissant…, un chausson aux pommes, une petite plaque de chocolat au lait et une baguette. En sortant, il ouvrit le paquet et attendit qu'Anna choisisse : Si tu n'en veux pas, je vais tout manger. Elle restait immobile. Il prit le croissant, le lui présenta : C'est très bon, tu sais. Anna ne bougeait pas : Tu vas voir, c'est délicieux… Tu veux autre chose ? Prends ce qui te fait plaisir. Elle tourna la tête, attirée par les cris des marchands qui hélaient les passants. Il fouilla dans le sachet, lui tendit le petit pain et la plaquette de chocolat, il enleva le papier et la feuille d'aluminium, glissa la barrette dans la viennoiserie, mais il n'eut pas plus de succès : Tu sais, je vais le manger… Anna resta imperturbable, Michel avala une petite bouchée… Hum, qu'est-ce que c'est bon !… Tu n'aimes pas les gâteaux ?

– Qui est-ce ? demanda Camille en apercevant Anna assise à la table devant un verre de lait.

Michel lui fit signe de le suivre dans la cuisine et lui raconta ses retrouvailles avec Cécile, comment elle lui avait demandé de s'occuper de la petite pendant son absence, et son départ précipité.

– Mais tu ne m'avais jamais parlé d'elle.

– Jusqu'à cet après-midi, j'ignorais que Cécile avait eu un enfant avec Franck. Je l'avais perdue de vue depuis la mort de son frère Pierre en 62. Je me faisais une joie de la revoir après toutes ces années mais je l'ai trouvée bizarre, elle a changé, c'était quelqu'un de chaleureux, mais là, elle était tendue, sur ses gardes. Elle ne m'a pas laissé le choix, elle avait préparé un sac, elle a dit qu'elle ne pouvait plus s'occuper d'elle, qu'elle reviendrait dès que possible. Que pouvais-je faire ? Après tout, c'est ma nièce, la fille de Franck, le problème, c'est que je ne sais pas trop m'occuper d'un enfant.

– Quel âge a-t-elle ?

– Elle vient d'avoir quatre ans.

– Il faut la mettre à la maternelle.

– C'est une môme qui n'a pas l'air bavarde.

Camille s'approcha de la table, s'assit à côté de la fillette :

– Bonjour, Anna, moi c'est Camille, comment vas-tu ? Tu es une très jolie petite fille.

Anna détourna la tête, descendit de sa chaise, s'approcha de la fenêtre, captivée par la flèche de Saint-Médard et le jardin autour.

*

Franck avait longuement réfléchi à cette idée de contrat moral suggéré par Rosetta. Aussi, dans le train qui les ramenait à Alger, se mit-il à interroger Charlie sur ce qu'il avait envie de faire plus tard.

– Il y a bien quelque chose qui te fait rêver.

– … Si je pouvais, j'irais en Amérique.

– Et tu ferais quoi là-bas ?

– Je ne sais pas… Du rock.

– Écoute-moi, Charlie, j'ai une proposition à te faire.

Charlie ne discuta pas. Que répondre à un homme qui vous propose de faire tout ce qu'il faut pour pouvoir partir aux États-Unis ? Mais avant, il devait parler l'anglais. C'était obligatoire. Comme de savoir lire et écrire. Charlie sentit que la chance passait à proximité et qu'il devait la saisir. Et Franck lui promit de lui payer le voyage quand il aurait dix-huit ans. En avion.

– Et si tout se passe bien, si tu respectes ton engagement, l'année prochaine je te payerai des cours de guitare. Le rock, c'est d'abord la guitare.

Charlie retourna à l'école du quartier, il avait plusieurs années de retard à rattraper. Il se retrouva dans une classe avec des petits qui apprenaient à lire et à écrire et, pour l'aider, Franck lui paya des cours particuliers. Charlie avait déjà vécu une vie, il ne se sentait pas à sa place au milieu de ces gamins, il n'arrivait à se faire aucun ami et se mit à faire semblant d'être un enfant sage et studieux. En classe, il regardait les nuages par la fenêtre.

En jetant un œil à ses cahiers, Franck réalisa que le problème, c'était lui-même, toujours en déplacement, qui n'avait pas de temps à lui consacrer, Charlie restait seul trop longtemps et n'était pas assez soutenu. Franck craignait qu'il retourne à sa vie passée.

Au cours d'une réunion à son bureau, il se dit : l'idéal pour lui, ce serait d'avoir une vie de famille, sinon, il ne s'en sortira pas.

Franck invita Rosetta à dîner, les bons restaurants avaient fermé par dizaines, Alger suintait l'ennui d'une ville de province assoupie, avec l'impression désagréable de vivre sous couvre-feu permanent. Ils se retrouvèrent au restaurant de l'hôtel Aletti, un peu isolés dans l'immense salle dont la baie vitrée panoramique ouvrait sur la mer, et qui comptait plus de serveurs que de clients. À la fin du repas, il lui proposa de vivre avec lui pour éduquer Charlie, le temps qu'il comble son retard et prenne confiance en lui, de former une sorte de famille sans en être une vraiment.

Une famille moderne. À durée déterminée et sans aucune obligation réciproque.

Franck s'attendait à ce que Rosetta éclate de rire, le traite de malade ou de fou, mais elle fronça les sourcils et resta silencieuse. Elle finit son verre de vin, regarda Franck d'un air sévère, alluma une cigarette, fit la moue, puis elle dit avec cet accent romain un peu rond que Franck aimait tant :

– D'accord, on forme une famille pour Charlie, je le fais pour lui. Pour l'aider. Pour qu'il ait une chance de s'en sortir, mais je te préviens, je ne fais pas les courses, pas le ménage, pas la cuisine. Rien. Pas question qu'on s'installe dans une vie de couple. Je garde mon appartement. Et je pars quand je veux. Et je ne partage pas les frais.

– Bien sûr, c'est normal.

– Tu sais, il ne doit y avoir aucune ambiguïté entre nous, je ne suis pas amoureuse de toi.

– Je ne le suis pas non plus de toi.

Franck fut soulagé de ce dénouement heureux, et ils trinquèrent à leur vie nouvelle. Paradoxalement, Rosetta fut ravie d'apprendre que Franck n'éprouvait aucun sentiment pour elle, cela signifiait qu'elle pourrait partir quand elle voudrait et réintégrer ses pénates, que leur relation disparaîtrait comme un glaçon dans un verre d'eau quand bon lui semblerait. Elle se garda cependant de lui faire part du raisonnement qui l'avait amenée à accepter sa proposition. Elle avait trente ans, un jour ou l'autre elle aurait un enfant, ou deux, et l'homme qui irait avec.

Comment faire autrement ?

Mais elle n'était pas sûre de ce qu'elle désirait vraiment. Pendant la minute qu'avait duré sa réflexion, elle s'était dit que ce ménage in vivo ferait comme une répétition générale, une expérience grandeur nature qui lui permettrait de mesurer les avantages et les inconvénients d'avoir un homme et un enfant sur le dos, et d'en tirer des leçons utiles à sa vie future.

Et puis, ce dont personne dans ce pays brutal ne pouvait se douter, derrière le paravent de la femme énergique et combative qu'affichait Rosetta, se dissimulait un sucre d'orge. Quand, sous le sceau du secret absolu, Franck lui avait raconté l'histoire de Charlie, elle avait ressenti pour ce gamin malmené par le destin un sentiment nouveau pour elle, et curieusement, Charlie avait pour cette femme une affection qu'il n'avait jamais éprouvée pour personne, à part sa mère et sa sœur. Rosetta avait sur lui une autorité qui sidérait Franck. Quand elle disait : Va te laver les mains, Charlie courait à la salle de bains, ou : Il est l'heure d'aller se coucher, demain c'est l'école, il se levait sans rechigner, les embrassait et dormait cinq minutes plus tard. Elle le faisait travailler tous les soirs ou presque, allant jusqu'à demander à son patron de lui confier les projets sur Alger pour ne pas avoir à se déplacer. Grâce à elle, Charlie fit des progrès spectaculaires en lecture et en écriture, apprenant même à l'occasion quelques jurons italiens. Rosetta n'était pas d'une patience d'ange, elle s'énervait facilement quand il se trompait : *Testa di piccone !* criait-elle. Mais Charlie s'en fichait car il ne savait pas ce que cela voulait dire, et parce qu'elle souriait, il le prenait comme une marque d'affection.

Charlie ne fuguait plus. Peut-être que sa colère s'était enfuie ou le laissait pour l'instant tranquille, tapie dans un coin de son cœur, prête à surgir à la moindre occasion. Il ne parlait jamais du passé, n'évoquait jamais sa famille disparue, il ressemblait à un adolescent comme un autre, toujours prêt à rigoler, qui commençait à regarder les filles, lesquelles ne le regardaient pas car il restait petit et malingre. Mais le grand changement dans la vie de Charlie, c'était Rosetta. Et cette drôle de famille qu'ils formaient tous les trois. Quand ils se promenaient sur le front de mer ou qu'ils allaient déguster un créponné citron rue Lazerge, il y avait toujours un passant perspicace pour trouver que Charlie ressemblait à Rosetta, le même sourire, ou qu'il avait les yeux de Franck et que, celui-là, il ne pouvait pas le renier. Eux, ça les faisait sourire. Ils échangeaient des regards entendus et ne démentaient jamais, car ils formaient une vraie famille.

Sauf qu'ils ne se disputaient jamais.

Son patron avait accordé à Rosetta l'avantage de ne plus se déplacer et il la chargea de superviser les plans d'exécution de tous les projets de l'agence, en plus du suivi des trois chantiers sur Alger. Elle travaillait douze heures par jour, ne disposait pas de dix minutes pour faire les courses, aussi décida-t-elle que Charlie s'en chargerait : Il a le temps, il ne fait rien d'autre que d'écouter la radio et de singer Elvis Presley. Franck avait omis de lui raconter les circonstances de sa rencontre avec Charlie. Aussi, quand elle voulut l'emmener chez Hassen pour s'organiser, Charlie trouva-t-il mille prétextes pour s'éclipser, mais Rosetta n'était pas d'une nature à tergiverser, la troisième fois elle l'attrapa par le bras : Ce soir, tu vas venir avec moi, je vais te présenter à Hassen. Qui fut sidéré de constater que Charlie avait le culot de remettre les pieds dans son épicerie. Mais il n'était pas de taille, lui non plus, à résister à Rosetta : Le petit prend ce qu'il veut, tu le mets sur la note et Franck la réglera, comme d'habitude, c'est ok ? Hassen se dit que les affaires étant ce qu'elles étaient, il serait stupide de refuser un client qui payait rubis sur facture, sans vérifier. Charlie devint donc client chez Hassen. Client sous surveillance, cela va sans dire, et sans les sourires réservés à la clientèle, ni les commentaires d'usage sur la météo. Il ne répondait pas non plus à son : Au revoir, Hassen, à demain.

En partageant son lit, Rosetta découvrit un aspect de la personnalité de Franck qu'elle ignorait. Mais comment aurait-elle pu le savoir sans vivre avec lui ? Franck mettait des heures à s'endormir, lisait jusqu'à trois ou quatre heures du matin ses livres russes avant de réussir à trouver un sommeil agité. Et souvent, il faisait des cauchemars. Il criait, se réveillait en sursaut, le cœur palpitant, le visage défait, les lèvres tremblantes, le front en sueur. La première fois, il dit : Ce n'est rien, j'ai fait un mauvais rêve, excuse-moi de t'avoir réveillée. Bien sûr, il connaissait des nuits calmes, mais une ou deux fois par semaine, le même cauchemar revenait le hanter, qui le laissait démuni et hagard : Parle-moi, disait Rosetta, cela te fera du bien. Mais Franck ne voulait pas s'épancher.

Pas question.

Il finit pourtant par trouver un remède, ce n'était pas de prendre un psychotrope, c'était de se blottir contre Rosetta. Lové contre elle, il s'endormait, apaisé, et arrivait à dormir quelques heures. Et Rosetta aimait que cet homme qu'elle n'aimait pas la prenne dans ses bras, la serre contre lui et s'endorme soudé à son dos. Mais dans son sommeil, il finissait par s'écarter et le spectre profitait de l'occasion pour l'assaillir. Une nuit, Franck, épuisé, raconta son rêve monstrueux. Sur un quai du métro parisien, une femme enceinte au visage informe se jetait sous un wagon. Il entendait ses hurlements, était éclaboussé par le sang de la malheureuse et de son enfant. Et la même scène recommençait. Sans fin. Avec d'infimes variantes.

La femme le fixait, les yeux crevés, et sautait dans le vide en lui souriant. Ou elle tentait de saisir sa main et de l'entraîner dans sa chute et il devait résister à cette poigne qui l'agrippait. Parfois, c'était lui qui, au dernier moment, la poussait. Franck se couvrait les yeux avec les mains mais la voyait quand même, il se bouchait les oreilles mais l'entendait hurler encore. L'inconnue de la station de métro n'en finissait plus de le tourmenter. Rosetta évoqua la possibilité qu'il voie un thérapeute et se fasse aider, mais Franck rejeta cette proposition, pas seulement parce qu'il était marxiste, matérialiste, que les théories freudiennes étaient considérées comme petites-bourgeoises et que Lénine les avait condamnées sans appel, mais parce qu'il n'y croyait pas une seconde et n'avait pas de temps à perdre avec ces balivernes. De toute façon, il n'y avait plus un seul analyste dans le pays, ils avaient tous repris le bateau pour analyser les Français, et là-bas le travail ne leur manquerait pas. Alors, Rosetta le prenait dans ses bras, lui caressait le visage, le berçait comme un enfant, et la chaleur et la douceur de son corps contre le sien s'avéraient une thérapie autrement plus efficace que toutes les psychanalyses du monde.

Et Franck s'endormait enfin.

Rosetta ne faisait pas la cuisine, ce qui était embêtant pour les repas de famille. À midi, chacun allait au restaurant ou à la cantine mais le soir, on se retrouvait autour de la table : Viens voir, Charlie, je vais t'expliquer comment on prépare le dîner, regarde, ce n'est pas compliqué. Tu fais chauffer de l'eau dans la casserole, quand elle bout, tu jettes les pâtes dedans, tu comptes trois minutes, pas plus sinon ça devient de la bouillie comme l'aiment les Français, mais chez moi, en Italie, on mange la *pasta al dente*, un peu croquante. Pendant la cuisson, tu fais revenir la sauce tomate dans la poêle, tu ajoutes ce que tu veux : des herbes, des olives, des câpres, de la viande hachée, des crevettes ou du fromage de brebis, des merguez, des champignons, de la crème. Pas en même temps, bien sûr. Ce qui te tombe sous la main. Tu égouttes les pâtes très vite, tu réchauffes à feu fort une bonne minute et tu sers. T'as compris ? Si on avait du parmesan, mais dans ce pays de sauvages…

Personne n'a été en mesure de répondre à cette question : Qu'est-ce qui a fait grandir Charlie au cours des deux années suivantes et lui a presque fait rattraper son retard en taille et en poids ? La vie régulière d'une famille quasiment normale, en tout cas qui en avait l'apparence, le régime à base de pâtes à la sauce tomate, avec boulettes, crème, fromage (voir plus haut), l'amour de Rosetta pour ce gamin, la croissance toute bête d'un adolescent qui avait un peu traîné en route, ou une part de chacun de ces facteurs dans des proportions que Lucien, qui se joignait épisodiquement aux repas familiaux, ne pouvait déterminer avec précision : C'est sûr, la médecine n'a pas encore de réponse à tout. Je reprendrais bien un peu de *pastasciutta*, quel dommage qu'il n'y ait pas de parmesan.

À moins que cette croissance n'ait répondu à la loi de l'évolution, au besoin fondamental de se défendre et d'assurer sa survie dans la cour de récréation contre les plus grands, les plus costauds, qui s'amusaient à persécuter les plus faibles, surtout quand ces derniers étaient des fils de harkis, engeance entre toutes haïe. Comment ces garnements avaient-ils été informés de sa filiation ? Par l'indiscrétion maladroite ou volontaire d'un professeur, probablement. Toujours est-il que, rapidement, la vie de Charlie devint un enfer, ce n'étaient que bousculades, agressions, crachats et insultes. Il aurait pu s'en ouvrir à Franck. Il savait que ce dernier était le bras droit d'un ministre important, qu'il côtoyait le Président en personne lors de déplacements internationaux, qu'il lui aurait suffi de froncer un sourcil pour que ces brutes rentrent dans le rang, mais Charlie ne dit rien, comme s'il y avait une fatalité contre laquelle il était inutile de se rebeller, une faute organique qu'il avait commise en étant enfanté par un traître à son pays. C'était son problème à lui, son paquetage. Charlie n'en voulait pas à ses tortionnaires, il les comprenait, à leur place il aurait agi de la même façon car les fils sont coupables d'être les fils de leur père.

La seule et unique personne à avoir été mise au courant des malheurs de Charlie fut Hassen. Il n'était pas emballé par ce client, mais Charlie se tenait à carreau, Franck payait sans discuter les notes qu'il présentait chaque fin de mois, un peu alourdies certes mais les temps étaient durs, et, un mois après l'autre, Hassen oublia son ressentiment à l'égard de Charlie. Quand ce dernier venait prendre des provisions, les cheveux en bataille, les pommettes rouges, les genoux éraflés et des griffures partout, il se gardait de poser des questions, car Charlie lui aurait répondu qu'il avait glissé dans les escaliers de la rampe Valée. Il sortait la trousse à pharmacie, nettoyait les plaies avec de l'eau oxygénée avant d'y passer une pommade cicatrisante et lui offrait un thé à la menthe qu'ils dégustaient côte à côte, comme deux vieux amis qui n'ont pas besoin de se parler pour se comprendre. À de nombreuses reprises, Hassen soigna les plaies dc Charlie : Tu sais, moi je suis mozabite et berbère, alors les mauvais traitements et les vexations dans ce pays, je sais ce que c'est, si un jour tu veux parler, je suis là, mon ami,

Grâce aux soins prodigués par Hassen, Franck et Rosetta, absorbés par leur métier, n'imaginaient pas une seconde que Charlie puisse être victime de harcèlement, d'autant que ce dernier prenait les devants et désamorçait les questions gênantes :

– On a fait une sacrée partie de foot aujourd'hui, j'ai joué gardien, j'ai pris un méchant gadin en sauvant un but mais je suis content, grâce à moi, on a gagné.

Deux mois plus tard, au cours du dîner, Charlie posa sa fourchette de spaghettis aux boulettes et à l'estragon et lança :

– Je ne veux plus aller à l'école.

– Pourquoi ? demanda Rosetta. Tu avais l'air d'aimer.

– Je m'ennuie. Je sais lire et écrire, ça suffit. Je veux apprendre un métier. Je peux travailler avec toi dans le bâtiment.

– Tu peux espérer mieux qu'être ouvrier de chantier. C'est dur, fatigant et mal payé.

– Alors, je ferai autre chose mais je ne retournerai pas à l'école.

– On en reparlera, dit Franck.

Il partait le lendemain à Moscou pour un mois au sein d'une délégation qui devait mettre en place une commission paritaire ayant pour objectif de doubler la production du gisement de pétrole de Hassi Messaoud, qu'on rêvait de faire passer à trente millions de tonnes annuelles, et de tripler la production de gaz de Hassi R'Mel. Deux projets colossaux qui allaient définitivement affranchir l'Algérie de la tutelle française, mais les discussions avec les Russes étaient interminables et il n'avait pas le temps de s'occuper des états d'âme de Charlie. Pas plus que Rosetta, qui devait remplacer un collègue malade.

Alors Charlie les mit devant le fait accompli. Il réussit à se faire engager comme commis par Hassen, qui commençait à fatiguer, avait mal au dos et voulait l'aider à échapper aux brimades qu'il subissait. Avant qu'un accord soit trouvé, il y eut de longues et âpres discussions concernant la rémunération du garçon. Hassen commença par soutenir que c'était lui qui devait être payé, il rendait service à Charlie en le prenant à ses côtés, ensuite il affirma qu'il n'avait pas à le rémunérer car il devait lui apprendre un métier auquel il ne connaissait rien, ensuite il pinailla sur le montant du salaire, arguant que les jeunes avaient perdu le goût du travail et ne songeaient qu'à s'amuser. Finalement, Charlie emporta le morceau grâce à une proposition astucieuse et à un argument imparable : Si je suis en retard d'une minute, tu retiens la journée. Si je ne fais pas le travail que tu me donnes, pareil. Hassen ne trouva rien à rétorquer, d'autant que Charlie enfonça le clou : Je suis le commis qu'il te fallait, j'ai de l'expérience, plus personne ne te volera un pois chiche, je connais tous les trucs et astuces pour faire disparaître la marchandise ou partir sans payer. Moi, les voleurs, je les repère avant toi. Si quelqu'un te vole, ne serait-ce qu'une amande, tu ne me payes pas. Grâce à moi, tu vas enfin gagner de l'argent.

*

La venue d'un enfant est toujours un bouleversement, mais l'arrivée d'Anna n'avait pas été prévue, imaginée, organisée, et ce fut une révolution qui donna lieu à des discussions familiales sans fin. Quand Michel annonça à son père qu'il hébergeait pour un temps indéterminé la fille de Cécile et de Franck, Paul et Marie quittèrent le magasin avant la fermeture et se précipitèrent au domicile de Michel pour découvrir la petite. Ils tentèrent en vain de l'amadouer avec des paroles enjouées, Paul prit la voix de Fernandel pour lui arracher un sourire, mais la fillette l'ignora.

– Elle ressemble à sa mère, c'est son portrait craché, dit Paul. Comment allez-vous vous débrouiller ?

– Nous n'y avons pas réfléchi, dit Camille. Michel est toujours en déplacement, et moi, je suis pas mal prise, mais on va s'arranger. J'espère qu'ils pourront la prendre à la maternelle des Gobelins.

Sur les conseils de Marie, ils firent examiner Anna par un médecin, qui la trouva en pleine forme, sans aucun problème auditif ; quant à l'absence de langage, il souhaitait attendre six mois et voir comment elle réagissait à sa nouvelle vie. Hélène, la mère de Michel, regarda la fillette avec suspicion : Elle ne ressemble pas à Franck, après tout, on n'est pas sûrs que ce soit sa fille. Moi, les femmes qui abandonnent leurs enfants, je m'en méfie. Michel n'avait aucun doute sur la paternité de Franck, les dates coïncidaient parfaitement.

La maternelle des Gobelins l'accepta immédiatement. Camille et Michel s'arrangeaient entre eux pour l'emmener et venir la chercher et quand ils avaient un problème, ils téléphonaient à Marie qui faisait office de grand-mère. Michel avait travaillé longtemps sur un projet de reportage qui soulevait de nombreuses difficultés : il envisageait de descendre avec des mineurs du bassin de Lens et de les suivre dans leur travail pendant deux semaines, mais l'autorisation des Charbonnages était obligatoire et ils demandaient un droit de regard sur les photos publiées, ce que Philippe Morges avait refusé. En attendant que la situation se débloque, et grâce à Jimmy qui jouait le rôle d'un ostréiculteur, Michel fit un reportage sur les coulisses du tournage des *Cinq Dernières Minutes*.

Michel s'occupait beaucoup d'Anna, il constatait des changements, imperceptibles certes, mais qu'il jugeait encourageants. La petite fille lui avait souri à plusieurs reprises, elle marchait maintenant en lui tenant la main et acceptait le chausson aux pommes qu'il achetait à la sortie de la maternelle. Il la surprit qui parlait à sa poupée, ce fut la première fois qu'il entendit le son de sa voix. Aux beaux jours, il l'emmena au Luxembourg, elle fit son premier tour sur un poney comme une amazone et repoussa Michel qui se tenait trop près d'elle, elle restait à suivre les bateaux qui tanguaient sur le bassin et, quand Michel lui proposa d'en louer un, elle fit non de la tête. Et puis, Michel croisa un collègue, bavarda un instant avec lui et perdit de vue Anna, il trembla en imaginant qu'elle était sortie du jardin, s'était perdue, avait été enlevée, il alerta les gardiens et finalement l'aperçut, immobile, face à la fontaine Médicis, bouche bée face à la perspective et aux sculptures. Il s'approcha, sortit son appareil de sa housse et fit une série de photos. Et puis au mois de mai, cela faisait près de cinq mois qu'ils s'occupaient d'elle, Camille alla la chercher comme elle le faisait presque chaque jour mais arriva en retard car sa montre s'était arrêtée, la petite fille se précipita vers elle, lui sauta au cou et l'embrassa.

*

Igor avait mis des années à se débarrasser de la Russie, à la cantonner dans un coin de son cerveau, à construire autour un barrage infranchissable, pendant des mois il n'avait été bon qu'à faire le taxi parce qu'il n'arrivait pas à fermer l'œil. Certains disaient qu'apprendre à survivre sans la présence d'un être cher ressemblait au travail de deuil, à la différence qu'on ne peut rien faire contre la mort, si ce n'est se résigner à accepter l'inéluctable. Dans le cas d'Igor, ceux qu'il aimait étaient toujours en vie, c'est lui qui les avait abandonnés. Où était sa mère aujourd'hui ? Avait-elle réussi à ne pas devenir folle après le départ de ses deux fils ? Et Nadejda, qu'il avait repoussée comme un salaud ? Et les petits ?

À l'époque, Piotr avait sept ans, Ludmilla cinq ans. Que leur avait-on dit pour calmer leurs angoisses de n'avoir plus de père ? Comment Ivan pouvait-il croire qu'Igor allait sauter sur l'occasion et retourner à Leningrad où demeuraient tous ses fantômes, mais des fantômes bien vivants, lui qui avait mené tant de combats pour les ranger dans un coin de sa mémoire où ils seraient enfin inoffensifs ? Quand il fermait les yeux, ils étaient là, en rang, qui lui souriaient comme au bon vieux temps. Le chagrin était toujours prêt à le submerger, mais il avait fini par s'habituer à cette douleur. Comment imaginer une seconde qu'Igor allait prendre le risque de les revoir, comme si après quinze longues années il était possible de renouer un lien ? de s'étreindre ? de pardonner ? Quelle explication donner à ses enfants ? Comme si c'était une excuse d'avoir été victime du stalinisme, d'avoir eu sa famille broyée par l'Histoire. Ils étaient combien comme lui ? Des millions et des millions. Si Igor avait été torturé et fusillé, ses enfants auraient pu se dire que leur père était un héros, alors qu'ils étaient seulement les orphelins d'un trouillard qui avait voulu sauver sa peau. Piotr avait aujourd'hui vingt-deux ans, Ludmilla vingt, ils avaient fait leur vie sans lui. Ils n'avaient pas besoin qu'un Chabert pitoyable vienne semer la panique dans leur existence.

Igor se coucha. Il n'arriva pas à trouver le sommeil. Brisée la digue fragile qu'il avait mis si longtemps à construire. Il se tourna, se retourna, se leva, but un verre d'eau, se recoucha, se leva encore, s'habilla et sortit de chez lui. Il était quatre heures du matin. Marcher dans les rues désertes de Haïfa lui fit du bien, la nuit était étoilée, l'air était vif avec le vent du large. Il mit près d'une heure pour arriver sur les hauteurs, dans le quartier de Bahaï, devant l'immeuble d'Ivan. Il monta au deuxième étage, sonna plusieurs fois, frappa contre la porte. Au bout de deux minutes, Ivan, torse nu, en pyjama, les cheveux en bataille, les yeux pleins de sommeil, ouvrit et dévisagea Igor.

– J'accepte.

*

Note d'Ivan Karov à Néhémie Levanon

Mardi, 4 avril 1967

(Vu l'urgence, je rédige ce texte à la main et le dépose à ton bureau, excuse les fautes.)

Je t'ai appelé ce matin mais ta secrétaire m'a dit que tu étais en déplacement et injoignable jusqu'à demain.

Après le dîner d'hier soir où Igor Markish nous a fait part de son refus, j'ai eu la surprise de le voir débarquer chez moi à cinq heures du matin, il a changé d'avis et regrette sa réaction impulsive, nous avons été trop directifs et aurions dû parler davantage avec lui. Il a réfléchi et il est arrivé à la conclusion que c'est un beau et grand projet. Il a même précisé : le jeu en vaut la chandelle.

Nous sommes restés deux heures à discuter. J'ai classé les membres de la communauté qu'il fréquentait en trois catégories : intimes, relations cordiales et vagues connaissances. À partir de là, je vais les comparer à notre fichier pour établir la liste des personnes qu'il contactera à la synagogue, et pour préciser les informations qu'il leur donnera en fonction du degré de fiabilité que nous leur attribuerons. Il pourra lors de ses visites à l'hôpital contacter les personnalités susceptibles d'avoir de l'influence mais qui ne sont pas pratiquantes.

Ne nous étant pas concertés, j'ai laissé de nombreux points dans le vague et je n'ai rien dévoilé du déroulement de l'opération, ni sur l'organisation matérielle ni sur l'identité qu'il devra endosser. J'ai au contraire insisté sur le fait que nous étions encore dans une phase d'étude et que la décision finale appartenait à un degré supérieur de la hiérarchie. Le feu vert sera donné uniquement si nous avons la conviction que les risques sont d'un niveau très faible. Dans ce cas, l'opération devrait se réaliser dans un délai rapproché, nécessiterait une phase de préparation de quelques semaines et une mise à l'isolement. J'ai précisé que le meilleur moyen de garantir sa sécurité et celle de nos agents, c'est le cloisonnement total et qu'il sera seul sur place.

Après réflexion, je suis convaincu qu'Igor Markish a le profil idéal des semeurs que nous cherchons, il parle russe, conserve la méfiance spontanée d'un Soviétique, toujours sur ses gardes, il est connu des membres de la communauté que nous visons, il est d'accord pour assumer le risque, et surtout il est seul, sans famille ni personne ici qui réclamerait une enquête si l'opération tournait mal. J'ai évoqué la question de sa femme et de ses enfants, il m'a confirmé qu'il avait tourné la page et qu'il n'était pas question qu'il revoie sa famille à Leningrad car ce serait se mettre en péril.

Téléphone-moi dès que possible, car nous devons prendre une décision rapide.

*

Les enfants présentent souvent l'avantage fortuit de garder unis des couples qui, sans eux, se seraient séparés. Rosetta et Franck constituaient désormais un couple sans arrière-pensées, ils avaient oublié qu'ils ne s'aimaient pas grâce à cet enfant tombé du ciel. Quand Franck apprit que Charlie avait commencé à travailler chez Hassen, il entra dans une colère grise, reprocha à Hassen de l'avoir engagé sans lui avoir demandé son accord : Il a mieux à faire que de devenir épicier, tu ne crois pas ?

Hassen fut vexé de cette réflexion, lui reprocha son ingratitude, lui rappelant qu'à une époque, pas si lointaine, il avait été ravi qu'il l'embauche : L'Algérie peut se passer de gens comme toi mais pas d'épiciers.

Pendant quelques jours, personne ne sut sur quel pied danser. Franck, qui était lancé dans une négociation redoutable avec une entreprise toulousaine de négoce international, avait dix réunions par jour, passait et attendait des coups de fil d'une importance vitale pour le pays, proposa à Charlie de lui donner de l'argent pour qu'il continue ses études.

Un salaire. Tous les mois.

– *Mio Dio, fa paura !* lança Rosetta. Tu es fou. On ne paye pas un gamin.

Au début, Charlie hésita, surpris par cette suggestion, et Franck augmenta son offre. Hassen lui conseilla d'accepter, ce n'était pas tous les jours qu'une occasion pareille se présentait.

– Et après, si je continue le lycée, je vais faire quoi ?

– Tu feras des études pour faire ce que tu veux.

– C'est idiot. Moi, je veux être épicier. J'aime ça. Je suis bien avec Hassen, d'accord on travaille, mais les gens sont gentils, et il y a plein de moments où on reste assis à bavarder, à prendre le thé, à rigoler.

Franck allait répondre : Non, tu vas faire des études, épicier c'est un métier petit bras, sans avenir, où on gagne des clopinettes, où les clients vous volent quand vous tournez le dos, avec un diplôme tu pourras voyager, acheter une Mercedes, et je ne sais pas moi, faire de la politique, avoir une belle vie, quand Rosetta intervint. Énergiquement :

– Fous-lui la paix ! Tu cherches quoi à la fin ? Tu te prends pour qui ? Pour le maître ? Laisse-le tranquille !…

Et Franck renonça à l'affronter, car il sentit dans son regard, noir, très noir même, au tremblement de ses lèvres, qu'elle ne plaisantait pas. Et il préférait conserver cet équilibre, certes un peu bancal, que se retrouver seul, avec ses regrets.

– Bon, ok Charlie, fais ce que tu veux, je m'en fous. Mais ne viens pas pleurer un jour que tu as une vie de minable.

Cet accrochage aurait pu rester sans conséquence mais il en eut une : il renforça le lien qui unissait Charlie à Rosetta. Comme elle était intervenue en sa faveur et avait pris sa défense avec vigueur, le garçon aboutit à une conclusion simple : il y en a un qui ne me comprend pas, et une qui m'aime vraiment.

Début juillet, Rosetta annonça son départ pour Rome. Depuis trois ans, elle avait travaillé sans relâche et accumulé six semaines de congés payés, il était temps pour elle d'aller embrasser la mamma et toute la famille. Un court instant, Franck imagina l'accompagner, mais il avait trois montagnes de travail devant lui et toujours cette menace d'arrestation qui flottait dans l'air. L'Italie faisait partie du Marché commun, Franck pouvait-il utiliser son passeport diplomatique pour faire un voyage d'agrément ? Il préféra renoncer à l'idée de partir avec elle. Et puis, il y avait Charlie, quelqu'un devait s'occuper de lui. Avant de s'en aller, Rosetta fit la leçon à Franck, ce qu'il devait faire et ne pas faire. Il réalisa que, malgré ses grands principes, son travail et l'aide de la femme de ménage qui préparait quelques plats, c'était Rosetta qui s'occupait de tout, des courses, des repas, de la lessive, du repassage, du rangement, du nettoyage, il lui promit de faire pareil ou presque et ne comprit pas pourquoi elle leva les yeux au ciel. Le matin de son départ, Rosetta prit Charlie à part, lui demanda de s'occuper de Franck : Tu vois comme il est, il n'est pas très doué pour le quotidien.

Franck et Charlie se retrouvèrent en tête à tête. Comme avant. Franck partait tôt, travaillait même le jeudi et le vendredi, et finalement, c'était Charlie qui s'occupait de lui. Il faisait laver et repasser les chemises de Franck, brossait ses chaussures chaque soir, veillait à l'approvisionnement du réfrigérateur, réchauffait son repas quand il rentrait tard du ministère. Rosetta leur envoya une carte postale en couleurs avec un belluaire et un mirmillon posant fièrement devant le Colisée. Plus que par les quelques mots d'affection griffonnés à la hâte, Charlie fut interpellé, sidéré même, par les deux redoutables gladiateurs. Franck en profita pour évoquer l'histoire de Rome, César et les jeux du cirque : Tu vois, c'était il y a deux mille ans, nous sommes leurs héritiers. Mais Charlie avait du mal à imaginer une autre civilisation.

Comment raconter deux mille ans ? Et les Romains ?

Pour lui montrer que ce n'était ni un mensonge ni du baratin, le jeudi, Franck emmena Charlie à Tipasa, à une soixantaine de kilomètres d'Alger, visiter les ruines qui s'étendaient sur les vallons désertés. Pour l'un et l'autre, ce fut une première. Ils étaient seuls dans ce lieu miraculeux où il n'y avait ni guide, ni gardien, ni touristes. Ils croisèrent seulement un chat roux qui passait par là. Franck se repéra vaguement sur la carte en partie effacée d'un panneau défraîchi.

À perte de vue, des colonnes, des pierres renversées et des murets oubliés par le temps, des arbustes poussiéreux, avec la mer pervenche en contrebas qui formait un écrin protecteur avec le ciel. Franck convoqua sa mémoire de lycéen et lui fit un cours in vivo sur ces constructeurs frénétiques et ces soldats redoutables. Ils cherchèrent au milieu des blocs éparpillés les restes de la muraille d'Hadrien, trouvèrent un morceau de rempart qui pouvait y ressembler, sans en être vraiment sûrs, ils se hasardèrent dans un espace ouvert à tous les vents où des moignons de murs, des colonnettes décapitées, des arcades illusoires, des fragments de mosaïques émergeaient encore entre les sarcophages éventrés. Il fallait beaucoup d'imagination pour se figurer qu'une basilique s'était dressée là, sur cette terre ensablée jonchée de cailloux. Ils s'assirent sur les marches polies et brûlantes du théâtre envahi par la végétation, se laissèrent bercer par le chant des cigales, respirèrent les effluves des absinthes et, comme chaque visiteur, ils sentirent monter en eux le sentiment lyrique d'appartenir à ce monde disparu et de le continuer à leur manière. Difficile de concevoir que cinq mille personnes se pressaient sur ces gradins pour assister aux représentations théâtrales ou suivre les offices religieux dans les deux églises dont il ne restait que le souvenir.

– Voilà, c'est cela deux mille ans. Mais au moins il en reste quelque chose.

Franck avait lu un texte magnifique sur Tipasa.

– Je vais essayer de te le trouver dans une librairie d'Alger.

– Pourquoi on laisse ce lieu à l'abandon ? demanda Charlie.

– Le gouvernement a des choses plus urgentes à faire. Pour l'instant, on s'occupe des vivants.

Le retour fut silencieux, chacun perdu dans ses pensées.

– Dis, Franck, elle va revenir Rosetta ? Elle ne va pas nous laisser tomber ?

– Pourquoi tu dis ça ? Elle revient dans une semaine.

Franck lui sourit, lui tapa sur la cuisse. Deux jours plus tard, il acheta un livre sur l'histoire romaine, avec des peintures et des photographies, mais quand il voulut l'offrir à Charlie, celui-ci n'était pas dans sa chambre. Il passa chez Hassen, qui fut étonné de le voir.

– Je ne sais pas où il est. Je suis content de lui. Il a de bonnes idées. Dans deux-trois ans, je vais m'arrêter, ce serait bien qu'il prenne la suite. Je vous ferais un bon prix. Vous êtes comme ma famille.

– Cela va être difficile, il n'a pas d'argent, et moi, je suis fonctionnaire.

Franck attendit Charlie, dut se résoudre à dîner sans lui, puis il se coucha, se réveilla dans la nuit, le garçon n'était toujours pas dans sa chambre. Le matin, Franck ne savait pas quoi faire. Devait-il alerter la police ? Il décida d'attendre. Le soir, il trouva Charlie qui préparait le repas.

– Tu aurais dû me prévenir, je me suis fait du souci, tu n'as pas à découcher à ton âge !

– Je suis libre de faire ce que je veux, je ne suis pas ton fils, tu n'es pas mon père, tu n'as pas d'ordres à me donner.

La dispute dégénéra, le ton monta, Franck empoigna Charlie, fut à deux doigts de le gifler, le garçon se dégagea et partit en claquant la porte. Franck l'entendit rentrer à trois heures du matin. Charlie ne lui adressait plus la parole : Pourquoi tu m'en veux ? J'agis pour ton bien. Mais Charlie ne répondait plus à ses questions, se levait, prenait son assiette et allait s'enfermer dans sa chambre. Rosetta revint à la date prévue, enchantée par son séjour à Rome, se promettant d'y retourner chaque année, elle avait rapporté un pull rouge torsadé en V à chacun, et aussi un grand morceau de parmesan.

– Alors, comment ça s'est passé ?

– Pas très bien, répondit Franck, notre histoire est compliquée.

– Quand ce n'est pas compliqué, ce n'est pas une histoire.

Le lundi 29 mai 1967 en fin de matinée, le docteur Andreï Altman arriva à l'aéroport de Cheremetievo de Moscou par un vol Aeroflot en provenance de Vienne. Trois heures plus tard, il prit la correspondance pour l'aéroport Chosseïnaïa de Leningrad. À la douane, il attendit son tour avec patience, son visa en double exemplaire et son passeport israélien à la main, qui témoignait des nombreux voyages qu'il avait effectués à l'étranger en tant que médecin. Comme les autres passagers, il dut se plier aux formalités de police et à un examen minutieux de sa valise, qui ne contenait aucun objet terriblement suspect, hormis un Instamatic Kodak avec cinq cassettes de douze poses et un flash cube pour les photos nocturnes. Il expliqua au douanier qu'il espérait que sa mission auprès de l'hôpital Botkin lui laisserait un peu de temps pour visiter la ville et ses merveilles qu'il ne connaissait pas et en rapporter quelques souvenirs sur papier glacé. Un comité de cinq personnes, conduit par le professeur Mossine, accueillit Andreï Altman avec tapes sur l'épaule et embrassades. À cette occasion, le nouveau venu ressentit une forme de chaleur humaine qu'il avait oubliée depuis longtemps.

Les trois caisses en bois d'un poids total de huit cent soixante-trois kilogrammes qu'Altman convoyait furent débarquées avec des précautions exceptionnelles. Au moment de passer le contrôle final de la douane, l'agent de transit hésita à tamponner le bordereau car ce matériel, un diasonographe, était hors nomenclature, et il n'existait aucun code pouvant lui être rattaché. Le professeur Mossine tenta de lui expliquer : C'est normal que vous ne trouviez pas cette référence, il s'agit d'un appareil médical nouveau, révolutionnaire même, dont il n'existe qu'une douzaine d'exemplaires en service et que l'hôpital Ichilov de Tel Aviv, représenté par le docteur Altman ici présent, offre généreusement à l'hôpital Botkin, en gage de solidarité et d'amitié entre nos deux peuples pour faire avancer la recherche médicale. C'est une chance exceptionnelle pour notre pays de pouvoir disposer de cette invention, qui a fait l'objet d'une autorisation d'importation signée par le ministre de la Santé Boris Petrovski en personne. Une femme aux cheveux blancs frisés fouilla dans un cartable, en sortit une liasse de feuilles qu'elle remit au professeur. Celui-ci la donna au préposé, qui examina attentivement le document, ainsi que son collègue, puis il tamponna le bordereau de transit. Les caisses furent chargées dans un camion et arrimées avec soin.

Le professeur invita Andreï Altman à l'accompagner dans sa Moskvitch beige, et ils démarrèrent, suivis par la voiture des collaborateurs et le camion.

Cela faisait quinze ans qu'Igor Markish avait quitté Leningrad et, sauf dans ses rêves les plus rocambolesques, il n'aurait jamais pensé y revenir un jour. Quel fou aurait envie de retourner vivre dans un camp ceinturé de barbelés ? Contrairement à ce qu'il avait imaginé, il ne fut pas ému de revoir ce plat pays à la végétation anémique et délavée, mais ce qui l'étonna, ce fut de retrouver les mêmes paysages, les mêmes maisons, et aussi les gens avec leurs vêtements d'avant-guerre, les véhicules brinquebalants, les magasins vieillots, tout était identique, comme après un voyage de quelques semaines. Il s'attendait à tout redécouvrir d'un œil neuf, mais il n'avait rien oublié, comme si, dans ce monde figé, le temps s'était contracté et que chaque chose, chaque personne était à une place immuable. Et il se surprit à penser que si rien n'avait changé dans le décor de sa vie passée, peut-être que lui-même n'avait pas changé non plus.

Pendant les huit semaines précédentes, Igor avait été coupé du monde et avait subi un entraînement particulier dans un bâtiment anonyme de la banlieue de Tel Aviv, d'où il ne sortait que le samedi soir pour dîner avec les agents qui travaillaient avec lui. C'était un moment de détente où on ne parlait jamais boulot. À chaque fois, Ivan Karov les rejoignait et, à les voir si joyeux, on aurait pu croire qu'il s'agissait d'une bande de vieux amis qui se retrouvaient. Sauf qu'Igor avait reçu la consigne de ne révéler aucune des informations qu'il recevait lors de sa formation.

Igor avait commencé par prendre possession de sa nouvelle identité. Il devait devenir le docteur Andreï Altman, qui, de son côté, allait quitter ses fonctions de médecin à l'hôpital Ichilov pour la durée de la mission et rester à l'isolement durant l'opération. Quand Igor évoqua la possibilité qu'ils se rencontrent, on lui répondit que ce n'était pas utile, mais qu'il devait s'approprier les moindres détails de sa vie. Igor répéta des dizaines de fois son nouveau curriculum vitae, sans temps mort, jusqu'à l'absurde, comme pour laver son cerveau et y imprimer les données de celui qu'il remplaçait, jusqu'à ce que ses réponses deviennent des réflexes. Il dut mémoriser les principaux souvenirs et les amis israéliens d'Altman, les précisions sur sa vie de couple : il n'était pas question qu'il lui ressemble, il devait être Altman, penser et réagir comme lui. Le service estimait hautement improbable que les autorités soviétiques possèdent la moindre information sur un gamin qui avait quitté l'URSS à l'âge de sept ans, à la révolution.

Un spécialiste du comportement enseigna à Igor les rudiments des interrogatoires, à déjouer les pièges habituels, les questions ambiguës, car si on pensait à lui en poser, cela ne serait pas bon signe. Il lui expliqua comment conserver son calme dans toutes les situations, même les plus extrêmes. Surtout ne pas donner de prise, répéter les questions, afficher sur son visage non pas ses sentiments et ses impressions, mais ce que son interlocuteur voulait y voir, il était préférable de passer pour un imbécile que pour un type trop malin. Ne pas être trop détendu, un innocent est inquiet, se fait du souci, redoute les uniformes et a peur de la police. Ils firent de nombreuses simulations sur les situations d'urgence, pour éviter les mauvaises décisions dues à la panique : s'abstenir de toute parole inutile, ne chercher ni à convaincre ni à expliquer, se méfier de toute improvisation et décision intempestive, et, quoi qu'il arrive, maintenir son identité coûte que coûte. La probabilité qu'il croise une personne connaissant le véritable Andreï Altman étant quasi nulle, il devait garder son calme, soutenir qu'il s'agissait d'un patronyme courant.

Un autre spécialiste lui montra comment repérer les policiers qui vous suivent dans la rue, qu'il ne fallait pas essayer de semer, parce qu'un citoyen qui n'a rien à se reprocher se fiche d'être suivi. Un instructeur l'entraîna à formuler des phrases à double sens, lui apprit les précautions de langage à utiliser, les paroles à ne jamais prononcer, lui fit faire de nombreux exercices pratiques et fut satisfait des progrès de son élève. Un ingénieur lui montra comment monter, démonter, réparer le diasonographe, régler le débit des ultrasons et interpréter les images qui s'affichaient sur l'écran. Igor pigea immédiatement le fonctionnement de cet appareil, au point de ne plus avoir besoin de consulter le livret du fabricant. Un gynécologue le familiarisa avec les progrès de l'obstétrique, qui n'était pas sa spécialité et qu'il n'avait pas pratiquée depuis son internat dans les années trente.

Un homme qui disait se prénommer Shlomo, mais Igor eut un doute à ce sujet, lui fit apprendre par cœur la liste des dix-sept personnes sélectionnées qu'il devait contacter durant son séjour, celles-ci étant classées par ordre décroissant d'intérêt. Cinq étaient considérées comme totalement fiables : deux rabbins et trois personnes âgées connues et respectées de la communauté, derniers membres du consistoire en liberté, sept autres jugées comme quasiment sûres car elles avaient fait des séjours en prison ou en camp et restaient marginalisées, cinq autres probablement fiables, mais sans certitude, celles-là devraient être abordées avec prudence. Igor mémorisa les noms, prénoms, adresses et profils de ces dix-sept personnes. Il enregistra les coordonnées du consul israélien à Leningrad et, au cas où ce serait le sauve-qui-peut, celles du consul suisse. Plus le mot de passe, une phrase de Gogol, à prononcer impérativement pour que les diplomates puissent l'identifier. Elle serait également employée, dans l'autre sens, s'il devait être contacté :

La perspective Nevski ment tout le temps.

Pendant les huit semaines que dura la préparation, Igor fut tenu au courant de l'avancement du dossier, d'abord la proposition de donation, rapidement acceptée par l'hôpital Botkin de Leningrad, puis l'attente de l'accord du ministre de la Santé, le seul à pouvoir autoriser l'importation du matériel mais qui traîna à donner son feu vert. Il fallut que le directeur de l'hôpital, qui avait servi sous ses ordres pendant la guerre, intervienne pour que le dossier se débloque et que le visa professionnel soit accordé à Andreï Altman.

Les agents du service poussèrent la conscience professionnelle à l'extrême, reconstituant la garde-robe d'Igor, bannissant les vêtements achetés en France, jusqu'aux slips, maillots de corps, gants de toilette, ainsi que ses ciseaux et son peigne achetés à Paris, l'approvisionnant en fournitures et habits israéliens un peu usés, et canadiens, puisque Andreï Altman allait une fois par an voir sa fille à Toronto, comme en témoignaient les tampons sur son passeport. Ils lui fabriquèrent un vrai-faux permis de conduire, une carte d'identité, des cartes de visite, et s'occupèrent du contenu de son portefeuille, reconstituèrent des photos où on pouvait désormais voir Igor entouré de la fille d'Andreï et de ses petits-enfants. De son passé, Igor ne put rien emporter. Après une longue discussion entre eux, les agents acceptèrent qu'il prenne ce trèfle à quatre feuilles auquel il tenait tant. Après tout, cela ne pouvait pas lui porter préjudice.

Lors du dernier repas avec deux instructeurs et Ivan, Igor vit apparaître Néhémie Levanon qui lui demanda s'il se sentait prêt, s'il avait pris la mesure de son engagement, des risques et aléas, il était encore temps de renoncer et, dans ce cas, personne ne lui ferait le moindre reproche. Igor réfléchit, répondit qu'il ne reviendrait pas en arrière. Néhémie insista sur le fait qu'il devait s'en tenir au programme, ne prendre aucune initiative qui pourrait compromettre la mission.

– Surtout, n'essaye pas de contacter des gens que tu ne connais pas, ils penseront que tu es un agent provocateur et ils iront te dénoncer. Et méfie-toi comme de la peste des barmen, ils travaillent tous pour le KGB.

Il lui demanda enfin s'il pouvait faire quelque chose de particulier. Igor répondit :

– Me souhaiter bonne chance.

– Surtout pas.

Après que le docteur Andreï Altman eut débarqué à Leningrad, le professeur Mossine lui offrit une balade en voiture dans la ville. Altman joua à la perfection son rôle, s'extasiant devant les monuments comme s'il les découvrait pour la première fois. Le professeur lui proposa une Novost à filtre blanc dont il faisait une forte consommation, qu'Altman déclina, affirmant qu'il avait eu le plus grand mal à arrêter et qu'il ne voulait pas replonger. Altman s'installa à l'hôtel Bristol, où l'hôpital lui avait réservé une belle chambre, et appliqua les recommandations données avant son départ : il déclina l'invitation à dîner du professeur Mossine, prétextant un peu de fatigue, et après le repas, il quitta l'hôtel pour se balader dans Leningrad. Il déambula pendant deux heures comme un touriste, le nez en l'air, prenant des photographies de la cathédrale de Kazan, des canaux, du monastère Smolny, des églises et des palais. Sans adresser la parole à qui que ce soit. Sans se retourner. S'il était suivi, et il était probable qu'il l'était, son comportement était naturel et banal.

Le lendemain, une voiture vint le chercher à huit heures et le conduisit à l'hôpital Botkin, où les caisses avaient été transportées au rez-de-chaussée de la maternité. Andreï passa quatre heures à monter le diasonographe et à le régler, sans se presser, sans hésiter, tout en donnant des explications à la dizaine de médecins qui assistaient à l'installation du matériel :

– Au départ de cette invention, qu'on appelle aussi échographe, il y a le sonar utilisé pour détecter les sous-marins sous l'eau. On envoie un ultrason, on connaît sa vitesse de propagation, mille cinq cents mètres-seconde. Dès que l'onde touche un objet solide, l'écho se répercute et revient, on peut ainsi déterminer la masse de l'objet et sa distance. Les premières utilisations médicales de cette invention militaire ont été dirigées vers la recherche de tumeurs cancéreuses, mais les résultats n'ont pas été probants. Et puis un gynécologue écossais a eu l'idée de génie de détourner un ultrason industriel qui servait à détecter les fissures et les défauts de soudure sur les coques de navires, il lui a fallu huit ans de travail avec son équipe pour arriver à l'appareil que vous avez devant vous, qui est certes volumineux mais d'un usage assez simple. On utilise ce bras articulé relié à la sonde qui émet des ondes à intervalles réguliers pendant de très courtes périodes et qui est couplé à une caméra à oscilloscope, on le passe lentement sur le ventre de la femme avec une crème non grasse qui chasse l'air entre la sonde et la peau, et on enregistre alors des images en 35 mm. Grâce à ce dispositif non invasif, on obtient aujourd'hui une représentation quasi parfaite du fœtus, et cela autorise un diagnostic fiable pour mieux préparer l'accouchement.

– Ce doit être dangereux pour le fœtus et la femme d'être soumis à ces ultrasons, dit un jeune médecin.

– Des milliers d'échographies ont été réalisées depuis trois ans, on n'a décelé aucun problème. L'exposition est brève, quelques minutes tout au plus, l'intensité des ondes est faible, cela ne présente pas plus de risques pour la patiente que de pratiquer une radiographie. Avant l'apparition de cet échographe, nous ne disposions d'aucune technique permettant de faire un diagnostic prénatal, désormais nous pouvons suivre le développement du fœtus tout au long de la grossesse.

La journée se poursuivit par une série de tests de mise en route qui s'avérèrent concluants. Andreï Altman était satisfait, l'appareil fonctionnait parfaitement.

– Tout est en ordre ? demanda le professeur Mossine. Vous êtes sûr de vous ?

– Je veux bien faire un essai sur moi-même, dit Andreï Altman.

– Nous allons l'expérimenter in vivo.

Il fit venir une jeune femme d'une vingtaine d'années, enceinte de sept mois, qui fut effrayée par la douzaine de personnes qui lui faisaient face. Andreï lui demanda de s'allonger sur la table médicale, la rassura, expliquant qu'elle allait bénéficier d'un examen qui n'était ni douloureux ni pénible, et qu'elle pourrait savoir dans quelques minutes si elle allait avoir un garçon ou une fille, et comment le bébé se portait.

Altman pria le groupe de médecins de se rassembler devant le panneau gauche qui ressemblait à un tableau de bord d'avion avec six cadrans de mesure et six interrupteurs, il leur expliqua les différentes fonctions de ces instruments, il actionna plusieurs boutons, des lumières apparurent sur le tableau électrique, des aiguilles gigotèrent et se stabilisèrent. Il demanda son prénom à la jeune femme, elle s'appelait Nadia, il prit sa tension, puis appliqua de la crème sur son ventre, il la tranquillisa : Cela ne fait pas mal, je commence, tout va bien. Il passa la sonde sur le ventre et une forme bizarre, molle, ronde, apparut sur le petit écran de côté. Bouche bée, tout le monde découvrit le bébé qui semblait leur sourire, ses poings fermés dressés. Pendant trois minutes, il déplaça la sonde. Les médecins regardaient l'écran, fascinés.

– Nadia, vous allez avoir un petit garçon et il se porte comme un charme.

Tout avait été pensé minutieusement, Andreï n'avait qu'à suivre le programme préparé à son intention. Jour par jour. « Le plus difficile dans ta situation, lui avait-on répété, est de ressembler à un homme normal qui vient vraiment livrer du matériel médical, qui n'a pour objectif que de faire son travail du mieux possible et qui en profite pour visiter une des plus belles villes du monde. Ne te laisse pas envahir, n'accepte pas d'invitations inutiles. Tu n'es pas seulement un médecin israélien, mais un juif religieux. Demande l'adresse de la synagogue, il n'en reste plus qu'une, tu n'es pas censé la connaître. Tu es pratiquant. Dis-le. Tu iras donc aux offices du matin et du soir, et surtout à ceux du vendredi soir et du samedi matin où il y a le plus de monde. Et là, tu croiseras forcément ceux qui nous intéressent. »

Dans leur plan savamment élaboré, Ivan Karov et Néhémie Levanon avaient négligé un détail majeur : ils n'avaient pas deviné qu'Igor s'était détaché de la religion à en devenir un étranger parmi les siens.

– Vraiment, tu ne crois pas en Dieu ? avait demandé Ivan. Comment est-il possible qu'un juif abandonne sa religion ? Après tout ce qui nous est arrivé !

– C'est difficile à expliquer. Je pense que l'homme ne doit pas être la victime de Dieu, il n'a à se définir que par rapport à lui-même

Il fallut recourir aux services d'un rabbin pour rappeler à Igor les rudiments du rituel car il n'avait pas remis les pieds dans une synagogue depuis seize ans. Le rabbin lui rappela comment porter son tallith, mettre les tefillin, quelles prières étaient récitées à haute voix ou murmurées, et lui donna de judicieux conseils pour paraître religieux : L'important, vois-tu, c'est de montrer que tu communiques avec le Seigneur, que tu t'adresses à lui personnellement. Si on te regarde, fixe l'autel ou ferme les yeux d'un air inspiré en marmonnant et en hochant la tête, comme si tu connaissais l'office par cœur.

Andreï Altman connaissait le chemin, mais il était prévu qu'il demande au réceptionniste de l'hôtel Bristol de lui indiquer la rue Lermontovski. Néhémie Levanon était revenu sur le programme initial et avait décidé que la première visite d'Andreï à la synagogue de Leningrad aurait lieu après l'office de dix-neuf heures et le départ des derniers fidèles. Andreï serait seul pour prendre contact avec le rabbin Abram Lubanov, qui habitait sur place avec sa famille : S'il y en a un seul à convaincre, c'est lui, il est respecté, aimé et écouté par toute la communauté. Il a passé des années en prison, aujourd'hui il est probablement trop vieux pour y retourner, il a réussi à maintenir la synagogue ouverte quand le président du consistoire a été condamné à douze ans de camp pour activités et propagande antisoviétiques. L'année dernière, il a eu des problèmes de santé et a voulu utiliser un haut-parleur qui a été interdit par les autorités, il a passé outre et on lui a laissé son haut-parleur.

Andreï Altman mit une petite heure pour parvenir à la grande synagogue, il avait fait quelques détours et constaté qu'il n'était pas suivi. Il n'accorda pas un regard au bâtiment d'inspiration vaguement mauresque, avec sa coupole sans grâce, et actionna la clochette de la grille. Une femme assez forte avec un fichu sur la tête apparut, il demanda à voir le rabbi, affirmant qu'il avait une chose importante à lui dire. Elle disparut un instant et revint lui ouvrir. Il la suivit dans le hall, puis dans un long couloir circulaire. Elle marchait en se dandinant d'un pied sur l'autre et le fit entrer dans un salon, puis sortit en fermant la porte. Un homme âgé amputé de la jambe gauche, crâne chauve recouvert d'une calotte noire, front large et longue barbe blanche qui se scindait en deux parties pointues, était assis sur un fauteuil couvert d'un tapis coloré. Il désigna un siège à Andreï, qu'il examina en fronçant les sourcils.

– Votre visage ne m'est pas inconnu.

Il ferma les yeux quelques instants, rassemblant ses souvenirs.

– Depuis mon opération, je suis fatigué, j'ai du mal à me rappeler les noms mais je vous connais, j'en suis certain.

Andreï se leva de sa chaise, se pencha à l'oreille du rabbin :

– Je suis le docteur Igor Markish, j'ai fui Leningrad en 1952 au moment de la purge des blouses blanches, je fréquentais peu la synagogue, une fois par an pour le Grand Pardon, mais ma mère Irina Viktorovna et ma femme Nadejda étaient très pratiquantes.

– Igor Markish ! Je me souviens de toi, tu n'as pas tellement changé depuis quinze ans. Pourquoi être revenu ? Tu es devenu fou ?

– Je suis venu pour vous parler. Mais avant, j'aimerais savoir si vous avez des nouvelles de ma famille ?

– Oh, Irina Viktorovna est décédée il y a trois ans, elle a été une des dernières à être enterrées dans le cimetière juif avant qu'il ne soit interdit par les autorités. Quant à Nadejda, elle s'est remariée avec un infirmier, je les aperçois de temps à autre.

Igor se figea quelques secondes, puis hocha la tête.

– Je t'écoute, Igor, qu'as-tu de si important à me dire ? N'aie pas peur, tu n'as rien à craindre.

Andreï approcha sa chaise et la colla au fauteuil du rabbin. Au cours de la préparation, il avait répété à plusieurs reprises la déclaration qu'il devait faire, mais maintenant, face à ce vieil homme, il se sentait pris d'un scrupule qui l'empêchait de poursuivre. Avait-il le droit de l'entraîner dans cette aventure ? de lui demander de prendre autant de risques ? Ne ferait-il pas mieux de s'adresser à des gens plus jeunes qui auraient l'énergie de résister à la tempête qui s'annonçait ?...

– Je suis envoyé par le gouvernement israélien. J'ai été choisi parce que je suis né dans cette ville, que je suis un peu connu ici. Je ne vais pas vous raconter ma vie depuis mon départ, mais j'ai fini par émigrer en Israël où je suis médecin, ils m'ont beaucoup aidé comme tous les autres immigrants, j'ai suivi des cours, j'ai obtenu un logement, une aide financière, et j'ai réussi à m'installer dans une nouvelle vie. Il n'y a pas longtemps, on m'a demandé d'apporter ma contribution. Israël est dans une situation désespérée, entouré d'ennemis vingt fois plus nombreux qui ont juré sa destruction, son seul espoir est que les juifs russes fassent leur alya et je suis venu ici pour transmettre ce message.

– Mais ce n'est pas possible. Les frontières sont fermées, on n'obtiendra jamais d'autorisation.

– Là-bas, on a besoin de vous, vous pourrez y vivre en toute liberté, ici vous avez une vie de citoyens de deuxième zone, toujours sur vos gardes, à devoir vous justifier, à quémander une autorisation pour vivre comme vous voulez. Il faut forcer le destin. Si tous les juifs déposent des demandes familiales de visas, ils ne pourront pas vous retenir longtemps, ils seront obligés de vous laisser partir.

– Notre situation s'est améliorée depuis que Khrouchtchev a été renversé, lui c'était un antisémite. Brejnev se fiche des juifs mais il ne nous laissera jamais partir pour une seule raison, ce serait reconnaître publiquement l'échec du Parti, qu'ils n'ont pas réussi à nous assimiler en cinquante ans de communisme, que nous sommes des citoyens malheureux, qui ne rêvent que de fuir le paradis socialiste, ils dresseront tous les obstacles possibles pour nous dissuader d'émigrer, refuseront les visas, emprisonneront les plus téméraires, exerceront chantage et pression sur les moins courageux, menaceront la femme pour contraindre le mari, empêcheront les enfants de partir pour briser les familles et les tentatives de départ. Et si nous persistons, ils nous élimineront sans états d'âme et personne ne lèvera le petit doigt pour nous aider.

– Les juifs ont un besoin vital d'accomplir leur aspiration millénaire. Ce n'est pas seulement leur devoir, c'est organique à leur identité. Chaque année, vous le répétez, vous le chantez : « L'année prochaine à Jérusalem. » Cela a un sens, non ? Est-ce que vous voulez continuer à vivre dans cette prison à ciel ouvert ou devenir des hommes libres de leurs idées et de leurs croyances ? Je vous demande de transmettre ce message, les fidèles vous font confiance, vous êtes le seul homme qu'ils peuvent croire sur terre. Annoncez-leur qu'il existe un pays qui incarne l'accomplissement de leur rêve, où ils sont attendus, espérés, et qui les aidera matériellement à s'installer, où ils auront une vie d'hommes libres et sans entraves.

– Non, je suis là pour les protéger, pas pour créer des problèmes, pas pour les pousser dans une aventure pleine de menaces et de risques. Je comprends l'intérêt d'Israël, mais quel est le véritable intérêt des juifs russes ? Ils vivent dans ce pays comme les autres citoyens, les chrétiens orthodoxes ne sont pas mieux traités que nous. Nous ne sommes pas si malheureux. Nous pouvons continuer à vivre dans ce monde clos mais qui se libéralise petit à petit, qui s'ouvre, inexorablement. Pourquoi se lancer dans une bataille où nous serons victimes des représailles impitoyables du système soviétique ? Est-ce mon rôle d'exposer ainsi ceux qui me font confiance pour assurer la survie d'un petit pays au bout du monde ? Nous attendons depuis si longtemps, nous pouvons attendre encore quelques années que la porte s'ouvre.

– Il y a trois mille ans, les juifs vivaient comme des esclaves en Égypte. Pourtant, un homme s'est levé et les a poussés à partir, malgré les dangers. Le pharaon a voulu les détruire, je ne vous raconte pas la suite, vous la connaissez mieux que moi. Heureusement que Moïse n'a pas eu peur.

Le professeur Mossine avait décidé que la formation des quarante-huit médecins, internes et infirmières de la maternité débuterait en fonction du planning de présences, et qu'il serait le premier à maîtriser l'utilisation de ce matériel. Il avait décidé également que la formation se ferait avec des femmes enceintes, mais un problème surgit le mercredi 31 mai, soulevé par un des trois électriciens ayant raccordé l'appareil au réseau. Ce secrétaire adjoint de la cellule des travailleurs de l'hôpital avait interdit au professeur Mossine d'utiliser l'échographe tant que le directeur de l'hôpital qu'il avait convoqué ne serait pas venu constater qu'il était impossible d'utiliser cette machine capitaliste.

En effet, le manuel d'installation et mode d'emploi, un épais document de quatre-vingt-dix pages, était rédigé en américain, tous les cartouches et indications sur les cadrans avec compteurs, comparateurs, instruments de mesure et interrupteurs s'affichaient dans la langue de leurs pires ennemis. Le directeur, embarrassé, ne put que constater la véracité de ces observations : Il faut tout arrêter, je dois en informer en haut lieu. Andreï Altman tenta d'expliquer qu'il ne s'agissait pas d'américain mais d'irlandais, que l'Irlande et les Irlandais, c'est bien connu, étaient des révolutionnaires socialistes, amis de l'Union soviétique, mais cette subtilité géopolitique fut jugée anticommuniste, l'électricien secrétaire adjoint soutenant qu'il s'agissait d'un complot des trusts monopolistiques pour corrompre le personnel médical et le détourner de la ligne du Parti.

– La preuve, c'est que cet instrument ne sert à rien, une fois que le mal est fait, cela nous fait une belle jambe de savoir si nos femmes vont avoir une fille ou un garçon.

– Et si tout était écrit en russe ? demanda Andreï.

– Je ne sais pas. Il faut réunir la cellule pour en discuter.

– Moi, je crois que la traduction conviendra au camarade ministre de la Santé qui a donné son accord pour l'installation de cet échographe, à moins que tu n'accuses le camarade ministre.

Il fallut suspendre la formation du personnel. Andreï se mit au travail sur-le-champ. Sur les cartouches, il colla des étiquettes retaillées en caractères cyrilliques. Pour le livret d'utilisation, la traduction s'annonçait plus compliquée. Andreï ne maîtrisant pas la langue de Dickens à la perfection, le professeur dégota un vieux dictionnaire anglais-russe qui datait d'avant la révolution mais qui ne contenait pas la moitié des mots qu'il cherchait, et personne dans cet hôpital ne parlait bien l'anglais. Par contre, la secrétaire du professeur s'engagea à taper le manuscrit à la machine dès qu'il serait prêt.

Andreï resta dans sa chambre d'hôtel, travailla à toute vitesse. Il faut reconnaître que jamais, dans l'histoire, texte technique ne fut plus bâclé et plus approximatif. Malgré ses efforts, Andreï progressait à pas de tortue, en une journée, il ne réussit à traduire que six pages et quatre lignes, encore s'agissait-il d'une adaptation à la limite du sabotage industriel. Il calcula qu'une quinzaine de jours seraient nécessaires pour en venir à bout, bien au-delà de la date limite de son visa, et il était inconcevable de demander une prolongation. En fin de journée, au moment où Andreï s'apprêtait à partir à la synagogue le professeur apparut pour l'inviter à dîner, et il déclina.

– Je suis très religieux, je ne rate aucun office.

Après le rabbin Lubanov, Lev Peretz figurait en deuxième position sur la liste des personnes qu'Andreï devait contacter, il avait été condamné en 1950, au titre de l'article 52, à huit ans de camp pour appartenance à une organisation contre-révolutionnaire, en l'occurrence le consistoire de la synagogue, et accusé d'avoir ouvert un cours d'hébreu sans autorisation. Après sa libération, il avait été arrêté à deux reprises pour d'autres activités tout aussi antisociales. Ancien ingénieur ferroviaire, il avait perdu son poste et travaillait comme plongeur à la cantine des chantiers navals.

Le jeudi 1er juin à dix-neuf heures, quand Andreï arriva devant sa porte, au deuxième étage d'un bel immeuble de la rue Sadovaya, à proximité de l'église Saint-Nicolas-des-Marins, il découvrit avec effarement six sonnettes avec, pour chacune, un nom écrit dessous, la fiche avait été mal documentée, il s'agissait d'un appartement communautaire partagé entre six familles. Il hésita, sonna néanmoins. Au bout de deux minutes, une adolescente avec des tresses l'informa que son père ne rentrait du travail que vers dix heures du soir. Elle lui proposa d'attendre son retour, mais Andreï entendit des éclats de voix, des rires, de la musique symphonique. Des femmes et des hommes sortaient des chambres, se croisaient dans le couloir, impossible d'avoir une conversation ici sans que les voisins en soient informés. La fille de Peretz lui ayant appris que son père serait de repos le lendemain, il repasserait en fin de matinée : Qu'il ne s'inquiète pas, je suis un vieil ami de passage.

Le troisième sur la liste était Dov Pinkus, il avait eu un parcours analogue à celui de Peretz. Membre du consistoire de la synagogue, il avait été arrêté à la même époque pour avoir donné des cours d'éducation religieuse, et condamné à une peine de deux ans de prison seulement, probablement en raison de son attitude héroïque pendant le siège de la ville. Igor se souvenait de lui avoir parlé lors du mariage d'un ami commun, mais il avait oublié les traits de son visage. Comptable au service de la voirie de la ville, Dov Pinkus avait été licencié pour avoir réclamé un visa pour l'Allemagne de l'Ouest, où sa fille avait réussi à émigrer après-guerre, et depuis, chaque année, il renouvelait sa demande et essuyait un refus. Il vivait chichement d'un salaire de veilleur de nuit au musée de la Marine de guerre. Andreï cogna le heurtoir de la porte du musée à plusieurs reprises, attendit un long moment et allait repartir quand une fenêtre donnant sur le quai s'ouvrit, une tête d'homme apparut en maugréant :

– Le musée est fermé, il n'y a personne, revenez demain.

Andreï reconnut ce visage rond.

– Dov Pinkus, c'est moi, Igor Markish, vous vous souvenez de moi ?… J'ai quitté la ville au moment de la purge des blouses blanches.

– Igor Markish ! C'est un miracle. Je croyais que vous étiez mort.

Dov Pinkus entrouvrit la porte d'entrée, regarda de part et d'autre du quai, referma en verrouillant et le conduisit dans la cour pavée du musée jusque dans une loge mal éclairée où il restait à lire en attendant de faire ses deux tournées nocturnes.

– C'est un travail peu fatigant, je ne vois jamais personne, je me promène dans le musée, je jette un coup d'œil aux maquettes et aux tableaux, on a de si belles choses ici. J'étais en train de me faire un thé, vous en voulez ?

Sur la table attendaient un samovar fatigué et une théière en porcelaine blanc et bleu. Dov Pinkus attrapa deux tasses et deux soucoupes dans un placard.

– Je vous laisse vous servir comme vous voulez.

Il avait préparé un thé concentré qu'il dilua avec l'eau brûlante du samovar.

– Ce n'est pas du thé que j'achète, celui du commerce n'a pas bon goût, je fais ma préparation avec des épilobes, des feuilles de cassis macérées et d'autres herbes. Goûtez aussi mes barankis, je les fais moi-même. Je me suis mis à la pâtisserie.

Igor goûta les petits gâteaux secs en forme d'anneaux.

– Je vous félicite, Dov, votre thé est délicieux, vos biscuits aussi, cela me rappelle des souvenirs.

Ils restèrent un moment silencieux, refroidissant leurs tasses fumantes en soufflant dessus.

– On ne se connaissait pas bien mais vous savez qui je suis, j'ai réussi à fuir avant mon arrestation, j'ai vécu longtemps en France, et maintenant j'habite en Israël, je suis venu vous dire que là-bas, ils savent qui vous êtes, ce que vous avez vécu, ils savent ce que vous faites pour la communauté, les brimades que vous devez supporter, et votre courage, ils m'ont demandé de vous porter un message d'espoir, vous n'êtes pas seul.

– C'est vrai ? Alors, ils savent qui je suis, murmura Dov Pinkus, ému. Je n'ai pourtant rien fait d'extraordinaire.

Igor rapprocha sa chaise de celle de Dov, posa sa main sur son bras et lui parla à voix basse, la tête penchée :

– Votre place n'est plus dans ce pays où vous êtes maltraité mais en Israël, où vous serez accueilli dans de bonnes conditions, on vous donnera un logement, vous serez aidé le temps de trouver le travail qui vous convienne, vous serez libre de faire ce que vous voulez, de vivre votre foi comme vous l'entendez. Si vous voulez ensuite quitter le pays, ce sera possible, si vous n'êtes pas content, vous pourrez le dire sans crainte, vous devez venir avec votre famille, et surtout on compte sur vous pour transmettre ce message à ceux en qui vous avez confiance, les juifs russes doivent savoir qu'il existe un pays où ils peuvent être heureux.

Dov Pinkus hocha la tête, il jetait des coups d'œil à Igor, but son thé à petites lampées.

– Je comprends, c'est une bonne nouvelle, je vais avoir quarante-huit ans, je ne suis plus assez jeune pour me lancer dans une pareille aventure, mais pour les enfants peut-être, je vais y penser, en discuter avec ma femme, il y a des avantages et des inconvénients. Vous devriez en parler avec le rabbin Lubanov, il est très écouté.

– Je l'ai vu, mais c'est un vieil homme, il a traversé de terribles épreuves, il m'a dit que son rôle consistait à protéger la communauté, et que ceux qui déposeront des demandes de visas vont s'exposer à des représailles. Ce ne sera pas facile.

– Je comprends.

Le lendemain, le vendredi 2 juin, Andreï se présenta à neuf heures au domicile de Lev Peretz. Peu de temps après avoir actionné la sonnette, un homme d'une soixantaine d'années ouvrit la porte, l'air sombre.

– C'est vous. Ne restons pas ici.

Ils descendirent l'escalier rapidement. Dans la rue, il regarda les passants à la dérobée et s'approcha d'Igor :

– Je sais qui vous êtes et pourquoi vous venez me voir, mais je n'ai qu'une chose à vous dire, je suis un honnête citoyen soviétique, je suis heureux et fier de vivre dans ce pays, je n'ai pas l'intention de partir, je ne veux pas vous écouter, ce que vous avez à dire ne m'intéresse pas, je vous prie de ne plus jamais revenir chez moi.

– Vous vous trompez, je suis…

– Vous vous imaginiez peut-être que nous allions tomber dans le panneau ? Partez immédiatement ou je préviens la police.

Andreï retourna à l'hôtel Bristol, passa le reste de la journée à la traduction du mode d'emploi, accoucha de treize pages d'affilée sans même consulter le dictionnaire. Il avait du mal à se relire et conscience d'avoir commis quelques contresens, mais il n'avait pas le temps de fignoler, il devait avancer coûte que coûte. La rencontre avec Lev Peretz l'avait ébranlé. Il avait dû se renseigner auprès du rabbin ou de Dov Pinkus et le prenait pour un agent provocateur. Sa mission risquait d'être sérieusement compromise.

Le samedi 3 juin, Andreï se rendit à l'office de la grande synagogue, il fut surpris d'apercevoir une centaine de personnes stationnant en petits groupes, bavardant à voix basse sur le trottoir et la chaussée, ralentissant le passage des voitures. Le jardinet était envahi d'enfants qui se poursuivaient en riant. La foule était compacte dans le hall. Les hommes le dévisageaient et le suivaient du regard. Ce n'est pas possible qu'ils soient au courant. Il réalisa que, si on le regardait avec tant d'insistance, c'était à cause de ses vêtements, ils avaient deviné à ses habits qu'il venait de l'étranger et c'était ressenti comme une menace, les visages étaient fermés, hostiles, méfiants. Il eut même du mal à se frayer un passage dans la foule.

Un homme au visage fatigué, aux dents abîmées, tira Andreï par la manche : Vous voulez acheter un calendrier ? Andreï hésita, l'homme ouvrit son pardessus élimé, en sortit un calendrier religieux manuscrit avec toutes les fêtes religieuses, leurs dates et l'heure où il fallait allumer les veilleuses ; comme le gouvernement n'autorisait l'impression que d'un nombre ridicule de calendriers, et afin que tous les juifs puissent disposer des bonnes dates, il recopiait consciencieusement et des centaines de fois le contenu des calendriers sur des feuilles quadrillées : C'est cinq roubles. Andreï fut surpris du prix ridicule demandé pour un tel travail, il donna vingt roubles à l'homme, qui lui serra la main avec vigueur. Un peu plus loin, un homme à la peau parcheminée, avec des cheveux qui faisaient des boucles sur ses épaules, aborda Andreï.

– D'où venez-vous ?… Vous parlez yiddish ?… On ne doit pas vous adresser la parole, mais moi je ne risque rien… Mon cousin vit à Philadelphie, vous le connaissez ?… Méfiez-vous du chauve qui sourit derrière vous, c'est un mouchard.

Puis il glissa une feuille de journal pliée dans la poche d'Andreï, recula et fut avalé par la masse.

Andreï pénétra dans la synagogue par la porte de gauche. De l'endroit où il se trouvait, il vit une mer blanche qui oscillait, chaque juif portant son tallith blanc. La synagogue était bondée et en mauvais état, le plafond jaune était écaillé, des infiltrations d'eau faisaient d'immenses auréoles sur les murs fendillés, le grand lustre diffusait une lumière pâle, les galeries latérales, à l'étage, étaient occupées par des femmes et des enfants. Tout en cherchant à identifier une ancienne connaissance, Andreï se demanda comment il allait pouvoir contacter les autres membres du consistoire.

Le chantre sur la théba avait une voix de ténor, puissante et mélodieuse, il se balançait en chantant, puis il s'immobilisa et commença une prière à voix basse, poursuivie par l'assemblée. Le murmure cessa, durant quelques minutes la prière fut silencieuse, le chantre s'inclina à trois reprises face au tabernacle et se tourna vers le rabbin Abram Lubanov, assis derrière lui, qui se dressa avec peine, mais refusa qu'on l'aide quand il se déplaça avec ses béquilles. Le chantre lui tendit le haut-parleur, Abram Lubanov donna de petits coups dans le microphone, qui résonnèrent dans la synagogue. Mille deux cents personnes le fixaient en silence, son regard fit le tour de l'assemblée.

– Dans une semaine, mes frères, nous célébrerons Chavouot, pour tous c'est la fête des moissons, nous oublions que c'était aussi la fête du pèlerinage à Jérusalem que chaque juif doit accomplir au moins une fois dans sa vie. Qui sommes-nous pour avoir renoncé à cette obligation, à ce devoir ? Pourquoi avons-nous capitulé ? Parce que cette ville est loin de nous ? Parce qu'elle est trop difficile à atteindre ? Mais depuis quand le chemin des juifs est-il semé de roses et de fleurs de jasmin ? Quand vos ancêtres furent chassés de Jérusalem et dispersés aux quatre coins du monde, ils firent une promesse : « Si je t'oublie, ô Jérusalem, que ma main droite m'oublie, que ma langue s'attache à mon palais si je ne me souviens pas de toi… » Qu'avons-nous fait de cette promesse ? L'avons-nous honorée ? Quels juifs serons-nous si nous ne la respectons pas ? Je vais vous le dire, nous serons comme les peuples dont il ne reste rien, comme de la poussière emportée par le vent. Cette promesse, c'est le fondement même de notre foi, l'unique raison de notre existence.

Le rabbin s'interrompit, leva son bras lentement et brandit un doigt.

– Ce tabernacle devant lequel nous nous prosternons et auquel nous adressons nos prières est orienté vers Jérusalem. Car c'est le lieu de la Rencontre, où Abraham a décidé d'honorer, quoi qu'il lui en coûte, la parole donnée à Dieu de lui sacrifier son fils. Cette Alliance, c'est ce qui fait notre force, notre singularité, le respect absolu, total, aveugle, de la parole de Dieu, c'est à Jérusalem que le lien s'est noué entre Dieu et le peuple juif pour l'éternité des siècles. Et c'est Isaac, le fils sacrifié, et qui consentit à ce sacrifice, qui nous révèle que c'est à Jérusalem que Dieu est visible. Le moment est venu pour nous d'accomplir la prophétie.

Rabbi Lubanov s'arrêta, respira profondément, s'épongea le front avec un mouchoir. Son regard se posa sur certains. Comme si le sermon leur était adressé personnellement :

– Il y a à quatre mille kilomètres d'ici des frères qui nous font parvenir un message d'espoir et nous disent : « On pense à vous. Chaque jour. On est là, ne perdez pas confiance. Nous vous tendons la main. Si vous le souhaitez, nous pouvons vous aider, vous pouvez venir et vous établir en Israël, vous serez accueillis à bras ouverts. Tous. Ceux qui croient et ceux qui ne croient pas. Les religieux et les laïcs. Dans ce pays, vous serez libres. » Le temps de l'esclavage est révolu pour nous. Le pharaon ne voulait pas laisser partir les juifs d'Égypte, ils sont partis malgré ses menaces. La route sera longue et semée d'embûches, c'est notre destin, les moins courageux renonceront, les plus vieux comme moi ne verront pas la Terre promise, ils ne peuvent que porter la parole, mais les plus jeunes, les plus déterminés seront récompensés. Pour eux, pour leurs enfants, ils auront accompli la promesse : « L'an prochain à Jérusalem. »

Il y eut dans la synagogue un silence pesant, chacun regardait son voisin, se demandait s'il avait bien compris le message, tous tentaient de comprendre la portée de ce sermon et de l'appel à la révolte. Des voix s'élevèrent, disséminées, bientôt d'autres se joignirent à elles et ils furent nombreux à scander à trois reprises : « L'an prochain à Jérusalem. »

La parole s'était répandue, la rumeur allait continuer à se propager comme une marée que rien ne peut arrêter. Pour certains, c'était de la folie pure : Nous avons tout à perdre en nous désolidarisant du reste de la population, d'autres craignaient les mesures de rétorsion qui ne manqueraient pas de s'abattre sur les audacieux qui transgresseraient la loi soviétique : Comment vivre quand on perd son travail et son logement, qu'on a des enfants et des parents à charge ? Qui n'a pas envie de s'en aller ? C'est bien joli de prendre ses rêves pour la réalité, mais c'est impossible, techniquement et matériellement impossible, à moins d'être suicidaire. Et il y en avait d'autres, pas les plus nombreux, souvent les plus jeunes, qui soutenaient qu'ils allaient déposer une demande de visa : On n'a rien à perdre, on n'a plus envie de vivre dans cet enclos, comme du bétail, sans aucun droit. Tant pis si on doit aller à l'affrontement, tant pis si on a des problèmes, mais ils ne pourront pas tous nous enfermer. Ils seront tôt ou tard obligés de nous laisser partir, plus nous serons nombreux, plus nous serons unis, plus nous serons forts. Les discussions allaient bon train.

Le rabbin avait allumé la mèche.

L'explosion aurait lieu un jour ou l'autre.

Andreï sentit qu'on lui tapait sur l'épaule, il se retourna. La femme du rabbin lui sourit : Suivez-moi. Elle utilisait sa corpulence pour avancer dans la foule qui s'écartait devant elle. Elle ouvrit une porte à clé, qu'elle referma quand Igor l'eut suivie. Ils progressèrent dans le corridor. Elle jeta un œil par-dessus son épaule pour vérifier qu'ils n'avaient pas été suivis, déverrouilla une autre porte, s'effaça pour le laisser entrer, puis elle disparut. Igor demeura interdit. Dans cette pièce, une femme aux cheveux poivre et sel avec une frange, vêtue d'un long pull noir, venait de se lever. Nadejda lui faisait face. Igor et Nadejda restèrent debout, à se dévisager. Elle avança la main, frôla sa joue.

– C'est donc bien toi.

– Je suis tellement heureux de te revoir. Jamais je n'aurais imaginé que ce soit possible.

Nadejda haussa les épaules :

– Cela a été tellement dur de vivre sans toi, tu n'as aucune idée de cette souffrance. Pourquoi être revenu ? Pour constater que j'étais vivante ? que j'allais bien ? Eh bien oui, je suis remariée, j'ai un bon mari. Tu peux t'en aller.

– Je suis venu pour vous revoir, toi et les enfants.

– Les enfants vont bien. Ils ont fait leur vie. Ils n'ont pas besoin de rencontrer un fantôme.

– Si j'étais resté, on m'aurait pendu comme les autres.

– Je sais. Mais aujourd'hui, tu es mort pour nous.

– Je veux revoir les enfants. Une fois. Après, je partirai. Moi aussi, j'ai vécu l'enfer. Il n'y a pas eu un jour, pas une nuit, où je n'aie pensé à vous, où je ne me sois demandé comment vous alliez, comment vous viviez. J'ai pris des risques inouïs pour revenir. Pour vous parler. C'est l'unique raison de mon retour. Je t'en prie, Nadejda, en souvenir de ce que nous avons vécu, laisse-moi les embrasser. Je repars jeudi. Je ne reviendrai pas. Une dernière fois.

– Ce n'est pas une bonne idée de remuer le passé, ne viens pas tout bouleverser à nouveau.

– Tu ne me demandes pas comment j'ai vécu, ce que j'ai traversé ? Moi, je n'ai pas refait ma vie, je n'ai pas réussi.

– Je regrette pour toi. Tu es le mari que j'ai aimé mais qui a disparu il y a quinze ans et je ne veux rien savoir de toi. Pour les enfants, je pense que ce ne sera pas possible. Ludmilla est dans une école d'institutrices loin d'ici, à Volgograd. Quant à Piotr, c'est lui qui a le plus souffert de ton départ. Un jour, il y a très longtemps, il devait avoir une douzaine d'années, Ludmilla m'a posé une question sur toi, elle voulait savoir comment nous nous étions rencontrés, il s'est mis en colère, il a crié après sa sœur, j'ai essayé de le raisonner, mais cela n'a servi à rien, puis il a exigé que nous fassions le serment de ne plus jamais parler de toi, il avait raison. Et jusqu'à aujourd'hui, nous avons respecté cette promesse. Il vaut mieux le laisser tranquille.

– Piotr a vingt-deux ans, le temps a passé, c'est à lui de décider. Que fait-il dans la vie ?

– Il fait des études d'ingénieur, il a commencé un stage à l'institut du Gosplan chargé du développement nucléaire. Il travaille beaucoup, je passerai chez lui ce soir, il vit à Ligovo, il s'est mis en ménage avec une femme plus âgée, mais elle est gentille. Je travaille maintenant à l'hôpital Pokrovskaïa, demain je finis à cinq heures, on peut se retrouver à six heures au café Nevski en face du Gostiny Dvor, je ne peux rien faire de plus.

Quand Igor se réveilla le dimanche 4 juin, le ciel était d'un bleu andalou. Immédiatement, ses rêves lui revinrent en mémoire et, prenant conscience que ce jour serait probablement le plus important de sa vie, son pouls s'accéléra, il allait revoir Nadejda et Piotr. Était-il possible de renouer les liens brisés ? de faire la paix avec eux ? Il ne savait comment se comporter. Personne n'est préparé à ressusciter d'entre les morts. Devait-il s'expliquer ? s'excuser ? Il n'avait rien à se reprocher, il n'avait été qu'un homme broyé dans un étau, qui avait sauvé sa peau. Mais que veut dire « Ce n'est pas de ma faute » pour un enfant meurtri ? Il aviserait le moment venu. Depuis quinze ans, il avait toujours conservé le fol espoir qu'il reverrait sa femme et ses enfants. Le miracle allait se réaliser. Et pour les revoir, ne serait-ce qu'un instant, il était prêt à payer le prix.

Les embrasser.

Encore une fois.

En attendant l'heure du rendez-vous, Igor pensa contacter le numéro 5 sur la liste, mais avec l'intervention du rabbin Lubanov, sa mission était accomplie au-delà de ses objectifs, il n'était plus nécessaire de la poursuivre. Ainsi que Néhémie et Ivan l'avaient répété à plusieurs reprises, il devait se comporter comme un touriste. Ce jour-là, il décida de respecter le programme, qui prévoyait la visite du musée de l'Ermitage : « Vas-y à la première heure dimanche matin, avait précisé Néhémie Levanon, tu y seras tranquille pour en profiter, la section hollandaise est exceptionnelle. Connais-tu Frans Post ? C'est un peintre remarquable et méconnu. Au deuxième étage, ne manque pas la salle 279, tu m'en diras des nouvelles. »

La dernière visite d'Igor datait d'avant-guerre, le palais d'Hiver avait été totalement détruit pendant le siège et reconstruit à l'identique. Il flâna dans les galeries, ébloui par les dorures et les sculptures, il se dirigea vers la section hollandaise, admirant les œuvres de Pieter de Hooch et de Frans Hals, il y avait peu de monde à cette heure matinale, à l'exception d'une femme de service qui balayait consciencieusement. Igor pénétra dans les salles 270, qui faisaient un coude. Une femme de ménage, assez forte, avec une queue-de-cheval et en tablier gris, passait un balai le long des murs et quand elle s'approcha de lui, il s'écarta pour la laisser travailler. Elle regarda autour d'elle, ils étaient seuls dans cette salle isolée… *La perspective Nevski ment tout le temps…* Surpris, Igor la dévisagea, elle avait des traits disgracieux, avec un double menton.

– L'opération est annulée, il y a un problème, quittez immédiatement le pays, vous avez une place réservée dans le vol pour Moscou de quinze heures, puis une autre dans le vol de vingt et une heures pour Londres. Ne discutez pas. Ne prévenez personne, ne téléphonez à personne. Allez à votre hôtel récupérer vos affaires, puis prenez un taxi pour l'aéroport. Arrêtez-vous là et regardez attentivement ces peintures de Post.

Igor observa un instant le capybara au bord du fleuve brésilien et, quand il tourna la tête, le couloir était vide.

Il hésitait. S'il obtempérait, il ne reverrait pas Nadejda, ni Piotr, or c'était pour eux qu'il avait accepté de venir ici. De quel problème pouvait-il s'agir ? Sa couverture était parfaite, il avait scrupuleusement respecté les consignes de sécurité, n'avait pris aucune initiative, il pesa le pour et le contre et arriva à la conclusion que c'était le sermon du rabbin Lubanov qui avait fait des vagues, mais cela ne le menaçait en rien. Personne ne pouvait établir un lien entre lui et cette déclaration. Il suffisait de ne plus retourner à la synagogue, d'ailleurs sa mission était terminée.

Igor poursuivit sa traduction, corrigea quelques erreurs, sortit vers quatre heures pour se balader. Il longea le canal Obvodniy jusqu'à l'Amirauté, fit une photo du Mariinsky en souvenir de Noureev et remonta le quai des Anglais jusqu'au Cavalier de bronze qu'il photographia sous plusieurs angles. Un peu avant six heures, il s'installa à l'intérieur du café Nevski, où une douzaine de personnes étaient attablées et parlaient à voix basse. Un homme d'une soixantaine d'années au visage fatigué, avec des yeux très bleus, qui était entré derrière lui et s'était assis deux tables plus loin, lui demanda du feu, Igor répondit qu'il avait arrêté de fumer. Il commanda une bière. Nadejda arriva vers six heures et quart.

Seule.

Essoufflée, elle resta debout, indécise.

– J'ai vu Piotr hier soir, il refuse de venir, il ne veut pas te voir, il m'a dit qu'on n'embrasse pas un mort. Sa compagne a essayé de le convaincre mais il a été catégorique. Je m'attendais à ce qu'il s'énerve mais il ne s'est pas mis en colère.

– On aura essayé. Dis-lui que je ne lui en veux pas. À sa place, j'aurais peut-être réagi comme lui. C'est cette époque monstrueuse qui nous a séparés. Je t'en prie, assieds-toi un instant. Parlons un peu. Nous ne nous reverrons plus jamais.

Nadejda s'assit, ils restèrent silencieux, elle sortit un paquet d'Astra de la poche de sa veste, alluma une cigarette, en proposa une à Igor, qui refusa d'un signe de tête. Une serveuse s'approcha, elle commanda une bière.

– Je t'avais prévenu, il aurait mieux valu le laisser tranquille.

– Comment vas-tu ? Parle-moi de toi, de ta vie.

– Je ne veux rien te dire de moi. Aujourd'hui, pour moi, tu es un étranger. Pour les enfants aussi, tu n'aurais jamais dû revenir. Que croyais-tu ? Qu'on allait sauter de joie ? Qu'on allait recommencer notre vie ? On savait que tu avais réussi à te sauver. Tant mieux pour toi. Moi, j'avais réussi à ne plus penser à toi.

– Nadejda, je n'ai jamais cessé de penser à toi et aux enfants, je voulais juste…

Igor s'interrompit. Un homme jeune, aux traits fins et tristes, avec une maigre moustache, venait de se coller contre la chaise de Nadejda. Igor scruta son visage, Nadejda tourna la tête.

– Piotr ! Tu es venu, c'est bien, tu as eu raison.

Piotr restait de marbre, les yeux rivés sur son père qui se leva, lui sourit.

– Je ne t'aurais pas reconnu, tu es un homme maintenant, assieds-toi, tu veux une bière, un café ?

Piotr ne bougeait pas. Deux hommes sanglés dans des uniformes kaki, avec des képis, entrèrent dans le café. Celui qui avait demandé du feu à Igor se rapprocha, suivi des deux policiers, à qui Piotr désigna Igor de l'index.

– Igor Markish, vous êtes en état d'arrestation, dit l'homme aux yeux très bleus.

– Vous faites erreur, je m'appelle Andreï Altman. Je suis citoyen israélien. Voici mon passeport.

Mais, avant qu'Igor ait eu le temps de mettre la main dans la poche intérieure de sa veste, un des policiers le retourna d'un mouvement sec et lui passa des menottes. Igor eut un frisson en découvrant sur les uniformes l'écusson du KGB : l'épée sur le bouclier avec le liseré bleu, l'étoile rouge, la faucille et le marteau jaunes, il se dit : je suis foutu. Ils l'emmenèrent sans ménagement. Postée derrière la vitre du café, Nadejda aperçut Igor qu'on poussait dans une Volga noire, qui démarra aussitôt.

Nadejda se tourna vers Piotr.

– Qu'as-tu fait ? C'est horrible.

*

Paul voulait offrir une télévision couleur dernier cri à Camille pour son anniversaire, et il dut insister pour qu'elle accepte, il ne comprenait pas qu'elle puisse ne pas avoir envie de profiter de cette invention géniale qui rendait heureux ses amis et ses clients : Tout le monde aime la télé, si tu ne la regardes pas, comment peux-tu savoir que tu n'aimeras pas ? Il avait pris l'habitude de fournir le jeune couple en électroménager et à chaque occasion, il apportait comme un trophée le dernier modèle d'aspirateur, un moulin à café ou un grille-pain électriques. Camille rangeait les boîtes dans une armoire, jusqu'au jour où ce fut impossible d'en caser une de plus : Je t'en prie, dis à ton père qu'il arrête de nous offrir ces gadgets dont je ne me servirai jamais. Michel et Camille n'étaient pas télé, la jeune femme était allergique au journal télévisé qu'elle appelait « La voix de son maître » ; pour faire plaisir à Paul, ils la laissèrent dans un coin du salon mais ils ne la regardaient qu'à de rares occasions, quand Michel s'enflammait pour les matchs du Tournoi des cinq nations ou les Jeux olympiques de Grenoble. Jimmy était le seul à l'allumer quand il venait dîner chez eux, une ou deux fois par mois. Quelle ne fut pas leur surprise de découvrir qu'Anna avait appris à la mettre en marche, réglait le son, choisissait un programme sur une des deux chaînes disponibles ; ce qui les étonna le plus, c'est qu'elle ne regardait jamais les émissions enfantines, et quand aucun des deux programmes ne l'intéressait, elle l'éteignait.

Et puis, il se produisit un événement inattendu. Un matin, Camille eut du mal à réveiller Anna, la veille elle avait veillé un peu tard. Michel et Camille n'étaient pas rigides sur les horaires de coucher ; le soir, ils s'asseyaient sur le sofa, Michel passait des disques anglais sur son électrophone, ils lisaient, discutaient, Anna écoutait tout en regardant les images des livres documentaires sur des pays lointains. Ce matin-là, Camille retourna dans la chambre de la petite, tira les rideaux : Lève-toi, ma chérie, c'est l'heure, tu vas être en retard. Anna ouvrit les yeux : Oui, maman, je vais me lever. Camille se figea, c'était la première fois que l'enfant lui adressait la parole. Elles restèrent quelques instants à se considérer. Anna lui sourit. Camille se précipita prévenir Michel : Elle a parlé ! Ils pensèrent qu'il fallait faire comme si de rien n'était. Au cours du petit déjeuner, ils bavardèrent avec elle comme le font les parents avec leurs enfants, se dirent des choses banales et indispensables. La vie se poursuivit avec une fillette qui avait décidé de ne plus être mutique, à cette différence qu'Anna s'exprimait posément, comme une enfant de dix ans, alors qu'elle allait en avoir sept. Et, d'une certaine façon, elle ne faisait pas son âge, elle n'avait aucune amie et ne cherchait pas à en avoir.

La télévision permit de révéler un de ses traits de caractère : elle était têtue et avait ses programmes à elle. Malgré son jeune âge, le lundi Anna ne ratait jamais la recette de Raymond Oliver, le mercredi c'était *Télé-Philatélie*, le jeudi elle se passionnait pour *La Tête et les Jambes* et le dimanche matin elle les réveillait parce qu'elle suivait les retransmissions religieuses alors qu'ils voulaient faire la grasse matinée. Un soir, Michel était en train de regarder l'émission d'Albert Raisner où se produisait Claude François, avec lequel il devait faire la semaine suivante un reportage photo dans son moulin, quand Anna apparut sur le pas de la porte, ils pensèrent que le volume sonore l'avait réveillée, Michel s'apprêtait à le baisser quand ils entendirent la petite fille s'exprimer clairement. Je préfère regarder *Le Magazine des explorateurs*, c'est mon émission préférée.

Anna était une petite fille comblée qui avait deux Noëls, deux anniversaires, deux fêtes le 26 juillet, à cause de Paul et d'Hélène, ses grands-parents divorcés, qui mettaient un point d'honneur à faire mieux l'un que l'autre, rivalisant pour le nombre et la cherté des cadeaux, la taille du gâteau. Camille et Michel étaient désolés qu'Anna n'invite jamais aucun ami à ses anniversaires, mais elle disait connaître seulement le prénom de la petite fille assise à côté d'elle en classe. Elle s'en fichait de ne pas avoir d'amis, ce qu'elle voulait, c'était un chat, mais Camille refusait car elle était allergique au poil de ces bestioles, avec des crises d'éternuements interminables, les yeux qui rougissaient, le nez qui gonflait et devenait rouge aussi. Anna adorait recevoir des cadeaux, déchirer les papiers multicolores et, à ce petit jeu, Paul disposait d'une supériorité agaçante sur Hélène : il connaissait les dernières nouveautés avant leur sortie, il pouvait offrir à la petite des machines qui suscitaient son émerveillement, des mange-disques incassables, des transistors que même les Japonais ne connaissaient pas, des porte-clés de marque qu'Anna se mit à collectionner et des gadgets dont personne ne comprenait le mode d'emploi. À de nombreuses reprises, Hélène et Paul achetèrent les mêmes cadeaux, ils auraient peut-être dû se concerter mais, comme ils s'évitaient, à chaque réunion familiale les doublons s'accumulaient. Très vite, ils réalisèrent que cette enfant n'était pas comme les autres, elle dédaignait les jouets, les poupées, les panoplies de princesse, les jeux de société. Hélène lui offrit un tricotin, Anna refusa d'écouter à quoi il servait et l'abandonna à jamais dans un coffre. Quant à la cuisinière en plastique vert avec ses batteries de casseroles miniatures, elle y jeta à peine un œil. La seule chose qui la passionnait, c'était les beaux livres de grands voyageurs ou sur la vie sauvage. Donc, ils lui en offrirent. Et en furent heureux, car la fillette s'exclamait à chaque page, émerveillée devant les photographies de monuments et de paysages enchanteurs de l'autre côté de la Terre.

Michel décida d'en finir avec cette inflation de cadeaux, il suggéra que chacune de ces fêtes soit l'occasion de réunir la famille dispersée. Hélène en fut offusquée, comme s'il avait proféré une insanité : Tu es fou ! Michel prit alors une décision qui le surprit lui-même : il proclama que toutes les fêtes se tiendraient chez lui et que viendrait qui voudrait.

Comme Anna était née un 1er janvier, Michel imagina faire l'économie d'une réunion familiale, et il annonça que les cadeaux de Noël seraient aussi des cadeaux d'anniversaire. En l'apprenant, Anna sembla perdue : Vous ne voulez pas fêter ma naissance ? Le dimanche suivant, Michel réunit les fragments éparpillés de la famille dans son appartement. Hélène et Paul arrivèrent avec leurs brassées de cadeaux et chacun un superbe gâteau avec huit bougies. Anna souffla donc deux fois, deux salves d'applaudissements retentirent, et on entendit deux fois *Happy birthday Anna*… Paul ne put se retenir de demander : Quel gâteau as-tu préféré, ma chérie ? La fillette fut félicitée par sa grand-mère pour ses excellents résultats à l'école. Après avoir découpé le gâteau au chocolat, elle demanda à Anna : Sais-tu ce que tu as envie de faire plus tard ?, s'attendant à l'entendre répondre qu'elle voulait devenir chanteuse ou patineuse ou danseuse. Un truc comme ça, un rêve de gosse. Le silence se fit autour d'Anna, en train de finir sa bouchée : Je veux partir.

*

Les temps avaient changé. Finies les envolées lyriques des beaux jours de l'indépendance. Les espoirs d'un monde nouveau étaient en berne, les illusions se ramassaient à la pelle. À l'époque où les Français venaient de décamper, on pouvait mettre sur leur compte les problèmes, c'étaient les séquelles de la colonisation, et mobiliser la jeunesse contre les anciens maîtres, mais il avait fallu affronter des défis inattendus et trouver d'autres coupables. Les idéalistes, les démocrates avaient cédé la place aux hommes d'affaires, aux généraux et aux politiciens qui maniaient à la perfection la langue de bois révolutionnaire, tant et si bien qu'il était devenu impossible de les distinguer des utopistes qu'ils avaient éliminés. La transition mercantile se fit si lentement, et de manière si discrète, qu'elle resta inaperçue du peuple qui croyait encore dur comme fer que les difficultés rencontrées provenaient de l'héritage infernal laissé par les colons. Des sommes faramineuses furent détournées, enrichirent les familles bien en place. Pour profiter de la nouvelle manne, il fallait fréquenter les cercles du pouvoir, du Parti ou de l'armée, et avancer masqué. Et quand cela finit par se savoir, on prétexta le principe de nécessité, l'obligation de s'adapter au monde capitaliste.

En plus des innombrables difficultés économiques, survint une catastrophe de dimension nationale à laquelle aucun responsable ne trouva la moindre solution. Chaque année, l'Algérie produisait quatorze millions d'hectolitres de vin et, à de rares exceptions, la quantité était privilégiée à la qualité. Avant la décolonisation, les Français avaient l'amabilité d'écluser ce vin de table mais quand la frontière se referma, au grand bonheur des viticulteurs de l'Hexagone, les Algériens durent stocker des quantités astronomiques d'un picrate dont ils ne buvaient pas une goutte, ni leurs voisins, malheureusement ce breuvage se conservait mal et tournait au vinaigre. Les accords d'Évian n'ayant rien prévu à ce sujet, trois mille exploitations se retrouvèrent en faillite et durent être soutenues financièrement par le gouvernement. Les négociations avec les Français se heurtèrent à une fin de non-recevoir : Nous ne savons pas, nous non plus, quoi faire de nos excédents et nous lançons une grande campagne pour réduire les accidents de la route et la consommation d'alcool à deux verres maximum.

Pour une fois, les menaces de représailles n'eurent aucun effet, il fallut vider les citernes pleines dans les champs et les rivières afin de les remplir avec le produit des nouvelles récoltes. Le Président ordonna d'arracher quelques millions de pieds de vigne, mais le remède eut des répercussions catastrophiques et on replanta. Les directeurs du ministère de l'Agriculture, au cours de réunions interminables, cherchaient désespérément qui pouvait acheter ce vin que les musulmans ne consommaient pas et dont les Français ne voulaient plus. On en venait à prier le ciel pour que des orages détruisent le raisin sur pied, mais la météo fut radieuse et la récolte sans précédent. Devant l'incompétence des technocrates agricoles, le Président demanda à Mimoun Hamadi de prendre en main ce dossier explosif et ce dernier dit à Franck : On doit trouver une solution fissa. Franck était devenu un homme pragmatique, qui posait des questions simples. Contrairement aux autres responsables algériens, il avait fait des études de sciences économiques qui lui avaient appris un principe de base : on n'échappe pas au marché et, quoi qu'on fasse, c'est le consommateur qui décide, il ne se demanda donc pas qui pourrait acheter ce vin mais qui pourrait le boire.

Et il eut une idée.

Il se souvint de cet homme truculent avec l'accent du Sud-Ouest, à la carrure de troisième ligne, croisé lors d'un voyage à Moscou, qui dirigeait une florissante entreprise de négoce agroalimentaire et qui avait ses entrées dans tous les pays de l'Est grâce à sa carte du Parti communiste français. Ils avaient longuement discuté des possibilités de travailler ensemble pour écouler les excédents d'agrumes produits en Algérie, mais, comme il n'y avait pas eu d'excédents, Franck n'avait pas donné suite. Il retrouva la carte de visite que Jean-Baptiste Puech lui avait remise et lui téléphona. À son bureau, dans la banlieue de Toulouse. Il s'annonça à une secrétaire, attendit dix secondes et entendit la voix rocailleuse : Comment allez-vous, cher ami, cela fait plaisir, que puis-je faire pour vous ? Franck lui exposa son problème, Jean-Baptiste annonça qu'il allait passer deux-trois coups de fil et rendez-vous fut pris pour la semaine suivante dans un hôtel chic à Genève. Franck arriva avec une demi-douzaine de bouteilles, issues des différents cépages algériens, mais son interlocuteur refusa d'y goûter : Je bois peu et uniquement du bon vin, je suis content pour vous, j'ai eu plusieurs retours positifs.

Il n'est pas utile d'entrer dans les arcanes d'une négociation qui fut longue et laborieuse. Le Toulousain était coriace en affaires mais il acheta chaque année six millions d'hectolitres de vin algérien, huit les bonnes années, à un prix ridicule certes, mais il les acheta et paya en dollars, les refourgua aux Russes, aux Allemands de l'Est et aux Polonais. Et comme dans les bonnes affaires, tout le monde fut gagnant. Cette vente providentielle sauva la mise au gouvernement algérien, personne ne posa de questions insidieuses. Des comptes bancaires numérotés furent ouverts pour l'occasion par des avocats trustees genevois dans des banques suisses au-dessus de tout soupçon. Les nombreux intervenants au marchandage et les partis politiques français et algérien reçurent un petit pourcentage sur les transactions, mais comme ces dernières portaient sur des quantités colossales, les sommes engrangées par chacun furent magnifiques. Le communiste Jean-Baptiste Puech devint un interlocuteur privilégié du gouvernement algérien, achetant au passage à chaque récolte quelques milliers de tonnes d'oranges qu'il revendait aux démocraties populaires dont les citoyens en raffolaient.

Mimoun Hamadi tenta de convaincre Franck de toucher aussi sa part, il fallait qu'il ouvre un compte numéroté dans une banque familiale de Genève, mais Franck, gêné, tergiversa et refusa, car il n'était pas adhérent du FLN, et puis il accepta, Mimoun affirmant que ce serait plus pratique. En effet, ce dernier avança des raisons mystérieuses pour justifier ces versements occultes, les représentants du Parti devaient pouvoir disposer de sommes importantes pour financer des opérations qui ne pouvaient apparaître dans le budget officiel et surtout, il fallait préparer l'avenir : On ne sait pas de quoi demain sera fait, tu comprends ? La situation est instable. Nous avons tellement d'ennemis à l'intérieur et à l'extérieur qui rêvent de nous chasser du pouvoir. Nous devons constituer des trésors de guerre pour les combats futurs. S'il y avait un coup d'État, au moins maintenant nous pourrions défendre la révolution. Et puis, si on en profite un peu, ce n'est pas un crime, nous sommes mal payés, on travaillera mieux pour le pays si nous pouvons mettre nos familles à l'abri. Tous les dignitaires algériens avaient un compte et les raisons qu'ils invoquaient étaient logiques. L'avenir de la révolution socialiste algérienne était d'autant mieux assuré que ces comptes bancaires recevaient également une part de la manne pétrolière et gazière.

L'année suivante, Franck put se payer une villa de cinq pièces sur les hauteurs d'El Biar, avec une terrasse et une vue magnifique sur la baie d'Alger. Ce n'était pas une maison aussi belle que celle de Mimoun, il n'y avait ni parc ni piscine. Juste un beau jardin avec des arbres fruitiers. Pour le remercier de son efficacité et de sa fidélité à la cause, Mimoun Hamadi offrit à Franck une 504 beige neuve : Si tu continues à utiliser ta Dauphine cabossée, personne ne te respectera plus dans ce pays. Tu dois montrer qui tu es. Et puis, ce n'est qu'un dédommagement pour le petit salaire que tu reçois en tant que fonctionnaire. Enfin, profites-en pour t'habiller un peu mieux.

*

Le voyage dans la Volga noire dura six minutes, la ville défila à vive allure, la voiture s'immobilisa devant un imposant immeuble en granit sur la perspective Liteïny… Igor se souvint qu'il changeait de trottoir en arrivant à proximité du Cimetière vivant car le lieu avait mauvaise réputation, on entendait, venant des entrailles de la terre ou d'on ne sait où, des cris et des hurlements qui ne duraient jamais longtemps, et le silence qui suivait était insupportable. Dans une salle du rez-de-chaussée, on lui enleva sa veste, ses chaussures, sa cravate, sa montre, la monnaie qu'il avait dans les poches de son pantalon, il fut soumis à une palpation en règle, puis on le fit descendre au sous-sol. Il avança le long d'un couloir interminable bordé de cellules fermées, parfois à leur approche des prisonniers se mettaient à crier et à tambouriner sur les battants métalliques. Ils passèrent plusieurs couloirs qui couraient sous les immeubles environnants, il fut poussé dans une cellule minuscule avec un bat-flanc en béton, la porte fut refermée, la lumière éteinte. Il s'assit, attendit longtemps dans le noir, il n'entendait aucun bruit.

Au bout de deux ou trois heures, la porte s'ouvrit, deux hommes en uniforme le conduisirent dans une pièce en sous-sol d'une vingtaine de mètres carrés, où l'homme âgé aux yeux très bleus qui l'avait arrêté était assis derrière un bureau couvert de documents. Igor aperçut sa veste, son portefeuille, ainsi que la machine à écrire, le livret du diasonographe, la traduction et les affaires qu'il avait dans sa chambre d'hôtel. On le fit asseoir sur une chaise en bois. Un homme en civil fouillait méticuleusement le contenu de sa valise. L'homme aux yeux très bleus alluma une cigarette.

– Monsieur Markish, nous n'allons pas tourner autour du pot. Nous savons qui vous êtes, vous avez pénétré illégalement dans ce pays sous une fausse identité pour livrer un appareil médical à l'hôpital Botkin. Tout n'est pas très clair à ce sujet. Vous avez repris contact avec votre ex-épouse par le biais de la femme du rabbin. Nous ne comprenons pas très bien à quoi rime tout cela. Je compte sur vous pour me l'expliquer. Je pense que vous êtes un homme intelligent. Vous pouvez vous éviter beaucoup de désagréments en collaborant avec nous.

– Je m'appelle Andreï Altman, je suis citoyen israélien, et…

Un des agents en uniforme souleva Igor par les cheveux, un autre lui balança un méchant coup de poing dans le ventre, qui le plia en deux. Puis ils le frappèrent sur tout le corps, Igor essaya de se protéger, tomba à genoux, ils lui donnèrent des coups de pied. Il avait le visage en sang. Sa tête cogna contre le bureau, il resta au sol, inconscient. Quand il se réveilla, il était à nouveau dans sa cellule. Ou dans une autre. Il avait mal partout. Sa clavicule droite était douloureuse, il se palpa avec la main gauche et ne put réprimer un cri. Il se tâta le menton, le nez, les pommettes. Il s'étendit sur la paillasse, resta un temps infini à contempler l'ampoule. Quelle heure était-il quand la porte s'ouvrit ? Deux gardiens le prirent par les épaules, le levèrent de force, le poussèrent dans le couloir. Il retrouva l'homme au regard fatigué assis sur le bord du bureau. On le laissa debout, mains liées dans le dos.

– Avez-vous réfléchi à ma demande, monsieur Markish ? Avez-vous retrouvé la mémoire ou devons-nous recommencer ? D'après vous, qui va se lasser le premier ?

Igor respira profondément.

– Vous faites erreur, je m'appelle Andreï Altman, je suis citoyen israélien, je vous demande de prévenir l'ambassade d'Israël.

– À l'aube, Israël a attaqué ses voisins arabes. C'est la guerre. Ils sont assaillis de tous les côtés, cette fois ils vont se faire laminer. L'URSS a rompu ses relations diplomatiques avec l'État juif, tous les diplomates et agents israéliens vont être expulsés. Sauf vous, bien sûr. On a posé la question au consul avant de le mettre dans l'avion pour Moscou, il a affirmé ne rien savoir à votre sujet. Alors, si vous me disiez ce que vous faites à Leningrad ? Vous espionnez quoi ?

– Je m'appelle Andreï Altman, je suis médecin et citoyen isr…

Il n'avait pas fini sa phrase qu'une volée de gifles le jeta à terre. Igor se protégea la tête, reçut des coups de pied sur le corps, cria de douleur, il entendit : Pas si fort, les gars, vous allez le tuer. Igor cherchait sa respiration, le sang coulait dans sa bouche, il ferma les yeux, se dit : c'est fini. On lui lança un seau d'eau glacée qui le saisit.

– Je m'appelle Andreï Altman et…

– Votre ex-femme vous a identifié, elle a confirmé que vous vouliez revoir votre fils et votre fille. Pourquoi nier bêtement ? Dites-moi plutôt ce que vous êtes venu faire ici.

Pendant plusieurs jours, Igor fut soumis à ce traitement, il ne pouvait dire combien de temps ce tabassage dura car il avait perdu le compte des jours dans cet univers d'ampoules blafardes. À chaque interrogatoire, il répétait : Je m'appelle Andreï Altman, je suis citoyen israélien.

– Vous êtes un espion et je vais vous dire pourquoi. Ce passeport a été imprimé en Israël et a été fabriqué par le Mossad, vous allez me dire ce que vous êtes venu espionner à Leningrad.

– Je m'appelle Andreï Altman et…

– Voici le véritable Andreï Altman ! Sur une photo prise lors d'un congrès à Manchester il y a quatre ans, il est chauve, Andreï Altman, plus grand et plus âgé que vous.

L'officier présenta un journal anglais où, sur une photographie de groupe, on distinguait une dizaine de médecins souriants et en smoking, à en croire la légende Andreï Altman était le troisième en partant de la gauche.

– Je suis Andreï Alt…

Une volée de coups s'abattit sur lui. Un soldat prit un nerf de bœuf et commença à le frapper, appuyant méthodiquement sur les parties du corps jusque-là épargnées. Igor, dont les mains étaient ligotées dans le dos, ne pouvait esquiver. La douleur était intolérable, lui arrachait des hurlements. On le ramena en piteux état dans sa cellule.

Il resta allongé sur le sol, essayant de récupérer quelques forces, se traîna à quatre pattes pour attraper le pain noir déposé près de la porte, mais il était trop dur et il n'arriva pas à le mâcher. Sa tête pesait une tonne, son nez, sa clavicule le faisaient souffrir au moindre mouvement, et surtout il étouffait, il crachait du sang. Il resta prostré un temps infini, une journée ?

deux ? plus ?, la porte s'ouvrit, deux soldats le traînèrent à la salle d'interrogatoire, l'homme aux yeux très bleus lui posa les mêmes questions, mais Igor ne répondit plus.

À quoi bon ?

– On a trouvé ce papier dans votre veste.

Il montra la feuille de journal que le vieil homme aux cheveux bouclés avait glissée dans sa poche à la synagogue :

– Quelle curieuse idée d'écrire sur la *Pravda*.

Il se mit à la lire, lentement, ayant du mal à déchiffrer l'écriture sur le papier imprimé : « Dites à mon cousin Élie Fink qui vit à Philadelphie de m'inviter et de faire la demande auprès de l'ambassade. Je suis au bout du rouleau. Je vous en supplie. Mark… » Il interrogea Igor du regard, attendit sa réponse.

– Qui est ce Mark ? Pourquoi vous l'a-t-il donné à vous ?

Il eut un mouvement de menton, le policier balança une violente claque à Igor, qui resta passif, il lui asséna deux autres gifles, qui n'eurent pas plus d'effet.

C'est alors que l'officier aux yeux très bleus aperçut, pendant une fraction de seconde, un imperceptible sourire sur les lèvres d'Igor, un froncement de lèvres quasi indiscernable mais qu'il avait vu s'esquisser à de nombreuses reprises sur le visage des hommes qu'il avait interrogés au fil de sa longue carrière. Il réalisa qu'il était inutile de poursuivre l'interrogatoire car cet obstiné venait de s'échapper, il avait passé la frontière où l'esprit est hors d'atteinte et où le corps s'est mué en une masse inerte et inutile. Qu'allait-on faire de ce crétin ? Le fusiller ? le pendre ? l'expulser ? Ce n'était pas à lui de décider.

Il y a un moment où tout individu finit par décrocher, où il accepte de renoncer à la vie, où celle-ci n'a plus aucune importance, où il lâche prise et se fout de mourir. Au bout de onze jours d'interrogatoires musclés, Igor venait d'atteindre cette limite. Il n'avait plus peur, la panique qui le submergeait quand on le conduisait dans la salle d'interrogatoire avait disparu, malgré son nez cassé, son épaule luxée, les contusions, les tuméfactions, les difficultés à respirer, la douleur était devenue une donnée accessoire, il se sentait léger, tranquille, et venait de se libérer de ses bourreaux.

À cet instant était apparu l'infime sourire.

Le surlendemain, on le remonta au rez-de-chaussée, on le poussa dans une voiture. Il faisait nuit noire. Igor regarda la ville en se disant que c'était la dernière fois qu'il la voyait. Le véhicule traversa la Neva, il vit grandir les immenses bâtiments de la Kresty, la prison à la sinistre réputation. Au cours des formalités d'écrou, il apprit qu'on était le vendredi 16 juin 1967, il avait passé douze jours dans les locaux du KGB sans se rendre compte du temps qui s'était écoulé. Au moment de signer le registre, il demanda à être examiné par un médecin car il ressentait une forte douleur dans la poitrine. Le gardien-chef ne répondit pas. Dans cette prison surbondée où douze mille détenus étaient entassés pour neuf cents places, Igor atterrit dans une cellule de six mètres carrés qui puait la sueur et la fumée, onze détenus se partageaient quatre couchettes ou dormaient par terre à tour de rôle. Il ne répondit à aucune des questions que lui posèrent ces hommes, il se laissa glisser contre la paroi et s'endormit.

Le lendemain, un gardien l'appela. Igor pensa qu'il allait le conduire à l'infirmerie, mais on le fit descendre dans un sous-sol aux murs noirs et suintants. Il fut jeté dans une cellule individuelle humide de trois mètres carrés, haute de plafond, il s'étendit sur le matelas crasseux, attendit. À nouveau, il perdit le compte du temps. Quand le détenu qui distribuait le repas sous la surveillance d'un gardien glissa une écuelle de soupe et un morceau de pain, il demanda : Quel jour sommes-nous ? Quelle heure est-il ? Mais l'homme referma la trappe. À deux reprises, la soupe tomba à terre. Igor s'adressait deux fois par jour au détenu et au gardien qui le nourrissaient, mais qui ne lui répondaient jamais. Il avait l'impression d'être enterré vivant, par moments le silence absolu était intolérable. Pourquoi les autres détenus ne font-ils aucun bruit ? Sont-ils morts ? Il prit l'habitude de dresser l'oreille quand il entendait le roulement du chariot de nourriture.

Dans cette cave fétide, Igor avait le sentiment d'étouffer, il réalisa que c'était lui qui dégageait cette chaleur : son front, ses tempes brûlaient. Il avait de plus en plus de mal à respirer. Il tapa contre la porte, cria qu'il devait voir un médecin, qu'il était malade, mais personne ne répondit. Quand le gardien ouvrit la trappe pour lui passer sa soupe et son morceau de pain, il se précipita en criant qu'il avait une infection, qu'il allait mourir, mais le gardien referma le clapet aussitôt. Igor resta couché, terrassé, le front perlé de sueur, respirant par saccades par la bouche, les lèvres tremblantes, et il comprit qu'ils avaient décidé de le faire crever ainsi. Sa tête lui tournait, le moindre mouvement réclamait un effort inouï. Il ne se nourrissait plus, vomit à plusieurs reprises. Il avait l'impression d'être dans ce cul-de-basse-fosse puant depuis une dizaine de jours, peut-être plus, quelle importance. Il allait mourir ici, d'une septicémie, il allait perdre conscience lentement et commençait à sentir les premiers symptômes, il tournoyait, avec cette impression de ne plus rien peser, de décoller de sa couche. Il ferma les yeux, appelant des souvenirs heureux, il revit Nadejda, elle venait d'accoucher et tenait Piotr emmailloté contre elle, il se souvint de son sourire radieux et de ce que, à cet instant, il s'était dit : nous allons avoir une belle famille et une vie heureuse.

À aucun moment, Igor ne regretta quoi que ce soit. Ni d'avoir accepté cette mission, ni d'avoir désobéi à l'ordre que la femme de ménage lui avait donné au musée. Ils avaient voulu le mettre à l'abri avant le déclenchement de la guerre. Mais c'était trop tard. La seule chose qui l'embêtait, c'était de ne pas en connaître l'issue. Le petit pays avait-il réussi l'impossible ou avait-il été balayé et anéanti par la furie de ses adversaires si nombreux ?

Moshe Dayan avait-il accompli un miracle ou était-il tombé en combattant ?

Igor allait mourir sans savoir. Il était bouillant, il étouffait, il délirait, des rêves éveillés, son père parlait, ses lèvres s'agitaient, Igor disait : Parle plus fort, je n'entends pas. Et son père lui tendait la main mais il n'arrivait pas à l'attraper. Il revit Irina, sa mère allumait des milliers de veilleuses qui s'envolaient comme des lucioles et dessinaient une route jaune qui serpentait dans la nuit et s'élevait du sol. Igor se réveilla, il frissonnait, il se rendormit et rêva que la porte de la cellule s'ouvrait. Sacha entra. Oui, le spectre de Sacha, son frère qui s'était pendu trois ans auparavant dans l'arrière-salle d'un bistrot de Denfert-Rochereau. Sacha, dans l'uniforme vert kaki du KGB, beau et jeune, lui souriait tristement :

– Tu m'as pardonné, dit Igor. Je vais te rejoindre bientôt.

Sacha s'assit sur le bord du matelas, prit un mouchoir dans sa poche, tamponna le front d'Igor.

– Cela va aller, je suis là maintenant, je vais m'occuper de toi.

– Merci, Sacha, mais c'est inutile, c'est fini pour moi, nous allons partir ensemble. Je m'en suis tellement voulu de ne pas t'avoir aidé, alors que tu m'avais sauvé la vie.

Le fantôme lui posa la main sur le bras.

– Tu as de la fièvre, je ne suis pas ton frère, je suis Viktor, ton neveu, je ressemble, paraît-il, beaucoup à mon père.

Igor se dressa sur sa couche, scruta Viktor d'un air effrayé.

– C'est toi, Sacha ?

– Je suis Viktor Markish, le fils de Sacha, je vais appeler un médecin et on va te soigner.

*

Cécile avait disparu. Bien que cette expression soit inappropriée. Depuis qu'elle avait abandonné Anna entre les mains de Michel, elle n'avait plus donné signe de vie, n'avait pas pris de ses nouvelles. Était-elle vivante ? malade ? Personne ne savait. Paul engagea un détective privé que son associé avait recommandé, un ancien policier à la moustache en guidon de vélo qui avait ses entrées dans la Grande Maison. Celui-ci retrouva le dernier domicile de Cécile, boulevard Richard-Lenoir, mais elle avait déménagé sans laisser d'adresse, faisant suivre son courrier en poste restante à Roubaix. Elle avait récupéré des lettres une fois, deux mois après sa disparition, depuis elle ne s'était plus présentée au guichet. Elle avait clôturé son compte au Crédit Lyonnais, elle en avait peut-être un autre. Le policier n'avait pas accès au fichier de la Banque de France mais il y travaillait. Il retrouva la trace de son oncle, qui habitait à Strasbourg, le rencontra, celui-ci ne disposait d'aucune information à propos de sa nièce. Cécile s'était volatilisée. Le détective activa un réseau d'alerte qui avait fait ses preuves dans le passé, depuis la Préfecture avec le service des fiches d'hôtel et celui des contraventions, la Police de l'air et des frontières, et d'autres informateurs sur lesquels il resta discret et qui le préviendraient si Cécile pointait le bout de son nez : Alors, elle tombera dans ma toile d'araignée. Il mit le dossier en veille, chaque mois il adressait un compte rendu négatif à Paul. Avec sa note d'honoraires.

Une question taraudait Michel : que sait Anna sur sa mère ?

Et sur son père ? Qu'avait-elle compris vraiment ? Anna n'évoquait jamais Cécile. L'avait-elle rayée de sa vie ? Michel devait-il attendre qu'elle soit plus grande pour aborder le sujet ? Oui, attendre c'est mieux. Elle est trop petite. Toujours est-il qu'un mercredi après-midi, Camille avait emmené Anna aux marionnettes du Luxembourg, le petit théâtre était bondé d'enfants surexcités qui criaient à chaque apparition de Guignol, Gnafron et Madelon. Assise au deuxième rang, Anna suivit le spectacle sans passion. Quand Camille lui demanda si elle avait aimé, elle répondit : Pas beaucoup. Camille acheta deux gaufres au sucre, en tendit une à Anna.

– Merci, maman.

Elles s'assirent sur un banc.

– Tu sais, Anna, je ne suis pas ta mère. Tu comprends ce que je veux dire ? Ta mère, c'est Cécile, tu te souviens d'elle ?

Anna finit sa gaufre, tourna la tête vers Camille.

– Non. Qui c'est ?

– Mais si, voyons... Cécile... Ne me dis pas que tu ne te la rappelles pas.

Anna continua de déguster sa gaufre. Camille n'arrivait pas à déterminer si la petite fille était sincère. Elle lui essuya le nez et le menton saupoudrés de sucre.

– Merci, maman.

Elles partirent main dans la main. Depuis près de deux ans qu'elle s'occupait d'elle, Camille avait eu l'occasion d'observer Anna, elle avait constaté que c'était une petite fille qui ignorait la manipulation et ne mentait jamais. Camille acquit la conviction qu'Anna avait oublié Cécile, qu'elle avait gommé de sa mémoire le souvenir de cette femme inutile comme on se débarrasse d'un objet encombrant qui vous pourrit la vie. Le problème, c'était que si Anna avait réussi à chasser Cécile de son esprit, Michel et Camille, eux, pensaient toujours à elle : Et si elle revient, que va-t-on faire ?

On verrait.

Ce qui est curieux, et que personne n'a jamais cherché à expliquer, c'est qu'Anna n'a jamais appelé Michel « papa », mais uniquement par son prénom, pourtant elle aimait Michel comme un père. Mais un autre homme avait pénétré son cœur. Elle était en admiration devant Jimmy, le meilleur ami de Michel, et ci-devant abominable Anglais dans *Thierry la Fronde*. Jimmy sut mourir de façon bouleversante dans l'avant-dernier épisode, puis il joua Carnot dans une dramatique sur le Comité de salut public, son affrontement avec Robespierre resta dans toutes les mémoires et lui valut d'autres propositions. Il avait fini par admettre qu'il était catalogué télé et n'aurait jamais sa chance sur le grand écran, quand on lui proposa le rôle du commissaire Montaigne dans une série policière au ton nouveau qui avait du mal à se monter car les vedettes de l'époque refusaient le rôle. Lui l'accepta, parce qu'il trouvait dans ce personnage cabossé des échos à sa propre vie. Montaigne avait perdu sa femme dans un accident de la route causé par un chauffard, il boitait, buvait plus qu'il n'aurait dû, s'emportait facilement, râlait, était de mauvaise foi. Dès le premier jour de tournage, Jimmy apporta sa touche personnelle au scénario : en découvrant le cadavre de la comptable gisant devant le coffre-fort ouvert, il fit un rapide signe de croix. Il renouvela ce geste à chaque fois qu'il arrivait sur une scène de crime, n'hésitant pas à manifester sa compassion aux victimes, ne supportant pas plus la violence que les flics blasés. A priori, ce flic soupe au lait et grande gueule qui ne respectait ni les bonnes manières ni le code de procédure pénale n'avait pas le profil pour séduire le grand public et durer plus d'une saison, mais devant l'énorme succès de la première diffusion, l'ORTF signa à Jimmy un contrat en or, passa la série de quatre épisodes la première année à huit la suivante, puis à dix par an. Quand il avait terminé le tournage de sa série, Jimmy enchaînait avec le feuilleton de l'été, et un ou deux unitaires. Il ne supportait pas de rester inactif. Il avait besoin de travailler sans cesse. Pour ne pas penser. Pour ne pas trop boire.

Quand, au bout de quinze ans de bons et loyaux services, Jimmy décida de passer à autre chose et refusa un contrat grandiose pour une nouvelle saison, il était devenu la plus grande vedette masculine de la télévision, la plus riche aussi. Malgré sa cicatrice au visage, malgré l'embonpoint qui avait chassé sa silhouette de jeune premier, il collectionnait les aventures et les ruptures avec des starlettes qui allaient nourrir les unes des journaux à scandale et contribuer à sa notoriété. Ses petites amies prenaient les lecteurs à témoin de sa perfidie, cet homme refusait de se marier malgré les promesses et les bagues offertes, il tergiversait, finissait par les tromper et rompait piteusement. Jimmy acquit une réputation méritée de bourreau des cœurs. Régulièrement, il apparaissait chez Michel et Camille avec un nouveau grand amour, mais au bout de quelques mois, un an tout au plus, sa chérie avait été remplacée, il fallait ne pas commettre d'impair, se souvenir de leurs prénoms, de leurs goûts, d'autant qu'il y eut plusieurs Isabelle, Pascale et Corinne.

Ce que seules deux ou trois personnes savaient, c'est que Jimmy restait inconsolable de la mort de Louise, elle l'accompagnait, lui tenait la main, lisait les scripts avec lui, il lui parlait, elle lui répondait. Michel était le seul à qui il pouvait se confier.

– Tu crois que Louise l'a fait exprès ? Je n'arrive pas à le croire, c'est impossible, on allait se marier, avoir des enfants, on aurait eu une vie magnifique, une femme ne tue pas l'homme qu'elle doit épouser. C'est invraisemblable.

– Mais non, vieux, c'était un accident. Et si quelqu'un ose te dire le contraire, mets-lui ton poing dans la figure.

– Je ne peux pas, c'est Louise qui le répète à chaque fois qu'elle revient me voir.

Et une autre fois :

– Je t'embête avec mes histoires mais tu es le seul avec qui je peux évoquer Louise. Tu as dû repenser à cet accident, as-tu une explication ?

Mais Michel ne trouvait rien à dire pour calmer son angoisse.

Une autre fois encore :

– Tu l'aimais aussi, non ? C'est toi qui as rompu ou c'est elle ? Je me disais qu'elle a peut-être agi par dépit.

Et Michel rassurait Jimmy.

– Je n'étais pas amoureux de Louise, elle n'était pas amoureuse de moi. Entre nous, c'était fini depuis longtemps, c'est toi qu'elle aimait. Uniquement toi.

Et puis, Anna entra dans la vie de Jimmy. C'était la fille qu'il aurait voulu avoir. La petite adorait cet homme qui ne lui parlait jamais comme à une enfant. De sa propre initiative, Jimmy décréta : Je serai ton parrain, je m'occuperai de toi. Anna trouva formidable de devenir parente d'un homme aussi célèbre. Jimmy l'emmena sur les tournages, quand elle eut dix ans il la fit embaucher pour tenir un petit rôle, mais cette expérience ne dut pas lui plaire car elle refusa de poursuivre. Souvent, le dimanche, Anna donnait la réplique à Jimmy lorsqu'il avait du mal à mémoriser son texte, elle le reprenait, faisait des propositions : Parle plus bas, on doit tendre l'oreille à ce moment, ou : Ne dis rien, souris, coupe cette réplique, ou : Sois moins sec avec le suspect, laisse-lui penser que tu le crois. Elle était la seule à pouvoir lui dire : Tu bois trop, Jimmy, tu as mauvaise haleine.

Sans qu'il s'énerve.

Le plus drôle, c'est que Jimmy l'écoutait et suivait ses conseils. Il voulut la remercier, lui offrir une jolie robe, mais Anna refusa : Je déteste les robes. Il fit comme les autres, il acheta de beaux livres de voyages. Jimmy prit l'habitude de venir chez Michel pour suivre la diffusion du dernier épisode de *Commissaire Montaigne*. C'était un rituel. Ils s'asseyaient sur le sofa les uns près des autres, Anna se blottissait contre Jimmy, et le générique fameux, de harpe, de xylophone et de guimbarde, retentissait, on pouvait déguster une nouvelle aventure en famille, tenter de trouver le coupable. Ce n'était pas facile, les scénaristes étaient des tordus qui s'acharnaient à multiplier les fausses pistes et les personnages douteux. Pendant ce temps, Jimmy jouait les sphinx.

Très vite, Anna montra sa sagacité pour découvrir le meurtrier. Dès la première demi-heure, elle annonçait : C'est l'associé qui a fait le coup (ou M. Meunier, ou le concierge, ou Mlle Roland). Avant le dénouement, au cours d'une de ses célèbres et implacables démonstrations, le commissaire Montaigne passait les suspects en revue, les mobiles, les errements de l'enquête, reconstituait avec clarté les circonstances du drame et confondait celui ou celle qu'Anna avait soupçonné une heure auparavant. Camille et Michel s'extasiaient du flair époustouflant d'Anna, eux qui étaient passés à côté du tueur, ils envisageaient une brillante carrière pour elle dans la Criminelle. Curieusement, Jimmy était le plus critique avec ses films, après le générique de fin il soupirait : Mouais, pas terrible, je ne crois pas que Louise aurait aimé. Et plus rarement : Celui-là, Louise l'aurait beaucoup apprécié. Mais ils étaient ensemble et ils passaient une bonne soirée. Un soir, en partant, Jimmy se baissa, fixa sa protégée dans les yeux.

– Alors, tu as compris ?

– Ben oui, Jimmy, ce n'est pas compliqué, le coupable, c'est toujours celui ou celle dont on se méfie le moins.

*

Franck était un attardé. Un de ces naïfs qui découvrent sur le tard ce que l'argent peut offrir. Une forme de bonheur assurément. S'il avait croisé un de ses amis parisiens, un de ceux qu'il fréquentait dans la cellule du Parti du Quartier latin, il aurait juré qu'il n'avait pas changé par rapport à ses idées de jeunesse, lui n'avait besoin de rien, l'argent, ce n'était pas pour lui, c'était pour Rosetta, tellement heureuse dans sa nouvelle maison sur les hauteurs d'Alger. Elle y invitait ses collègues architectes et organisait des repas mémorables sur la terrasse, avec cette vue sur la mer dont la beauté laissait pantois. Rosetta s'était mis en tête de décorer la villa à son goût, d'ouvrir des baies, de détruire des cloisons, d'ajouter deux pièces sur le jardin, d'aménager le sous-sol en parking, de poser un deuxième escalier et de la mosaïque à foison dans les deux salles de bains, cela ne coûtait rien car les entreprises qu'elle employait sur ses chantiers étaient heureuses de lui rendre service et ne la faisaient pas payer. Et puis il y avait Charlie. Dont il fallait assurer l'avenir. Malgré lui. Franck négocia avec Hassen le rachat de l'épicerie. Avec une date limite de trois ans pour la passation. Cela lui laisserait le temps de réunir l'argent.

Que faire d'autre ? C'est la vie qui nous change.

Si cet imbécile de Charlie était heureux de vendre des boîtes de sardines, de la sauce tomate et des pois chiches dans sa boutique minable, cela le regardait. Franck aurait fait ce qu'il devait pour l'aider. Les discussions avec Hassen furent plus ardues que celles pour vendre des millions d'hectolitres de vin à Jean-Baptiste Puech, qui avait une mentalité de paysan. Quand ce dernier disait : Tope là et qu'ils se serraient la main, c'était un engagement en béton, qui portait pourtant sur des montants colossaux et que personne ne se serait avisé de remettre en cause. Tandis qu'avec Hassen, c'était tango dans les sables mouvants : Quelle garantie de passif ? Tout est en ordre, tu me connais ? ou : Je te jure, je n'ai jamais dit ça, mon ami, tu as mal entendu. Le prix, c'est pour le fonds sans le stock. Le stock, c'est en plus.

En espèces.

– Quoi, le bail ? Il n'y a pas de bail. Le propriétaire, il a pris le bateau rapidement, mais les murs c'est à moi, sauf qu'il n'a pas signé les papiers, alors c'est à moi que Charlie versera le loyer. On va s'arranger. Moi, le petit, je veux l'aider, il est comme mon fils. Tu as mal compris ce que j'ai dit, tu es toujours pressé, les murs c'est en plus… ou : … Non, je ne veux pas être payé en dinars. C'est une monnaie de singe, je veux des nouveaux francs ou des dollars, c'est mieux. Ah, je croyais te l'avoir dit.

Le pire, c'est que Charlie ne changeait pas d'avis. Il aimait ce métier, il aimait cette boutique, il la voulait. Franck devait affronter la coalition hétéroclite formée par Hassen, Charlie et Rosetta : Tu ne veux pas lui faire plaisir ? On peut faire cet effort, non ? Franck avait beau observer que cette acquisition allait revenir une fortune, qu'il préférait acheter quelque chose de plus solide, Rosetta n'en démordait pas : C'est le commerce de Hassen qu'il veut, pas un autre. Franck se mit donc à économiser. Il dut effectuer un transfert depuis un compte de Mimoun sur lequel il avait procuration et qu'il prévint du retrait et du motif : Une épicerie ! Il est idiot, ce môme. Tu ferais mieux de lui acheter un appartement à Paris.

Cette année-là, Rosetta décida de prendre à nouveau des vacances. Mais elle n'avait droit qu'à quinze jours de congés, son patron refusait de lui accorder une semaine supplémentaire car ils avaient trop de travail en retard. Elle proposa à Franck de l'accompagner avec Charlie, elle avait envie de les présenter à sa famille, mais Franck était en pleine négociation avec les Russes sur le projet d'extension pétrolière de Hassi Messaoud. Charlie voulait-il venir avec elle ? Ce dernier était ravi à l'idée de découvrir le Colisée et le Forum, mais Hassen s'y opposa : C'est encore moi le patron, dans l'épicerie on ne prend jamais de vacances, tu as le droit de partir, mon grand, mais il y aura quelqu'un à ta place à ton retour. Devant la menace, Charlie décida de rester à son poste.

*

Kresty était un site immense : deux prisons de cinq étages en brique en forme de croix, avec vue sur la Neva pour les plus chanceux, des ateliers, une cuisine gigantesque à même de nourrir quatorze mille personnes, des bâtiments administratifs, une église à bulbes fermée avant-guerre, une infirmerie, une morgue de trois cents places, une glacière, une forge avec sa cheminée d'usine, un parloir qui ressemblait à un hall de gare et un sous-sol, domaine exclusif du KGB. Des histoires à faire frémir circulaient sur ce lieu mystérieux et redouté, avec des détails horribles, sûrement inventés, car peu nombreux étaient les détenus qui en remontaient. On avait cessé de dénombrer les personnes célèbres qui y avaient séjourné, avant et surtout après la révolution, et à l'époque des purges beaucoup y étaient mortes de maladie ou de mauvais traitements, ici il valait mieux être un anonyme. Construite au temps des tsars et mal entretenue, c'était au départ une prison idéale, à chaque niveau les branches de la croix s'articulaient autour d'une rotonde centrale qui permettait à un seul gardien, paraît-il, de surveiller tous les détenus de l'étage, mais à présent, c'était une maison d'arrêt délabrée et vétuste.

Le soir de sa rencontre avec Viktor, Igor fut transporté à l'hôpital pénitentiaire, qui occupait un bâtiment entier avec, au rez-de-chaussée et aux trois premiers étages, des salles communes de vingt lits séparés par des tentures marron. Igor fut installé au quatrième et dernier étage dans la zone de quarantaine où étaient placés les détenus suspectés d'avoir la tuberculose ou d'autres maladies qui risquaient de se propager. Ce n'était pas un endroit follement gai, le taux de mortalité y était effrayant, mais chaque malade disposait d'une chambre individuelle aux murs enduits d'une chaux écaillée et tachée. D'une fenêtre avec des barreaux, par-dessus le mur d'enceinte hérissé de barbelés, on apercevait la ville qui s'étendait vers l'ouest et les tourelles martiales du croiseur *Aurore* qui finissait sa vie à quelques encablures.

Viktor confia Igor aux bons soins du docteur Marinesko, dont les détenus soutenaient que peu de patients survivaient à ses traitements et qui avait échoué dans cet établissement parce que aucun autre à l'extérieur n'avait voulu de lui. Ce qui était une médisance, Marinesko avait fait toute la guerre comme médecin militaire, avec le 57e corps d'armée de Joukov, qui le tenait en haute estime et le décora personnellement pour services rendus après la monstrueuse bataille de Koursk. Constantin Marinesko était vêtu d'une blouse blanche qui dissimulait un costume en tweed – personne ne savait où il se procurait ses cravates et ses vêtements élégants – et il arborait une chevelure foisonnante, une moustache et une barbichette pointue teintes en noir, qui lui donnaient une vague ressemblance avec Trotski, mais personne n'osait le dire publiquement. Marinesko n'avait rien à refuser à ce Viktor Markish : il arrivait de la Loubianka à Moscou et était, lui avait dit le directeur de la prison, un collaborateur d'Andropov, lequel venait d'être nommé patron du KGB. C'est toujours utile de rendre service à un homme puissant, pensait-il. Quant à l'homme aux yeux très bleus, il rendit compte à Viktor des charges invertébrées qui pesaient sur Igor et se félicita de ne pas l'avoir étranglé.

– Je vais m'occuper de lui personnellement, dit Marinesko à Viktor, après avoir examiné Igor longuement.

Son état s'aggravait, la fièvre atteignait quarante et un degrés, il respirait avec difficulté, tremblait, son front était perlé de sueur ; par moments, il délirait, évoquait un nommé Sacha sans que l'on comprenne ce qu'il disait.

– Il présente les symptômes d'une septicémie, on va lui donner des doses massives d'antibiotiques pendant une quinzaine de jours, avec de la cortisone, j'espère que ce n'est pas une infection rénale, car nous ne sommes pas équipés pour la traiter.

Comme Marinesko n'avait aucune confiance dans les deux autres médecins de l'hôpital pénitentiaire, il leur interdit de s'approcher d'Igor. C'étaient des praticiens blasés qui n'avaient aucune conscience professionnelle, l'un avait des ongles crasseux, l'autre puait l'alcool, ils travaillaient en regardant leur montre, des mouchards qui s'espionnaient et se détestaient, se dénonçaient, rapportaient les confidences des patients, des médecins condamnés pour des peccadilles, qui avaient fait leur temps de prison, mais n'avaient eu d'autre choix que d'atterrir dans cet hôpital de misère où ils étaient mal payés. Ils haussaient les épaules quand un malade disparaissait, il n'y avait jamais d'enquête, jamais de reproche, et aucun compte à rendre aux familles, déjà contentes quand on leur restituait le corps. Marinesko se souvint de sa réputation dans l'armée de Joukov, de son efficacité quand il sauvait des soldats autrement plus amochés en utilisant la phagothérapie parce qu'il n'avait pas de pénicilline à sa disposition, et il décida qu'il allait sauver ce collègue. Il lui administra des antibiotiques à la dose maximale mais la fièvre resta stationnaire ; au bout de trois jours, il augmenta encore les doses d'antibiotiques et de corticoïdes, une posologie qui dépassait la limite admise, mais Marinesko ne disposait d'aucun autre traitement. Il aurait dû faire des examens complémentaires, une radio des poumons, qui paraissaient obstrués, mais son appareil était en panne depuis un an et il n'était pas envisageable de transporter le patient dans un hôpital civil.

Prier, peut-être.

Attendre.

Espérer que les bactéries finiraient par reculer, que le cœur tiendrait, que les reins ne se bloqueraient pas, qu'il ne développerait pas un ulcère ou une septicémie foudroyante. Marinesko estima que l'état de son patient nécessitait une prise de risque et tenta un cocktail bactériophagique sur les plaies suppurantes, qui fut efficace. Au matin du sixième jour, Igor reprit le dessus, sa température baissa, il était blême, amaigri, avec des cernes noirs, chaque respiration était un effort, mais l'infection régressait. Marinesko attendit une semaine avant de diminuer les doses, il passait le voir plusieurs fois par jour, ou Alina, la seule infirmière autorisée à pénétrer dans la chambre. Elle l'auscultait, prenait son pouls, sa température.

– Je suis contente, vous avez 37,5°, c'est bon signe. Mais vous n'avez rien mangé.

– Je n'ai pas faim.

– C'est du rôti ! Vous rendez-vous compte ? Du roastbeef ! Il y en a qui tueraient leur père et leur mère pour ça. Il faut finir votre assiette, reprendre des forces.

Igor savait qu'Alina avait raison, il s'obligea à avaler quelques bouchées, en mastiquant lentement. Il récapitula ses souvenirs, de son arrivée à Leningrad jusqu'à son arrestation et aux séances d'interrogatoires musclés qui s'ensuivirent. Sa mémoire lui jouait des tours, il confondait les jours et les nuits, ses rêves et la réalité, les visages ennemis et amis, et surtout il ne se rappelait plus s'il avait imaginé Sacha ou s'il l'avait vu. Il cherchait, jusqu'aux confins de son cerveau, recommençait inlassablement. Sacha revenait, lui parlait avec gentillesse, prenait sa main, essuyait son front. Igor s'endormait, exténué, Sacha lui souriait, un Sacha rajeuni, plein d'allant, qui ne ressemblait pas à l'homme lessivé par la vie qu'il avait côtoyé à Paris. Igor se réveillait avec cette image en tête, dont il n'arrivait pas à se débarrasser, et puis, avec les forces qui lui revenaient, il se souvint que Sacha avait un autre prénom, il chercha encore, son esprit était un mur noir. Il aurait pu demander de l'aide au docteur Marinesko, qui était si prévenant, mais il restait sur ses gardes : « Méfie-toi de tout le monde, n'avait cessé de répéter Néhémie Levanon, et particulièrement de ceux qui te sourient. » Alors, Igor ne posa aucune question. Au bout de douze jours dans cette chambre proprette, nourri comme un prince, le doute lui sauta aux yeux, un pareil traitement était impossible, inimaginable même sans une intervention divine, il était à deux doigts d'être exécuté sans que personne s'en soucie quand, par un coup de baguette magique, sa situation s'était améliorée de façon spectaculaire. Pourquoi ce revirement ? Et dans son sommeil, un prénom émergea : Viktor. Une voix qui répétait… « Viktor… »

Qui était Viktor ?

Pendant ces longues journées où il attendait le passage de Marinesko ou d'Alina, Igor n'avait rien d'autre à faire que de regarder par la fenêtre ou de fermer les yeux et de penser. Il ignorait quel sort lui serait réservé mais il avait accompli ce dont il rêvait depuis quinze ans : revoir Nadejda, peu importait que leurs retrouvailles n'aient pas été un succès, il était heureux de savoir que sa femme et ses enfants étaient vivants, même s'il était sorti de leur cœur. Il ne condamna pas le geste de Piotr, il ne lui en voulait pas, c'est à lui-même qu'il adressait des reproches, il aurait dû se souvenir que, dans ce pays, la dénonciation faisait partie des moyens indispensables à la survie. Il se demanda s'ils avaient parlé de lui à Ludmilla et se dit que jamais une fille n'aurait trahi son père.

Mais il n'en était pas trop sûr.

Un matin, alors qu'Igor apercevait en se penchant par la fenêtre la flèche de Pierre-et-Paul qui émergeait de la brume, les pièces du puzzle s'emboîtèrent d'un coup dans sa tête, il se rappela avec effarement qui était Viktor.

Et que le fils ressemblait au père.

Igor soupira.

Viktor apparut au bout de vingt jours, Igor l'observa, il était moins élancé que Sacha, ses épaules étaient plus carrées, mais il avait le même visage. Était-ce cette ressemblance qui le dérangeait ou l'uniforme qu'il portait ? Igor ne se sentait pas à l'aise en face de cet homme. À moins que ce ne soit sa propre culpabilité qui le gênait. Viktor était accompagné de Marinesko, qui fit un rapport détaillé sur l'évolution de son malade, la douleur à la clavicule avait disparu, les contusions diverses s'estompaient, les bleus commençaient à s'évanouir, la tension était toujours élevée, les derniers problèmes seraient résolus avec du repos et une bonne alimentation. Seule la cloison nasale déviée ne pouvait être remise en place, il aurait fallu la casser à nouveau, mais Igor préférait rester avec le nez un peu de travers : Laisse-nous. Marinesko sortit. Viktor s'assit sur le bord du lit.

– Je suis tellement content de voir que tu as surmonté cette épreuve. En ce moment, nous avons un travail considérable, je ne suis pas très disponible. J'espère que nous aurons un peu plus de temps une autre fois. Je voudrais que tu me parles de mon père, je ne l'ai pas bien connu. J'étais jeune, je vivais avec ma mère à Moscou.

Igor évoqua le complot des blouses blanches en 52, les accusations contre les médecins juifs et comment Sacha l'avait prévenu de son arrestation prochaine en modifiant sa voix : Cela ne m'étonne pas de lui, dit Viktor. Igor raconta la fuite de Sacha par l'isthme de Carélie, son arrivée à Paris et sa vie difficile.

– Avant son départ, ton père dirigeait le Commissariat aux archives de Leningrad, il effaçait des photographies ceux qui avaient été emportés par les purges, à sa manière c'était un artiste des photos truquées. À Paris, il a utilisé ses talents comme laborantin dans une boutique de photo, il n'a pas eu une vie heureuse, tout le monde le rejetait, on lui reprochait ses exactions, d'avoir été du côté des bourreaux.

– C'est vrai qu'il est allé très loin, mais il n'avait pas le choix, à cette époque celui qui n'obéissait pas était éliminé.

– Nous formions un petit groupe d'exilés, on se réunissait pour jouer aux échecs, parler du pays, on refusait qu'il se joigne à nous.

– Ah oui, les Incorrigibles Optimistes.

– Comment es-tu au courant ?

– Qu'est-ce que tu crois ? Dès que quatre Russes se réunissent quelque part, en Russie ou n'importe où dans le monde, nous le savons et nous recevons un rapport détaillé. Mais vous ne présentiez guère d'intérêt.

– Quelqu'un du Club vous informait ! Qui ?... Sacha ? Léonid ?... Un autre ?

– Cela n'a plus d'importance aujourd'hui.

Viktor était pressé.

– Porte-toi bien, je reviendrai dès que possible.

– Dis-moi, Viktor, qui a gagné la guerre ?

– Cette fois encore, les Arabes n'étaient pas assez nombreux. La prochaine fois, peut-être.

Viktor revint cinq semaines plus tard, Igor était quasiment rétabli, un torticolis sournois l'obligeait à lever le menton pour soulager la douleur, lui donnant un air hautain de hobereau prussien, mais, en raison de la dose de cortisone qu'il prenait encore, Marinesko ne voulait pas lui prescrire un autre anti-inflammatoire, il lui proposa une pommade antalgique à base de camphre qui ne servit à rien : Il faut être patient, la plupart des torticolis sont psychosomatiques.

Igor s'ennuyait dans sa chambre. Marinesko l'autorisa à faire les cent pas dans le couloir mais ne lui accorda pas le droit de descendre à l'étage inférieur ou de rester seul dans la cour, et pendant deux heures chaque jour, Igor faisait des allers-retours, bavardait avec d'autres malades qui s'étonnaient qu'un homme si bien portant soit toujours hospitalisé. Igor demanda à Alina si la bibliothèque pouvait lui fournir des livres, mais pendant le terrible hiver 56 où il n'y avait plus ni charbon ni bois, les détenus les avaient brûlés pour se chauffer. Marinesko lui prêta ses propres bouquins, Igor relut avec plaisir *Un héros de notre temps* et *Les Âmes mortes*.

Les discussions dans un hôpital ne sont jamais très gaies, les malades n'ayant rien d'autre à faire que de se raconter leurs misères. Igor fut effaré des erreurs de diagnostic qui expliquaient les complications incessantes, les surinfections et la dégradation de la santé de ses compagnons d'infortune. Nicolaï, un de ses voisins d'origine lettone, souffrait de coliques néphrétiques, mais Igor trouvait curieux qu'il ait une fièvre si élevée, des nausées et des vomissements, et que ses douleurs soient situées dans l'abdomen et non dans la région lombaire. Un soir, Igor l'ausculta, Nicolaï avait le ventre dur et douloureux, Igor diagnostiqua une crise d'appendicite. Il s'en ouvrit à Marinesko :

– C'est possible, mais on ne peut pas l'opérer en ce moment.

Igor mit en avant les vomissements noirs de Nicolaï, ses jambes à la couleur rosâtre, des symptômes qui ne survenaient jamais avec les coliques néphrétiques.

– Si tu continues à me casser les pieds, tu ne sortiras plus de ta chambre.

Le lendemain matin, Nicolaï avait disparu, sa chambre avait été nettoyée et peu avant midi, un nouveau malade y fut installé. Igor interrogea Alina, mais elle fit comme si elle n'avait pas entendu la question et Igor ne sut jamais ce qui était advenu de Nicolaï. Igor évoqua ce problème avec Viktor, ce dernier aussi éluda la question :

– On a du mal à trouver des médecins pour travailler ici, les conditions sont difficiles, qui ne se trompe jamais ?

Viktor montra à Igor des photos de sa femme et de ses deux filles qui vivaient à Moscou.

– Nous avons de la chance, on habite un des gratte-ciel de Staline.

Il aurait été heureux qu'Igor les connaisse un jour.

– Malheureusement, ce ne sera pas possible.

Il rangea son portefeuille.

– J'ai avancé sur ton dossier, je ne veux pas en dire plus pour l'instant, mais je dois te poser une question. As-tu vu le rabbin Abram Lubanov ?

– Bien sûr, quand je suis allé à la synagogue.

– As-tu discuté avec lui avant ? Lui as-tu transmis un message des autorités israéliennes ? As-tu une responsabilité dans ce sermon où il a appelé les juifs de Leningrad à déposer des demandes de visas pour émigrer en Israël ?

– Bien sûr que non. Je ne lui ai jamais parlé.

– Alors, pourquoi es-tu venu à Leningrad ?

– Quand j'ai appris que l'hôpital Ichilov de Tel Aviv voulait offrir un échographe à l'hôpital Botkin de Leningrad, je me suis porté candidat pour assurer la formation nécessaire, avec l'arrière-pensée de revoir Nadejda, Piotr et Ludmilla. Et comme je parlais russe, ils m'ont pris.

– Je pense que tu ne me dis pas la vérité. Tu as de la chance parce que, en haut lieu, on ne prend pas son sermon très au sérieux. Nous avons des problèmes plus graves à résoudre que les velléités d'émigration de quelques vieux juifs gâteux. Mais on sait aussi qu'il n'y a pas de hasard. Jamais. En plus, l'échographe est en panne et personne ne sait le réparer.

Deux semaines plus tard, Igor sentit une présence dans sa chambre ; assise sur son lit, une ombre noire se découpait sur le cadre de la fenêtre. Il alluma la lumière. Viktor était là, le regardait dormir.

– Pourquoi ne m'as-tu pas réveillé ? Cela fait longtemps que tu es là ?

– Je n'aurais pas dû venir aujourd'hui, je repars à Moscou immédiatement. Je voulais que tu me parles de mon père.

– Que veux-tu que je te dise ?

– Comment était-il dans les dernières années de sa vie ? A-t-il exprimé des regrets ? A-t-il parlé de moi ?

– Tu sais, je lui en voulais, je l'ai rejeté, je n'ai jamais discuté avec lui. Mais après sa mort, j'ai appris par un jeune Parisien qui fréquentait notre club d'échecs et qui était devenu son ami que ton père avait sauvé des flammes du KGB des poèmes qui avaient été saisis, il les avait appris par cœur, pour en conserver une trace, il en connaissait des centaines, il était comme ces personnages de Bradbury qui mémorisent des livres pour les sauver de la disparition, mais avec lui ce n'était pas de la fiction, cela a été sa manière de lutter et de résister.

– Ma mère m'a dit qu'il adorait la poésie… Et tu trouves que je lui ressemble ?

– Beaucoup.

Igor attendit trois semaines avant de revoir Viktor, passant son temps à dévorer les romans qu'Alina lui apportait. Il lut *La Jeune Garde* de Fadeïev, *Les Strogov* de Markov et il était en train de commencer *Le Dégel* d'Ehrenbourg, quand Viktor pénétra dans sa chambre. Il jeta un œil à la couverture de son livre et à ceux posés sur la tablette de la fenêtre.

– Tu as de saines lectures, mon oncle. Que des prix Lénine. Nous devons parler.

Viktor s'assit sur la chaise en bois et Igor sur le bord du lit. Viktor sortit une flasque d'alcool de sa poche, en proposa à Igor qui refusa, il but une gorgée.

– Je n'ai pas beaucoup de temps. Après ton arrestation, j'ai réussi à les convaincre que tu pouvais être une monnaie d'échange intéressante, on a négocié avec les Israéliens, cela a été long parce que nous avons rompu nos relations diplomatiques avec eux après la guerre des Six Jours, les Suisses ont servi d'intermédiaires. Pour faire bref, ils ont accepté de t'échanger contre un de nos agents détenu aux USA, ils tiennent vraiment à toi. Tu vas être transféré ce soir, l'échange aura lieu en Autriche après-demain. Je suis heureux que cela se finisse ainsi. Bientôt, tu seras libre. Je ne crois pas que nous aurons l'occasion de nous revoir un jour.

Viktor scruta Igor, qui restait pensif.

– Tu veux dire que je dois quitter la Russie ?

– Cela n'a pas l'air de te faire plaisir.

– Je ne veux pas.

– Ce n'est pas possible, Igor, tu n'as pas idée des efforts que j'ai faits pour les convaincre et mettre au point cet échange.

– Je refuse. Je reste ici. Je suis russe. C'est mon pays, je ne repartirai pas.

– Si tu t'obstines, tu passeras devant un tribunal et tu seras condamné. Avec l'empressement qu'ont mis les Israéliens et les Américains à accepter notre proposition, nous avons la preuve que tu es un de leurs agents et que c'est toi qui as soufflé son sermon au rabbin Lubanov, tu seras sévèrement condamné.

– Tant pis. Je préfère rester.

– Tu es fou ou stupide ? Réfléchis, je t'en prie, si tu persistes, je ne pourrai plus rien faire pour t'aider.

Le mardi 6 février 1968, Igor Markish fut transféré à la Fontanka et, à l'issue d'un procès qui dura vingt-six minutes, il fut condamné à quatre ans de prison par le tribunal municipal de Leningrad, au titre des articles 58 et 190.1 du Code pénal, pour activités antisoviétiques et propagande sioniste.

*

Le 1er janvier 1968, Michel adressa ses bons vœux à Igor, lui souhaitant le meilleur pour la nouvelle année et formulant l'espoir de le revoir bientôt. Fin février, sa lettre lui revint avec un tampon de la poste israélienne l'informant que le destinataire n'habitait plus à l'adresse indiquée à Haïfa. Michel téléphona à Léonid, ils bavardèrent un moment, Léonid avait repris son activité de chauffeur de taxi, tout allait bien avec Milène, c'était une femme formidable : On pourrait dîner un soir ensemble. Michel répondit qu'il allait en parler à Camille, puis il lui demanda s'il connaissait la nouvelle adresse d'Igor. Léonid réfléchit longuement.

– Il ne m'a rien dit, c'est bizarre, si cela se trouve, il s'est décidé à rejoindre sa copine à Tel Aviv.

Au mois d'avril, Michel se débrouilla avec Philippe Morges pour réaliser le reportage que *L'Express* avait commandé à l'agence sur la vie d'une famille de juifs pieds-noirs qui avait décidé de s'établir dans un kibboutz près de la frontière libanaise, en faisant valoir qu'il connaissait le pays comme sa poche, parlait couramment l'anglais et baragouinait trois mots d'hébreu. Il partit avec un journaliste, qui s'occupa des interviews pendant qu'il prenait une série de photos de cette famille. Le travail fut plié en deux temps, trois mouvements, Michel prévint le journaliste qu'il allait rester quelques jours à titre personnel et lui confia les bobines à développer.

Dans le petit immeuble de Haïfa où Igor avait vécu, son nom avait disparu de la boîte aux lettres. Michel interrogea le nouveau locataire, les voisins, le patron du restaurant voisin où ils dînaient souvent, personne ne savait où Igor était parti : Un beau jour, on ne l'a plus vu, il n'a rien dit à personne. Michel téléphona à Léonid à Paris, lui demanda s'il se souvenait du nom de sa copine et si, par hasard, il connaissait son adresse : Elle s'appelle Miriam, c'est une brune aux cheveux courts, elle a une quarantaine d'années, elle travaillait à l'hôtel Exterior à Tel Aviv.

L'hôtel Exterior était un bâtiment moderne de luxe qui s'élevait au milieu d'un parc immense, donnant sur la plage. Michel fit la connaissance de Miriam, qui était réceptionniste.

– Igor m'a téléphoné début mai pour me dire qu'il devait faire un déplacement urgent en France, il paraissait pressé, mais comme je n'ai plus eu de nouvelles de lui, j'ai pensé qu'il était resté à Paris. Pourtant, on s'entendait bien. J'ai trouvé son attitude assez décevante.

Cette façon de disparaître sans prévenir ni dire adieu dérangeait Michel. Le lendemain, il retourna à Haïfa, se présenta à l'Agence juive, demanda à voir Ivan Karov, qui le fit attendre une heure.

– Je ne comprends pas ce qui s'est passé. Igor était bien intégré, il allait obtenir la nationalité israélienne, il était satisfait de son poste à l'hôpital, tout le monde l'appréciait. Début mai, il m'annonce sa démission, qu'il retourne en France, je lui ai donné rendez-vous pour le lendemain, il n'est pas venu, je suis passé chez lui, il avait déménagé à toute vitesse, on n'a plus entendu parler de lui. Cela m'a attristé.

Ivan Karov fixa Michel avec un sourire peiné : Que peut-on faire dans ce genre de cas ? Rien.

Dans l'avion qui le ramena en France, pendant le vol qui lui parut interminable, Michel n'eut de cesse de se demander pourquoi Igor ne s'était pas manifesté s'il se trouvait à Paris, cela ne lui ressemblait pas.

*

Les 15 et 16 juillet 1969, Philippe Morges reçut trois demandes de journaux pour le même reportage sur le Festival panafricain qui devait s'ouvrir le 21 à Alger et s'annonçait comme une manifestation majeure avec des artistes africains ou issus de la diaspora, des intellectuels, des cinéastes et la présence de nombreux mouvements révolutionnaires africains. Des chanteurs renommés comme Nina Simone, Archie Shepp, Barry White, Oscar Peterson et Miriam Makeba, chanteuse sud-africaine contrainte à l'exil par le régime d'apartheid, devaient se produire au cours de concerts gratuits. On annonçait la participation de représentants des Black Panthers, dont le leader emblématique Eldridge Cleaver, sous le coup d'une accusation de meurtre et qui avait fui les USA pour se réfugier à La Havane, était arrivé à Alger à la mi-juin. Le gouvernement algérien entendait faire de ce festival une vitrine des luttes anti-impérialistes, en célébrant l'africanité révolutionnaire. Philippe Morges, grand amateur de jazz, pensa que c'était une occasion de joindre l'utile à l'agréable, il demanda à Michel de l'accompagner. Ils ne seraient pas trop de deux pour couvrir tous les événements et concerts qui allaient se dérouler sur une quinzaine de jours.

Le 19 juillet, Philippe et Michel se retrouvèrent à Orly, embarquèrent dans une Caravelle d'Air France à destination de Marseille, les vols directs étant complets. L'organisation matérielle du déplacement avait été compliquée, plus aucune place de libre dans les hôtels algérois. Annie, la secrétaire de Philippe, avait trouvé deux chambres chez un coopérant à proximité du parc de Galland. Sur le paquebot, Philippe donna ses instructions à Michel : On ne sera pas les seuls sur le coup, essayons de nous distinguer avec des clichés un peu originaux. On ne fera que de la couleur. Moi je couvrirai les concerts, toi tu t'occuperas des rencontres, fais-moi du rentre-dedans, du vécu, avec du 28 mm, des portraits gros plan, tant pis si ce n'est pas très net. On peut s'arranger avec le chef d'escale à l'aéroport de Maison-Blanche pour faire rapatrier nos clichés deux fois par jour.

Franck venait d'arriver à son bureau au ministère quand il reçut un coup de téléphone d'un responsable de la Sécurité intérieure l'informant qu'un dénommé Michel Marini, voyageant sur le *Kairouan*, arriverait en fin de matinée au port d'Alger, accompagné du patron d'une agence photo, ils avaient demandé une accréditation pour les différentes manifestations du festival. Franck pensa que ce n'était pas le bon moment pour débarquer, pourtant Michel était le seul membre de sa famille qu'il pouvait avoir envie de revoir, avec son père évidemment. Mais ils appartenaient à une époque révolue. Michel était-il au courant de son activité en Algérie ? Ou seul le hasard du festival l'amenait-il ici ?... Je n'ai pas envie de le revoir. J'ai refait ma vie. Qu'allons-nous nous raconter ? Nos tristesses ? Nos regrets ? Comment expliquer tout ce qui a changé ? Il ne comprendrait pas. Et quand nous nous séparerons, que nous dirons-nous : À dans vingt ans ? Leur histoire ne m'intéresse pas, j'ai coupé le cordon, cela a été assez difficile de recommencer de zéro. Ce qui compte, c'est ce que l'on vit au présent et ce que l'on vivra demain avec les gens qu'on aime. Aujourd'hui, j'ai une nouvelle famille. L'ancienne ne compte plus. Je n'ai rien choisi, rien décidé. Je dois simplement être logique et cohérent avec l'homme que je suis devenu.

Franck appela son correspondant de la Sécurité intérieure : Quand Michel Marini débarquera avec son collègue, vous devrez les refouler. Trouvez le prétexte que vous voulez, qu'ils n'ont pas de visa, pas d'accréditation. Ou mieux, ne donnez aucune justification, indiquez-leur avec courtoisie qu'ils ne sont pas autorisés à pénétrer sur le territoire algérien. Sans explication. Et remettez-les dans le bateau tous les deux, qu'ils repartent ensemble et immédiatement.

Franck ne put s'empêcher de se rendre au débarcadère du port. Depuis un bureau de la douane, dissimulé derrière un store vénitien, il assista à l'interpellation de Michel et de Philippe Morges. Le douanier-chef examina leurs passeports avec attention, disparut sans un mot pendant une demi-heure et revint pour leur annoncer qu'ils devaient reprendre le premier bateau à destination de Marseille. Franck ne s'attendait pas à ce que le ton monte à ce point, il ne percevait pas ce que Philippe Morges disait mais, de toute évidence, il était furieux. Franck entrouvrit la porte, Morges exigeait de contacter l'ambassadeur de France, qu'il connaissait personnellement, il s'énervait d'autant plus que le douanier restait de marbre. Au bout d'un moment, d'un coup, Morges se résigna, épaules baissées. Ils furent reconduits en zone d'embarquement. Michel n'avait pas dit un mot, et quand il voulut calmer son patron en posant la main sur son épaule, l'autre le repoussa. Franck découvrit que son petit frère avait grandi et portait des cheveux longs. En le voyant disparaître, Franck eut un pincement au cœur, il passait à côté d'une occasion unique, il aurait dû le prendre dans ses bras, l'embrasser. Ce n'était pas grand-chose après tout. Et puis, il haussa les épaules.

Se dit qu'il ne changerait jamais et resterait toujours un sentimental.

Pour Philippe Morges, cette interdiction fut vécue comme un affront personnel, dont il parla pendant des années avec véhémence, accumulant explications subtiles et suppositions tordues. Il resta persuadé qu'il avait été victime d'un concurrent jaloux qui s'était débrouillé, moyennant bakchich bien entendu, pour le faire refouler. Ils firent le voyage retour sur le *Kairouan*, abattus par ce coup du sort, et arrivèrent à temps à Marseille pour voir Neil Armstrong poser le pied sur la lune.

*

C'était un grand jour. Comme il en arrive seulement un ou peut-être deux dans une vie d'homme, un de ces jalons qui marquent l'existence et restent en mémoire comme des souvenirs impérissables : un mariage, la naissance d'un enfant, la mort d'un être cher. Ce mercredi 2 décembre 1970, à l'âge de trente ans, Franck Marini accomplit son rêve : il devint algérien, renonçant sans regret à la nationalité française. Cet objectif qu'il cherchait à atteindre depuis son retour en Algérie n'avait pas été un chemin bordé de jasmin, mais un combat.

Une récompense pour services rendus.

La salle d'apparat du ministère de l'Industrie se révéla trop petite pour accueillir la foule de ses amis et les dignitaires, de loin les plus nombreux, qui se pressaient pour le féliciter, lui serrer la main et l'embrasser. Franck vit défiler des inconnus à qui il souriait et d'autres qu'il connaissait à peine et qu'il remerciait avec chaleur, en promettant de les revoir dès que possible. Les Russes, les Tchèques, les Cubains, les Bulgares, chaque pays ami avait envoyé un représentant, chaque ministère aussi. Plus des généraux et des colonels en pagaille. Le président Boumédiène avait délégué son secrétaire particulier, dont l'accolade avait été remarquée et applaudie. Franck n'était pas dupe, il savait qu'il devait cette considération à son statut de plus proche collaborateur de Mimoun Hamadi, un intime du Président. Hamadi recevait les hommages avec la modestie qui convient, à ses côtés sa femme embrassait les épouses des vassaux, promettait un dîner prochain. Lucien était le seul ami français de la fête, les derniers spécimens de colons avaient disparu du paysage, les volontaires de la première heure avaient fui ou avaient été chassés, et la plupart des coopérants attendaient leur rapatriement.

On n'avait plus besoin des Français.

*

Igor purgea sa peine dans le camp n° 5 de l'oblast de Mourmansk, une région désolée située au nord du cercle arctique, où les hivers qui durent six mois sont effroyables et les étés infernaux à cause des nuées de moustiques ; la nuit perpétuelle, le blizzard incessant et les privations y rendent la survie périlleuse. À son arrivée, Igor fut affecté en sa qualité de médecin au dispensaire central, où il travailla à l'abri du froid, à peu près correctement nourri, dispensé des corvées exténuantes imposées aux autres détenus qui creusaient des canaux et des digues ou entretenaient des routes qui disparaissaient sous deux mètres de neige. Les gardes le laissaient tranquille, lui parlaient comme à un être humain, se plaignaient à lui de leur piteuse situation, ils étaient à peine mieux traités que les détenus. Igor se contenta de faire son métier sans jamais émettre la moindre critique, même quand il ne disposait d'aucun médicament à prescrire, à l'exception de pommade contre les engelures, de pilules contre la diarrhée et des infusions qu'il préparait avec des aiguilles de sapin, utiles contre la toux, ou d'autres contre les inflammations diverses et les rhumatismes. Il devait aussi parfois se transformer en dentiste du Moyen Âge ou chirurgien d'Empire, quand il était face à un homme qui le suppliait de faire quelque chose pour le soulager.

Pendant ces quatre années, Igor n'eut aucune nouvelle de Viktor, mais il avait compris qu'il lui devait sa position privilégiée. Il fut libéré une semaine après la fin de sa peine. Au greffe du camp, on lui remit une valise avec ses vêtements civils, son autorisation de déplacement et le portefeuille qui lui avait été confisqué lors de son arrestation. Il contenait toujours les deux cent vingt dollars et les huit cents roubles qui s'y trouvaient quatre ans auparavant. Dans la poche en cuir protégée par une fermeture éclair, Igor revit avec plaisir le trèfle à quatre feuilles dans sa pochette en plastique que Michel lui avait donné avant son départ d'Israël. Au moment où il montait dans le camion qui devait le conduire à Mourmansk, un gardien lui tendit une enveloppe marron qui contenait une feuille blanche avec une ligne tapée à la machine : « Place Koudrine, 21e étage, Moscou. » Sous une pluie battante, Igor quitta le camp à la période du dégel, qui avait transformé les terres en un marécage boueux et glacé dans lequel on s'enfonçait jusqu'au mollet.

Après tout ce temps passé dans le silence des forêts de l'Arctique, Moscou parut à Igor une ville monstrueuse, le bruit, le métro si rapide, la foule lui donnaient le tournis. Viktor Markish habitait un grand appartement au vingt et unième étage de la tour principale de Koudrinskaïa, un des sept gratte-ciel monumentaux qui écrasaient la capitale de leur masse. Igor fit la connaissance de Donia, l'épouse de Viktor, qui donnait des cours de violon au conservatoire Rimski-Korsakov et s'occupait de ses deux filles, Véra et Irina. Igor fut touché que Viktor ait donné le prénom de sa mère à sa fille.

– Vous n'avez pas mauvaise mine, dit Donia en l'accueillant.

Viktor arriva avant le dîner, il n'attendait pas Igor avant une semaine.

– La communication est mauvaise entre les services, l'important c'est que tu sois là et en bonne forme. Je ne pouvais pas venir te voir mais j'avais de tes nouvelles régulièrement, j'espère que tu as été bien traité. Je pense que tu as eu le temps de te repentir de ta décision de rester dans ce pays.

– Grâce à toi, ces quatre années n'ont pas été trop dures, mais pas une seconde je n'ai eu le moindre regret. J'ai été condamné, j'ai payé ma dette, maintenant je vais pouvoir vivre ici, peut-être un jour revoir mes enfants. J'avais oublié à quel point tu ressembles à Sacha, en te voyant j'ai l'impression de rajeunir de vingt ans, mais toi, as-tu des remords de travailler au KGB ?

– Tu parles d'une époque révolue, la politique du gouvernement a changé, notre ennemi aujourd'hui, c'est la corruption et le marché noir. Notre priorité, c'est d'améliorer le bien-être de la population. Nous n'avons pas eu le temps de parler, tu ne m'as jamais dit comment était la vie en Israël. Est-ce que les gens y sont heureux ? Est-on vraiment libre et aidé comme le raconte la propagande juive ?

– Ce n'est pas de la propagande, on travaille dur, mais c'est un pays neuf où tout est encore à construire et chacun peut y trouver sa place.

Viktor enleva sa vareuse, dénoua sa cravate, fixa Igor dans les yeux.

– En tout cas, celui qui a allumé la mèche il y a quatre ans a réussi son coup, la nouvelle s'est propagée, inexorablement, des dizaines de milliers de juifs demandent l'autorisation d'émigrer en Israël, on délivre les visas au compte-gouttes. Au sommet, on a longtemps hésité entre l'envie de les leur accorder et de se débarrasser de ces gêneurs, et la crainte de donner le mauvais exemple. La décision a été prise de sévir contre les activistes juifs qui sapent l'autorité du Parti, car il y a un problème que personne n'avait vu venir. Dans notre pays, être juif n'est pas une religion mais une nationalité, comme Géorgien, Ouzbek ou Arménien, c'est pour cela que le mot « Juif » est inscrit sur la cinquième ligne du passeport intérieur, et le fait que des membres d'une des nationalités de l'Union veuillent émigrer en masse est ressenti comme une menace pour le pays… Il y a une blague qui me fait rire, écoute, c'est Brejnev qui interroge Kossyguine :

« Combien y a-t-il de juifs en URSS ?

– Entre deux et trois millions », répond le président du Conseil. Le chef de l'État demande alors : « Et si on ouvre les vannes, combien vont partir ?

– Environ vingt millions. »

Au moins.

Igor passa deux jours dans le train pour faire le voyage à Volgograd, où sa fille Ludmilla habitait. Viktor lui avait déconseillé d'y aller, pour ne pas essuyer une nouvelle déconvenue, mais Igor répéta : « C'est ma fille, je veux la revoir. » Viktor lui procura son adresse. Igor demanda son chemin à une femme, qui lui recommanda de prendre le tram, mais comme il avait besoin de se dégourdir les jambes, il partit à pied, traversa cette ville qui avait été ravagée par une des plus grandes batailles de tous les temps, mais il ne restait aucune trace visible de la folie de Stalingrad, à l'exception d'une gigantesque statue, la plus haute du monde, qui venait d'être inaugurée et dominait la ville reconstruite à l'identique. Igor se perdit à proximité de l'église Saint-Nicolas, s'assit sur un banc. Avait-il raison de vouloir retrouver sa fille, de lui imposer ce choc ? Ludmilla avait cinq ans quand il avait quitté précipitamment Leningrad, elle en avait vingt-cinq à présent. Que signifiait pour elle d'avoir un père ? N'aurait-elle pas la même réaction de rejet que Piotr ? Après tout, elle ne s'était pas manifestée pendant sa détention. Igor se dit que c'était l'occasion ou jamais d'obtenir une réponse aux questions qui l'obsédaient depuis si longtemps.

Il arriva devant son immeuble, un bâtiment coquet de trois étages, il en monta deux et sonna, un homme athlétique lui ouvrit. Vassily était pompier à la caserne de Tsaritsyne, de service de nuit au théâtre municipal, immédiatement il sut que c'était Igor qu'il avait devant lui :

– Quand j'ai fait sa connaissance, Ludmilla m'a dit que vous aviez disparu, j'ai pensé que vous étiez mort. Il y a cinq ans, sa mère lui a annoncé votre retour, votre arrestation et votre condamnation, mais Ludmilla n'a pas voulu qu'on en parle.

Il lui raconta comment ils s'étaient rencontrés, c'était à un bal, le jour de la fête du Travail. Ludmilla lui avait fait croire qu'elle avait dix-huit ans alors qu'elle en avait à peine seize, mais c'était trop tard, il était déjà amoureux, c'était un peu compliqué parce qu'il avait dix ans de plus qu'elle, elle ne voulait pas se marier, pas avoir d'enfants, et il n'arrivait pas à savoir ce qu'elle désirait. Vassily proposa un thé mais Igor n'avait pas envie d'attendre : Et si j'allais la chercher ? Vassily lui indiqua comment trouver l'école et commença à décrire Ludmilla : Elle est brune, pas très grande et… Igor l'interrompit : C'est ma fille, je vais la reconnaître.

Les mères attendaient la sortie des enfants devant la grille, bavardaient entre elles, certaines le saluèrent. Une sirène retentit, les enfants commencèrent à quitter l'école. Igor aperçut deux jeunes femmes brunes qui avançaient côte à côte, elles devaient avoir dans les vingt-cinq ans, il scruta leurs visages comme s'il cherchait à y découvrir une trace de sa paternité, mais aucun détail n'attira son attention, elles passèrent devant cet homme qui les dévisageait avec insistance en lui jetant à peine un regard. Igor cherchait parmi les autres femmes qui s'en allaient mais elles étaient toutes plus âgées, quand il entendit dans son dos : Papa ? Igor se retourna, découvrit Ludmilla face à lui, il s'avança, détailla ces traits inconnus, ils restèrent quelques secondes à se découvrir, elle leva la main, effleura sa joue, ses lèvres : C'est toi ?

Ludmilla n'avait pas de contentieux avec Igor, elle ne lui en voulait pas d'avoir fui quand elle avait cinq ans, de ne s'être jamais occupé d'elle : C'est la vie. Elle avait perdu tout souvenir de lui, comme s'il n'avait jamais existé. Nadejda avait déchiré toutes les photos d'Igor, celles de leur mariage, de leurs vacances sur le lac Ladoga, de la naissance de Piotr.

Toutes les photos.

Les vêtements d'Igor, ses objets personnels avaient disparu, il ne restait aucune trace rappelant son passage sur cette terre. Dans la bagarre, en perdant son père, Ludmilla avait perdu sa famille paternelle, à commencer par sa grand-mère Irina. À la maison, le père était un non-sujet. Nadejda s'était remariée avec Anton, qu'elle aimait bien et qui avait assumé son rôle. Très jeune, Ludmilla avait acquis ce sixième sens que tout Russe doit se forger, celui de savoir pressentir les sujets à ne jamais aborder, les questions dangereuses à ne jamais poser. Pour avoir la vie sauve. Personne n'avait eu besoin de lui expliquer. Elle ne parlait donc pas de lui, mais Igor était un mystère logé dans un coin de sa tête, un point d'interrogation secret, et elle savait qu'il lui faudrait beaucoup de temps et de patience pour résoudre cette énigme.

Igor et elle trouvèrent refuge dans un des rares cafés de Volgograd, prirent chacun une bière, elle lui posa un millier de questions, sur le pourquoi et le comment de sa vie biscornue. Igor répondit sans chercher à se donner le beau rôle, il dit ce qu'il croyait être la vérité.

– Je suis contente de te revoir, tu sais, c'est un grand bonheur.

Elle invita Igor à passer la nuit chez eux, ils l'installèrent sur le sofa de la salle à manger. Igor resta cinq jours, il accompagna Ludmilla à l'école, alla la chercher à la fin de la journée, ils se baladèrent dans cette ville immense, elle lui montra les terres labourées du champ de bataille sur les rives de la Volga, un coin où il était impossible d'aller se promener car des milliers de mines n'attendaient qu'eux pour exploser. Elle lui parla de Nadejda, et de Piotr qu'elle ne voyait pas beaucoup.

– C'est la vie. Comment faire pour se voir quand on habite à mille sept cents kilomètres de distance ?

– Moi, je viendrai te voir, promit-il.

Igor rencontra d'autant moins de difficultés pour obtenir du ministère de la Santé une liste des postes de médecin disponibles que sa demande visait des villes de campagne, et donc de petits hôpitaux dont les jeunes médecins ne voulaient pas. Viktor se proposa de l'aider à s'installer à Leningrad : Ce serait formidable aussi si tu vivais à Moscou, on pourrait se voir souvent, organiser des réunions de famille. Mais Igor était déterminé à vivre autrement : J'aspire à une vie tranquille en province. Tant mieux si c'est loin de tout. Il fit cinq déplacements pour se rendre compte sur place de ce qui l'attendait et accepta un emploi de médecin à l'hôpital de Koungour, une bourgade au fin fond de l'Oural, à quatre-vingts kilomètres de Perm :

– La région est magnifique, on a l'impression d'être au bout du monde, et le directeur m'a beaucoup plu.

– Tu vas t'ennuyer à mort dans ce trou perdu, dit Viktor. J'ai besoin de te poser une question, avec toi je peux parler librement. Nous avons des problèmes avec des juifs qui se sont vu refuser leur visa. Au lieu d'accepter cette décision, de se faire oublier, ils manifestent, multiplient les provocations, font des grèves de la faim, mobilisent l'étranger contre nous. D'après toi, que doit-on faire ?

– Débarrassez-vous d'eux.

– Justement. La décision a été prise d'en autoriser quelques milliers à émigrer. Mais il y a des trublions, des activistes en mal de publicité, probablement des agents manipulés. Ceux-là, nous allons nous en occuper, ils vont être soignés, mais il y a la masse des autres. Ce qu'on ne comprend pas, c'est pour quelle raison ils veulent s'exiler dans ce pays lointain, dont ils ne parlent pas la langue, la plupart n'ont reçu aucune éducation religieuse et ne sont pas croyants. Depuis le temps, ils auraient dû oublier leurs origines, mais ils n'arrêtent pas de revendiquer une identité dont ils ne connaissent rien, ils se proclament juifs alors qu'ils ignorent ce que cela veut dire.

– Leur attitude ne relève ni de la logique ni de la raison, mais d'une force qui les dépasse eux-mêmes, ils imaginent un monde que votre système est incapable de leur offrir, et rien ni personne, aucune répression, ne pourra les empêcher de vouloir tenter leur chance. Ailleurs ne sera peut-être pas mieux mais ne pourra pas être pire. Aucune épreuve ne peut les effrayer, ni la menace de l'inconnu, ni les embûches innombrables, ni la prison, ni la mort, ni l'hostilité des peuples vers lesquels leurs pas les conduiront, pas forcément disposés à leur accorder une place. Ils sont prêts à abandonner le peu qu'ils possèdent pour que leurs enfants vivent en Terre promise. C'est de l'ordre de la croyance, du rêve, vous ne pourrez jamais empêcher un homme de penser qu'ailleurs sa vie sera meilleure, et d'être prêt à tout risquer pour y accéder. Quoi qu'il lui en coûte. Cela s'appelle l'espoir.

En septembre 72, Igor Markish s'installa à Koungour. Il fut bien accueilli, et d'autant plus vite intégré dans l'hôpital et la vie locale que c'était un bon médecin, qui ne ménageait pas sa peine et aimait soigner les gens. Il loua une maison en surplomb de la Sylva ; quand la météo le permettait, il accompagnait Sergueï Devatkov, le directeur de l'hôpital, qui était un pêcheur émérite et rapportait sandres, ablettes et aspes à foison. Sergueï lui prêta du matériel et lui transmit les rudiments de son art, mais Igor ne fut jamais un bon pêcheur, constamment distrait par le paysage infini qui s'étendait devant lui. Il aurait aimé être un peintre impressionniste pour saisir les vibrations de la lumière et de l'eau qui scintillait, il appréciait tellement ce mélange du silence, du souffle du vent un peu triste de traverser ces paysages faméliques, et du murmure de la rivière, qu'il en oubliait de soulever la canne à pêche quand elle se mettait à frétiller. Il lui arrivait de s'endormir aussi, même si, quand il ouvrait un œil, il soutenait qu'il était en train de réfléchir. Il avait envisagé de cultiver le jardinet qui entourait sa maison, mais il n'était pas non plus très doué pour le jardinage, il faut dire que ce n'était pas facile de faire pousser quoi que ce soit dans ce sol calcaire gelé ou détrempé la plus grande partie de l'année ; finalement, il renonça, fit comme ses voisins et le laissa en friche.

Viktor avait eu raison sur un point : la vie à Koungour était d'un ennui mortel, il ne s'y passait jamais rien, les gens du bourg ne parlaient que de chasse, de pêche ou des caprices du temps. Il arrivait souvent que la route soit coupée par la neige ou l'eau du dégel, mais on avait l'habitude et on attendait avec fatalisme de pouvoir à nouveau circuler. Au début, le premier lundi du mois, Igor accompagnait Sergueï à Perm, où ce dernier s'approvisionnait. Ils étaient toujours un peu désorientés par l'agitation frénétique qui régnait dans la capitale. Igor se rendait à la bibliothèque municipale pour trouver des livres récents, car la bibliothèque centrale de Koungour offrait un choix limité. C'est là, en mai 1973, qu'il fit la connaissance de Natalia Olegovna, qui exerçait la fonction de bibliothécaire adjointe, elle était veuve et devint son amie. Quand il sortit son portefeuille pour y prendre la carte d'identité nécessaire à son inscription, Igor fit tomber le trèfle dans son étui translucide, elle lui demanda s'il était superstitieux, il répondit qu'il lui avait été donné par un ami français et qu'il ne s'en séparerait pour rien au monde. C'est à cette époque qu'Igor cessa de pêcher, chaque lundi il prenait le car qui venait d'Iekaterinbourg et l'amenait à Perm en moins de deux heures.

Sauf quand la route était impraticable.

*

L'Algérie s'était débarrassée de huit cent mille Français, il en restait quelques dizaines de milliers, des vieux qui avaient refusé de partir, trop âgés pour refaire leur vie, d'autant qu'ils étaient nés ici, sous ce ciel immaculé, et qu'ils attendaient de rejoindre leur mari ou leur femme au cimetière. Ils étaient un peu moins nombreux chaque année, vivant de petites retraites, seule une poignée d'entre eux avaient demandé la nationalité algérienne, les autres s'appliquaient à demeurer invisibles, et leurs nouveaux voisins avaient fini par les oublier. Deux ou trois fois par an, ils se souvenaient de leurs origines, gravissaient la pente de Saint-Eugène, se retrouvaient pour la messe à Notre-Dame d'Afrique, à Noël, aux Rameaux, à Pâques, avec suffisamment de discrétion pour ne pas offenser la religion d'État. À ces occasions, la basilique immense se remplissait un peu, le petit nombre de fidèles les rapprochait, comme des frères et sœurs, leur donnait l'impression, tels les premiers chrétiens, de célébrer leur foi au milieu d'un monde hostile, et à la fin de chaque office, ils s'embrassaient avec chaleur.

Rosetta n'était pas une catholique farouche, elle avait des comptes à régler avec l'Église romaine, lui reprochant d'imposer une vision machiste de la société, de maintenir les femmes dans un rôle d'épouses soumises et de mères au foyer, mais, malgré ses réticences, elle devait composer avec ses gènes, et dès la première année de leur rencontre, elle avait entraîné Franck dans l'ascension de la côte puisque le bus qui y conduisait avait été supprimé, et comme Charlie ne voulait pas se retrouver seul, il avait fait le chemin avec eux. Pour chacun, la messe de Noël était devenue une tradition, mais pas pour les mêmes raisons. Pour Franck, c'était la survivance d'une superstition, en même temps, il y cherchait un refuge. Au début, il supportait avec peine la messe si longue. Foucauld avait fait de longs stages ici et donné six ex-voto pour des raisons inconnues, l'explication de sa conversion restait toujours mystérieuse pour lui. Pour quelle raison un homme dans la force de l'âge avait-il abandonné le monde et consacré sa vie à une idée aussi vague ? Avait-il trouvé une réponse à ce qu'il cherchait dans la pauvreté et la mortification ? Bercé par ces questions, Franck écoutait la messe en latin, fermait les yeux, se laissait emporter par la mélopée, levait les yeux vers la voûte à peine éclairée, et il se sentait apaisé.

Pour Rosetta, c'était *Natale*. Tout simplement. Un moment,

elle redevenait une petite fille heureuse qui ne se posait pas de questions sur sa place dans la société, elle se sentait alors plus profondément croyante, bouleversée par le martyre de cet homme et par cette naissance bucolique qui portait en elle son sacrifice. Et puis, il y avait Charlie, qui était fasciné par la crèche, le sapin, le récit que Rosetta lui avait fait de la Nativité.

Sans en rajouter.

Elle ne voulait pas tomber dans le prosélytisme. Charlie était algérien, il était musulman. Mais c'était lui qui était revenu à la charge, lui qui la pressait de questions. C'est quoi le fils de Dieu ? Il a vraiment donné sa vie par amour ? On peut aimer à ce point ? Rosetta n'avait plus toutes les réponses en tête, elle les avait oubliées, heureusement Franck avait suivi le catéchisme à Saint-Étienne-du-Mont, il avait fait sa communion, à l'époque il croyait au paradis et à l'enfer, n'aurait même pas eu l'idée de remettre en cause la Sainte-Trinité ou l'Immaculée Conception, c'étaient des évidences. Avant de bifurquer. Mais il s'en souvenait. Comme si c'était hier. Alors il venait au secours de Rosetta, ils racontaient à deux l'histoire magique, et Charlie les écoutait : Quelle belle histoire.

Franck se disait que Rosetta et Charlie formaient la famille qu'il n'avait pas réussi à garder, et il n'avait pas l'intention de la perdre. De temps à autre, il repensait à Djamila qui l'avait si facilement écarté, qui lui avait soustrait son fils Karim, qu'il n'avait vu que quelques minutes et dont les traits avaient disparu de sa mémoire. Maintenant, ils étaient partis en France et il n'avait aucune chance de les revoir un jour. Franck s'était résigné, que faire d'autre ? Il regrettait parfois ce gâchis, de ne pas avoir vu grandir son fils, de ne pas avoir pu être son père.

C'était fini aujourd'hui.

Personne ne choisit vraiment sa vie. Franck avait eu la chance de croiser Charlie sur son chemin, de rencontrer Rosetta. Avec les années, les aspérités s'amenuisaient. Rosetta l'aimait-elle aujourd'hui ? Il y avait des questions qu'il était préférable de ne jamais poser. Ils vivaient ensemble, s'occupaient de Charlie, mais ce dernier serait bientôt majeur et partirait s'installer dans l'appartement et l'épicerie de Hassen, à qui chaque mois il payait une somme importante. Que se passerait-il après le départ de Charlie ? Et si nous avions un enfant à nous ?… C'était peut-être le bon moment. Ce n'était pas l'amour fou mais ils s'appréciaient, s'estimaient assez pour envisager l'avenir ensemble. Il fallait trouver le moment opportun pour en parler.

Quand Franck apporta sa mensualité à Hassen, il remarqua que le sourire de l'épicier s'était transformé en rictus dès qu'il l'avait aperçu. Franck attendit que la dernière cliente quitte l'épicerie, tendit à Hassen une épaisse liasse de billets que l'autre fit disparaître dans le tiroir sans le remercier ni lui proposer le thé traditionnel.

– Il y a un problème ?

– Tu te moques de moi ! Comment oses-tu me regarder en face ? Je vais te tuer !

– Que se passe-t-il, Hassen ? Je ne comprends pas.

– Charlie m'annonce qu'il veut devenir chrétien, et tu n'en sais rien !

– Je te jure, il ne nous a rien dit.

– Et tu ne l'emmènes pas à la messe, peut-être ?

Les explications de Franck ne furent pas convaincantes. Soutenir que la célébration de Noël n'était pas un acte religieux mais la commémoration du temps de l'enfance, l'affirmation d'une identité qui dépassait le cadre de la religion ne pouvait calmer Hassen.

– Admettons ton baratin, mais pourquoi emmener Charlie, qui est musulman, avec vous ? Pas question que je cède mon affaire à un mécréant, nous devons interrompre la vente de l'épicerie et de l'appartement.

– Ah bon, tu veux me rembourser ?

C'était une question douloureuse, qui demandait réflexion.

Quand Franck interrogea Charlie, celui-ci fut moins catégorique.

– Je n'ai jamais dit que je voulais me convertir, mais que la messe était magnifique, les chants superbes, la crèche aussi, je trouve que le message d'amour du Christ est fort, moi cela m'intéresse de comprendre, ça me plaît quand il dit : « Aimez-vous les uns les autres. »

Charlie avait fait main basse sur un missel qui traînait sur un banc de l'église, s'était plongé dans la lecture des Épîtres et des Évangiles avec délectation, posant à Rosetta mille autres questions auxquelles elle n'avait pas de réponse : Comment Jésus faisait-il pour marcher sur l'eau ? Y avait-il un trucage ? Et ces guérisons innombrables, ces miracles ? Est-ce qu'il suffit d'y croire très fort pour qu'ils soient accomplis ? Est-ce que l'amour peut guérir ? C'était une religion autrement plus épatante et merveilleuse que la sienne, trop sévère et austère, où, finalement, on se prosternait sans cesse pour pas grand-chose en retour, et cette religiosité de façade, ce manque de compassion des siens, leur propension désolante à vous égorger avec élégance, c'était navrant.

Franck rouvrit le coran que Hassen lui avait offert, relut plusieurs sourates, mais il n'avait ni le temps ni l'envie d'en débattre interminablement avec l'épicier. La semaine suivante, la discussion fut brève : On ne bouge pas, on continue la vente. Mais le cœur n'y était plus. À partir de ce jour, la relation entre Hassen et Franck fut entachée de suspicion, leur amitié passée mise en quarantaine. Il y avait un vendeur, un acheteur, et au milieu,

Charlie. Qui n'apprécia pas d'être privé de la messe des Rameaux, s'énerva et trouva en Rosetta un recours naturel.

– Ce n'est pas parce qu'on assiste à une messe qu'on devient catholique, et puis il a bien le droit de se faire une opinion par lui-même.

– Écoute-moi, Charlie, dit Franck, quand tu seras chez toi, tu feras ce que tu voudras, mais tant que tu vis dans cette maison, tu restes comme tu es. Tu réfléchis à ce que tu veux, mais en silence, ce n'est pas la peine d'en faire profiter des gens qui penseront que tu les trahis et en plus que je t'encourage dans cette voie.

À nouveau, Charlie se dit qu'il y en avait une qui le comprenait et l'autre non. Il aimait tellement ces chants mystérieux qui vous embarquaient l'âme, vous faisaient vaciller, vous emportaient dans les profondeurs de la coupole, et ces flammes qui tremblaient au pied de la Vierge noire si fragile, et ces paroles d'amour qui lui plaisaient tant, il n'en avait plus pour longtemps à supporter la tutelle de Franck, un jour prochain, il serait libre de vivre comme il l'entendait. Tout le monde pensait que Charlie était un ado attardé, au tempérament lunatique, c'est normal à cet âge d'essayer de comprendre le monde et d'avoir du mal à se repérer dans ce grand foutoir, tous pensaient que ces velléités lui passeraient avec l'âge, qu'il reviendrait aux croyances de ses ancêtres, mais personne n'avait compris ce qui se passait en Charlie. Pas même lui. En réalité, dans sa tête il n'avait toujours pas enterré son père, assassiné sous ses yeux par les soldats du FLN, ce n'était pas facile d'être fils de harki en Algérie. Vivre avec Franck lui avait fourni un paravent commode, mais la haine était là, vivace, pointue, et elle s'étendait par capillarité affective à la religion des tortionnaires. Ses choix pour l'avenir étaient déjà ancrés en lui, il ne les avait tout simplement pas encore formulés.

*

Viktor Markish était un animal à sang froid, un pur produit des écoles du Parti, on n'intègre pas le KGB après que son père a trahi son pays sans quelques dispositions génétiques. Viktor était un *accident de jeunesse* lors d'une fête de komsomol où sa mère avait perdu la tête pour les beaux yeux d'un camarade fringant dont elle décida de garder l'enfant. Viktor pouvait compter sur ses doigts les fois où il avait aperçu son géniteur. Lors de leur dernière rencontre, en 1951, Viktor, qui venait d'avoir treize ans, n'avait pas vu son père depuis plus de trois ans, et il admira cet homme si éblouissant dans son uniforme vert-brun arborant une flopée de décorations et d'insignes qui inspiraient le respect à tous. Quand Sacha retrouva cette fois-là ce fils sporadique qu'il connaissait à peine, il fut étonné par leur ressemblance physique, pensa : celui-là, je ne pourrai pas le renier. Et se mit à avoir un début d'affection pour cet adolescent homothétique, caressa sa joue, lui demanda ce qu'il comptait faire plus tard et fut ébahi de l'entendre répondre : « Comme toi. »

Viktor se fit remarquer au sein du mouvement des Pionniers, puis du Komsomol, par sa rigueur léniniste, dénonçant sans hésitation ses camarades quand ils s'écartaient d'un cheveu de la ligne du Parti, ou les kolkhoziens paresseux qu'il croisait lors des colonies de vacances, et fut désigné porte-drapeau quatre années de suite. Grâce à son parcours sans tache dans les organisations de jeunesse, Viktor fut admis à l'Institut militaire des langues étrangères de Moscou, où il fut recruté, gravit les échelons, travailla sans relâche, croisa la route de Iouri Andropov. Celui-ci cherchait des collaborateurs de talent qui s'y connaissaient en économie et ne s'étaient pas compromis avec l'équipe précédente, autant dire une denrée rare. Alors, quand Andropov fut nommé à la tête du KGB en 1967, Viktor fut affecté à la nouvelle direction de la criminalité économique, et on lui confia le secteur du bâtiment, où des structures souterraines détournaient les moyens de l'État à des fins personnelles, volant des tonnes de ciment, de bois, de matériels divers, pratiquant la corruption à tous les niveaux et augmentant avec leurs activités illégales la pénurie de biens de consommation. Viktor se montra rapidement efficace et incorruptible, démantela plusieurs réseaux bien organisés et devint lui aussi un homme puissant et redouté.

Et puis, Viktor retrouva son oncle Igor et le sauva d'une mort certaine.

Ses proches, ses amis, Igor même, étaient persuadés que Viktor avait agi par bonté d'âme, réagissant à ce cri du cœur qui vous pousse à secourir les membres en dérive de votre famille. Lui-même en avait été longtemps persuadé. Mais en avançant en âge, il sentit naître en lui un sentiment bizarre, confus, un malaise indiscernable sur lequel il lui était impossible de mettre un nom, comme s'il était devenu étranger à lui-même. Il attribua cela à la pression de son métier, au travail considérable qu'il abattait dans son service, qui le faisait apprécier de ses supérieurs et le destinait à une carrière plus prestigieuse encore.

Le jeudi 19 avril 1973, quand Viktor ôta son uniforme dans son bureau et revêtit un costume civil, cela n'étonna ni sa secrétaire ni ses autres collaborateurs, car il lui arrivait de sortir le soir, de rejoindre sa femme ou des amis sans avoir le temps de repasser par son appartement de la Koudrinskaïa pour se changer. Viktor quitta la Loubianka en fin d'après-midi, il faisait gris, le dégel empêtrait les rues d'une gadoue marron, il marcha d'un bon pas, évitant les flaques boueuses, et au bout de quinze minutes arriva devant la synagogue chorale, à proximité de Kitaï-Gorod. C'était la première fois que Viktor y mettait les pieds. Pourquoi ce jour précisément ? Si quelqu'un lui avait posé la question, il aurait été incapable d'y répondre.

Comme ça, pour voir.

Ce jeudi-là, deux douzaines de fidèles étaient présents pour l'office du soir, des vieux uniquement, regroupés sur trois bancs près de la théba, marmonnant les prières de mémoire, vêtus de leurs tallliths blancs. Un unique chandelier diffusait une faible lumière, la voûte et les tribunes restaient dans la pénombre. Viktor entra sans faire de bruit, s'assit au dernier rang, suivit l'office mystérieux, essayant de saisir le sens des paroles, avant de réaliser qu'ils s'exprimaient en hébreu. Un octogénaire se dirigea lentement vers lui, l'invita à se rapprocher, Viktor refusa, il lui proposa un tallith et un livre de prières, mais Viktor déclina encore son offre.

– Je ne vous ai jamais vu auparavant.

– Je suis de passage à Moscou.

– Vous êtes le bienvenu. Si vous pouvez, venez dimanche, nous célébrons le début de Pessa'h.

À la fin de l'office, les vieillards s'embrassèrent en se tapotant l'épaule ou se serrèrent la main. Viktor soupira, il n'y avait rien là d'exaltant, son opinion était faite, Dieu ne tenait pas ses promesses ou avait l'esprit ailleurs. Viktor n'avait ressenti aucune fièvre, aucune joie, aucun miracle n'était venu à son secours, ce n'était que prêchi-prêcha et radotage de barbons pathétiques, survivants d'un monde disparu se ménageant une porte de sortie au cas où… Mais il n'y avait rien au-dessus de nos têtes.

Que des nuages.

Pourtant le dimanche, après le déjeuner, au lieu de sortir avec Donia et les enfants comme il en avait l'habitude, Viktor se ravisa, affirma qu'il avait une urgence à traiter au bureau. Il arriva à la synagogue en fin de journée, et quelle ne fut pas sa surprise de constater que la rue était bloquée par une foule qui bavardait par petits groupes devant l'entrée. Il se fraya un chemin, pénétra à l'intérieur sans prêter attention à ces hommes méfiants qui scrutaient ce visage étranger. L'immense nef était éclairée par des lustres, le chantre chantait en hébreu d'une voix mélodieuse, de rares fidèles suivaient la prière sur un livre, la plupart écoutaient, les yeux fermés ou le regard perdu dans les moulures dorées, les arabesques murales ou le tabernacle protégé par des tentures de velours rouge.

Quand le silence se fit, le grand rabbin, un vieil homme courtaud à la barbe blanche, se leva avec peine et commença son sermon :

– Nous fêtons le premier jour de la Pâque juive, c'est le moment sacré de nous souvenir que nos ancêtres étaient prisonniers du pharaon et que Moïse allait les conduire hors d'Égypte pour un périple interminable qui durerait quarante ans. Moïse demanda à Pharaon de libérer les Juifs, ce dernier refusa avec mépris et arrogance. Dieu frappa les Égyptiens de neuf plaies pour les obliger à les libérer car le pharaon ne voulait rien entendre, convaincu que la puissance de son empire et la force de son armée le protégeraient de ce dieu qu'il méprisait, il ne tint aucun compte des avertissements divins, bien au contraire, il s'obstina et s'endurcit. Alors, Dieu, pour le punir de sa suffisance, de son arrogance et de l'avoir défié, envoya l'ange exterminateur pour accomplir la dixième plaie, la plus terrible : tuer les premiers-nés, hommes et bêtes. Dieu demanda aux Juifs de sacrifier un agneau et de marquer le linteau des portes de leurs maisons de son sang pour que l'ange sache qui ils étaient et les épargne. Grâce à ce signe de ralliement, l'ange passa au-dessus de leurs demeures sans leur faire le moindre mal. Pessa'h, c'est le passage, le signe de notre soumission à Dieu, la fin de notre esclavage et de ce pouvoir totalitaire, le début de notre liberté. Chaque juif est sorti d'Égypte, et chaque juif sortira d'Égypte. Dans l'Exode, Dieu a dit aux Juifs : « De génération en génération, vous commémorerez ce jour par une fête que vous célébrerez en l'honneur de l'Éternel... » Voilà le sens de cette fête qui nous lie à Dieu... L'an prochain à Jérusalem.

Viktor avait fini par mettre un nom sur son trouble, une étiquette sur sa gêne, et ce qui était écrit dessus n'était pas fait pour le réjouir, une découverte sidérante, comme une maladie honteuse : homosexuel, succube ou même pire. Non, je ne suis pas juif. Leur histoire n'est pas la mienne. Je suis russe, communiste et fier de l'être. Et Viktor fit ce que tout homme sensé fait en se découvrant une tare sociale : il la refoula.

Pas lui. Pas ça.

Il savait qu'il ne pouvait revendiquer cette identité, c'était tout simplement inconcevable. Je dois être bien fatigué pour céder à cette lubie. Se doutant que sa visite à la synagogue le jour de Pâque n'était pas passée inaperçue, il convoqua le responsable du secteur, qui lui confirma avoir reçu un rapport faisant état de sa présence.

– J'ai voulu me rendre compte par moi-même, nous ne faisons pas assez de terrain, j'ai été surpris d'y voir une telle foule.

– Cela fait longtemps que je tire la sonnette d'alarme, répondit le lieutenant. On constate une augmentation incompréhensible de la fréquentation des synagogues, une envolée des demandes de visas. Nous avons une dizaine de mouchards sur place mais cela ne sert à rien. Si on ne sévit pas, nous allons nous faire déborder.

Il y eut des dizaines de réunions, au plus haut niveau. Des discussions interminables sur ce qu'il convenait de faire. L'ombre de Staline les terrifiait, ils ne voulaient pas ressusciter le goulag d'antan, mais la contestation prenait une telle ampleur qu'il fallait réagir, pour mater non seulement les juifs, mais aussi les autres fauteurs de troubles : les orthodoxes trop zélés, les représentants des nationalités qui réclamaient leur indépendance, les défenseurs des droits de l'homme. Au milieu des années soixante, une tendance s'était dessinée dans les hautes sphères du Parti et du KGB : les contestataires, la cohorte des dissidents, du fait de leur comportement déviant, sont des malades mentaux, et s'ils sont malades, il n'est pas besoin de les juger pour les mettre en prison, d'autant que les médias étrangers se saisissent de ces cas isolés, leur assurant une publicité disproportionnée et négative. Il suffit qu'un médecin les déclare psychiquement atteints pour pouvoir les enfermer dans les hôpitaux gérés par le KGB où ils seront traités comme ils le méritent. Puisqu'il n'existe aucune norme de diagnostic, les médecins peuvent conclure à des états de schizophrénie lente ou paranoïaque pour tout comportement non conforme nécessitant dans l'intérêt du malade un enfermement et un traitement adéquat. Désormais, tout manifestant pourra être interné sur-le-champ et passer des années derrière les barreaux d'un hôpital psychiatrique.

Les conditions de détention y étaient effroyables : absence d'hygiène, saleté, promiscuité, surpopulation, recours systématique à l'humiliation, aux punitions et aux neuroleptiques, électrochocs, mauvais traitements, privation d'eau et de nourriture. Le nombre et l'identité des victimes n'ont pu être établis avec précision, mais on estime qu'environ deux millions de personnes ont été internées de façon abusive.

*

Chaque année, courant octobre, Franck partait pour Genève avec Mimoun, tous deux munis d'un passeport diplomatique qui leur évitait les désagréments des contrôles de police. Ils retrouvaient Jean-Baptiste Puech dans son palace avec vue sur le lac, ils passaient une semaine délicieuse, cuisine raffinée et vins fins, même si Mimoun ne buvait pas une goutte d'alcool, aux frais de leur ami, à régler les détails des transactions. À ce moment-là de l'année, ils pouvaient annoncer le volume de la production viticole qu'ils avaient sur les bras et dont Puech devait les débarrasser.

À tout prix.

Commençaient alors des tractations complexes et incompréhensibles pour toute personne étrangère à la négociation car celle-ci devait régler le nombre de millions d'hectolitres que Puech allait acquérir, et il ne manquait jamais d'évoquer les risques invraisemblables qu'il prenait pour aider ses amis. Que se passerait-il si ses clients des pays de l'Est changeaient d'avis sous prétexte de lutter contre le spleen des populations, conséquence probable de l'alcoolisme communiste, et n'achetaient pas la quantité habituelle ? De son côté, Mimoun Hamadi n'avait qu'une obsession : le montant de la facture devait couvrir, ou du moins à peu près, ce que l'État versait aux coopératives pour acquérir ce breuvage colonial et aussi le pourcentage des commissions qui s'ajoutaient au prix. Ou qui le diminuaient.

C'était selon.

Cela dépendait de la méthode de calcul et si Puech achetait aussi des céréales, des agrumes et des dattes. On se retrouvait dans la suite du palace qu'occupait Mimoun et on discutait. Puech passait souvent des coups de téléphone à l'écart, on faisait chauffer la calculatrice mécanique par des simulations qui laissaient perplexe, on ne lançait jamais de chiffres à haute voix, on examinait d'un air suspicieux les bandes papier qui sortaient avec les résultats et les pourcentages, on faisait oui ou non de la tête et on recommençait jusqu'à trouver le point d'équilibre qui donnait satisfaction à tout le monde. Et puis, il y avait une discussion byzantine sur la part des anges, le pourcentage de vin, dix pour cent en général, onze ou douze les bonnes années, qui s'évanouissait des fûts par l'opération du Saint-Esprit, la chaleur probablement, et finissait par faire quelques centaines de milliers d'hectolitres, qui en réalité ne s'évaporaient pas pour tout le monde mais allaient être redistribués entre les parties d'une façon non officielle. Avec un peu de logique, on aurait pu s'épargner ces pourparlers de marchands de vin, aller à l'essentiel, mais on avait en procédant de la sorte l'impression que chacun faisait le travail pour lequel il était rémunéré.

Et on tombait d'accord. Toujours.

Puech et Mimoun se gratifiaient d'une poignée de main, d'une tape sur l'épaule, d'un sourire complice. On échangeait quelques télex pour fixer les chiffres officiels, et dès confirmation de leur réception, on passait aux choses sérieuses. Direction la banque Julius Shall, un immeuble haussmannien élégant, on montait au premier étage par le grand escalier, dans le bureau d'angle du vice-président avec vue sur le lac et le jet d'eau, pour procéder aux virements sur les comptes numérotés. Mimoun sortait de son portefeuille une feuille blanche qui comportait une trentaine de lignes chiffrées. Puech confirmait : C'est ok pour moi. Le banquier donnait l'ordre à son assistant d'effectuer les virements aux dignitaires du régime qui avaient avalisé la transaction. Puis il remettait à Mimoun une valise de taille moyenne et d'un poids respectable qui contenait des espèces, moitié francs, moitié dollars, qui seraient partagées par Mimoun selon une clé de répartition sur laquelle il ne donna jamais d'explication à Franck. Mais chacun serait satisfait. Les premières années, Mimoun avait un discours bien rodé, ce n'était rien d'autre qu'une épargne de précaution pour se garantir des aléas politiques, se constituer un trésor de guerre s'il fallait un jour prochain retourner à la clandestinité, acheter des armes, équiper des soldats, financer une autre guerre. Mais ces sous-entendus ne tenaient pas, car le régime était solide, ne tolérait aucune contestation et dézinguait ses opposants. Aussi Mimoun finit-il par ne plus évoquer ces détails devenus inutiles, voire embarrassants.

Avant de régler à Hassen ce qu'il lui devait pour l'acquisition de son appartement et de son commerce, Franck demanda une dernière fois à Charlie :

– Veux-tu vraiment devenir épicier ? Tu peux choisir une autre orientation, faire des études, tu es jeune, profites-en.

Mais Charlie n'avait pas changé d'avis, il était pressé de prendre la suite car depuis quelques mois les relations avec Hassen s'étaient dégradées.

– Il ne me parle plus.

– Quand tu étais enfant, tu rêvais de faire du rock, de partir en Amérique, si tu veux je te paye le voyage, va voir comment c'est là-bas, apprends l'anglais, ouvre les yeux.

– Tu es gentil, Franck, mais je préfère l'épicerie.

Pour des raisons pratiques et administratives, Hassen voulait que la cession intervienne au début de l'année fiscale 1977, cela laissait quelques mois pour s'organiser. Rosetta semblait redouter cette échéance et le départ de Charlie de la maison, Franck essayait de la raisonner : Il ne sera pas loin, tu pourras aller faire les courses chez lui, tu le verras tous les jours. Mais Rosetta ne trouvait pas ça drôle. Alors, Franck se décida, un soir qu'ils lisaient dans le salon, il s'approcha d'elle, posa la main sur son bras.

– Si tu veux, on peut se marier, moi j'en serais très heureux, je voudrais qu'on crée une famille ensemble, avoir des enfants avec toi, les élever. Nous nous connaissons bien, nous avons confiance l'un en l'autre, on pourrait avoir une belle vie, je ne te demande pas d'être une mère au foyer, ni de t'occuper de la maison, je sais que tu as horreur de cela, on aura des gens pour nous aider, tu pourras continuer ton métier d'architecte, rester indépendante, nous serons à égalité, je ne prendrai jamais aucune décision sans ton accord. Si tu ne veux pas te marier, tant pis, on peut avoir une famille quand même, on fera comme tu veux.

Rosetta ne répondit pas, elle fixa Franck comme si elle cherchait à lire ses pensées cachées.

– Laisse-moi un peu de temps. Je vais partir deux semaines à Rome pour les vacances. Moi aussi, j'ai envie d'avoir une famille, j'espérais vaguement que le temps de la jeunesse dure plus longtemps, tant qu'on n'est pas marié on n'est pas vraiment adulte, mais peut-être que le moment est venu. Je te donnerai ma réponse à mon retour.

Le lendemain, Rosetta demanda à Franck s'il accepterait que Charlie l'accompagne en Italie.

– Il est important dans la décision que je vais prendre, j'ai besoin d'en parler avec lui. Il fait partie de notre famille. Je ne veux pas qu'il se sente exclu.

– Je n'ai pas d'objection, il sera peut-être d'accord cette année.

Au cours du dîner, Rosetta posa la question à Charlie :

– Tu accepterais de venir à Rome avec moi ?

Elle avait préparé une série d'arguments pour le convaincre : un peu de vacances, cela lui ferait du bien avant de reprendre le commerce de Hassen, il pourrait à cette occasion procéder à une étude sur les épiceries romaines qui vendent de tout, des pizzas, du fromage et de la charcuterie, cela lui donnerait des idées pour son business, et accessoirement il découvrirait avec elle la plus belle ville du monde, aux merveilles innombrables. Elle n'eut pas besoin de développer son argumentaire.

– Oui, je veux bien.

*

Viktor était un homme exemplaire, apprécié de ses supérieurs pour sa compétence et son intégrité, un modèle pour ses collègues, un vrai fils de la révolution. En avril 1976, Iouri Andropov lui remit les insignes de colonel et le nomma au poste de sous-directeur de la criminalité économique, un poste de confiance, contre l'avis du directeur du personnel, qui trouvait Viktor trop jeune, à trente-huit ans, pour cette promotion. La question des refuzniks divisait l'état-major. Viktor défendait la thèse majoritaire du coup de balai : Nous devons nous débarrasser de ceux qui nous pourrissent la vie. Quel intérêt de les garder de force dans notre pays ? Ils veulent partir ? Bon débarras. Qu'ils aillent goûter aux délices du monde capitaliste. Utilisons notre énergie pour combattre les ennemis de l'intérieur, occupons-nous de ceux qui rêvent de détruire la patrie du communisme. Viktor poussa à l'adoption de la règle du regroupement familial, qui permettait d'accorder des visas à toute une famille, ainsi qu'à la ratification des accords d'Helsinki en 1975, qui évoquaient les droits humanitaires et le droit d'émigrer librement. Cent cinquante mille visas pour Israël furent accordés en quelques années.

Viktor était passé maître dans l'art de la dissimulation. La journée, c'était un dirigeant modèle, une fois chez lui il se laissait aller à sa nature profonde. Il avait soustrait divers manuels saisis par les services, des commentaires de la Bible, des livres de prières, un cours d'hébreu ancien, et, à l'abri dans son appartement, il se pénétrait de ces textes, assimilait petit à petit les éléments de base de la religion de ses pères et avait l'impression de se découvrir lui-même. Donia était partagée, elle craignait que ce secret ne soit une menace pour leur famille. Pourtant, Viktor était prudent. C'était son métier, après tout. Une seconde nature.

Ils durent faire face à quelques situations embarrassantes. Leurs filles, Véra et Irina, posèrent des questions idiotes : C'est quoi cette écriture bizarre ? En quelle langue sont écrits ces livres ? Viktor mentit avec aisance : C'est du travail que je rapporte du bureau. Des amis furent surpris que Viktor refuse le rôti de porc servi lors d'un dîner, qu'il affirme ne pas avoir faim et ne mange que des pommes de terre. Et ses collègues s'étonnaient de sa conscience professionnelle – il assistait trop régulièrement à des offices religieux à la synagogue chorale – et avaient du mal à accepter ses explications : Je veux repérer les agitateurs, nous devons sortir de la Loubianka, aller sur le terrain et être au contact.

On peut certainement mentir aux autres toute une vie, cacher son caractère, son tempérament, ses convictions, mais cette comédie est exécrable à jouer, d'autant plus pénible qu'elle touche à l'intime et révèle son ipséité. Le fardeau devint écrasant et intolérable à camoufler.

Viktor voyait le nombre croissant de visas accordés à des familles, certaines qu'il connaissait de la synagogue partaient pour Israël en un temps record. Une nuit d'insomnie, il se dit : pourquoi pas nous ? Il aborda la question avec Donia, qui fut paniquée à cette idée. Elle le supplia de continuer à rester dans l'ombre de lui-même. Et Viktor accepta. Pour l'amour de Donia, et parce qu'il savait qu'elle avait raison. C'était une zone interdite, un terrain de combat sur lequel il lui était impossible de s'aventurer sans mettre en danger sa famille. Alors Viktor posa un bâillon sur ses velléités identitaires, sur cette envie grandissante de crier à tous qui il était véritablement, de clamer cette vérité première : Je suis juif, que cela vous plaise ou non, et je veux partir d'ici pour aller vivre dans mon pays.

Viktor se cachait comme il pouvait, pratiquait sa religion en douce, mais il y avait trop de mouchards dans ce pays, des milliers, des millions, qui vous épiaient sans cesse, faisaient des tonnes de rapports, et même lui ne savait pas qui ils étaient. Lors d'une réunion d'état-major, trois ans auparavant, le directeur général avait affirmé que l'idéal serait que chaque Russe, dès l'âge de douze ans, ait un dossier à son nom, documenté par les notes qui tomberaient chaque jour, de façon à se trouver au centre d'une toile d'araignée invisible qui permettrait enfin de savoir qui était qui.

Viktor demanda à consulter les dossiers des activistes juifs et de la synagogue, et tomba des nues quand le préposé lui répondit qu'il n'y avait pas accès. À cet instant, il aurait dû comprendre qu'il devait faire profil bas, ne pas tirer sur la corde, se faire oublier, mais il commit l'erreur de se surestimer. Il se savait puissant, il se crut intouchable. Il descendit au quatrième étage, à la cinquième direction qui s'occupait de la surveillance des groupes religieux, apostropha le chef de bureau, lui intimant l'ordre de lui communiquer immédiatement ces dossiers, mais ce cloporte qui aurait dû trembler devant lui répondit calmement : Vous n'êtes pas autorisé. Viktor le menaça de sanctions, son interlocuteur resta impassible, décrocha le combiné de son téléphone, informa un correspondant de la demande de Viktor et raccrocha : Le directeur veut vous voir immédiatement.

Quand Viktor pénétra dans le bureau d'Anatoli Lazarev au huitième étage, il sentit que quelque chose clochait, Anatoli, d'ordinaire si affable, ne se leva pas pour lui serrer la main, il feuilletait une pile de documents.

– Assieds-toi, Viktor, et explique-moi pour quelle raison tu as besoin de consulter ces dossiers.

– Je dois me faire une opinion plus complète pour déterminer notre politique.

– Ce n'est pas ton secteur… À en croire nos sources, tu es allé à la synagogue à six reprises au cours des trois derniers mois.

– J'ai besoin de comprendre ce qui pousse les juifs à vouloir quitter notre pays.

– Et tu as compris ?

Il prit son temps pour lire une des fiches.

– Parce que tu entres, tu t'assois au fond de la synagogue, tu ne parles avec personne et à la fin de l'office, tu rentres chez toi.

Peut-être as-tu des sympathies, des affinités avec cette communauté ? Après tout, tu as une ascendance juive.

– Tu me connais, je ne fais que mon travail, en essayant de m'informer au mieux.

– Et ça, c'est quoi ?…

Anatoli saisit une série de photographies en noir et blanc et les étala devant Viktor. C'étaient les clichés des ouvrages que ce dernier avait rapportés chez lui.

– C'est pour ta culture personnelle que tu les lis page après page, chaque jour ? ou pour parfaire ton éducation religieuse ? Sans parler de ton intervention en faveur de ton oncle, Igor Markish, espion israélien. Tu as négocié un échange avec les Suisses et les Américains, mais il a refusé de partir, il a été condamné et tu as veillé sur lui, enfin tu l'as fait affecter au camp nº 5 de Mourmansk, qui n'est pas le pire. Si tu me disais la vérité, Viktor, tu nous éviterais à tous bien des désagréments.

Viktor resta silencieux, il ne réfléchissait pas particulièrement, il ne calculait rien, c'était foutu, il avait toujours imaginé qu'il arriverait à échapper aux mâchoires des tenailles, parce qu'il les connaissait depuis toujours, mais aucune souris n'est assez maligne, assez intelligente, pour échapper au chat pendant des années, tôt ou tard il l'attrape dans un coin. Il ne servait à rien de nier, de protester de son innocence. Maintenant qu'il s'était fait prendre, il se sentait soulagé d'un poids et envahi par une chaleur inconnue, ce n'était pas celle de la panique mais du soulagement. Il respira, il venait de traverser le miroir, de passer de l'autre côté, définitivement, il pouvait cesser de se dissimuler derrière le paravent ignoble de son uniforme et être enfin lui-même.

– Tu as raison, Anatoli, je suis juif et cela ne fait pas de moi un voyou, c'est la foi qui m'anime, que j'ai retrouvée et que je revendique. Je suis juif et je veux quitter ce pays, je vais demander un visa pour moi et pour ma famille.

– Tu es devenu fou !

Viktor avait raison, il n'était pas un délinquant, être juif en URSS n'était pas un délit, c'était simplement un opprobre. Viktor était un renégat qui revendiquait un droit avilissant. Il fut mis aux arrêts, mais il n'y avait pas de charge sérieuse contre lui, pas de trahison évidente, il était à peu près innocent, ce qui n'était pas une raison pour l'épargner et ne pas l'envoyer pourrir dans un hôpital. Quand sa perfidie fut rapportée au grand patron, celui-ci murmura : Le salaud ! Et la sanction tomba : Jetez-le dehors, comme un chien. Il servira d'exemple à ceux qui seraient tentés de suivre le même chemin. Viktor fut chassé du KGB, on lui retira ses papiers, son insigne, son uniforme, il rendit son arme, il quitta la Loubianka habillé de son costume civil, avec un sac contenant ses effets personnels. À la sortie, son chauffeur ne l'attendait pas. Malgré la pluie, il marcha d'un bon pas jusqu'à la Koudrinskaïa, croisa dans le hall trois des gardiens de la tour, mais aucun ne le salua. Viktor se demanda lequel d'entre eux avait pénétré dans son appartement à son insu pour prendre les photos des livres. Donia fut effarée par cette nouvelle : Qu'allons-nous devenir ? Viktor se montra rassurant : Ne t'inquiète pas, les choses ont changé, ce n'est plus comme avant, ils ne peuvent plus rien nous faire, je vais déposer une demande de visa. Dans quelques semaines, quelques mois tout au plus, nous serons en Israël, tu n'imagines pas à quel point je suis soulagé. Je n'en pouvais plus de mentir, de me dissimuler. Au moins maintenant, tout est clair.

Le lendemain matin, Oleg Atanasov, le responsable de la Koudrinskaïa, sonna à la porte. C'était un ami de longue date qui venait dîner chez eux avec sa femme, ils s'invitaient pour les anniversaires.

– Je suis navré, Viktor, tu dois quitter l'appartement demain, faire tes paquets, t'installer ailleurs.

– Où veux-tu que j'aille ? Je ne peux pas déménager et trouver un logement aussi vite. J'ai besoin de temps, deux ou trois mois.

– J'ai reçu un ordre. Tu dois partir immédiatement. Je peux te laisser quarante-huit heures pour t'organiser. Parce que c'est toi. Dimanche, tu dois être parti. Au-delà, je risque des ennuis.

Ce fut un moment difficile à vivre. Surtout pour Donia qui s'affolait : Où vais-je faire nos courses maintenant si je ne peux plus accéder au magasin spécial de la tour ? Il faudra faire la queue pendant des heures. Elle fut obligée d'expliquer aux filles que leur monde venait de s'écrouler, elles devaient changer d'école et ne plus revoir leurs amies. Le téléphone avait été coupé, les gardiens de la tour ne leur adressaient plus la parole. Comment trouver un déménageur, un camion, un logement dans ces conditions ? Viktor se trouvait confronté à un obstacle infranchissable. Les voisins qu'il connaissait tous, qui la veille encore blaguaient avec lui, refermaient leur porte dès qu'ils l'apercevaient, aucun ne voulut le laisser accéder à son téléphone. Il les apostrophait : Dimitri, c'est moi Viktor, nous sommes amis, je t'en prie, ne me laisse pas tomber. Mais Dimitri ne répondait plus. Ni Léon, ni Boris, ni Alexeï, ni aucun autre. Viktor cogna à de nombreuses portes, à tous les étages.

En vain.

Viktor était comme un étranger, un inconnu, dans cette ville gigantesque où il vivait depuis toujours. Ce soir-là, il réalisa qu'il n'avait plus aucun ami. Comment déménager seul ? C'était impossible. Les meubles, les vêtements, les objets, où les mettre ?

Près de la gare de Kiev, il trouva un café ouvert d'où il put téléphoner à des amis proches, mais sa situation était complexe à expliquer, et quand il révélait la vérité et l'urgence à laquelle il devait faire face, ses amis raccrochaient, et quand il rappelait, la ligne était occupée. Il ne savait plus que faire, lorsqu'un client du café, à la trentaine athlétique et aux cheveux ondulés, le rejoignit : Excuse-moi de t'aborder, je discutais avec mon ami et j'ai entendu tes appels téléphoniques malgré moi. Je peux récupérer un camion de chantier et trouver des gars pour ton déménagement. Et il y a un hangar à l'usine où on peut stocker les meubles en attendant que tu saches où les mettre. Eduard Tarashvili annonça la couleur, il pouvait l'aider mais ce ne serait pas gratuit, il devait voir l'appartement à déménager pour faire son prix. Viktor se dit qu'il n'avait pas le choix, son interlocuteur lui faisait bonne impression. Il y a des jours où on doit se jeter à l'eau même si on ne sait pas nager. Ils partirent tous trois à pied. En arrivant à la Koudrinskaïa, Tarashvili lui posa la main sur le bras.

– Qui es-tu pour habiter dans cette tour ?

– J'étais officier du KGB, je rencontre une difficulté professionnelle, je dois déménager, cela te pose un problème ?

– Le camion appartient à l'usine, je te rends service, je ne veux pas d'ennuis.

L'ascenseur les déposa au vingt et unième étage, Viktor présenta les deux hommes à Donia, Tarashvili et son collègue firent le tour de l'appartement, discutèrent un moment à voix basse, ils semblaient en désaccord, puis Tarashvili s'approcha de Viktor et Donia qui attendaient assis sur le canapé.

– Il y a beaucoup de travail, on peut tout déménager, mais on n'a pas de couvertures pour envelopper les meubles, on les empilera dans le camion, il y a un risque qu'ils s'abîment. On peut mettre la vaisselle dans des caisses en carton mais il peut y avoir de la casse. Je veux quatre-vingt mille roubles pour le déménagement. Si tu es d'accord, on vient à plusieurs demain matin et le soir c'est fini.

Pour une fois, Donia se rebella, elle n'avait pas confiance dans ces Géorgiens qui avaient mauvaise allure et allaient casser sa vaisselle, elle voulait que Viktor contacte l'Office des déménagements.

– On n'a pas le temps, Donia, il leur faut trois mois pour faire un devis et six pour accorder un rendez-vous. On doit avoir déguerpi après-demain et trouver un point de chute avant. Ces types veulent gagner un peu d'argent, ce n'est pas trop cher, on doit prendre le risque, tant pis s'il y a de la casse.

Le lendemain, Tarashvili arriva à six heures du matin avec cinq gars, des costauds de son pays qui travaillèrent en silence, chacun dans une pièce, mais ils s'aidèrent à descendre les meubles par l'ascenseur. À midi, Tarashvili informa Viktor que le camion était plein à ras bord et que deux des gars devaient faire un saut à l'usine pour le décharger : J'ai sous-estimé le travail, je ne vais pas faire une bonne affaire. Viktor et Donia continuèrent à s'occuper des caisses de vaisselle et d'habits, qui s'empilaient dans l'entrée et le couloir de l'étage. Donia prépara quatre valises remplies de ce qu'ils garderaient avec eux. En fin de journée, une dizaine de caisses de livres et de disques n'avaient pu être chargées, qu'Oleg Atanasov, le responsable de la tour, accepta de garder dans une cave pendant quelque temps. Celui-ci avait donné à Viktor le nom d'une pension ouvrière à Khamovniki. Viktor fit un aller-retour avec Donia, c'était une maison modeste et vieillotte. Donia fit preuve d'un esprit de sacrifice qui étonna Viktor quand elle déclara : Ce n'est pas terrible, mais on sera bien ici tous ensemble, en attendant de trouver mieux. Ils réservèrent une chambre familiale. Viktor rendit les clés de l'appartement à Oleg, retira cent mille roubles de son livret de caisse d'épargne à la poste de la tour, paya Tarashvili, qui devait régler trois de ses hommes. Ce dernier leur donna rendez-vous à l'usine et partit avec le camion, pendant que Viktor, Donia et les filles prenaient un taxi avec les quatre valises. Ils mirent une heure pour arriver à l'entrée de l'usine d'aviation sur Sovietskaïa à Balachikha, dans la banlieue Est, une zone industrielle peu avenante, et ils attendirent.

Longtemps.

Ils ne revirent jamais Eduard Tarashvili, ni son camion avec leurs affaires. Personne ne le connaissait, ni le gardien de l'usine, qui leur certifia qu'aucun hangar ne servait à entreposer des meubles, ni aucun des ouvriers qui entraient ou sortaient, nul n'avait entendu parler de lui. Au café voisin non plus. À la nuit tombée, Viktor et Donia durent se rendre à l'évidence, leur déménagement avait été déménagé. Et ils ne pouvaient pas aller à la police. Pour déposer plainte contre qui ? Contre eux-mêmes ? De leur vie passée, il restait quatre valises : Des habits et des meubles, on en rachètera quand nous serons en Israël.

Du temps où il était en activité, Viktor ne s'était jamais préoccupé du Département des visas, ce service n'était pas de son ressort, il le regrettait à présent. Il prit deux trolleybus et quand il arriva devant le ministère de l'Intérieur, rue Pokrovka, il découvrit sur le trottoir une file d'attente d'une vingtaine de personnes et la dépassa. À l'entrée, un policier lui demanda ce qu'il voulait : Je viens déposer une demande de visa pour Israël. Le policier se contenta de désigner du doigt la file résignée et lui tourna le dos. Viktor prit place après le dernier arrivé, se renseigna auprès de lui : Tu es nouveau, ça se voit. Ici, c'est l'école de la patience, ils font tout pour nous décourager. Il faut attendre son tour pendant des jours et des jours. Des fois, ça va plus vite, mais depuis ce matin trois personnes seulement sont entrées, il n'y a qu'un seul fonctionnaire pour s'occuper des visas pour Israël, et en plus il est tatillon. Il faut toujours fournir un nouveau document ou le mettre à jour parce qu'il est périmé, et chaque fois on recommence. Bon, aujourd'hui il ne pleut pas.

Ce premier jour, Viktor ne progressa que de dix mètres. À dix-sept heures, un policier ferma la porte du ministère sans se soucier de ceux qui attendaient dehors et qui repartirent, chacun de leur côté. Le lendemain, Viktor arriva à huit heures, une heure avant l'ouverture des bureaux, mais une douzaine de postulants l'avaient précédé, il ne pénétra dans les locaux qu'à quinze heures. Le fonctionnaire lui remit un formulaire avec la liste des onze documents à fournir pour chacun des demandeurs, enfants compris. Viktor commença alors le parcours du combattant pour réunir les papiers exigés, le plus compliqué étant la lettre d'invitation venant d'Israël, sans laquelle le visa n'était jamais accordé. Ne sachant comment se procurer cette pièce, Viktor se rendit à la synagogue, expliqua au rabbin sa situation, mais son interlocuteur resta sur ses gardes.

– Vous pouvez me faire confiance, j'ai été chassé de l'administration quand ils se sont rendu compte que je venais ici. Il y a plein de mouchards, méfiez-vous, je ne sais pas qui ils sont. Comment se faire inviter ? Je ne connais personne en Israël. Si je n'obtiens pas cette lettre, mon dossier ne sera jamais accepté.

– Je ne sais pas de quoi vous parlez, je ne m'occupe pas de cela.

Viktor interrogea des religieux qui venaient pour l'office du soir, mais tous secouaient la tête avec un air d'incompréhension et s'écartaient. Viktor avait beau soutenir qu'ils n'avaient aucune raison de se défier de lui, il se heurtait au mur infranchissable de la peur que son ancien uniforme leur inspirait : Je vous jure, je n'appartiens plus au KGB, je veux émigrer en Israël avec ma famille, je vous en prie, aidez-moi. Mais les fidèles l'ignoraient, certains lui souriaient puis se détournaient, personne ne lui répondait. Quand il s'asseyait sur un banc pour suivre la prière, les hommes changeaient de place. Viktor réalisa qu'il était un paria au sein de sa communauté et qu'il allait devoir se débrouiller sans son soutien. Quelques jours plus tard, Donia arriva en larmes, le directeur du conservatoire de musique où elle enseignait lui avait annoncé son licenciement immédiat pour activités antisociales. Il la consola comme il put, soutint que c'était une épreuve qu'ils devaient surmonter : Ils essayent de nous abattre, ils pratiquent la vieille tactique de la terre brûlée, mais ils ne réussiront pas à nous décourager.

Viktor, désormais libre de son temps, se sentait désœuvré. Petit à petit, il réunit les documents demandés pour l'obtention des visas, mais il occupait l'essentiel de ses journées à chercher des provisions, des boîtes de conserve ou du fromage, du poulet ou des pommes de terre, traversant la ville à pied de part en part. Il lui manquait la lettre d'invitation, mais comment l'obtenir alors que les relations diplomatiques avaient été rompues entre l'URSS et Israël après la guerre des Six Jours et qu'il ne connaissait personne ? Il retourna au Département des visas en espérant trouver une solution. Une effervescence surprenante agitait les habitués de la file d'attente. Ses homologues ne parlaient que du traité qui venait d'être signé avec les Américains accordant crédits et avantages commerciaux aux pays adoptant une libéralisation de l'émigration. Viktor fit connaissance avec son voisin, un juif de Minsk, qui venait déposer une demande supplémentaire avec le certificat de naissance de sa fille qui avait trois semaines : Grâce à cet accord, les visas vont être plus faciles à obtenir, tu envoies une lettre à un consulat israélien, en Finlande ou en Autriche par exemple, tu mets juste « Consulat » sur l'enveloppe, en joignant une copie du passeport intérieur et un acte de naissance, et tu reçois la lettre d'invitation assez rapidement. Après, une fois que tu as obtenu le passeport extérieur avec le visa de sortie, tu es libre de faire ce que tu veux, moi je n'irai pas vivre en Israël mais en Angleterre. Viktor écrivit au consulat israélien d'Helsinki. Un mois plus tard, il reçut les quatre invitations qu'il déposa au Département des visas. Une fois par semaine, il passait pour demander où en était l'avancement de son dossier, le fonctionnaire répondait : C'est en cours. Deux mois plus tard, on lui remit les passeports extérieurs avec les visas de sortie accordés à Donia et à ses deux filles :

– Le vôtre est refusé.

– Pourquoi ?

– On ne connaît jamais le motif. C'est refusé.

Ce fut une période difficile à vivre. Viktor voulait que Donia parte avec les filles, affirmant qu'il les rejoindrait dès que possible : Ils ne pourront pas me retenir indéfiniment. Mais Donia refusa. Que ferait-elle seule avec les filles dans un pays inconnu ? Viktor insista mais elle fut inflexible : Je reste, nous partirons mais ensemble.

Viktor déposa une nouvelle demande, deux mois plus tard la réponse tomba.

Niet.

À ce moment-là, il prit conscience que jamais on ne lui accorderait de passeport extérieur : Ils se vengent, ils me font payer ma trahison, je sais trop de choses, ils ont peur que je parle de leurs méfaits, de leurs trafics. Ils ne me feront pas taire, je me battrai et ils seront obligés de m'accorder ma liberté. Au cours des interminables attentes sur le trottoir du bureau des visas, Viktor eut l'occasion de faire connaissance avec d'autres juifs qui se trouvaient dans la même situation : l'administration soviétique refusait de leur délivrer le précieux sésame. Ceux-là se fichaient que Viktor soit un ancien du KGB, ils avaient compris qu'il était sincère, que ce n'était pas un mouchard. Parmi eux, il y avait des fonctionnaires, des chercheurs, des écrivains, des journalistes, des militaires, des professeurs et des anonymes. Ils se retrouvaient dans un café de l'Arbat, vivaient chichement, acceptaient des travaux pénibles et mal payés de cantonnier, de terrassier, de jardinier, pour gagner de quoi survivre.

En attendant.

Et il y eut l'arrestation de Iossif Lederman, un traducteur d'allemand dont le visa avait été refusé. La police avait débarqué chez lui en cherchant le journal séditieux qu'il diffusait sous le manteau. Lors de son interpellation, il s'était débattu, avait, paraît-il, frappé un policier. Il devait comparaître devant le tribunal, risquait une dizaine d'années de prison. Il n'a plus personne pour le soutenir, si on l'abandonne il est perdu, et nous aussi, plaida Viktor. Ils demandèrent à des journalistes étrangers de venir au tribunal municipal de Verkhovny. Quand Iossif apparut, Viktor et une dizaine de refuzniks brandirent des affiches manuscrites protestant contre son arrestation injuste, exigeant sa libération et le droit d'émigrer librement conformément aux accords internationaux. Les magistrats furent stupéfaits de ce geste de rébellion inouï, invraisemblable dans ce pays, la preuve de l'existence d'un complot mené par une poignée de voyous dégénérés et manipulés par l'étranger, et purent laisser libre cours à leur antisémitisme. La police embarqua sans ménagement les manifestants, lesquels furent tabassés et comparurent le lendemain devant le même tribunal, qui les condamna à des amendes de cent cinquante roubles pour troubles à l'ordre public. Grâce aux journalistes présents, dont certains avaient pu prendre des photos, cette manifestation eut un énorme retentissement dans le monde entier, on en parla aux informations télévisées de plusieurs pays. Des journaux envoyèrent des reporters, qui entrèrent en contact avec les protestataires, ceux-ci décidèrent de poursuivre leur action : Ils veulent que nous nous taisions, que nous acceptions notre sort, mais nous ne leur laisserons pas de répit, nous allons manifester à chaque occasion, leur faire cette publicité qu'ils redoutent tant.

Le 28 avril 1979, pour la visite du président Giscard d'Estaing, les refuzniks manifestèrent sur la place Rouge en brandissant des pancartes pour attirer l'attention sur leur situation, mais à peine avaient-ils sorti leurs panneaux qu'une nuée de policiers se jeta sur la douzaine de manifestants et les embarqua sans que la cérémonie soit troublée. À chaque arrivée d'un Président ou d'un Premier ministre étranger, à chaque événement sportif, une poignée de refuzniks agitaient leurs armes dérisoires. Ils protestaient, criaient, se faisaient rouer de coups et condamner, mais ils recommençaient : Nous n'avons plus rien à perdre, ils nous ont tout pris, notre métier, notre logement, notre avenir. Il nous reste l'espoir de partir et ils ne pourront jamais nous l'enlever.

*

Charlie avait vu des photos de Rome dans un magazine mais il n'y avait pas prêté attention, les clichés en noir et blanc rendaient mal les dimensions et les perspectives. Quand il débarqua dans la ville avec Rosetta, il fut stupéfait de l'immensité des places et du nombre renversant d'églises, une à chaque carrefour au moins, avec des bas-reliefs et des décors tarabiscotés sur les façades, des sculptures à foison dans les niches ou en équilibre sur le rebord des toits. La foule des passants lui donnait le tournis, la multitude de voitures et de scooters zigzaguant et klaxonnant à tout-va l'assourdissait. En comparaison, Alger était une ville de province endormie.

Ce qui l'épata le plus, ce furent les obélisques anachroniques auxquels personne ne prêtait la moindre attention, à croire que la ville avait été colonisée par les Égyptiens. Rosetta jouait les guides, racontant les aventures qui s'étaient déroulées pendant des siècles dans les ruelles, les crimes et les haines familiales séculaires. La fraîcheur et le calme des églises leur offraient un peu de repos. Charlie mélangeait les noms des saints, il y avait trop de fresques tourbillonnantes avec leurs anges déchus qui tombaient du ciel, il se sentait démuni face à ce foisonnement de personnages, cette frénésie de couleurs. Il préférait les trésors des sacristies, les dentelles d'ivoire, les ciboires en émail cloisonné, les marbres qui s'enroulaient comme des tissus, ces richesses l'émerveillaient. La douleur de la *Pietà* le bouleversa, l'indifférence des martyrs à la douleur, leur courage tranquille, preuve tangible de l'amour divin, le fascinaient. La peur n'existait plus, la chair ne faisait plus mal, le sang ne coulait pas, ils regardaient vers le ciel avec certitude. Un matin, Rosetta l'emmena au Forum, elle avait mal choisi son jour, il pleuvait et elle n'avait pas pris de parapluie, elle proposa d'aller dans un musée, mais Charlie préféra continuer la visite des ruines, la pluie avait chassé les touristes, ils étaient seuls à errer parmi les temples écroulés et les champs de pierres. Ils se réfugièrent à l'abri d'un barnum et observèrent le manège d'une dizaine de femmes et d'hommes accroupis qui balayaient le sol avec des pinceaux, grattaient la terre avec des cuillères, exhumaient des cailloux brisés.

La famille de Rosetta accueillit Charlie comme un fils, il avait sa chambre, les clés de l'appartement. Chaque matin, Angela, la mère de Rosetta, demandait ce qu'il voulait qu'elle prépare à manger, elle baragouinait quelques mots de français, elle lui apprit ses premiers mots d'italien, il l'accompagnait au marché, portait les lourds paniers de fruits et de légumes, l'aidait à les éplucher et à les émonder, surveillait la cuisson de l'osso buco à la romaine, elle lui faisait goûter : Qu'est-ce que c'est bon ! Elle lui fit connaître le meilleur glacier de la ville, à proximité du temple d'Hadrien, ils firent la queue pendant un quart d'heure mais il découvrit l'existence de la *stracciatella* et fut troublé par son absence de vocabulaire pour exprimer le bonheur qu'il ressentait. Charlie ne comprenait pas pour quelle raison Rosetta refusait avec une telle véhémence de ressembler à sa mère.

Rosetta lui montra des lieux qu'aucun touriste ne connaissait, loin du centre agité, il fallait marcher pendant des heures, monter interminablement, mais une fois en haut de la colline, on était récompensé par une vue unique sur la ville à travers les pins parasols. Elle l'emmenait dîner au Testaccio, dans une trattoria près des abattoirs, où souvent elle retrouvait des amis qu'elle n'avait pas vus depuis des années et elle parlait avec eux pendant des heures, Charlie ne comprenait rien à la conversation. Le temps passait, ils étaient épuisés par leurs balades dans la ville et la chaleur écrasante. Trois jours avant la date prévue du retour, ils prirent place dans leur trattoria préférée, commandèrent deux pizzas et un pichet de marino bien frais, Rosetta avait un sourire triste :

– J'ai quelque chose d'important à te dire.

– Moi aussi, j'ai quelque chose d'important à te dire.

– Alors, parle le premier, dit Rosetta.

– Voilà, j'ai bien réfléchi, ma décision est prise, je ne vais pas retourner en Algérie avec toi. Je vais rester à Rome. C'est ici que je veux vivre. Et toi, que voulais-tu me dire ?

– Pareil. Je ne vais pas rentrer non plus. Je vais rester.

Le dimanche 29 août 1976, à l'aéroport Dar el-Beïda, Franck attendit Rosetta et Charlie à l'arrivée du vol Alitalia. L'avion avait une demi-heure de retard, les passagers sortirent dans le hall en poussant leurs chariots, mais ni Rosetta ni Charlie n'apparurent. La porte se referma. Franck ressentit une impression désagréable et poisseuse qu'il chassa aussitôt de son esprit, il se renseigna au guichet de la compagnie, se disant qu'ils avaient raté le départ, coincés dans un de ces encombrements déments dont Rome a le secret. L'hôtesse fut aimable, consulta la liste des passagers, constata qu'ils n'y figuraient pas : Ce n'est pas possible ! La jeune femme téléphona à Rome, eut un échange en italien, raccrocha : Les deux billets ont été annulés il y a deux jours, et remboursés.

Putain !

Pendant une heure, Franck imagina prendre le premier avion, partir à leur recherche, plaider sa cause, les convaincre de revenir. Ils ne pouvaient avoir de meilleures vies qu'ici, dans ce pays neuf et plein d'avenir, mais ces écervelés ne s'en rendaient pas compte, des privilégiés qui ne réalisaient pas leur chance. Il pensa contacter l'ambassadeur à Rome pour lui intimer l'ordre de les retrouver coûte que coûte, de rapatrier Charlie, citoyen algérien, ou de dénicher un détective privé qui découvrirait leurs manigances… Il y renonça, non parce qu'il avait le sens du ridicule, mais parce que c'était une démarche vouée à l'échec. On ne convainc jamais personne d'aimer, et Rosetta et Charlie ne l'aimaient pas. C'était une certitude. Il devait admettre qu'il n'était pas un homme destiné à avoir une vie de couple, son désir profond de créer une famille, d'avoir des enfants et de les voir grandir n'était pas une raison suffisante pour convaincre une femme de vivre à ses côtés. Peut-être y avait-il une malédiction qui pesait sur lui, ou peut-être était-ce lui la malédiction. Avec Djamila, il avait subi un échec cuisant, aujourd'hui c'était Rosetta qui lui signifiait qu'il comptait pour zéro. Il n'y aurait pas de troisième tentative, il devait tourner la page de ces fantasmes familiaux, il n'aurait jamais le courage de recommencer. Mimoun l'invita à dîner.

– Souviens-toi de ce que je t'ai dit quand tu as retrouvé et perdu Djamila avec ton fils. Tu dois apprendre à te débarrasser du malheur qui te pourrit la tête comme d'un caillou dans ta chaussure. Tu dois avancer, les laisser sur le côté.

À partir de ce jour, Franck changea d'attitude mais personne ne s'en rendit compte, il se mit à travailler tard le soir, ne rentrait jamais dans sa grande maison vide avant dix ou onze heures, le vendredi et le samedi il passait ses journées au ministère à boucler les dossiers en retard, à essayer de concevoir des solutions qui n'existaient pas pour améliorer la vie de ses concitoyens. C'est pendant cette période qu'il acquit cette réputation d'ours, de technocrate arrogant et cassant, toujours disponible quand il y avait un sale boulot à effectuer : fermer une usine, licencier, enquêter sur des administrations improductives ou des fonctionnaires incompétents ou corrompus.

Franck s'en fichait d'être détesté.

La seule chose qu'il attendait, c'était un mot d'explication de Rosetta, une lettre où elle exposerait ses regrets, son choix cornélien, et lui demanderait de l'excuser d'avoir si mal agi, où elle lui donnerait des nouvelles de Charlie, raconterait leur nouvelle vie à Rome. Chaque soir, en rentrant du boulot, il ouvrait la boîte aux lettres, espérant y trouver une enveloppe avec l'écriture de Rosetta et un timbre italien. Mais il ne recevait que des factures ou du courrier sans intérêt. Quand le téléphone sonnait, ce qui arrivait rarement, il se précipitait, mais il n'eut plus jamais l'occasion d'entendre le son de sa voix. Un an plus tard, il prit une décision brutale, le fils d'un appariteur du ministère qui vendait des vêtements sur le marché vida la maison des affaires de Rosetta et de Charlie. Franck en profita pour déchirer leurs photos en petits morceaux, brûla ce puzzle funeste et jeta les cendres dans le lavabo. Il ne resta plus rien d'eux, comme s'ils n'avaient jamais existé.

*

Moscou, le 17 mars 1980

Très cher Igor Emilievitch,

Je vous écris pour vous annoncer une mauvaise nouvelle, la mort brutale de mon bien-aimé mari, Viktor Alexandrovitch, votre neveu, survenue il y a douze jours dans des conditions mystérieuses. Excusez mon écriture tremblée, mais encore aujourd'hui, j'ai du mal à tenir la plume, je ne réalise pas que Viktor nous a quittés, pour moi il est toujours vivant. C'est peut-être pour cela que je ne suis pas désespérée. Pas encore. Vous allez être surpris de cette nouvelle car Viktor n'a jamais voulu vous tenir informé de sa démarche, mille fois je lui avais demandé de vous contacter et de vous demander conseil, mais il répondait que vous aviez eu votre lot de misères et il ne voulait pas vous mêler à ses problèmes et vous causer du tort. C'est pour cette raison que, depuis si longtemps, il ne vous a pas donné de ses nouvelles. Je le regrette tellement aujourd'hui, vous auriez pu le raisonner, peut-être l'aider. Mais c'est trop tard.

Viktor a fait des choix qui ont bouleversé notre vie, et ont été malheureux, mais je ne lui ai jamais adressé le moindre reproche, et encore moins maintenant, parce que nul n'échappe à son destin, et que le rôle de ceux qui s'aiment est de se soutenir dans l'adversité. Viktor a déposé une demande de visa pour émigrer en Israël, elle lui a été refusée, il l'a renouvelée à plusieurs reprises, sachant que la réponse serait toujours négative. Ils laissent partir les juifs qui ne représentent aucun danger, mais les savants, les chercheurs, les militaires, et plus encore les anciens membres du KGB sont à jamais interdits d'émigration. Viktor savait trop de choses. Trop de secrets, trop d'ignominies. Jamais ils n'auraient pu accepter de le laisser s'en aller. Il était une menace vivante, c'est pour cela qu'ils l'ont tué. Oui, je le dis, ils l'ont tué. Parce qu'il était passé de l'autre côté, qu'il fréquentait leurs ennemis, ceux qui rêvent d'abattre ce système dément, qu'il parlait avec des journalistes et des diplomates étrangers, qu'il leur transmettait des informations sur les refuzniks et les opposants, ceux qui sont encore emprisonnés ou assignés à résidence, ceux qu'on essaye de faire taire par tous les moyens. Viktor connaissait les risques de son engagement, il tentait de me rassurer, soutenant qu'ils n'oseraient pas s'en prendre à lui, mais je pense qu'il n'y croyait pas lui-même. La vérité, c'est qu'il ne savait plus comment s'en sortir.

Viktor a été retrouvé un matin par des passants dans le parc de

Kolomenskoïe, il avait été tabassé à mort. Ses meurtriers se sont acharnés sur lui. Il était méconnaissable. La police a affirmé qu'il s'agissait d'une bagarre d'ivrognes et de vagabonds qui avait mal tourné, mais je peux l'affirmer, Viktor ne buvait pas, ou si peu. Il n'avait rien à faire dans ce quartier, ni dans ce parc enneigé. Quelques jours avant sa disparition, il m'avait confié son regret de nous avoir entraînées dans cette impasse et il avait peur pour nous. À son enterrement, ses nouveaux amis sont venus, ils étaient nombreux et ils pleuraient. Depuis, j'ai hésité à choisir notre avenir : rester ou partir ? J'ai changé cent fois d'avis. Je me disais que pour les filles, ce serait préférable de ne pas bouleverser leurs vies, mais finalement ma décision est prise, nous allons émigrer. Nous avons des visas pour Israël et nous allons partir. C'est ce que Viktor aurait voulu. Et, sans exagérer, je peux dire que Viktor va partir avec nous et quitter ce pays maudit.

Je vous dis donc adieu, cher Igor Emilievitch, car je ne crois pas que nous nous reverrons un jour. J'aurais tellement aimé mieux vous connaître, Viktor avait de l'affection pour vous. Portez-vous bien et pensez à nous.

Donia Anatolieva Markish

*

Si, en novembre 1966, à leur retour d'Israël, un ami avait interrogé Michel ou Camille sur ce qu'ils allaient devenir dans dix ans, ils auraient l'un comme l'autre répondu : Pas ensemble. Il y avait trop de tiraillements et de bombes à retardement. Camille ne supportait aucune contrainte et attachait à son indépendance une importance primordiale.

Trois mois après leur installation en bas de la rue Mouffetard, elle avait fait la connaissance, lors d'une rencontre dans une librairie parisienne, d'un écrivain célèbre, spécialiste d'ouvrages ésotériques, qui présentait son dernier opus sur les mystères de la Grande Pyramide, dont il soutenait, preuves à l'appui, qu'elle avait été construite par des extraterrestres qui, n'ayant pu repartir dans leur galaxie, avaient adressé un signal visible à leurs lointains congénères. Certains des participants à ce débat, des rationalistes probablement, se mirent à contester les affirmations de l'auteur, soutenant qu'il surestimait les données qui avantageaient sa thèse et ignorait les autres. Quelle ne fut pas leur surprise de voir une jeune femme intervenir avec flamme, apportant des précisions qui confirmaient la théorie de l'aventure mystérieuse. Grâce à son débit frénétique et à sa passion, elle retourna l'assistance, et le libraire se trouva en rupture de stock. Charles Andy invita Camille à boire un verre, découvrit une jeune femme qui vouait comme lui un culte au *Matin des magiciens*, à la différence qu'elle l'avait lu dix fois, annoté page après page et avait consulté la plupart des livres figurant en annexe. Ils étaient tous deux convaincus que l'establishment des scientifiques et des conformistes se coalisait dans un vaste complot pour dissimuler la vérité qui était évidente : notre petite planète s'était développée grâce à une civilisation extraterrestre, qui s'était repliée pour des raisons inconnues ; seule cette révélation permettait d'expliquer les mystères de notre monde, à commencer par les soucoupes volantes, le développement incompréhensible des civilisations antiques, la Bible immuable et ses miracles inouïs, Mu, l'Atlantide, la tour de Babel, les Templiers et les sociétés secrètes. Le champ des investigations promettant du travail pour longtemps, Andy cherchait une assistante, documentaliste et traductrice – il parlait très mal l'anglais. Dès qu'il évoqua l'idée de la recruter, avant même d'évoquer les modalités et les conditions, Camille avait dit : Oui.

Quand elle avait rapporté à Michel les détails de sa rencontre avec Charles Andy, elle s'était exprimée avec une telle intensité extatique dans le regard qu'il avait compris à quel point ce projet était essentiel pour elle, il s'était gardé de l'asticoter et avait fait ce que tout homme sensé fait lorsqu'il tient à conserver sa compagne, il avait remisé ses critiques : Oui, ce n'est pas inintéressant. Faut voir.

À cette époque, Michel avait un problème autrement plus important à régler. Cécile venait de se débarrasser de son fardeau et il s'était retrouvé en charge d'une enfant de quatre ans. Camille s'était occupée d'Anna comme si c'était sa fille et avait noué avec elle une relation d'autant plus forte que Michel était souvent en déplacement pour son travail. Personne n'arrivait à savoir si Anna se souvenait encore de sa mère, si elle était traumatisée par son abandon, mais quand la petite l'appelait « maman », Camille rectifiait immédiatement, elle ne laissa jamais planer le moindre doute sur la réalité de leur relation. La médecin qui suivait Anna pensait qu'il fallait la laisser faire : Elle a besoin d'avoir une mère, c'est vous qu'elle a choisie. À plusieurs reprises, Camille évoqua Cécile, demanda à Anna si elle avait des questions à poser à son sujet, mais la fillette, puis l'adolescente, ne réagit pas. Apparemment, le sujet ne l'intéressait pas. Quand Camille accoucha de Laurent en 1970 et de Caroline deux ans plus tard, Anna se comporta comme une grande sœur, secondant Camille dans une multitude de tâches. Michel et Camille finirent par admettre qu'ils formaient une famille comme les autres, ou presque, à la nuance près qu'Anna appelait toujours Michel par son prénom. Ce qui troublait le plus ce dernier, c'est qu'en grandissant Anna ressemblait de plus en plus à Cécile : élancée, les traits réguliers, des cheveux noirs très courts accentuant son allure de garçon manqué au sourire narquois. En 1973, le voisin du dessous déménagea, Michel loua son appartement de quatre pièces. La famille avait trouvé un modus vivendi, Michel était toujours par monts et par vaux pour ses reportages, Camille se démultipliait entre la maison et son boulot envahissant, et les enfants suivaient le train.

En février 1980, une des salles de cinéma de l'avenue des Gobelins projeta à nouveau *Voyage au bout de l'enfer*, qui avait obtenu une flopée d'Oscars à Hollywood, et au cours du dîner, Camille soupira :

– J'aurais bien aimé voir ce film, il paraît qu'il est extraordinaire.

– Allez-y demain, je garderai les enfants, dit Anna.

Le cinéma, c'était toujours en famille pour un dessin animé. Mais ce dimanche après-midi, Camille et Michel sautèrent sur l'occasion. Ceux qui prétendent qu'aucun film n'a jamais changé la vie de qui que ce soit n'ont rien compris au cinéma. Camille, par exemple, a adoré *Voyage au bout de l'enfer*, pas trop la guerre, ni la roulette russe, elle n'était pas fana de la violence, même si elle avait bien compris que ce n'était pas un film sur la guerre du Viêt-nam, mais sur la façon dont la guerre détruit les hommes de l'intérieur. Par contre, elle avait craqué pour la scène du mariage dans l'église orthodoxe qui dure une demi-heure. En sortant du cinéma, ils restèrent sans voix, écrasés par cette tragédie et la tension crépusculaire de ces destins brisés. Avenue des Gobelins, Michel rompit le silence :

– T'as aimé ?

Camille sortit de sa rêverie.

– Si on se mariait ?

– Je croyais que tu détestais cette idée ?

– C'est moi qui te demande en mariage ! Tu es prié d'accepter ou j'en épouse un autre. Ce sera comme dans le film, un mariage radieux. Je veux réunir ceux qui nous sont proches et qu'on ne voit plus. C'est l'occasion de se réconcilier. On va inviter tout le monde. Mes parents qui sont en Israël, que je n'ai pas revus depuis si longtemps, qui ne répondent pas à mes lettres, qui ne connaissent pas les enfants, mes frères qui sont fâchés pour des bêtises, tous nos amis. Et tes parents aussi.

– Réunir les Marini et les Delaunay a rarement été une bonne idée.

– Parfois, il faut forcer un peu le destin et oublier le passé, on se mariera en juillet, ce sera une belle fête, les enfants doivent connaître leur famille.

Le vendredi 18 avril 1980, Philippe Morges convoqua à l'agence cinq de ses photographes pour organiser la journée du lendemain : Nous avons huit magazines étrangers qui nous demandent de couvrir l'événement, il y aura des dizaines de collègues sur le coup, je veux du vivant, des pleurs, des larmes, même pour l'enterrement de cet idiot utile, on se concentre sur les visages connus, toute la gauche sera là, les chanteurs et les comédiens milliardaires, les révolutionnaires de Saint-Germain-des-Prés, c'est la dernière fois qu'on les verra tous réunis. Il va y avoir du monde à suivre au cortège et au cimetière, sortez les téléobjectifs, prenez du 200 mm s'il le faut mais je veux de l'émotion.

Philippe avait suggéré que je me poste à l'entrée du cimetière Montparnasse, boulevard Edgar-Quinet, et que je monte sur le mur d'enceinte, côté droit, pour ne rien rater du spectacle. Je ne partageais pas les griefs de mon patron à l'encontre de Sartre, moi je l'aimais bien ce petit bonhomme fragile qui avait voulu changer le monde et qui s'était battu toute sa vie pour une certaine idée de la société, qui avait donné des coups, méchants, sans en recevoir beaucoup en retour, et qui, contrairement à ses amis bien-pensants, avait reconnu la plupart de ses erreurs. Mais le grand écart épistémologique qu'il avait dû opérer pour concilier son idée de la liberté et son soutien quasiment sans faille aux dictateurs rouges et aux terroristes sanguinaires restait pour moi un mystère. J'avais prévu d'arriver au moins deux heures avant le cortège, le temps de trouver le bon emplacement.

C'est sur la contre-allée du boulevard Raspail que j'ai aperçu Pavel Cibulka. Je ne l'avais pas revu depuis la fermeture du Club des incorrigibles optimistes, une quinzaine d'années auparavant. Ancien ambassadeur tchèque en Bulgarie, Pavel avait failli être emporté par la purge qui avait abouti à la pendaison de Slansky, l'ancien secrétaire du Parti communiste tchèque, et de Clementis, son ministre des Affaires étrangères, dont il était un proche collaborateur. Il avait réussi à se sauver in extremis et s'était réfugié à Paris, où il vivait chichement comme gardien de nuit dans un hôtel. Quand je l'ai vu approcher, je me suis souvenu qu'il reprochait à Sartre de s'être tu quand Slansky et ses amis avaient été exécutés, d'avoir soutenu l'invasion soviétique de Budapest en 56, et surtout d'avoir condamné Kravchenko en sachant que ce dernier disait la vérité. Pavel avait grossi, son pardessus à chevrons clairs était flapi et trop petit pour lui. Il était toujours aussi véhément. Nous sommes allés prendre un café au Sélect. Les anciens membres du Club se réunissaient maintenant au jardin du Luxembourg pour jouer aux échecs, il m'a proposé de venir faire une partie un dimanche, le froid ne les gênait pas trop, dans les pays de l'Est ils avaient l'habitude de jouer en plein air par tous les temps. Je lui ai demandé s'il était venu à bout de son livre sur la paix de Brest-Litovsk, l'œuvre de sa vie qu'il n'en finissait pas de réécrire.

– J'ai travaillé comme un fou, aucun éditeur n'en veut, mais je ne perds pas espoir, un jour peut-être rencontrerai-je la bonne personne.

J'ai évoqué Igor, qui avait disparu depuis une douzaine d'années.

– Personne n'a de ses nouvelles, ni Werner ni Léonid, a

répondu Pavel. À mon avis, il vit heureux quelque part, il ne pense plus à nous et c'est tant mieux pour lui.

– Écoute, Pavel, je vais me marier cet été avec Camille. Tu te souviens d'elle ? À l'époque, on se connaissait déjà et j'étais catastrophé parce que ses parents allaient émigrer en Israël. Je serais heureux de vous inviter tous à mon mariage.

Nous pensions que rassembler dans une même salle les familles ennemies, déchirées par un divorce épineux, ne serait pas une entreprise aisée, mais qu'avec le temps les haines s'étaient estompées. J'étais convaincu que mes parents sauraient mettre leurs rancœurs de côté pour le bonheur de leur fils, je ne leur demandais rien d'autre que de faire semblant pendant quelques heures, peut-être pas de s'embrasser avec chaleur, peut-être pas de sourire et de chanter en chœur, mais au moins de ne pas gâcher la fête. Je m'étais trompé. Par naïveté ou optimisme. Je n'avais pas vu venir le problème, Camille non plus.

Le problème, c'était Jérôme.

Jérôme était le fils tardif de mon père et de Marie. La difficulté insurmontable pour ma mère n'était pas que mon père ait eu un enfant à cinquante et un ans, mais qu'il l'ait eu avec une femme qui avait vingt ans de moins qu'elle. À cette époque, avec le divorce pour faute, les proches devaient rédiger des attestations abominables pour prouver que le conjoint avait trahi les liens sacrés du mariage. Mon père, qui n'avait rien d'horrible à reprocher à ma mère hormis qu'il n'éprouvait plus aucun sentiment pour elle, avait laissé tomber la bataille, n'avait produit aucun témoignage dans la procédure, les torts avaient été mis exclusivement à sa charge, et il s'en était sorti, comme il disait, une main devant, une main derrière, mais il s'en fichait, il avait Marie, et grâce à elle il avait retrouvé sa jeunesse et son entrain. Quand j'ai informé ma mère que j'allais me marier, j'ai senti qu'elle se raidissait : C'est bien, mon chéri, je suis contente pour toi. C'est une bonne chose pour les enfants que vous régularisiez votre situation, mais si cette femme est présente à la cérémonie, moi je ne pourrai pas venir.

Ma mère n'a jamais appelé Marie par son prénom, elle ne le méritait pas, c'était *la femme.* Elle n'oubliait pas que cette dernière avait été la maîtresse de mon père quand ils étaient mariés : Une employée, tu te rends compte ? Et que celle-ci ait l'âge de Franck était une abjection. De même, elle n'a jamais prononcé le prénom de Jérôme, c'était *l'enfant.* Et le fait que Jérôme ait trois mois de différence avec Laurent, mon fils, était une circonstance aggravante, un neveu ayant trois mois de plus que son oncle était pour elle une situation qui relevait uniquement de la turpitude des hommes en général et de mon père en particulier : Non, mon fils, tu ne peux pas me demander une chose pareille, sauf à me cracher à la figure, je suis probablement vieux jeu mais je suis attachée à certaines valeurs que je ne trahirai jamais. On ne peut pas faire n'importe quoi dans la vie sans en assumer la responsabilité. On pourra dire de moi ce qu'on voudra mais je n'ai jamais vécu dans le mensonge ni bafoué mes principes.

Pas une seconde, je n'ai envisagé de céder à ce chantage et d'exclure Marie et Jérôme de la fête. Ils faisaient partie intégrante de ma vie. Autant qu'elle. Je suis revenu à la charge à plusieurs reprises. En vain. Elle ne s'énervait pas, ne haussait jamais le ton : Non c'est non, je ne suis pas une girouette, moi au moins je me respecte. Il n'y avait pas grand monde à qui je pouvais demander de l'aide. Juliette, ma sœur, était fâchée avec ma mère, donc impossible pour elle d'intervenir. En désespoir de cause, j'ai tenté une démarche auprès de mon oncle, Maurice Delaunay, qui s'occupait du magasin avec elle. Près de vingt ans après avoir quitté l'Algérie, il avait conservé intact son accent de Bab el-Oued et parlait toujours avec les mains :

Qu'est-ce que tu veux que je lui dise ? Ta mère, elle est comme ça. Et je suis désolé, si elle vient pas, on sera pas de la noce.

Quant à Camille, elle a été aussi bien servie que moi du côté de sa famille. Elle a écrit une longue lettre à ses parents, adressée à leur kibboutz de Shaar-Hagolan, pour les inviter à notre mariage. Depuis son départ d'Israël, elle ne les avait pas revus, au début elle leur avait envoyé des cartes postales de Paris pour le jour de l'an, mais comme sa mère ne répondait pas, cela faisait quatre ou cinq ans qu'il n'y avait plus de lien entre eux. Les Toledano ont ignoré son courrier. Quand je l'ai interrogée à ce sujet, elle a répondu d'un ton sec qu'il était inutile de poser la question. Au bout d'un mois, elle a écrit une deuxième lettre, et fin mai, elle a reçu une réponse de sa mère, dans une enveloppe fripée :

Ma fille chérie,

Cela faisait longtemps que je voulais t'écrire pour te demander et te donner des nouvelles, et ta lettre nous invitant à ton mariage m'a remplie de joie, je suis sûre que tu seras heureuse avec Michel. Je l'ai vu le temps d'un dîner au kibboutz, ton père avait l'air de l'apprécier, mais cela ne suffit pas. Malheureusement, nous ne pourrons pas participer à cette fête, d'abord à cause de petits problèmes de santé, rien de grave, ton père a une sciatique qui rend les déplacements difficiles, pour des questions d'argent aussi, nous ne pourrions pas faire face aux dépenses du voyage, d'autant que la situation financière actuelle du kibboutz est difficile.

On aurait pu se débrouiller en empruntant de l'argent, mais ton père ne veut pas cautionner ton mariage avec un catholique, même sympathique, et même si ce ne sera qu'un mariage civil. Il ne supporte pas que tu n'élèves pas ton fils dans la religion juive et, comme il n'est pas circoncis, il estime qu'il n'est pas son petit-fils. Avec les années, ton père est devenu très pratiquant et ne tolère aucune dérogation à la Loi, il refuse tout compromis avec ceux qui dévient, même s'ils sont de son propre sang. Nous avons eu le même problème il y a quelques années quand ton frère s'est marié avec son Espagnole. La religion a pris ici une place grandissante et conduit nos vies.

Quand j'ai exprimé le désir de te revoir, de venir à ton mariage, de connaître tes enfants, ton père m'a répondu qu'il n'irait pas parce qu'il n'avait plus de fille, qu'il fallait savoir qui on était, que les juifs ne pouvaient transiger sur certaines règles s'ils ne voulaient pas disparaître et que la seule chose qu'il regrettait sur terre, c'était d'avoir eu des enfants. Nous n'avons plus de nouvelles de tes frères non plus. Je ne sais même pas s'ils sont vivants, où ils se trouvent et comment ils vivent. Que puis-je faire ? C'est notre vie. Je te souhaite tout le bonheur possible. Je t'embrasse tendrement.

Ta mère qui t'aime

PS. S'il te plaît, ma chérie, pourrais-tu m'envoyer quelques photos du mariage, de toi et de ton mari à la mairie, et de tes enfants aussi, cela me ferait très plaisir. Mais ne m'écris plus, adresse photos et lettre à Mme Alice Pinhas, au kibboutz, qui me les remettra.

Un mois avant la date prévue du mariage, j'ai trouvé Camille dans la chambre, les yeux rougis, soulignés de traces noires, la lettre de sa mère à la main, elle me l'a donnée à lire. Notre union ne s'annonçait pas sous les meilleurs auspices. Je l'ai prise dans mes bras.

– Tu sais, on s'est probablement trompés à vouloir les réunir, on a fantasmé une histoire familiale, peut-être que le mieux c'est de laisser tomber, de rester comme on est. Après tout, on n'est pas malheureux comme ça.

Camille a mis longtemps avant de s'exprimer :

– Il n'en est pas question, on se marie pour nous. Ils ne veulent pas venir ? Tant pis, on fera sans eux.

Les Toledano se sont abstenus, les Delaunay aussi. Nous étions amputés d'une part de nous-mêmes, avec ces fantômes qui pesaient derrière nos sourires. Nous avons fait comme s'ils ne comptaient pas, mais même si Camille n'a pas voulu en parler, je sais que la défection de ses parents et de ses frères lui a été douloureuse. Ses rêves de réconciliation familiale se sont fracassés sur la réalité de ce que nous sommes en réalité : des êtres vaniteux incapables de tendre la main ou de pardonner. Quant à moi, je ne peux pas dire que ma mère m'ait tellement manqué ce jour-là. Je n'ai pas pensé à elle. Mais cela ne nous a pas rapprochés, c'est sûr.

Jusqu'au dernier moment, notre témoin de mariage s'est fait désirer. C'est normal pour une vedette. Le film que Jimmy tournait à Rennes ayant pris du retard à cause de la météo, il a été obligé de rattraper le samedi. Il a raté la mairie, j'ai demandé à Philippe Morges de le remplacer. Finalement, une voiture de la production l'a déposé au restaurant au moment de la pièce montée. Les absents ne sauront jamais ce qu'ils ont perdu. De l'avis unanime, ce fut un mariage joyeux. Au lieu de rester assis à siroter ou à fixer les lampions, chacun a parlé avec son voisin comme si c'était un ami retrouvé, a invité sa voisine à danser, et quand les garçons n'osaient pas, les filles les ont invités, nous avons gigoté sur des rythmes disco, nous avons dansé des rocks et des tangos, même moi qui ne sais pas danser. Et des slows langoureux. Des farandoles et des sarabandes.

Comme dans le film.

Jimmy était épuisé parce que toutes les dames voulaient danser avec lui. Il n'a pas arrêté de la nuit. Malgré sa jambe raide, vieux souvenir de son accident avec Louise. Jimmy est un danseur de cinéma, il a appris à jouer avec son corps et à transformer ses défauts en atouts. À minuit, il a demandé un air aux musiciens, il s'est dirigé vers Anna, elle a pris sa main, ils se sont placés au centre de la piste de façon un peu cérémonieuse, les premières notes de la *Contradanza* de Nino Rota ont retenti et ils se sont élancés. Seuls. Personne n'aurait osé les rejoindre. La raideur imperceptible de Jimmy lui conférait une sorte de majesté dont il se servait pour tournoyer avec élégance et diriger Anna qui glissait avec grâce, ils semblaient tous deux libérés de la pesanteur terrestre.

J'avais invité les employés de l'agence et une dizaine de copains photographes. Jamais mariage n'aura été autant photographié. Je m'étais juré de ne pas penser aux absents, j'ai presque tenu parole. Mais vers trois heures du matin, ma tête s'est mise à tourner, ou était-ce le champagne tout simplement ? En face de moi, Igor discutait avec Sacha, comme deux frères. Eux, ils me manquaient vraiment. Mon père a fait rire l'assistance avec ses imitations de Gabin et de Bourvil, Léonid et Pavel ont appris *Kalinka* à l'assemblée, en russe et en chœur, nous avons bu et chanté ensemble, les enfants ont joué au milieu des adultes et se sont endormis, certains adultes aussi.

Nous nous sommes séparés au petit matin, en jurant de ne pas laisser passer dix ans avant de nous revoir, et j'ai dit à chacun : Allez voir *Voyage au bout de l'enfer*, ce film va changer votre vie.

*

La rumeur courait que Boumédiène était malade. Depuis un an, il avait quasiment disparu des journaux de la télévision algérienne, à peine apercevait-on le Président, de loin, faire un signe de la main sur une passerelle d'avion ou lors d'une réunion de chefs d'État où il paraissait plus maigre que d'habitude, voûté et les traits tirés, mais c'était un sujet tabou que personne n'osait aborder en public.

En septembre 1978, les analyses révélèrent des traces de sang dans ses urines, sans que les médecins puissent déterminer l'origine de cette hématurie. Malgré des maux de tête insoutenables, le patron était décidé à se battre. Il refusa la proposition du président Giscard d'Estaing de se faire soigner à Cochin, probablement parce qu'il ne voulait rien devoir aux Français. Son médecin personnel évoqua la possibilité qu'il se rende à Bâle, où une clinique était spécialisée dans cette pathologie. Après quelques tergiversations, il accepta l'offre de se faire traiter en URSS. Le 5 octobre, Boumédiène débarqua à Moscou, accompagné de sa femme, de Mimoun Hamadi et d'un petit groupe de fidèles. La délégation s'installa au Metropol, un palace décati situé en face du Bolchoï, un des hauts lieux de la révolution d'Octobre, qui avait été fréquenté par Lénine et Trotski, et aussi le seul hôtel correct de la ville, avec un restaurant digne de ce nom. Franck assura l'intendance et la traduction, et il en profita pour faire venir Puech, qui négocia le contrat viticole annuel. Le 6 octobre, Boumédiène rencontra le président Brejnev. Le soir même, il fut hospitalisé dans le plus grand secret dans un hôpital de Moscou, où il resta six semaines. Différents traitements furent expérimentés. Sans succès. Le 6 novembre, des analyses poussées révélèrent qu'il souffrait de la maladie de Waldenström, l'affection qui avait emporté le président Pompidou quatre ans auparavant, un cancer du sang incurable. Le 14, il fut rapatrié à Alger et hospitalisé à Mustapha-Pacha. En désespoir de cause, on fit venir de Malmö le docteur Jan Gösta Waldenström en personne, dont le diagnostic fut sans appel. Boumédiène sombra dans le coma, se réveilla, sombra à nouveau, l'agonie dura un mois. Il mourut le 27 décembre 1978, à l'âge de quarante-six ans.

Bien avant sa mort, les dignitaires du régime s'étaient entre-déchirés pour désigner l'héritier, négociant âprement postes et ministères. La succession se joua entre les huit membres du

Conseil de la révolution, que beaucoup comparaient à un conseil d'administration et dont tous les membres étaient richissimes. Mimoun Hamadi se voyait déjà au sommet de l'État, quand il fut lâché par deux de ses soutiens et contraint de s'effacer devant le candidat de l'armée. Après bien des trahisons et coups de poignard dans le dos, le colonel Chadli Bendjedid fut désigné comme successeur. Seul en lice, il fut élu Président en février 1979 avec un score de quatre-vingt-dix-neuf pour cent des suffrages. Son arrivée au pouvoir s'accompagna d'un changement de politique économique, avec un renoncement progressif au capitalisme d'État, qui avait montré ses insuffisances et ses limites, quasi ruiné l'agriculture et terriblement endetté le pays. Les militaires accaparèrent les places juteuses.

*

Le mercredi 3 octobre 1979, Franck embarqua à bord d'un Iliouchine Il-18 de la compagnie Air Algérie à destination de Moscou avec une délégation du ministère de l'Industrie qui devait finaliser les nouveaux contrats de prospection minière. Lors de l'escale technique à Vienne, Jean-Baptiste Puech rejoignit la mission algérienne et s'assit à côté de Franck. Une demi-heure après le décollage, le monoplan fut pris dans une violente tempête qui secoua la carlingue, l'avion se mit à trembler de plus en plus fort, des sacs et des valises furent éjectés des compartiments à bagages, des morceaux de plafonnier se décrochèrent, le commandant de bord annonça qu'ils traversaient une zone de forte dépression et de cumulonimbus, qu'il n'y avait pas lieu de s'inquiéter, et enjoignit au personnel de s'asseoir et de s'attacher.

Soudain, des cris retentirent, des flammes sortaient du turbopropulseur sur l'aile droite. Puech, assis près du hublot, se décomposa : Un des moteurs est en feu, les deux hélices sont arrêtées ! Les voyants lumineux *Attachez vos ceintures* clignotèrent. L'avion se mit à plonger, agité de violentes secousses en penchant sur le côté gauche, les lumières s'éteignirent, des corps se décollèrent des sièges durant quelques secondes, des personnes non attachées heurtèrent les coffres à bagages, leurs visages étaient en sang, des passagers hurlèrent. La figure de Puech était éclairée par la lueur de l'incendie extérieur : On est foutus, on va tous y rester ! Franck se signa, attrapa son portefeuille, sortit le trèfle à quatre feuilles dans sa pochette transparente, le porta à ses lèvres : Il ne peut rien nous arriver, ne t'en fais pas. Il ferma les yeux, murmura une prière en serrant fort le trèfle entre ses mains. L'allée centrale était jonchée de bouteilles, de journaux, de vêtements. L'avion continuait sa chute vertigineuse, les nuages défilaient à une vitesse folle, le bruit était assourdissant, les hurlements insupportables, Franck restait impassible : Il ne peut rien nous arriver, nous allons nous en tirer. Et soudain, à la sortie des nuages, des vallons et des forêts de sapins apparurent, l'avion se redressa, les turbulences cessèrent, le calme revint, la voix du commandant de bord retentit : Tout va bien, nous allons nous poser sur l'aéroport de Breslau en Pologne.

Mi-octobre, la neige tombait dru sur Moscou, les équipes de déblaiement s'occupaient de dégager les artères du centre-ville, les abords des ministères et les environs du Kremlin, mais le reste de la ville devenait impraticable. Les négociations avec les Russes traînaient, Franck était habitué à ces atermoiements mais c'était la première fois que son interlocuteur au ministère changeait du jour au lendemain et que le nouveau responsable demandait à renégocier l'intégralité du dispositif comme si rien n'avait été décidé auparavant. Jean-Baptiste Puech ne comprenait pas non plus cette façon de procéder : Il se passe quelque chose d'inhabituel, mais quoi ? Quand il téléphonait au ministère, personne ne lui répondait. Ils attendaient au bar de l'hôtel Metropol que la négociation reprenne. Les premiers jours, ils jouèrent aux échecs, mais Puech y renonça car Franck le battait systématiquement. Franck passait ses matinées à relire la bio de Foucauld, le seul livre en français qu'il ait emporté, et ses après-midi à la galerie Tretiakov, fasciné par l'exubérance des tableaux de Maliavine, ou il faisait le tour des rares églises ouvertes et qui tombaient en ruine. Quand il avait quitté Alger, l'été n'était pas encore fini, il fut obligé de s'acheter une parka fourrée.

Un matin très tôt, Puech frappa à la porte de Franck, le tira de son sommeil.

– Sortons d'ici, allons marcher un peu.

Il se pencha à son oreille.

– L'hôtel est truffé de micros.

Une fois dehors, il regarda Franck d'un air soucieux.

– J'ai de mauvaises nouvelles, Mimoun Hamadi a été arrêté hier avec plusieurs de ses proches.

Franck mit un moment à réaliser que son univers venait de s'effondrer. Curieusement, à cet instant, il ne pensa pas à sa situation catastrophique, ni à ce qu'il allait devenir, mais à Hamadi.

– Tu crois qu'ils vont lui faire du mal ?

– La nouvelle de son arrestation n'a pas été rendue publique, pas une ligne dans la presse, pas un mot à la radio, ton patron a dû prendre ses précautions.

Jean-Baptiste Puech avait raison, Mimoun Hamadi en savait trop, il fut relâché après deux semaines au secret sans que la Sécurité militaire ait touché à un seul de ses cheveux. Un court article paru dans *El Moudjahid* informa la population que, ayant des problèmes de santé, le ministre de l'Industrie partait se faire soigner en Suisse. Quelques semaines plus tard, Hamadi, accompagné de sa famille, s'installa dans un émirat du Golfe et entama une longue traversée du désert.

S'ils furent innombrables à fuir la patrie des travailleurs heureux, ils ne furent que quelques dizaines à faire le chemin inverse pour trouver refuge en URSS, essentiellement des diplomates britanniques, espions diplômés d'Oxford et de Cambridge, des militants latino-américains et iraniens, un intellectuel français et quelques dictateurs, africains surtout, sauvant leur peau de justesse. Franck obtint facilement l'asile politique : il y avait peu de demandeurs, il parlait russe couramment, il avait effectué des dizaines de déplacements dans les pays de l'Est et le régime disposait depuis longtemps d'une fiche de renseignements à son nom établie par l'attaché culturel de l'ambassade soviétique à Alger, qui le qualifiait de sympathisant, et il bénéficiait d'un soutien de poids en la personne de Jean-Baptiste Puech, un des quatre étrangers à avoir ouvert une agence commerciale à Moscou à l'époque de la guerre froide. Avant tout le monde, ce membre éminent du Parti communiste français avait compris que les Russes n'aimaient pas dépenser l'argent qu'ils n'avaient pas, ils avaient l'impression d'attenter à leur indépendance économique et détestaient payer les denrées agricoles dont ils avaient le plus grand besoin pour garnir les rayons vides de leurs magasins, ils craignaient à juste titre de se faire gruger par les banques occidentales lors des conversions de devises car le rouble ne valait rien face au dollar, la monnaie russe étant inexistante au niveau international, or le gouvernement soviétique ne disposait pas de réserves étrangères en quantité suffisante pour acheter ces produits alimentaires.

Grâce à sa sensibilité marxiste, Puech avait proposé un type de négoce qui cadrait avec la doxa communiste : le troc. Vous avez besoin de millions de tonnes de blé, de riz, de viande, de beurre, vous avez du pétrole, on va faire l'échange, je m'occupe de tout, je vous fais livrer, je trouve des acheteurs pour vos produits pétroliers, vous ne payez rien, on compense.

Ce fut une très bonne affaire. Longtemps. Qui profita également aux camarades.

Jean-Baptiste Puech recruta Franck pour son bureau de Moscou, car il connaissait le business et les questions fastidieuses d'import-export, de transport et d'assurance. Franck se mit rapidement au travail, se familiarisa avec ce négoce compliqué mais si rentable, et apprit à troquer de la volaille, du porc, du lait en poudre, des agrumes, des films, des spectacles, des camions, du matériel pétrolier, des blue-jeans tunisiens et bien d'autres choses encore contre du pétrole, de l'acier et du charbon. Souvent, il était en relation avec ses anciens collaborateurs, ce qui facilitait les transactions, et il recevait avec affabilité son successeur algérien, dont la seule et unique préoccupation était que les Russes le débarrassent des millions d'hectolitres de vin qu'il avait sur les bras.

Franck trouva un appartement à Lioublino, une ville-dortoir de banlieue encore en chantier, car son salaire ne lui permettait pas de vivre à Moscou. Les fenêtres de sa chambre donnaient sur le périphérique et il lui fallut s'adapter au bruit permanent du trafic routier. Il se lia avec certains de ses voisins, qui l'invitaient le vendredi soir pour des fêtes qui duraient tard. Chaque jour, il faisait trente minutes de marche rapide pour prendre la ligne 10 dans un wagon bondé qui filait à vive allure. Pour éviter la cohue, il obtint d'arriver plus tard le matin et de partir le soir après dix-neuf heures. Franck avait décidé de ne plus s'intéresser à la politique, il se sentait aussi vacillant et humilié qu'un amoureux trompé, l'aventure algérienne lui laissait un goût amer, mille fois il se posa la question : pourquoi avons-nous échoué ? Son esprit tournait, à l'affût d'une réponse, il concluait invariablement que c'était la nature des révolutions de mal finir et de broyer ceux qui y avaient cru.

La politique se rappela à lui d'une façon pernicieuse. Avec l'arrivée de Mikhaïl Gorbatchev au pouvoir en 1985. Au début, ce jeune secrétaire général charismatique, plein d'idées pour bousculer un système économique à bout de souffle et une organisation politique figée, lui parut la seule solution pour sortir le pays de l'ornière. Mais les premières mesures prises eurent pour Franck des conséquences catastrophiques, le gouvernement lança une campagne de prohibition pour lutter contre le fléau national de l'alcoolisme, les prix de la vodka, du vin et de la bière augmentèrent de trente pour cent du jour au lendemain, les magasins ne pouvaient vendre d'alcool qu'entre quatorze et dix-neuf heures, des files d'attente interminables se formaient, des altercations éclataient sans cesse, et les importations algériennes furent suspendues. Cette mesure brutale particulièrement impopulaire – comment accepter qu'on ne puisse pas boire une goutte pendant un mariage ? – ne diminua en rien le nombre d'ivrognes, parce qu'un marché noir actif se mit aussitôt en place. L'économie se figea, le prix du pétrole s'effondra, les opérations de troc devinrent impossibles à mettre en place.

En 1988, Jean-Baptiste Puech, qui avait perdu ses relations en haut lieu, prévint Franck qu'il devait fermer le bureau de Moscou : Le monde que nous avons connu est en train de disparaître, il n'y a plus de place pour nous. Il lui proposa son aide pour revenir en France, son avocat personnel pourrait s'occuper de son affaire, étudier les effets des différentes amnisties et de la prescription sur son dossier. Franck ne demanda pas de temps de réflexion : J'ai tourné la page, je me sens bien ici, je suis russe maintenant. Il avait de quoi tenir quelques temps. Il vécut de traductions mal payées, jonglant avec les coupons alimentaires, échangeant sa ration de quinze paquets de cigarettes contre des pâtes ou du savon.

Une vie de Moscovite.

Un homme d'affaires, à qui il avait acheté des lots de vêtements turcs et qui était en train de faire fortune en écoulant des blousons et des sweet-shirts polonais dans le quartier de Begovaïa, lui offrit un poste de gestionnaire de son usine de Kotelniki, où on délavait les jeans avec de l'acide. Les conditions de travail étaient pénibles, car les lieux n'étaient pas équipés de ventilation, il fallait garder les fenêtres ouvertes pour ne pas mourir asphyxié et la température à l'intérieur était glaciale.

Un soir, de retour dans sa lointaine banlieue, Franck trouva à la sortie du métro un prêtre orthodoxe vautré dans l'herbe, sa soutane noire maculée de boue. Au même moment, il aperçut une escouade de la milice qui ramassait les pochards et les embarquait sans ménagement dans le car de police. Malgré la prohibition, les ivrognes se procuraient de la vodka frelatée ou de l'eau de Cologne dix fois moins chère et quand ils n'avaient pas assez d'argent, ils buvaient du vernis ou du liquide de dégivrage. Franck secoua le prêtre, lui cria de se lever, l'aida à se redresser, le tira à bout de bras et réussit à le soustraire à la rafle. Le soutenant par l'épaule, il le ramena chez lui et l'étendit sur son lit, où l'homme s'endormit.

Le père Boris était cyclothymique, oscillant entre des périodes d'enthousiasme fébrile où il se montrait capable d'entraîner des foules par ses sermons enflammés et des moments de déprime infernale où il affirmait n'être qu'un crapaud qui avait perdu la foi et où il se saoulait à en mourir. Devenir prêtre sous Khrouchtchev n'avait pas été une sinécure, il en fallait de la volonté pour survivre à la répression anticléricale, se battre contre le Mal, la pauvreté et la misère en permanence, avec les fidèles qui craignaient d'être montrés du doigt s'ils participaient à la Divine Liturgie. Seules les vieilles femmes osaient encore franchir le porche des églises qui s'écroulaient, il fallait colmater les brèches avec de la glaise et de la brique pilée ou des cartons. Le père Boris tenait sa barbe de prophète avec sa main pour boire son thé brûlant et souriait tristement à Franck : Où est Dieu aujourd'hui ? Pourquoi nous a-t-Il abandonnés ? Notre épreuve n'a-t-elle pas assez duré ? Plus personne n'ose se marier chez nous, on ne baptise plus aucun enfant, l'Église de Dieu va disparaître lentement, nous agonisons. Après trente années passées à se battre contre le régime athée, il perdait le moral et s'évadait dans l'alcool.

Par désespoir. Uniquement.

Quelques jours auparavant, une fresque centenaire s'était détachée d'un mur de son église à cause des infiltrations et depuis il n'arrêtait pas de pleurer. Et de boire. Et de demander pardon au Seigneur pour ne pas avoir su protéger Sa maison des impies et, dans les pires moments, parce qu'il doutait de Sa miséricorde : Ce régime barbare n'en finira donc jamais ? On nous accepte à condition que nous nous fassions oublier comme des chiens galeux dans leur niche, on nous tolère parce qu'on reste invisibles. Oui, c'est ça, on doit être invisibles.

Pour la première fois de sa vie, le père Boris touchait le fond de l'abîme, il en était arrivé à la conclusion qu'il ne connaîtrait pas la fin des persécutions. Son moral s'était dégradé depuis qu'il était en froid avec le patriarcat de Moscou. Voilà deux ans, il avait décidé d'occuper l'église de la Bienheureuse-Vierge-Marie de Barashi, un édifice désaffecté et en ruine entouré de palissades, non loin de la gare de Koursk, transformée en usine de câblage électrique pendant une quarantaine d'années. Ignorant les injonctions de sa hiérarchie et du comité exécutif de l'arrondissement, il avait entrepris de restaurer l'église avec quelques fidèles aussi têtus que lui, y célébrant la messe à la bougie et la consacrant lui-même au Cœur immaculé de Marie. Il s'était lancé dans la réparation du clocher en construisant avec un ingénieur à la retraite un échafaudage fait de planches et de madriers récupérés sur des chantiers, mais la partie centrale branlait un peu. Il espérait sous peu réussir à remettre la croix sur le bulbe. Les travaux avançaient lentement parce que les bonnes volontés manquaient, qu'il fallait payer le zinc et le ciment, qu'il n'avait pas d'argent. Les vieux du quartier l'encourageaient mais il était seul pour tout faire. Franck prit l'habitude de venir l'aider les jours où il ne travaillait pas à l'usine. Il entreprit de consolider l'équilibre de l'échafaudage, les traverses n'étant pas toujours à l'équerre.

Le dimanche, à la lueur de dix bougies, le père Boris célébrait la messe pour une douzaine de babouchkas en fichu fleuri qui suivaient la Divine Liturgie selon le rite de saint Jean Chrysostome, restant debout trois heures d'affilée devant un drap blanc symbolisant l'iconostase volée par les barbares, indifférentes aux écarts du père Boris par rapport au déroulement rigoureux de l'office et au fait que le rôle du diacre était tenu par un ingénieur à la retraite : Nous sommes comme les premiers chrétiens qui priaient dans les catacombes, prêts à se sacrifier pour communier et manifester leur amour du Seigneur révélé. Le père Boris et Franck devinrent amis, le peu que Franck arrivait à économiser sur sa paye, il le lui donnait pour acheter des matériaux, il travaillait sans se plaindre du froid, le disputait dès qu'il apercevait une bouteille de vodka :

– Je ne te donne pas de l'argent pour que tu ailles t'acheter de la Russkaïa et que tu te saoules. Tu dois arrêter de boire !

– Tu ne comprends pas que je suis désespéré. Dieu a abandonné la Russie… La vérité, c'est que je me sens coupable de douter de la grâce divine. C'est pour cela que je bois. Parce que j'ai perdu la foi.

– C'est une épreuve terrible, seuls ceux dont la foi est sans faille connaîtront la Terre promise.

Le père Boris n'était pas habitué à tant de compassion de la part de ses compatriotes. Un soir, pour manifester son amitié et sa confiance à Franck, il bloqua la porte de l'église avec une poutre et lui dévoila son trésor. Il souleva une dalle avec une barre d'acier, la cala avec précaution. Dans un renfoncement du sol, il prit une caisse en fer, en sortit trois icônes amochées qu'il avait sauvées de la destruction. Tenant haut une bougie, il lui présenta Serge de Radonège, son saint préféré, l'ermite qui avait accompli tant de miracles, guéri des malades, ressuscité des morts et fondé la merveilleuse laure de la Trinité-Saint-Serge à Serguiev-Possad. D'un linge blanc, surgit une icône usée de Boris et Gleb, les fils de Vladimir qui avait converti la Russie au christianisme, eux avaient été martyrisés pour avoir refusé de renier leur foi et étaient aujourd'hui les saints protecteurs de la Russie. Enfin, il donna la bougie à Franck et attrapa avec délicatesse l'icône défraîchie de Notre-Dame de Fedotievo, vêtue d'une riza argentée sertie de pierres ternies qui laissait apparaître son visage impassible et ses mains délicates, devant laquelle il s'inclina à trois reprises, puis il la tendit à Franck qui l'embrassa.

Nous devons tout reconstruire. Depuis son arrivée au pouvoir en 1985, Mikhaïl Gorbatchev n'avait cessé de marteler ce slogan. Pour remédier à la faillite de l'Union, il avait diminué le rôle du Parti, tenté de libéraliser le pays, mis un terme à la dictature policière, mais il avait sous-estimé la décrépitude du système. Ses réformes non seulement tardaient à porter leurs fruits mais aggravaient la situation, l'économie soviétique s'effondra, la perestroïka était un échec qui accablait le peuple, la baisse des cours du pétrole plongea la population dans la pénurie. Gorby avait ouvert la boîte de Pandore et le couvercle de la marmite lui explosa à la figure. Il dut affronter les apparatchiks du Parti, qui l'accusaient de vouloir liquider le régime, et les réformistes, qui réclamaient des élections libres. L'agitation gagna les pays de l'Est, l'opposition anticommuniste s'amplifia. À deux reprises, en Pologne et en Allemagne de l'Est, puis dans les pays Baltes, Gorbatchev décida de ne pas employer la force pour mater la contestation. Sans le soutien des armées du pacte de Varsovie, les démocraties populaires vermoulues s'effondrèrent. Gorbatchev résista à la pression des conservateurs : il refusa d'envoyer l'Armée rouge.

Le 9 novembre 1989, le mur de Berlin s'écroula. En quelques semaines, tous les régimes communistes furent balayés. Gorbatchev, sur la défensive, s'opposa à son ancien protégé Boris Eltsine, qui prit la tête de la Fédération de Russie. Le 25 décembre 1991, Gorbatchev démissionna, l'URSS disparut, les anciennes Républiques devinrent indépendantes, la Russie éternelle ressuscita, avec le drapeau tricolore des tsars, le rétablissement de la liberté de conscience et l'établissement de liens entre l'État et l'Église orthodoxe, qui connut une véritable renaissance.

Dieu, clairement, avait choisi Son camp, banni les païens, rétabli dans leurs droits ceux qui L'honoraient depuis la nuit des temps. Le père Boris remerciait chaque jour le Seigneur de lui avoir permis de connaître cette époque bénie, il se sentait enfin épanoui. Sa colère avait disparu. Pourtant, il buvait. Autant qu'avant. Pendant les longues soirées qu'ils passaient ensemble à restaurer l'église, le père Boris et Franck n'arrêtaient pas de discuter. Mais ce dernier avait du mal à admettre cette relation si particulière que le religieux entretenait avec le Seigneur, à qui il s'adressait en permanence et qui lui répondait : Dieu me parle, vois-tu, parce que je crois en Lui, je peux Lui demander de m'aider, et à force de Le prier Il nous a exaucés. Cette façon de communiquer avec l'Éternel était entre eux l'objet d'un profond désaccord. Franck détestait cette sorte de troc : je crois en toi, mais tu me rends service en retour : Il faut arrêter d'implorer Dieu à tout bout de champ, de penser que nous L'intéressons comme si nous étions au centre de l'univers. De toute évidence, Dieu, s'Il existe, regarde ailleurs depuis un bout de temps, Il doit être fatigué de nos jérémiades, de notre marchandage permanent. La seule solution est de s'adresser à Lui uniquement pour suivre et respecter Sa parole, et d'espérer se rapprocher de Lui en L'aimant d'un amour à sens unique, on ne demande rien à Dieu, on Lui donne.

*

Depuis dix-huit ans, Igor Markish coulait des jours heureux à Koungour, il aimait l'indolence de cette province d'un autre temps, si éloignée de l'agitation des grandes villes. Là, tout le monde se connaissait, se croisait, papotait de choses sans intérêt. Quand il se baladait dans les forêts immenses ou marchait au bord de la Sylva, il avait l'impression divine de se déplacer dans un univers préservé. À l'exception de son ami, le directeur Sergueï Devatkov, personne ne connaissait les épisodes tumultueux de sa vie passée, son départ précipité et son retour hasardeux en URSS. Igor était persuadé qu'en s'exilant sur cette terre lointaine, il avait réussi à laisser son passé derrière lui, mais en novembre 1973, un an à peine après son installation, un curieux événement le rappela à la réalité.

Quelques mois auparavant, il avait rencontré Natalia Olegovna dans une bibliothèque de Perm et, pour la première fois, il l'avait invitée à déjeuner dans un restaurant de la vieille ville. En passant devant le palais Gribouchine, que Boris Pasternak évoque dans *Le Docteur Jivago*, ils furent interpellés par un couple de touristes âgés. L'homme demanda à Igor d'avoir la gentillesse de faire une photo d'eux devant cette élégante résidence bleu turquoise, Igor prit trois clichés, ils bavardèrent un instant avec ces sympathiques retraités qui leur apprirent qu'ils n'étaient pas russes mais israéliens, qu'ils faisaient du tourisme et repartaient prochainement en Israël après une intéressante excursion dans la région. Sur le coup, Igor, stupéfait, manqua de réflexe et ne posa aucune question. L'homme le fixa avec un sourire ambigu, mit un doigt sur sa bouche, fit semblant de se gratter le nez, puis s'éloigna avec sa compagne.

Et Igor comprit le message.

Une fois par an, pendant ses congés, Igor prenait le train pour Volgograd, mille sept cents kilomètres d'un interminable voyage, pour retrouver sa fille Ludmilla et passer une semaine avec elle et Vassily, son compagnon. Igor apprit à connaître cette fille qu'il avait quittée quand elle avait cinq ans et retrouvée quand elle en avait vingt-cinq. Curieusement, Ludmilla lui posait peu de questions sur sa vie pendant son absence, la seule chose qui l'intéressait, c'était Paris où elle rêvait d'aller un jour, mais comme il était peu probable qu'elle y arrive jamais, il fut obligé de raconter en détail les Grands Magasins, Saint-Germain-des-Prés et les quais de la Seine. Ludmilla avait peu de contacts avec Nadejda et Piotr, restés à Leningrad, elle écrivait à sa mère deux fois par an, pour la nouvelle année et pour son anniversaire.

Milena naquit en 1976, un beau bébé aux yeux noirs et aux cheveux frisés, et ils discutèrent longuement pour déterminer de quel côté elle tenait le plus. Vassily demanda Ludmilla en mariage, elle refusa, encore une fois. Il prit conseil auprès d'Igor pour savoir comment la convaincre de l'épouser, mais ce dernier ne connaissait pas la réponse. Vassily insista pour que sa fille soit baptisée selon le rite orthodoxe, Ludmilla comprit que c'était important pour lui et accepta. Elle pensa que le moment était venu de réunir la famille désunie, elle téléphona à sa mère pour l'inviter au baptême, celle-ci hésita, prise au dépourvu, puis accepta de venir. Quant à Piotr, dès qu'il apprit que son père serait de la fête, il refusa et raccrocha.

Nadejda vint sans son mari, qui n'avait pas pu se libérer de son travail. Elle semblait préoccupée, elle ne resta qu'une soirée à Volgograd et repartit le lendemain après la cérémonie. Au cours du dîner, elle informa sa fille et Igor que son mari et elle avaient déposé une demande de visa pour émigrer en Israël, que leurs dossiers avaient été acceptés et qu'ils quitteraient le pays d'ici deux mois, pour ne plus jamais revenir. Un silence pesant s'installa, Nadejda et Ludmilla réalisant que c'était la dernière fois qu'elles se voyaient.

– Tu devrais être content, dit Nadejda à Igor, c'était aussi l'objet de ton voyage, non ?

Igor se dit que le destin s'amusait avec lui et qu'après avoir tant voulu retrouver cette femme, celle-ci s'en allait, un peu à cause de lui. Nadejda sortit fumer une cigarette sur le balcon, fit un signe à Igor, qui la rejoignit.

– Je suis soucieuse pour Piotr, il va mal. Il a pris conscience de la folie qu'il a commise en te dénonçant, il n'ose réapparaître devant toi, il se sent terriblement coupable à ton égard, je voulais qu'il vienne pour en parler mais il a peur. Est-ce que tu lui en veux ?

– Bien sûr que non. Je comprends tellement qu'il ait été meurtri par mon départ, il était si jeune, dis-lui que je l'aime, qu'il est toujours mon fils et que je serais heureux de le revoir.

– Je lui ai proposé de déposer aussi un dossier pour émigrer, mais il a refusé. Ce serait bien que vous vous revoyiez. Je vais lui en parler.

Igor attendit longtemps que Piotr se manifeste, il espérait un geste, guettait un message, mais le temps passa sans qu'il reçoive jamais de ses nouvelles. Souvent, Igor pensait à ses amis restés à Paris : Werner, Léonid et Michel, il se reprochait de ne pas leur avoir signalé qu'il vivait ici, mais l'épisode du palais Gribouchine lui restait en mémoire, et il se dit que, pour eux non plus, le moment n'était pas venu. Igor était d'autant plus apprécié par ses collègues de l'hôpital qu'il se contentait d'accomplir son métier de médecin, acceptait de remplacer ses collègues les jours fériés et ne briguait aucun autre poste. Quand, en 1989, Sergueï fut muté à Perm, il y eut une cascade de promotions et Igor, qui n'avait aucune ambition de devenir chef de clinique, laissa un médecin plus jeune lui passer devant. Lorsque celui-ci devint le nouveau directeur et découvrit l'âge d'Igor, il fut effaré :

– Igor, tu as soixante et onze ans ! Tu as le droit de prendre ta retraite et de te reposer.

– Si je m'arrête de travailler, je suis foutu, je suis un bon médecin, je peux encore rendre service quelques années. Je voudrais continuer jusqu'à ce que Natalia prenne sa retraite, dans huit ans. Je ne fais pas mon âge, non ?

Le nouveau directeur appuya la demande d'Igor, qui passa une visite médicale de contrôle et fut autorisé à poursuivre son activité.

Si Igor avait pu tourner la page Nadejda, ce n'était pas parce qu'elle lui était soudain devenue indifférente, mais parce que Natalia Olegovna avait pris peu à peu la place vide dans son cœur. Ce n'était pourtant pas gagné d'avance, ni pour l'un ni pour l'autre. Natalia était veuve depuis longtemps quand elle avait croisé la route d'Igor. Lorsque son mari était mort dans un banal accident de la route en revenant de son travail, elle s'était sentie comme amputée d'une part d'elle-même, avait mis de longues années à faire son deuil, et si elle avait trouvé le courage de vivre, c'était grâce à ses deux enfants à qui elle s'était consacrée exclusivement et à la religion. Natalia ne ratait aucun office de la Divine Liturgie. Pourtant, à cette époque, dans les années soixante et soixante-dix, dans une ville tenue par la vieille garde du Parti, fréquenter assidûment la cathédrale Pierre-et-Paul avec ses enfants en bas âge, même si ce n'était pas formellement interdit, était peu apprécié, celui qui croyait à ces vieilles superstitions ne pouvait être un bon communiste et quelqu'un de fiable. L'attitude de Natalia explique que sa carrière de bibliothécaire ait fait du surplace, ses collègues qui ne mettaient jamais les pieds à l'église lui passèrent devant, et elle n'obtint sa première promotion qu'en 1988, à l'âge de cinquante-cinq ans. Natalia fit contre mauvaise fortune bon cœur, pratiquant la stratégie de la tortue, et continua à vivre comme elle pensait. Personne n'aurait imaginé qu'à la veille de la quarantaine, après neuf années de veuvage, elle tomberait amoureuse d'un médecin qui avait quinze ans de plus qu'elle, juif qui plus est, et qui ne croyait pas plus qu'il ne pratiquait.

Chaque semaine, quand il n'était pas de service à l'hôpital de Koungour, Igor prenait le bus pour Perm, retrouvait Natalia, et ils oubliaient que leur vie avait été douloureuse. Après le départ de ses enfants pour leurs études, Natalia se sentit plus libre, elle allait souvent à Koungour, passait ses vacances avec Igor et l'accompagna une année à Volgograd, il voulait absolument lui présenter Ludmilla et Milena. Igor et Natalia mesuraient la chance qu'ils avaient de s'être trouvés. Pourtant, ce n'était pas facile de vivre ensemble quand l'une croyait sans réserve, pratiquait, communiait, respectait chaque principe de sa religion, et que l'autre était viscéralement athée.

Cette divergence fondamentale n'empêcha pas Natalia, la retraite venue, de s'installer chez Igor. La chute du communisme fut pour elle la preuve que Dieu n'avait pas abandonné la Russie, elle vécut la réouverture des églises dévastées comme le triomphe des Justes, le signe qu'une ère nouvelle s'ouvrait où elle pourrait sans crainte observer la Divine Liturgie, suivre avec ferveur les processions qui se multipliaient et participer régulièrement au pèlerinage retrouvé de Belogorsky.

En novembre 1989, l'écroulement du mur de Berlin eut des conséquences différentes selon les latitudes. Dans les pays de l'Est, ce fut un tremblement de terre qui emporta gouvernements et institutions qui, la veille encore, paraissaient devoir durer toujours. En France, la chute de cette muraille lointaine provoqua quelques discussions, mais peu prirent conscience que le monde venait de se métamorphoser brutalement. Quant aux habitants des ex-démocraties populaires, si on avait pu les interviewer pour leur demander ce qui changeait le plus pour eux, ils auraient répondu : « Désormais, nous ne vivons plus dans un camp retranché, nous sommes libres de partir si nous le voulons, la frontière est ouverte, c'est elle qui créait notre système, sans barbelés il n'y a plus de communisme. »

Tous les soirs, Pavel Cibulka regardait l'effervescence des manifestations allemandes sur un écran de télévision dans l'hôtel du sixième arrondissement où il était gardien de nuit. Après l'Allemagne, ce fut le tour de la Tchécoslovaquie, Pavel n'en croyait pas ses yeux : cinq cent mille personnes rassemblées sur l'esplanade de Letná, à proximité du stade du Sparta, à l'appel du Forum civique de Václav Havel, l'écrivain dissident, écoutaient sous la pluie le discours d'Alexandre Dubček, le héros du printemps de Prague vingt ans auparavant, qui avait chèrement payé d'avoir voulu démocratiser la République populaire. Par quel miracle aucun policier ne venait-il l'arrêter ? L'ancien leader réclamait des élections libres, le peuple l'acclamait sans que personne cherche à le faire taire. Pavel n'était pas croyant, pourtant il pensa : merci mon Dieu de m'avoir permis de voir la mort du monstre. Pour la première fois depuis longtemps, il se sentit étonnamment léger.

C'est le 25 novembre 1989, après le journal télévisé de vingt-trois heures, que Pavel prit sa décision, il téléphona à son patron et l'informa qu'il devrait prendre ses dispositions pour le remplacer parce qu'il retournait dans son pays. Puis il raccrocha sans laisser à l'autre le temps de répondre. Malgré l'heure tardive, il appela Michel Marini, tomba sur Anna, qui le lui passa :

– Tu as regardé la télé ? Ce qui se passe à Prague, c'est inouï, ils vont les balayer c'est sûr, les zigouiller j'espère. Je rentre au pays. Dis, tu ne veux pas m'accompagner, parce que j'ai un peu la trouille d'y aller seul ?

Michel préparait un reportage sur la tournée triomphale de Mylène Farmer, il venait de recevoir son accréditation pour couvrir les concerts de Bercy depuis les coulisses.

– Je suis pris pour une semaine, partons après.

– Je ne peux pas attendre mais je ne sais pas s'il faut un visa, et s'ils me le donneront.

Michel était navré d'être obligé de refuser, l'accord du producteur avait été tellement compliqué à obtenir qu'il ne pouvait pas se défiler à trois jours du concert.

– Et Pavel n'a pas vraiment besoin de moi, il est juste angoissé à l'idée de ce qu'il va retrouver là-bas, ou plutôt de ce qu'il ne va pas y retrouver.

– Moi, je vais l'accompagner, dit Anna. Je rêve de découvrir Prague depuis toujours. Dès demain matin, j'en parle à mon boss. Cela me fera le plus grand bien de changer d'air.

Michel poussa un soupir, sachant qu'il était inutile d'essayer de raisonner Anna quand elle avait une idée en tête. Dès son plus jeune âge, elle avait fait preuve d'une détermination à toute épreuve. Pour son douzième anniversaire, Jimmy lui avait demandé ce qu'elle envisageait de faire plus tard.

– Je veux voyager.

– Alors, il faut que tu te maries avec un pigeon voyageur, avait répondu Jimmy.

– Certainement pas, ce sera moi la pigeonne voyageuse et je ne me marierai jamais.

Elle avait travaillé dans des colonies de vacances, passé haut la main un brevet d'éducatrice, puis un BTS tourisme, enchaînant les postes d'animatrice, mais elle voulait voyager aussi en dehors des périodes de congés. Un petit copain… lequel ? Michel ne s'en souvenait plus, l'avait mise en relation avec un tour-opérateur qui cherchait des accompagnateurs pour des séjours en Grèce, en Italie et en Espagne. Anna avait pu réaliser son rêve et passait sa vie à voyager, son planning était rempli un an à l'avance. À dix-huit ans, elle avait rencontré Luis, l'homme de sa vie, un guide sévillan, avait vécu avec lui six mois avant de se rendre compte qu'il était barbant, ou peut-être était-ce Nikos, celui qui dirigeait un village de vacances à Corfou qui lui avait tourné la tête, mais il ne voulait pas quitter son île. Finalement, après quelques relations éphémères, elle s'était mise en ménage avec Antoine, qui avait une vie aussi virevoltante qu'elle, lui était un spécialiste des circuits au Maroc et en Tunisie. Michel aimait bien Antoine, qui avait fait des photos magnifiques du désert, et avait été navré d'apprendre leur séparation, Anna étant tombée amoureuse de Luigi, qui tenait une pizzeria rue Monge, ce qui présentait un avantage certain car il s'agissait d'un emploi sédentaire. Sauf que Luigi était marié et avait deux enfants, et que le divorce s'avérait moins simple que prévu. Un mois auparavant, Anna avait débarqué avec sa valise, les traits tirés, sans donner aucune explication. Quand Michel avait demandé : Que se passe-t-il ? Vous êtes séparés ? Anna avait répondu, excédée : Ah, ce n'est pas le moment ! Elle était revenue vivre à la maison. Provisoirement. Le temps que la situation se décante, qu'elle trouve un appart. Camille avait confié à Michel qu'Anna avait revu Antoine : C'est compliqué.

Bien sûr.

Le lendemain, le patron d'Anna estima que c'était une idée formidable d'ouvrir la Tchécoslovaquie, il lui demanda de réfléchir à deux ou trois tours à organiser pour l'été suivant et lui alloua un petit budget de préparation. Anna se renseigna auprès du consulat tchécoslovaque à Paris, qui pouvait lui fournir un visa rapidement, mais comme Pavel Cibulka n'avait pas de passeport français, les difficultés commencèrent. Pavel avait été déchu de sa nationalité en 1954 et s'était refusé à demander la nationalité française.

Par principe.

Un temps, il avait espéré rejoindre son frère aux États-Unis, mais ses demandes avaient été systématiquement rejetées, l'administration américaine le considérant comme un dirigeant communiste. À présent, Pavel avait le statut d'apatride et pour accorder un visa, le consul devait demander l'autorisation à Prague, cela prendrait quelques semaines. Un collègue d'Anna qui revenait de Varsovie avait traversé le pays, après y être entré sans visa par Liberec et en être sorti par Rozvadov, les frontières étaient donc poreuses. Elle demanda à Michel de lui prêter sa voiture, elle n'avait pas assez d'argent pour en louer une.

– Ce n'est pas possible, j'en ai besoin pour transporter mon matériel.

– Tu pourrais faire un effort, dit Camille, qui soutenait toujours Anna. Tu n'as qu'à prendre un taxi.

Cette nuit-là, Michel eut le plus grand mal à dormir, son instinct lui indiquait la direction du vent, un concert de Mylène Farmer c'était bien, mais découvrir Prague avec Pavel et Anna, partager avec eux l'expérience de cette révolution pacifique, ce serait mieux. Le matin, il téléphona à Philippe Morges, lui exposa son idée de reportage :

– Voilà, c'est le retour d'un Tchèque à Prague après trente-huit ans d'exil, mais ce type n'est pas n'importe qui, c'est un ancien ambassadeur, collaborateur de Clementis et Slansky qui ont été pendus, il a réussi à sauver sa peau in extremis, sinon il a tout perdu, sa situation, sa famille, ses amis, il vit difficilement en France depuis, il veut que je l'accompagne, je vais le suivre pas à pas, faire quelques belles photos de ces retrouvailles. Tu devrais arriver à vendre ça et à me trouver un remplaçant, non ?

Michel, Pavel et Anna partirent le lendemain après-midi. Le plus difficile fut de fermer le coffre de la 504 car Pavel ne voulut pas se défaire de ses deux énormes valises, ni d'ailleurs dire ce qu'elles contenaient, et Michel transportait un encombrant matériel de prise de vue. Pendant le trajet, Pavel resta plongé dans ses pensées, il fut impossible de lui tirer plus de deux mots d'affilée, Anna ne supportait pas l'odeur du tabac en voiture mais il alluma quand même une cigarette et entrouvrit la fenêtre pour évacuer la fumée : Juste une. Michel mit une cassette de Simple Minds, mais Pavel râla contre ce concert de casseroles, Michel trouva sur France Musique *La Bohème* de Puccini que Pavel suivit avec ravissement et dont il chantonna *Che gelida manina* et *O soave fanciulla*. Michel et Anna échangèrent un sourire entendu à travers le rétroviseur. À cet instant il se dit encore : c'est incroyable ce qu'elle ressemble à Cécile.

Le soir, ils firent étape à Metz. Pendant le dîner, Anna demanda à Pavel s'il pensait que le pays basculerait dans le capitalisme, ou s'il essayerait de mettre en place un socialisme à visage humain, comme Dubček l'avait prôné pendant le printemps de Prague.

– Tu plaisantes, Anna ? Ou alors tu es trop jeune pour avoir compris. Le socialisme à visage humain n'existe que dans l'imaginaire désespéré des communistes qui n'ont rien trouvé d'autre pour vendre leurs salades, tout le monde en parle mais personne ne l'a jamais vu et ne le verra jamais. C'est comme l'élixir de jouvence ou le monstre du Loch Ness. Un fantasme, un piège à gogos.

– Mais tu y as cru vraiment, tu as été un communiste convaincu, dit Michel.

– C'est vrai, mais aujourd'hui, j'ai l'impression que nous étions comme ces enfants qui essayent de faire entrer des ronds dans des carrés. Dans la vraie vie, c'est impossible. Tu ne finis pas ta tarte flambée ?

Anna lui tendit son assiette, sur laquelle elle avait à peine prélevé trois bouchées.

– Finalement, je ne sais pas grand-chose de toi, Pavel, hormis que tu es tchèque et que tu passes ta vie à écrire un essai sur la paix de Brest-Litovsk.

– On s'est rarement intéressé à ce que je fais. Quand je regarde derrière moi, je vois des ombres s'agiter comme dans un film muet. En 1951, au moment où ils sont venus m'arrêter, j'étais en poste à l'ambassade de Sofia, j'ai eu la chance de pouvoir me sauver, j'étais marié à Tereza, une femme merveilleuse, la seule que j'aie vraiment connue et qui m'aimait profondément, elle était professeure de lettres, elle était non seulement très belle, lumineuse même, mais elle avait du caractère, une énergie communicative, elle aimait rire, danser et chanter. J'en parle au passé parce que j'ignore si elle est toujours vivante, elle se trouvait à Prague et je n'ai pas pu la prévenir, je n'ai pas osé lui donner de mes nouvelles pour ne pas la compromettre, et je n'en ai jamais reçu d'elle. Notre vie a été brisée, j'ai dû faire mon deuil d'une personne que j'aimais comme un fou, avec l'impression d'être enterré vivant, de hurler dans un cercueil, je présume qu'elle a dû divorcer, me renier, c'était une quasi-obligation pour ne pas être arrêtée elle-même, et refaire sa vie. Je ne sais pas non plus ce qu'il est advenu de Ludvik, notre fils, qui avait cinq ans quand j'ai été obligé de fuir. Comprends bien, Anna, que si je n'avais pas réussi à m'éclipser, ils m'auraient pendu comme Slansky, Clementis et les autres. Souvent, je me suis dit que cela aurait mieux valu parce que cela a dû être terrible pour eux de vivre sans savoir ce qui m'était arrivé. De mon côté, j'ai vécu comme un chien, amputé de la moitié de moi-même. Tout ce que j'espère aujourd'hui, c'est retrouver Tereza et Ludvik, les prendre dans mes bras et qu'ils me pardonnent.

Pavel sourit tristement, finit son verre de vin rouge, héla la serveuse et lui demanda de bien vouloir réchauffer la tarte flambée.

– Je n'ai pas eu le temps de t'en parler, je vais faire un reportage sur ton retour à Prague, tes recherches pour retrouver les tiens, et j'espère tes retrouvailles avec ta femme et ton fils.

– Tu plaisantes, Michel ? Il n'en est pas question, tu me prends pour qui ?

Ils repartirent de bonne heure. Après Nuremberg, ils roulèrent en silence, préoccupés par le risque d'être refoulés. Ils arrivèrent à Frankenreuth, à la frontière germano-tchèque, vers seize heures. Il y avait peu de circulation, aucune attente dans ce sens, la barrière était levée, deux gardes-frontières tchèques étaient assis sur des chaises en osier de part et d'autre de la route en train de fumer et de discuter, les voitures ralentissaient, ils dévisageaient les occupants à travers les vitres, puis faisaient signe de la main d'avancer, c'est comme cela qu'Anna, Michel et Pavel se retrouvèrent de l'autre côté.

Trois kilomètres plus loin, ils traversèrent au ralenti Rozvadov, une bourgade tchèque assoupie, et poursuivirent leur route vers Pilsen, traversant forêts de sapins et collines. Le brouillard montait du sol en filaments, étouffait les arbres, engloutissait la route, les villages tous identiques, avec des constructions en béton indigestes et des porcheries en tôle qui surgissaient de la brume. La nuit était profonde quand la campagne disparut, Michel avançait lentement, à la recherche d'un panneau indicateur, la banlieue semblait désertée de ses habitants.

– On s'est perdus.

Pavel baissa la vitre, emplit ses poumons de l'air humide :

– *Na ty vaše chmury* !...* Nous sommes à Prague... Tout droit, au carrefour deuxième à droite, puis tout droit et après la gare, première à gauche.

– Tu reconnais ? Après tout ce temps !

– Rien n'a changé.

Pavel les guida dans l'entrelacs des rues comme s'il était parti la veille. Ils s'installèrent dans un palace décati à la décoration surannée sur Stepanska, dont la dernière rénovation remontait à une date oubliée. Trois des quatre ascenseurs étaient hors service, les chambres étaient peu confortables et mal chauffées, les rideaux pendouillaient, mais c'était le meilleur hôtel disponible.

Au matin, Michel apprit par le réceptionniste que Pavel était sorti de bonne heure. Anna avait l'intention de se rendre au ministère du Tourisme pour obtenir des informations utiles à l'organisation de séjours. Ils partirent ensemble à la découverte de la ville, Michel portait un lourd sac en bandoulière contenant son matériel photo, la brume peinait à se lever, ombrait les murs, mais quand elle s'effilochait, les immeubles fatigués et abîmés retrouvaient leur teinte noire et sale, les coupoles en cuivre viraient au vert-de-gris. Ils avançaient dans les rues cafardeuses, le nez en l'air, essayant d'emmagasiner dans leur mémoire ces images sorties d'un film expressionniste. Malgré la crasse et la dégradation générale, Michel

* Contre votre mélancolie !...

était tellement fasciné par ce spectacle irréel qu'il en oublia d'utiliser son appareil. Près d'un parc, deux vieilles femmes nettoyaient la rue, chacune avec un balai et une pelle en fer cabossée. Quand ils arrivèrent à leur niveau, une des femmes leur sourit, parla en tchèque. Michel souleva les épaules en signe d'impuissance.

– Je ne comprends pas.

– Ah, vous Français, bienvenue, dit la plus âgée.

Michel sortit son appareil de son sac, le montra à la vieille femme qui hocha la tête. Ses premières photos furent ces deux balayeuses coiffées d'un fichu en laine dont les visages étaient incroyablement paisibles. Des pans de couleur pastel émergeaient des façades des maisons Art nouveau ternies par une suie grasse, des tuiles, des briques manquaient, des étais soutenaient des balcons. Pourtant, les rues étaient animées, les badauds souriaient à ces étrangers si bien vêtus, essayaient d'entamer la conversation, de balbutier quelques mots d'anglais ou de français. Michel et Anna répétaient : France... Paris. Le regard des Pragois pétillait, certains les embrassaient pour leur souhaiter la bienvenue mieux qu'avec des mots. À plusieurs reprises, des attroupements se formèrent autour d'eux, Michel fit plusieurs photos de groupe : *No cheese please*.

Le ciel était terreux, ils marchèrent pendant près de deux heures, ne sentant plus le froid. Michel changea de l'argent à la Státní banka. L'accès aux restaurants était interdit par un cordon derrière lequel il convenait d'attendre qu'un serveur daigne vous annoncer que l'heure du service était passée. À proximité de la gare centrale, un café-boulangerie exposait sa production derrière une vitrine, ils montrèrent du doigt ce qu'ils voulaient, purent déguster des saucisses avec une moutarde assez douce au raifort et des galettes de pomme de terre. Ils burent une bière, goûtèrent à de petites crêpes chaudes un peu épaisses avec de la confiture de prunes couronnées de crème fraîche. Le patron présenta l'addition, que Michel régla sans vérifier, avant de calculer mentalement ce qu'il venait de payer : il a dû se tromper, le prix est dérisoire.

À un étudiant qui parlait vaguement français, Anna demanda le chemin du ministère, ils décidèrent de se quitter là et de se retrouver à l'hôtel : Faudrait aussi qu'on ait le temps de se parler, dit Anna. Ils partirent chacun de leur côté.

Michel se dirigea vers le fleuve, la Vltava s'évanouissait dans la brume, il traversa un pont de pierre aux statues fantomatiques, le crépuscule montait à l'assaut du Hradčany, les maisons étaient lézardées, les conduites d'eau rouillées, des bâtisses mystérieuses protégées par de hauts murs surgissaient des frondaisons. Michel utilisa plusieurs rouleaux de pellicule. Je doute qu'un journal s'intéresse à ces clichés, tant mieux je les garderai pour moi.

Le soir, Anna rentra à l'hôtel épuisée. Au ministère, elle avait été baladée de bureau en bureau, les fonctionnaires ne parlaient pas un mot d'anglais ou mal le français, aucun ne s'occupait des séjours des étrangers. Heureusement, une femme avait fini par l'envoyer à l'organisme chargé de la promotion touristique, où elle avait obtenu des informations utiles : elle pouvait monter des séjours d'une semaine facilement. Pour cinq cents francs pour deux personnes, on lui proposait un package comprenant six nuits d'hôtel, les visas, les petits déjeuners et des tickets pour douze repas à prendre dans une liste de restaurants de la vieille ville : C'est un prix ridiculement bas, même si les deux hôtels ne sont pas terribles. Si on rajoute le transport, le guide et les frais, on proposera un séjour très attractif, il ne reste qu'à préparer le programme : Où est Pavel ? J'ai besoin de lui.

Mais Pavel avait disparu. On ne le vit ni le lendemain, ni le jour suivant. Michel et Anna commençaient à s'inquiéter, avait-il été victime d'un accident ? fallait-il prévenir la police ? Le quatrième jour, en fin d'après-midi, tandis qu'Anna travaillait avec Michel dans le salon-bar de l'hôtel au programme d'un séjour qu'elle avait baptisé « Culture et Découvertes », Pavel apparut, le visage sombre, pas rasé, dépenaillé. Il s'assit en face d'eux sans un mot, esquissa un sourire, sortit une bouteille de vodka Wyborowa de la poche intérieure de son manteau fatigué à chevrons clairs, versa le fond dans un verre qu'il avala d'un coup, examina le flacon vide.

– Dans le temps on buvait plus, beaucoup plus, on disait que si la vodka ne réglait pas ton problème, c'est que tu n'en avais pas bu assez. Je n'ai pas réglé mon problème. J'ai sillonné ce pays et je suis déprimé, ils ont tout saccagé, je suis allé à Ostrava, à Brno, dans des villes que personne ne connaît, à part les malheureux qui y habitent. J'ai cherché Tereza et Ludvik, montré mes petites photos inutiles qui datent de quarante ans, monté des dizaines d'escaliers, cogné à des centaines de portes, interrogé des voisins, des employés de mairie, des fonctionnaires, pas étonnant que les gens se méfient des inconnus qui posent des questions, ils ont été bien éduqués, tout le monde reste sur ses gardes. Même s'ils savaient quelque chose, ils ne diraient rien. Par principe. Tereza n'avait pas beaucoup de famille, ils ont tous disparu ou sont partis Dieu sait où. J'aurais fait un piètre policier, demain j'essayerai de dénicher Joseph Kaplan, c'était mon meilleur ami, il était médecin, lui il saura peut-être, s'il est toujours vivant.

– On va le retrouver, dit Michel.

– Alors, vous avez découvert la ville ? Elle a de beaux restes, non ?

– J'ai besoin de ton aide, Pavel, dit Anna. J'ai préparé deux programmes avec deux concerts. Dans le premier, on est art et culture, on visite plusieurs musées, des églises, le château, l'Opéra, on suit un parcours Mozart. Dans le second, on ne visite que la Galerie nationale et le château, on est orienté histoire et architecture, Empire austro-hongrois, Art nouveau, Mitteleuropa, avec une balade dans Prague : Malá Strana,

Hradčany, le cimetière juif. Ça pourrait être l'occasion d'évoquer Kafka mais je n'ai rien trouvé à son sujet.

– Normal, ici, personne ne s'intéresse à Kafka. Il a écrit en allemand uniquement, la langue de l'occupant et de la classe dirigeante, pas celle du peuple. Ses livres publiés à Berlin ne sont pas traduits en tchèque, sauf des textes secondaires dans des revues confidentielles. Aucun Tchèque ne l'a étudié au lycée. Dans *Le Château* ou *Le Procès*, il n'y a pas un seul détail indiquant que l'intrigue se déroule à Prague, l'action pourrait se passer à Édimbourg ou Vienne, et pourtant, il aimait passionnément cette ville. Kafka a été sorti de l'oubli par Sartre et Camus, qui voyaient en lui un précurseur de l'existentialisme, et dans son œuvre, un manifeste de l'absurde. L'esprit tchèque est plus tourné vers l'humour et la dérision, et incarné vraiment par le brave soldat Švejk. Cela dit, comme les Français, eux, connaissent Kafka de nom, si tu fais un circuit Kafka dans Staré Mesto, les touristes auront l'impression de se cultiver.

Michel contacta l'attaché culturel de l'ambassade de France, à qui il exposa le problème de Pavel. Le soir, à leur retour à l'hôtel, un papier les attendait à la réception avec l'adresse de Joseph Kaplan. Celui-ci n'habitait plus l'appartement familial, rue Kaprova, mais un immeuble ancien sur la colline du Hradčany : Il est trop tard ce soir, dit Pavel. Le lendemain, il trouva d'autres prétextes pour se défiler, prétendant qu'il avait eu tort de revenir dans ce pays embrumé et d'avoir voulu renouer avec son passé, qu'on se fait toujours avoir par ses sentiments et qu'il préférait rentrer à Paris. Michel proposa de l'accompagner, mais Pavel refusa : Laisse-moi tranquille, va faire tes photos. Une mince couche de neige avait blanchi les rues. Pavel ronchonnait, craignait de se casser le fémur : Peut-être que je m'y remettrai dans la journée si le temps s'améliore. Finalement, il se décida, sortit en s'appuyant contre les murs des immeubles, arriva place Venceslas, resta prostré cinq minutes et fit demi-tour.

Anna et Michel partirent vers la Vieille Ville à la recherche de Kafka l'inconnu. Sa maison natale était située à proximité de l'église Saint-Nicolas, à l'angle des rues Maiselova et Kaprova justement, mais aucune plaque ne l'indiquait. Michel posa la question en français et en anglais à des passants, à des gens qui entraient dans l'immeuble ou en sortaient, mais personne n'était au courant, pas plus qu'à l'autre maison familiale, à quelques pas de là, où étaient nées les trois sœurs de l'écrivain, qui moururent en camp de concentration. Les trois appartements occupés par Kafka pendant sa courte vie étaient situés dans le même quartier, mais aucun panneau ne les signalait, rien non plus au café l'Arco qu'il fréquentait avec Max Brod et où il rencontra Milena Jesenská, l'amour de sa vie et la traductrice de quelques-uns de ses textes en tchèque.

– Dommage que personne ne s'intéresse à lui ici, dit Anna, je le trouve tellement passionnant. Quand je le lis, il ne me lâche pas et je me sens mal à l'aise, j'ai l'impression que lui non plus ne se sentait pas bien en écrivant. Allons prendre un thé, j'ai quelque chose à te dire.

Ils s'assirent dans un café enfumé, Michel commanda une bière, Anna avait un air bizarre, avec sa tête qu'elle gardait baissée.

– Alors, Anna, je t'écoute.

Elle se redressa d'un coup, sourcils froncés. Michel pensa à nouveau : incroyable ce qu'elle ressemble à Cécile.

– Je suis enceinte !... Ne fais pas cette tête.

– Je ne m'y attendais pas. Je suis heureux pour toi. Et pour Luigi aussi.

– Je ne lui en ai pas parlé. Parce que j'ignore si l'enfant est de lui ou d'Antoine. Et puis je ne sais pas encore si je vais le garder. Ça me tourneboule cette histoire. Je ne me sens pas prête à me ranger et à fonder une famille, j'ai envie de vivre, de voyager, pas de m'occuper d'un môme. Quand je vois la vie qu'ont mes copines, je ne suis pas pressée de les imiter. Je n'ai rien dit à Camille, cela doit rester entre nous. Je voudrais que tu me parles de ma mère.

– Je te l'ai proposé souvent, tu n'as jamais voulu.

– Ce n'était pas le moment. Je n'ai plus aucun souvenir d'elle. Ce n'est pas qu'elle me manque, mes parents c'est vous, c'est certain… Pourquoi m'a-t-elle abandonnée ?

Michel poussa un long soupir, ferma les yeux, convoqua des souvenirs qui remontaient à près de trente ans.

– Il y a ce que je sais et ce dont je me doute. Franck et Cécile formaient un couple bouillonnant, elle était éblouissante, lui était un communiste fervent, il a décidé de s'engager, il a même devancé l'appel. Et puis brusquement, fin 61, il a déserté, on a mis du temps à comprendre pourquoi. C'était à cause d'une sombre histoire. En fait, il s'était épris d'une Algérienne. Quand elle est tombée enceinte, il a voulu s'enfuir avec elle, c'est comme ça qu'il a tué un officier et qu'il est devenu un proscrit. À Paris, il a retrouvé Cécile, ils se sont rabibochés, il était question qu'ils quittent la France et fassent leur vie ensemble, probablement que Franck y croyait, mais finalement, au dernier moment, il a laissé tomber Cécile sans oser le lui dire en face. Je présume que c'était pour retrouver l'autre femme, qu'il ne voulait pas abandonner avec un enfant. Évidemment, Cécile était effondrée. Et quand son frère Pierre est mort quelques jours avant la fin de la guerre d'Algérie, son frère qu'elle adorait, là ça a été le coup de trop, ça l'a anéantie. Et elle a disparu. Quatre ans plus tard, elle a débarqué avec toi dans les bras, j'ignorais qu'elle avait eu un enfant de Franck, elle m'a demandé de te garder un moment, je tombais des nues. Le temps que je réagisse, elle était partie.

– Elle ne m'aimait pas ?

– Sa vie a été brisée par la trahison de Franck, elle s'est mise à le haïr d'une façon insensée et tu lui rappelais cet amour perdu. Elle n'a pas réussi à surmonter sa colère et son ressentiment.

– Tu l'as revue ?

Michel hésita un long moment.

– Oui, quelques années plus tard, elle était partie à Cuba pour chercher ton père, elle était persuadée qu'il vivait là-bas, elle ne l'a pas trouvé. Elle a eu une vie difficile. Elle m'a posé beaucoup de questions sur toi, ta mère t'aimait, mais à sa façon, il ne faut pas lui en vouloir, elle n'a rien choisi.

– Et mon père, on sait où il se trouve ?

– Lui, il s'est volatilisé, on n'a jamais eu de ses nouvelles.

Comme Pavel craignait de glisser et de se faire mal, il avait trouvé une canne sur laquelle s'appuyer. Une fois devant l'immeuble de Joseph Kaplan, rue Sporkova, il attendit, malgré le froid, la neige et la brume épaisse, jusqu'au soir. Par moments, il s'asseyait sur le banc d'une terrasse, appuyait son menton sur ses mains posées sur la canne, fasciné par la perspective qui s'ouvrait sur la ville engourdie. Et puis, il reconnut Joseph, dans la rue, toujours aussi svelte malgré ses quatre-vingts ans, qui vint à lui. Il l'étreignit, lui apprit le décès de Tereza l'année précédente.

– On a vécu ensemble pendant près de trente ans, mais c'était longtemps après ton départ, on était seuls tous les deux. Je me suis occupé de Ludvik, il s'est marié avec Helena, tu te souviens de ma fille, elle avait trois ans quand tu es parti. Et Ludvik, quel âge avait-il quand tu as réussi à fuir ?

– Cinq ans.

– Ils vont être tellement heureux de te revoir.

Pavel appréhendait de retrouver ce fils abandonné, de ne pas le reconnaître, de devoir supporter ses reproches, de n'avoir rien à lui dire et surtout de ne rien éprouver à son égard. Dans l'escalier, il s'immobilisa, voulut rebrousser chemin et Joseph dut l'encourager :

– Le moment est venu de recoller les morceaux avec Ludvik, il ne t'attend pas, mais il a besoin de toi et ses enfants aussi.

Il monta les marches en le tenant par l'épaule. Une fois sur le palier, il sonna à sa place.

Quand Ludvik ouvrit la porte, il découvrit un homme âgé corpulent, le visage empourpré, les cheveux blancs en bataille, et Joseph en retrait. Son regard alla de l'un à l'autre. Et il comprit. Son corps fut saisi d'un frisson, des larmes se mirent à couler sur son visage. Helena découvrit son mari qui pleurait dans les bras d'un vieil homme massif qui lui tapotait l'épaule. Lequel leva la tête : Helena ! Elle s'avança vers lui et les enlaça. Ils restèrent ainsi tous les trois longtemps réunis.

– Antonin, les filles, venez, votre grand-père est de retour !

Comment nouer des fils qui n'existent pas ? qui n'ont jamais existé ? Comment combler un vide de trente-huit années ? Face à ce fils qui ressemblait vaguement à son propre père, Pavel était muet, les mille questions en suspens qui lui étaient venues au cours de son exil parisien – Que fait-il en ce moment ? Aime-t-il l'école ? Joue-t-il au football ? Sait-il qu'il a un père ? – s'étaient envolées, il ne savait quoi demander, ni par où commencer. Face à cette famille ressuscitée qui l'entourait d'affection, face à ces petits-enfants qui venaient de l'adopter en une seconde, Pavel se sentait liquéfié. Jamais, durant son interminable exil, il n'avait espéré retourner dans son pays de son vivant, le monstre paraissait tellement inexpugnable. En revenant à Prague, il n'avait pas réfléchi que sa vie, que leurs vies leur avaient été volées, qu'il n'arriverait jamais à rattraper les années d'absence et que ce temps était irrémédiablement gâché. Quoi qu'ils fassent, quoi qu'ils disent, ils resteraient à jamais des inconnus les uns pour les autres.

Pavel avait l'impression d'avoir vécu sur une autre planète et de revenir en arrière par l'effet d'une contraction de l'espace-temps. La France avait déteint sur lui et l'avait absorbé. Il comprit à cet instant qu'il avait perdu la partie. Il n'avait pas envie de faire d'efforts, il ne redeviendrait pas tchèque, même en le voulant il ne raisonnait plus comme eux, il était devenu un étranger parmi les siens. Il se dit qu'il n'avait plus l'âge de se faire des souvenirs, mais de profiter de ceux qu'il avait conservés.

– Tu peux t'installer chez moi, dit Joseph, j'ai de la place.

– Non, il va venir chez nous, intervint Ludvik.

– Je reste quelques jours tout au plus, je suis venu avec un ami parisien et sa fille, je vais repartir avec eux. J'ai des choses importantes à faire à Paris. Je travaille sur un livre. Mais je reviendrai.

Joseph eut beau déboucher deux bouteilles de Bohemia Sekt qu'il gardait pour les grandes occasions, Pavel resta inflexible et repartit douze jours après son arrivée. Ni Ludvik, ni Helena, ni Joseph ne comprirent sa précipitation à les quitter.

*

L'existence de Franck Marini avait été sinueuse, longtemps il avait essayé de la faire coïncider avec ses idées, quitte à tordre le cou à certains principes, mais son caractère ne le prédisposait pas à choisir le chemin de la facilité. Depuis son arrivée à Moscou, il avait trouvé une forme de paix, il ne s'occupait plus de politique, il avait renoncé à changer le monde, il s'occupait uniquement de gagner sa vie et de finir les travaux de l'église de la Bienheureuse-Vierge-Marie de Barashi. Le clocher à quatre niveaux avait été rebâti à l'identique, surmonté d'une magnifique croix ouvragée, des grilles fines ceinturaient l'édifice, remplaçant les hideuses palissades, l'autel avait été restauré avec une double arche, l'intérieur commençait à retrouver sa splendeur passée grâce aux donations des fidèles qui venaient chaque jour plus nombreux assister à la Divine Liturgie. Le patriarcat de Moscou avait fini par confier l'église au père Boris rentré en grâce, et la galerie Tretiakov avait accepté de restituer l'iconostase et les icônes qui lui avaient été confiées au temps des Soviets. La vie de Franck aurait pu se poursuivre ainsi sans à-coups majeurs si elle n'avait basculé l'après-midi du dimanche 8 août 1993, à quinze heures trente-cinq précises.

Ce jour-là, le père Boris avait une réunion de préparation au concile, Franck l'avait accompagné à son rendez-vous en taxi et il était reparti à pied. Le temps était merveilleux, l'air doux. Franck n'avait pas mis les pieds sur la place Rouge depuis une dizaine d'années, il ne viendrait à l'idée d'aucun Moscovite de se balader sur cette place réservée aux provinciaux et aux touristes, peut-être parce qu'elle abritait un cimetière exécré ou qu'elle s'était transformée en Luna Park commercial. Franck admirait les bulbes multicolores et miraculés de Basile-le-Bienheureux, lorsqu'il croisa un groupe de touristes attroupés derrière une guide qui avançait avec un fanion dressé. C'est alors qu'il entendit distinctement : Franck !

En français.

Franck n'avait plus parlé sa langue natale depuis des années. Ici, tout le monde l'appelait Frenk, en mangeant le *e*. Sur cette place gigantesque, il y avait tellement de bruit et d'agitation qu'il eut un doute. Une femme aux cheveux blancs, élégamment habillée, le fixait d'un air douloureux, son visage lui évoquait un vague souvenir, elle s'approcha de lui lentement : Franck, c'est toi ? Un frisson le parcourut, une décharge électrique qui le fit trembler… Maman ? Franck n'avait pas revu sa mère depuis 1960. Celle-ci n'avait jamais supporté l'engagement politique de son fils ni l'aide que son père lui avait apportée pour qu'il puisse s'enfuir à la suite de sa désertion. Et la famille Marini avait explosé.

Trente-trois années. Une vie.

Hélène approchait des soixante-quatorze ans, elle s'était empâtée. Ils restèrent face à face à se dévorer des yeux comme s'ils voulaient être sûrs de n'être pas victimes d'une hallucination, et puis le doute s'envola. Elle s'approcha, sa main effleura le contour du visage de son fils, ses lèvres se crispèrent, elle ne chercha pas à retenir les larmes qui montaient, secouée par un tremblement, elle prit Franck dans ses bras, le serra avec force contre elle. Personne n'accorda la moindre attention à ce couple anachronique, le groupe s'était éloigné. Ils demeurèrent ainsi un moment : Quel âge as-tu maintenant ? Tu es si maigre, tu n'es pas malade ?... Tu as cinquante-trois ans, c'est ça ?... Quelle bêtise, non ?... Je suis si heureuse de te revoir, tu n'as aucune idée... Tu habites où maintenant ?... Tu es en voyage ?... Moi, je fais une croisière avec une amie, Mme Faure, tu te souviens d'elle ? Allons boire quelque chose. Hélène prit Franck par le bras, l'entraîna vers un café en terrasse près du Goum, ils s'assirent face à face : Tu veux quoi ? Un thé ? Elle commanda deux thés à la serveuse : Tu dois me trouver changée, non ?... Pourquoi ne dis-tu rien ?... L'émotion, toi aussi... Bon, alors je commence, après ce sera ton tour. Tant de choses sont arrivées. Ton père a fait fortune, il possède je ne sais plus combien de magasins, finalement il a racheté le mien, c'était ça ou disparaître. Et puis la famille a changé, et pas en bien... Juliette ? Je préfère ne pas en parler, elle vit avec son amie, on ne se voit plus, il y a quand même des limites, non ? Ton père s'est remarié, au départ j'ai eu du mal à l'accepter, et puis je m'y suis habituée, comment faire autrement ?... Michel est un photographe reconnu, toujours par monts et par vaux. Tu as connu Camille ? Je ne sais plus, c'était il y a si longtemps, on ne se voit pas beaucoup, ils ont deux enfants, Laurent et Caroline, qui font des études maintenant. Laurent a le même âge que Jérôme, le fils de ton père, tu te rends compte ? C'est ridicule, mais il paraît qu'aujourd'hui c'est courant... Anna, elle, voyage sans arrêt, c'est normal, elle est guide touristique, c'est la plus gentille de tous, elle me donne régulièrement des nouvelles, elle a un copain qui est guide comme elle, ils passent leur vie à voyager mais chacun de leur côté, elle vient d'avoir trente ans, elle ne veut pas se marier, ni avoir d'enfant, c'est comme ça maintenant. Et toi ?... Raconte-moi...

Franck regarda Hélène en fronçant les sourcils :

– Trente ans, dis-tu ?... Qui est Anna ?

– Tu n'es pas au courant ? Ne me dis pas que tu ne sais pas ! Michel s'en doutait, je ne le croyais pas. Mais c'est ta fille et celle de Cécile ! Elle l'a donnée en garde à Michel, en 67 je crois, Anna avait quatre ans, et depuis Cécile ne s'est jamais manifestée, elle a disparu. Paul a même engagé un détective privé pour la retrouver mais cela n'a servi à rien. C'est bizarre quand même d'abandonner sa fille, non ?

– Ce n'est pas possible. Pas possible !

Franck se leva brutalement, sa chaise se renversa :

– Ce n'est pas possible !

Il fit quelques pas en titubant comme un homme saoul :

– Ce n'est pas possible !

Puis il s'élança et disparut rapidement.

*

Le moment est venu pour moi de réaliser ma vie, la vraie, celle à laquelle j'aspire depuis toujours, pas celle que la société m'a imposée, dans laquelle je ne me suis jamais senti à l'aise. Ce chemin, que j'ai mis cinquante ans à découvrir, était dissimulé au plus profond de moi, caché derrière les frénésies d'actions stériles et les combats perdus d'avance qui ne m'ont apporté qu'amertume et désillusions. Il n'y aura pas de monde meilleur sur cette terre. Ce n'est qu'un mirage qu'agitent les politiciens de la mystification, les charlatans du bonheur, parce que leur prétendue justice sociale, leur chimérique égalité, personne ne les a jamais vues et ne les verra jamais. J'ai longtemps espéré avoir un enfant, mais ce rêve, lui aussi, m'a été refusé. À trois reprises cette aspiration m'a échappé. J'ai toujours fait les mauvais choix, j'ai tout gâché et je suis le seul et unique responsable de ma situation et de ma solitude. Avec les années, j'ai su comment apprivoiser la douleur. Pour ne pas couler. Pour avancer. Aujourd'hui, j'ai compris que c'est vers moi-même que je dois aller. Mes certitudes sont fragiles, je dois chercher en moi la vérité. Au moment de franchir le pas, Foucauld écrivait : « Mon Dieu, si Vous existez, faites que je Vous connaisse. » Longtemps, j'ai cru qu'il avait de la chance ou qu'il était naïf, j'ai fini par comprendre qu'il était profondément honnête et qu'il avait trouvé sa voie malgré les difficultés et les obstacles. Ma vie va commencer. Ma décision n'est ni un constat d'échec, ni un renoncement, ni une fuite, mais une promesse. Uniquement une promesse. Sans rêverie. Sans contrepartie. Sans marchandage. C'est mon destin sur cette terre et je l'accomplis.

*

Piotr Markish pesait une tonne, ses semelles étaient de plomb. Il donnait l'impression de porter le poids du monde sur ses épaules. Fonctionnaire couleur de muraille dont tout le monde se méfiait car il ne regardait jamais personne dans les yeux, il s'exprimait de façon laconique, ne fréquentait aucun de ses collègues du Gosplan, puis de l'Institut des turbines et chaudières, se contentant d'accomplir son travail de contrôleur technique de façon anonyme. Après avoir été un adolescent renfermé, il était devenu un adulte sombre et solitaire, et il se sentait fatigué en permanence.

L'impression d'avoir cent ans.

Différents médecins lui avaient prescrit une flopée d'analyses mais n'avaient diagnostiqué aucune maladie connue. Comme un leitmotiv, les praticiens impuissants concluaient que ses troubles étaient d'ordre psychosomatique, même si Piotr détestait cette hypothèse. Une de ses rares petites amies était parvenue à le convaincre de faire une psychanalyse, ce qui à l'époque brejnévienne était quasiment une invitation à l'internement. Il avait eu la chance de tomber sur un analyste freudien qui l'avait aidé à prendre conscience du mal qui l'accablait : il avait un problème sérieux avec son père. Igor Markish avait fui l'URSS en 1952 quand il n'avait que sept ans et toute son adolescence avait été marquée par cette disparition, sa mère au désespoir avait dû renier son père, elle avait obtenu un divorce express, mais cet absent les envahissait et il ne fallait en parler sous aucun prétexte. À cause de son père, ce traître pensait-il, Piotr n'avait pas été admis aux Pionniers, ni au Komsomol, il en avait conçu une haine sourde contre cet homme qui les avait abandonnés et leur avait pourri la vie.

Quand Igor était réapparu en 1967, Piotr avait vingt-deux ans, espérait intégrer une école d'ingénieurs et s'évertuait à prouver qu'il était un bon communiste, qui n'avait rien de commun avec son renégat de géniteur. Il avait donc balancé sans la moindre hésitation son paternel au KGB. Comme s'il était un simple étranger qu'on dénonce. Au moment où Igor avait été arrêté et dans les mois qui avaient suivi, il s'était senti incroyablement heureux. Et enjoué. Une sensation inconnue pour lui. Il n'avait jamais eu la confirmation que c'était cette dénonciation qui lui avait valu d'être admis dans son école d'ingénieurs. Quoi qu'ait pu en dire sa mère par la suite, il était fier de son geste, il venait de se venger de cette ordure qui lui avait gâché sa jeunesse, et il ne regrettait rien, bien que son geste héroïque lui ait valu, à nouveau, d'être victime d'une injustice flagrante. Sa mère le traita d'infâme salaud, et sa sœur Ludmilla accepta un poste d'institutrice à Volgograd uniquement pour n'avoir plus à le côtoyer. Sa petite amie de l'époque, qui avait quinze ans de plus que lui, et chez qui il vivait, le mit à la porte en cinq minutes et ce fut la fin de leur histoire. Piotr resta de longues années dans le no man's land de l'enfer, jusqu'à ce qu'un psy l'en extirpe en lui faisant prendre conscience de l'abomination qu'il avait commise.

Piotr savait désormais pourquoi il pesait une tonne mais il n'allait pas vraiment mieux. Il se sentait horriblement, monstrueusement coupable, comme dut l'être Œdipe quand il se creva les yeux. Mais à aucun moment il ne pensa à se mutiler. Œdipe a réagi comme un imbécile. À quoi cela lui a servi de devenir aveugle ? A-t-il été plus heureux après ? A-t-il été soulagé de son crime ? Pas du tout. Piotr cessa de voir son psy le jour où ce dernier lui conseilla de vider l'abcès. Piotr pensait que c'était impossible parce que c'était lui l'abcès. Il vécut donc avec cette charge sur le cœur, se renfermant, fuyant le contact de ses semblables, comme s'il était marqué au front par sa délation. La mutilation d'Œdipe l'obsédait. Se planter un couteau dans le cœur, c'était ça la solution. Et il songea au suicide. Souvent. À se pendre. À se jeter dans la Neva glacée, mais cette idée funeste resta un vague projet qu'il finit par oublier. Son état d'esprit taciturne expliquait qu'il n'ait jamais réussi à nouer de relation stable, et quand une aventure durait plus d'un mois, la fille trouvait que, vraiment, ce type n'était pas très marrant. Et elle le plaquait.

Il en vint à se dire qu'il existait une autre solution. Il devait affronter son père, se jeter à ses genoux, le supplier de lui accorder son pardon. Mais cette démarche représentait un effort inimaginable pour lui. Comme de gravir l'Elbrouz en hiver et pieds nus. Cette idée le paralysait totalement, tel l'animal fasciné par le serpent qui s'apprête à l'engloutir n'arrive pas à fuir. Avant son départ en Israël, en 1976, Nadejda l'informa qu'Igor ne gardait aucune rancœur à son égard, qu'il attendait qu'il se manifeste mais, à coup sûr, c'était une manœuvre pour l'attirer vers lui et se venger. Pendant des années, Piotr se répéta qu'il devait avoir le courage de faire face à son père, de s'expliquer avec lui, comme dans ces pièces de Strindberg ou d'Ibsen où les protagonistes s'affrontent pendant des heures, se balancent leurs quatre vérités et se déchirent lentement. Mais il craignait de ne pas avoir ce talent. Il en était sûr, face à son père, il n'arriverait pas à formuler le moindre reproche et se ferait bouffer. Piotr tournait en rond, allait au théâtre seul, et quand parfois le courage venait, qu'il se croyait capable de prendre le train pour Koungour et de se confronter à son destin, la vieille panique intérieure le submergeait.

*

Une neige fatigante recouvrait Moscou, qui effaçait les contours des trottoirs et des rues. Le surlendemain de la théophanie, Franck, accompagné du père Boris, se présenta à la porte du monastère Bogoroditse-Smolenski, plus connu sous le nom de couvent de Novodievitchi, qui était rattaché au patriarcat de Moscou, et ils furent reçus par le métropolite Serge. Franck déclara qu'il était catholique baptisé, qu'il avait pris la décision de renoncer au monde, d'entrer en religion et de devenir moine pour se rapprocher de Dieu.

– Le parcours est difficile, mon fils, tu seras novice durant trois longues années d'études et de travail avant de recevoir la tonsure, tu seras libre de quitter le monastère à tout moment et je pourrai te congédier si je crois bon de le faire. Ici, on éprouve les néophytes pour savoir s'ils aspirent sincèrement à se laisser conduire sur la voie du Seigneur. Le jour de la présentation du Christ au Temple, je procéderai à ta chrismation, tu recevras une soutane, un bonnet et une corde de prière, je désignerai un père spirituel qui te conseillera, tu participeras à tous les offices et aux sacrements, tu devras te confesser chaque semaine, respecter le célibat et la pauvreté, être d'une absolue humilité et pratiquer une obéissance aveugle, c'est elle qui te conduira à la pureté en Dieu, elle doit devenir ta raison d'être, une seconde nature, tu devras te laisser guider sans réserve, car l'obéissance est une liberté, et par elle seule on acquiert l'Esprit-Saint.

Franck décida que sa résolution était irrémédiable et sans retour possible au monde des hommes, il s'engagerait corps et âme sans attendre la fin du délai d'épreuve des trois ans. Pour couper les ponts avec son passé, il fit cadeau à ses voisins des affaires accumulées dans son appartement : ses vêtements, ses meubles, ses livres, et le reste : Prenez ce dont vous avez besoin, mes amis, pour vous et vos proches, je n'ai plus besoin de rien. En dix minutes, tout disparut et il rendit les clés au gardien. Il ferma son compte à la poste, fit don de ses économies au père Boris pour la réfection de son église. De sa vie passée, il ne conserva que les vêtements qu'il portait sur lui, du linge de rechange et le livre de Bazin sur le père de Foucauld. Il vida son portefeuille du fatras qui l'encombrait, déchira les papiers devenus inutiles. Au moment où il s'apprêtait à le détruire, il se ravisa et conserva le trèfle à quatre feuilles dans sa pochette transparente, non pour ses vertus de talisman, sa vie n'avait pas été parsemée de jasmin, mais parce que ce végétal lui avait été offert par Paul, trente et un ans auparavant, dans un moment difficile. C'était le dernier lien qu'il pouvait garder avec lui. Et il se dit, par un de ces raisonnements irrationnels qui nous viennent parfois, que tant qu'il le conserverait, il serait protégé par l'amour de son père.

Le lendemain de sa chrismation, le novice Franck fut envoyé au monastère Tchernigovski, au nord de Moscou, que la laure de Serguiev-Possad avait récupéré trois ans auparavant. Les bâtiments du monastère étaient dans un état déplorable, les fresques de l'église délabrée étaient effacées, les grottes affaissées. Franck ne connaissait rien de la vie qui l'attendait, il fut agréablement surpris par ce mélange de simplicité, de solitude, de liberté laissée à chacun, et la camaraderie entre les moines. Il se sentit à l'aise dans sa chambre de sept mètres carrés au confort spartiate, et chez lui dans ce monastère silencieux situé en pleine campagne.

Son starets, qui se prénommait Vitaly, lui donna à lire *La Liturgie selon Jean Chrysostome* et *Introduction à la Divine Liturgie*. Le soir, il en discutait avec lui en suscitant ses commentaires, et il lui expliqua la manière dont il devait en appliquer les préceptes au quotidien. Franck prit l'habitude de se lever à quatre heures pour suivre debout, le ventre vide, la messe du matin qui durait quatre heures. Deux autres heures, qu'il neige ou qu'il pleuve, étaient consacrées à l'entretien du jardin, au balayage des allées, au nettoyage des couloirs avec un balai et une serpillière, ou à la cuisine, à l'épluchage des pommes de terre, des carottes et à la préparation du chou, mais l'essentiel de son temps se passait en activités de maçon, de peintre et de menuisier.

Le starets s'aperçut vite que Franck ne ménageait pas ses efforts pour les travaux pénibles et il fut affecté à la petite équipe qui creusait des tranchées pour restaurer le système de drainage des eaux pluviales souterraines, dont l'absence d'entretien avait provoqué la ruine de plusieurs locaux. Le frère Vitaly lui apprit à combattre les pensées impures ou les idées noires qui l'assaillaient : Plus tu t'approcheras de Dieu, plus Satan s'interposera pour récupérer son bien, il utilisera des moyens pervers pour te corrompre et te soumettra à toutes les tentations, le combat est violent, douloureux et permanent. Vitaly le conduisit sur le chemin de l'abnégation, au renoncement de sa volonté, clés spirituelles pour accéder à une véritable vie contemplative. Franck appréciait les offices interminables, ces chants profonds qui vous transportaient vers les sommets, il apprit à harmoniser sa voix avec celles des autres, à murmurer, à psalmodier, à se laisser porter par les monosyllabes syncopés, pour qu'elle sorte de sa gorge avec fluidité, comme une rivière divine, et se fonde dans l'unisson harmonique.

À la fin de la troisième année, le métropolite de la laure de Serguiev-Possad convoqua Franck.

– Dis-moi, mon fils, si toutefois tu persévères dans ta demande, ce que signifie pour toi devenir moine.

Le frère Vitaly ne l'avait pas préparé à cette question. Franck répondit :

– Être moine, c'est un état d'esprit, ou un état de cœur, vaudrait-il mieux dire.

Trois ans et demi après son entrée à Tchernigovski, après les secondes vêpres de l'Ascension, Franck prononça ses vœux monastiques de pauvreté, de chasteté et d'obéissance. Il reçut la tonsure des mains du métropolite, en présence de toute la communauté et du père Boris. Le métropolite lui octroya le prénom de Paul, car Franck était mort à cet instant, celui qu'il avait été disparaissant à jamais de la mémoire des hommes.

Sur le coup, Franck ne fit pas le rapprochement. Mais le soir venu, dans le calme de sa cellule monastique, il y pensa et fut pris d'un frisson. Le prénom de son père lui avait été donné, par le plus grand des hasards. C'était une sacrée coïncidence. Il y vit un heureux présage pour sa vie nouvelle, son père étant un homme bon. Après pas mal d'errances et de vicissitudes, Franck venait de trouver son chemin. Il prit le trèfle à quatre feuilles, l'examina, se dit que finalement, il lui avait porté bonheur. Il mit longtemps à s'habituer à son deuxième nom de baptême. Quand on l'appelait ainsi, il réagissait avec retard : Ah oui, c'est moi ! Cette inattention fut considérée par certains comme une marque d'orgueil, mais Franck refusa de s'expliquer. Personne ne sut jamais pour quelle raison le frère Paul avait tellement de mal à s'habituer à son nouveau prénom.

Paul est mon nom.

Il s'était métamorphosé. Le monde matériel ne l'intéressait plus, ne le concernait plus, il avait voulu s'extirper du marchandage quotidien et aspirait à un état où il serait enfin en harmonie avec lui-même, où l'insatisfaction ne le rongerait plus, où le vide de son existence serait comblé. La monotonie des jours, des tâches, des offices interminables, des célébrations répétées jusqu'à l'absurde, la fatigue des travaux de drainage, l'abattement qui le saisissait parfois ne le dérangeaient pas, n'entamaient pas son enthousiasme, car le frère Vitaly avait expliqué que cette répétition lancinante était nécessaire pour franchir les étapes qui le conduiraient à un pur état contemplatif : Les prières fastidieuses nourrissent ton âme comme l'eau abreuve la plante.

Paul se soumettait, sans réserve, et trouvait dans cette humilité, dans cette obéissance, un bien-être inconnu. Dans sa vie précédente, il avait tenté d'être un homme parfait, de ne pas se salir les mains, de faire en sorte que ses actes soient en conformité avec ses idées sans jamais y parvenir. Au monastère, il s'impliqua avec la même détermination, travaillant sans relâche, à la limite de sa résistance physique, humble avec tous, obéissant sans imaginer une seconde discuter les instructions données, et cette allégeance aveugle le satisfaisait pleinement. Ayant abandonné leurs certitudes, leur arrogance, leurs opinions, les moines présents formaient un tout indissociable, chacun unique et semblable aux autres, comme les organes et les membres du corps. Cet esprit d'abandon, cette conviction désormais ancrée de faire partie des autres comme ils faisaient partie de lui convenaient à Paul.

Nous sommes frères, mes frères.

Frère Paul ne quittait jamais le monastère, ou seulement lorsque l'higoumène lui confiait une course à faire à la ville, voisine de trois kilomètres, ou qu'il devait récupérer un produit chez un commerçant, accomplir une formalité ou attendre quelqu'un à la gare. En fonction de la tâche, il s'y rendait à vélo ou en voiture. Il ne s'attardait jamais, ne regardait ni les vitrines ni la devanture du marchand de journaux, il accomplissait sa mission comme si les terres du monastère s'étendaient jusqu'où il portait ses pas, il était toujours étonné de la déférence des habitants, des hommes et des femmes qui baissaient la tête à son passage. Une fois qu'il se trouvait à la poste de Serguiev-Possad, il s'était mis à faire la queue pour retirer un pli au guichet, les clients devant lui s'étaient aussitôt effacés pour lui laisser la place, il avait alors reconnu l'un d'eux, c'était un des contremaîtres qui travaillaient avec lui dans l'usine de blue-jeans et avec lequel il s'entendait bien. En passant, il lui adressa un signe de tête mais l'homme ne l'avait pas reconnu, dissimulé qu'il était derrière sa soutane noire, ses cheveux longs et sa barbe fournie qui grisonnait. Il était désormais un autre homme, méconnaissable.

À Noël, à Pâques et pour certaines des douze grandes fêtes religieuses, les trente moines et novices de Tchernigovski rejoignaient en procession la laure de la Trinité-Saint-Serge de Serguiev-Possad située à trois kilomètres, à laquelle leur monastère était administrativement rattaché. Ils partaient à cinq heures, quel que soit le temps, pour assister à la Divine Liturgie qui commençait à six heures trente en compagnie des prêtres de la laure. Même les plus hermétiques d'entre eux à la beauté, même les plus blasés, ne pouvaient rester insensibles au spectacle surgi du Moyen Âge des remparts de la laure s'étendant sur deux kilomètres, ceinturés de fossés et de tours, qui émergeaient dans la brume du matin. Par-dessus la muraille pointaient les dizaines de bulbes colorés, argentés, dorés, de deux cathédrales, six églises et trois chapelles, sans parler du merveilleux palais Tchertogui transformé en église et de l'immense tour-horloge bleue. Ils s'arrêtaient, bouche bée, bouleversés par ce tableau inouï, y trouvaient la confirmation renouvelée de leur foi et la preuve de l'existence de Dieu qui avait suscité la création de cette merveille. Ils rejoignaient la foule qui se pressait dans l'enceinte et s'écartait pour les laisser passer, des milliers de fidèles qui venaient suivre la liturgie dans la petite cathédrale de la Trinité aux murs blancs légèrement inclinés vers l'extérieur, qui abrite les reliques vénérées de Serge de Radonège et dont les fresques sont saisissantes. Au milieu des prêtres et des moines qui emplissaient l'intérieur de la cathédrale, quatre heures durant Paul chantait, les yeux fermés, les actions de grâce à la Vierge, les hymnes psalmodiées, les litanies à peine suggérées, sa voix en offrande absolue se fondant aux autres pour monter jusqu'à Dieu. La mélopée agissait comme une drogue, les canons eucharistiques les transportaient au-delà de la voûte, et grâce à ces prières sacrées dans lesquelles ils abandonnaient leur âme, ils avaient conscience que Dieu les recevait à Ses côtés comme Ses fils.

À la fin de la sixième année, le père Paul fut rappelé à l'ordre par l'higoumène du monastère, qui lui reprocha ses absences à la Divine Liturgie du soir. Paul argua que les travaux de réfection qu'il supervisait désormais l'accaparaient. Certaines tâches comme le coulage et le ragréage des dalles de ciment ne pouvaient être interrompues, il fallait impérativement terminer l'opération avant que le liant ne prenne en masse : Il n'y a aucune excuse possible, tu es là pour servir Dieu et L'honorer, pas pour L'abandonner.

Paul baissa la tête, demanda pardon et s'organisa pour enduire et aplanir de plus petites surfaces. Mais pendant le culte, il se laissait distraire par des vétilles : le ponçage pourrait-il être opéré près des huisseries avec la même précision ou les raccords risquaient-ils d'être visibles ? Il fut offusqué de se laisser assaillir par des pensées impures en plein office et s'en ouvrit en confession.

Le hiéromoine émit l'hypothèse que la fatigue puisse être à l'origine de ces fautes. Paul opina : Oui, peut-être. Malgré ses efforts de concentration, son esprit s'envolait durant les vêpres, il récitait les célébrations mécaniquement, le cœur n'y était plus, et dans la nuit de sa chambre, quand il chercha les raisons profondes de son manque d'élan, il en arriva à la conclusion que les prières interminables l'ennuyaient, la fièvre de la communion des premières années s'était attiédie et, de l'enthousiasme qu'il ressentait à son arrivée, il ne restait que l'habitude. Il en fut d'abord effrayé puis se dit : c'est un signe d'usure, comme dans tous les mariages, je dois me ressaisir, retrouver le sens de l'amour qui m'a conduit ici.

Paul obtint d'être déchargé des travaux, se consacra à l'entretien du jardin, à la formation des novices, mais face à ces hommes jeunes et illuminés par la foi, il sentit plus durement ce qu'il avait perdu et se demanda s'il ne devait pas quitter le monastère. Il fit part de son trouble à l'higoumène, ce dernier évoqua ce problème avec le métropolite de la laure, qui convoqua Paul, prit le temps de discuter avec lui. Paul avoua : Je n'ai pas trouvé ce que je cherchais.

Le métropolite l'interrogea pour savoir si Dieu était toujours dans son cœur ou s'il désirait être libéré de ses vœux et retourner dans le monde. Paul réfléchit si longuement que le métropolite crut qu'il n'avait pas entendu sa question, finalement il répondit :

– Je suis un fils de Dieu, je cherche toujours la lumière.

– Tu n'as pas renoncé à ton orgueil, tu dois poursuivre ta quête, le chemin est encore long. Celui qui cherche Dieu sans se donner à Lui ne Le trouve pas car Il n'est nulle part ailleurs que dans nos cœurs. Tu as besoin de te soumettre à Sa volonté, je t'envoie dans un monastère loin d'ici, qui a besoin de moines courageux. Là, tu seras face à toi-même et tu pourras trouver la vérité.

*

Paul quitta avec un peu d'inquiétude le monastère de Tchernigovski, où il avait passé sept années. De toute façon, il aurait été incapable de s'accommoder dorénavant de la monotonie des jours, cette existence lui semblait désormais tellement vide et inutile qu'il ne voulait plus faire semblant si Dieu n'emplissait pas sa vie. Ses aspirations initiales avaient été déçues, ou peut-être était-ce lui qui gâchait chaque occasion. Il se sentait comme un enfant perdu. Avant son départ, les moines vinrent le trouver un à un, il était devenu un des plus anciens, ils lui donnèrent l'accolade, promirent de prier pour lui.

Paul retourna à Moscou, fut horrifié par la frénésie de la ville, prit le Transsibérien pour Perm. Mille cinq cents kilomètres d'un long voyage vers l'Oural, durant lequel il essaya de mettre de l'ordre dans ses pensées : cela valait-il la peine de recommencer ailleurs ce qui avait échoué ? Il avait l'impression de se cogner à des murs, pourtant il refusait de renoncer à ses vœux comme le métropolite le lui avait suggéré. Ses affaires tenaient dans un sac à dos, il relut pour la centième fois dans le Bazin le passage où le futur père trappiste part à la découverte du Maroc sauvage et renonce au monde futile pour trouver un sens à sa vie : « Ma vocation ordinaire, c'est la solitude, la stabilité, le silence. »

Un deuxième train le déposa à Koungour. Il demanda le chemin du monastère Belogorsky à des jeunes qui fumaient, assis sur un banc à la sortie de la gare, ils éclatèrent de rire : C'est par là, à plus de cinquante kilomètres ! Il prit la direction indiquée, fut rattrapé par un jeune homme conduisant une Minsk 125 rouge, éraflée et boueuse, qui lui proposa de l'avancer : Le monastère est loin, mon père, vous risquez de vous perdre, je ne commence mon travail que dans une heure.

Paul s'installa sur le siège arrière et la moto démarra. Le jeune homme n'arrêtait pas de parler mais sa voix était couverte par la pétarade du pot d'échappement, Paul n'entendait rien de ce qu'il racontait, occupé qu'il était à tenir sa soutane qui volait au vent. Arrivé à la sortie de Kalinino, le conducteur s'arrêta et coupa le contact : Je suis obligé de faire demi-tour, je dois bientôt prendre mon service, il vous reste quelques kilomètres, bénissez-moi, mon père. Paul hésita, fit le signe de croix sur son front, c'était la première fois de sa vie qu'on lui demandait une bénédiction : Va en paix, mon fils, et roule plus doucement. Le jeune homme voulut lui embrasser la main, mais Paul la retira.

Il poursuivit son chemin à travers une forêt de résineux parsemée de hameaux, il ramassa un bâton pour s'aider dans sa marche, avança d'un bon pas en respirant profondément, l'air lui parut limpide. Après deux heures de marche, à la sortie d'un tournant, il leva la tête et aperçut, perchée au sommet d'une butte qui s'élevait dans la toundra, la cathédrale byzantine du monastère Belogorsky avec son dôme blanc monumental surmonté d'une coupole dorée et ses trois bulbes en oignons, dorés eux aussi, qui scintillaient.

Au fur et à mesure que Paul gravissait la colline, des bruits de marteau et le vrombissement des compresseurs s'amplifiaient, des camions le doublaient, déchargeaient du matériel, des planches, du sable, des sacs de ciment dont s'emparaient des ouvriers. Le contremaître hurlait ses instructions pour couvrir le vacarme. L'archimandrite Vassili reçut Paul avec chaleur, comme s'ils se connaissaient depuis toujours, il lui fit visiter le monastère, qui avait gardé la trace des derniers remous de l'histoire. Laissés à l'abandon après la révolution et le massacre des moines, transformés dans les années trente en foyer pour handicapés, les bâtiments étaient tombés en ruine. En 1980, un incendie avait ravagé la charpente en bois, les dômes de la cathédrale s'étaient écroulés. Le diocèse de Perm avait récupéré les lieux en 1990, la tâche était tellement gigantesque que les huit moines qui s'y étaient installés s'étaient mis au travail, persuadés qu'ils ne verraient jamais la fin de leur peine. Pourtant, quelques années plus tard, les dômes étaient reconstruits, neuf cloches tintinnabulaient dans les chapelles, la croix de dix mètres de haut avec la barre transversale inclinée érigée en 1901 en l'honneur de Nicolas II avait été relevée à l'identique sur son promontoire, mais il faudrait encore des années pour venir à bout de ce chantier énorme.

– Je suis navré, mon père, il y a eu un malentendu, je recherche le silence et le recueillement.

– Je suis prévenu, mon fils, tu t'installeras dans un ermitage, où tu pourras prier, méditer et trouver Dieu. Ce n'est ni une performance, ni une prison volontaire, ni une thérapie, on peut se cacher du monde entier, mais pas de soi-même.

L'ermitage était perdu au milieu d'une épaisse forêt à une vingtaine de kilomètres à l'ouest de Belogorsky. Dans une des vastes clairières, bordée d'aulnes, de sorbiers et de vieux bouleaux, des bûcherons avaient jadis aménagé une cabane en bois liaisonnée en torchis, un auvent protégeait une réserve de branchages et de bois de chauffage. Des rondins couverts d'une paillasse formant un lit sous une fenêtre sans rideau, une cheminée en pierre qui faisait face à la porte, posées sur une étagère une icône de saint Nicolas et une de l'Exaltation de la sainte Croix, une table carrée bancale avec un broc et un tabouret constituaient le mobilier. Un chapeau à large bord avec un long voile d'apiculteur traînait sur la table. Paul se demanda à quoi cela pouvait servir car il n'avait pas vu de ruches à proximité.

Aucune route goudronnée à des kilomètres à la ronde ; pour venir jusqu'ici, on devait emprunter un sentier qui serpentait le long de la rivière, puis obliquer pour s'enfoncer dans les bois. Il fallait quatre bonnes heures de marche pour y arriver, à la condition qu'il ne pleuve ni ne neige. Le novice Stepan qui accompagnait Paul et portait un sac avec des provisions et des bougies paraissait effrayé.

– Cette forêt est si étendue que si vous vous éloignez du chemin, vous vous perdrez. Comment ferez-vous quand il neigera ? Il peut s'accumuler plus d'un mètre d'épaisseur et les bêtes sauvages n'arrivent même plus à manger l'écorce des arbres. L'hiver, lorsque le vent souffle du nord le thermomètre tombe à moins trente la nuit. Je vous apporterai de la nourriture une fois par semaine, le lundi, mais comment je ferai à la saison des pluies, quand l'eau tombe sans discontinuer pendant des jours ? Lorsque la neige fond, les chemins sont des bourbiers où l'on s'enfonce jusqu'au genou, je ne réussirai pas à passer, de quoi vous nourrirez-vous ? Vous devrez retourner au monastère, personne ne peut résister.

– L'ermite qui m'a précédé a vécu ici pendant onze ans. Comment faisait-il ? Il s'en remettait à la grâce divine.

Paul s'habitua à vivre avec la pluie qui s'infiltrait dans ses os, le froid qui le pétrifiait, et l'obscurité, à calmer la faim qui le tenaillait quand ses provisions se raréfiaient parce que Stepan n'avait pu le ravitailler. Il ne faisait qu'un maigre repas par jour, comptant le nombre de biscuits qui diminuait, se levait aux premières lueurs du jour, se couchait avec le soleil, même s'il n'arrivait pas à trouver le sommeil avant une heure avancée de la nuit. Il refusa la chèvre que le novice lui amena pour qu'il ait du lait frais et celui-ci repartit avec.

Au début, Paul passait son temps à lire les livres saints que l'archimandrite lui avait donnés, mais par moments, son esprit s'envolait quand il les étudiait, il les ouvrait chaque matin, se forçait à s'en pénétrer, à en décrypter le sens caché, à en tirer un enseignement, mais au bout d'une heure, son regard vagabondait dans les frondaisons. Il restait jusqu'à la tombée de la nuit en contemplation devant les gélinottes surprises de découvrir sa présence mais qui n'avaient pas peur de cet épouvantail, pas plus que les perdrix blanches et les coqs de bruyère.

Paul arriva à jeûner un jour sur deux mais la soif le faisait parfois souffrir. Stepan lui montra comment récupérer la sève des bouleaux en incisant l'écorce avec un couteau et en récoltant le jus qui suintait dans un récipient. Paul en appréciait le goût sucré, gardait en bouche la gorgée le plus longtemps possible. En novembre, la neige arriva. Dix centimètres qui blanchirent les branches des mélèzes comme dans un conte de Noël. Et dix autres, deux jours plus tard. Et dix autres encore. Stepan lui transmit un message de l'archimandrite qui lui demandait de venir passer l'hiver au monastère :

– Est-ce un ordre ?

– Il s'inquiète pour votre santé. L'hiver est tellement dur.

Le froid polaire l'engourdissait, malgré le feu qui brûlait sans cesse dans l'âtre, malgré les deux couvertures dont il s'enveloppait. Il s'asseyait sur le sol, face au feu, tendait les mains à se brûler ou grillait une tranche de pain, mastiquait lentement la mie. Une nuit de janvier, il entendit des hurlements désespérés de loups à proximité qui lui glacèrent le sang, en février, des coups retentirent contre la porte, un grognement rauque, il dressa l'oreille, il lui sembla percevoir le chuintement d'un souffle, mais peut-être était-ce le feu qui peinait. Au matin, il ouvrit la porte avec précaution, la neige devant la cabane était damée maladroitement, des empreintes de pattes d'ours disparaissaient dans les bois. Les biscuits secs en forme d'anneaux vinrent à manquer, la miche avait fondu, les dernières provisions avaient disparu. Il jeûna sans l'avoir décidé. Quatre jours d'affilée. Ses jambes tremblaient quand il se levait, sa tête lui tournait, il rêvait de plats fumants et plantureux. Paul se dit qu'il allait mourir de faim, il prit le trèfle à quatre feuilles, mit l'étui translucide entre ses lèvres et, pour une fois, réussit à s'endormir. L'ours le réveilla, cognant à la porte, un ours rusé qui cherchait à le tromper avec des coups réguliers sur le battant. Puis le silence menaçant, la plainte du blizzard. Paul trouva, posé sur le rebord de la fenêtre, un pain de quatre livres. Ce n'était pas un miracle, une tranchée apparaissait dans la neige allant de la forêt à la cabane, et des traces de bottes devant le perron. Était-ce Stepan qui avait bravé le temps glacial ? Ou le trèfle qui l'avait sauvé ? Chaque semaine, Paul trouva un pain de seigle Borodino sur la tablette extérieure mais l'homme qui le nourrissait ne frappait plus contre sa porte, comme s'il ne voulait pas troubler sa retraite. Quand Paul sortait de sa cabane, il jetait un coup d'œil circulaire dans la clairière et il aimait se dire qu'il faisait partie de ce calme permanent, gris, immuable.

Un matin, alors qu'il récupérait de la neige dans une casserole pour la faire fondre, Paul aperçut une tache sombre arrondie dans la neige. Il s'approcha, c'était un gros chien-loup couché en boule qui, à sa vue, se dressa, la queue entre les jambes, tête baissée. Une bande argentée parcourait son pelage gris foncé, un trait noir descendait du front jusqu'au museau, et de ses yeux jaunes il fixa Paul, qui s'arrêta à dix pas. Ils restèrent un moment à se considérer. C'était la première fois de sa vie que Paul voyait un loup d'aussi près. Il retourna vers la cabane. Le loup le suivit à distance en boitant de la patte arrière droite. Paul décida de partager ses provisions avec lui, revint avec cinq harengs fumés qu'il agita ostensiblement en l'air avant de les déposer sur une souche, ainsi que la moitié de sa miche de pain. Puis il referma la porte en la laissant légèrement entrouverte pour guetter la réaction de son visiteur, mais celui-ci resta assis dans la neige, immobile. Au cours de la nuit, Paul entendit des hurlements répétés. Le lendemain, il constata que les harengs et le pain avaient disparu. Quand Stepan apportait des provisions, Paul déposait la part du loup sur la souche, le matin la nourriture s'était envolée. Souvent, la nuit, Paul entendait le chant lugubre du loup qui résonnait dans la clairière, mais peut-être n'était-ce pas un chant lugubre pour le loup.

Paul avait un sommeil agité, un rêve récurrent où il marchait dans une forêt de pins, guidé par une voix de femme qui l'appelait par son ancien prénom, il montait des talus, en descendait, avançait en écartant de hautes fougères, apercevait au loin une silhouette furtive, mince et élancée, vêtue d'un imperméable beige qui criait : « Franck ! Franck ! » Mais il n'arrivait jamais à voir son visage. Parfois, il savait qu'il s'en approchait car le volume de la voix augmentait. La femme se dissimulait derrière un tronc, mais dès que, d'un bond, il se précipitait vers elle, elle disparaissait comme par enchantement.

À la fin de l'hiver, le ciel qui avait disparu pendant des mois derrière une plaque grisâtre uniforme affleura enfin. Paul fut soulagé, il avait tenu le coup, sans craquer, sans se plaindre, en remerciant Dieu chaque jour de la vie qu'Il lui avait donnée, où il avait le temps de lire les Écritures, de les méditer, de les appliquer dans son quotidien. Le printemps fut pire que la froidure, la neige fondait, les sols étaient détrempés, chaque pas demandait un effort inouï, le moindre déplacement était une épreuve, la clairière se transforma en un marécage impraticable, des milliards de moustiques, de mouches, de taons et d'insectes volants apparurent en nuées, Paul comprit à quoi servait le chapeau d'apiculteur. Et la nuit, toujours ce même rêve, cette femme mystérieuse qui ne cessait de l'appeler : « Franck ! » Une fois, elle lui avait lancé des pierres. Une fois, une pierre l'avait frappé au front, et il avait senti la douleur de l'impact en se réveillant.

La deuxième année, un lundi de juin, Stepan arriva avec un paquet de provisions, accompagné d'un couple de jeunes gens qui avaient demandé au monastère qu'on les guide jusqu'à lui. La femme se prénommait Vassia, son mari, Alexeï. Ils étaient mariés depuis neuf ans, et aucun enfant n'était venu bénir leur union. Un vieux médecin à Koungour avait affirmé qu'elle ne pouvait enfanter, un médecin de l'hôpital de Perm avait fait des examens et soutenait qu'ils devaient patienter, mais la femme désespérait, elle allait avoir trente-deux ans, ses sœurs avaient chacune deux enfants, elle avait peur de ne jamais en avoir et que sa vie et celle de son mari soient perdues. Paul fut surpris de cette demande.

– Que puis-je pour vous ? Moi qui ne suis rien.

– Je vous en supplie, mon père, bénissez-nous, vous êtes un saint homme, dit Vassia.

Gagné par l'émotion, Paul se retint de protester, la détresse de la jeune femme le bouleversait, son visage décomposé, ses yeux qui le suppliaient, il fit un signe de croix sur leurs fronts, posa longuement ses mains sur le ventre plat de Vassia.

– Allez en paix tous deux, je vous bénis avec mon cœur, au nom de la Très Sainte Vierge, mère de Dieu, qui vous viendra en aide, parce qu'elle nous aime.

Vassia prit sa main pour l'embrasser, il voulut la retirer, elle insista, elle avait le visage en larmes, il la laissa faire.

L'immensité de la forêt, l'impossibilité de se déplacer autrement que par des sentiers terreux n'empêchaient pas les habitants des environs de rendre visite à Paul, particulièrement le dimanche. Ils stationnaient à la lisière de la clairière, attendaient que l'ermite sorte de sa cabane, avançaient lentement, s'immobilisaient à dix pas, certains tombaient à genoux, joignaient les mains, murmuraient une prière, d'autres s'enhardissaient, déposant sur le perron un panier de légumes, des fruits, des œufs, les plus téméraires venaient lui embrasser la main.

En mai, une paysanne avec un fichu fleuri lui demanda de bénir son fils qui partait faire son service militaire en Tchétchénie. Paul posa ses mains sur la tête du jeune homme agenouillé face à lui, ferma les yeux, marmonna une supplique muette, puis releva le conscrit et le serra longuement dans ses bras. Dans les jours qui suivirent, trois autres mères vinrent avec leur fils pour obtenir une protection divine avant le départ redouté.

Les habitants de la région étaient friands de bénédictions. Se présentaient à Paul des jeunes mariés, des bébés qui venaient de naître, des étudiants qui allaient passer un examen, des futures mamans, des hommes à qui on avait volé leur voiture, ceux dont la femme était partie ou qui attendaient une promotion, celles et ceux qui guettaient une guérison, avaient mal au dos, aux reins, à la tête, qui boitaient, toussaient, crachaient. Et la cohorte des délaissés dont personne ne voulait et qui espéraient trouver l'âme sœur. Paul ne faisait pas de tri, il recevait tout le monde sans distinction, sans poser de questions, il signait avec trois doigts, bénissait, imposait les mains sur les tempes, les ventres, les vertèbres, les brûlures, et même sur les photographies de ceux qui ne pouvaient se déplacer ou habitaient trop loin. De ses mains calleuses, il enveloppait les mains jointes du pèlerin, et ils priaient, leurs deux voix mêlées. Il considérait chacun d'entre eux avec fraternité, les serrait dans ses bras avec chaleur, tous comprenaient qu'il était profondément sincère et nul ne prêtait la moindre attention à ses cheveux au vent et sa barbe en bataille, à sa soutane maculée, ses chaussures crottées, ses doigts noirs et son odeur de sureau noir.

Un père pour eux.

Ils repartaient rassérénés et plus proches de l'église de Dieu. Paul ne demandait rien. Il haïssait l'intercession et le marchandage. Donnait qui voulait et qui pouvait. Un merci suffisait. Paul n'était pas dupe, convaincu que ses gestes étaient sans effet, qu'il ne possédait aucun don de thaumaturge, il ne faisait qu'attirer l'attention du Seigneur sur ces détresses humaines, et si ces femmes et ces hommes désespérés retrouvaient un peu d'espoir, son intervention n'était pas vaine. Pourtant, c'était une certitude, les mains de Paul dégageaient un fluide mystérieux. Plusieurs furent guéris, oublièrent à jamais leur paralysie et leurs douleurs persistantes, se levèrent, marchèrent, continuèrent à vivre, alors qu'on leur avait recommandé de se mettre en règle avec Dieu. Les médecins n'avaient aucune explication à fournir pour ces guérisons incompréhensibles. Le maire de Kalinino, lui, soutenait à qui voulait l'entendre qu'il y avait forcément une explication à ces miracles. Mais laquelle ?

Et la rumeur se répandit, la foule se pressa, des dizaines de personnes empruntèrent chaque jour le long sentier qui conduisait vers l'ermitage, on vit même arriver des Moscovites sceptiques et des Pétersbourgeois blasés qui supplièrent Paul de soulager leurs misères. Celui-ci imposait ses mains parce qu'il ne pouvait refuser de les aider, mais il répétait : Je suis un homme simple, je ne possède rien, je n'ai à vous donner que mon amour, je n'accomplis aucun miracle, sachez-le, je suis juste à la croisée des chemins.

Commença une période douloureuse pour Paul. Il perdit le sommeil. D'habitude, il lisait une heure avant de fermer les yeux, parvenait à s'endormir, se réveillait souvent, dormait par intermittence. Maintenant, il s'asseyait sur le tabouret, sommeillait par à-coups, se réveillait le front contre la table. Chaque nuit, le même rêve revenait le hanter, il marchait dans la forêt, emplissait ses poumons de l'odeur des pins, écoutait le chant des rossignols, quand il entendait une voix de femme qui l'appelait par son ancien prénom : « Franck ! » Il la cherchait du regard, se guidait au son de sa voix, enjambait des arbres morts, escaladait des buttes, dévalait leur pente, franchissait des rivières, mais elle restait invisible. Parfois, il entendait des pas derrière lui, se retournait brusquement, apercevait une silhouette élancée dans un imperméable beige qui disparaissait derrière un tronc, il courait à perdre haleine, mais personne. Soudain la voix l'appelait derrière lui, il faisait demi-tour, elle s'évanouissait, il était éreinté de tourner en rond, mais plus encore de courir après ce fantôme. Et quand il s'asseyait sur une souche, la femme lui lançait des pierres, il ne la voyait pas les lui envoyer, un projectile surgissait du fond du bois, avec violence, l'atteignait à la poitrine, d'autres suivaient, il devait se protéger de la pluie de pierres comme d'un lynchage. Et il avait mal. Il rebroussait chemin, désorienté, titubant, se perdant. Alors arrivait sur lui un caillou énorme qui lui fracasserait le crâne, il courait à perdre haleine, et au moment où la roche allait le toucher, il se réveillait, épuisé, pantelant, restait dans la nuit de sa cabane, le cœur battant, à essayer de décrypter ce cauchemar.

Un paysan lui offrit une pelisse en mouton retourné pour qu'il ait moins froid l'hiver. Les provisions s'accumulaient, dont Paul ne savait que faire, lui qui mangeait si peu, il distribuait ce qu'il recevait : Prenez ce dont vous avec besoin, servez-vous, c'est à vous. Il arriva souvent que Stepan reparte avec plus de nourriture qu'il n'en avait apporté. Fréquemment, ceux qui venaient le voir déposaient des pièces et des billets dans une boîte en carton, certains laissaient une enveloppe sur le rebord de la fenêtre, que Paul remettait à Stepan pour le monastère. Une veuve qui venait chaque jour fabriqua un balai de feuillage, balaya la cabane, son fils redressa l'auvent, recloua les planches du perron et nettoya l'âtre de ses cendres. Deux jeunes plantèrent une haute croix en bois à l'entrée de la clairière. Pendant ce temps, Paul répondait comme il pouvait aux *Qu'en pensez-vous, mon père ? Que dois-je faire ?*, convaincu qu'il fallait pardonner les méchancetés, les injures, les mensonges, les trahisons, les enfants écervelés, les amis inconséquents, tendre la main, embrasser.

Un homme de Perm lui demanda de le bénir et de recommander son âme à Dieu car il allait commettre deux crimes. Il projetait de tuer le jeune homme qui avait violé sa fille et qui refusait de reconnaître son forfait, prétendant qu'elle était une fille facile et consentante, or la justice n'engageait aucune poursuite parce que le violeur était le fils d'un homme riche. Désespéré par cette injustice, il avait décidé de se venger lui-même, puis de retourner l'arme contre lui pour mettre fin à son calvaire. Paul resta deux heures avec lui, tenant ses mains dans les siennes, parlant à son oreille d'une voix calme : Crois-tu avoir pris la bonne décision ? As-tu pensé à ta fille ? Que deviendra-t-elle quand tu ne seras plus là ? Qui la défendra ? Tu dois t'occuper d'elle. Tu dois vivre. C'est la vengeance qui te guide. Tu dois t'en débarrasser. Tant pis pour la justice des hommes, elle n'est pas si importante, moi je te dis qu'un jour ce criminel recevra la punition qu'il mérite. Tu ne dois pas laisser la haine gâcher ton existence et celle de ta fille. Si tu l'aimes vraiment, tu dois pardonner au coupable, non pas pour lui. Pour toi. Et pour elle. Pour retrouver ta liberté. Si tu tournes la page, toi et ta fille aurez encore de longues années à vivre ensemble et heureux, c'est cela qui est important, l'amour que vous vous portez l'un à l'autre. L'homme resta un long moment pensif, puis il redressa la tête, il pleurait, il embrassa la main de Paul, le remercia et partit en disant à tous que Paul était un saint car il l'avait guéri de sa colère.

Mais les plus nombreux étaient ceux qui venaient comme en pèlerinage, uniquement pour prier, dans ce lieu perdu au fond des bois, où ils avaient le sentiment de se rapprocher de Dieu et de Sa création, et qu'on ne pouvait atteindre qu'au prix d'une marche quasi expiatoire. L'archimandrite se déplaça en personne, partant à l'aube, et dut s'arrêter à plusieurs reprises, épuisé. Il constata avec joie qu'une cinquantaine de fidèles attendaient déjà : ce ne pouvait être que la manifestation de la grâce divine. Il nomma Paul hiéromoine, l'autorisant ainsi à pratiquer la Divine Liturgie, mais celui-ci ne s'était pas éloigné du monde pour devenir prêtre, il appliquait la règle à sa manière et ne respectait jamais les différentes phases de la célébration selon saint Jean Chrysostome, qu'il connaissait pourtant par cœur, le rite étant trop long à son goût.

Dans cet endroit sauvage qui n'avait pas été conçu pour administrer la parole de Dieu mais qui l'incarnait mieux que nulle part ailleurs, Paul pensa que l'idéal serait de faire une prière pour ces fidèles courageux, réduite à l'anaphore et à la communion, et pendant que le chant de la bénédiction résonnait, Paul administrait l'eucharistie au corps et au sang du Christ en déposant du pain trempé dans du vin dans la bouche des communiants avec une cuillère. Ensuite, il bénissait sa troupe et, nouveauté dans le rituel, ils se donnaient tous la main et chantaient ensemble les cantiques du jour, puis ils se signaient trois fois en s'inclinant légèrement, s'embrassaient chaleureusement les uns les autres, le moment étant venu d'entreprendre le long chemin qui les ramènerait au monde civilisé.

Au cours des années suivantes, des événements mémorables se produisirent qui confirmèrent ce dont tous autour de Paul étaient déjà convaincus, à savoir qu'il était un saint, et qu'ils avaient cette chance rare de pouvoir lui parler et le servir et, grâce à lui, de se rapprocher de Dieu.

D'abord, en juin, Vassia accoucha. De jumeaux. Un garçon qu'elle prénomma Paul, par gratitude, et une fille, Olga, parce que c'était le prénom de sa grand-mère décédée. Huit jours après l'accouchement, Vassia et son mari Alexeï, avec leurs parents et des amis, traversèrent la forêt, chacun tenant un des nouveau-nés dans ses bras. Paul, qui avait assisté à de nombreuses cérémonies au monastère de Tchernigovski, officia avec une telle aisance qu'aucun des participants ne se douta que c'était son premier baptême. Il fit le signe de croix à trois reprises sur le front des bébés, les bénit trois fois, procéda aux trois exorcismes, à la renonciation à Satan, récita le Credo, les immergea chacun trois fois dans une bassine d'eau, les remit à leurs parrains et marraines qui les vêtirent de blanc, enfin il déposa sur leur front l'huile sainte par laquelle ils ressuscitaient en Christ et recevaient ainsi le don de l'Esprit-Saint. Ces naissances, un an après que Paul eut imposé ses mains sur le ventre désespérément plat de Vassia, la certitude absolue d'un lien de cause à effet entre la bénédiction de l'ermite et cette grossesse inespérée, ne firent que confirmer que Paul était un envoyé de Dieu, même s'il ne cessait de répéter qu'il s'agissait non d'un miracle mais d'un pur hasard, comme il en arrive heureusement chaque jour, que le seul mystère était celui de notre corps et de notre esprit, qui échappent à notre volonté et à la science des hommes, mais personne ne le crut et tous le trouvèrent d'une incroyable modestie.

En août, comme chaque année, de violents orages frappèrent la région, les coups de tonnerre éclataient comme des bombes, empêchant Paul de trouver le sommeil, la fenêtre fut déchaussée par une rafale de vent, des trombes de pluie emportèrent le torchis de colmatage, l'eau s'infiltra à l'intérieur de la cabane, trempant les livres posés sur l'étagère, la couverture cartonnée de son Foucauld de Bazin, qui datait de 1921, gonfla peu à peu et se creva par endroits, le dos finit par s'ouvrir, des cahiers se détachèrent, les coutures se défirent. Ce livre était le seul bien terrestre auquel Paul soit attaché, c'était comme s'il venait de perdre un vieil ami, mais il fallait qu'il se ressaisisse, hors de question qu'il reste à se lamenter, il se devait d'être détaché de tout esprit de possession, cette perte était une manifestation divine qui le rappelait à l'ordre, il laissa le livre dans son jus sans y toucher, mais une infinie tristesse l'envahit, de grosses larmes coulèrent qu'il ne pouvait refouler. Où est le mal ? C'est l'histoire d'un saint homme, qui m'a accompagné toute ma vie, qui m'a guidé, sans son exemple je n'aurais probablement pas accompli ce chemin. Paul bondit du tabouret, entreprit de sauver du père de Foucauld ce qui pouvait l'être, il cala la fenêtre avec un rondin, ajouta des bûches dans la cheminée, rapidement la température augmenta, il tendit des cordes entre les parois, y suspendit les cahiers de feuilles comme du linge pour les faire sécher, mais il y en avait trop, il tira d'autres fils qu'il fixa en dessous, tant et si bien qu'il lui devint impossible de se tenir debout et il dut se déplacer plié en deux.

En une journée, l'humidité finit par s'évaporer mais les feuilles restaient gondolées, il reconstitua tant bien que mal le livre avant de le glisser entre deux planches de bois qu'il ficela, mais deux cahiers formaient une masse molle qu'il ne put se résoudre à jeter et laissa à la chaleur des flammes. Le soir, son regard tomba sur un morceau de la page 338 qui séchait piteusement devant l'âtre, les quelques lignes qu'il eut du mal à déchiffrer semblaient écrites à son intention : « … Au sein de la silencieuse nature, dans cette terre morte, où jamais être humain n'a fixé sa demeure, il nous était facile de mener la vie de solitude et de contemplation… mais comme Moïse, je devais seulement voir de loin la Terre promise… » Paul ferma les yeux. La Terre promise, où se trouve-t-elle ? On en rêve mais c'est un mirage, le nom que l'on donne à nos illusions, personne n'y accède jamais. Il serra contre lui le bout de papier. Si je manque d'humilité, eh bien, Dieu me pardonnera.

Paul lisait une page isolée, le nez collé à la feuille, quand il entendit des coups répétés, comme un marteau sur un mur. Il se demanda quel animal pouvait produire un bruit pareil, sortit de la cabane, aperçut une dizaine de moines et de civils chargés de planches et d'outils. Il s'avança vers eux. Désormais, Stepan portait la tonsure, Paul lui demanda ce qu'ils avaient l'intention de bâtir au milieu de la clairière : Nous allons construire une chapelle, mon père, pour que vous puissiez officier et accueillir dignement les fidèles qui viennent prier à vos côtés.

Pendant qu'ils accolaient des planches, sciaient, clouaient, rabotaient, peignaient, des hommes déchargeaient des madriers, des lattes, des caisses de matériel. Stepan expliqua que durant plusieurs semaines, des villageois avaient ouvert, aplani, agrandi le chemin de terre pour qu'une carriole tirée par un mulet puisse venir ravitailler l'ermitage plus facilement. En huit jours, une véritable chapelle avec un bulbe en oignon jaune surmonté d'une croix en fer posée sur un tambour octogonal abritant une cloche s'élevait fièrement, elle pouvait, paraît-il, accueillir deux cents personnes. Le premier office devait avoir lieu à l'occasion de la fête de l'Exaltation de la très sainte Croix, qui tombait le 14 septembre.

La veille, un essaim de moines dressa une iconostase à trois registres de deux mètres cinquante de haut peinte par des pères du monastère de Belogorsky, et huit grandes icônes furent accrochées, quatre de chaque côté. L'archimandrite arriva en carriole, accompagné du métropolite de Perm en personne. Quel ne fut pas leur étonnement, au terme de deux heures et demie d'un voyage cahotant, de découvrir qu'une foule de quatre ou cinq cents personnes patientait dans la clairière, pendant que deux cents autres se pressaient, debout, à l'intérieur du sanctuaire. Le métropolite consacra la nouvelle église, lui donnant le nom de Notre-Dame-du-Perpétuel-Secours, il déposa sur l'autel la Vierge Marie en son icône Iverskaïa, protectrice du monastère, enchâssée dans une superbe riza dorée et, secondé par l'archimandrite et Paul, il commença la Divine Liturgie.

En novembre, les moines construisirent deux baraques accolées, en lisière de forêt, à une centaine de mètres de l'église, l'une qui pouvait héberger trois ou quatre d'entre eux, et l'autre, plus grande, où les fidèles étaient reçus, ainsi que leurs dons, leurs demandes de commémoration et de psautiers indestructibles à l'intention des défunts et des vivants pour quarante jours, six mois ou un an, et où les pèlerins pouvaient acquérir des icônes, des cierges de toutes tailles, des châles, des missels, des chapelets, des cartes postales, des images saintes, des livres religieux, ainsi que des bouteilles d'eau minérale et de quoi se sustenter.

Paul découvrit par hasard l'existence de ces deux constructions au cours de l'hiver mais n'y mit jamais les pieds. Les moines élevèrent une palissade en bois d'un mètre cinquante de haut autour de sa cabane, personne n'ayant le droit de la franchir. Paul eut l'impression qu'enfin la vie avait repris son cours comme à son arrivée quatre ans auparavant, il pouvait rester à nouveau des journées entières sans voir personne, et cela lui convenait parfaitement. Désormais, seul Stepan était autorisé à cogner à sa porte, parce que Paul avait dit : Je ne veux plus être dérangé et qu'il aimait bien Stepan, sa douceur, sa tranquillité. Quand la présence de l'ermite lui semblait indispensable, Stepan lui demandait de venir, mais si Paul répondait : Je suis fatigué, ou : Je n'ai pas envie aujourd'hui, Stepan souriait : Ce n'est pas grave, nous allons nous débrouiller.

Un dimanche, Stepan vint le trouver : Mon père, les quatre soldats que vous aviez bénis il y a trois ans sont revenus de Tchétchénie, ils sont dans l'église avec leurs parents, leurs amis et leurs officiers, ils veulent vous remercier de les avoir si bien protégés. Paul accepta de les rencontrer, tout en se disant que tout simplement ils avaient eu la chance d'être au bon endroit au bon moment, mais il se garda de faire part de cette réflexion. La clairière ressemblait à un terrain militaire, deux ou trois cents soldats en uniforme bleu de parade, venant de la base Zvezdny, à Perm, le saluèrent quand il passa devant eux et Paul pensa : c'est incroyable ce qu'ils sont jeunes ! Un homme à l'allure décidée qui portait une trentaine de décorations sur la poitrine et que Stepan présenta avec déférence comme le colonel, mais Paul ne comprit pas son nom, se mit au garde-à-vous et lui présenta la jeune classe des Cadets, des garçons et adolescents de huit à dix-huit ans en uniforme bleu avec liseré rouge qui suivaient avec assiduité des cours patriotiques d'éducation militaire, étudiaient les fondements de la culture spirituelle orthodoxe, pratiquaient plusieurs arts martiaux et participaient à des camps d'entraînement pendant les vacances scolaires. Le colonel lui demanda de leur accorder sa protection. Quand Paul leva la main droite pour les signer avec trois doigts, comme un seul homme les deux ou trois cents Cadets se mirent à genoux, tête baissée, pour recevoir la bénédiction et Paul se dit : j'espère qu'ils ne partiront pas là-bas.

L'église était remplie de militaires et de leurs parents, les quatre soldats que Paul avait bénis se précipitèrent, lui baisèrent la main, ainsi que leurs mères qui pleuraient, et leurs pères, émus eux aussi. Paul se crut obligé de bavarder avec les quatre soldats, qui commencèrent à se confier comme ils ne l'avaient jamais fait avec aucun de leurs proches. Ils parlèrent. Longtemps. À voix basse. Oubliant qu'ils se trouvaient dans une église, entourés d'une foule intriguée qui les scrutait, certains tendant l'oreille pour essayer de saisir des bribes. Ils évoquèrent les horreurs innombrables, les tortures, les massacres, les mensonges, ils étaient déprimés et démoralisés par ce qu'ils avaient vu, vécu et commis, certes ils étaient vivants et intacts, mais les blessures étaient dissimulées à l'intérieur de leur cœur et de leur tête. Ce qu'ils avaient enduré sur ce malheureux terrain de pacification lui rappela ce qu'il avait vu, vécu et commis en Algérie comme soldat quarante-cinq ans auparavant.

Et il frissonna.

Parce qu'il avait réussi à enfouir ces horreurs dans un coin camouflé de son cerveau. Il pensa alors qu'il s'appelait Franck, pas Paul. Que Paul était un masque imposé, qu'il n'avait pas changé et qu'il resterait toujours Franck. Il prit chacun des soldats dans ses bras, les serra longuement contre lui, et tous virent les larmes qui coulaient sur son visage, ressentirent la douleur qui était la sienne et se dirent que le père Paul était vraiment un saint homme.

Beaucoup bravaient la furie des éléments, affrontaient la traversée de la forêt, marchant des heures en baissant la tête, expiant leurs fautes par ce calvaire, s'encourageant les uns les autres, car le père Paul allait peut-être les accueillir, poser ses mains sur leurs corps nécrosés, secourir les éclopés, les meurtris, ceux qui ignoraient le nom de leur douleur, ceux qui perdaient la vue, ceux à qui on avait annoncé leur fin prochaine, ceux dont la mémoire s'envolait, les femmes désespérées de n'avoir pas de bébé, les brûlés qui vivaient dans les feux de l'enfer, les enfants condamnés. Quand la brume tombait, qu'on ne voyait pas à dix mètres, quand le blizzard mordait, que le froid était si insoutenable que même les loups se calfeutraient dans leurs tanières, chaque pas était une épreuve. Une fois arrivés, ils devaient prendre leur mal en patience, Paul sortait rarement de sa cabane, il lisait, réfléchissait ou regardait danser les flammes de la cheminée en pensant à Dieu sait quoi, à sa vie passée, à celle qu'il aurait rêvé d'avoir, ou à rien du tout.

Au bout de quelques jours, Stepan, avec son sourire angélique, disait : Ils sont trop nombreux, mon père, si vous ne venez pas, ils vont mourir gelés ou seront trop faibles pour repartir. Paul soupirait : C'est ma vie. Ce serait cruel de leur refuser mon aide, maintenant que j'ai accepté une fois je ne peux pas les rejeter, ils me demandent tellement peu de chose, un regard, un sourire, une prière, je peux être utile à cela, les réconforter, leur donner un peu d'espoir, un peu de lumière. Alors, il se secouait, enfilait la grande pelisse de mouton retourné et il allait au-devant des malheureux frigorifiés qui l'attendaient derrière la barrière.

Dès que Paul apparaissait, maigre, les traits tirés par les nuits sans sommeil, flottant dans sa houppelande sur sa soutane, avec ses cheveux longs emmêlés et sa barbe fournie qui prenaient le givre, ils avaient la certitude de voir surgir un prophète de la nuit des temps ou un de ces saints d'icône qu'ils adoraient. Paul prenait le temps de les écouter, de leur parler, même quand ses doigts et ses orteils se glaçaient, il priait avec eux avec ferveur, enveloppant leurs paumes des siennes comme s'il cherchait à leur transmettre un fluide mystérieux, il imposait ses mains engourdies sur la racine de la souffrance, ces ventres improductifs, ces yeux troubles, ces têtes qui se vidaient, ces corps fatigués de vivre, il chantait la prière de Jésus, puis adressait une incantation à la Vierge, la suppliait d'intervenir, de prendre ces malheureux en compassion, il les enlaçait chacun comme un père, les serrait contre lui de toutes ses forces, et ils repartaient heureux, peut-être pas guéris, mais plus tranquilles, rassérénés, car pour tous, cet ermite qui bravait le froid polaire était leur dernière chance.

Il faut bien admettre, contre la science et les esprits cartésiens, qu'il y eut des miracles, puisque c'est ainsi qu'on appelle ceux qui recouvrent la vue, ces brûlures qui ne tourmentent plus, ces ventres soudainement remplis, ces tumeurs résorbées. Quelques-uns. Quatre, peut-être cinq, reconnaissait-on au monastère, une douzaine au moins, soutenaient les néophytes qui comptaient sur leurs doigts celles et ceux qu'ils connaissaient ou dont ils avaient entendu parler et que le pèlerinage à

Notre-Dame-du-Perpétuel-Secours avait sauvés. Les sceptiques ricanaient de ces chiffres ridicules, relativement aux milliers de personnes qui avaient fait le voyage, les hypothétiques guérisons et rémissions représentaient un chiffre inférieur à zéro virgule epsilon, autant dire qu'on pataugeait dans le domaine de l'incantation, du magique, du fantasme, pour ne pas dire de la prestidigitation, sans parler du business monastique.

Bref, deux camps s'affrontaient, à jamais irréconciliables, ceux qui y croyaient et ceux qui n'y croyaient pas, tous enrageant de ne pouvoir convaincre ceux de l'autre bord. Il y eut néanmoins quelques cas qui troublèrent les médecins, incapables d'expliquer le rétablissement de leurs patients. Pas beaucoup. Mais suffisamment pour que la rumeur franchisse les frontières du district de Koungour et de l'oblast de Perm et se répande dans le pays.

Par la bouche et par l'oreille.

En avril de sa sixième année passée dans l'ermitage, de jeunes parents qui habitaient à Kalinino vinrent demander à Paul de les aider à retrouver leur enfant de trois ans qui avait disparu dans la forêt trois jours auparavant. Cette année-là avait été exceptionnelle de douceur, fin février les premiers bourgeons étaient apparus, la neige avait disparu, un dimanche ils étaient allés pique-niquer en famille, il faisait beau à se croire en juin, Vitali avait échappé à leur attention, ils l'avaient cherché partout, ils avaient ameuté les voisins, la police, des battues avaient été organisées qui n'avaient rien donné. Pendant deux jours et deux nuits, une centaine de personnes avaient sillonné les bois alentour, sondé les rivières, les fondrières. Vitali restait introuvable. Des bûcherons avaient repéré une meute d'une dizaine de loups à proximité du village, la mère était désespérée, seule une intervention divine pouvait encore sauver son fils.

Paul savait deux choses qu'il ne pouvait avouer face à cette femme paniquée : ses prières n'auraient aucun effet, Dieu avait créé les bêtes sauvages, quand elles avaient faim, elles avaient besoin de se nourrir et Dieu n'y pouvait rien, pas plus qu'Il ne pouvait donner suite aux prières des animaux que nous mangions. Ensuite, si son fils avait été enlevé par un loup, on ne le retrouverait jamais, pas plus qu'on n'avait retrouvé les deux enfants disparus dans la région, dévorés probablement par de vieux loups solitaires ayant quitté la meute et qui n'avaient plus la force de chasser, sauf les enfants qui traînaient : Le moment n'est pas venu de prier, ma fille, ton garçon est peut-être encore vivant, on doit continuer à chercher sans relâche.

Paul se fit expliquer sur une carte par le père le secteur des recherches effectuées, il réquisitionna plusieurs pèlerins et les moines de service, et ils partirent à vingt-cinq, organisèrent une battue, rejoignant en sens contraire le périmètre où on pouvait espérer retrouver le gamin. Ils avançaient de front, éloignés de cinquante pas les uns des autres, ratissant devant eux, cognant sur les arbres avec des bâtons, appelant : Vitali, Vitali ! Ils marchèrent durant trois heures, s'arrêtèrent pour se reposer, repartirent. En fin de journée Paul bénit chaque fidèle, les remercia de leur participation, la mère s'éloigna avec eux en direction du village, ne restèrent avec Paul que le père de Vitali et Stepan, à qui l'archimandrite avait donné pour consigne de veiller sur l'ermite. Ils continuèrent à marcher jusqu'à ne plus y voir, appelant souvent, s'immobilisant pour guetter une voix en retour. En vain. La nuit venue, ils partagèrent le pain Borodino, que Stepan avait pris dans sa besace. Le père demanda :

– Croyez-vous, mon père, que nous retrouverons Vitali vivant ?

– Nous sommes entre les mains de Dieu, c'est Lui qui décide.

Ils s'agenouillèrent côte à côte, prièrent un long moment, fabriquèrent un lit de feuilles mortes, s'étendirent dessus. La forêt était étrangement silencieuse, à travers les frondaisons ils apercevaient quelques étoiles. Stepan et le père s'endormirent. Paul resta à l'écoute. Au bout de deux ou trois heures, il entendit la voix qui appelait : Franck, Franck ! Cette fois, Paul ne tomberait pas dans le piège, il ne courrait pas après son fantôme, mais jamais auparavant elle ne lui avait paru aussi proche. Il se dressa, avança à tâtons pour ne pas se cogner aux arbres, dressant l'oreille : Franck, Franck ! Parfois, il trébuchait sur une racine ou devait enjamber un tronc couché, parfois il n'entendait plus rien, restait aux aguets pendant une heure : Franck, Franck ! criait la femme plus loin, et il partait dans cette direction. Il marcha jusqu'aux premières heures de l'aube, la brume se dissolvait au sommet des pins et il se crut pris d'hallucination, quand, à la suite d'un hurlement de loup, il entendit distinctement, provenant de la même direction, la voix de la femme. Lorsque Paul reprit sa progression, il vit que Stepan et le père de Vitali l'encadraient – comment pouvaient-ils se trouver à cet endroit à ce moment-là ? N'était-il pas en plein rêve ? Ils marchèrent un kilomètre dans le sous-bois, arrivèrent à un talus rocheux entouré de sable dont ils firent le tour. Et là, à vingt mètres, ils aperçurent une masse alanguie, c'était un loup avec une bande aux reflets d'argent qui se détachait de son pelage gris foncé et un trait noir du front au museau, il les fixait de ses yeux jaunes et, couché près de lui, l'enfant dormait. Quand Paul voulut s'avancer, Stepan le retint par le bras.

– N'y allez pas mon père, c'est un loup solitaire, ce sont les plus dangereux, il peut vous sauter à la gorge, vous tuer d'un coup de mâchoire, il vaudrait mieux aller chercher des secours au village pour nous débarrasser de cette engeance.

– Nous sommes entre les mains de Dieu, c'est Lui qui décide.

Paul s'approcha doucement du loup. Lorsqu'il fut arrivé à cinq mètres, l'animal se leva et s'éloigna en boitant de la patte arrière droite. Paul s'accroupit près de l'enfant, sentit la chaleur de son corps, le prit délicatement dans ses bras. Le gamin dormait encore quand ils sortirent de la forêt. Le loup boiteux les suivait de loin. De temps à autre, ils se retournaient pour vérifier qu'il était toujours là. Lorsqu'ils parvinrent à l'orée du village, le loup s'arrêta pour les regarder s'éloigner, puis retourna dans la forêt.

*

Igor avait fini par prendre sa retraite de l'hôpital de Koungour. S'il avait pu, il aurait conservé son poste, mais le directeur estimait qu'il y avait un âge limite à ne pas dépasser et qu'à plus de quatre-vingts ans, le moment était venu de se reposer. Igor trouvait cette pétition de principe ridicule, il se sentait en pleine forme et il avait les meilleurs résultats de tous les médecins de l'hôpital. Il raccrocha sa blouse à contrecœur, ses patients n'apprécièrent ni son départ, ni son remplaçant qui travaillait avec un chronomètre en main, alors que les consultations d'Igor duraient le temps nécessaire. Certains se présentèrent à son domicile pour prendre de ses nouvelles, bavarder avec lui, en profitèrent pour lui demander conseil sur cette douleur qui persistait malgré les ordonnances de son successeur. Igor examinait, tâtait, auscultait, conseillait une tisane de sa composition ou passait un coup de fil au collègue pour expliquer que, peut-être, il existait une autre pathologie et qu'il devait prescrire d'autres médicaments. Ces consultations étaient d'autant plus populaires qu'elles étaient gratuites, et nombre de ses anciens patients prirent l'habitude de l'appeler pour qu'il vienne en pleine nuit ou le dimanche, même quand il y avait un mètre de neige dans les rues.

Avec Natalia Olegovna, ils faisaient de longues promenades dans les forêts ou au bord de la Sylva. Igor se disait qu'il avait eu une chance incroyable d'avoir rencontré une femme comme elle malgré leur différence d'âge. Les premiers temps, Natalia avait espéré convaincre cet athée des vertus de sa foi, mais elle avait renoncé depuis longtemps, Igor étant irrémédiablement perdu pour la religion. Quand il pénétrait dans une église, c'était pour admirer les iconostases, les fresques et les icônes, et pour écouter les voix magiques des chants liturgiques.

Le troisième samedi d'avril, Natalia demanda à Igor de la conduire à Kalinino, où une procession d'action de grâce devait se mettre en marche pour rejoindre Notre-Dame-du-Perpétuel-Secours, c'était une cérémonie en l'honneur de la Très Sainte Vierge, qui avait permis que l'on retrouve vivant le petit Vitali, protégé par un loup solitaire !

– C'est un miracle, non ? Tu ne peux pas dire le contraire.

À cette occasion, l'archimandrite du monastère de Belogorsky offrait une bannière de procession de la Vierge de Jérusalem datant du XIXe siècle brodée avec des perles et des fils d'or et d'argent, l'icône serait portée par le père Paul. La veille, des orages incessants avaient transformé les champs en marécages, les chemins en pataugeoires. Le ciel s'était en partie éclairci mais le tonnerre grondait dans le lointain, d'énormes cumulus noirs menaçaient à chaque instant de déverser des trombes.

Persuadé que les mauvaises conditions météorologiques allaient en dissuader plus d'un de suivre la procession, Igor fut surpris du monde qui se pressait et des voitures qui encombraient les rues du village. Combien étaient-ils ? Cinq mille ? plus ? Impossible de les compter tellement ils étaient nombreux. Ils durent se garer sur un talus à deux kilomètres. Igor aurait préféré lire dans le café du village ou se promener en attendant Natalia, mais elle avait décrit avec tellement d'émotion cette petite église perdue au fond des bois et la dévotion que suscitait le saint homme qu'il se ravisa. Il était toujours stupéfait de la ferveur religieuse qui proliférait dans le pays depuis la chute du communisme, incrédule face à l'affluence dans la moindre église, et il cherchait à décrypter ce mystère, la raison de cette intense piété. C'était l'occasion d'observer, peut-être de comprendre.

La procession se mit en marche de façon chaotique. Les participants, surtout des femmes, piétinaient, avançaient sans ordre, à petits pas, dans une ambiance recueillie. De là où ils se trouvaient, Natalia et Igor tentaient d'apercevoir le héros du jour, mais avec la foule c'était impossible. Un kilomètre plus loin, le père Paul, penché sur la hampe de la bannière brodée, résistait comme il pouvait aux violentes rafales de vent. En retrait, Stepan et un autre moine portaient avec peine une bannière et chantaient un cantique. La procession pénétra dans la forêt, les arbres les protégèrent un peu des coups de vent. Des cumulus gigantesques menaçaient de percer. Ils marchèrent pendant deux heures, tête baissée, luttant contre les bourrasques. L'orage éclata au-dessus d'eux, le grondement du tonnerre résonna en un roulement assourdissant. La pluie commença à tomber dru. Tous levèrent la tête en même temps, se mirent sous des bâches ou des parapluies, des éclairs rouges strièrent le ciel. C'est sous un déluge d'eau que le cortège déboucha dans la grande clairière de l'ermitage.

Soudain, un éclair troua le ciel pour venir frapper la hampe de la bannière que Paul tenait, le projetant dans les airs. Les moines et les pèlerins les plus proches furent renversés par la déflagration. Des femmes se précipitèrent vers le moine, qui gisait inconscient au sol. La nouvelle se répandit dans le défilé, un mouvement de panique gagna la foule, certains refluèrent dans la forêt, des cris retentirent que Paul était mort, tué par la foudre. Igor, suivi de Natalia, joua des coudes pour remonter jusqu'à la tête de la colonne : Je suis médecin, laissez-moi passer.

Inanimé, Paul était étendu les bras en croix au milieu de la clairière. Sous une pluie battante, les moines agenouillés autour de lui priaient. Igor se pencha, eut du mal à trouver la carotide :

Il est vivant ! Igor coucha Paul sur le dos, dégrafa sa soutane, entreprit un massage cardiaque, paumes sur le sternum, coudes tendus, effectuant des pressions verticales fermes, ensuite ce fut un bouche-à-bouche. Au bout d'une dizaine d'insufflations, Igor, fatigué, fit une courte pause, puis reprit le massage cardiaque. À la quatrième compression, Paul eut un hoquet, ses paupières tressaillirent, il ouvrit les yeux : Aidez-moi à le transporter dans la cabane. En le soulevant, les moines, effrayés, se rendirent compte que les cheveux et la barbe de Paul étaient devenus blancs.

Paul fut déposé avec précaution sur la paillasse. Stepan alluma un feu et, quand les premières flammes scintillèrent dans l'âtre, Igor pria tout le monde de sortir, le père Paul avait besoin de calme. Resté seul avec lui, Igor l'aida à enlever la soutane trempée qui lui collait au corps.

– Comment vous sentez-vous ?

– Comme si un train m'était passé dessus. Je ne me souviens de rien. Vous êtes médecin ?

– À la retraite, j'ai travaillé longtemps à l'hôpital de Koungour. Vous avez été frappé par la foudre. Vous avez de la chance de vous en sortir sans séquelles.

Paul ôta son tricot et se releva pour se réchauffer aux flammes, pendant qu'Igor lui frictionnait le dos avec une serviette. Autour du cou, il portait une lanière de cuir avec une croix orthodoxe ainsi qu'un morceau de plastique tenu par une ficelle :

– Le moment n'était pas venu pour moi. Mais peut-être ai-je été sauvé par ce petit porte-bonheur, qui m'a protégé une fois de plus.

– Oh, j'ai le même !

Igor prit son portefeuille, en sortit le trèfle dans son étui transparent.

– Il m'a été offert il y a longtemps par un ami, c'était en Israël.

Paul lui prit le trèfle des mains, le compara avec le sien.

– C'est le même ! Comment s'appelait la personne qui vous l'a remis ?

– Michel Marini.

– Mais c'est mon frère !

– Son frère s'appelait Franck, pas Paul, j'en suis sûr.

– Paul est mon nom de baptême monastique. Je m'appelle Franck Marini. Je ne comprends pas comment il peut y avoir deux trèfles à quatre feuilles en circulation. Moi, c'est mon père qui me l'a donné quand j'ai fui la France.

– C'est son père, votre père, qui lui avait aussi offert le sien.

– Comment est-ce possible ?… Alors, vous parlez français ? fit Paul dans cette langue qu'il croyait avoir oubliée.

– Bien sûr, je suis arrivé à Paris en 52, j'y ai vécu treize ans. J'étais chauffeur de taxi. J'ai rencontré Michel dans un café de Denfert-Rochereau, je l'ai toujours considéré comme mon fils. Je me souviens qu'il m'avait raconté, vous concernant, une histoire d'armée qui avait mal tourné.

Igor se laissa tomber sur le tabouret. Franck s'assit sur le bord du lit. Ils restèrent ainsi, chacun troublé par les pensées qui les renvoyaient plus de quarante ans en arrière. Et ils parlèrent longtemps, se posant des questions, renouant les fils, ajustant les pièces du puzzle, et se découvrant comme une parenté.

– C'est incroyable de vous rencontrer ici. Pour tout le monde, pour ma compagne, vous êtes un saint.

– Je n'ai rien fait pour cela. Je me suis fait dépasser par les événements. Je n'ai rien demandé, je voulais juste découvrir la vérité, être enfin en paix avec moi-même. Quand vous êtes ermite, vous devenez otage de vous-même, mais je n'ai pas trouvé ce que je cherchais, il me manque toujours quelque chose.

– Pourtant, votre foi soulève des montagnes, vous déplacez des foules, comment expliquez-vous ce mystère ?

– Je l'explique par notre misère humaine. Dieu est le nom que nous donnons à notre douleur.

*

Mon cher Michel,

J'espère que tu te portes bien et que cette lettre te trouvera à cette adresse, elle date de l'époque où tu habitais chez ton père mais depuis quelques jours, je ne suis pas loin de croire aux miracles. Tout d'abord, je voudrais que tu me pardonnes mon silence, j'espère pouvoir tout t'expliquer un jour.

Ce petit mot pour te dire que j'ai rencontré ton frère Franck. Il vit non loin de chez moi, près de Koungour. Quand je lui ai demandé si je pouvais te contacter pour te parler de lui, il a haussé les épaules et m'a dit de faire comme je voulais. Je te donne mon téléphone, mon e-mail et j'attends de tes nouvelles. Je t'embrasse.

Igor Markish

*

Douze jours plus tard, un Sukhoï SuperJet 100 d'Aeroflot en provenance de Moscou se posait sur l'aéroport de Perm avec à son bord Michel Marini et Anna. Igor et Natalia les attendaient. Dans le flot des passagers qui arrivaient, Igor reconnut Michel au premier coup d'œil, pourtant la dernière fois qu'ils s'étaient vus, c'était il y avait quarante ans à Haïfa. Il se planta face à lui, éberlué. Ils tombèrent dans les bras l'un de l'autre, se donnant des tapes dans le dos. Igor ne put retenir ses larmes.

– C'est idiot de pleurer mais c'est plus fort que moi, avec

l'âge on se ramollit. Je n'aurais jamais imaginé qu'on se reverrait un jour. Il s'est passé des choses incroyables.

Michel leur présenta Anna :

– C'est la fille de Franck, mais ils ne se connaissent pas. Franck ignorait qu'il avait eu un enfant. Cécile, la mère d'Anna, a découvert qu'elle était enceinte après qu'il avait fui la France, ensuite il n'a jamais donné signe de vie. Je crois qu'il a appris l'existence de sa fille quand il a rencontré ma mère à Moscou en 1993.

De temps à autre, Igor se penchait à l'oreille de Natalia pour traduire.

– Vous le verrez demain. Paul, enfin Franck, vit en ermite au milieu d'une forêt. Vous allez venir dormir à la maison, nous avons un million de choses à nous raconter.

C'est Natalia qui prit le volant, Igor, à côté, se retourna pendant tout le trajet pour parler à Anna et Michel.

– Je vis ici depuis 1972, j'ai travaillé trente ans à l'hôpital de Koungour, souvent j'ai voulu te prévenir, mais c'était compliqué. Maintenant que le temps a passé, je peux en parler, et tu comprendras pourquoi je ne t'ai pas contacté.

– Tu l'as revu ? demanda Michel.

– Je l'ai vu trois fois. La plupart du temps, il est dans sa cabane, gardée par un moine. À chaque fois que j'y suis allé, il a accepté de me recevoir et nous sommes restés plusieurs heures ensemble à bavarder. J'avais l'impression de retrouver un ami perdu de vue. Même si j'ai remarqué qu'il évite de parler de lui. En revanche, il m'a posé des questions sur ma vie, sur Israël, sur ma famille. Que dire d'autre ? Il ne mange pratiquement pas, il a la peau sur les os, il doit être anémié mais il refuse que je l'ausculte.

– Je me demande comment vit mon père.

– C'est un moine orthodoxe rattaché au monastère de Belogorsky, qui a fait le choix de vivre dans un ermitage au fond des bois, il faut marcher longtemps pour y arriver. Il paraît qu'il y a eu plein de prodiges autour de lui, sa réputation de saint s'est répandue, le monastère a construit une église à côté de sa cabane. Il a été ordonné hiéromoine, il peut dire la Divine Liturgie, la messe chez les orthodoxes. Depuis qu'il a été frappé par la foudre, ses cheveux et sa barbe sont devenus blancs, il ressemble vraiment à un prophète. Avant-hier, quand je suis passé le voir, il m'a dit qu'il était fatigué par ces centaines de gens qui ne venaient à lui que pour réclamer quelque chose à Dieu, et uniquement quand ils avaient un problème, il n'en peut plus de tous ceux qui veulent le toucher ou se faire bénir par lui, alors que, dit-il, il n'est rien, il n'est venu là que pour renoncer au monde. Je suis un athée pur et dur, mais je reconnais que j'ai été témoin de faits que je suis incapable d'expliquer, il y a eu des guérisons qui dépassent notre compréhension, et surtout Vassia, une femme que j'avais soignée à l'hôpital, qui à cause d'une malformation ne pouvait avoir d'enfant, il a imposé les mains sur son ventre et elle a eu des jumeaux. Tout ce que je peux dire, c'est que cet homme dégage une impression de paix incroyable

– Vous avez des photos de lui ?

– Curieusement, là-bas, personne n'a l'idée de faire de photos. Pourtant, ce n'est pas interdit, mais il y a une telle atmosphère de ferveur et de recueillement…

Le lendemain, malgré l'heure matinale, les rues de Kalinino étaient encombrées de voitures stationnées sur les trottoirs, Natalia fut obligée de se garer à cinq cents mètres du village. Sous un soleil voilé, Igor, Natalia, Michel et Anna empruntèrent le chemin qui conduisait à l'ermitage, mais l'affluence était telle qu'ils furent ralentis par des personnes âgées et d'autres qui portaient des enfants. Au bout de deux heures, ils s'assirent sur un tas de bois coupé pour boire un peu de thé chaud que

Natalia avait emporté dans un thermos. Puis ils reprirent leur marche, doublèrent encore des familles, arrivèrent dans la clairière. Une file d'attente de plusieurs centaines de mètres serpentait jusqu'à l'entrée de l'église où des bénévoles assuraient un vague service d'ordre. Des centaines d'autres pèlerins attendaient, assis dans le champ ou à proximité des deux baraques construites en lisière.

Igor aperçut Stepan : Mon père, j'accompagne le frère cadet du père Paul qui arrive de France pour le voir, je l'ai informé de sa venue. Stepan dévisagea Michel : Suivez-moi. La foule patientait sagement à l'entrée de l'église. Un novice était là pour réguler le flux de visiteurs : quand deux personnes sortaient, il en laissait entrer deux.

À l'intérieur, ils cherchèrent Paul des yeux, celui-ci, secondé par un moine tenant le calice, donnait l'eucharistie en versant une cuillère de pain au levain trempé dans du vin dans la bouche des croyants. Stepan se fraya un passage parmi les fidèles, suivi de près par Michel, Anna, Igor et Natalia.

Le père Paul était en train de donner la communion à un soldat en treillis quand il aperçut Igor, et devant lui un homme qu'il ne connaissait pas, et à côté une femme qu'il reconnut immédiatement, elle n'avait pas changé… Paul frissonna, sa main qui tenait la cuillère se mit à trembler, il la lâcha, effaré, et leva son doigt en direction de la femme : … Cécile ! Il descendit les deux marches, s'immobilisa en face d'elle : Cécile ! L'homme qui se trouvait sur sa gauche le fixait avec intensité.

– Franck, c'est moi, Michel. Et ce n'est pas Cécile, c'est Anna.

Franck mit ses poings devant sa bouche, bouleversé, comme s'il voyait un spectre. Sa lèvre inférieure se mit à frémir, il attrapa le bras d'Anna, le serra.

– Je t'en prie, je t'en supplie, pardonne-moi.

Anna interrogeait son père du regard.

– Te pardonner ?

Elle ne comprenait pas. Soudain, elle vit son visage se décomposer, devenir blême, il respirait avec peine, ses jambes se mirent à flageoler, la terre à osciller, il s'écroula, inconscient.

Michel et Anna attendaient, assis sur le banc à proximité de la porte de la cabane, chacun perdu dans ses pensées. Anna soupira.

– J'ai le plus grand mal à réaliser que cet homme est mon père.

– Avec cette barbe et ces cheveux longs, je ne l'aurais jamais reconnu, il a tellement maigri, nous avons eu tort de venir le troubler dans sa retraite, on a voulu forcer le destin. Comment pourrions-nous le comprendre ? J'étais si heureux à l'idée de retrouver mon frère, de l'embrasser. Il m'a tellement manqué. Il va falloir renoncer à l'idée de renouer avec lui et le laisser tranquille.

Igor sortit enfin de la cabane.

– Il est épuisé, il a pleuré comme un enfant, il refuse que je l'examine. Il a besoin de se reposer.

– Nous allons rentrer en France, dit Michel, nous n'aurions pas dû venir.

– Attendez, je vais lui demander s'il veut vous voir, reprit aussitôt Igor en retournant dans la cabane.

Au bout d'une minute, il réapparut.

– Vous pouvez venir. Il ne faut pas le fatiguer.

Franck était étendu sur son lit, sous une couverture, de la main il leur fit signe d'approcher.

– Venez, venez.

Michel se pencha vers lui.

– Ne te fatigue pas, Franck. Nous allons repartir à Paris. Nous nous reverrons un jour si c'est possible, si tu vas mieux. Tu nous diras et on reviendra.

– Je suis vraiment heureux de te revoir, Michel.

Franck chercha la main de son frère et la serra aussi fort qu'il put, puis il fit signe à Anna de s'approcher.

– Assieds-toi là… Tu es incroyablement belle, ma fille, tu ressembles à ta mère, tu ne peux pas imaginer à quel point. On aurait dû s'aimer, avoir une longue vie ensemble. Je suis le seul responsable de ce gâchis. Je n'ai aucune excuse. Je me suis conduit comme un imbécile. J'ai cherché quelque chose d'impossible. Une étoile qui n'existe pas. Je voulais que nos rêves deviennent réalité. Cela n'a pas marché. On ne peut pas changer le monde… J'aurais tellement voulu avoir un enfant, tu ne peux pas savoir, toute ma vie je l'ai désiré. Mais c'est comme ça. Je voudrais que tu me pardonnes d'avoir tout bousillé. Je t'en prie, il faut me pardonner. On ne peut pas revenir en arrière, on ne rattrape jamais ses erreurs, on ne peut que pleurer.

À peine eut-il pris la main de sa fille pour la porter à ses lèvres qu'il éclata en sanglots. Une quinte de toux le secoua, puis il retomba sur sa couche, exténué, hocha la tête et, de la main, leur fit signe de partir. Anna se leva, au bord des larmes, et ils quittèrent la cabane.

Le calme est revenu dans la clairière éclairée par une lune rousse, les pèlerins ont déserté les lieux. Dans sa cabane, Franck dort, enfin apaisé, la respiration régulière, les traits détendus. Il marche dans la forêt d'un pas tranquille, émerveillé par les fleurs vives du printemps, le chant des oiseaux. Soudain, il entend un bruit furtif, il se retourne, un caillou tombe juste à ses pieds, il aperçoit la silhouette élancée en imperméable qui, subrepticement, se dissimule derrière un arbre. Il se précipite vers elle… Elle a disparu. Un peu plus loin, il la repère au pan d'imperméable qui dépasse d'un pin. Il s'approche à pas de loup et, d'un bond, l'attrape à deux mains. Enfin. Et découvre Cécile.

Ou Anna… Comment savoir ?… Non, ce n'est pas Anna. Ou… à moins qu'Anna et Cécile ne soient qu'un seul et même fantôme.

Franck se dresse sur son lit, haletant, encore dans son rêve. Il reste longtemps comme ça, les yeux fouillant l'obscurité. Se dit que la vie est celle qu'on se fait. Qu'on ne revient pas en arrière, mais qu'on peut la vivre. Ne pas passer à côté encore une fois. Il se lève, allume une bougie. Il cherche dans une boîte en carton une petite paire de ciseaux un peu rouillée et commence à couper ses cheveux longs. Lentement. Méthodiquement. Dans le reflet de la vitre, il découvre un homme au regard triste et lointain.

Le soleil dissipe lentement la brume matinale. Au bout d'un chemin de terre, en surplomb de la Sylva, la maison en bois de Koungour regarde le paysage immuable de la rivière qui disparaît au loin dans la forêt éternelle.

Autour de la table, ils sont tous les quatre en train de prendre leur petit déjeuner.

– En réalité, dit Michel, il n'y a jamais eu qu'un seul trèfle à quatre feuilles, celui que mon père a trouvé quand il était prisonnier dans son stalag de Poméranie et qui, assure-t-il, lui a sauvé la vie et lui a permis de retrouver son ami et futur associé. Celui-là, il l'a donné à Franck avant qu'il ne quitte précipitamment la France et commence sa longue odyssée, c'était le plus beau cadeau qu'il puisse lui faire. Et puis, mon père a traversé une mauvaise passe ou il a eu des remords, et il en a fabriqué un pour lui. Au cas où. Et comme il ne supportait pas de faire de distinction entre ses fils, il en a confectionné un autre pour moi, qu'il m'a donné quand je suis parti à la recherche de Camille, celui que je vous ai laissé, à toi et à Léonid, avant de quitter Israël. Nul ne peut imaginer une seule seconde que ces trèfles possèdent la moindre vertu protectrice, mais notre pensée magique nous pousse à rêver. Et quand on en possède un, on le garde, on ne sait jamais. Parce que l'important, c'est d'espérer, c'est de vouloir y croire, et quand le bonheur survient, on se dit qu'on a reçu un petit coup de pouce du destin. Le plus drôle, c'est que mon père ne m'a révélé la vérité au sujet du trèfle que la semaine dernière, quand je lui ai annoncé notre départ en Russie. Il a gardé le secret pendant plus de quarante ans. Le vrai, c'est Franck qui l'a.

Igor traduit les propos de Michel à Natalia pendant qu'elle coupe des tranches d'un pain d'épice en forme d'ours.

– Merci, dit Anna, mais je n'ai plus faim.

– Il faut que tu y goûtes, dit Igor, c'est la spécialité de Koungour, avec de la confiture à l'intérieur, c'est délicieux.

Ils ont cru entendre des coups discrets venant de la porte d'entrée. Igor se lève, se penche à la fenêtre, découvre un homme maigre vêtu d'une pelisse de mouton retourné, au visage raviné de bagnard sibérien avec une barbe mal rasée et une coiffure étrange avec des touffes de cheveux coupées à la serpe. Suivie de Michel, Anna va ouvrir la porte à cet homme qui lui adresse un pâle sourire.

– Je crois que je vais partir avec vous.

Un beau soir, l'avenir s'appelle le passé
C'est alors qu'on se tourne et qu'on voit sa jeunesse.

Louis Aragon

DU MÊME AUTEUR

Aux Éditions Albin Michel

LE CLUB DES INCORRIGIBLES OPTIMISTES, Goncourt des lycéens 2009, prix des Lecteurs de Notre Temps 2010.

LA VIE RÊVÉE D'ERNESTO G., 2012.

TROMPE-LA-MORT, 2015.

LA VALSE DES ARBRES ET DU CIEL, 2016.

DE L'INFLUENCE DE DAVID BOWIE SUR LA DESTINÉE DES JEUNES FILLES, 2017.

Aux Éditions du Livre de Poche

DERNIÈRE DONNE, 2014.

Composition : IGS-CP
Impression : CPI Bussière en février 2021
Éditions Albin Michel
22, rue Huyghens, 75014 Paris
www.albin-michel.fr

ISBN broché : 978-2-226-45407-2
ISBN luxe : 978-2-226-18520-4
N° d'édition : 24136/01 – N° d'impression : 2054442
Dépôt légal : mars 2021
Imprimé en France